熊召政 著

张居正

第四卷 火凤凰

北京出版集团
北京十月文艺出版社

新经典文化股份有限公司
www.readinglife.com
出　品

目录

第一回

钱知府迎宾谋胜局
张首辅南归似帝王

刚过罢万历六年的春节，北直隶真定府的知府钱普就忙得脚不沾地。他这忙倒不是为国计民生，而是为了迎接当朝宰辅张居正的过境。

夺情风波之后，遭到廷杖的艾穆、沈思孝、吴中行、赵用贤、邹元标五人被逐出京师，流徙边疆蛮荒之地，京城的局势又渐趋平静。在张居正的一再请求之下，李太后同意待皇上大婚的仪式举行之后，准假三个月让他回湖广江陵老家葬父。皇上的婚期定在二月十九日，照此推算，张居正回老家的行期，最早也得到三月份。

钱普从邸报上看到这则消息，心里头就开始盘算开来：京城通往湖广的官道，从保定府经真定府，再过顺德府入河南境。南北官道在真定府境内有三百多里路，走得快也得四天时间。四品知府在地方上虽然是人抬人高的青天大老爷，但想见一次首辅也是难上加难，即便进京觐见，也是公事公办，两只手搁在膝盖头上，挺着身子把几句干巴巴的官话说完，就得拍屁股走人。自始至终宰辅都不拿正眼瞥你一眼，纵想巴结讨好也找不着机会。

钱普想着自己与张居正之间，既无乡党之情，又无师生之谊，从里到外都找不着一根线和宰辅牵上。这年头，椅子背后没人，想在官场上呼风唤雨晋级升迁真是比登天还难。钱普是嘉靖四十二年登榜的进士，万历三年，由扬州府同知升任现职。与同侪相比，他的迁升不算快，但也不算太慢。他却总觉得自己屈才，其因是无法攀援当路政要，尤其是张居正——这可是大明王朝开国以来最有权势的首辅。当今皇上称他为"张先生"，不但口头上这么叫，还每每见诸于圣旨文字，这也是史无前例。钱普决心利用张居正在真定府境内的四天，好好儿地巴结一番。

　　主意既定，他便把门下的几位师爷找来商量对策。这些挖窟窿生蛆的"智多星"们纷纷献计：

　　"首辅入境之日，凡他经过的路途，一定要打扫干净。三月份正值春荒，路上行人倒有一半是叫花子，让各村的粮长负责，把叫花子都弄到空屋子里关几天。"

　　"首辅入府城，走的是北门。从北门到南门，街两旁的房屋都要粉刷一遍重新装饰，让首辅感到真定府的升平景象。"

　　"首辅的随从都要好好接待，常言道宰相门前七品官，这些人千万不能得罪。阎王不收礼，不等于小鬼不要钱，咱们一定得对症下药。"

　　钱普一肚子小九九，身边人抬举他，说他眉梢儿都是空的，这也不是假话。此刻听了师爷们的发言，他咻地一笑，说道："诸位都有好见识，建议都不差。但依本官来看，都还只是表面文章。这样一些事体，你想得到，人家保定府就想不到？听说保定知府吴显焕大人，早就在安排接待首辅的事儿了。因此，咱们真定府一定要制定出别人打破脑袋也想不出的接待方案，要有绝活儿，咱们做出来了，不单让保定府吃惊。就是咱们的下一站顺德府、广平府，乃至河南的开封府、南阳府，湖广的襄阳府、汉阳府等都无法超越，也无法仿效。只有这种独一无二的接待，才算成功。"

众师爷一听，知道钱普已是胸有成竹，于是附和道："东翁识见高超，想必早就有了非凡之计，还望东翁明示，我们下头照办就是。"

钱普于是眉飞色舞一二三四子午卯酉神侃一通，师爷们莫不心悦诚服，依计领了各自的差事，分头料理去了。

不觉已到二月底，北直隶衙门给辖下的五个府移文，通报首辅归乡葬父，定于三月十一日从北京启程，凡南北官道经过的府县，务必认真接待，从吃喝住行到安全保卫，都不得出半点差错。不几日，由礼部、兵部和锦衣卫三大衙门派员组成的打前站的人马，来到了真定府城。这些人挑剔得很，就接待细务一件一件和钱普仔细磋商，直到他们觉得事事放心，再无一点犯头，才又打马前行，到下一站检查去了。

钱普其实留了一手，他只拣人家想得到的场面事向打前站的官员禀报，真正的绝招儿却瞒下不说，他生怕让别人抢了他的先机。知道了首辅离京的具体日期，他又安排几路探子到京畿和保定府打听沿途的接待情况，从起止住行，首辅的好恶，甚至膳食的菜单，凡能弄到手的情报，每日都有快马向他具禀。从京城到真定府城是六百里，入真定府境是四百五十里地，钱普决定到保定府与真定府交界处迎接。三月十七日，他听说首辅的车驾已到保定府的庆都县，他便带着属下的官员浩浩荡荡来到了庆都县与真定县交界之地。

官道一入真定县，便有一个小小的驿站。驿站前头是一座亭子，供过往行人歇肩饮水。如今这亭子修葺一新，年久失修已经破旧的驿站不但重新整理粉刷过，里头的供张设备也全部更新。钱普带着人马赶来这里已近午时。打从三月十一日张居正离京南下，这七天时间钱普就没睡个囫囵觉，这会儿刚说歪在炕上打个盹，随他一道来的钱粮师爷孙广路像踩了风火轮似的跑进来，忙不迭声喊道："老爷，快，来了！"

"来了，在哪儿？"钱普睡意全消，一下子从椅子上弹起来，一提官袍咚咚咚跑出门去。

孙广路跟在他屁股后头，一边垫着碎步一边气喘吁吁回道："大约只有一二里地了，喏，你看，前头的仪仗旌旗，明晃晃的都看得见。"

说话时，二人已登上几步台阶走进了亭子里头，钱普手搭凉棚瞭望，只见西北方向的官道上，马蹄踏踏彩旗飘飘，冠盖如云车驾如簇。这支队伍差不多有一千好几百人，摆成长蛇阵，迤迤逦逦朝这边走来。

好威势！钱普在心里头艳羡地赞叹了一句，习惯地舔了舔两片薄薄的嘴唇，扭头一看，方才还空荡荡的官道上，忽地站出来百十名官吏，好像都是从地缝儿里钻出来的。这些都是他的属官僚吏，先前都猫在各处房子里打尖歇息，听得动静，都一齐跑出来看热闹。钱普扫了他们一眼，像塾师训诫村童一般嚷道："各位记住次序，在官道两侧跪迎首辅入境，千万不可乱了章法。明白了？"

"下官明白了。"众官员亢声回答。亭子两侧，早已铺好了红毡，官员们在孙师爷的安排下，都各就各位，一刷儿挺身跪起。

这时，首辅的导行队伍斧钺仪仗令旗牌扇已逼近真定县境。钱普慌忙跳下亭子，站在路中间朝两厢一挥手，早已训练得滚瓜烂熟的锣鼓班子一齐敲打击奏起来。一向冷僻的县界处，顿时钟吕高鸣喧声震耳。锣鼓鞭炮声中，更有三十二支大唢呐呜里哇啦奋力吹响，明耳人一听便知，唢呐班子演奏的是恭迎圣人出行的《引凤调》。

坐在十六人抬的明黄围帘大暖轿里的张居正，看了一个多时辰的书，感到眼睛有些疲乏，正说闭目养一会儿神，忽听得前头喧天锣鼓，他感到轿伏的步伐也慢了下来，正欲询问，护卫班头李可拍了拍轿杠隔着轿帘向他禀报：“大人，前头就是真定县境，真定府知府钱普率众前来迎接。”

“这个钱普，为何要如此兴师动众？”张居正小声咕哝了一句，遂站起来伸了伸懒腰，做好下轿的准备。

论节令，谷雨已过了几天，一眼望不到边的华北平原上墒情已动，葱葱的麦色一天变一个样。柳条儿滚绿，榆钱儿绽青，融化的雪水流入滹沱河中，变成翡翠样的春浪，把辽阔的北国滋润得更加妩媚。万物昭苏生机勃勃，牛欢马叫春光如酒，如此良辰美景，怎不叫人心旷神怡！事实上，打从春节一过，张居正遇着的就尽是喜气事儿。首先是春节之前，从江南各处粮站里兑运来京的一百多万石粮食，都一粒不差地足额运抵通州仓。

自永乐皇帝迁都北京后，南方的税粮都是分春秋两次解运。斯时运河水丰，容得下千石大漕船的航行。但祸福相倚，一年中，最让人提心吊胆的也是春洪与秋汛。船行河中，若连遭淫雨，洪水滔天，船毁人亡的惨剧每有发生，粮食损失少则十几万石，多则二三十万石，从未足额收缴过。一二百年来，这个问题始终不能解决。

张居正上任后，启用水利专家吴桂芳出任漕河总督，三年时间，江淮漕河的治理大见成效，通过疏浚与闸站的修建，增强了水系的调节功能。去年夏秋之交，吴桂芳大胆上疏，建议改春秋兑运为冬运。冬天本属枯水季节，有些河床地段水浅仅没脚踝，不要说大漕船，就是浅帮船也断难通过。但经过吴桂芳的三年治理后，多处蓄洪湖泊可开闸放水，保证漕河运粮的必需水位。这一举措更改了二百年的祖制，如果处置不当稍有差错，势必会引起反对派新一轮攻击。张居正虽然慎之又慎，但仍力排众议采纳吴桂芳建议。如今冬运成功，一百多万石粮食安全运抵京师，没有沉没一条船、伤亡一个人，这简直就是一个奇迹！张居正一颗悬着的心终于落下，他迅速奏闻皇上，万历皇帝一高兴，下旨永久废除春秋兑运，将冬运著为永例。美中不足的是，实现冬运的第一功臣吴桂芳因积劳成疾，于正月间死在任上。

水利乃国家经济命脉，漕河总督不可一日或缺，张居正力荐另一位治河专家，现任工部左侍郎的潘季驯迅速接任此职。这一安排，得到了士林的普遍赞许。

冬运的成功，所有当事官员都得到了嘉奖，或升官晋级或封妻荫子，这帮子人乐得还没醒过神来，第二件大喜事又接踵而至。正月元宵节期间，皇上与万民同乐，还在午门前看鳌山灯的时候，辽东方面六百里加急传来捷报。却说辽东巡抚张学颜与总兵李成梁探得情报，蒙古鞑靼部落欲趁边疆关城欢度春节之际，长途袭掠抢劫牛羊。这二人遂将计就计，诱敌深入迂回包抄，团山堡一仗，将进犯的虏敌合围掩杀，大获全胜，自酋长以下，斩得虏级八百余首，这是多年都未曾有过的大捷，不但国威大震，对鼓舞九边将士的士气也大有裨益。小皇上当即采纳张居正的建议，迅速派遣乾清宫值事太监魏清代表他前往辽东前线犒赏三军论功行赏。进总兵李成梁禄爵一级，命张学颜出任辽东戎政总督——这也是张居正的主意。

北方九边治民之政，由巡抚负责；守土之军，由总兵掌控。为了便于辖制，张居正决定创设戎政总督一职，挂三品右都御史衔，集军政大权于一身，张学颜是担任这一职务的第一人。

有了这两件大喜事垫底，第三件大喜事——即万历皇上的大婚，更是把京城的吉庆气氛推到极致。早在万历四年，就由两宫皇太后主持，为万历皇帝选定了皇后——京城一个千户所镇抚王伟的女儿。千户所镇抚是一个从六品的武官，在京城，人们讥笑这等官是"啄米官"。唯其如此，才合了李太后的心意。她自家出身卑微，因此一心要寻个小户人家的女儿来当自己的儿媳。依她的观点，小户人家的闺女贤淑，懂得艰难，不会胡搅蛮缠不识大体。

王伟是浙江余姚人，世袭军职，为人厚朴谨守本分；其女温婉端庄，虽小鸟依人却无半点狐媚。两宫皇太后从上千名待选的淑女中单单挑中了她，第一是她的福报，第二也有某种偶然性。这李太后抱孙心切，一经选定皇后，就巴不得她马上与万历皇帝成亲。她的意思是把佳期定在万历五年秋。命冯保前去与张居正商量，张居正就此事上疏曲折提出反对意见。他认为皇上才十七岁，皇后才十五岁，两人都还太小，鸾凤和鸣的吉庆日子是否应该往后挪挪？李太后采纳张居正的建议，但也不肯把佳期挪后太多。经多方磋商，终于确定了二月十九日作为大婚吉日。

皇上成亲，自有非常繁杂的规仪，李太后委托张居正全力操办。过罢春节，就赐给他大红锦袍一袭，要他换下守制的青布袍子。穿上这件明晃晃的绯衣入阁办事，不免又引起清流们的腹诽。张居正一心要办好皇上的婚事，对那些风言风语早已弃之不顾。到女方家里提亲，英国公张溶被任命为纳采问名使，张居正被任命为纳采问名副使。前前后后忙乎了近一个月，终于完成了这一盛大的庆典。

万历皇帝大婚后三天，张居正再次向皇上告假，请求回老家葬父。皇上这次准了他，并把他请到云台亲切会见。说道："张先生，朕准你三个月的假，你要遵守这个时间，届时回京，履职不误。"

"臣谨遵圣命。"

"先生走之前，内阁公务要妥为安排。"

言及内阁，张居正心里颇犯踌躇。按朝廷规矩，内阁不可一日无首辅，他回家这三个月，例应请出一个人来临时担任首辅一职，他因此把在野在朝的阁臣都仔细剖析一遍。隆庆朝中的阁臣，尚有三人在世。他们是徐阶、高拱、殷士儋。如果要挑选临时首辅，首先要从这三个人中物色。张居正反复权衡，觉得这三个人都不合适。徐、高二位都任过首辅，高拱与他是政敌，一旦坐上这位子，岂有再让出的道理？徐阶是他前辈，复登宅揆之位，他三个月后回京，又怎么好意思让他归山？至于殷士儋，此公亢急任性，但中官里头有不少人喜欢他，一旦获荐来京，无异于引狼入室。至于现任阁臣吕调阳、张四维二人，虽唯他马首是瞻，但谁又能保证他们久后不生二心？

思来想去，张居正不肯临时让出首辅之位，而且还想在离京之前再增加两位阁臣，以对吕调阳、张四维两位老阁臣形成牵制。但能否达到这一目的，还得看皇上的态度，眼下皇上主动谈到内阁，张居正也就顺风顺水引上话题："按规矩，臣乞假三月，应寻一德高望重的资历大臣临时替代臣之空缺。"

"这个就不必了，"小皇上似乎想都没想，就立即恳切回道，"如今天下士林中，还有谁可比先生？"

"皇上过奖，臣不敢当。"

"朕并非溢美，这是实际情形。朕现在是一天都不想你离开，但葬父事大，朕不能拦你，你离开内阁这段时间，大致公务，布置妥当就是。"

"臣谨遵圣命。"张居正觉得时间已到，趁机言道，"内阁事务繁杂，臣一旦离开，恐吕调阳、张四维二人忙不择事，难以及时处置，造成延误。"

"先生的意思是？"

"臣请求皇上，能否增加阁臣？"

"这有何难，既然先生认为必需，增加就是，阁臣新增人选，还望先生提出。"

此次会见之后不几天，大约三月初，张居正趁热打铁正式向皇上提出增补礼部尚书、文渊阁大学士马自强，吏部左侍郎、东阁大学士申时行二人为阁臣，皇上很快批准，批谕是"随元辅张先生入阁办事"。

马自强在"夺情事件"中，对张居正颇有微词，这次却得到张居正的推荐入阁，不但让部院大臣们吃惊，他自己也深感意外，感情上顿时对张居正亲近了几分。申时行本是张居正执掌翰林院时的门生，为人温文尔雅谦虚冲和，所以一直得到张居正的信任和提携，此次入阁也在情理之中。

　　经过这一次人事安排，张居正解决了宰位不受觊觎的后顾之忧，也就放心大胆地回家葬父了。三月十一日动身那天，皇上命百官到郊外真空寺班送，并诏遣司礼监太监张宏代表皇室举行郊宴为张居正钱行，两宫太后也都派随堂太监前来赏赐金币赙仪。皇上还亲自授意，安排锦衣卫管辖的禁兵千余名随张居正南行，沿途跸护。戚继光闻讯，更是派来一百名鸟铳手作为前导以壮声威。首辅南归，享受的待遇规格如此之高，直与帝王无异。但这一切都是来自万历皇帝的旨意，上行下效，凡张居正经过之地，官员们莫不全力以赴诚惶诚恐安排接送，生怕有所疏忽被好事者奏本上去，惹怒圣上吃罪不起。

　　离京七天，每日酬酢应付场面，张居正已心生厌烦。加之他归乡心切，每天赶路都在八十里以上，所以对各地的接待，他满意者甚少。有的地方，官员们苦等几天，好不容易盼得他来，他却连轿也懒得下，只撩开轿帘儿同当地官员打个招呼就招摇而过，把官员们晾在那里一个个呆若木鸡。现在，听李可说已入真定县境，因在轿子里坐的时间长了，想下来活动活动腿脚，便吩咐停轿。当他踩着轿凳下了轿，在那座金碧辉煌的六角亭子前站定时，震天价响着的锣鼓唢呐突然间戛然停止，钱普跑步上前当面跪下，高声禀道："真定府知府钱普，率其属下五州知州、二十七县县令恭迎首辅张大人入境。"

第二回

挂诗匾弄玄为邀宠
会贬官谠论诉危情

张居正瞅了钱普一眼，见这人四十岁左右，白净脸皮，下巴上的胡子稀稀疏疏，两腮不肯长肉，一看就是个没福气的样子。再看路两边黑压压跪着的官员，个个都穿着簇新的补服，显然统一布置过。他吩咐钱普免礼，待钱普站起身来，他问道："你就是钱普？"

"卑职正是。"钱普觉得首辅眼光像锥子一般，一紧张，竟满头冒汗。

张居正盯着他，继续问道："真定府最南边，是哪个县？"

"启禀首辅大人，是井陉县。"钱普平常在部属面前好摆谱，如今面对首辅腰都挺不直。他感到两边厢跪着的官员都拿眼光戳着他，他竭力想镇静下来，偏身子晃动得厉害。

张居正在原地走了两步，继续问道："井陉离这里有多远？"

"首辅大人指的是井陉县境还是井陉县城？"

"当然是县城。"

"二百五十里。"

"唔。"张居正鼻子里哼了一声，朝跪着的官员们扫了一眼，又问："你方才说，真定府的五个知州、二十七个知县全来了？"

"是。"

"最南端的井陉县知县也来了？"

"来了。"

"县令县令，一县之令，都一窝蜂跑来这里，县里一旦出了事，连个坐督的人都没有。井陉县到这里，少说也得三天，回去又得三天，整整六天时间，县衙里没有了堂官，这像什么话！"

一番不轻不重的训斥，钱普脸上红一阵白一阵，嘴唇嚅动着，想辩解却又不敢。

"井陉县知县呢？"张居正又问。

"在那边跪着呢。"钱普扭头朝左边瞄了瞄，指着前排跪在第三名位置上的一个半老官员，小心问道，"是不是喊他过来？"

"喊他来吧。"张居正说着抬腿走进了亭子。

在询问钱普的时候，他已看清了这亭子上的一个匾额，书有"迎凤亭"三字。走到亭子里，忽见正面的横枋上悬了一块精致的诗匾，上面书了一首五绝：

> 三月雨悠悠，
> 天街滑似油。
> 跌倒一只凤，
> 笑煞一群牛。

乍一看到这首诗，张居正怦然心动，脑海里一下子闪出童年的回忆：那还是他四岁的时候，一次雨天随父亲上街，因为路滑跌了一跤，旁边一群人借此取笑嘲弄，他一生气，便随口念出这首诗以示回敬。四岁孩童有如此捷才，众人大惊，一传十十传百，荆州城的乡亲，从此视他为神童。

这件小事的发生，距今已有五十年了。如果无人提及，张居正断然记不起它，却想不到在这遥远的异乡真定县境内，突然又看到这首诗，他怎能不大为诧异。正纳闷时。钱普领着一名年纪在五十开外的七品官员走进了亭子。他猜想来者就是井陉县令，但受好奇心驱使，他仍用手指着头上的那块诗匾问钱普："你们为何要挂这一块诗匾？"

"说到诗匾，这里头有一段故事。"钱普这会儿的心情仍是忐忑不安，见张居正有听下去的意思，才用一种神秘的口吻说道，"去年夏天，有一个老和尚从五台山朝拜归来，路过这里，看到这座亭子有些破败，就劝驿丞修缮，并说一年之内，必有圣人经过。驿丞问他是何方圣人，他笑而不答，驿丞请他给这亭子赐名，他便写下'迎凤亭'三字。字写好后，老和尚意犹未尽，又写下这首诗。驿丞一看是首打油诗，虽有灵气，却不是大雅之声，就没当回事。今年春节过后，卑职来此地视察，驿丞禀报此事，卑职就让他把诗寻来一看，觉得这里头肯定大有玄机，遂令驿丞将它制成诗匾，悬于亭中。"

听罢故事，张居正更觉蹊跷，便问："那个老和尚叫什么？"
"不知道，驿丞打听过，老和尚不肯讲。"
"从什么地方来的？"
"也不知道。"
"老和尚讲没讲这首诗的来历？"
"也没有讲过。"钱普回答得小心谨慎。其实他早从过往的荆州籍官员嘴中听得张居正孩童时的这则故事，特意让人将这首打油诗制成匾挂在亭子里头。这是他迎接首辅的"绝招"之一。但为了不显山不露水，他故意把故事编得玄而又玄。

张居正不知就里，竟信以为真，蹙着眉头苦苦思索那老和尚的来历。心想他怎么会知道我四岁时写下的这首诗，又怎么会要写在这么个三不管的小小驿站里头。帝王为龙，圣人为凤，这老和尚要驿丞将这亭子改成迎凤亭，看来他是把我张居正当成圣人了，我只不过为匡扶社稷做一点实际功德，又算得上哪门子圣人？思来想去不得头绪，既觉得玄乎，更觉得滑稽。他有心向钱普挑明这首诗的来历，又怕把事情弄得更复杂。正犯难时，钱普小心问道："首辅大人，要不要进驿站稍事休息？"

"也好。"张居正一眼瞥见众官员尚在原地傻痴痴地跪着，便吩咐钱普让他们起来。他走进驿站，回头指着尚在亭子里不敢挪步的井陉县令道："请你进来。"

驿站的厅堂早已收拾得清爽宜人一尘不染，随张居正一道南行的锦衣卫指挥使曹应聘、工部员外郎许嘉林、钦天监监正张应祥等也都进来安排了座位。宾主坐定后，张居正呷了一口茶，然后问坐在他斜对面的井陉县令："你可是叫韩里奇？"

"卑职正是。"

韩里奇欲起身离席再跪，张居正伸手将他拦住，又将他上下打量一番：这是一个五十多岁的人，胡子已经花白，面孔黧黑瘦削，乍一看似有猥琐之态，但再多看几眼，就会发现他身上有一股子倔强的气息，特别是那一双总是半睁半闭的眼眶中，射出的光芒总有些与众不同。打从看第一眼起，张居正就对这个人产生了好印象，当然，这其中不排除有先入为主的因素。却说张居正此次南行，特意花了几天时间，将沿途所要经过的各府州县的官员档案从吏部调来，逐一披览。因为这一路上，他免不了要同这些官员见面，同他们说什么，怎么说，总要做到心中有底。

披览中，他对韩里奇这个人产生了兴趣。此人是嘉靖三十八年的进士，以此资历，仍在当一个七品县令，在全国一千三百多个县中，可以说是绝无仅有。张四维、马自强都是这一科的进士，如今都已入阁当了皇帝身边的辅弼之臣。两相比较，悬殊太大。细究个中原因，才发现症结所在：嘉靖四十二年，韩里奇出任工部分巡金事，派驻浙江富阳，督收朝廷贡品鲥鱼和茶两样。到任不久，他就发现贡户民众不胜劳扰，往往因为完贡而倾家荡产，便愤而以诗作谏，希望朝廷减贡，因此触怒嘉靖皇帝，被削职为民。直到四年后隆庆皇帝登基，徐阶出任首辅才将他平反起复，调往陕西平凉府任知府。翌年适值大荒，眼见饥民塞道，饿殍遍野，刚当一年知府的韩里奇也顾不得请示，竟私开粮库赈灾。这粮库囤积的粮食本属边关军粮，没有兵部与户部两衙的联合移文，任何人不得擅自开启动用。韩里奇此举等于犯了国法，按律须得治以重罪。时任首辅的高拱怜他救了大批饥民，遂从中斡旋，免了他的牢狱之灾，连降四级，调往广西一个县里当九品教谕。万历元年，升了一级，调真定府获鹿县当主簿。万历四年才按例迁升为井陉县令。

韩里奇两次事发，张居正都有耳闻，但因不是亲手处理，久而久之也就忘记了。官员的升迁贬黜，每年都会大量发生，原也不足为怪。但奇怪的是，韩里奇这么多年从未上疏申冤，或钻路子找当道大僚帮忙解决问题。他曾就此事询问过张四维，回答是这么多年来，韩里奇这个同年从未给他片言只字。如此一个亲政爱民却又不屑于钻营取巧的官场硬汉，张居正决定路过井陉县时见一见他，却没想到钱普竟把辖下所有的知州县令全都带来这里迎接。因此，他决定提前召见韩里奇。

初次交谈，张居正发觉韩里奇有些拘谨，便尽量和悦一些，缓声问道："你当井陉县令几年了？"

"两年。"

"此前呢？"

"当获鹿县主簿。"

"再往前是在广西一个县里当教谕，再往前是陕西平凉府五品知府。"张居正说着加重了语气，"其实你的经历我都知道，一遭撤官，一遭贬官，都不是为自己，而是为的老百姓。听说平凉府的百姓还为你立了生祠？"

韩里奇这么多年来，从不肯与人谈起过去，眼下首辅谈起，让他颇感意外。他不知道首辅的心思何在，只得支吾答道："百姓不知朝廷王法，故有孟浪之举。生祠之事，卑职也曾耳闻，早就去函请求拆除。"

张居正不置可否，又接着问："你在浙江富阳写的那首诗，还记得么？"

韩里奇因此诗而一生蹭蹬淹滞，到死他也不会忘这次"豪举"，但在首辅面前不敢唐突，故搪塞道："这是十七年前的事了，都记不全了。"

"你记不全，我可记得全。"张居正说着，竟音韵铿锵地吟诵起来——

富阳山之茶，
富阳江之鱼。

16

茶香破我家，

鱼肥卖我儿。

采茶妇，捕鱼夫，

官家拷掠无完肤。

皇天本至仁，

此地独何辜？

富阳山，何日颓，

富阳江，何日枯。

山颓茶亦死，

江枯鱼亦无。

山不颓，江不枯，

吾民何以苏？

张居正念得很有感情，在座官员无不肃容而听，特别是韩里奇，一直将此诗当成讳莫如深的往事，如今听首辅一字不差地吟诵下来，不免万分感动，再联想到当年罢官时的种种凄楚，更是百感交集，顿时已是泪流满面。

却说一直侍坐在侧的钱普，先前见首辅对诗匾产生了浓厚兴趣，心里喜不自胜。却没想到首辅没就这件事谈论下去，而是与韩里奇聊得火热，一股子醋意儿从心里头翻上来，直酸到了鼻管。在真定府这块地方，韩里奇可谓是官场里的一块骨头，从来不肯俯仰随人，就说这次集中起来迎首辅入境，他人虽然到了，却说了不少怪话。钱普素来不喜欢他，却也奈何他不得。五十多岁的老县令，又是快三十年的老进士，资历摆在那儿，轻不得重不得。钱普只知他第一次丢官是因为诗谏，却从来没想到究竟是何等样的一首诗。如今见首辅倒背如流，他顿时从中悟到了一点什么，首辅嘴一停，他立马说道："这真是一首好诗，可与杜甫的'三吏三别'相比，为民请命，韩大人功不可没。"

"是啊，"张居正颇有感触地接过话头，"如今，大部分官员贪图安逸不思进取，不要说主动为民请命，做一个为官一任造福一方的好官，即便能做到不扰民害民也就不错了。这些官吏有负于朝廷，像你韩里奇这样的官员，是朝廷有负于你。"

"首辅大人……"韩里奇霍地站起身来，欲表心迹却感到喉头热辣辣的说不出话来。

张居正瞅着他，突然高声问道："韩里奇，我且问你，你对你做过的事情，是否后悔过？"

"没有，"韩里奇拭干眼泪，抖动着花白胡子，动情地回答，"卑职出身寒微，深知民间疾苦，能为老百姓做一点儿实事，则是毕生追求。"

"说得好，如果今后再碰到同类事项，你还敢像过去一样，不计个人安危挺身而出么？"

"这……"韩里奇稍稍一愣，粗大的喉结滑动了几下，才答道，"如今是太平盛世，皇上天纵英明勤政爱民，首辅敬君子远小人，谅也不会再有陷民于水火的事情发生。"

"这倒不见得，"张居正冷冷一笑，神色庄重言道，"蠹官蠹政，如同夏日里的蚊虫，怎么灭得干净？逮着机会，它就要咬你一口。你现在还在县令任上，你说，在你们井陉县，就没有扰民害民的事情发生？"

"有……"韩里奇苦涩地笑了笑。

"是嘛，怎么会没有呢。"张居正继续言道，"就像我张居正过境，你们大老远跑来迎接，这不但扰了民，还扰了官。钱普，你说呢？"

钱普仿佛突然咬了一只辣椒，顿时面色爆赤，他欠欠身子，不自然地笑道："咱们这些地方上的蕞尔小官，都想见见首辅，当面聆听教诲。如果首辅觉得不便接见，卑职马上通知各位官员散去。"

"好一个钱普，竟想让我当恶人，来都来了，散去做甚？我正想见见大家，听听大家替朝廷守土安民的难处，对清明政治，有些什么样的好建议。"

张居正这几句话，又让钱普吃了定心丸，正想接嘴说话，却见张居正又把脸转向了韩里奇："你还没有正面回答我，倘若再碰到害民扰民之事，你还有没有勇气站出来？"

韩里奇嘴里硬邦邦蹦出一个字："有！"

"好，"张居正一拍官帽椅的扶手，"我离京之前，已向皇上奏明，荐拔你出任工部员外郎，你当年当过五品知府，现在给你四品职衔，也算是朝廷对你的奖赏，你觉得如何？"

事出突然，韩里奇一下子愣住了，呆在那里不知道说话。倒是坐在他身旁的钱普灵醒，连忙伸指头捅了捅他的腰眼，小声提醒道："还不快谢，还不快谢！"

韩里奇这才如梦初醒，站起身来朝张居正深深一揖，喃喃说道："卑职感谢皇上，感谢首辅。"

"感谢的话就不必说了，"张居正目光灼灼，斟酌言道，"让你做工部员外郎，是有一个棘手的差事等着你。按皇上的旨意，山东全省已开始了土地清丈。朝廷下决心做这件事，其政略屡见于邸报，我不在这里啰唆。山东作为试点，一旦摸索出行之有效之法，即在全国推广。山东巡抚杨本庵对此事督办有力，但亦遇到不少阻力，单拳只手，难以抵挡那些势豪大户的明枪暗箭。因此，本辅奏明皇上，决定派你前往山东，代表朝廷专责清丈田地一事。"

"卑职领命。"韩里奇多年来一直在府县任职，熟悉民间舆情，想了想又补充道："山东的势豪大户，莫过于衍圣公孔尚贤与阳武侯薛汴两家。"

"你说得不差，本辅派你到山东，就是要你把这两家的田地彻底丈量清楚。"

"首辅大人放心，卑职领朝廷圣命而去，保证他们一亩私田也隐藏不下。"

"要充分估计困难，"张居正想结束这次谈话，说道，"吏部新任命的井陉县令这两天就要到了，你与他交接之后，就即刻动身到吏部报到。"

"是。"韩里奇知道这里没他的事了，躬身告谢辞了。

他一走，张居正问钱普："说了这半晌话，本辅的这些随行军士吃了点什么？"

"卑职早就安排好了，肉包子大葱馅饼尽管吃，还有热乎乎的粉条汤，尽管喝，这会儿都吃过了。"

"吃过了，我们就立刻上路。"

"首辅大人，都过午了，您不用膳？"

"我在轿里头用过茶点，够了。"张居正说着问随行官员："你们要不要吃点？"

曹应聘领头答道："我们也都用过点心。"

"好，上路。"

张居正说着已抬腿出门。他忽然又瞥见了亭子，顿时又想起那块诗匾，便停下脚步吩咐钱普："把亭子里的那块诗匾摘下来。"

"为何？"钱普冒失地问了一句。

"不要问为什么，叫你摘下就摘下。"

"是。"钱普听首辅的口气，并没有责怪的意思，心神也就定了。见首辅朝自己的大轿走去，他忙从后面喊道："首辅，请留步。"

"你还有何事？"张居正回过身来，有些不耐烦的样子。

钱普赔着小心笑道："卑职给首辅另外备下了一乘大轿。"

"是吗？什么样的轿子。"

"在驿站后院里停着，请首辅挪步过去亲自过目。"

第三回

怒马如龙举城争睹
盛筵巧谏循吏佯疯

　　张居正怀着好奇心，随钱普来到驿站的后院。当看到院子当中停放的那乘大轿时，他禁不住吃了一惊。这乘大轿比普通轿子要大好几倍，就是他现在坐的十六人抬大轿，与它相比，也是小巫见大巫。轿四周的锦栏，雕有百鸟百花图案，一喙一羽一枝一叶，莫不色彩斑斓栩栩如生，轿顶用灿若金线的细篾丝密密编织而成，外面再罩以防水的明黄油绢，轿顶飞卷如曲面屋顶，四角牙檐峭拔，各踞有一只金凤展翅欲飞。顶檐之下是一圈高约一尺的垂幔，亦由华丽的黄缎制成，和风之下，幔上缀饰的猩红丝绦微微摆动，如丝弦上拂动的纤纤玉手，令人遐思陡生。垂幔半掩之中，是白绢轻敷的花格明窗，两边各有四扇。惊艳的窗花，却是远近闻名的当地艺人的剪纸。

　　看罢这乘轿子的外观，张居正觉得它气宇轩昂华贵脱俗。接着，钱普又请他进轿察看，当他踩着雕花轿凳上到轿子里头，轿屋的一应规制陈设更让他惊讶。这轿屋一进两间，外间摆有书案，案上有纸笔墨砚，案几两旁，各站有一名十五六岁的水灵灵的妙龄少女。里间较小，仅搁一张床，权作倦卧的薰香兰室。顶上都是别具匠心的彩绘，脚下铺的是加厚的猩红地毯，踩上去柔柔软软没有一点声音。张居正里里外外上下左右看过，最后眼光落在两个小姑娘身上，他问站在左边的一个："你叫什么？"

小姑娘蹲了个万福，紧张答道："玉琴。"

"你呢？"张居正又问另外一个。

"玉意。"

"啊，一情一意，金玉班称。"张居正随口开了个玩笑，他脑海中忽然闪现出玉娘的情影，心下一阵惆怅，遂又问道，"你们不像是本地人。"

"啊，她们两个是卑职老家人。"钱普代为回答。

"哪里的？"

"苏州。"

"啊？"张居正心中像被掸子拂了一下，因为玉娘也是苏州人。他再仔细打量这两个女孩儿，都袅袅婷婷十分可人，特别是玉琴，低眉抬眼之间尽现妩媚，似乎从她身上可寻到玉娘的影子。张居正不免心有所动，又问，"苏州女孩儿，怎么跑到真定府来了？"

钱普答："玉琴与玉意两个，本是卑职贱内房下使唤的丫头，贱内好一点琴棋书画，倒把她们两个都调教出来了。卑职这次带她们来，是让她们一路照顾首辅大人，权当书童之用。"

张居正听罢倒没有推辞的意思，只是笑着问玉琴："长途颠簸，你受得了这个苦吗？"

玉琴答道："这大轿平稳，坐在里头像待在家里，苦不到哪里去的。"

张居正下得轿来，又围着大轿转了一圈，他心中对这轿子着实满意，一来是可以在轿上处理公务；二来倦了也有个睡觉的床铺。但如此庞然大物，路上方不方便？便问钱普："这乘轿子得多少个人抬？"

"三十二个。"

"方便吗？"

"方便得很。"钱普说着一拍巴掌，命令在一旁垂手侍立穿着一色号衣的三十二名膀大腰圆的伕役："你们抬起轿来，在这院子磨两个圈儿给首辅大人看看。"

众伕役得令一齐上前各就各位，领头的喊一声"起轿"，伕役们腰板一挺，起步在院子里磨了两圈，那轿子不闪不跌非常平稳。张居正笑道："三十二人抬大轿，自古未曾有过，这是你钱普的创建。"

得了赞扬的钱普，心里头乐滋滋的，他一脸巴结的神气，闪了张居正一眼，半是吹嘘半是真情地回答："卑职乍一得到首辅南归的消息，头一个念头就是这两千多里路途该要受多少颠簸之苦，便大胆设想制作一乘轿子，既可批阅公文又可卧床休息。于是从苏州找来几个匠人，商量着制作出这乘大轿来。"

"为何要请苏州匠人？"

"大凡技艺之事，非江南莫属，而江南之能工巧匠，大半出自苏州。"

看不出，这钱普还是个有心人。张居正在心里头把钱普赞扬了一句，忽觉心情大好，言道："承你好意，本辅就换乘你这顶大轿了。"

第三天中午，大队人马进得真定府城。前有戎装铳手，后有金甲侍卫，中间旗牌森列，鼓乐导引，簇拥着一长列轿队，打头的那乘三十二人抬雕栏黄缎围帘大轿，像一座移动的金碧辉煌的殿宇，真定府的升斗小民，何曾见过这等的威严显赫，几乎是倾巢而出，万人空巷挤到路边来看热闹。他们知道雕栏围帘大轿里坐的是当今皇上的老师，权倾天下的首辅张居正，莫不想一睹伟人丰采。但花格明窗被遮得严严实实，两边各有十六名手执金瓜、腰悬开鞘大刀的护车使骑着奋鬣扬鬃的蒙古高头马揽辔而行——这气势直把人震慑，围观的人莫不啧啧称奇。

在一路不停的"嗵嗵嗵"礼炮声中，车骑队伍在位于南门大街的真定府衙门前的广场停下，张居正的大轿直接抬进府衙的仪门。先期赶来迎接的钱普亲自搬过雕花轿凳，打开轿帘儿躬请张居正下轿。待将首辅大人请到下榻处安顿妥当后，随行一干人众才敢散开，在真定府接待人员的安排下，各自觅地儿解鞍休息。

当晚，在真定府宽大的廨厅里，钱普举办盛大酒会为张居正接风。打从离开北京，张居正已走过了十几个府县，当地官员都揣想首辅位极人臣，在珠玑满眼锦绣错综的京师，什么样的珍馐奇饪没有尝过？即便烹龙炮凤，也只当家常便饭。为了讨首辅喜欢，他们都纷纷挖空心思搜罗"地方风味"的吃食，七大盘八大碟一股脑儿地搬上筵席。北方饮食味偏咸，油偏腻，这两样恰是张居正的大忌。因此，每次一上席面，张居正就胃口全无。虽然每顿饭的菜肴水陆皆过百品，他依然觉得无可下筷处。地方官员们只觉得这位首辅太过挑剔难以接待，却没有想到首辅为何不给面子。闻听这些消息，钱普闷在肚子里暗笑，他笑保定府的官员们都是些呆头鹅，在首辅面前装出个依头顺脑的样子，却不肯下实在功夫研究首辅的口味，真正制订出出奇制胜的菜单。

却说钱普把张居正从下榻的驿店请进府衙的宫灯璀璨光如白

昼的廧厅，一见这隆重盛大的场面，张居正当即皱下眉头，嗔怪言道："钱普，随随便便吃顿饭，为何要如此铺排？"

钱普因与首辅打了两天交道，已经知道一点深浅，再不像当初只一味地惧怕。这会儿觍着脸答道："打从大明开国，到如今也有二百来年了，咱真定府不要说没有首辅到过，就是六部九卿也来得极少，首辅您是第一个来咱真定府巡视的宅揆。中午入城时，首辅大人您自家也瞧见了，咱真定府阖城百姓都挤到路边欢迎。人潮汹涌，举城如狂，小民拥戴之心，于此可见。再说咱真定府上上下下数百名官员，心情也同小民一样，都想有机会拜识首辅尊颜，聆听首辅教诲，为了满足官员们的愿望，卑职才安排下这顿席面。"

听了钱普一番解释，张居正也不好再说什么，摇摇头挪步入帏，在六扇红木山水屏风护着的主宾席上坐了下来。自他一入真定府地界，心情变得大好。前两天赶路没见什么人，今天正好趁此机会与当地官员见见面。

此时，众官员都已入座，三十桌席面挤得满满当当，宴会开始前，钱普照例有一个开场白。当担任司仪的真定府同知拍巴掌告知大家安静时，钱普便从张居正身边站起来，整整官袍，然后一清喉咙，侃侃言道："自古以来，凡天道与人道相合，则国家昌盛，老百姓安居乐业。我大明王朝，特别得天道眷顾。凡朝廷遇有转折之期，甚或奸人当道之时，天必生一人以靖之。如此情况，史不乏例。如英宗北狩，陷入虏酋也先的毡幕，则生一个于肃愍，勇担国事，弥缝艰难；后又有珰宦刘瑾谋逆，陷天下斯文于不堪，则生一个杨文襄，拨乱反正，还威福于皇上；江西宁王

26

朱宸濠反叛起兵，则生一个王阳明，拯危诛暴，妖氛顿解；武宗皇帝大渐，宠臣江彬阴蓄异谋，觊觎帝座，则生一个杨文忠王晋溪，力除危祸之机，深固国本。这些人都是国家治乱之良臣，都是巨奸大猾的克星，是对病之药，手到病除……"

说到这里，钱普觑了张居正一眼。见他微垂双睑，坐在那里像入定的罗汉。心知这开场白的引言太长，引不起他的兴趣，于是慌忙掉转话头，细说当今："这些前朝善事，后人效之，力行而不倦。天生一世之才，必足一世之用，此言不谬。但前世这些良臣，比之当今首辅张大人，则其移山心力，又稍逊一筹。古人言，'圣人受命，拯溺怀德，归罪于己，推恩于民。大明无偏照，至公无私亲。故以一人治天下，不以天下奉一人。'这几句话用在张大人身上，是再贴切不过。

"试想张大人于隆庆六年临危受命之时，当今圣上髫龄十岁，主少国疑，祸机四伏。张大人仰惟圣情，俯察民意，除官场恶蠹，弘远大之规；观成败于前踪，访得失于当代。从隆庆六年秋天发生的胡椒苏木折俸事件，到去年冬天发生的夺情风波，这六年间，张大人经历了多少艰难！如今圣上端拱无为，百官勤勉尽职，万民乐业，四海威服。这太平盛世的建立，就因为皇上为天下选了一个好宅揆。张大人宰辅风范，垂之后世，则国家千万年之灵长之祚，亦可以预卜矣……"钱普慷慨激昂，讲到此处，博得一阵响亮的掌声。一直半闭着眼睛的张居正，这时也礼貌地欠了欠身子，向鼓掌的官员们表示了感谢，掌声一落，钱普继续讲道："天有不测风云，首辅令尊张太公遽然登仙，首辅痛不欲生，然为了朝廷社稷，天下苍生，他不能归乡守制，只能将哀毁骨立之悲痛深藏于心中。不以皇上为重、黎民为务者，安能有此

舍一己之孝而尽天下之忠的胸襟？凭这一点，首辅就是我们这些
人臣的万世楷模。这次首辅归乡葬父，途经我们真定府，我们全
府五州二十七县的所有官员，心情是既悲痛，又兴奋。悲痛的是
首辅大孝在身，首辅一人之悲，亦是天下之悲。我们恨不能亲到
江陵披麻戴孝，临棺一恸。但是，悲过恸过，我们又兴奋异常，
毕竟，首辅来到了我们真定府，我们真定府所有官员，今天能够
与首辅坐在一起，真是莫大的荣幸。现在，我提议，为首辅的光
临，大家满饮此杯！"

"干！"

"干！"众官员一起齐身，同声端杯高喊，整个廊厅喧声震耳。

钱普双手端着酒杯，恭恭敬敬走到张居正跟前，言道："请
首辅赏脸，饮下这杯酒。"

自司礼监秉笔太监张宏代表皇上在京郊真空寺设宴班送，张
居正小饮了三杯，过后这么多天，他可是滴酒未沾。今晚上他原
本打算还是酒不沾唇，但一来是钱普这番话让他开心，二来现场
这热烈的气氛也让他感到盛情难却。此时只得站起身来，端起杯
子与钱普碰了一碰，笑道："难为你说了这么多的奉承话，就依
了你，干这一杯！"

敬过酒，司仪又扯着嗓子高声宣布："现在，敬请首辅大人
训示！"

又是一阵热烈的掌声。张居正知道在这种场面下，一番讲话
是必不可免，因此早就打了腹稿。这会儿他缓缓离席走了几步，
一双犀利的眼睛环场巡视一周，廊厅里顿时鸦雀无声，所有人几
乎都屏住呼吸。张居正先是淡淡地一笑，然后才开口言道："方
才，你们的知府钱普钱大人，当着本辅的面，说了一大堆奉承

话。不管他真心与否，总还是有拍马屁之嫌。什么前朝良臣比起我张居正来，移山心力稍逊一筹，这话是扯淡，你们不必当真。但有一句话他说得不假，我张居正登首辅之位，是临危受命。当官有多种当法，有的人冲虚淡泊，谦谦有礼，遇事三省其身。虽不肯与邪恶沆瀣一气，却也不敢革故鼎新，勇创新局。此种人是清流，眼中的第一要务是个人名器，其次才是朝廷社稷。有的人大醇小疵，这样那样的毛病，让人一揪一个准，但他心存朝廷，做事不畏权贵，不避祸咎，不阿谀奉上，不饰伪欺君，这样的官员，是循吏……"

说到此处，张居正略顿了顿，又环扫一眼，见大家一个个神色紧张，支棱着耳朵倾听，忽觉自己口气太严，于是语调和缓下来："你们都是州牧县令，都负有守土安民的责任。治天下者以人为本，欲令百姓安居乐业，唯在知府、县令。如今全国有一千三百多个县令，要想个个都贤明端正，的确很难。你们大概不知道，在文华殿丹墀之侧，有六扇屏风，像我身后的这座屏风一样，但上面绘的不是山水胜景，而是刻着天下府县的职官名表。哪一个县由谁担任县令，皇上一目了然。每日的邸报，各地的奏折，皇上必看。因此，他虽然深居九重，对天下的官政民情，却是了然于胸。一个县令开缺，职官表上就有一个空额，若三日还未补上，皇上就要询问原因。所以，你们不要以为山高皇帝远。其实，你们的言行举止，都在皇上的深切关注之中。

"一个州有了一个好州牧，则合州安稳，一个县有了一个好知县，则全县生灵有福。自古州守、县令，皆妙选贤德。若天下州牧县令都悉称圣意，则皇上可端拱庙堂之上重廊之下，百姓也就不虑不怨。所以说没有当过县令的人，便不知施政的艰难，亦不懂如何亲民爱民。依本辅之见，天下最难当的官，怕就是县令了。方才钱普说我是一个好宰辅，试问一句，设若天下的知县都玩忽职守鱼肉百姓，我这好宰辅的名声，又从哪里获得？基于此，本辅在此敬大家一杯，你们辛苦了！"

　　首辅的话恩威并重，字字句句打动人心，听者无不动容。此刻见首辅举杯敬酒，大家先是怔忡，一忽儿又都明白过来，顷刻间都齐刷刷地站了起来，一边嚷着"谢首辅"，一边把酒杯碰得脆儿响。

　　张居正一扬脖子喝干了杯中酒，看大家交头接耳眉飞色舞，场内气氛已是活跃起来，他突然又威严地打一声咳嗽，待廨厅里复归平静，他又沉下脸来言道："这几年来，真定府的政绩，拿到全国比较，也只是个中不溜秋。昨天，钱普对我讲，真定府要学山东，立马开始清丈田地，一年内完成此役。我对他讲，先甭吹牛，做起来试试再说。真定府中的势豪大户欺瞒田亩，你要对他的田地认真清丈，还不等于挖他的祖坟？常言道，有钱能使鬼推磨。人家拿银子贿赂权门，到时候登门说情的怕要挤破你钱大人的门槛，你挡不挡得住？有些官员立功心切，难免扯旗放炮说大话，这种作风要不得。还有更可恶者，竟然还敢在我张居正的眼皮子底下公然行贿，真是无法无天！"

　　张居正说这席话时，并没有歇斯底里叫喊，而是声调沉稳缓缓道来，但听者却如惊雷过耳。骤然之间，本是暖烘烘一片燥热的廨厅，竟变得如同一座冰窖。担任司仪之职的府同知不知如何办才好，站在那里拿眼瞧着钱普。钱普也正在看他，两人面面相觑。钱普低下头去，看着面前的酒杯发呆。

　　张居正看了看众位官员的尴尬表情，忽地朝屏风后头大呼一声："李可！"

"在！"随着一声响亮的答应，身着小校戎装的李可闪身出来，手上托着一个木盘。

张居正吩咐："李可，你绕场走一圈，让大家看看这盘子里装的是什么物件儿？"

李可得令，双手平托着木盘，在筵席间穿行。与席的官员们个个伸头去看，只见盘子里是九个五两一只的银锭。绕场走了一圈，李可又走回到张居正身边站定。

张居正伸手从木盘里拿出一只银锭，举在宫灯之下，晃着说："你们都看清了，这是银锭。大家会问，这银锭是哪里来的？本辅在这里告诉你们，是你们当中的一个人送的！"此言一出，廨厅里轰的一声议论开了，大家你看我我看你，叽叽喳喳一片絮聒之声。

张居正又把银锭掷进木盘，示意李可退下，大声道出事情原委："今天天煞黑，就在本辅来这廨厅赴宴之前，李可前来告诉我，有人送了他五两银子，说是在真定府境内辛苦了，这是奉上的茶水钱。我问李可，是你一人拿了，还是有别人也拿了？李可出去找身边的人一问，问了八个就收回八只银锭。你们看看，这是何等的阔绰大方！随本辅南行的有一千几百人，纵使其中有二百人收下这茶水钱，加起来也有一千两。真定府一年的税银有多少？如果我记得不差，超不过十万两。这一千两银子从哪里开销，国家的税银少不得，到头来还不是巧立名目，摊派在老百姓头上。诸位都是朝廷命官，都知道我张居正最大的厌恶就是贪墨贿赂。本辅已派人调查，随我南行的人，不管是谁，收受了'茶水钱'之类的好处，一律交出。倘若有谁隐匿不交，一旦查出，立即拷掠回京，严惩不贷。至于是谁送的嘛，今晚上为了不扫大家的兴头，本辅暂不追究。说了这半天的话，想必大家已饥肠辘辘，现在，请大家痛痛快快地享受这顿美餐。"

先前桌上摆着的只是一些冷碟，张居正一番话讲完刚落座，如释重负的司仪连忙扯起嗓子高喊："上热菜——"

今晚上的这顿酒饭，钱普的确动了脑筋。他不再像保定府的官员那样傻不拉几地开掘什么地方风味，而是根据张居正口味偏淡的饮食习惯，精心制作了一席淮扬菜肴。江浙一带的驰名特产诸如金华火腿、杭州笋鳖、松江糟黄雀、江阴炙鲥、台州天摩笋、苏州蜜浸雕枣、无锡糖腌排骨、绍兴女儿红、湖州杨梅酒等珍奇美味一齐摆上席面。面对这些色香味俱佳的菜肴饮品，张居正胃口大开，他吃了一口香喷喷的江阴炙鲥，问钱普："这是哪里厨师做的？"

张居正突然为"茶水钱"的事发怒，倒真是让钱普始料不及，须知这都是他安排的"出奇制胜"的节目。一时间他六神无主，老在琢磨下一步首辅会如何动作。因此，再好的菜也引不起他的食欲，这会儿首辅发问，他强作欢笑答道："扬州天兴楼的主厨，做淮扬菜的绝顶高手。"

"你特意请来的？"

"不，不，"钱普哪敢承认，只掩饰道，"卑职从扬州调来真定府时带来的。"

张居正倒也不深究，而是兴奋言道："天下美味，莫过淮扬。记得好多年前，徐阶老太傅请仆到京城淮扬酒楼吃饭，一钵萝卜丝炖鲫鱼，至今说起来还口有余香。"

张居正推杯论盏大谈美食，仿佛今晚上他压根儿没有动怒过，钱普总算领教了首辅不言而威不怒而令人股栗的雷霆手段。如今除了加紧奉承别无他法，他唤过真定府同知，问他："首辅大人夸赞萝卜丝炖鲫鱼，今晚上是否安排？"

同知略微诧异答道："有这道菜呀，这菜单是你知府大人亲自安排的嘛，你怎么忘了？"

"哦，对对，看我这记性。"钱普瞧瞧席上的菜单，拍拍脑袋干笑了笑。他一直等着张居正同他谈"茶水钱"的事，见张居正总不开口，他实在憋不住了，便主动讪讪说道："首辅，茶水钱的事，卑职一定严查。"

张居正点点头，钱普还想继续解释洗刷自己，忽见一个人提着酒壶歪歪撞撞地走了过来，离桌子还有几丈远，那人就嚷道："首辅大人，卑职来给您敬酒。"

张居正一看这人穿着七品鹭鸶补服，袖口污了一大块，脸上疙疙瘩瘩的，似乎从来就没有干净过，内心先就有了几分不悦，他问钱普："这个人是谁？"

"真定县知县，叫康立乾。"钱普说着，朝康立乾斥道："老康你要干什么，发酒疯也不看看地方！"

"咱才喝了几杯酒，怎的会醉？钱大人你放心，咱疯不了。"康立乾说着，把酒壶朝桌上一搁，竟身子一溜趴到地上，利利索索朝张居正磕了三个响头，口中念道："卑职康立乾叩见首辅大人。"

他这一闹，本来已是一片嘈杂的廨厅又悄然安静下来，大家都把惊疑的眼光投过来，要看这康立乾玩何把戏。

这一跪来得突兀，张居正始料不及，只得命他起身，然后问他："你有何事？"

"说来给首辅敬酒是假，卑职自吃罚酒是真。"康立乾说着，提着酒壶对着壶嘴又猛咕了几口。

"你为何要吃罚酒？"张居正耐着性子问。

"卑职犯罪了。"

"犯的何罪？"

"您身边随从的茶水钱，都是卑职给的。"

"你？"

张居正只知道有人送茶水钱，但还来不及查证究竟系何人所为。现在康立乾主动站出来承认，倒使他吃了一惊，他问："你送了多少银子？"

"回首辅大人，卑职的确准备了两百份，但还只送出九十多份。"

"你为何要送？"

"因官场的腐败之风，卑职不敢不送。"

"岂有此理，"张居正一拍桌子站起来，怒气冲冲斥道，"难道是我张居正向你索贿不成？"

康立乾惨淡地一笑，言道："首辅的确没有索贿，首辅的随从也没有任何人向卑职要钱。但官场上多年的积痼，凡上峰过境，除了好吃好喝，还得奉送盘缠。老百姓说得好，天底下没有不吃鱼的猫，也没有不爱钱的官。首辅清廉不爱钱，早已名声在外。但卑职见过不少的高官大僚，口喊廉正而心存贪墨。白天在衙门里廉正，夜里在家中纳贿不误。你若按廉正的声名对他，真的白水当酒萝卜当荤，他表面上赞扬你，内心里却把你恨得要死。卑职以为首辅也是这样的人，故按惯例，给您的随从奉送茶水钱。俗话说，阎王好见小鬼难缠，高官大僚身边之人，一个个架起膀子自称是圣是贤，说穿了，还不是狐假虎威？你看不顺眼，却又不敢得罪。一个县令，欲为一县百姓谋福祉，最重要的一条，就是不可得罪上峰。一旦得罪，给你这个县令穿小鞋，坐冷板凳，这还是小事，最怕的是给你所辖之县加派额外税粮与徭役。这样一来，合境百姓就苦不堪言。因此，凡有上峰过境，咱们地方官吏，无不像供菩萨一般诚惶诚恐小心侍候。首辅大人，您以为卑职愿意这样做么？这实在是出于无奈啊！"

康立乾说到这里，好比活生生撕开了鲜血淋漓的伤疤，因此脸上肌肉痉挛不已，喉头哽咽再也说不出话来。在座的所有官员都为他捏了一把汗，他们也知道康立乾说的句句都是实话，但这种秽迹败行又岂可当庭揭露？康立乾平常谨小慎微，今夜里若不是多灌了几口黄汤，他也绝对不敢如此放肆。再说张居正，他自任首辅以来，还从未有一个官员敢在他面前如此撒泼说话。这些话在他听来非常刺耳，但仔细推敲又并非妄语。他压下心中的不快，冷冷问道："送茶水钱，是你的主意还是有人指使？"

这一问，坐在他旁边的钱普好像被大马蜂螫了一口。这次为接待张居正过境，总共要开支几万两银子。府库里挤不出这多银两，他便硬往各县摊派。茶水钱一项是开支大头，就是他强行摊派给真定县的。他害怕康立乾说出实情，正抓耳挠腮如坐针毡之时，只听得康立乾答道："卑职没受任何人指使，送茶水钱是我一人的主意。因此，所有罪责由本人一人承当。"

"你这一千两银子从何而来？"

"启禀首辅大人，这笔银子并非搜刮民脂民膏，而是卑职治盗所得。"

"治盗？"

"对，治盗。"康立乾一连打了几个酒嗝，似乎清醒了许多，继续答道，"卑职到真定县当县令已有五年，在真定府二十七个县令中，咱是当的时间最长的一个。卑职甫一就任，就发现境内滹沱河上桥梁太少，两岸百姓过往极为不便，就立志要在滹沱河上修几座桥。县西二十里方各庄河道最宽，农户过河种地困难尤多，遂决定先在那里修建一座。卑职找人测量计算过，在方各庄修一座坚固的大石桥，得花费一千两银子。决心既下，最难的就是筹措银两。国家的赋税一厘一毫不能少，又不能额外摊派增加老百姓负担，怎么办？卑职想出一个办法，就是从盗贼身上打主意。真定县过去民风不太好，贼窝子多，偷牛偷羊偷鸡偷狗，甚至拐卖妇女儿童，什么样的案件都发生过。县里的捕快常年忙得脚打腔子，然而贼子们像地里的韭菜，割了一茬又长一茬。卑职不信这个邪，便立下章程，逮着一个贼，就把他三亲六戚一并捉到大牢中关起，视贼所偷实物之多寡，课以重罚，从最低一两银子到十两二十两不等。拿钱放人绝不通融。这样一来虽然严厉了一些，但还真管用。第一年，咱县衙收了近五百两银子的罚款；第二年就锐减到两百多两，以后每年递减。到今年春上，全县盗贼已基本绝迹，罚款也好不容易积攒到一千两，卑职正说动工兴建方各庄大桥，适逢首辅过境，这笔罚银只好临时挪借，改作茶水钱了。"

听罢康立乾的叙述，张居正冰霜一样的脸色稍有缓解，不由叹道："看不出来，你还是个明白官。"

"岂止明白，老康还是一个清官哪。"钱普对康立乾主动承担责任心存感激，这时恨不能多有几张嘴替他说好话："老康，你官袍里头，穿的可是百衲衣？"

康立乾点点头。

"什么百衲衣？"张居正问。

钱普觉得再怎么解释也不如眼见为实，便对康立乾说："老康，脱下官袍，让首辅看看。"

康立乾不好意思地脱下官袍，露出里面的衬衣衬裤，只见补丁摞补丁，深一块浅一块，找不出碗口大的一块净布。

"啊，这就是你的百衲衣？"张居正吃惊地问。

康立乾红着脸吭吭哧哧回答不上，还是钱普替他回答："这老康是有名的老抠，外面的官袍牵涉朝廷体面，故他还是不敢太马虎，但里头的衣服，不穿到渔网似的吸不住针，他决不肯扔掉。"

张居正道："朝廷的俸禄虽然不够丰厚，但也不至于让你衣不遮体，你的钱呢？"

还是钱普回答："除了养家，他积攒一点私房钱，每年春荒，都拿出来施舍给乞丐了。"

"看来，本辅错怪你了。"张居正起身缓步走到康立乾跟前，深情地拍了拍他的肩膀，"清官也必须行贿，可见官场之腐败，已是登峰造极，茶水钱全都还你，唯愿方各庄的滹沱河大桥，能够早一天建成。"

"多谢首辅！"康立乾一改先前的疯态，变得非常局促。

张居正看着眼前各位官员的复杂表情，深有感触地说："本辅在真定府两天，见了两位县令，一位是韩里奇，一位就是这个康立乾，这二人就是本辅所要寻找的循吏，是天下所有县令的楷模。一个小小的真定府，就如此藏龙卧虎，推而广之，全国各府州县，该有多少熟吏良臣！我每日在内阁守值，总感叹国事蜩螗人才不济，看来不是没有人才，而是我们的眼光不济啊！也不是地方官员愿意腐败，而是上梁不正下梁歪……"张居正话未讲完，众官员已是再一次情不自禁地拊掌欢呼。比之先前的几次掌声，这一次不单热烈，而且经久不息。

张居正从中听出了官心所向，他正欲借题发挥再行阐述自己的施政主张，却见李可突然跑上前来，对他低声言道："大人，内阁有加急文书传来。"

"啊！"张居正随李可趑到屏风之后，从邮卒手中接过盖了火漆密印的牛皮信套，拆开来，抽出文札展开一读，脸上顿时勃然变色。

第四回

买花盆宠太监耍滑
议奏本小皇上动怒

一大早起来，万历皇上朱翊钧就呵欠连天，仿佛熬夜熬了一个通宵。这也难怪，大凡初当新郎官的人，开头一些日子，都是等不得天黑，等到天黑了急不可待宽衣上床，又恨天亮得太早。痴男怨女干柴烈火，一晚上不捣腾几次，那还叫什么如胶似漆琴瑟和谐？朱翊钧虽然贵为龙种，但七情六欲却与常人无异，加之平常被李太后管教太严，大婚之前真个是"非礼勿视，非礼勿听"。如今一旦开禁，他算真正尝到了鱼潜渊底龙翔九天的快乐。只要一闻到粉黛之香，触到肌肤之腻，他的一腔欲火就腾地蹿起来。这不，早上曙光熹微，他听得回廊上响起橐橐橐的靴声，便知道是喊他起床的内侍到了，揉揉眼睛正欲起身，一只手却无意间摸到了皇后的饱满如莲蓬的乳房，顿时间按捺不住，一翻身就压到皇后身上。

实际年龄只有十六岁的王皇后，生性羞涩腼腆，见天亮了皇上还要做这"丑事儿"，便不胜娇羞制止道："内侍若闯进来，看着多不雅相。"

她越推，朱翊钧的要求越迫切，他一边麻利地耕云播雨，一边兴奋言道："朕玩过这一遭，一天身体通泰。"

两人再不搭话，在滑溜溜的锦被中颠鸾倒凤扭作一团。王皇后开头是应付，到后来花心摇动周身酥麻，也禁不住哼哼唧唧，两只纤纤玉手把朱翊钧腰肢搂得紧紧的，嘴中忘情地叫道："我要，我要！"

两人正要得兴起，听得窗子外头，一名乾清宫内侍敲了三声木梆，高声叫道："恭请皇上起床——"

按宫内规矩，若逢例朝日子，皇上起床的时间是寅时三刻。不上朝，则于卯辰初交时起床。任风霜雨雪春夏秋冬，这时间都不可更易。朱翊钧登基时虚龄只有十一岁，生活还完全不能自理，他的生母李太后便随他一起住进了乾清宫，行照顾监管之责。垂髫少年正是贪睡之时，但李太后从不允许儿子睡懒觉，除了春节那几天恩准儿子多睡半个时辰，平常都必须准时起床无误。朱翊钧大婚佳期定下之后，李太后再不好住在乾清宫，便提前一个月搬回到慈宁宫居住。朱翊钧独自留在乾清宫中，但他同样不自由。一是宫中规矩不可更改，二是李太后搬出乾清宫时，特意找来张居正与冯保，嘱托他们二人代替她对皇上严加管束，不允许皇上有一丝半点玩惕之心而懈怠政事。正因为如此，内侍每天总是准时前来敲梆喊他起床。

敲梆喊过之后，不消片刻，就有负责替皇上皇后穿衣梳洗的乾清宫管事牌子和尚寝局的女侍进来，替他们整理房务。因此，一听到喊床内侍尖锐的嗓音，朱翊钧心里头一紧张，赶紧草草收兵，与皇后中规中矩地躺着，等着宫女们进来。

今日不是例朝的日子，朱翊钧夫妇起身穿戴梳洗完毕后，便双双前往慈宁慈庆两宫向两位太后叩问早安——这都是必不可少的功课。回来用过早膳，一天的学习与政事又按部就班地开始了。

一翻辰牌，朱翊钧就准时出了乾清宫向西暖阁趋步走去。这时候，他的贴身内侍孙海正在回廊上候着，一副乐不可支的样子。

"孙海，看你眉开眼笑的，有啥喜事儿？"

见皇上发问，孙海腰一软，躬着身子回答："回万岁爷，您吩咐奴才办的事儿，奴才办妥了。"

"什么事儿？"

"均州窑的花盆呀。"

经这一提醒，朱翊钧马上就记起来了。

昨日，御花园的莳花火者给乾清宫搬来了几盆芍药，其中有一株绿芍药极为名贵。斯时花朵欲开未开，花瓣绿如翡翠，朱翊钧很是喜爱，盯着看了好一阵子，叹道："此花真是好花，只可惜栽花的盆子太差。"

孙海在一旁应道："万岁爷说得不差，常言道好花插在牛粪上，是极为恶俗的事。这只盆子，奴才看和牛粪差不多。"

朱翊钧说："你传旨御花园，将这花盆换一个。"

孙海咽一口唾沫，回道："御花园的盆子，都是从景德镇烧制运来的，哪有好的。要换，得换个宋朝的均瓷。"

"均瓷，"朱翊钧眼睛一亮，"听人说，均瓷的窑变最为珍贵，这是古董，上哪儿找去？"

孙海诡谲一笑："有倒是有，在棋盘街一家古董店里，奴才看见一只均窑的大红窑变花盆，若是买来配这株绿芍药，倒真是十分般配，就是贵点儿。"

"要多少银子？"朱翊钧问。

孙海答："奴才问过，店家要二百两银子。"

朱翊钧心下思忖：花二百两银子买一只均窑古董花盆，说贵也不算贵。心下已判了肯字，嘴上却说："做生意哪有一口价的，你去和店家还还价，能降多少就降多少。"

孙海答道："万岁爷您给个底价，奴才去跟店家磨磨嘴皮子，看能不能谈下来。"

朱翊钧想了想说："最多只能出一百五十两银子，你去谈，若谈得下去，朕再赏你十两银子。"

孙海当下领命而去。

现在，听说孙海已把花盆弄了回来，朱翊钧满心高兴，急忙问道："花盆在哪儿？"

"在西暖阁中，绿芍药也换栽了进去。"

朱翊钧随着孙海走进西暖阁中，只见那只花盆，正搁在大文案旁边的黄梨木花架上。这只花盆大约口阔一尺八寸，通体猩红，窑变后的蚓线，丝丝缕缕透着温润的孔雀蓝。朱翊钧只是拣耳朵知道一点窑瓷的知识，若稍稍深究却还是个门外汉。但这件均瓷毕竟与众不同，他一看就非常喜欢，他摩挲着花盆，问道："孙海，你多少银子买下的？"

"回万岁爷，奴才谨遵旨意，实花纹银一百五十两。"

"怎么样，生意还得谈吧，"朱翊钧得意地说，"商家都心黑，若不杀价，岂不让他白白多赚走五十两银子。"

孙海猴儿精，昨日里撺掇皇上买均窑的花盆，就蓄了心思要赚一把黑钱。那只盆子他早去寻过价，店家报的是三十两银子，他对皇上说要二百两。皇上开出的底价是一百五十两，外加十两赏银。凭皇上的旨意，他去内廷宝钞库领出了一百六十两足称纹银，实际上只花去二十两，就把这只花盆买回来了。办这一趟小差事净赚一百四十两银子不说，还落得皇上的褒奖，孙海心里头美滋滋的，笑得嘴角都扯到了耳朵根子上。

"万岁爷何等英明，"孙海奉承道，"奴才按万岁爷的吩咐到那家古董店，把价钱报给店家，他见我成心要买，就死活不肯降价。奴才故意装出生气的样子，说'你不肯降价，爷就去另一家，均窑的花盆，又不只你一家有'。说着拔腿就走。一百五十两银子的生意，也算是一宗大买卖，店家岂肯轻易放过？店家又赶出门，生拉硬拽要我回去，赔了许多小心，要我多少加一点，我头摇得货郎鼓似的，咬着牙说，'一两银子也不加，你不肯卖，爷就走人。'店家无法，只好答应了奴才的开价。一百五十两银子，抱回这只均窑的极品花盆。"

孙海信口胡诌出的买卖过程，朱翊钧听了分外高兴，随口夸赞道："看不出，你孙海还会做买卖，将来有机会，碰上合适的内廷采购的差事，朕委你一回。"

"谢万岁爷，"孙海乐得屁颠屁颠的，两片嘴唇更是如同涂了蜂蜜，"其实，奴才这点本事，还不是万岁爷调教出来的。俗话说棒槌挂在大路边，三年也会学唱曲儿，奴才在万岁爷身边六年，再蠢的人，也都开了窍了。"

朱翊钧笑得眼睛都眯成了一条缝，他一边用手轻轻抚摸着绿芍药翠绿的花瓣，一边问："听说棋盘街有上千家店铺？"

"那可不是，万岁爷您没去过？"

"朕哪里能随便走动呀，"朱翊钧说着叹了一口气，"朕九五之尊，除了到天坛祭告天地，到先农坛示耕祈雨，平常哪能随便离开这紫禁城。"

"别处不说，就这棋盘街，万岁爷您真该去看看，天下百姓都夸您万岁爷登基后，四海升平物阜人丰。究竟升平到什么样儿，您万岁爷自己反而不知道。"

"是啊，"朱翊钧抬眼看了看午门方向，不无艳羡地说，"孙海，朕说起来是皇帝，天下都是我的，但真正属于我的，只有这紫禁城巴掌大的一块地方。说到这上头，朕还不如你这个奴才，可以自由出入紫禁城，见识外头的好处。"

孙海虽然羡慕皇上的富贵威严，但对他这种"画地为牢"的生活也颇为同情。于是眨巴着小眼睛出鬼点子："万岁爷，要不，趁哪天晚上，奴才带您出去，到棋盘街耍看耍看？"

朱翊钧心中一动，想了想又道："这哪儿能行，你不知道母后，还有大伴，多少双眼睛都盯着我哪！"

"这倒也是。"孙海一心要逗得皇上开心，鼓突着腮帮子左思右忖，又说了一个主意，"要不，咱们把棋盘街搬到紫禁城里头来。"

"又说疯话，一条街如何搬得进来。"

"不是真的搬棋盘街的房子，是搬生意。"

"啊？"

"咱们紫禁城里头，二十四监局的内侍火者，外加六个女局的宫娥彩女，拢起来也有上万人。择个日子，让他们像外头赶集那样，既有卖东西的，也有买东西的。大家找乐子，皇上也正好趁此机会，领略领略棋盘街的风俗生意，调教调教我们这些奴才。"

"唔？这倒是个好主意。"朱翊钧眼睛一亮，"这事儿不单好玩，还有意义。朕去奏明母后，说不定她也会同意。"

两人谈兴正浓时，却见门帘儿一晃，冯保双手捧着疏匣，一脚踏进门来。

"大伴！"

朱翊钧尊敬地喊了一声。不知为何，对这位面团似的老公公，他总是心存畏惧。

冯保一见朱翊钧与孙海两个都眉飞色舞的样子，心下就不愉快。当着皇上的面，他对孙海训斥道："看你这样子，浑身都没四两骨头，在万岁爷面前嬉皮笑脸的，成何体统！"

孙海心里头恨死了冯保，却又惧怕他的威权，这会儿挨了骂，半个字也不敢吭，悻悻然退了下去。

每天上午辰时一过，冯保就会准时到西暖阁，将通政司送进司礼监的要紧奏疏文书分门别类陈请皇上过目。孙海一走，冯保就把疏匣放在大文案上，朱翊钧觑了一眼，懒洋洋地问："今儿个有什么要紧的？"

"最要紧的有三道，老奴都写好了节略。"冯保说着，从匣中拿出三份奏疏呈了过去。

坐在文案后头的朱翊钧，接过来浏览了一遍：第一份奏疏是山东巡抚杨本庵呈上的题本，奏衍圣公进京面圣事。自永乐皇帝定都北京，朝廷就应当时的衍圣公请求，恩准他每年进京觐见皇上一次，自此著为永例。杨本庵在题本中呈奏，现六十四代衍圣公每年借进京面圣之机，携带大量人丁，车装马驮沿途强卖私货，这么多人住的都是一个子儿都不花的驿站，磨磨蹭蹭耗去半年时间，旅行费用全由官府供给，沿途做买卖的收入却尽饱私囊，因此扰官扰民影响恶劣。杨本庵建议改衍圣公一年进京一次为三年一次，并限定每次路途往返不得超过三个月，随行人员也不得超过三十人，并禁止其生意买卖以免辱没斯文；第二道奏疏是南京户部公本，详奏南直隶去年开征子粒田税银的收入情况；第三道奏疏是新任漕河总督潘季驯的题本，请求朝廷拨款开挖长芦二十里河道引淮济漕。

朱翊钧读过奏疏后，首先拿起杨本庵的那一份，问冯保："这个衍圣公，一路上都卖些什么私货？"

"老奴也不大知道详情，听说都是孔府的出产，孔府地里有枣儿，制成蜜枣，高粱一年也收不少，拿来酿酒，一年也能卖不少钱。"

"孔圣人之后，不做文章却做买卖，这的确如杨本庵所说，辱没斯文。"说到这里，朱翊钧又记起孙海买花盆的事儿，又补充道，"当然，天下七十二行，做买卖也算一行。一般人做倒也无可厚非，衍圣公做就不对了。"

"皇上所言极是。"

"去年冬上张先生在云台见朕，专门谈了山东的事。这个衍圣公不单借进京之机做生意，听说还隐瞒了大量私田，张先生率先在山东清丈田地，就因为衍圣公与阳武侯两家势豪大户侵占民田太多，偷逃了大量田赋。"

"老奴猜测，杨本庵肯定是得了张居正的授意，才上了这个题本。先把衍圣公进京觐见皇上的定例改了，一年变三年，对衍圣公就是个不小的打击。"

"此话怎讲？"

"衍圣公去年已经进京见过皇上，若皇上准了杨本庵的建议，衍圣公今明两年都不得来京，杨本庵那里又铁面无私地清查他的私田。衍圣公即便想见皇上当面诉诉苦水叫叫屈，都找不着机会呀。"

朱翊钧仔细一琢磨，觉得冯保分析得有道理，不由得笑了起来："这个张先生，做事滴水不漏，环环相扣，他起念头要做的事儿，没有做不成的。"

冯保这么多年来，虽然小事上与张居正难免有些磕碰，但大事上二人总是配合默契。这时趁机奏道："太后选张先生主持内阁，真是皇上的福气。"

"唔，"朱翊钧点点头，接着说，"杨本庵的题本，依朕看就准了他，把它发内阁拟票。"

"是，那第二道奏疏呢。"

"你是说南京户部的那道吧。"朱翊钧又把第二道奏疏拿起翻了翻，问道，"大伴，张先生倡议给全国子粒田征税，去年征了多少？"

"从南京户部这道奏疏知道，仅南直隶就增加了九十多万两税银。"

"为何南京户部要单独上这道本子？"

"老奴听说，南直隶的势豪大户，多半是开国功臣之后，对子粒田征税反对尤烈，而南直隶各州府的赋税，历来由南京户部负责征收，当时的南京户部尚书郭坦感到加征子粒田薄税，难度太大，心存畏惧就上本请求致仕。"

"朕记得这事。还是去年四月，咱听了张先生的建议，准予郭坦离任回籍，并同意两广总督殷正茂接任此职。"

"这殷正茂深得张先生器重，"冯保说着摇头一笑，拿眼觑着朱翊钧，赞道，"也难怪，殷正茂的确是难得的干才。广西荔

47

波县剿匪，李延剿了三年，把土匪从一万剿成了十万。殷正茂甫一到任，三下五除二就把匪首生擒了。他到南京任户部尚书，首先就腾出两间大房子，把那些有头有脸的势豪大户请来，好酒好菜招待，吃饱喝足，当场就铺开纸笔墨砚，要每个人立下字据认领各自名下的子粒田征税额度。有人知道殷正茂翻脸不认人的秉性，当场签字画押。有人不信邪，把笔一丢，拿腔作势想拍屁股走人。对不起，殷正茂一声令下，当即拥出一大队兵丁，将这些簪缨贵族团团围住，殷正茂脸一拧就变成了阎王，他恶狠狠说道：'子粒田征税是皇上主意，我殷某人替皇上执法，你们谁敢放肆，莫怪我对他不客气。王子犯法与庶民同罪，你们名头再大，也是天子的臣民。子粒田的税银谁敢不交，我就封他的宅子。我殷某跟土匪打了那么多年的交道，怕过谁？'说毕，扬长而去。把闹事的大户们都关在那两间大屋子里，每餐只给一小碗发霉的糙米饭和一瓢有盐无油的老白菜帮子。这些锦衣玉食之人，哪受得了这般折磨？不出三天，个个都乖乖地签字画押。原来，据北京户部统计，南直隶的子粒田税额，能征到七十万两就很不错了，殷正茂到任，却征到了九十多万两。"

"这个殷正茂还真有两下子。"朱翊钧眸子一闪，感慨道，"张先生用了两个户部尚书，南部殷正茂，北部王崇古，都是带兵打仗的总督出身。这种人办事，都是杀气腾腾的，也唯有这样的人，才可以为国家理财。"

"是啊，"冯保咽了一口唾沫，说道，"老奴猜测，殷正茂这道本子，一是表功，二来是塞人家嘴巴的。"

"此话怎讲？"

"殷正茂为了征税，几乎把南直隶的势豪大户得罪完了，他也知道这个后果。若皇上就此事给他一道嘉奖，等于是帮他开脱了。"

"这倒也是。"朱翊钧微微点了点头，下旨道，"大伴，你让内阁就按你说的意思，拟几句嘉奖的话，也不要褒得太过，让勋戚们看了寒心。"

"是。"

朱翊钧接着又拿起第三道奏疏，问冯保："潘季驯请求拨款，可是预算内的例事？"

"不是，是新增拨款。"

"既是新增的，暂且压一些日子，等张先生回来后再行处置。"

"万岁爷，这样恐怕不行。"

"为何？"

"治河事大，一等几个月，恐怕误事。"

"那怎么办？"

"是不是请内阁先拟个票，皇上再定夺。"

"不行，"朱翊钧立刻表示反对意见，"现内阁四位阁臣，两位新的，两位老的，谁有能力单独秉事？小事他们可以处理，大事还须张先生秉断。昨日，礼部就接待朝鲜使者一事上本请示。吕调阳批了一个'依常例办事'，这个拟票不等于白拟的？常例，常例是个什么例，人家使者是来谈封贡事宜，同平常觐见求商等使者大不一样，你这个常例又如何一个常法？要是张先生票拟，就不会这样空洞无物。他会把如何接待，如何赐宴，如何赠送礼品等等事宜说得一清二楚，朕一看就知道如何处置。吕调阳倒好，干巴巴一句话'依常例办事'，他倒省心，却难坏了朕这个当皇帝的。依朕来看，这些阁臣，都只能办些小事。"

朱翊钧提起葫芦根也动，说着说着竟生气了。冯保也顺着他的竿儿爬，言道："吕调阳学问好，但为人迂阔。"

"岂止是迂阔，是糊涂。你到内阁传朕的旨意，张先生归家葬父期间，一应大事等他回来决断，实在等不及的，就六百里加急送给他处理。"

"这个办法好，皇上英明。"

冯保心下知道皇上对张居正依赖惯了，就像一个依靠拐杖才能走路的人，如今没了拐杖，他也就迈不开步。但这话不能明说，说了会伤害皇上的自尊心。因此他只能高颂"皇上英明"。皇上偏又相信自己真的英明，继续补充言道："像潘季驯这样的本子就是大事，就应该即刻传给张先生，随到随传，不得延误。"

"老奴马上办理。"冯保想了想，又说，"让张先生随时条陈奏事，于皇上于朝廷都是有利之事，但也有一个问题应解决。"

"什么问题？"

"内阁之印，张先生不能携在路途，但他奏事若无印信，沿途邮驿则按平常官府移文处理，岂不误事？"

"这倒是。"朱翊钧在这些小事上脑瓜子转得很快，立马说道，"朕赐给张先生一颗银印，凡盖此印者，即是直接传到朕这里的密谕，任何人不得延误。"

冯保立即接腔："如此甚好。"

谈了这半晌公事，在大案台后头正襟危坐的朱翊钧有些倦了，这会儿站起身来，在阁中踱步伸懒腰。早有西暖阁答应觑空儿送了茶点进来。朱翊钧喝了一小碗莲子羹，也给冯保赏了一碗。用过茶后，差不多已时过半，春日温煦的阳光透过窗棂，照射到那株绿芍药上头，愈觉娇翠欲滴、嫣然可爱。朱翊钧指着绿芍药，问冯保："大伴，这株花好看吗？"

"好看，"其实冯保一走进西暖阁时就看见这株绿芍药了，他关注的不是这株花，而是栽花的盆子。此时他伸手摸了摸花盆，笑道，"花好，盆子更好。"

"大伴有眼光，"朱翊钧笑道，"这只均窑盆子，是从棋盘街古董店里买回的。"

"谁买的？"

"孙海。"

"啊，老奴正想问一件事，昨日孙海到内库宝钞房中领了一百六十两银子，他只说是皇上要的，却又不肯说拿去做什么，原来是买这只盆子。"

"这盆子是难得的古董，栽上绿芍药，摆在这西暖阁中，增色不少。"

"好是好，只是宝钞库的钱不够啊。"

"朕又没怎么花钱，怎的不够？"

见朱翊钧一脸狐疑，冯保只得耐心解释：宝钞库的钱属于皇上的私房钱，其来源主要是一些皇庄与矿山的榷税收入，如各地的金银铜锡矿，都由皇上派太监前往坐镇督办并收取榷税。近年来，各地开矿虽然数目不少，但收益甚微，税银收入大幅减少，再加上宝钞库最大的进钱户——宝和店前年被划到李太后名下。因此，宝钞库每年的各种进项大约只有十几万两银子，这些钱被皇上用来作为嫔妃的脂粉钱以及身边内侍的赏钱等各样小宗开支。前几年朱翊钧年纪小，还不懂得花钱。所以，宝钞库银钞的进项多一点少一点也无所谓。这一两年来，皇上懂得花钱了，他虽然还没有嫔妃，但赏赐内侍买东买西每天都在支出，立马就显得用度不足。

听完冯保的解释，朱翊钧老大不高兴，咕哝道："难道朕花几个钱，就只能在宝钞库中支取？"

"是呀，"冯保小心回道，"这是老辈儿传下的规矩。武宗皇帝爷花钱最大方，一高兴就给人赏赐，宝钞库一年的收入，只够他应付半年的。"

"剩下半年怎么办？"

"还不是到处挪借，想办法扩大宝钞库的进项。"

"他就不能下旨调太仓银？"

"太仓银是国库，其银两用于军防、漕运、学校、官员俸禄等国事，银钞可不好随便调出的，每调用一笔银两，得有正当理由。先皇隆庆皇帝登基时，曾下旨调十万两太仓银给嫔妃制作头面首饰，结果导致百官强烈反对，户部尚书马森还愤然辞职。"

"这么说，当一个皇帝，用钱还得受限制？"

"是。"

"那，张先生这几年推行财政改革，国库收入大幅增加，现太仓里存有几百万两银子，朕这个做皇帝的，还无权动用？"

"不是无权动用，而是要有名目。"

"你现在就到内阁传旨，要太仓划二十万两银子到宝钞库。"

"用何名目？"

"名目嘛，"朱翊钧眨巴眨巴眼睛，气咻咻说道，"朕大婚之后，还没有给宫中一应内侍施舍喜钱呢。"

冯保顿时笑得像个弥勒佛："万岁爷这理由正当。"他本是个爱钱如命的主儿，皇上变着法子弄钱，他正好从中捞外快，哪有不高兴的？当下辞了皇上回到司礼监值房，一路上盘算着如何去内阁传旨。

第五回

颁度牒大僚争空额
接谕旨阁老动悲情

自张居正告假南归,内阁并不因为他的不在而变得冷清,相反,这密勿深禁机枢之地,较之往日却要闹热得多。一来是新增了马自强与申时行二位阁臣,治事规模相应扩大;二来往日因张居正对属下过于严苛,各衙门官员除了应召之外,一般都不会主动到内阁来请示政务。现在张居正不在了,主动要求四位阁臣接见的官员竟比先前多了好几倍。

这天上午,张四维会见了三拨官员,谈了边防又谈郡治,最后接着谈甘肃茶马司的人员增额问题。都是调剂增加饷银赈粮的麻烦事,三轮谈下来,已是精疲力竭脑袋发胀。中午内阁膳事房为阁臣们准备了便餐,张四维嫌不好吃,每日午时过半家里准时送食盒来。清清爽爽六菜一汤,他看了也无胃口,胡乱扒了几口然后倒头便睡,过了半个时辰醒来,精神气儿又提起不少。房役揪了块热面巾递给他擦把脸。这时,书办进来禀告,说是礼部度牒司主事褚墨伦求见。

按常例,除了有事关本司的要事阁臣需要垂询而破例召见外,一个六品主事断没有主动求见阁臣的理由。皆因这褚墨伦是张四维的山西老乡，又受过他提携，攀了这点乡谊，故褚墨伦敢于主动跑来内阁找张四维禀事。张四维吩咐书办喊褚墨伦进来。

顷刻间，书办领进一个身穿鹭鸶补服的官员，只见他长得肥砣砣的，才三十多岁就已过早发福腆起了肚子，这人就是褚墨伦。他是隆庆五年的进士，放榜后补了两任知县。去年，礼部度牒司主事李贽被张居正看中，升官两级外放云南任姚安知府。张四维便荐了褚墨伦进京接任此职。

褚墨伦一进值房行过揖礼坐下后，张四维问他："你有何急事要说？"

褚墨伦答："卑职求见阁老大人，为的是和尚给牒的事。"

"你照章办理就是，这种事也值得跑来内阁？"张四维显得有些不耐烦。

"若能照章办理，卑职就不来这里了。"褚墨伦显得紧张兮兮的，似乎有一大堆苦水要诉，"这次和尚给牒，弄得不好，怕要出岔子。"

"怎么呢？"张四维略略一惊。

褚墨伦便说出事情原委：洪武皇帝开国之初，鉴于天下寺庙自行披剃的僧人太多，遂于礼部专设一个度牒司管辖此事。和尚最初的定额是大府五十名，小府三十名，州二十名，县十名，不准超额。每位僧人需有度牒司颁发的度牒作为凭信以备官府查验。凡查出没有度牒的私自剃度的僧人，一律拘押审验发边外充军永不诏赦。度牒每三年颁发一次。全国各地寺庙僧人，需经当地官府核准，持官衙文书来京经过考试领取度牒，所考内容无非是佛家戒律丛林制度菩提经义之类。每次发给度牒数额以一千人为宜。凡持度牒者，官府例免丁银伕役。居宫道士，比照僧人办法管理，只是数额尤少。此项法令一出，度牒便奇货可居。不管什么人，一入寺庙便有人供养，又免了伕役税赋之苦，何乐而不为？于是不但天下流民，就是寻常百姓人家，也莫不想人上托人保上托保钻路子挤进缁衣羽流之中，弄一张度牒，于暮鼓晨钟之中过那种不耕不稼风雨无欺的清闲生活。洪武之后，虽朝代更替君王好恶不同，但度牒却永远是许多人梦寐以求的"圣纸"。洪武初年，每领一张度牒须交本银一两。到嘉靖时，这本银涨到了十两，依然是万人争抢。尽管朝廷增加了度牒数额，孝宗时增至每届三千名，嘉靖时减少，亦有一千五百名。但不管增额多少，总是一个供不应求。许多人为了弄到一张度牒，不惜花大本钱去贿赂当事官员。久而久之，发放度牒也成了炙手可热的权力，多少当路政要都染指其中。万历元年，深知个中弊端的张居正，恼恨度牒发放太滥，一来助长了民众的好逸恶劳之心，导致劳力减少；二来不法官员借此机会从中牟利。因此他奏明皇上，将度牒发放由三年改为六年一次。上一次发放度牒是隆庆六年，一晃六年时间过去，今年该发放度牒了。一过春节，礼部就移文各省，申明今年发放度牒的要求及各省名额。张居正请示皇上，将此次发放度牒的名额控制在两千人，并让阁臣张四维督责此事。张四维指示主办的度牒司将其中的一千六百个名额分到各省，而留下四百名作为机动。他知道这种事儿断不了有说情的，先留下一些空额，以免到时被动。但是，待各省按规定于三月十五日之前将预备领牒的僧人聚到京师，人数竟达到了五千余人。除每个省都有大量超额之外，还有一些僧人拿着这官那官的函札前往度牒司寻求照拂通融。这些拿条子走捷径来的，竟也不止一千人。褚墨伦感到不好办，于是跑来找张四维讨主意。

张四维早就料到度牒发放不会一帆风顺，但没有想到一下子多出这么多人来。他知道这些多出的人每个人后头都有猫腻。前天夜里，山西省领队前来办理此事的官员跑到他府上拜望，希望他照顾家乡，多给一百个名额。张四维嫌他要得太多，只给了他八十个名额，那官员倒也识相，当下就留下了二千四百两银票。张四维假意推辞一番，然后说一句"下不为例"就算笑纳了。一个名额卖三十两银子，这还不包括中间人的好处，试想一下，两千张度牒能卖出多少钱来？地方上的抚按藩臬郡邑守丞，恐怕都会从这里头赚一把外快。京城各衙门的官员，凡有权势的，也莫不想插上一手。想到这一层，张四维瞅了褚墨伦一眼，定了定心神，才笑着问："这几日，恐怕你褚墨伦的家里，门槛都被人踩烂了。"

"张大人说得不假，"褚墨伦一开口说话就显得语气生硬，他想说得缓和一些，结果声音更难听，"只要卑职散班回家，一跨进门槛儿，就见屋子里头像开堂会似的堆满了人，相识不相识的都凑一堆儿朝卑职作揖，大家什么都不说，但都心知肚明，谁都是为度牒的事，卑职心里烦透了，却又不好开赶。"

"为啥？"

"既然敢登门，必定都有后台撑着。"

张四维正想知道详情，便把身子俯过去，低声问："都有哪些人？"

"最不能得罪的，咱给您张大人数三位。"褚墨伦的表情越发古怪了，他扳起指头数着，"第一是皇上的母舅，武清伯李伟的儿子李高，他差管家来，点明要一百张度牒……"

"他口气这么大？"张四维插话问。

"是啊，谁叫他是国舅爷呢！"褚墨伦感叹着，一副沮丧的样子。

"第二个呢？"

"第二个是冯公公的管家徐爵，他要的数也是一百。"

"唔，第三个呢？"

"第三个嘛，"褚墨伦下意识扭头看了看值房虚掩着门，轻声问，"马大人是否就在对面？"

"是啊，"张四维的值房对面正是新任阁臣马自强的值房。他忽然像是明白了什么，用手朝对面一指，问："你是说，第三个是他？"

"不是他，是他的小舅子，这个口气小一点儿，开口要的是五十个。"褚墨伦做了个鬼脸，双手一摊，无奈地说，"马大人刚刚离开礼部尚书的位子，又荣升阁臣，说什么卑职也不能过河拆桥哇。"

张四维点点头，不禁由马自强想到新任礼部尚书万士和，此公从南京礼部堂官任上调来，很得张居正信任，于是问道："你们新堂官万大人是何态度？"

"卑职请示过他，他只说按章办事，余下再也不肯听卑职禀报。卑职猜他的心思，这件事是在他上任之前定下的，当时的礼部尚书是马大人，自应还由马大人负责。再加上首辅大人亦把此事交给你张阁老督责，他万大人就干脆不伸手，落得清闲。"

"万大人知道这是一团浑水，所以不肯搅和，"张四维说话素来不带感情，因此听不出是褒是贬，这会儿他接着问，"你说的紧要人物，就是这三个？"

"是。"

"阁臣里头，再没有人打招呼了？"

"没有，吕调阳大人向来荤腥不沾，申时行大人谨小慎微，加之他从来与礼部没关系，所以说不上话。"

张四维问话的目的并不是指吕调阳与申时行，听了褚墨伦的回答，他干脆挑明了问："首辅身边有什么人找过你吗？"

"没有。"褚墨伦说着，朝张四维挤了挤眼言道，"张大人，听说去年冬上，首辅因他的管家游七娶了户科给事中孟无忧的妹妹做了小老婆，顿时冲冠一怒，动家法打断了游七的一条腿，还把孟无忧连降两级调往云南。管束如此之严，首辅的身边人哪里还敢造次。"

张四维信奉"水至清则无鱼"的道理，对张居正的做法大不以为然，但他不肯在褚墨伦面前表露，便转了个话题问："上次拨出二十个名额由你处置，都用完了？"

"甭说二十个，就是二百个也不够呀，"褚墨伦苦笑了笑，又感激地说，"不过，卑职很知足，张大人就是一个名额不赏，咱还不得办事？"

"你嘴巴倒甜。"张四维一言未了，两人都会心地笑了起来。

不过，张四维很快就收敛了笑容，忧心忡忡地问："五千多名僧人齐聚京师，争抢两千张度牒，僧多粥少，稍一不慎，就会惹出祸事。"

"正因为如此，卑职才急着来向张大人禀报，"褚墨伦顿时又紧张起来，把双手交叉放在凸起的肚皮上，那样子看上去很滑稽，他焦急说道，"这些僧人敢来京师，肯定都是使了大把的银钱，如果得了钱又弄不到度牒，保不准会有人寻死放泼打官司告状。别看这些秃驴平常敲着木鱼一口一个'阿弥陀佛'，真正逼急了眼，一样变成疯狗咬人。"

"这种事情最好不要发生，"张四维沉吟着问道，"你是执事者，你想到什么好主意没有？"

褚墨伦晃了晃臃肿的身躯，言道："卑职想了一个主意，但不知是不是好主意。"

张四维手一指："你讲。"

褚墨伦说："卑职想给皇上写一份本子，请求再增加一千份度牒，把京官们的那些条子对付过去。"

这个主意早在张四维的意料之中，但是他感到把握不大。他抬手揉了揉酸涩的眼皮，问："增加一千份度牒，该照顾的就都能照顾，但是，皇上会同意吗？"

"皇上听三个人的，第一是李太后。咱们当朝的圣母到处捐资修庙，多剃度几个和尚，料想她不会不同意。第二个是首辅。现首辅正好回家葬父，他即便不同意，也与皇上说不上话。第三是冯公公。他的管家徐爵插手了这件事，谅他也不会站出来杀横枪。"

张四维听了褚墨伦的话，在心里头反复权衡，觉得办成此事最大的障碍还是张居正。以他一贯奖勤罚懒的思路，他肯定不会同意增额。但转而一想，多增加一千个和尚，放在全国范围来考量，终究是小事一桩。如果皇上真的同意增额，张居正日后知道，也未必会为这件小事与皇上翻脸。不过，为了稳妥起见，他决定就此事先去请示吕调阳。张居正走后，内阁由他临时牵头，一旦取得他的同意，就等于找到了一面挡箭牌。主意一定，他便对褚墨伦说："你这主意不妨一试，你先回去写本子，咱这里瞅空儿，也与吕阁老先行通气。"

褚墨伦刚走不一会儿，张四维就来到吕调阳的值房，他刚推门进去，就发现吕调阳蜡黄的脸上泛了一点喜气出来。

"吕阁老。"张四维喊了一声。

"啊，是凤磐兄，来，请坐。"吕阁老说着起身离开文案后头的座椅，踱到前面来与张四维对面行揖而坐。

这吕调阳长张四维八岁，已经六十岁开外，一年到头总是个病恹恹的样子，说话做事都打不起精神。不过，这老头子待人温文尔雅彬彬有礼，哪怕再熟的人，一天见过多次，每次也不少一点行揖逊让的礼敬。吕调阳刚坐定，又起身从文案上拿出两张内阁专用文纸递给张四维，说："你来得正好，仆这份条陈，正想请你过目，帮我斟酌斟酌。"

张四维接过文纸，只见上面写道：

> 世之筑城，必建谯楼。此乃汉之遗风。谯楼者，谓门上为高楼以望也。谯楼内每悬巨钟，昏晓撞击，使城民闻之而生儆惕之心。天下晨昏钟声，数皆一百零八，而声之缓急、节奏，随方各殊。杭州歌曰："前发三十六，后发三十六，中发三十六，声急通共一百八声息。"蓟州歌曰："紧十八，慢十八，六遍凑成一百八。"益州歌曰："前击七，后击八，中间十八徐徐发，更兼临后击三声，三通凑成一百八。"此三种击法，为天下南北谯楼鸣钟击奏之蓝本。大内紫禁城谯楼之击法，与蓟州击法，庶几近之。
>
> 击钟之数，为何一百零八，此乃暗合一年气候节律也。盖一年有十二月、二十四气、七十二候，三者相加，正得

此数。释氏念珠数亦一百零八，转借此义也。又紫禁城谯楼每次击钟前，必先奏以画角之曲。曲有三弄，乃曹子建所撰。初弄曰："为君难，为臣亦难，难又难。"次弄曰："创业难，守成亦难，难又难。"三弄曰："起家难，保家亦难，难又难。"此画角三弄，盖提醒君臣，不忘创业守成之义，一言一行，必欲尽忠国事。

张四维将这文章从头到尾细细阅读一遍，却不知来由，便狐疑地问："吕阁老，您说这是条陈？"

"是啊，是给皇上的，尚未定稿。"

"皇上为何要这个？"

吕调阳便说了事情的起始缘由：昨日，皇上遣乾清宫值事太监魏清到他的值房传达圣谕，说王皇后每夜闻听紫禁城谯楼钟声，都是一百零八响，这里头有何讲究，望能告之。吕调阳接旨后不敢怠慢，翻箱倒柜地找书搜证，忙乎了一天后，才写出了这份条陈。

张四维弄清了事情的来由，不由笑道："亏您吕阁老学富五车。不然，断然写不出这份条陈。王皇后这问题看似平常，实很刁钻。不信，就这谯楼钟声的来历考考百官，恐怕没有几个人答得出来，不说别人，就说仆也是两只眼睛看锅底儿，一抹黑。"

"其实也没有什么难事，多翻书就行。"吕调阳脸上显现出一种怡然自得的神情，"就这份条陈，仆查找了曹昭的《格古要论》、郎瑛的《七修类稿》，甚至佛氏的《楞伽经》等书，才找出敲钟的根由。"

张四维一半是奉承一半是实话，赞道："吕阁老学问博洽，阁臣中，恐怕只有前朝的李西涯可以与您相比。"

吕调阳仿佛触动了什么心思，叹道："当初洪武皇帝废除宰相而设内阁辅臣，其本意是替皇上拟制文告，回答皇上一时想不清的事体，实际上是备顾问之职。阁臣用自己的学问取信于圣主，因此都是大学士出身。可是到后来，这阁臣的职责变得混淆不清。到近朝，特别是夏言、严嵩之后，简直就同宰相无异。洪武皇帝若泉下有知，不知会作何感想。"

张四维从吕调阳的话风里，听出某种难以言表的怨气。这也难怪，他自隆庆六年被张居正荐拔入阁，这六年来，基本上是在张居正的阴影中讨生涯。前朝内阁，虽然以首辅为重，但余下阁臣分职其责，都有一块实打实的权力。即便如高拱这样威权自用的宅揆，依然让张居正分管了兵部与礼部。这张居正却大不一样，京城各大衙门，天下各府州县，哪个衙门要办的大事，必欲经过他的同意才可行文。无权并不等于清闲，一些无关痛痒诸如调解是非行文建制的小事，都堆在吕调阳头上，让他一天到晚忙得团团转。这种局面的形成，固然同张居正专权有关，但也不全是他的责任。在小皇上的脑子里，"一切听凭张先生做主"的观念已根深蒂固。这次增加马自强、申时行两位阁臣，皇上干脆谕旨他们"随元辅入阁办事"便是明证。身为阁臣而不能参与决策，吕调阳的尴尬可想而知。他虽然自甘淡泊隐忍为先，但毕竟是一个活生生的人，难堪的事发生多了，心中的芥蒂也就越聚越多。特别是去年冬，"夺情事件"发生后，翰林院一帮词臣穿着大红袍子跑到内阁向吕调阳拜贺，意为张居正若去职，吕调阳可顺理成章迁升首辅。这事儿本与吕调阳无关，但毕竟发生在他身上，张居正知道后极为不高兴，好长一段时间见了吕调阳都紧绷着脸，害得吕调阳亲登张居正的家门主动检讨，张居正的态度才稍有缓和。张四维入阁不到两年，对张居正牢牢控制权力不肯让人分享的感受，比吕调阳更为强烈。但慑于张居正的威势，他从来都不敢有一丝半点的表露。这会儿听了吕调阳的牢骚，他也只是皮笑肉不笑地答道："一朝天子一朝臣，一朝天子又何尝不是一朝制度。当今皇上登基时才十岁，自然得有一个勇于任事的宰辅担当摄政的角色。"

"是啊，这也是天意。"吕调阳无可奈何地感叹一声，脸上又显露他惯有的漠然。

扯了半天"撞钟的事儿"，张四维并没有忘记自己前来的目的。于是，他变着法儿引出话题："吕阁老，你在条陈中说，释氏的念珠之数，是因钟声的一百零八响而借用。这一点，恐怕大多数和尚都不知道。"

"和尚们也不必知道。"吕调阳笑道。

"这次和尚给牒，要出题目考他们，我看，就把念珠之数的来历这道题加进去。"

"这是偏题，不能这样考他们。"

"题目不出难一点，让多数人顺利过关，恐怕事情就更难办理。"

"为何？"

"吕阁老大概有所不知，今年共有五千名和尚聚集京师，来考度牒。"

"怎么有这么多？"

"往常三年颁一次度牒，现改成六年，积下来的人数就多。方才度牒司主事褚墨伦跑来找我，诉说难处，主要是名额太少，难以照顾。"

"照顾，照顾谁呀？"吕调阳不解。

"唉，当今皇上的生母李太后笃信佛教，天底下想当和尚的人就多，还有一些当路政要，有权势的人物，也想借此机会做功德，都写条子到褚墨伦那里要度人出家。"

吕调阳虽然迁板，但也知道度牒发放中的幕后交易。从一开始议这事，他就躲得远远的。他现在的心态是多一事不如少一事。但张四维既然找上门来，不管怎么着总得搪塞一下，便说："首辅让你分管此事，该拿什么主意你就拿呗。"

"褚墨伦的意思是，能否上本恳请皇上增加名额。"

"如此甚好。"

"那么，吕阁老同意如此办理了？"

"这也不是什么大不了的事，你定夺就是。"

吕调阳一味推诿，但既有了这个口风，张四维也就满足了，正欲起身告辞，忽见有人撩起了门帘儿。两人扭头一看，进来的是司礼监秉笔太监张宏。

"啊，是张公公，"张四维站起来一揖，笑道，"自那天在真空寺你代表皇上设宴给首辅饯行，一晃五六天了，都没见着你，这一晌忙些什么，每天早上的云雁功，你还在练吗？"

"练，怎的不练，"张宏顺着做了一个云手大模大样回答，"我早年落下个结肠的毛病，内火重，常常一连几天拉不出屎来，现练了半年云雁功，竟把这毛病给练好了。张阁老，咱劝你也练一练。"

"好，等啥时有空儿，请你来教我。"张四维说着，打了个拱就要告辞。

张宏忙拦住他，道："张阁老不要走，皇上要奴才来对吕阁老和你传达谕旨。"

张宏一进门就和张四维唠嗑子表示亲热，吕调阳一旁看着心里很不舒服，他早听说张四维同珰宦打得火热，这下算是眼见为实。但当他乍一听到"谕旨"二字，便也顾不得再作他想，立马就从椅子上弹起来，一掸官袖提起袍子就要跪下接旨，张宏伸手将他拦住了，一笑算是表示了敬意，言道："吕阁老不必行大礼，皇上着奴才传的是口谕。"

吕调阳便局促地站在那里，张宏瞄着他，用传旨时的那种严肃口音一字一顿说道："皇上口谕，说与吕阁老、张阁老知道，元辅张先生离京归乡葬父这三个月内，凡遇各衙门所奏一应大事，你们不得擅自处置。重要奏折要传给元辅看，由他秉断。"

说到这里，吕调阳以为口谕已完，便躬了躬身子，蹙着眉头说道："臣吕调阳遵旨。"

"吕阁老，还没有完哪。"张宏接着又道："第二道谕旨，说与内阁：朕大婚之后，尚未赏赐内臣，着你等知会户部，调银二十万两入内廷宝钞库。钦此。"

"这……"吕调阳一下子愣住。

张宏传旨完毕，没来由地高兴起来，一拍巴掌，盯着吕调阳几乎全白的胡子说道："吕阁老，调银子的事万不可耽误，咱们一万多名内侍，都等着皇上的赏赐哪。"

张宏说完朝张四维挤了挤眼，然后高打一拱飘然而去。吕调阳盯着他的背影，忽然一跺脚，怒气冲冲言道："皇上大婚，你一个奴才，凭什么得赏银！"

"正因为是奴才，才想着要得赏银呀。"张四维语气中带着明显的嘲弄。

吕调阳白了他一眼，咕哝道："皇上这道旨意，思虑欠妥。"

"为何？"张四维问。

"太仓银用于国事，若调去赏赐内臣，岂不变成了皇上的私房钱？"

"是呀，此旨一出，定会招致非议。"

"如此说，仆须得写一道抗疏。"

"写给谁？"

"写给皇上。"

"吕阁老，葫芦在墙上挂着，您何必非要摘下来挂在自己脖子上呢？"

"你这话是什么意思？"

"皇上的第一道口谕，你忘了吗？"

"哦！"吕调阳好像被人兜头泼了一盆冷水，一下子瘫坐在椅子上。

张四维冷笑一声，悻悻然说道："说到底，皇上只信任首辅一人，咱们在内阁，都是聋子的耳朵——摆设啰。"

"是呀，"吕调阳长叹一声，凄凉言道，"我老了，不中用了，明日就给皇上写手本，请求致仕回乡。"

"吕阁老，皇上对你还是信任的，不然，怎么会问你谯楼上的钟声呢？"

"如果首辅在，皇上就不会问我了。"吕调阳枯涩的眼眶忽然湿润了。他垂下脑袋闷了半天，又抬起来问："凤磐兄，皇上要银子，你说这事该如何处置？"

"这样大的事情，你我怎能做主，还是让首辅做主。"

"他不在啊。"

"这个好办，"张四维讪笑着，眼眶里射出一丝不易察觉的刻毒的光芒，"按皇上的旨意，凡有重大决策之事，将奏本移文等一应公函，一律六百里加急传给首辅。"

吕调阳想了想，摇摇头叹道："看来，也只有如此办理了。"

第六回

说白猿故人悲失路
论大捷野老析疑云

半上午时分，一乘八人抬大轿行进在新郑县通往高家庄的乡间泥路上，大轿里坐着的是张居正。他是昨天夜里赶到新郑县的。从河南府南下南阳府，新郑县并不在必经之路上。张居正之所以绕来这里，为的是拜会他内阁多年的同事，于隆庆六年因触怒李太后而被迫致仕的首辅高拱。

这高拱与张居正曾经是心心相印的政友，后来又成了你死我活的政敌。打从隆庆六年秋，张居正在京南驿设宴为高拱饯行，两人不欢而别后，一晃六年就再也没有见过面。世事推移星回斗转，当年的恩怨已淡为云烟。如今，已稳稳踞坐在首辅宝座上的张居正，常常在不经意间想起高拱。毕竟，他们曾经惺惺相惜。去年冬，他的两个儿子敬修与嗣修南下奔丧，他曾嘱他们两人代他到新郑县参拜高拱并赠送礼物。后来，他接到敬修的来信，言已去过新郑见过高世伯，只觉他音容憔悴，身体非常不好。得到这个消息，张居正更是动了恻隐之心。这次南归葬父，他决计亲自到高拱的故乡走一趟。

昨天赶到新郑县时，天已尽黑。张居正遵循当地"夜不访客"的习俗，遂在驿店里安顿下来。今天一早，他便把大队仪仗兵马留在县城，只带了简单随从，望高家庄迤逦而来。

不知不觉已经离京半个多月了。再过几天就是立夏，愈往南走山河大地愈是葱茏可爱。这中州地面，一眼望不到边的麦田已是青苗没膝。青青的麦浪上敷着一层薄薄的白雾，那是郁厚的地气在升腾。阳光穿过白雾，空气中浮漾出若有若无的淡紫。在这如梦如幻的色彩中，小精灵一般的鸣禽们在充当大地的歌手。叫天子呼啸着钻入青空，鹡鸰贴着麦穗掠翅儿飞行时，总是显得有些拘谨，它们的活泼还不如蜻蜓呢。鹌鹑在土垄间漫步，斑鸠在开着槐花的树上长一声短一声地啼叫……

穿行在这样如诗如画的风景中，张居正却无心欣赏。自那天夜里，他在真定府举办的接风宴上收到第一份内阁传给他的急件，兹后几乎每一天他都要收到一大包各种各样要他阅处的文件。现在，他的轿子里还放着那一颗万历皇上赐给的银印哩。这银印上镌刻着"张首辅印"四字。凡他传回北京的函札，只要盖上这方银印，都必须六百里加急送呈御前，这样的密奏之权也是特例。张居正既为之高兴，亦为之心烦。最让他棘手的，还是皇上要从太仓调用二十万两银子的事。在他的印象中，小皇上一贯严于律己深明大义，凡有吃不准的事情，总是事前征求他的意见，然后再按他的建议下旨。却没想到他离京才不到十天时间，皇上就擅自主张向户部要钱，而且口气强硬不容商讨。张居正立刻感到这是一个危险的信号：皇上开始自己做主了。因在旅途中，他无法就这件事的来龙去脉做出全面的判断，亦不能写揭帖请求皇上召见，当面向他说明太仓银不可随便调用。但凭着多年的经验，他知道此事不可与皇上硬抗。他毕竟已离开了京城，这时候若得罪了皇上，旁边再钻出什么人来撺掇几句，他可能就再也回不到紫禁城中了。而且，吕调阳虽传来圣谕，却没有只言片语申述自己的态度，这本身就说明问题——内阁中的辅臣，一个个肩膀都是歪的，没有谁肯承担责任。思来想去，他决定先让户部划拨十万两银子出来给宝钞库，以满足皇上的要求。余下事情待他回到北京后再作处理。

人在旅途，心在朝廷，一天到晚总有些不顺心的事萦于脑海中，张居正想轻松也轻松不起来。但今天情形又有些不同，毕竟要与暌违六载的"故友"见面，再大的麻烦事也得暂时搁置。

高拱所住的高家庄，距县城不过二十来里地，轿伕脚快，不到一个时辰就到了。中州麦野一马平川，偏这百十户人家的高家庄周围有一些小丘陵。离庄子大约还有半里地光景，张居正吩咐停轿，这剩下的一段路，他想走进去。刚走不几步，便见一个人飞奔似的跑来。他赶紧停住脚步，打量这人是谁。

那人跑到他跟前，扑通跪下，口中禀道："张大人，小人高福有失远迎。"

"你是高福？"一听这名字，张居正记起他是高拱的管家，但眼前这位须发斑白满脸皱纹的半老之人，却与当年在京城见到的那位脸上总挂着微笑的精明汉子完全不同，遂上前把他扶起，吃惊地说，"几年不见，你都变成两个人了。"

高福木讷地搓着双手，笑道："小人现在是村野之人，自然不比在京城。"

"你家老爷呢？"

"喏，村口站着的那位老人就是。"高福回转身朝村口指了指，说，"老爷腿脚不方便，走不动，只能在村口迎接张大人。"

张居正循声望去，只见村口站了一大堆人，最前边的一位老人正朝他摇动着双手，从他挥手的节奏以及站立的姿势，张居正一眼就认出这位老人正是高拱。他内心顿时泛起一阵异样的感情，阔别的情怀促使他信步跑了过去。

"元辅！"大老远，张居正就高声喊了起来。

"叔大！"高拱也用他略微沙哑的嗓音锐声喊道。两人都向前快跑几步，高拱步子有些趔趄，才跑出两步就差点摔倒，张居正紧赶一步把他扶住。

"元辅！"

"叔大！"

两人又都忘情地喊了一声。在激动的泪花中两人行揖见之礼。张居正仔细观察高拱，只见他身穿一件半新不旧的青布道袍，头上戴着诸葛巾。那一部硬扎扎的大胡子如今已是全白，衬得他的脸色似乎比当年更黑。不过，这种黑色让人感到的不是健康，而是一种让人担忧的病态。他眼角的鱼尾纹还是那么深刻、僵硬，眼光虽然浑浊了许多，但仍然让人感觉到它们的深沉有力。行礼之后，高拱又伸手拉着张居正，这只手是那么的瘦削、冰凉。张居正虽然对高拱的衰老已有了心理准备，但一看到这副风烛残年的样子，他仍十分难过。他抚摸着高拱青筋凸起的手背，禁不住唏嘘起来。

两人相见时的真情流露，所有在场的人看了无不动容。

还是高拱首先从梦寐状态中惊醒，他松开张居正的手，凄然一笑，言道："叔大，六年不见，你也苍老了许多。"

"机衡之地，每一天都如履薄冰，这滋味，元辅又不是没尝过。"张居正不想一见面就说沉重的话题，他拭了拭眼角的泪花，问道，"元辅，你这高家庄是不是新郑县最好的风水宝地？"

"叔大，你不要再叫我元辅了，今日朝廷的元辅，是你不是我。"

"喊惯了，改不过口来。"张居正笑着解释。

"你方才说到高家庄的风水，"高拱眯起眼睛朝四周瞧了瞧，言道，"你觉得这儿好吗？"

"冈峦起伏，沃野千顷，有形有势，当然好啊！"

"真像你说得这么好，为何会出我这样一个贬官？"高拱脱口说出这句牢骚话，马上感到不妥，又连忙掩饰道，"看看，咱俩的老毛病都改不了，一上来就打嘴巴官司，不说了，叔大，咱们进屋去。"

高拱属于耕读世家，是当地的望族。他家虽然住在乡下，但一进五重的青砖瓦房，在庄子中显得鹤立鸡群。张居正跟着高拱走进这座老宅子的大门，刚绕过照壁，忽见院子右角酴醾花架下，跑出来一只通体雪白的老猿。它一下子扑到张居正跟前，龇牙咧嘴，似乎对新到的客人不欢迎。

"白猿？"张居正一惊，白猿是传说中的瑞兽，因存世极少很难见到。嘉靖皇帝时，凡民间捕获白猿、白龟、白鹿、白鹦鹉之类，地方官员都会立即护送至京城献瑞。隆庆皇帝登基后此风渐止，但将白兽视为祥瑞却是没有改变。张居正第一次见到白猿，不免饶有兴趣地问："高阁老，你府上怎的会有这等瑞物？"

"老夫历来不相信祥瑞之类的事。"高拱一招手，白猿立刻温顺地走到他的跟前，高拱拍拍它的脑袋，接着说，"不过，这只白猿却是别有来历。"

两人一边说话，一边走进客堂分宾主坐定，仆人忙着摆茶。白猿随高拱一起进来，挨着他蹲在脚下，一双眨个不停的眼睛，仍警惕地盯着张居正。

"高阁老，这白猿有何来历？"

"老夫说出来，你叔大兄不要见怪，"高拱呷了一口茶，徐徐言道，"这只白猿，是一位大侠客送给咱的。"

"谁？"

"邵大侠。"

"是他？"张居正禁不住惊问。

高拱鹰一样犀利的目光在张居正身上扫过，喘了一口粗气，沉重言道："去年，戚继光部的棉衣事件，邵大侠作为替死鬼，被秘密处死在扬州漕运大牢。他被抓之前，让家中的仆人给老夫送来了这只猴子。"

张居正感到高拱有意刺他，便立即辩解："邵大侠不能算是冤死。"

高拱反驳道："邵大侠弄了劣质棉布是真，但他是倒贴银钱办这件事，真正贪墨的是武清伯李伟，中饱私囊者稳踞高位，倒贴银钱者反而命丧九泉，你说，这还不是一桩冤案？"

高拱揭人伤疤还像当年一样无情，张居正心中掠过一丝不快，但此时不便发作，只得敷衍笑道："元辅穷追事理，仍如身在机枢。"

"看看，毛病又犯了，"高拱自嘲地摇摇头，"咱还是说说这只白猿吧，邵府仆人告诉我，这只白猿是一个华山老道士带到扬州的。开头，它只是一只普普通通的华山猴儿。邵大侠好交方外之友，华山老道士来扬州不久，就和邵大侠成了忘年交。第二年，华山老道士在扬州开元观里无疾而终。邵大侠赶去收殓，却突然发现，蹲在老道士床前的这只顽皮猴子，竟然一夜之间，通身毛发都变成了白色。邵大侠分析，这是极度悲哀所致。从此，他收留了这只白猿，视为宠豢。'棉衣事件'发生后，他自忖必死无疑，遂将这只猴子千里迢迢送来新郑，赠予老夫。"

关于高拱与邵大侠之间的传闻，张居正听过不少，这也是他要处死邵大侠的原因之一。但他没有想到邵大侠到死都对高拱抱有一份感情，不免心生醋意，问道："邵大侠是有心之人，他千里送白猿，必有说法。"

"邵大侠知道老夫是属猴的，故以这只白猿相赠。"

"不会这么简单吧？"

"猴生性好斗，属于屡战屡败、屡败屡战一类的角色。邵大侠担心我这只老猴子秉性不改，送只白猿来大概是想提醒，这叫人之将死其言也哀。其实他这个提醒是多余的，我一个村夫野老，还能跟谁斗呢？"

高拱出言吐气句句话都带"刺儿"。他自隆庆六年秋被逐出京城，这六年时间，他蜗居在高家庄，几乎是足不出户，每日以谈论桑麻著书立说为乐事。但对六年前的"内阁之变"，他始终耿耿于怀，他一直认为这是遭了冯保与张居正的暗算，因此老想着寻机报复。怎奈事过境迁，擅长掌权的张居正早把政坛社稷侍弄得风调雨顺井然有序。一方面，他佩服张居正匠心独运的治国才能；另一方面，他又为自己的饮恨离京而难以释怀，因此，他对张居正的感情极为复杂：论治国之道，两人是千古不遇的政友；论朋友之情，两人又是水火不容的大敌。当高拱听说张居正要特意绕道前来拜会他时，他的心情是既高兴又愤懑，犹如处在感情的两极。所以，在行为上，便表现出一会儿涕泪纵横，一会儿又剑拔弩张。

高拱的这种态度，完全在张居正的预料之中。他虽心藏不悦，但还不至于怒目相向。听了高拱由白猿而引发的高论，张居正装作听不明白，善意地谑道："元辅再要发什么无名火，就发给这个老猴儿听，兴许它能给你安慰。"

"这猴子懂人话，倒真是个好伴儿。"

说罢，两人一起大笑起来。

张居正在高家庄一待就是两个多时辰。中午，高拱吩咐厨下烧了几样家常菜，两人对酌起来。高拱因犯老年哮喘的毛病，早已遵郎中所嘱戒了酒，但今天"故友"重逢实属难得，他也破例小饮了几杯。席间二人的谈话，再也不存心思斗什么机锋，而是真正畅叙了六年的阔别之情。张居正详细询问了高拱的饮食起居日常情况，同时也半真半假地讲述了自己当首辅后的种种苦恼。高拱借着酒力，突然问了一个一直想问的问题："叔大，皇上和李太后，还生老夫的气么？"

张居正叹一口气，点一点头算是作答，高拱垂下眼睑，伤感地说："看来，高某在有生之年，是看不见皇上与太后回心转意的时候了。"

"元辅，你不要过于灰心……"

"叔大，你不用劝老夫，"高拱粗暴地打断张居正的话头，言道，"我清楚自己将不久于人世。活了将近七十年，我不得不认命，富贵祸福皆由天定，人生太无常了！今有两事相托，不知叔大肯不肯援之以手。"

"请讲。"

"第一，我高拱一生没有子嗣，不孝有三无后为大，若没有续接香火者，我高拱有朝一日伸了腿儿，将何面目见地下的列祖列宗。因此，老夫想立一个继子，现有几个高姓子弟愿意承祧，究竟哪一个合适，还望叔大帮老夫审查定夺。"

"这个不难，第二呢？"

"第二件事嘛，可能要棘手得多，"高拱迟疑了一会儿，才道，"老夫隆庆六年被逐出京师，说是致仕，其实是罢官，至今都没个说法儿，活着咱也不争这口气，但死后却不能不讨个清白。老夫一旦咽了气，你能否奏请皇上为老夫恢复名誉？"

"元辅，你不要说这些不吉利的话。"

"这话是不吉利，但不得不说。"高拱又执拗起来，瞪着张居正说道，"叔大，当今小皇上，还有李太后，他们母子二人对你的信任，也是前朝所罕见。你若肯下决心帮忙，兴许异日老夫常眠地下，心有所安。"

"元辅，你这话见外了。为你恢复名誉，是仆分内之事，何谈是为你帮忙。"

"有你这句话，老夫放心了。"高拱说到此，如释重负地长吁了一口气。

看看时候不早了，张居正欲起身告辞，高拱忽然又伸手将他一拦，沉吟了一会儿，又道："还有一件事，老夫心下存疑，想讲出来，又怕叔大说我干扰政事。"

"元辅但讲无妨。"

"听说今年春节期间，在辽东团山堡，张学颜与李成梁将来犯的鞑靼虏匪斩杀了八百多人？"

"实有其事。"

"朝廷怎么处置这件事情？"

"李成梁晋爵一级，张学颜升任戎政总督，兵部与内阁官员，或赏赐增俸，或荫子晋爵，都各有所赏。"

"吕调阳呢？"

"进太子太傅，荫一子。"

"张四维呢？"

"进太子少傅，荫一子。"

"你自己呢？"

"皇上恩旨，准仆进上柱国勋衔，荫一子。仆再三恳辞，皇上终于同意。"

"你为何不肯获此赏赐？"

"团山堡大捷，仆手无寸功，若获颁赐，恐怕会引起朝野非议。"

"叔大，你到底是聪明人，"高拱瘦削的脸颊痉挛了几下，"这些封赠，有可能成为烫手的山芋。"

"啊？"张居正听出话中有话，急忙问道，"元辅，你听到什么风声了？"

"老夫没听到任何风声，但自听到团山堡大捷的消息，就一直心存疑惑。"

"你疑惑什么？"

"叔大，你也曾在隆庆年间主管过兵部，你可曾听说过鞑靼在数九寒天时骚扰边境？"

"……没有。"

"辽东边境，一过霜降就寒风凛冽，立冬之后更是冰天雪地，这时候鞑靼人都缩在毡房里躲避严寒，怎么可能犯边呢？"

"你是说这里头有诈？"

"依老夫判断，肯定有诈！而且，捷报说斩获虏首八百余级，杀了这么多人，肯定是一场很大规模的战争。既然是一场大战，事前不可能一点风声都没有。叔大，开战之前你可收到辽东方面传来的加急警报？"

"没有。"

"捷报传来之后，你是否派人去检查过虏匪的首级？"

"派人清点过。"

"咱说的不是清点，是检查！"

"检查？查什么？"

"查这些首级，到底是不是鞑靼战士。"高拱说着突然站起身来，眼眶里射出的光芒刀子一样锋利，"叔大，老夫担心这些首级中会不会有妇女儿童，或者是像咱这样的糟老头子。"

论及政事，高拱依然保持了当年那种思路敏捷洞察幽微的宰辅风范。张居正不禁被他的气势所震慑，对他的分析也深深折服。他心中忖道："这位高胡子，虽蛰居乡间僻壤，却依然心存魏阙。朝廷一应大事，孰优孰劣，哪一件都逃不过他的法眼。"他为寰宇之内还有这样的"山中宰相"而高兴，同时也感到了巨大的威胁。他瞅了瞅高拱枯草一样的灰白胡子，说："元辅，你对团山堡大捷的分析深有道理，仆马上派人前往辽东密查此事。"

"老夫只是提出疑惑，该怎么处置，是你叔大的事了。"张居正点点头。

茫茫九州，如果说现在还有什么人能够令他心存敬意的话，大概就是眼前这位风烛残年的老人了。他正要向高拱表示谢意，忽见高福一脸紧张地跑了进来，匆匆禀道："老爷，出事儿了！"

"啥事儿？"

"白猿，那只白猿……"高福欲言又止。

"白猿怎么了？"高拱问了一句，竟忘了腿脚不便，转身就向门外跑去。院子里围了一群人，见高拱跑来又赶紧散开。只见那只白猿躺在地上，四肢抽搐已是只有出气没有进气。

"它怎么了？"高拱蹲下来，一边抚摸着白猿，一边锐声问道。

一应仆役见主人发怒，一个个都躲得远远的不敢上前，只有高福凑拢来，硬着头皮回答："白猿在老爷用午膳时，自个儿踱到那边花墙下晒太阳，打迷盹。不知何故，那堵花墙突然塌了一截，一下子把白猿压在里头了。几个仆役赶紧上前施救，待扒开烂砖头，白猿就是这个样子了。"

高拱扭头看了看，院子东边的花墙果然垮了一段，再回头看看地上的白猿，已是口吐白沫翻了白眼儿。高拱愣怔了好一会儿，突然一挺身站了起来，用脚踢了踢白猿的尸体，用那种大限临头的口气对站在身边的张居正说："老猴儿死了，这是天意！"

第七回

孝棚内会见三台长
墓道前惊闻风雨声

四月十三日下午，位于江陵城南部六里许的太晖山上，放眼望去但见万头攒动人流如潮。引魂幡追思旗纸人纸马安灵屋金银山等各色冥器密匝匝儿摆了好几里路——待会儿要在这里举行首辅父亲大人张文明的下葬仪式，只等执事官一声令下，这些物件儿全都得焚烧。

却说张居正自三月十一日离京，四月九日就到达了故乡荆州。两千多里路程只花了二十八天时间，真个是晓行夜宿行旅匆匆。这一路张居正可谓风光占尽，其显赫之势，已是达到了人臣之极。他因为在真定府吃了一顿钱普精心准备的淮扬大菜而胃口大开，导致各地官府都纷纷拿重金聘请善于烹制江南肴馔的庖厨，按时人的议论，是"一时间南菜高手招募几尽"。他乘坐着钱普为他特制的巨型舆轿，沿途所经，当地守臣皆率属下长跪而迎，抚按大吏一个个越界迎送，概莫能外。巨轿经过南阳府，受封于此的唐王出城迎接，并设精美大宴招待。到了襄阳，居于城中的襄王更是出城三十里接驾，其礼敬比之唐王是有过之而无不及。

按洪武皇帝朱元璋定下的规矩，凡文武百官入境见各地藩王，一律以臣礼觐见，哪怕是一品人臣也不能例外。可是现在事情却颠倒了过来，朱元璋的后代子孙——这些天潢贵胄不但不接受张居正的顶礼膜拜，反而纡尊屈驾大老远地跑出城去迎接这位不苟言笑的宰辅，只觉着能够和他联袂而行便是莫大殊荣。对这种大有僭越之嫌的"异礼"，张居正虽然逊谢再三，却没有诚惶诚恐地拒绝。

却说他抵家前几日，荆州城中已是轿马塞道高官云集，湖广道各衙门数百名庶官藩臬、郡邑守丞都先后赶来恭候张居正的尊驾。先期赶来的，还有南北二京的勋贵臣僚等显要人物派来的代表，他们仿效皇上以及两宫皇太后，遣人致祭敬奉哀仪。对这些外地官员的接待，名义上由张居正的两个弟弟张居易与张居谦负责，实际上办事儿的，全是荆州府的吏员，上百号人连日为此一事一个个忙得脚不沾地，张居正自然不知晓这些琐碎之事。其实，对这一路上的铺排场面，百官们倒履相迎的热情，张居正心下也不甚乐意，但骂走了唱戏的，又回来了打锣的，总之是旷野地上的毛狗，赶是赶不开了。他也就索性"入乡随俗"，随这些地方官员们抓红抢绿地闹腾，他也正好趁此机会摸摸各地官员的"水性"。

一入荆州地界，张居正就卸下官袍换上孝服，尽管数百名官员聚集在荆州城外跪迎，他的大轿连停都没有停，他甚至撩开轿帘儿同官员们招招手都不肯，就径直望城中东门的张大学士府肃仪而去。

打从嘉靖三十三年他告病回乡乞养三年，嘉靖三十六年再度入京，不觉已过去了二十年。这二十载寒暑中的人事浮沉，真是一言难尽。当年他归乡时，只是一个翰林院的六品编修，二十年后再归故里，他已变成了手掌乾坤身系社稷的宰揆。回到家中，他的感觉不是物是人非，而是一种拂之不去的惆怅。父亲的灵堂尚在，椓棺厝置。他到家的第一件事就是到灵堂祭奠。咫尺之间，生死茫茫，怀想这么多年来虽然成就了移山倒海的伟业，却不能对白发高堂侍汤用药略尽人子之情，如今抚棺一恸，怎能不泪雨滂沱！

下葬的日子定在四月十三，从葬穴的勘定到葬日的定夺，都是钦天监的官员奉敕操办。四月初十、十一、十二这三天，张居正披麻戴孝在灵堂为父亲守灵，除了家中亲属，不见任何客人。害得各地前来荆州的官员都像是撞昏了头的麻雀，参着翅儿却不知道往哪里飞。四月十三日一大早，盛着张老太爷遗体的楠木棺材抬出了张大学士府。作为长子，张居正亲自执绋前导。两个时辰后，出殡队伍来到了太晖山。江陵属于平原，太晖山说是山，其实是一个稍稍隆起的土阜。此时，安置张老太爷棺椁的土井早已打好，下葬的时辰定在下午未时三刻，这中间还有一大段时间。张居正到了太晖山后，先到墓井看了看，详察周围形势，向执事的钦天监孔目问了几个问题，然后，在弟弟张居谦的引领下，一头扎进土阜下的孝棚。这孝棚一溜有几十间，备为会葬官员临时休憩之用，虽是临时建筑，桌椅板凳茶水点心倒也样样置办得周全。张居正前脚刚迈进棚门，后脚就跟进来一个人，在他身后扑通跪下，口中高禀一声："元辅大人。"

张居正回身一看，只见跪着的人穿着一身灰白的粗麻孝服，腰上系了一根草绳，这是典型的孝子打扮。由于改了装束，张居正一时没有认出这"孝子"是谁，便问道："你是？"

跪着的人头一扬，又禀道："卑职陈瑞，叩见元辅大人。"

"啊，原来是陈抚台！"张居正马上想起此人就是上任了一年多的湖广道巡抚，不免惊道，"你怎么也披麻戴孝？"说着上前将他扶起。

也不知是紧张还是累的，陈瑞满头满脸的汗，此时也不敢拿正眼看首辅，只恓惶答道："老太爷仙逝，卑职五内俱焚。若人之生死可以置换，卑职愿以一己芥末之身，换回老太爷无量寿福。"

一听这明显谄媚的话，张居正心生反感，但人家毕竟从省城四百里奔丧而来，张居正也就原谅了他。分宾主坐定后，张居正问道："你何时到的？"

"比元辅早一天到达荆州。"

张居正其实早从二弟张居谦口中知道陈瑞等一干官员的行踪，但此时仍不免追问："你来了五天了？"

"是。"

"听说湖广道的官员来了不少。"

"除极少数因公事牵扯走不开的，基本上都来了。"

早上出殡，天才麻麻亮，加上张居正心存哀恸目不斜视。他只觉得人多，但究竟浩大的送殡队伍中有哪些人，他倒没细看。这会儿，他对陈瑞客气说道："陈抚台，多谢你远道赶来会葬。我因归家后，即刻守孝三日，以略尽人子之情，故免见一切客人，这一点，望陈抚台见谅。"

"元辅大人对封君之孝，可鉴日月。"

"封君？"张居正稍稍一愣。

"这典故，元辅大人应该知道，"陈瑞说着谄笑起来，突然意识到这是失态，忙又掩了口道，"卑职到任不久，就听说有位官员在庆贺老太爷七十大寿时，写了一篇绝妙的祝颂之词，卑职记得这样一段，'嘉靖初年，上帝南顾荆土，将产异人，以元辅寄之封君。或称元辅为众父，封君为众众父，众父父者，苍苍是也。'这篇祝寿文比喻贴切，一经出手就洛阳纸贵。卑职到任后，也曾专程从武昌到荆州城中拜望封君，一睹封君超尘脱俗的风采，也想写一篇颂文，但因有前面这篇文章，倒让卑职生了'眼前有景道不得，崔颢题诗在上头'之叹。"

对于两年前家父七十大寿就近官员为之贺庆的事，张居正早就知道，但他没有听说过这篇祝颂文。大约是吹捧太过，没有人向他传话。此刻听了，他也没什么反应，只继续问："湖广三台长官都来了？"

所谓三台，即巡抚、巡按、学政。三个都是三品衙门，巡抚管民事行政，简称抚台；巡按执刑事谳狱，简称按台；学政管教育科举，简称学台。是一省中三个级别最高的长官。尽管级别相同，因巡抚主管行政，乃列名第一。

"都来了。"陈瑞答。

"居谦，"张居正吩咐一侧侍坐的弟弟，"你去把按台与学台二位，请来这里坐一坐。"

少顷，张居谦领了两名官员进来，走在头里的是湖广道巡按御史王龙阳，跟在他后面的是湖广学政金学曾。这金学曾于万历二年出掌荆州税关，挖出了荆州知府赵谦这一条鲸吞国家巨额税银的蛀虫，使荆州税关的榷银收入从全国倒数第一跃进为全国第四，仅次于苏州、扬州、北京通州张家湾三处。金学曾本来就是官场闻人，这一下更是声名大震。今年初，他三年考满，吏部咨文，擢升他为湖广道三品学政。

对这种安排，熟悉官场路数的人至为惊讶，一省三台长官，最清闲的莫过于学政。同抚台、按台两个衙门前的车水马龙相比，学台的府邸虽说不上门可罗雀，但常年的清冷萧瑟被人视为正常。因此，有人戏称金学曾这次迁升是"从热锅跳进了冷灶"。有了禄享千钟的级别，却失去了炙手可热的权力，在官场上，这也是排除异己的手段之一，名之曰"清荣供养法"。但无论从何种角度讲，像金学曾这样深得首辅张居正信任的干臣，都不应该成为清荣供养的对象，可是他偏偏却被清荣供养了起来。老官场都觉得这是一个谜。金学曾也感到事有蹊跷，但他还是高高兴兴办了移交手续，离了荆州到武昌赴任。张居正这次归乡葬父，合省官员都赶来会葬，金学曾也不能例外。他人虽然来了，但却不像陈瑞那样事事出头，充其量只是让人感到他是一个跟班而已。

且说此时王龙阳与金学曾进了孝棚后，三台长官一起与张居正重新行过揖见谢座之礼。自万历二年离京，除万历四年金学曾进京述职，张居正召见过他一次之外，又有两年时间两人没有见过面了。简单的叙话之后，张居正便问金学曾："你从税关改授督学，职责完全不同，上任也有几个月了，是否习惯？"

金学曾欠身回答："卑职第一天到任，第二天就习惯了。"

"这么快？"

"事情犯到头上，想慢也慢不下来啊。"

"什么事？"张居正追问。

金学曾便道："卑职一到衙门，便置办了一桌酒席，宴请学政衙门的属官，其意是联络感情，大家彼此熟悉。谁知一位教谕上了席面，却不肯动筷子，我问他为何不吃，他答道，'孔圣人不得其酱不食，我辈圣门之徒，焉敢造次？'一听这话，就知道这位冬烘先生成心跟我捣乱。我猜他心里想的是'你一个收税的，两只眼珠子整天价搭在算盘上，一身铜臭熏死了子曰诗云，有啥资格当我学政衙门的堂官？'他这话一讲，在座的官员都放下了筷子，一起拿眼瞅着我，那顿酒食的确没放酱碟。这不是疏忽，我素来不大喜欢吃酱。但不吃酱不等于不懂酱，教谕先生既然挑刺儿，我若是忍了，他们就会真的讥笑我胸无点墨，日后这学台还怎么当？于是我抹了抹嘴，反唇讥道，'五经之《礼》中，记有醢酱、卵酱、芥酱、豆酱，用之各有所宜。孔圣人无酱不食，盖源于此。此后，制酱种类越来越多，桓谭《新论》载有脡酱，汉武帝有鱼肠酱，南越有蒟酱，宋孝武诗中有鲍酱，汉武帝宫廷内还有连珠云酱、玉津金酱；《神仙食经》中有十二香酱；今闽中有蛎酱、鲎酱、蛤蜊酱、虾酱，岭南有蚁酱、鱼子酱，各地酱产不一而足。今市面上多有售者，江南以豆酱为重，北地则是熟面酱。这么多料酱，孔圣人未必都食用过。食不食酱，本属个人爱好，喜欢食酱的人中，也有不少男盗女娼作奸犯科之徒。不吃酱的人，亦不乏顶天立地的正人君子。我大明王朝，就有洪武与正德两位皇帝不喜欢吃酱，你能说，他们不是圣人？'我这一番话，虽有强词夺理之嫌，不过，还真管用，那位教谕先生脸红红的，支吾了一句'学台大人博学，卑职钦佩'，便拿起了筷子。"

金学曾这一番话绘声绘色，逗得张居正破颜一笑。陈瑞早听说过这个故事，此时凑趣儿问道："听说，这位教谕从此得了一个美名，叫酱先生？"

"是的，不过，酱先生倒是老实人，这回会葬他也跟着来了。早上出殡，他一瞧见老太爷的楠木棺材抬出来，禁不住大放悲声，一路上，就他的哭声最响。"

金学曾本意是调笑，可陈瑞听了却觉得他是巧妙地向首辅表功，其含意是："你瞧瞧，咱衙门里的人对首辅多么忠诚！"内心顿时上了醋意，板下脸来说道："酱先生如此干号，有悖于《周礼》，士君子哭祭圣哲，必有锥心之痛，痛极而力竭，力竭而声哑，安能大放悲声！"

金学曾打心眼儿里瞧不起陈瑞这个马屁精，也不便反驳，只佯笑道："陈大人言之有理，落空儿，我会把陈大人的教导向酱先生传达。"

"传达就不必了……"

陈瑞还想借题发挥，却见张居正眼眸一动，似有说话的意思，便赶紧打住话头。张居正已从刚才抚台与学台的对话中，听出两人之间似乎存有嫌隙。官员间能力与性格上的差异，执事人的利益冲突，导致衙门间的龃龉，这种事司空见惯，原也不值得大惊小怪。张居正不想评判是非，他心中装有另外的问题，此时他清咳一声，缓缓言道："我今日在这孝棚里接见三位，原意是不谈公事。家父自去年九月十三日辞世，距今日已整整七个月了，这七个月里，你们为家父的葬事多有操劳。如今合省官员又前来会葬，在你们是一种礼节，是对家父的感情，但在于我，却是一种巨大的心理负担。这么多官员齐聚荆州，就其接待问题对荆州府衙造成多大的负担？这还是小事，更重要的是耽误了政事。倘若这时候哪里发生了大事，而因没有官员把持掌握而酿出祸端，我岂不成了千古罪人？有鉴于此，今日会葬完毕，明儿一早你们三位带头离开荆州各自回衙，并请你们转告所有会葬官员，都要即刻登程，任何人不得耽搁。这是我今天要讲的头等大事，拜托三位务必执行。"

张居正说话时神色严峻，三位官员知道他绝不是说客套话，因此都慌忙表态："遵首辅明示，卑职们明日一早离开。"

"如此甚好。"张居正松了一口气，又漫不经心地问了一句，"陈抚台说，合省重要官员全都来了？"

"是……"陈瑞稍愣了愣，又答道，"不过，还是有一个未曾前来。"

"谁呀？"

"襄阳府巡按御史赵应元。"

"啊？到底还是有一个不随俗流，"张居正眼波一闪，又问，"如果我记得不错，这赵应元的襄阳巡按，还是待候吧？"

"是，"陈瑞小心翼翼回答，"赵应元托襄阳知府带了一封手札给我，说是他因病不宜出行，故不能来荆州参加张老太爷的会葬，要告假。"

"原来如此……"张居正还欲说什么，却见张居谦进来禀告说下葬的时辰已到。他遂站起身来扯了扯孝服，出门向墓井旁走去。

钦天监风水师为张文明选择的入土安瘗的吉辰是下午未时。墓井从正月元宵节后开始挖凿修筑，数百民伕耗时近三个月，如今早已修好。远看是一座硕大的土堆，四周砌了花岗石围墙，前面的神道青砖铺地，两边的石人石马都已各就各位，神道连接墓穴的地方，是一条长约十几丈的坑道。张文明的楠木棺材就停在坑道口上，只等时辰一到，民伕就把棺材抬入墓井中安放，然后再将这坑道掩土平整，葬仪就算结束。

张居正一行刚到坑道口楠木棺材前站定，忽听得近处什么地方传来"嗵、嗵、嗵"三声炮响，这是报告吉辰已到。本来还有些喧闹的现场，突然间变得鸦雀无声。这太晖山地形开阔，土阜下面的旷地上可以容纳数千人，如今已是塞得满满登登的。旷地四周站满了担任警戒的军士，在警戒线之外，更是里三层外三层地挤满了看热闹的人群。孝子如潮哭声震野，幡旗簇拥旌表如云。如此盛大的葬礼，荆州府的百姓，就是从上十八辈儿数下来，也没有谁开过这等眼界。除了啧啧称奇，还是啧啧称奇。

说怪也怪，却说炮响之后，本是响晴响晴的天，忽忽儿就起了乌云。张居正抬头一看，正好有一队雨燕横过头顶，它们盘旋着，鸣叫着，愈来愈强的南风将它们远远推去。破絮般的铅云越压越低，云的穹窿里，仿佛有黑厉厉的山鬼鼓翼而来。张居正不禁打了一个寒战，心中忖道："如此幽冥景象，天道不虚啊！"一语未了，早有执行官"噌"的一声敲响铜锣，接着响亮喊起："恭送封君入冥宫——"

喊声一停，早有侍者将一碗还是温热的雄鸡血递到张居正手中。楚地风俗，为死者封墓之前，须得先将雄鸡血洒于墓道中，其意是祛邪，灵魂安息于此，不至于有杂神扰乱。洒鸡血者，必定是死者的至亲之人。张居正作为长子，担此重任责无旁贷。他接过鸡血碗，走在楠木棺材前面，一路把鸡血洒到墓井口。当最后一滴血洒落地上，他按规矩将大瓷碗猛力掷向棺盖击碎，随着这一声碎响，执事官又高声唱道："拜送封君——"

这声音雄壮又有些凄凉，旷地上数千名披麻戴孝的官吏以及张府远近亲疏各房亲戚，一下子像是暴风吹过的幼树一般，齐刷刷跪伏下去。

"一拜——"所有白色的孝帽都贴在地上，像一团团放大了的白色菊花，一齐朝着墓道口摇曳。

"二拜——""拜"字余音尚在耳边缭绕，凭空突然响起一声石破天惊的沉雷，接着豆粒大的雨点噼里啪啦猛砸下来。

"三拜——"风声、雨声，被吹拂着的旗声，被撕裂着的幡声，衬映着旷野上这一大片跪伏的白色身躯，显得是那样的肃穆、冷峻。

洒完鸡血后，张居正退回到坑道口跪伏在地。三拜完毕，他仍长跪不起，泪水和着雨水在他瘦长的面颊上流淌，楠木棺材入穴后已经安置妥当，仵役们都退了出来。数十把铁铲都一同扬起，往坑道里填土。就在这一刻，张居正忽然意识到这是他最后一次为父亲尽孝。去冬"夺情风波"发生以来，他所承受的所有詈骂、侮辱、伤害和误解，都一齐涌上心头。百感交集，他再也隐忍不住，终于失声痛哭起来。

所有送葬的官吏，这些滥竽充数的"孝子贤孙"们，此时一个个呆若木鸡，首辅的笃孝深情，给他们以巨大的震撼。

也不知过了多久，后场忽然有了一阵骚动，官员们扭头看去，只见一个身穿黑色府绸道袍的癯然老者，领了一群府学生走上了神道。

第八回

何心隐癫狂送怪物
金学曾缜密论沉疴

神道上杂沓的脚步声，亦将张居正从悲痛中惊醒，他刚把眼睛睁开，一旁站立的侍者就递了一块面巾给他擦脸，而后又把他搀扶起来。刚才一场急骤的阵雨，将他的粗麻孝服淋得透湿，他想进到孝棚里换换衣服，背后的脚步声越来越近，他转身瞧去，不觉一愣，只见一二百名年轻人，一色的府学生装束，正步履沉重地朝他走来，打头的一位老者，须发皆白，走路的姿态让他觉得眼熟。他正猜疑间，那老者抢走几步，向他弯腰一揖，说道："宅揆大人，还记得老汉么？"

一听这声音，张居正猛然记起这人就是隆庆六年夏在天寿山见过一面，此后就销声匿迹的何心隐，不免大吃一惊，问道："你是柱乾兄？"

"在下正是。"

"你怎么会来这里？"

"湖广合省官员一个不落地全都拥来荆州会葬令尊大人，我正好在贵省讲学，听得消息，焉敢不来。"何心隐说罢，径自走到墓门前，朝隆起的大土堆俯身跪下，庄重地行了三拜大礼。趁他行礼的当儿，张居正就近观察，发现何心隐同六年前相比无甚变化，只脸上的颧骨比过去显得更加突出，让人约略感到他的桀骜不驯。

待何心隐行过礼后站起身来，张居正问他："这些府学生都是跟你一起来的？"

"是的。"

"一个府才二三十名学生，这一二百名学生，该来自多少个州府？"

"大约七八个州府吧。"

"他们怎么来的？"

"我在当阳讲学，他们都是赶来听我讲学的，听说我来荆州，他们又跟着我来了。"

"没想到柱乾兄，号召力如此之大。"

"当年孔子弟子三千，传为美谈，其实算得了什么，我何心隐的弟子，三万都不止。"何心隐的口气颇为自负。

"都跟你学阳明心学？"张居正问。

"是的。"

"听人说，你自称是当代圣人？"

张居正的口气中充满嘲弄，何心隐虽然听出来了，但他并不在乎，而是摆出一副"天将降大任于斯人也"的派头，踌躇满志地答道："每一代都应该有圣人，就像每一朝都应该有宰相一样，这是天经地义的事，原也不足为怪。"

"好哇，柱乾兄，祝贺你成为被青年士子追随之人，记得当年你在京城落榜后的题诗'常记江湖落拓时，坐拥红粉不题诗'，如今你虽然仍处江湖，却是一点也不落拓了。"

何心隐不愿意在这肃穆的葬礼中，与张居正针尖对麦芒地打嘴巴官司，他躲开张居正的机锋，说道："宅揆大人，老汉今日前来，是给令尊大人送一点祭仪，略表心意。"

何心隐说罢，转身招招手，便见几个府学生抬了一对汉白玉的石雕走上前来。只见这对石雕状似巨型蜥蜴，昂着三角形瘰头，鼓着一双蛤蟆眼，长长的尾巴卷曲着，塌在两条后腿之间。在场的官员们个个都感到好奇，纷纷挤上来，争着想看看这对怪物。张居正抬头朝人群扫了一眼，那些朝前挤抢的脚步又都吓得缩了回去。

"宅揆大人，你知道老汉送的是什么？"

何心隐一口一个"老汉"，张居正听了心底窝火，加之他对这对面目狰狞的石雕也没什么好感，于是没好气回道："请柱乾兄告诉仆，这是什么？"

"蚇蝘。"何心隐嘴中重重吐出两个字。

站在张居正身边的张居谦听罢，不禁失声问道："什么，趴下，是谁趴下了？"

何心隐睨了张居谦一眼，见他长得与张居正有些相像，猜着是张居正的弟弟了，便朝他拱了拱手，大咧咧地问："承教，你是居易还是居谦？"

"居谦。"张居谦自觉失言，下意识朝后站了一步。

何心隐摇摇头，叹道："你读书不博，我也不能怪你，这个蚇蝘，不是你说的趴下。虫旁一个八字，是为蚇，虫旁一个夏字，是为蝘。是神物，了不起的神物。"

"什么神物？"张居谦受了谴，心有不甘地问。

"这说来就有典故了，"何心隐并不看张居正越来越严峻的脸色，兀自滔滔不绝讲道，"昔鸱鸮氏生了三个儿子。大儿子叫蒲牢，有一副大嗓子，好吼好叫，因此人们就让它饰守大钟，你们见到的钟钮就是它。二儿子叫鸱吻，生了一根长颈子，有事无事好作瞭望状。人们便让它站在屋脊上，你们见到的屋檐上的吻头就是它的演变。这三儿子叫蚣蝮，生下来就好饮，一条江的水，它顷刻就可喝干。今大江大河上的闸口两旁，都让它站岗守值。"

"你说这怪物是人变的？"张居谦又问。

"蚣蝮怎的会是人？鸱鸮氏本就是神，神之后代，不称儿子称什么？神龙火凤，跳蚤臭虫都有后代，儿子只是借称而已。"

"柱乾兄，你为何要将这蚣蝮送来？"

这次问话的是张居正，何心隐感到这声音寒碜碜的有一种威慑的力量，不禁震了一下，但旋即又提高嗓门答道："蚣蝮是镇水良兽，老汉我请名匠雕刻一对送来，权作令尊大人的镇墓兽。"

"镇水则镇水，为何要扯上镇墓？"

"荆州平原古称泽国，大堤十年九溃，无蚣蝮在此，恐令尊大人阴宅难安啊！"

张居正听出何心隐话中有话，便追问了一句："把你剩下的半截子话也讲出来。"

"你听出来了？"何心隐冷冷一笑，"大凡权势中人，生前处处受人趋奉，死后难逃水厄。"

"放肆！"张居谦跺脚吼了一句，他不了解何心隐与张居正的关系，以势压人说，"你一个陋巷穷儒，张狂什么，你知道是在跟谁说话？"

"我怎么不知道，"何心隐反唇相讥，"你以为老汉得学习这些朝廷官员，见了宅揆大人周身股栗，腿都站不直？孟子说过：'说大人则藐之，凡见一有爵位者，须自量我胸中所有。若不在其人之下，何为畏之哉！'你哥哥如今手掌乾坤，如日中天，他充其量得到的只是官心，而我何心隐，得到的却是道心，天道地道人道神道，道道无穷，我有什么可怕的！"

听到这一番"疯话"，张居正脑海里又清晰地回忆起六年前在天寿山与何心隐秉烛夜谈的情景，深深感到此人沉湎于阳明心学已经走火入魔。人之才能，是为人世所用还是与人世相忤，原也只在一念之间。他不想在父亲的新茔前，当着数百名官员的面同这位"圣人"斗学问的机锋，他将了将胡须上挂着的水珠，愠色说道："柱乾兄，家父葬仪刚刚完毕，我也有些累了，改日再找你来，专门承教。"

此言既出，一直按剑在旁须臾不离左右的护卫班头李可，立刻抢步上前，推开挡在道上的何心隐，一大队虎贲勇士簇拥着张居正来到孝棚前面，顷刻间起轿而去。

当天晚上，刚交戌时，金学曾应约走进了张大学士府。他虽然当上了学台大人，但毕竟在荆州城住了三年，满街都是熟人，特别是税关的差吏，听说老堂官回来了，一窝蜂地跑来非要拉他去喝酒以示孝敬。盛情难却，金学曾被生拉硬拽上了一品香酒楼，正喝得酒酣耳热，忽见张府家丁带着随张居正南下的内阁书办前来找他，说是首辅紧急召见，要他即刻前往。一听说是紧急召见，金学曾心里已猜出了七八分，肯定是为下午太晖山上何心隐突然出现的事，他当即一推碗筷，朝老部属们拱拱手道一声

"对不起，多谢诸位酒饭"，便随着张府家丁噔噔噔下楼，半炷香工夫就跨进了张大学士府的门槛。

这座气宇轩昂的张大学士府邸，金学曾以前来过几次，有两次是被张老太爷请来听戏的。当时的感觉是嘈杂得很，张老太爷是个喜欢热闹的人，因此，家里佣役说话也是一个哈哈三个笑，一点规矩都没有。今晚上可不同了，虽然里里外外依然是花团锦簇灯火通明，但回廊间少有人影，就是偶尔有当差走过，也都蹑手蹑脚，生怕弄出响声来。金学曾到此又重新感到了张居正的威严——这威严不是那种板起面孔不苟言笑，而是举手投足慢言细语之间，一个人整个儿向外散发的那种震慑力量。

张大学士府的第三重正房，面阔三间，原是张文明的书房以及会见重要人物的内客堂，现在被临时改作张居正的值房。金学曾被书办领到这里时，张居正早已坐在里头，正埋头看一份奏章。每天，京城里都有奏章、咨文以及邸报等重要文件传来，他不但要看，还要拟票或批复——这是皇上特意规定的。朝廷大事必须由他处置，他虽然感到累，但心里觉得踏实。

尽管金学曾脚步很轻，张居正仍然听到了响动，他在紧连着客堂的书房里问道："是学台大人到了吗？"

这话虽然有些调侃，但语调亲切，站在客堂里的金学曾心中涌过一股暖流，答道："回首辅，是卑职金学曾。"

"进来呀！"

金学曾整了整官袍，抬腿迈过了门槛，张居正放下手中正在看着的一份奏章，往后推了推椅子站了起来，笑模笑样走到金学曾跟前，打量着他说道："今天下午，你讲的那位酱先生很有意思，你这位金学曾哪，做什么事都猴头猴脑的。"

张居正此时的和颜悦色，与下午在孝棚里会见三台长官时的冷峻恰成鲜明的对比。金学曾知道首辅欣赏他，但仍不敢造次，正琢磨词儿回答，偏嗓子眼不争气，喉结一滑，竟喷出一个响亮的酒嗝。张居正微微退了一步，用手在鼻子前扇了扇，问："怎么，喝酒了？"

金学曾喝酒不上脸，这一下却腾地红成了落锅的虾子，他双手捏着官袍的下摆，局促不安地说："卑职孟浪，被税关的老同事拉到酒楼上灌了几口猫尿。会葬期间，这是大不敬的事，卑职请首辅治罪。"

"治什么罪呀，辛苦了一天，下午又在太晖山淋了雨，本就应该喝点酒驱驱寒气，我回到府中，也让人熬了姜汤喝下一碗。啊，干吗老站着说话，来，坐下来。"

张居正不在客堂而在书房里会见金学曾，实际上已是把他当成了心腹。这一点，金学曾自己心底也清楚。所以，刚一落座，他就小心翼翼问道："首辅连夜找卑职，不知有何急事？"

张居正拿起书案上的盖碗茶，一边拨弄着浮叶，一边敛了笑容问道："你知道我为何要向皇上举荐，让你当湖广的学台？"

"不知道。"金学曾谨慎回答。

"你都上任几个月了，别人怎么看你？"张居正又宕开问了一句。

"官场上的人，本来就好嚼舌头根子，就卑职的任职，说什么话的都有，有说我从热锅跳进了冷灶，有说卑职在荆州清税时，到底还是得罪了首辅大人。"

"啊，怎么得罪了我？"

"将赵谦送给张老太爷的一千二百亩荒田清理了出来，这事儿，没有首辅大人的支持，卑职断然不敢胡作非为。但外头人不知晓内情，故捕风捉影乱说一通。"

"林子大了，什么样的鸟都有，这些不要去管它。"张居正说着又回到先前的问题，"你真的不知晓我荐拔你出掌湖广学政的用意？"

金学曾本想用一句"不知道"搪塞过去，见首辅一再追问，只得言道："卑职也曾就这件事反复揣摩，好像摸到了一点，又怕是错的。"

"你讲讲看。"

"首辅大人是不是想整顿学校？"

张居正两道吊额眉一扬："唔，讲下去。"

"首辅自隆庆六年夏上任，欲造大明王朝的中兴气象，一直在大力推行改革。首先是整饬吏治，裁汰冗员。再就是让六科监督六部，内阁稽查六科。如此考核制度的建立，使内阁真正成为了权力中枢，首辅也就能够理直气壮地担负起替皇上总揽朝局调理阴阳的责任。兹后，从万历二年开始，首辅又整顿驿递、税关、盐政、漕政与马政，一直到子粒田征税，事无巨细一一厘清。将过去许多不合理的制度一一改正，几年下来，国家财政已是根本好转。过去是两年的收入，只够一年之支出，现在是一年收入，可供三年的费用。去年冬，首辅又敦请皇上颁旨在全国开始清丈田地，首先在山东试点。此役用三年时间完成，一旦大功告成，每年之赋税又会增加许多。届时，国富兵强、物阜民丰的太平盛世必将来临。

"士有报国之途，农有可耕之田，工有一技可用，商有调剂之才。如今之天下，野无饿殍而朝有贤臣，是大明王国自永乐皇帝以来最好的局面，但也有不尽如人意处……"

说到这里，金学曾酒劲儿上来嗓子眼干得冒烟。他将侍应送上的茶水猛咕了几口，抹了抹嘴角的余滴，继续言道："卑职说的不尽如人意处，便是现在的学校，洪武二年十月，高皇帝下令在全国各府县建府学、县学。十五年四月颁诏天下祀孔子，赐学粮，增加师生廪膳。凡入府学县学的学生，一律由国家负担费用，并免生员一家赋税。当时国朝初创，人才匮乏，故高皇帝历年增加廪膳生员名额并给予殊恩优抚，应该说是正确的国策，但到了宣德三年，有感于廪膳生员设置太多太滥，已成各府县之负担，皇上采用礼部建议，给府、州、县学重新定额，一时削减了不少生员数额。此项改革得罪了不少人，只要一有机会，这些人就鼓捣着恢复旧制。景泰元年，新皇帝登基，为收揽人心，又将生员定额取消。成化三年，生员再次定额，当时主其事者是礼部左侍郎姚夔。京师士子便编了一首顺口溜骂姚夔，'和尚普度，秀才拘数，礼部姚夔，颠覆国祚。'正德十年，武宗皇帝再次放开生员编制，从此一发而不可收。许多人削尖脑袋往府学县学里钻。一入学校，穿上了宽袖皂边的五色绢布襕衫，就等于跳了龙门。哪怕一辈子考不上举人进士，但只要占着生员名额，照样优免课赋，享受朝廷配给的廪膳。高皇帝当年创设学校，其意是为朝廷培养人才，体现朝廷的养士之恩，可是发展到现在，这养士之制早就变了味儿。府学县学里虽仍有认真读书博取功名的人，但大多数士子却是不肯钻研经邦济世的实际学问，而是一味地标新立异，将一些空洞无物的玄谈狂思视为圭臬。因此，朝廷每年花费大把的银子，养的却不是士，而是一帮狂徒！"

"说得好。"张居正就知道金学曾干一行钻一行，出任学政几个月，就把这里头的弊端弄得一清二楚，他满意地点点头，又问，"你知道现在天下的廪膳生员是多少吗？"

"不知道。"金学曾不是没有打听过，而是因为不在北京，无从查获确切的数据。他回道："卑职知道正德九年的全国廪膳生员数字是三万五千八百人。"

"正德九年距现在已过去了六十多年，廪膳生员的数额早翻了一倍多，现在是八万七千多名，相当于全国领取俸禄的文官吏员的总和。"

"太多了！"

"是啊，本辅上任之始，裁汰官场冗员，三年共裁去一万多名。至今还有人骂我此举是夺皇上的威福，是寡恩，是与士林作对。但不能因为人家反对，咱就缩手缩脚不敢做事，我荐拔你出任学政，就是要你整顿学校。"

"卑职感谢首辅的信任。"

金学曾想站起来表示谢意，张居正抬手示意叫他别动，接着说："今天下午三台会见时，我发觉你有难言之隐。所以，就想着今晚上单独召你来见面，想听听你在整顿学校方面有何创议。"

"整顿学校，是两个方面的问题。"金学曾说话的速度慢了下来，他在琢磨说话的分寸，"一是裁汰生员，这里头主要是清除两种人，一是害群之马，二是那些实在是开不了聪明孔的老童生，从黄髫少年读到胡子拖鸡屎，还在那里懵里懵懂地学别人的策帖，这类人……"说到这里，金学曾忽然意识到首辅大人刚刚下葬的父亲正是这样一个老不争气的"府学生"，不禁为自己的失言而懊悔。他本想说"这类人一律裁汰",便临时改了口,言道,"像这类人,因人而异区别对待……"

"什么区别对待,一律裁汰,"张居正看出金学曾的心思,索性挑明了说,"家父也曾是个屡试不第的老秀才,五十多岁,他就退出了府学,不再让朝廷供养。"

"老封君高风亮节,不愧是读书人楷模。"金学曾说了一句拍马屁的话,顿时感到脸上发燥,他连忙拿起茶杯喝水以图掩饰,"方才说的是对于府县两级的官学。其实,这些年讲学风盛,各地办起的私学,亦广招生员,这样一些学校,危害尤烈。嘉靖年后在阳明心学基础上发展起来的泰州学派,在民间极为活跃,其代表人物如何心隐、罗近溪等,四处收徒,每到一处,年轻人趋之若鹜,这些私立学校的山长,其影响力不单超过朝廷亲授的教谕或学正,就是地方官吏,也莫能与之抗衡。"

"这才是问题的关键,"张居正接过金学曾的话头,怒形于色说道,"我这里有一份密帖,你不妨看一看。"

张居正说着从案头卷宗里抽出几张纸来递给金学曾。这是安徽太平府知府龙宗武写给张居正的密件,金学曾埋头看了下去:

> 近查府学生员吴仕期,闻贬曹邹元标过境之消息,邀约府县生员及私学之子计约一百余人,步行数百里至镇江与之会面,尊元标为济世之雄。镇夜轰饮扰乱治安,攘臂欢呼讥刺时局。辱骂元辅为一世奸雄,不孝有如刍狗。且视簪缨贵族如草芥、视谦谦士人为群氓,若不除之,国祸无穷云云。此辈之张狂,于此可见一斑。唯啸聚三日后,

吴仕期率众回归府学，又密写揭帖数十张，假借致仕苏州知府海瑞之名攻击元辅，且于府治到处张贴。

愚职于上月十九日密拘吴仕期一干人犯，亲自谳审，侦知吴仕期轻薄狂妄，实有所本。他自认平生最景仰之人物，乃江西吉安何心隐，贬曹湖广平江艾穆之辈……

这封密札很长，金学曾仔细看过一遍，半晌沉吟不语。张居正摩挲着脸颊，盯着金学曾缓缓言道："嘉靖以来，讲学之风盛于宇内，如果只是切磋学问探求道术，倒也不是什么坏事。但如今各地书院之讲坛，几乎变成了攻讦政局抨击朝廷的阵地，这不仅仅是误人子弟，更是对朝局造成极大的危害。像太平府这个吴仕期，只是狂妄之辈的一个代表而已。圣人有言，'一则治，杂则乱；一则安，异则危。'如今，各地书院已成对抗朝廷新政的堡垒，这是绝不允许的事情。书院为何能够如雨后春笋般兴起，说穿了，就是有当道政要的支持。讲学之风，在官场也很兴盛，一些官员对朝廷推行的各种改革心存不满，自己不敢站出来反对，便借助何心隐罗近溪之流的势力，来与朝廷对抗。讲学讲学，醉翁之意不在酒啊！"

张居正说着说着就上了火气，金学曾到此才明白首辅厌恶讲学还有这么深刻的原因，便道："讲学之风，如今已成沉疴之病，官员们不管出于何种动机，反正有不少人乐意襄助此事。下午，抚台陈瑞讲到襄阳府巡按赵应元不来参加会葬是因为有病，据卑职所知，真正的原因是罗近溪到了襄阳，在卧龙书院讲学，赵应元要留下来陪他。"

"看看，这又是一例。"张居正轻蔑地笑了笑，又道，"如今全国讲学之妖风，已是甚嚣尘上，其中又以南北两京、浙江、江西、湖北数省为最。我之所以要举荐你出任湖广学政，就是要你先在湖北捅一捅马蜂窝。"

"卑职一定不辱使命，"金学曾脸色庄重地表态，接着说，"前不久，郧阳府发生了一次械斗，郧阳府知府徐显谟到任后，支持何心隐在那里兴办书院，为了解决校舍，徐显谟命令驻扎在郧阳的千户卫所腾出一半房子来，导致军士哗变，竟把府衙包围了起来。"

"这样的大事，怎不见上奏朝廷？"

"当地官员担心考绩过不了关，故多方隐瞒。"

"真是岂有此理！"

张居正恼怒地骂了一句，还欲说什么，却见书办进来禀报："大人，荆州知府吴熙求见。"

"有何事？"

"吴熙说，他把何心隐抓起来了。"

"为何？"

"何心隐下午在太晖山侮辱了首辅大人，还送那一对怪物到葬礼上，这都是戏弄。吴熙看到大人发怒，一回到荆州，就派人把何心隐抓了。"

"胡闹！"张居正霍地站起，厉声说道，"你去转告吴熙，叫他迅速把人放了。"

"是！"

书办一溜烟跑走了，张居正踱到窗前，眼前又浮现出那一对石雕虾蟆丑陋的形象，不免又自言自语道："何心隐啊何心隐，天底下，就你这一只叫鸡公了！"

金学曾一旁观察，突然明白了首辅"投鼠忌器"的矛盾心理，他忽然灵机一动，想了一个替首辅解忧的办法，莞尔一笑，便躬身告辞离开了张大学士府。

第九回

粮道街密议签拘票
宝通寺深夜逮狂人

由于地势低洼，加之遍地的湖塘，一到夏天，武昌城就热得如同蒸笼。白日里来风去浪，虽然热，往阴凉地儿一站，倒也还能透口气儿。奇就奇在一到夜晚，风都不知道死到哪儿去了，一丝儿也不肯吹出来。整个儿一座城不单是蒸笼，简直就成了烤红薯的红炉铁桶。丁门小户人家，多半是杂物堆积拥挤不堪，三伏天窝在家里，摸什么物件儿都觉得烫手。如此天气，待在家里还不把人闷死！于是，太阳一落土，家家都把竹制的凉床搬出来，不管怎么说，躺在大街上乘凉，到底比在屋子里通泰得多。多少年下来相沿成俗，市民们乘凉便成了武昌城夏日的一道景儿——男的只穿一条大裤衩子，女的也只穿一件露着浑圆玉臂的小褂，床挨床人挨人一街二巷睡了个满。摇着大蒲扇说笑话的，拍蚊子把大肚皮拍得脆嘣脆嘣响的，小姑娘闻着邻床的臭汗睁着眼睛数星星的，小孩儿摸出年轻妈妈的奶子当众吮吸的——这都是司空见惯的画面。这时候，你若是讲求"非礼勿视"，除非把眼球儿摘下来。

但人毕竟有尊卑之分，一城之中，能看到这道奇景儿的，只能是千家街保安街等穷人集居之地。在蛇山北侧的粮道街却很难见到——这条大约有两三里路长的一条街，住的都是有头有脸的尊贵大户。三台衙门里的官员，住在这条街上的就有不少。

此时已是酉时过半，粮道街上灯火阑珊。巷子里时而走过巡逻的军士和做小买卖的生意人。

"酸梅汤——嘞！"

"西瓜嘞，不甜不要钱！"

小贩的叫卖声悠悠忽忽，对于燥热的夜行人来说，这是一帖最具诱惑的清凉剂。

"卖酸梅汤的，过来！"喊话的是坐在四人抬轿子里的金学曾。此时轿子刚在一所大宅门前停下。

金学曾一脚跨出轿门，从赶过来的小贩手中拿过木瓢，伸到酸梅汤桶里满满舀了一瓢，咕咚咕咚一口气喝干，然后掏了一把铜钱扔给小贩，把木瓢递给抬轿的班头，说道："你们在这里尽情地喝，等我出来。"说话的当儿，早有穿着衙门皂衣的侍轿长随去敲大宅子的门。

"谁呀？"里头有人应声。

"咱衙门里的学台金大人。"

"啊，是金大人。"

里头的人赶紧打开大门，金学曾一步跨进门槛，对开门的班役说："烦你赶快禀报，我有急事要见抚台大人。"

"小的已禀告进去了，请金大人稍候片刻。"

班役把金学曾领到客厅。金学曾打量这厅里的陈设，只见墙上贴了些苏画，桌上摆着一只博山炉和两把宜兴茶壶，景窑彩瓶中插了些时花，虽是些不值钱的玩器，倒也布置得热热闹闹。心中忖道："这个陈瑞，虽然沾了爱财的名头，倒也懂得收敛。这个二房的家里，倒见不着刺眼的富贵气。"按理，陈瑞应住在抚台衙门里，只因他宠爱的二房与大夫人搁不拢，二房不肯受夹板气，硬是要搬出来，陈瑞只得由她，在这粮道街觅下一处住房另住。陈瑞不愧是七尺须眉堂堂大丈夫，一碗水端得平，定下规矩来，逢单日与大夫人住在衙门官邸，逢双日就过粮道街这里来陪陪如夫人。衙门同僚都知道他的这种安排，故逢双日有事，就径自到粮道街来找他。

由于院子里有一棵大桂花树，白日里替房子挡了阳光，所以这客厅夜来还稍稍有点凉气，但金学曾依然感到闷热，皆因他穿得太齐整，一件七成新的三品孔雀夏布补服套在身上，里头还穿了一件挡汗的背心。由于一路走得急，额头上汗渍渍的，补服上也渗出了几块汗斑。他正摇着折扇心急火燎地等待时，忽见门帘儿一晃，身穿一件湖青轻薄府绸长衫的陈瑞抬腿儿走了进来。

"陈抚台。"金学曾站起来，收起折扇行礼。

"坐坐坐，"陈瑞一边还礼，一边说道，"这么热的天，你还要官箴体面，彼此都是老熟的人，何必呢？"

陈瑞说着，便命班役扯动悬在厅梁上的大布扇，厅堂里顿时起了凉风，感觉舒坦得多。

金学曾抹了抹脸上的汗，笑道："武昌城素有火炉之称，一到夏天，满城的人，都变成了蒸笼里的馒头。"

"都是馊馒头，"陈瑞没好气地接了一句，咕嘟着埋怨道，"小时候老听人家说吴牛喘月，还以为吴越之地是天底下最热的地方，来到武昌才知道此言大谬，什么吴牛喘月，应改作楚牛喘月才是。"

"你是北人，特别怕热。"金学曾附和着。

"是啊，"陈瑞哭丧着脸，"一到夏天，咱就像闷昏鸡似的，坐在衙门里竟值不了事。方才你未来之前，我坐在后院书房里，弄了一大桶井水，把双脚泡进去才感觉舒坦一些，你看看，这都过成了什么样子。这次首辅回江陵葬父，咱曾向他当面提过请求，能否把我调回京城去，不求迁升，只求离开这座火炉。"

"首辅答应了你吗？"

"他哼了一声。"

"哼了一声就是记住了。"金学曾眨了眨他的小眼睛，忽然诡谲地一笑，"陈抚台，你若想能尽快调离武昌，恐怕得走走捷径。"

"怎么走？"此话一问出口，陈瑞便有些后悔，他知道金学曾是首辅跟前的红人，同时又是一个软硬不吃的"鬼难缠"，同他打交道得十二分的小心，倘若有什么把柄落到他手里，就等于自己给自己支了一口油锅。于是又连忙掩饰道："咱是正常迁转，哪用走什么捷径。金学台，今夜里劳你大驾光临，究竟有何急事？"

金学曾知道陈瑞对他存有戒心，也不计较，只是不动声色地问道："今日吏部传来的咨文，抚台可曾看到？"

"看到了。"陈瑞点点头，又明知故问，"是不是给郧阳知府徐显谟和襄阳巡按赵应元两人处分的事？"

"是的。"

却说吏部这道咨文传示明白：郧阳知府徐显谟因强令卫所驻军腾出营房创办学校，导致驻军哗变，遭监察御史陆庠弹劾，官降两级，谪调泰州同知；襄阳府巡按赵应元候代期间，每托病不到衙视事，终日悠游山水吟诗作赋，颇遭物议。亦被都察院风宪官纠弹，给予削籍处分。这两人与陈瑞虽无私交，但毕竟是本省下属官员，一体举勘到部黜叙，成了风闻全国的大事。作为一省抚台，本省官员出了这大的事，陈瑞仍觉得面子上有些过不去。

"吏部对这两人的处置都过于苛严，"陈瑞毫不掩饰对这道咨文的不满，言道，"那些风宪官一味取悦于上，揪住一点小事无穷放大。多少官员的仕宦前途，就这样被他们白白葬送了。"

"徐显谟与赵应元，恐怕不是小事吧。"金学曾盯着陈瑞，一脸的微笑高深莫测。

陈瑞意识到自己说话走了板，忙改口说："当然，这两个人犯的都不是小事。"

"抚台大人认为他们犯的什么事？"

"这还用说吗？"陈瑞愤然答道，"首辅葬父，合省官员都赶往江陵会葬，偏这两个人都找理由告假不来，这还不把首辅得罪了。"

"按抚台之见，首辅是公报私仇。"

金学曾这句话说得尖刻，陈瑞如听得一声炸雷，吓得从椅子上弹起来，忙不迭声地解释："金学台，你话可不能这样讲，咱陈瑞对首辅之忠心，可鉴日月……"

陈瑞如木偶一般挥动双手，那样子很是滑稽，金学曾笑着打断他的表白，言道："抚台大人，你把我的意思理解错了，我是说，徐显谟与赵应元所受处分，并不是因为他们没到江陵参加会葬。"

"啊？"

"这两人受到贬黜，都是为的同一个原因。"

"什么原因？"

"讲学。"

"讲学？"陈瑞又紧张兮兮地坐回到椅子上，将信将疑问道，"为了讲学处分人？"

"是啊，"金学曾答道，"近些年讲学风起，在阳明心学基础上发展起来的泰州学派，早已在士林中成势。时下读书人，若是口头上诌不出几句陆王心学的语录，同侪们就会瞧他不起。在这种情势下，府县两级官学的生员对程朱理学再也没有兴趣，纷纷自发地把一些讲述陆王心学的人请到学校去演讲。官学毕竟数量有限，这帮人唯恐陆王心学传之不广，又纷纷创立书院。现在，这些一哄而起的书院，在全国总有数百座之多，其生员已是大大超过了省府县各级官学的学生。这些年轻人再不热心科举，而是一门心思想着如何标新立异。朝廷创设学校，原意是为管理国家培植人才。那些名动朝野的心学大师们创设书院，想的却是按他们的意愿调唆青年士子，如何与朝廷分庭抗礼。如果听凭这些人胡闹下去，若干年后，朝廷岂不成了一个空架子？"

金学曾娓娓道来，虽然说得波澜不惊，但陈瑞听了仍感受得到电闪雷鸣。关于"讲学"这里头的弊端，陈瑞不是看不到，他只是觉得这事儿属学台管辖，自己不必硬挤进去操一份闲心。不管怎么说，跑到别人的河里去抓鱼摸虾，终是官场大忌。金学曾当了学台大人已有半年多，两人虽曾多次会揖，但金学曾从不肯主动向他表达学政问题，他也懒得问。今晚上，金学曾猴儿巴急地跑来，却一改常态与他大侃特侃"讲学"的邪风，凭他的直觉，这只精狗子肯定是闻到了什么荤腥。他顿时多了个心眼儿，决定采用拨草寻蛇之法，把这位学台大人的心里话套出来。

"听金学台这么一说，咱才明白'讲学'祸患无穷。徐显谟与赵应元，都是讲学的热心提倡者，如果从这方面考虑，给他俩的黜处倒也是合情合理，但让咱糊涂的是，吏部咨文为何不把这真实的理由说出来呢？"

"据我猜想，这是首辅的策略。"

"啊？"

"以首辅一贯的思路，他对无关社稷苍生的空谈玄理始终深恶痛绝，他初任摄政之时，首先要解决吏治与财政两大问题，几年下来诸事已见成效。他也就能够腾出手来治理讲学了，但讲学之风，自嘉靖末年蔓延到今，已成痼疾。到近年来又有所演变，即朝廷中因循守旧的反对改革的官员，往往与涉谈命理的陆王追随者一道，借书院之讲坛，攻击万历新政。这一变化，尤为首辅所注目。因此，据我猜测，首辅肯定要对讲学之妖风行使雷霆手段了。这件事，因牵扯到天下读书人，最易引起非议，吏部处理徐显谟与赵应元二人，言在彼而意在此，咨文一出，先听听士林的反应，再决定下一步的举措。"

"以你之见，首辅下一步的举措会是什么？"陈瑞的态度认真起来。

"查封全国的私设书院。"

金学曾说得很恳切。陈瑞眯眼儿一想，觉得金学曾的话有几分道理，但这事儿与自己关系不大，便松下心来笑道："金学台分析得头头是道，反正你是个热闹人，走到哪里，都会弄得山呼海啸的，这回查封书院，你又要力拔头筹，创立奇功了。"

陈瑞的语气中既含有嘲讽，又含有羡慕，金学曾早把陈瑞一肚子杂碎看了个对心穿——这人是个老官场，谁在台上就认谁。

吃准了这一点，他就对症下药："陈抚台，这回力拔头筹的，恐怕不会是我。"

"不是你那会是谁呢？"

"你。"

"我？"

"对，是你！"金学曾瞅着陈瑞一张发愣的脸，神秘言道，"我刚才讲过，首辅查封书院，恐怕会使出雷霆手段。既是雷霆手段，就不是我们这些学官有能力做得出来的。"

"你是说……"不知不觉，陈瑞已把身子凑近了金学曾。

金学曾见他已入瓮，心中甚为高兴，问道："你说，查封书院应从什么地方做起？"

陈瑞懒得细想，性急地说："金学台，你干脆说了，如何是雷霆手段。"

"一句话，擒贼擒王。"

"这还是个哑谜儿，"陈瑞撇了撇嘴角，摆了个打破砂锅问到底的架势，"你说，何为贼，何为王？"

"抚台这么一问，倒叫我不好回答了。"金学曾略一思虑，又道，"这么说吧，若要拆庙，先得搬神。"

"庙是那些私立书院，神呢？"

"各个书院的山长都是神，但最大的一尊神，现就在咱们的眼皮子底下。"

"谁？"

"何心隐。"

"这个疯汉，"陈瑞立刻记起何心隐在太晖山与首辅见面时的张狂，早就把他恨得牙痒痒的，便道，"论理，这个人早就该抓起来，但谁又敢动他呢？"

"为何不敢动他？"

"你忘了，四月份在江陵，荆州知府吴熙把他抓起来，首辅却下令把他放了。听说他是首辅年轻时的朋友，首辅虽是铁面宰相，但朋友之间，他还是抹不开面子。"

金学曾摇摇头，说道："陈抚台只看到了问题的表面。当时首辅的父亲刚刚下葬，何心隐大老远跑来送那两只虾蟆，虽有愚弄之嫌，毕竟是参加葬礼来的，如果即刻把他抓起来，就显得首辅太没器量。所以，首辅要吴熙放了他。现在却不同了，首辅五月底动身回京，已离开湖广地面二十多天了，这时候再抓何心隐，我可以肯定，首辅再也不会指示放人了。"

陈瑞想一想觉得金学曾的话有道理，便狐疑地问："是不是首辅走之前，额外有话吩咐你？"

"没有。"

"既没有吩咐，这首辅的心意儿你怎么知道？"

"今日吏部传来的咨文，就透露了首辅的心思，"金学曾说着意味深长地一笑，又道，"陈抚台，首辅投鼠忌器，你我就不存在这个问题。"

"这倒是。"陈瑞估摸着这件事如果真像金学曾所说，倒是巴结首辅的一次绝好机会。但心里仍拿不定主意，想了想，犹豫地问："万一抓错了人，怎么办？"

"抓不错的，你放一百二十个心好了，"金学曾一副大包大揽的样子，说道，"再说，为官一任，要想做成几件大事，总还得冒几分险。当初，我任荆州税关巡税御史时，揭发赵谦拿公田做人情送给张老太爷，多少人都认为我这是给自己捅刀子，结果怎样？首辅天下为公，灭私情而惩贪官，我金学曾不但没有引火烧身，反而得到了皇上的褒奖。"

说了一晚上，就这几句话最打动陈瑞的心，他一咬牙，说道："就依你的，咱们即刻动手，把何心隐先逮起来再说。"

"好，请抚台大人迅速给捕快下令，今夜里就将何心隐捉拿归案。"

"你是说今夜里？"

"是呀，事不宜迟，免得夜长梦多。"

"好，我这就签发拘票。"

武昌城大东门外五里许，有一支小山脉叫小洪山。山上苍岩峻峭古木参天，石泉飞瀑禽鸟相亲，原是省城中人踏青消夏的好去处。山中建有不少富贵人家的别墅。如今，这山上又多了一座闻名遐迩声震江南的洪山书院。

小洪山上最古老的建筑，当数始建于唐代的宝通禅寺。依山而建步步登高的禅院，如今已是省城最为有名的巨刹，禅院后山的七层洪山砖塔，亦成为一方名胜。大凡来武昌城游览的人，第一站必定会到蛇山上登临黄鹤楼，俯瞰拍天而去的万里长江和城中烟雨楼台十万人家，接下来就会到洪山宝通禅寺烧香礼佛，而后沿寺后盘磴古道，登临洪山宝塔，凭栏骋目，看茭荷满地田陌纵横的江南胜景。

距宝通禅寺约有半里之遥的半坡上，有一处石墙围砌的大宅院，俗称半山堂。原是省城中一个大绸缎商的别墅。两年前，这位绸缎商附庸风雅，把这座大别墅捐出来改建为洪山书院。从此，这座禅钟悠扬的小洪山，又成了莘莘学子聚居之地。洪山书院因临近省城，加之环境清幽，一俟建立，便招募到许多学生。上个月，书院山长因请到名满天下的何心隐前来主讲，洪山书院更是声名大噪，本来只可容纳二百多名学士的书院，一下子拥来六百多人。何心隐有一个观点，认为士未必高贵，农工商贾并不低下，人人都应是自己的主人，都应能成为圣人。"凡人皆可成圣"虽假借于禅宗六祖的"凡人皆可成佛"，但对于社会底层庶民，似乎更有吸引力。因此，他每到一处讲学，必定有大批的庶民子弟闻风归附。

且说这天晚上，河汉横陈月华如水，尽管洪山书院里头还是人声嘈杂灯火通明。可是与之毗邻的宝通禅寺，却是大门紧闭寂静无声，唯有方丈室里还有一盏孤灯荧荧茕照，灯下坐了两个人，一个是庙里住持无可禅师，一个便是洪山书院的主讲何心隐。

六年前何心隐在北京天寿山见到张居正时，曾向他介绍过无可禅师的来历。无可出家之前名叫初幼嘉，是张居正的总角之交。嘉靖二十六年与张居正一起去北京参加会试，张居正金榜题名，初幼嘉与何心隐却怆然落第。从此，三个人天各一方，初幼嘉下第的第二年就剃度出家。十几年后，便成了临济宗的传人，禅门里人人敬重的高僧大德。正是由于他的努力，本已破落的宝通禅寺终又变成了宏丽的丛林巨刹。这么多年来，他与张居正早就失掉联系，但与何心隐还常有过从。张居正从何心隐嘴中打听到初幼嘉的下落后，也曾托人带信给他，意在恢复联络。当年的初幼嘉——如今的无可禅师经过慎重考虑，决定还是不要互通信息为好。当年，他已通过何心隐带了一首偈诗给他，该说的"玄机"都已说了，何必还要破除佛戒重续尘缘呢？这次听说张居正回乡葬父，有可能要召他一见。以张居正现在的显赫身份，与他相见，无异于请来了一位活菩萨，宝通禅寺亦可借此沾光，使临济宗再次名重天下。但无可禅师一向把与官府结交视为"魔道"，他不肯攀援权贵而自损宗风。为了避免和故友相见，他便提早离开了宝通寺，前往九华山普陀山等处菩萨道场参拜。这一趟耗去了半年多时间，前几日才回到宝通寺，何心隐来洪山书院讲学已经一个多月了，听说无可禅师游脚归来，便约定今天夜里前来拜会。

老朋友相见，原也没什么客套。无可禅师拿出从普陀山带回的无花果招待何心隐，看他津津有味地咀嚼，无可笑着问："柱乾，听说你最近在洪山书院讲学，越发地离经叛道了，你说你现在是无父无君，可有此事？"

"实有其事。"何心隐满不在乎地回答。

无可骇然说道："你如此说，就不怕人家指斥你是异端邪说？"

"我的学问的确是异端，但并非邪说，"何心隐颇为自负地答道，"父子君臣关系，在孔夫子提出的五伦中，最为束缚人心。在家事父，出门事君，一辈子战战兢兢，生怕说错一句话，做错一件事。你说，一个人一辈子如此活着，哪里还有什么乐趣？"

何心隐摆出一个论战的架势，但无可并不同他争论，而是转了一个话题问道："听说你去江陵见到了叔大？"

"见到了，合省官员为了拍他张居正的马屁，都一窝蜂赶到江陵参加会葬，老汉也带着几百名学生，前去凑了一回热闹。"

何心隐接着就把那日在太晖山与张居正见面的情形绘声绘色讲述了一遍。

无可禅师虽然不肯与张居正见面，但毕竟两人是年轻时的挚友，他觉得何心隐前往太晖山会葬的方式有些古怪，于是不解地问："你送那一对虸蝻，究竟是寄托哀思呢，还是故意弄的恶作剧？"

"两者兼而有之。"

"啊？"

见无可禅师一脸疑惑，何心隐便解释说："毕竟张居正与我曾经是朋友，他的父亲去世，我不前往祭奠，于友道说不过去。所以，前往太晖山一拜，是寄托哀思，此其一也；其二，老夫也想借那一对虸蝻，给张居正一个提醒。"

"提醒他什么？"

无可问话刚出口，便见一个小沙弥进来，请老和尚出外低声说了几句话，无可禅师回到方丈室，神色有些严峻，何心隐问他："有什么事？"

无可答道："小沙弥说，寺庙外头有两三个形迹可疑的人，怕是小偷。"

"庙里有什么值得他偷的，终不会大和尚的佛法能被他偷了去。"何心隐说了一句笑话，旋即阴下脸来，叹道，"如今这世道，有几个小偷原也不足为奇，眼下的情势是，官宦人家，一个个是饱暖思淫欲，底层百姓，一个个都是饥寒起盗心。"

无可摇摇头，言道："柱乾兄言重了，叔大当政以来，这几年民困大有纾解。老衲这次出外游方半年，倒听得不少老百姓，都在说他的好话。"

"当年在天寿山，我设计见到张居正，向他提了三条建议，第一是清除朋党政治，第二是多用循吏少用清流，第三是清巨室，利庶民。他上任首辅六年来，一直按照这三条推行改革。"

何心隐说着，胡子一翘一翘地激动起来，竟提高了调门，愤然言道，"但是，画虎画皮难画骨，叔大兄缺的就是画骨之功。"

"啊？"

"我期望他推进改革，做一个名垂青史的太平宰相，但几年下来，他已深深让我失望，他满脑子的改革举措，只为一个字：钱！只要能为太仓里多弄到一两银子，他什么都干得出来。"

"多年以来，朝廷积贫积弱，叔大欲行富国强兵之道，原也无可厚非。"

"但是他对读书人太苛刻。对士林中人，他以极尽羞辱为能事，这一点，是可忍孰不可忍。去年他老父去世，按朝廷规矩本应回家守制，他不守制也罢，还把反对他守制的人，使用最严酷的廷杖大刑予以镇压。从这一点看，他为了固守首辅威权，不惜与天底下所有的读书人为敌。"

"阿弥陀佛！"无可禅师双手合十，嘴中喃喃地念了几句经文，又道，"大概就为这件事，你就给张居正送去了一对虮蝮。"

"是的。虮蝮是镇水良兽，我将它送给张老太爷镇墓，是为了让老人的灵魂免遭水厄。"

"水厄？"

"死者长已矣，生者常恻恻，"何心隐不知是为同类伤悲还是别有所思，反正脸色已是黯淡下来，"按《子午流注》所言，水厄为灾咎，为横祸。人既死了，何来灾咎与横祸？所以，老汉把虮蝮抬过去，名义上是送给张老太爷，实际上是提醒张居正，再这样下去，必定水厄难免。"

"但愿叔大心有灵犀！"无可凄然一叹，随即望着何心隐清癯的面颊，心想历来结怨于朝廷的人都没有好下场，便道，"柱乾兄，你也要善自珍重。"

"我？"何心隐一愣，他明白无可的言外之意，旋即笑道，"我如今门生满天下，谁还能把我怎么样？那天在江陵，荆州知府吴熙认为我在太晖山的举动得罪了张居正，竟然下令让人把我抓了起来，不到一个时辰又把我放了。"

"为何？"

"听说是张居正发了话，他毕竟是聪明人，怎肯背黑锅处分我这种人。吴熙这小子，拍马屁拍到了马腿上。"

"叔大身为宰相，毕竟还念旧情。"

无可说着，看了看窗外的夜色，月华流转北斗已淡，周遭万籁俱寂，夜已是深了，便对何心隐说："柱乾兄，时候不早了，你也该回书院安歇了。"

何心隐谈兴正浓，但见无可已站起身来送客，只得告辞。

两人走到院中，何心隐记起了一件事，又停下脚步，对无可禅师说道："差一点忘了一件事，前几天，我收到李卓吾先生从云南姚安府寄来的一封信。"

"李卓吾？"无可敛眉一想，问，"可是那位同你一样，装了一肚子怪学问的李贽？"

"正是此人。"

"他不是在北京礼部衙门做官么，怎么跑到云南去了？"

"他本是礼部度牒司主事，去年，张居正特荐他出任云南姚安知府，一下子给他官升两级。"

"这种人本不能为官，张居正能够擢升他，可见宰相肚里能撑船。"

无可一再称赞张居正，何心隐听了心里感到别扭，却又不好反驳，只得言道："李卓吾是一个疯汉，张居正虽然善待他，他却并不领情，他虽然到姚安上了任，但不肯认真理事。他听说境内鸡足山有一位禅师有百丈遗风，便跑去知会，把个知府的大印挂在衙门大堂，谁需要盖印，就自己盖去。"

无可听了，捻着佛珠一笑："这疯汉是个好人物，却不是一个好官。"

"他本来就厌恶当官，一心想要出家，他在鸡足山中参禅，写了一首诗叫《钵盂庵听经喜雨》，你想不想听听？"

何心隐说着，并不等无可答复，就顾自吟诵起来：

山中有法筵，暇日且逃禅。
林壑生寒雨，楼台罩紫烟。
清斋孤磬后，半偈一灯前。
千载留空钵，随处是诸天。

吟罢，何心隐又评论道："卓吾兄一门心思要当游脚僧，他的主意既定，怕是十头犟牛也拉不回。"

无可心里头又念了一句"阿弥陀佛"，言道："跳出三界外，不在五行中，对他来讲，应是解脱。"

"他从我这里，知道你无可禅师的大名，便想挂印而去，到武昌来拜你为师，剃度出家。"

"什么，拜我为师？"

"是的。"

"这哪儿能成，"无可摇摇头，回道，"李卓吾已明白'随处是诸天'，何必跑到我这个痴汉门下，领一件破袈裟。"

说毕，无可亲自为何心隐打开了寺中的侧门，拱手将他送出门外。斯时月明星稀，寺前的树林里清风习习，萤火明灭。何心隐走出寺门大约百十丈远，忽然从路边茅草窠里跳出几个人，一拥而上将他扑翻在地，他正欲喊叫，刚一张嘴，就有一团破布塞进去，堵了个瓷瓷实实。

第十回

救友显和尚菩萨道
危难见学台烈士心

没有不透风的墙，何心隐被省抚台衙门秘密逮捕的事，不出一天就在武昌城内外传得沸沸扬扬。近两三年来，何心隐一直在湖广讲学，全省比较有名的私立书院，大概有二十多座，几乎全都留有他的讲席。如今，用"桃李满天下"来形容他的声誉，是一点也不为过。何心隐名气如此之大，还有更深一层的原因：却说各地的官办学校，额有定数，大一点的县学，在籍学生不得超过三十人，小一点的县学通常只有十人左右。由于名额太少，导致入官学的门槛儿极高，除了考试严格，还有一大堆诸如请客送礼沾亲带故的猫腻难以对付。在这种情势下，私立书院应运而生。这些书院倒是都有点"有教无类"的圣人教育之方，只要有钱肯付束脩，什么人都可以进来。如此一来，许多渴望进学读书又请托无门的平民子弟便纷纷拥进书院，加上何心隐所宣扬的反对三纲五常，人之欲望可引导而不可摧残，人人皆可成圣等等宏论，与朝廷提倡的"存天理、灭人欲"的程朱理学恰如针尖对麦芒，听了让人耳目一新，因此极能博得平民子弟的欢心，只要他一登讲坛，远近青年士子都蜂拥而至。

各地书院认准何心隐是一棵摇钱树，纷纷出重金礼聘他前来主讲。可是，天有不测风云，一夜之间，这位普天下青年士子心中的偶像，忽然成了湖广巡抚的阶下囚，还有什么事能比这件事更能刺激人心？一时间，不单闾巷之间驵侩之流就此事夹七夹八说短论长，就是青楼酒馆衙门值房，这也成了最热门的话题儿。且说这天上午，金学曾端坐在大成路湖广学政衙门的值房内，正在接见省学的监正。这位监正也是为何心隐的事儿而来。何心隐被抓后，省学的学生们反响强烈，不少人摔盆子打碗不肯上课。昨儿下午，更有人把教谕从讲台上轰了下来。教谕按礼部通过的教义授课，学生们说他满口诌出的全是陈芝麻烂谷子，没有一点新鲜玩意儿，嚷着要把何心隐请上讲台，监正担心出事，故跑到学政衙门请示。

金学曾刚听完监正的具禀，还来不及指示，衙门堂役又来报告说宝通禅寺的无可禅师前来拜会，人已在大门口候着了，问他见还是不见。金学曾心里头嘀咕了一句："眼下都是烈火蹿上梁的时候了，这老和尚跑来凑什么热闹。"嘴上却说："哦，无可禅师来了，快请，快请！"堂役领命而去，趁这空儿，金学曾对监正布置说："国有国法，学有学规，先把带头闹事的揪几个出来，张榜训诫，若再敢乱来，干脆开除几个，处理这种事情，绝不能心慈手软。"

"可是……"监正欲言又止。

"可是什么？"

"闹事儿的不是一个两个，如今的廪膳生员个个都是刺儿头，法不责众啊！"

"什么法不责众，"金学曾皱着眉头斥道，"常言道，走脱了

124

大猫，就该老鼠成精了，你如今赶紧把大猫请回来。"

"什么大猫？"监正迂板地问。

"大猫，大猫就是你为朝廷办事的忠心。"说到这里，金学曾听得门口响起窸窸窣窣的脚步声，知是无可禅师到了，便对监正说，"你赶紧回去，学校里若闹出什么大事来，我拿你是问。"

监正诚惶诚恐退了出去，在门口同无可禅师打了个照面。监正平常喜好说佛谈禅，每每去宝通寺参谒，这会儿却没有心思向无可禅师讨教性命圭旨，只举手行了一揖，便匆匆挪步而去。无可禅师看他神色有些不对头，正自纳闷时，金学曾已迎出门来，满面春风打招呼："久闻老和尚大名，一直想去宝通寺拜谒，却听说老和尚游脚去了，几时回的？"

"四天了。"

无可禅师说着，随金学曾进了值房。金学曾的大名，他早有耳闻，但一直未曾见过。眼下两人对面坐着，无可感觉到这位循吏尽管表面上温文尔雅，但骨子里头却有着一股子桀骜不驯的泼辣劲儿，便暗自忖道："难怪这人能得到张居正的赏识，从他身上，倒可以看出几分张居正年轻时的精神气儿。"正琢磨着如何开口说话，却见金学曾捧了一只茶杯递给他，言道："今日天气太热，看老和尚一身衲衣，都汗湿了，这是一杯摊凉了的苦丁茶，请老和尚喝下去，既解渴，又解暑。"

"多谢了。"无可接过茶杯浅饮一口，只觉一股子浓涩浓涩的苦味透入心脾，遂道，"金大人，听说你是一个不尚空谈，却能够办实事、做大事的官员，老衲今日登门拜访，实有一事相求。"

"老和尚不说，下官也猜着了，"金学曾浅浅一笑，他早知道无可与何心隐是好朋友，心中已猜准他是为何心隐被拘一事而来，但他不肯贸然点破，只是言道，"听说老和尚平生足迹不入官府，你既然破例，肯定是有要事。"

"老衲为何心隐的事而来。"无可爽直言道。

"老和尚想为何心隐说情？"

"是啊！"无可叹道，"前天夜里，何心隐来宝通寺拜会老衲，出门即遭逮捕。老衲想问学台大人，何心隐究竟犯了什么法？"

无可虽然慢言细语，但话风中已露出明显不满。金学曾支吾道："何心隐现关在抚台衙门大牢里。"

"这个老衲知道。"

"官府从不会平白无故地抓人，既然抓了何心隐，就一定是何心隐触犯刑条。"

"他触犯什么刑条？"

"这个嘛，待我问过抚台陈瑞大人，再转告老和尚，你看如何？"

无可长吁一口气，说道："金学台，你也不用绕弯子了，老衲刚从抚台衙门来，陈瑞大人让老衲前来找你。"

"陈大人让你来的，他怎么说？"

"他说，何心隐人关在抚衙大牢里，但他犯的是学案，谳审由你金学台负责。"

陈瑞这个老滑头，遇事就推卸责任。金学曾心里头骂了一句，嘴上却道："陈大人说得不差，何心隐犯的是学案。"

"犯了什么学案？"

"他利用各地书院的讲堂，大肆鼓吹无父无君的歪理邪说，言词间每每辱骂朝廷，讥刺当道政要。他的所作所为，比照《大明律》条例，叫蛊惑人心聚众滋事，犯此条者，重者可以大辟，轻者也得流徙口外。"

金学曾对何心隐一番严厉的谴责，让无可禅师听了很不舒服，他想到了"欲加之罪，何患无辞"这句话，但他不想与金学曾争辩，只以息事宁人的口吻说道："何心隐毕竟名满天下，处分他可能后患无穷，金大人何必一定要做恶人呢？"

金学曾笑着问："承教老和尚，这事该如何处置？"

"老衲是出家之人，怎敢给学台大人出主意！"

"常言道当局者迷，你是局外人，兴许看得更清楚。"

见金学曾似有诚意，无可想了想说道："何心隐在湖广讲学，的确风声太大。学台大人抓起何心隐来，原也是要保一省学问的平安。其实，保平安也不一定要抓人。你把何心隐请来吃一顿酒，然后礼送出境，这样两得其便，岂不更好？"

金学曾听罢脑袋一摇，仍旧笑道："老和尚这番教诲，下官实难从命。"

"为何？"

无可取下胸前挂着的佛珠，拿在手上捻动起来。金学曾实不忍伤害这位慈眉善目的老和尚，但法不容情，他继续言道："何心隐近几年主要在湖北讲学，我若礼送出境，岂不是以邻为壑。"

"依学台大人之见，何心隐一定要在湖北谳审？"

"是的。"

无可捻动佛珠的节奏快了起来。等了一会儿，他又疑惑地问："听说首辅张先生回江陵葬父，何心隐也曾去了太晖山，在首辅面前言语有些孟浪，荆州知府据此把何心隐抓了起来，却被首辅放掉了，可有此事？"

"有。"

"首辅都不肯抓的人，你这个学台大人，为何甘冒天下之大不韪呢？"

"老和尚这话算是问到点子上，"金学曾将正在摇着的折扇收起来朝手心一捣，慷慨言道，"首辅柄一国之政，管的是官。周天子创一国之制，是陛下管三公，三公管百官，百官管万民。当今皇上，只需管好两个人，一个是司礼监掌印太监冯保，另一个就是首辅张先生。冯保须得替皇上管好内廷二十四监局，而首辅要管的却是天下文武百官。边境不宁匪患猖獗，首辅不可能自己提兵打仗，他只需对总兵都督布置战略发号施令；江淮泛滥河堤溃口，首辅不可能亲往堵塞，他只能拿治河总督是问；某省遭受天灾人祸，首辅亦不能亲自前往赈济，他只能指令该省官员安抚百姓绥宁地方。若官员玩忽职守，首辅则通过风宪官纠察之。总之是有多少方面的国事，就有多少方面的官员。若每个官员都能各负其责各尽其职，则一国之政事就风调雨顺，反之必定国事蜩螗。首辅的职责是选贤任能，制定大政方针。我们这些执事的官员，则是竭心尽力将大政方针付诸实施。具体到我这个学官，要管的事情就是学校与乡试，为朝廷管好一省之学政。下官年初上任，经过几个月的明察暗访，已确切得出结论，何心隐是本省学政方面的害群之马。首辅让荆州知府吴熙放掉何心隐，是因为吴熙抓捕何心隐的理由不当。吴熙认为何心隐在太晖山冒犯了首辅，故下令将他逮捕，吴熙如此做，岂不是陷首辅于不仁不义之中？首辅对这种滥用权力的行为，一贯切齿痛恨，所以把吴熙申斥一番要他放人。我这次抓捕何心隐，却是因为他宣扬异端扰乱学政。同样是抓，理由却完全不一样。我是正当行使公务，履行学官职责。不知下官这一番话，老和尚能否体谅。"

金学曾条分缕析，将这件事的来龙去脉剖析明白，无可禅师听了半晌默不作声。他本怀揣希望而来，如今却碰了个硬钉子，心情的焦灼与沮丧可想而知。以金学曾敢作敢为的秉性，他知道再说下去——哪怕再说它十箩筐好话也没有一点用处，只得长叹一声，念一声"阿弥陀佛"，遂起身告辞。金学曾把他送到门口，颇为负疚地说："老和尚，下官知道您与何心隐是多年的至交，而且，你们两个年轻时都与首辅交情不薄。特别是您，与首辅曾是总角之交。但在这件事情上，下官不能废朝廷大法而徇私情。这一点，务必请老和尚谅解。"

无可禅师听了，摇头苦笑道："公门与空门，本来就势同水火。多余的话，金学台就不必讲了。只可怜了何心隐，公空二门都进去不得，折腾了大半辈子，已是六十岁的人了，却把自己折腾进了牢门。六道之中，一切皆为苦厄，惜哉，惜哉！"说罢头也不回地走了。瞧着他的踽踽而去的背影，金学曾蹙着眉头思索，他最后留下的这几句话中，到底有什么"玄机"。

当日无话，第二天上午，陈瑞派人送了帖子来，请金学曾到抚台衙门会揖。这也是规矩——一省政情出了大事，三台须得及时会揖。抚台作为召集人，会揖便在他的衙门里进行。金学曾接了帖子后立即赶往抚台衙门，两衙相距约有两里地，也不过一刻工夫就赶到了。值事官把金学曾领到陈瑞的值房，却见巡按御史王龙阳已先他而到。按台衙门与抚台衙门只隔一堵墙，早到也是情理中事。

金学曾一进来，陈瑞就急切问他："金大人，你来的这一路上，与往日可有什么不同？"

"热，"金学曾站在扇门大开的南窗下，抖了抖汗渍渍的官袍笑道，"路上见了几条狗，都把舌头伸得老长的。"

"狗舌头散热。"王龙阳随话搭话。

"不说狗，说人。"陈瑞说着，突然听到南窗外边的院子里，那棵浓阴匝地的大樟树上传出刺耳的蝉鸣，便对正在给客人倒凉茶的堂役说："去去去，快去想办法让那些可恶的知了闭嘴，这些蠢物一叫，本官的背上就热汗直淌。"

堂役不敢怠慢，赶忙放下茶壶跑出值房，不一会儿，便见三四个杂役拿着长竹篙在大樟树浓密的枝丫间一片乱戳，见这情景，金学曾又开起了玩笑："嘉靖朝南京礼部尚书焦启芳，平生最怕蟑螂，每日到衙升堂，先得让杂役角角缝缝里找一遍，看是否有蟑螂入侵。因此，时人笑他是蟑螂尚书。隆庆朝北京工部右侍郎李宗田，怕的是乌鸦，只要听到乌鸦一叫，他立时脸色惨白。凡他住家与值事的地方，都一棵树不留，为的是不让乌鸦有落脚之处，人称乌鸦侍郎。如今，陈大人这么怕知了，倒正好与蟑螂尚书乌鸦侍郎一道，可称为知了巡抚了。"

金学曾捉弄人从来都是高手，一开口说话便滑稽可笑。一席话讲完，王龙阳已是笑得一口茶喷了出来，陈瑞也忍俊不禁眉毛眼睛笑成了一堆，自嘲道："咱不是怕知了，是怕热。"

"说到怕热，前几日我又听到一个笑话，"金学曾仍一本正经说道，"说是某人死了，这人在世时是个头顶长疮脚底流脓的坏角色，小鬼将这人捉到阎王面前，阎王知道他生前劣迹斑斑，便道：'将这厮下油锅。'那人也不慌张，竟自向油锅走去。阎王好生奇怪，喝问道：'这厮怎的不怕油锅？'那人答道：'小的是土生土长的武昌府人，怕什么油锅。'阎王这才恍然大悟，立马对判官说道：'素闻武昌城乃火炉之地，此地生民个个都是热不怕，今日眼见为实。今后，凡武昌府拘拿犯人，炸油锅这一项就免了，改用其他大刑。'你们听听，这武昌城的热，在阎王那里也是挂了号的。"

金学曾把这故事讲得绘声绘色，抚台按台两位大人早已笑得前仰后合，陈瑞抹着眼泪，喘着粗气言道："什么话到你金大人嘴里，讲出来都能把人笑岔了气，什么时候你开个堂会，专讲一场笑话。"

"那不行。"

"为何？"

"只要一开讲，只怕狗也会笑出尿来，那会儿多不雅相。"

金学曾又抖了一个噱头。陈瑞觉得他阴损，回道："今儿个你金大人是怎么了，绕来绕去总扯到狗身上，咱还是那句话，你先甭说狗，说人。"

"说啥人？"金学曾问。

"你来的路上，人多不多？"

"多，"金学曾瞅了陈瑞与王龙阳一眼，纳闷地说，"这么大一座省城，常年都是人多，这有什么稀奇的。陈大人问这话是什么意思？"

陈瑞笑容一敛，脸色立刻就很难堪，他说道："咱是问你，路上人是不是比平常多。"

"这个……"金学曾略一思索，"下官倒没有做比较。"

"没有人拦你的轿子？"

"没有，"金学曾听出话中有话，连忙问道，"陈大人，发生了什么事？"

"何心隐一抓，他的那些徒子徒孙得了讯儿，都纷纷从各地拥进了省城。"

"怎么，这些人想闹事？"

"巡捕房的密探得到消息，这些人以洪山书院为据点，正商量着如何营救何心隐。"

却说那天晚上陈瑞被金学曾说动，当即签了拘票将何心隐秘密捉拿归案。第二天一到衙门，便有一些部属前来向他打探此事。这些部属中也有一些何心隐的崇拜者，因此说起话来向灯的向灯、向火的向火，倒把本来在兴头儿上的陈瑞说得心神不定了。陈瑞甚至有些后悔不该一时头脑发热签发了拘票。在衙门里坐一天，前来为何心隐说情的人踏破了门槛儿，这其中就有无可禅师。但人既然抓了，放是不能放的，不放又总得说个理由，陈瑞于是尽把责任推给金学曾。头天晚上何心隐一入大牢，陈瑞就要金学曾立即用六百里加急方式向尚在归京路途上的张居正禀告此事。陈瑞之所以自己不肯出面上奏，原也是留了个心眼儿，一旦这件事做错了，责任就该由他金学曾一人独自承担。若做对了，他的一份功劳自然也埋没不了。他取了这种可进可退的态度，原也是久历官场练得炉火纯青的骑墙术。但是，这两三天来，何心隐事件在省城引起轩然大波，不单那些私立书院的学生酝酿闹事，就是省府两处官学以及一些衙门里的普通官员，甚至贩夫走卒甲首皂隶，也都愤愤不平夹枪夹棒地发表议论，本来平安无事的省城，这一下反倒弄得黑云压城山雨欲来。陈瑞担心局势骤变难以控制，便把按台学台两位找来会揸，商量应对之策。

巡按御史王龙阳因为事先没有参与此事，虽然参加会揖，也只是带了两只耳朵来，并不肯主动发表意见。金学曾向来不知道"害怕"二字，对形势的估计不像陈瑞那样担心。这时候，见陈瑞哭丧着脸，他反倒安慰道：

"陈大人，你不用担心，何心隐的徒子徒孙，都是一些半尴不尬的货色，做不成什么大事。"

"千万不可掉以轻心，"陈瑞觉得金学曾的乐观没来由，加重语气说道，"咱们千万不能打虎不倒反为所伤。王大人，你意下如何？"

"是啊，不要留下疏失。"王龙阳附和着说。

"金大人，给首辅的揭帖，发出了吗？"陈瑞又问。

"当天夜里就发出了，按您的意思，六百里加急。"

"已经三天了，"陈瑞扳着指头算，"再过一两天，首辅才收得到，他如果及时回件，最快还得要七天，咱们才看得到。这七天，就是出了天大的事，咱们也得撑过去。"

金学曾见陈瑞完全一副泰山压顶的感觉，心里甚为鄙夷，便讥道："陈大人，你若真的怕出乱子，倒有一个十分便捷的解决之方。"

"什么解决之方？"

"把何心隐放了。"

"你这话是脱了裤子放屁，倒是松脱。"陈瑞没好气地回答，"人是你叫抓的，现在又说风凉话，若不是你写帖子六百里加急向首辅禀告了这件事，咱真的就把何心隐放了。"

眼看两人顶起牛来，王龙阳赶紧站出来和稀泥："金大人本是开个玩笑，陈大人却当了真，算了算了，还是来谈正事。"

金学曾顺势笑道:"我的确是说一句玩笑,陈大人却跟我较上劲儿了。陈大人,您放心,抓何心隐是我金学曾的主意,任何时候,我都不会把责任推给您。"

"咱今天请你来,不是跟你谈责任,是商量应对之策,"陈瑞也尽量压下火气,言道,"你不要看轻了何心隐的影响,时下人心浮躁,一帮调皮捣蛋的青年学子,再加上那些终日游手好闲的浮浪子弟,二者一结合,就有可能闹事,这一点不可不防。"

"陈大人说得对,恐怕得同驻军联系,安排几营军士进城,以备不虞之需。"

"这个我已做安排,昨日就同城防兵马司会揖过,他们调集了一个卫所的六百名兵士,今儿上午就进城。"

"既有六百名兵士,事情就更好办了。"金学曾插话说。

"怎么好办?"陈瑞问。

"依下官之见,对付寻衅闹事的人,不能一味地采取守势,要尽可能抢占先机,争取主动。"

"你的意思是?"

金学曾两道疏眉一扬,说道:"我建议将这六百名兵士开赴小洪山,立即查封洪山书院。"

王龙阳认为这是一个好主意,但他不肯表态,在这关键时候,要看抚台的脸色行事。陈瑞听此言后,沉思了一会儿,说道:"查封洪山书院,只会激起更大的事变,这件事不能做!"

金学曾见陈瑞办任何一件事情都畏首畏尾,心里头感到窝火,但权在人家手上,发脾气只会把事情弄得更糟,只得摇摇头,暗自长叹一口气。

陈瑞觉得主要事情已经说完,此时日头向午,他正准备开口留二位共进午膳，席间再谈细节问题，忽见一名捕快纳头撞进门来，匆匆喊道："抚台大人！"

"何事？"陈瑞一惊。

"一帮不法之徒，包围了学政衙门。"

"有多少人？"

"约莫有上万人。"

"都是什么人？"

"私立书院的学生，省学府学的学生，还有城里头的浮浪子弟各色人等。"

"看看看，担心出事果然就出事了。"陈瑞扭头欲问金学曾，却见金学曾已大步流星出了值房，便连忙追出来问，"金大人，你去哪里？"

"回衙门。"金学曾头也不回答道。

陈瑞嚷道："去不得，这些人就是要找你！"

见金学曾不答话，步子却越走越快，陈瑞命令捕快上前把金学曾拦住，他随后跑上前来言道："金大人，你不要送肉上砧。"

"陈大人，身为朝廷命官，遇事岂能闪躲。这些歹徒既然包围学政衙门，身为学政堂官，我岂能顾及一己安危，而溜之大吉呢？"

"那，你回去又能怎么办？"

"我要看看那些人想怎么办。"

"如果他们一旦行凶……"

"大不了一个死，纵然被他们撕成碎片，我金学曾也决不会辱没朝廷。"

说罢，金学曾一提官袍，咚咚咚跑出抚台衙门，登轿急速而去，陈瑞担心他会出事，忙对身边的捕快说："快去巡城兵马司衙门，传我的话，让他们迅速拨二百名士兵赶往学政衙门，保护金大人。"

第十一回

品魁龙珠皇上给赏
逛西瓜摊客用使坏

一大早，大内紫禁城的东长街，就棚挨棚摊挨摊热闹非凡。盖因万历皇帝朱翊钧听了孙海的建议，要在人内展现棋盘街的商业繁华，让深居大内的上万名男女内侍学着做买卖。这本是一件好玩儿的事，两宫皇太后平常都闲得无聊，一听这建议立马就产生了兴趣，并催着赶紧筹办。冯保担心这样一来，把一座大内紫禁城弄得乱七八糟不好管理，心里委实不赞同。但既然两宫太后和皇上都执意要办，他也就不好说什么，命手下秉笔太监张宏领着内官监几个管事牌子具体操办此事。经过一段时间的筹备，便选定了在东长街搭盖棚屋等临时建筑，定于六月十日开街。头一日，冯保在张宏的引领下，先往各家"店肆"视察，见各色铺面琳琅满目货物齐全，从针头线脑油盐酱醋到布匹绸缎古董字画，应有尽有；再看那引客的伙计，坐店的朝奉，个个像模像样。冯保便去乾清宫向皇上禀奏。皇上听了高兴，第二天起了个早床，亲自步行到慈宁慈庆两宫，请出仁圣慈圣两位皇太后，一起来东长街看集市。

一行人走到东长街的街口，猛一见到参参差差的店铺，各种各样的招牌旗旆，万历皇帝朱翊钧一下子兴奋起来，问跟在身边的孙海："你看看。这儿像不像棋盘街？"

"有几分像。"孙海答。

"这就是说，棋盘街比这儿还要热闹？"朱翊钧接着问。

"那当然。"孙海嬉笑着答道，"这里毕竟是临时的搭景儿，棋盘街可是京城第一街。"

"走，进去看看。"

朱翊钧一言未了，早听得张宏跨前一步扯着嗓子大喊一声："皇上驾到——"

顿时间，嘈嘈杂杂的东长街一下子安静下来，穿着各色衣服的"伙计""朝奉"以及买客看客都一起当街跪了下去——内侍们见了万岁爷，没有一个敢造次的。

"这是干什么呀？"朱翊钧惊愕地问。

"奴才们都恭迎皇上，恭迎两宫皇太后。"冯保一脸谄笑解释说。

"忒多礼。"不待朱翊钧表态，李太后抢先斥道，"今日个咱们是来逛集市，找乐子解闷儿的，都这样死板板的分出个尊卑，还有什么看头？冯公公，传话下去，叫大家各自尽责，照顾好各店的生意。"

"是。"

冯保答应一声，朝张宏一努嘴。张宏立刻布置下去，片刻之后，东长街又熙熙攘攘摩肩接踵地喧嚣起来。内侍们不单单是为皇上服务，他们自己也趁这机会买东卖西，既捡便宜又凑热闹。

却说朱翊钧陪着两位圣母走进街中，打头儿的第一家，是一间茶室，门前竿子上挑了一面幡，上书"魁龙珠"三字。李太后站在幡下面，把那三个字端详良久，心里头喜欢这名儿充满吉气，正说要招呼儿子一起进去坐坐，却见一名穿着对襟短褂，头戴一袭逍遥巾，脚上穿着一双平口布鞋的小厮从店里跑出来，当街打了一揖，笑道："太后娘娘，万岁爷，赏个脸，到咱店里喝杯茶吧。"

"好呀。"

李太后爽快地答应一声，打头走进了茶室，一行人便都跟着她走了进来。只见里头摆了两三张桌子，柜台里头木格架上，摆了各种各样的茶叶和茶具，地上垫了几块砖，砖上坐着一只泥炉，炭火正旺，煮着一铫子开水。

"万岁爷……"

店家刚一开口，朱翊钧就摆摆手打断他的话，说道："今儿个不要叫万岁爷，外头茶楼里，管客人叫什么？"

"叫客官。"

"对，你就喊咱客官。"

"奴才遵旨，"店家欠身打了一拱，立马递上一份茶牌，对朱翊钧说，"请客官点茶。"

"母后，你想喝点什么？"朱翊钧问李太后。

李太后转向陈太后，笑道："今日咱们两个当娘的，该享享儿子的福了，看他这位客官点什么茶，咱们就吃什么茶，姐姐，你看如何？"

"这敢情好，操心的事，让钧儿做去。"陈太后说着笑起来。

两位皇太后在说逗趣儿的话，朱翊钧听了高兴，他扫了一眼手中的茶牌，一笔工整的小楷抄了几十道茶名儿，打头第一道茶，就是这店名"魁龙珠"，便道："咱们要喝魁龙珠，你尽快斟上。"

"好嘞，客官稍坐。"

店家收了茶牌，与小厮两人一阵忙碌。片刻就把几件精美的细瓷茶具烫热了，小厮把沏好的一大壶茶端上来，每人面前倒了一盅。

白瓷盅里碧绿的茶汤十分抢眼，耸鼻子一闻，温馨的茶气中还渗着一股淡淡的兰香。李太后端起茶盅小心品了一口，滑爽滑爽的，口感极好，不免赞道："这茶倒真是好茶，比平日御茶房里的茶，味道还要清雅，店家，这茶叫什么名儿？你说叫魁龙珠？"

"对，叫魁龙珠。"

"魁、龙、珠，"李太后一字一顿念了一遍，又问，"为何叫这名儿？"

"启禀娘娘，这魁龙珠的名儿可是大有来历，"店家眉飞色舞地介绍道，"这道茶实际由三种茶合泡而成。它们是浙江杭州狮峰产的龙井，应天府茅山产的珠兰，以及皖南太平府黟县产的魁针。三种都是绿茶，但香气与味之厚薄都有差异。将它们掺在一起，香味就格外不同。魁针之魁、龙井之龙、珠兰之珠，合起来就是魁龙珠。老茶客都赞这魁龙珠是一水冲三省、香透九重天。万……啊，不，诸位客官，你们品过之后，感觉如何？"

"好，好极了，"朱翊钧忘情地嚷道，"香透九重天，今儿个倒不是虚言。"朱翊钧说着瞧了一眼李太后，一说"九重天"，他便想到了自己，因此十分得意。他摩挲着茶盅，又问："店家，你说老茶客都赞这魁龙珠，老茶客都是哪些人？"

"小的说的老茶客，都是应天府南京城内的富贵人家。"

"怎么都在南京城内？"

"因这魁龙珠产在南边，南京城中的富贵人家，是近水楼台先得月。"

"为何偏是富贵人家？"朱翊钧一问追一问咬着不放。

"因魁龙珠价码儿高，一般小老百姓，哪里喝得起。小的说老茶客在南京，还有一桩原因。"

"讲。"

"好茶配好水，这是千古不移的定规，凡我中国之大，好泉好水却多半出自江南。什么茶配什么水，也是大有讲究，比如说，峨眉山上的雪芽茶，须得乐山三江口的水沏泡方见醇正；太湖洞庭山上产的春笋，用无锡惠山泉来冲沏，味道又不一样；这魁龙珠茶，最服的泉水就是南京灵谷寺的琵琶泉。"

"琵琶泉？"朱翊钧瞧了一眼母后，问道，"这琵琶泉有何特点？"

店家一边给众"客官"续茶，一边继续介绍："这琵琶泉流自孝陵院墙内，许是沾了灵气，才特别甘冽。琵琶泉又名八功德水，顾名思义，这泉水有八大功德，它们是一清、二冷、三香、四柔、五甘、六净、七不噎、八除病。"

"嘀，听你这么一摆乎，这琵琶泉倒成了神水了。"李太后抿嘴儿笑了起来，偏过头去对陈太后说："南京那么好，可惜咱姐妹没去过。"

"是呀，天底下好地方就是多，什么时候，咱们也出去耍耍，见识见识。"

两位太后说着笑话儿，又把魁龙珠品了一小盅。这时，朱翊钧又开口问冯保："大伴，魁龙珠这好的茶，怎么咱宫里头就没有？"

"启禀万岁爷，宫里头每年的贡茶，都是前朝定下来的，比如龙井，就是贡茶，杭州府每年上贡一千斤。因这魁龙珠是用三种茶掺和而成，故不在贡品之列。"

"那这茶是哪儿来的？"

"是老奴从家里头拿过来的。"

冯保得意地回答。朱翊钧听了，心下忖道："这位老公公，说是我的奴才，天下的美味倒比我这个当皇帝的还尝得多。"但表面上他却打哈哈道："闹了半天，原来这魁龙珠茶肆真正的店家，是你冯公公。"

"冯公公是有心人，"李太后跟着赞道，"今儿个一开街，先品了魁龙珠，这是吉兆。"

"是啊，"朱翊钧虽"与民同乐"，但始终不忘自己是天下至尊，此时颐指气使地说，"店家虽然是冯公公，但这坐店的伙计也委实口齿伶俐，称得上茶博士，今天，朕要赏他。"

"谢谢万岁爷。"店伙计兴奋得脸放红光。

"从明天起，你就到御茶房当值，专门给朕沏茶。"

"这个……"店伙计欲言又止，约略有些失望。

"这个怎么了？"朱翊钧问。

"奴才本来就在御茶房当值。"

"啊，原来这样。难怪你说起茶来头头是道，"朱翊钧说着自己也笑起来，"朕本说量才而用，没想到却是白下了一道旨，不过，朕还是要赏你。孙海！"

"奴才在。"

"付茶钱，另外给这店家多赏一些碎银。"

142

朱翊钧说罢，便领着两位母后跨步出门。此时的东长街，到处都充满了叫买叫卖的吆喝声。朱翊钧平生第一次见到这种繁华的商业景象，若不是顾及万岁体面，加之要谨慎奉陪两位圣母，他恨不能一口气从街头跑到街尾，先让眼珠子过一回瘾，然后再一家一家地仔细观赏。这会儿辰时过半，阳光渐渐毒辣起来，一帮内侍替皇上一行撑伞的撑伞，打扇的打扇。东长街虽然宽敞，但因盖了棚屋，留给行人走的道儿便变得逼窄，皇上这一群人过来，道儿便被挤得水泄不通。冯保急得要派手下人前去清场，李太后喊住他，说道："既是集市，就得有人气，就咱们几个人逛街，有啥意思？何况咱们皇上，难得这么挤一回，正好练练身子骨儿，你说呢，钧儿？"

"母后说得是，咱今天权且当一回老百姓，该怎么挤就怎么挤。"

朱翊钧说着，不觉走到一家卖字画的店铺跟前，店伙计迎上来，作揖打拱言道："皇上，咱这店里卖的，都是古字画。"

"古字画好哇，朕正好可以赏鉴前人的笔法。"

朱翊钧说着走进店里头，踱到墙根，看画架上挂着的一幅四尺山水。画面是数座峻峭的山峰，罩在一片迷茫的风雪中。笔意放荡不羁，却又谨严干净，一看就是大家手笔。

"这画儿是谁作的？"朱翊钧问。

"倪云林。"

"倪云林是什么人？"朱翊钧攒着眉。

冯保站出来回答："倪云林是前朝末世时的大画家，苏州人，一生有洁癖，与唐伯虎齐名。他在世时就名气很大，即便当道政要，想求他一幅画也非常不容易。"

"元辅张先生讲过，大凡文人都有怪癖，所谓洁身自好，其实是另一种沽名钓誉。"朱翊钧一心要在两位太后面前表现自己的主见，因此臧否人物随心所欲，他伸手将那幅画摸了摸，又道，"不过，倪云林的这幅画，倒是很有一点看头。"

"万岁爷，这是倪云林生平最得意之作，叫《十万图》，总共是十幅，这只是其中的一幅。"

"哪十幅？"陈皇后忽然插进来问。

"这十幅是：万笏朝天、万竿烟雨、万丈空潭、万壑争流、万峰飞雪、万卷书楼、万林秋色、万枝香雪、万点青莲、万岁龙松，这里挂着的是第五幅万峰飞雪。"

"嗬，以万笏朝天开始，以万岁龙松压卷，倪云林的这十幅画，好像专为万岁爷画的。"

冯保几句讨好的话，朱翊钧听了开心，他问陈太后："母后，您喜欢这画儿？"

"是呀，"陈皇后答道，"这么大热的天，瞧着这幅画儿的点点飞雪，身上就觉得凉爽。"

"店家，这画儿是从哪里来的？"朱翊钧问。

"从棋盘街查记古董店里借来的。"

"既是借的，就不能卖啰？"

"能卖，店主人讲好了的，碰上好买主就出手。"

"要多少钱？"

"一幅画五十两银子。"

"十幅画就是五百两银子，"朱翊钧盘算着，又问，"这画儿该不会是赝品吧？"

"绝对不是，你看这宣纸成色，印泥的特点，都分明是前朝的旧物，假不了。"

"这五百两银子，也是要价太高，你如今报个实价儿，多少银子能卖？"

"四百五十两。"

"只降这一点儿？"

"咱降的一成，是画主给的水钱。万岁爷要买，这一成水钱五十两银子，奴才就不要了。"

"还是太贵，再降五十两。"

"咱是小本生意，再降奴才就得倒贴了。"

朱翊钧在讨价还价中得到一种快感，见众人愣瞧着他，也就越发较真儿："你倒不倒贴不关咱的事，反正咱出四百两银子，买下这十幅画来。"

"万岁爷真的要，奴才就是赔本也乐意。要不，咱把其余的九幅都打开，请万岁爷过目？"

"不用了，你把十幅画都收拾好，送到慈庆宫。"他接着对陈太后说："母后，儿瞧着您喜欢倪云林的画，就买下来孝敬您。"

朱翊钧的这份慷慨，倒叫陈太后始料不及，她连忙说："咱只是随便问问，钧儿倒当了真，四百两银子买几张旧画儿，不值不值，千万别买了。"

李太后一旁看了，对儿子的细心与孝心非常满意，便道："姐姐也不用推辞，难得钧儿这片孝心，你就收下吧。"

陈太后还想坚持，又怕扫了朱翊钧的兴头，只得笑纳，心里头却是比喝了一碗蜂蜜水还要滋润。一行人还在古董店里翻看其他物件儿，但见一个头戴麦秸草帽，光着两只脚片子的少年站在门口喊道："诸位大客官，恭喜你们做成了四百两银子的大生意，到咱的瓜摊上吃片瓜吧。"

见这少年虎头虎脑，眼瞳里有一股灵气，李太后倒生了几分怜爱，遂上前问道："你的瓜摊在哪儿？"

"就在隔壁。"

"好，咱们过去尝个鲜。"

李太后说着，已是带头出了门。少年的瓜摊挨着古董店的右墙根儿，两只板凳上支了一块板子，上面搁了十几片切好的西瓜，都用白布盖着，三两只苍蝇绕着白布飞来飞去。

"看看看，苍蝇吃过的瓜，叫咱们怎么吃？"孙海首先站出来挑刺儿。

少年白了孙海一眼，讥道："瓜摊上没苍蝇，就像厨房里没有灶马子，你做得到么？"

"吃食儿不干净，拉稀怎么办？"朱翊钧问。

"不干净的瓜，咱不会拿给万岁爷吃。"少年说着，从板子底下的箩筐里搬出一只约有十几斤重的大西瓜，操起片儿刀拦腰一划，瓜汁儿溅了一板子，再看那瓜瓤儿，都蔫耷耷挺不起来。

"这什么瓜，瓤都倒了！"冯保蹙着眉头说。

少年也感到不好意思，又抱出一来，切开一看，还是瓜色晦暗。他看了看瓜脐，自言自语道："看这瓜脐又大又圆，凹得像只盅儿，按道理是上等的沙瓤好瓜，怎么会这样？"说罢，又切开一只，还是倒了瓤的败瓜。

"都像你这样卖瓜，岂不成了穷光蛋！"孙海得了理儿，说话越发尖刻。朱翊钧也觉得有些败兴，准备挪步走开。

少年急得满头大汗，央求道："万岁爷别走。咱再杀一只。"

"别杀了，把你的两筐瓜杀完，也都是一些败瓢。"一言未了，便听得一阵得意的笑声。

众人循声望去，却见也是一副小贩打扮的客用不知何时站在了人群里头。

"客用，看你这样子，一身衣服倒像是偷来的。"朱翊钧一向喜欢客用，这会儿咯咯咯笑起来，指着少年问道，"你怎么知道他的瓜都是败瓜？"

客用咧嘴一笑挤到前头来对少年说："你看看箩筐底下，有什么东西没有？"

少年连忙弯下身子去箩筐翻检，须臾间竟抠出一把碎骨头和一些米粒儿。

"这是哪儿来的？"少年一脸茫然。

"你知道这是什么吗？"客用诡谲地问。

"是什么？"

"这些小碎骨都是王八骨头，那米粒儿都是陈年的糯米，这两样都是咱偷着放进箩筐里头的。"

"你弄这些东西干什么？"

"咱小时候，也跟爷爷一起卖过瓜。"客用叉着手，不无炫耀地说，"那时候，卖瓜的人多，互相抢生意。为了战胜别的瓜摊儿，爷爷就教了我这个绝招儿。"

"这是个什么绝招儿？"

"也不知是啥缘故，再好的瓜，只要一挨上王八骨头，一个时辰就败，若再加上糯米，就败得更快，咱试了多少次，次次都准。"

"你为啥要害我？"

少年一脸愠怒，绕过木板架子要过来和客用评理，客用见他认起真来，连忙说道："这一担瓜的钱，咱赔给你。"

"赔钱是小事，"少年不依不饶，"咱同你一无冤二无仇，你为啥要害我？"

"不是成心害你，是逗乐子。"客用瞧了一眼万岁爷，又道，"再说，生意场上，本来就是狼对狼，虎对虎，一个人若不见窍放窍，哪能赚得回大把的银子。"

"看不出，你这个客用倒是一只精猴子。"李太后笑道。走了这半日，她感到有些乏了，便对朱翊钧说："都快晌午了，咱们先回宫歇息歇息，待用过午膳，睡个晌睡儿，下午再来瞧瞧。"

朱翊钧游兴正浓，哪肯离开，便说道："要不，两位母后先回去，咱还想继续转转。"

李太后点点头，正欲邀陈太后离去，却听得客用说道："前面几步路，就是老神仙饭庄，要不，两位太后娘娘去饭庄吃顿便饭再回去？"

"有什么好吃的？"李太后问。

"太后娘娘去了便知。"

客用说罢，先自一溜烟跑去老神仙饭庄报信。

第十二回

万岁爷初尝神仙宴
小太监荐赏春宫图

客用说得很诱人，李太后便临时改变了主意，跟着朱翊钧，走了十几丈远，进了老神仙酒楼。

比起别的店肆，这老神仙酒楼的门脸儿要阔气得多，烫金的沉香木招牌，花格窗上悬着的遮挡阳光的湘帘，瞧哪儿都吐着富贵气象。及至进得门来，但见八仙桌儿官帽椅儿，甚至屋角安放盆花的弧腿架子，都是一色的黄梨木制作。东墙下立着敞门的四角镶铜的大酒柜，下两层放着两只可盛六斤酒的金镶沉香桶，盛四斤酒的雕花大面爵，上层摆了些玟瑁、犀角、象牙、螺钿、缅玉等质地的酒杯。南墙上，挂了一个装裱得极为考究的行书立轴，笔意有点像赵孟頫的，圆润中透着飘逸。李太后母子和冯保，都是喜欢书法的，一时都凑趣儿走近前来观赏，立轴上写的是：

老神仙醉乡十宜

醉花宜画、醉雪宜夜、醉月宜楼、醉山宜幽、醉水宜秋；醉佳人宜微酡、醉文士宜按琴赓古韵、醉侠士宜舞剑发浩歌、醉将军宜策马鸣鼍，醉皇帝谁奈我何！

仔细斟酌这《醉乡十宜》，倒也不是什么谨严的警句，反而觉得随意性很大。

"这是哪位醉汉诌出的文辞儿？"李太后问。

"若说这位醉汉，可也是天上的龙种。"店里的"掌柜"回答。这是个四十岁左右的黄脸汉，单看光溜溜的下巴，就知道是个"水货"。

"龙种。"一听这两个字，朱翊钧警觉起来，问道，"那是谁呀？"

"武宗皇帝爷，论辈分，该是您这个万岁爷的曾祖父呢。"

"啊，是他？"朱翊钧笑道，"先朝的皇帝爷，就他敢变着法儿找乐子，这《醉乡十宜》出自他的口，也就不奇怪了。'醉皇帝谁奈我何'，你们听听，就是醉了，也是君临天下的气势。"

李太后对武宗皇帝沉溺豹房寻欢作乐的荒唐事早有耳闻，她生性不喜欢这种胡闹的人，便问道："这些酒具，想必是武宗皇帝爷的旧物？"

"是的，"掌柜的恭敬回答，"紫禁城里开集市，这也是开天辟地头一遭儿。昨日冯老公公指示，索性造一家酒肆，让万岁爷和两位太后娘娘见个新鲜。"

李太后朝冯保一笑："原来是你的主意，为何将这酒家取个老神仙的名儿。"

"这名儿也是武宗皇帝爷取的，"冯保解释说，"有一年，武宗皇帝爷领兵到了大同，进了一家酒店，花两千两银子吃了三菜一汤，他说那是他平生吃得最好的一顿饭。能吃这种饭，也算是老神仙了。从此，那家酒店便改了名儿，叫老神仙酒家了。"

"原来这里头还有典故，"朱翊钧一脸疑惑，追问道，"武宗皇帝爷吃的那三菜一汤，都是些什么看食儿，能值两千两银子，该不是让人坑了吧。"

"哪里有人敢坑皇帝爷？"冯保故弄玄虚地回答，"三菜一汤，实打实要两千两银子。"

朱翊钧闹不清楚两千两银子的实际价值，鼓着腮帮子想了想，又问："一两银子能不能买一只鸡？"

"哪有这么贵的鸡，"李太后笑道，"早年的价码儿咱知道，一两银子能买八只鸡左右。现在能买多少，咱也不太清楚了，掌柜的，你说能买多少？"

"大概十只鸡吧。"

"唉呀呀，这我就明白了，"朱翊钧两手一拍，大着嗓子嚷起来，"一两银子十只鸡，两千两银子就是两万只鸡，武宗皇帝爷是个什么肚皮儿，一顿能吃那么多？"

屋子里爆发出一阵笑声，一帮贴身内侍叽叽喳喳夸赞万岁爷精明。冯保觉得受到了奚落，但他不气不恼，仍笑模笑样地解释："如果是吃鸡，当然用不了两千两银子，但人家武宗皇帝爷，吃的不是鸡呀。"

"那吃的是什么？"

"一盘豆腐，一盘瓜子仁，一盘青菜，一碗汤，就这清清爽爽的几样。"

"再清爽，也不值两千两银子呀！"朱翊钧仍不服气。

冯保笑道："万岁爷，您别和老奴抬杠，您若不信，现就在这老神仙楼里烹出一顿，您吃着试试，如何？"

"这临时搭盖的酒家，能做这样精致的菜肴吗？"这次问话的是陈太后。

冯保答："酒家虽是临时搭盖的，但真正执事的还是御膳房的大厨。"

"母后，咱们就在这儿见识见识吧？"

"也好，"李太后点了点下巴颏儿，笑道，"两千两银子一顿饭，不要说吃，咱听都没有听说过。"

李太后一发话，陈太后便无异议，两人走到八仙桌边对面而坐，朱翊钧不敢僭越坐上主位，而是在下首叨陪末席。一时间，除了冯保留下侍候，余下的内侍都躬身退了出去。

大约一盅茶工夫，掌柜的从里屋掇出第一道菜来。一盘熘得红红的圆形薄肉片儿，上面撒了些翡翠葱花，样子很是好看，朱翊钧问道："这是什么呀？"

"瓜子仁呀。"站在李太后身后的冯保，笑着答道。

"这肉片儿小小巧巧的，倒像是瓜子仁。"李太后说着，便邀陈太后举筷，她挑着吃了一口，不免惊呼道，"这是什么肉呀，这么滑爽。"

朱翊钧大嚼了一口，也称赞道："味道真是不差。大伴，这是什么肉呀？"

"八哥的舌头。"冯保答。

"八哥的舌头？"朱翊钧小心翼翼挑了一片"瓜子仁"放到眼前细看，诧道，"八哥的叫声最好听，这一盘小舌头，全是八哥的？"

"全是。"

"那得要多少只八哥呀？"

"一千多只。"

"这么多，上哪儿找去？"

"到树林子去逮呀，"冯保耐心解释，"这一盘舌头，大概要几十号人忙乎半个月呢。一只八哥最精华的部分就是舌头了，取了舌头，八哥肉就没啥吃头。"

"啊，难怪价码儿高。"朱翊钧感叹。

第一盘菜上来就让太后与皇上胃口大开，掌柜的趁机问道："太后娘娘，你们还喝点什么？"

"你是说喝酒？"李太后问。

"是呀。"

李太后对朱翊钧管教极严，十六岁之前连酒杯都不让他碰，满了十六岁后，允许他一年三节喝一点御酒房自酿的补酒，但也仅是一小杯而已。今日"逛集市"找乐子，她决定破一回例，便拿眼扫了一下酒柜，问道："都有些什么酒？"

"六月伏天，喝不得烧酒，奴才这里准备了几种甜酒，不伤脾胃的。"

"最好的是哪一种？"

"芙蓉液，"掌柜的说着从酒柜里抱起那只雕花大面爵，"这是御酒房刚从民间觅得的秘方酿成的，主要的原料是莲花，既清香，酒味儿还挺浓的。"

"好，你且给咱们一人斟一小杯来。"

隆庆皇帝生前喝酒是海量，他的儿子朱翊钧得其遗传，一闻酒味儿就心荡神驰。今天他很想痛饮，但在两位母后面前不敢造次，他端起面前刚刚放好的象牙杯，品了一口芙蓉液，说道："酒味儿太薄。"

李太后睨了他一眼，哂道："尝尝是个意思，你还真的想学武宗皇帝爷，弄到'醉皇帝谁奈我何'的地步？"

"儿不敢。"朱翊钧脸一红，赶紧收敛了。

这时，掌柜的掇出第二道菜来，一盘雪白雪白的豆腐，配了几片切得极薄的玉兰片。

"这一看就是豆腐，里头未必也有机关？"李太后笑吟吟地问。

"太后娘娘尝尝便知。"

"姐姐，你先尝。"李太后恭请陈太后。

陈太后道："不必客气，一起尝吧。"

盘中的豆腐看上去都成块儿，但因为太嫩，筷子一挑就烂，三人只得用羹匙舀来吃。陈太后吃饭素来精细，她舀了一小块豆腐放在嘴中，感觉鲜腻到极致，用不着咀嚼，只舌头轻轻一抿，这豆腐就滑下了肚，食管里留下一种清凉的感觉，她好生诧异，便问："冯公公，这是什么豆腐呀？"

"画眉的脑髓。"冯保答道，"一只画眉的脑髓大概比一滴露珠还少。"

"那这盘豆腐要多少只画眉的脑髓才做得出来？"

"大概两千多只吧。"

"哎呀，真亏人家想得出来。"

说话间，第三道菜也端上了桌，是一盘细若松针的绿茸茸的青菜，这回不待主子发问，冯保主动介绍：这菜叫雪龙须，采自西域昆仑山的千仞雪壁之上。以每年十月采撷为宜。这雪龙须有一个特点，就是任何时候都保持碧绿的颜色。因昆仑山常年风雪弥漫无路可走，采雪龙须的人十去九不回，不是被冻死，就是被雪崩压死。唯其如此，雪龙须的价值才大大超过银子，一斤银子只换得回一两雪龙须。

听冯保这么一说，三人大为惊奇，一盘雪龙须，不一会儿也被吃得光光的。

最后上来的是汤——说是汤，其实是一碗透底儿的清水，热气腾腾地盛在蛋青色薄胎海碗里。朱翊钧用汤匙舀了一点试试口味。

"怎么样？"李太后问。

朱翊钧咂着舌头说："看似清水，其实鲜美得很，大伴，这汤又有什么讲究？"

"这是用雄鲤鱼制作的，"冯保眯眼儿瞧着薄胎海碗，说道，"这道汤用料虽然普通，但做工却很特别，先把一只瓦罐文在明火炉上，里头放的是清水。瓦罐顶上有一根绳子垂下来，下端安一只钩子。待瓦罐里的清水煮沸，厨师就将一条活蹦乱弹的雄鲤鱼捉起，用钩子钩住鲤鱼的尾巴，让它的头对着瓦罐，鱼嘴隔滚水大约一寸距离。瓦罐里的热气冲上来，鲤鱼烫得难受，扳动之中，嘴里便会有涎水滴出。须知这涎水是鲤鱼的命汁儿，若不是遇热扳命，这涎水是决计滴不出来的。如此折腾不了几下，鲤鱼就会气息奄奄，此时它的命汁儿也所剩无几了，厨师便把这条鲤鱼换下，再钩上一条新鲜的。待这条鱼的命汁儿滴得差不多了，再换上一条，如此换上换下，像这样一碗汤，大约总得二三百条雄鲤鱼。"

"这么说咱现在喝的，差不多全是雄鲤鱼的命汁儿了？"朱翊钧问。

"正是。"冯保舔了舔嘴唇，回道，"先前一罐水，都变成了气，剩下的全是鱼汁儿，也不用给什么作料，只稍稍给一点点盐。"

"这汤叫什么汤？"李太后问。

"龙泉汤。"

"汤的味道好，名儿也雅致。"

"如今三菜一汤都用完，太后与万岁爷评评，值不值两千两银子？"

"值！"朱翊钧兴奋地说，"朕还担心，两千两银子，做不做得出来呢。"

"冯公公，咱们娘儿仨吃了个酒足饭饱，你还饿着肚子，"陈太后似有歉意地说，"这样的三菜一汤，你吃过吗？"

"老奴哪有这口福。"冯保嘿嘿笑着。

朱翊钧心中忖道："你没吃过，能说得这样头头是道？鬼才相信。"但表面上他却关心地说："大伴，饿客难当，你还是吃点东西吧。"

"多谢万岁爷关心，老奴不饿。"

冯保奉事唯谨的样子，深得李太后赏识，她端起掌柜呈上的热面巾轻轻擦了擦嘴，心满意足地说："今天还得多谢冯公公，让咱吃了一次稀罕。钧儿，谅你私房钱不多，这顿饭钱娘来付。"

"今儿逛集市，哪能让母后破费，不就两千两银子么，儿吩咐孙海，从内廷供用库中支取。"

"不用不用，"冯保连忙站出来说，"这顿老神仙宴，就算老奴孝敬两位太后与万岁爷。"

"你付钱？"朱翊钧问，旋即得意地笑道，"也好，今天咱们吃大户。"

从老神仙酒家里出来，已过了午时，此时烈日当空，路上似有火苗在蹿。两宫太后受不住热，便在冯保的陪同下分别回宫歇息去了。朱翊钧万乘之尊，也不是耐热的主儿，但他毕竟是生平第一次逛集市，哪肯舍了这喝五吆六争七扯八的购物乐趣，而跑回乾清宫去躲避呢？遂在孙海客用一帮贴身内侍的簇拥下，依旧在这东长街上溜达。看看两位太后走远，孙海便附在朱翊钧的耳边，悄悄说道："万岁爷，太后娘娘和冯公公一走，捆在您身上的三根索子都没了，这下子您会玩得更开心。"

"还有啥开心的？"朱翊钧饶有兴趣地问。

孙海说："方才万岁爷吃神仙宴时，奴才满街跑了一圈，发现前头还有家古董店，有好东西卖。"

"什么东西？"

"奴才不好说，"孙海故意卖关子，"还是请万岁爷自己前去一看。"

说罢，孙海头前带路，领着朱翊钧招招摇摇走向一家古董店。在店门口，孙海拦住众位随行的内侍，让他们在门外守候，只和客用两人陪朱翊钧走进店中。

这店中的小厮生得眉清目秀，见朱翊钧来了，竟愣在那里，紧张得说不出话来。

"你怎么不喊呀？"孙海指着小厮的鼻子斥责。

小厮嗫嚅着说："咱不知道该是喊客官还是喊万岁爷。"

"嗐，好不知相，"孙海一副仗势欺人的架势，"在店外头，咱们扮戏喊客官，如今进了店，你就喊万岁爷。"

"奴才明白了，"小厮转而向朱翊钧高打一拱，说，"多谢万岁爷赏脸，进了咱这小店。"

"听说你店里有稀奇物件儿？"朱翊钧一边落座，一边问道。

小厮回道："稀奇物件儿有一些，只不知万岁爷要看哪一种。"

孙海插话说："咱方才看过的那两件，拿出来给万岁爷过目。"

小厮点点头，便从博古架底下的抽屉里，拿出两面铜镜，他先递给朱翊钧一面，这面铜镜高约八寸，一边是镜面，积下的铜垢显然已经磨拭过，散发着幽幽的光芒。另一面浇铸的是一幅春宫图，一位盘髻少女赤身裸体俯卧着，撅起浑圆的屁股，另一名裸体男子以跪姿面对少女，手举阴茎刺入少女的牝户。朱翊钧生平第一次见到这种男女交媾图，顿时眼睛发直。他毕竟当新郎官才几个月，对云雨之事兴趣正浓，顷刻之间，裤裆里已是挺起了一根硬物。夏日衣裳薄，他怕奴才们看出破绽，便假装挠痒，把手伸到下边去按住。孙海机灵，忙替朱翊钧拿过铜镜，又说道："万岁爷，还有一面哪。"

"啊，拿来看看。"朱翊钧说着，脸腾地一红，这发窘的样子，倒不像是一个皇帝。

小厮又将另一面铜镜拿过来，直接把阴面展示给朱翊钧看，镜面正中是一个方形鼻纽，上面有"春月楼制"四个篆字。鼻纽四周，刻了以下文字：

男女情动　交颈相偎

娇声低语　女情大悦

玉户开张　琼液浸润

茎物坚硬　久刺不止

女兴男欲　美快之极

朱翊钧饶有兴趣把这几句顺口溜看了两遍，这些文字歪歪扭扭，显然是铜镜买来之后，某个促狭鬼别出心裁刻上去的。朱翊钧虽然对这两面铜镜极有兴趣，但碍于皇帝的尊严，他却板下脸来，瞪着眼睛训斥道："什么乱七八糟的东西，你们也忒胆大，竟敢将这些诲淫诲盗的物件儿，拿来污朕眼目。"

　　小厮不知就里，顿时吓得双膝一软跪倒在地，哭腔哭调地求告："小的只是一心想着学棋盘街的买卖，没想到宫里头的禁忌，还望万岁爷恕罪。"

　　"你是说，棋盘街上卖这物件儿？"朱翊钧问话的口气仍然严厉。

　　"是。"小厮战战兢兢回答。

　　孙海知道皇上很喜欢那两面铜镜，突然发火只是为了掩人耳目，他正在想着如何转圜，却听得客用在一旁叽咕道："棋盘街上的店家，一个个都是捉猪上板凳，骑驴过纸桥。甭说卖这种铜镜，就是人肉，只要你肯吃，他也敢卖给你。"

　　"客用说的倒是实话，"孙海嘻嘻一笑，解释道，"这两面铜镜，说它诲淫诲盗也不假。但它们之所以能放在店里售卖，则因为它们是古董。"

　　"古董，它们是古董？"朱翊钧将信将疑。

　　"是呀，这两面铜镜，都是宋朝旧物。"

　　"既是这样，你拿过来朕再看看。"

　　朱翊钧终于有了欣赏铜镜的"正当理由"，小厮也很知窍，忙从地上爬起来，重新捧过铜镜，朱翊钧边看边摸，脑子里忽然闪现出他的新娘子——王皇后玉体横陈的诱人景象，顿时有了

“意淫”的感觉，不免感叹道：“宋代怎么会有这种铜镜？”

小厮答：“听说是青楼上的用品。”

“青楼，什么叫青楼？”朱翊钧眨着眼睛，不解地问。

孙海回答：“青楼就是妓女群集之地。”见朱翊钧似懂非懂，孙海又补充说道，“妓女都专事卖淫，男人要找乐子，就上青楼。眼下京城里，就有好多处青楼。”

“你去过吗？”朱翊钧好奇地问。

“奴才们哪能去那儿。”

“为何不能去？”

“万岁爷忘了，奴才们都是没根的男人。”

孙海说罢，勉强挤出一张笑脸。朱翊钧这才记起眼前的三个人都是挑了卵袋儿的假男人，不由得一笑，便又把话题儿转到铜镜上头：“这两面铜镜，是北宋还是南宋的？”

“北宋南宋？”孙海平常不读书，哪有朝代的概念？便望文生义胡扯下去，“依奴才看，这铜镜肯定产自宋朝的南边。万岁爷您看看，这交欢的一对男女，身架儿都不大，不似北人，婆娘的屁股都大过磨盘。”

孙海驴胯扯到马胯的一番高论，逗得朱翊钧捧腹大笑。多少年来，太后与张居正冯保三人，对他管束极严，他从没有像今天这样放松过。他忽然感到每日批览奏本会见大臣的生活是多么枯燥。笑够了，他又问小厮：“这铜镜是从哪儿弄到的？”

“是棋盘街上借过来的。”

朱翊钧记起上午在另一家字画店里买的倪云林的《十万图》，也是取自棋盘街，便道：“怎么这东长街集市上好一点儿的货物，都是从棋盘街上借来的。”

小厮答："棋盘街上的店家，听说咱大内紫禁城要办集市，个个都主动把货物送过来寄售，都瞧着万岁爷是个大买主。"

"原来是这样。"朱翊钧又用手指头弹了弹铜镜，"这两只镜子，要多少钱？"

"二十两银子一面。"

"贵倒不贵。"

"万岁爷，要不您买下？"孙海趁机怂恿。

朱翊钧有心收藏，但又怕母后知道了惹下祸事，如果退回给棋盘街又觉得可惜，便道："孙海，朕看你喜欢，你就买下来吧。"

孙海一怔，道："万岁爷，奴才怎敢收藏这个？"

"朕准了你收藏，你还怕什么？"

孙海吃不准朱翊钧的心思，只得从命。小厮取出特制的木盒儿把铜镜放进去，正在包扎，忽见门帘儿一响，司礼监秉笔太监张宏跑进来禀报："启禀万岁爷，方才通政司送来顺天府快递，首辅张先生回京，今儿个申时就可以到达京南驿。"

一听到这个消息，朱翊钧心里头顿时像十五只吊桶打水——七上八下的。一方面他庆幸首辅归来，又可以替他把握朝政处置疑难大事；另一方面，这三个多月的无拘无束的生活，看来又要告一段落了。但不管怎么说，对师相的感情，让他高兴大于沮丧，他当即下令："传旨张先生，今晚上他不必进京，就住在京南驿。明天一早，命百官出城相迎。"

第十三回

谈度牒巧使系縻术
说玉娘触痛离别情

六月十五日，回籍葬父的张居正又车马喧阗地回到北京，此次离京三个月零四天，张居正沿途会见地方官吏，考察风土民情，虽然累一点，但心里感到充实。毕竟看到了许多在京城里想都想不出来的实情。通过五年来的整饬吏治与财政改革，各府州县的政事民情已是大有改观。这次回家，他原计划将老母接来北京奉养。但因六月正值盛夏，年过七旬的老母不耐旅途炎热，张居正便想把归期往后推两个月，待秋凉后再陪母亲上道。毕竟有二十年没有回家了，有多少山川风物想从头看过，又有多少父老乡亲延门伫望，想与他畅叙阔别之情。他向皇上写了条陈请求延假。皇上不允，要他按原定时间返京。北京南京两都的部、院、寺卿、给事、御史等上百名大臣都看皇上眼色行事，纷纷上本请求张居正及早还朝视事。即便这样，皇上还放心不下，除了命代表他前往江陵参加张文明祭葬的太监周佑留下来护送张母秋凉启程来京外，另派锦衣卫指挥使翟汝敬驰传往迎张居正登程。此情之下，张居正只得仓促上路。到达京南驿后，奉皇上旨意在此居留一宿。第二天一早，五军都督府大帅朱希孝便赶来京南驿，恭请张居正前往正阳门外阅兵。五千名京营的兵士早已在那里束装待命，各部院大臣也都早早儿在那里候着了。张居正换上绣蟒吉服登上阅兵台，观赏将校们步阵与马战的精彩表演。按理说，只有出征将帅班师回朝或皇帝出行归来，才可举行阅兵仪式。现张居正享受这一殊典，实乃也是万历皇帝特赐的殊荣。阅兵式结束后，皇上特遣大使司礼监秉笔太监张宏设宴为之洗尘，两宫太后亦各遣大珰宣谕慰问，赐八宝、金钉川扇及御膳饼果醪醴茶物。酒足饭饱，张居正便在文武百官的簇拥下，浩浩荡荡鼓吹导引回到了纱帽胡同。到家不一会儿，又有太监前来传旨，皇上念他旅途劳累，让他在家休养十天再入阁值事。

说是在家休息，张居正却是一天也不得闲，毕竟出去了三个多月。他首先需要了解的是这期间的朝局有哪些变化，一方面他要找人询问了解，另一方面主动前来找他禀报的官员也不在少数。因此，每天到他家来拜谒的人，就像是走马灯似的去了一拨又来一拨。这一日晚间，内阁辅臣张四维登门造访，因是要紧的客人，张居正便吩咐在书房会见。

张居正离京这几个月，张四维实打实主持的一件事就是颁发和尚度牒。因为要奉送人情并从中谋利，张四维让吕调阳领衔上奏向皇上多要了一千个名额。此事虽然已经办成，但张四维害怕张居正回京过问此事，查出其中的猫腻来，因此心里头一直忐忑不安。思忖再三，他决定先来张府，一来向首辅表示离别渴念之情，二来——如果能逮着机会，就把度牒的事当面解释清楚。

内阁四位辅臣，那天都一齐去正阳门外迎接张居正归来，但登门拜谒，张四维还是第一个。张居正因此格外显示出亲热来，他命游七给张四维泡了一杯从老家带回来的绿茶。张四维品了一口，赞道："这茶真香，茶汤绿幽幽的，也极好看。"

张居正说道："这是仆老家夷陵州产的邓村茶，邓村地处高山，终年云雾缭绕，因此，这茶味清香厚实。"

"是呀，"张四维其实不懂茶，但此时不得不装内行，"咱品这味儿，倒是觉得强过西湖龙井。"

"难得你喜欢，"张居正笑道，"仆这次带了不少，待会儿让游七拿两罐给你。"

"多谢首辅。"

张四维是嘉靖三十八年的进士。父亲是山西富甲全省的大盐商，舅父王崇古，同乡王国光都是朝中有名望的大臣，他自己庶吉士出身，办事通达干练，也是一位能臣，高拱任首辅时，就对他非常器重。论年龄，他只比张居正小三岁，但那副毕恭毕敬的样子，看上去倒像是个晚辈。张居正见怪不怪，扯过闲话后，便破题儿问道："听说吕调阳给皇上递了本子，请求致仕？"

张四维没想到张居正一上来就问这个，阁臣之间向来关系微妙，他只得谨慎答道："确有其事，首辅离开的这三个月，吕阁老向皇上递了两道手本。"

"他的决心挺大嘛！"

"吕阁老有病，往常是冬天才犯的哮喘，现在大热天也犯，坐在那里就像扯风箱似的，每每开口说话，先听得喉咙里一片痰响。"

"吕阁老有六十二岁了吧？"

"大概是。"

"依我看，吕阁老请求致仕，原是有心病。"

"心病？"张四维眼神里露出惊诧。

"是啊，心病！"张居正脸上虽挂着笑容，射向张四维的目光却是火辣辣的，"去年十月父亲去世，皇上要仆夺情，惹起一场风波。仆在家守制，翰林院那帮年轻词臣，穿着大红袍子拥到内阁，要吕阁老坐上正位取代仆。这是一场闹剧，责任在那些词臣而不在吕阁老。但这件事发生之后，吕阁老见了我，总觉得有些不好意思，其实，仆从来就没有责怪他。吕阁老是老实人，我猜他请求致仕，当由这件事而引发。"

张居正一番表白，张四维心里头不敢赞同，他知道翰林院词臣拥戴吕调阳取代首辅的事，张居正听说后非常震怒。在家守孝三七之后来到内阁，见了吕调阳还是脸色铁青，几天都不说话。吓得吕调阳大气不敢出二气不敢申，想表明心迹又找不到办法。但首辅现在却如是说，这也是一种姿态——大凡胜利者，对无力反抗的弱者总是表现得宽宏大量。从内心来讲，张四维同情吕调阳，但他审时度势，觉得与其得罪张居正，还不如得罪吕调阳。想了想，他趁机挑拨说："首辅对吕阁老的评价，极为允当，但依下官看来，吕调阳此次请求致仕，还另有所因。"

"啊，还有什么原因？"张居正问。

"这次首辅回乡葬父，吕阁老猜想可以临时执事，那几天，看他脸上还挂着些喜气儿。后来，皇上给内阁发来圣谕，一应大事仍须首辅酌处裁定。吕阁老听了，什么也没说，就写了奏本，申请致仕。"

"皇上要这样做，并不是我本人的意思，吕阁老又何必多心？"张居正蹙着眉头，言语中颇有责怪之意，接着又说，"吕阁老不肯执事，在外人看来，也有推卸责任之嫌。皇上要从太仓调二十万两银子到内廷供用，这是明显不合规矩的事，不单吕阁老，就是你们余下三位辅臣，也都不置一词，难道这也是无章可循的大事？也得我亲自处理不可？"

张居正唇枪舌剑，虽然责备的是吕调阳，却把张四维等另外三位阁臣也捎了进去，张四维脸红红的，低声支吾道："吕调阳是次辅，他不表态，咱们站出来说东道西，岂不有越俎代庖之嫌？"

张居正听了这句话，半晌不吭声。通过几天的了解，对于三个月来京城发生的一些大事，他多少心里有底。四位阁臣中，吕调阳倒有一多半时间不入阁当值，余下张四维、马自强、申时行三位，虽然每日准时到阁办公，但都不敢越雷池一步。碰到稍稍有些棘手的事情，要么六百里加急把公文传到江陵，要么就暂时压置等待他回来处置。张居正虽然对阁臣们擅权始终抱有警惕之心，但对他们这种遇事推诿不担责任的做法却是更为恼火，他决定趁机将张四维敲打敲打，便言道："这三个多月来，内阁真正办成的一件事，大概就是你主持的度牒发放了。"

一听到"度牒"两个字，张四维眼皮子一跳，干笑道："这是件小事儿，下官做起来，倒也不费周折。"

"周折倒不费，但坏了朝廷的规矩，"张居正口气严厉起来，"你们说大事须得由我裁夺，一下子增加一千份度牒，这件事情大不大。为何事先不让我知道，嗯？"

张四维脸上红一阵白一阵，嗫嚅道："增加度牒之事，也是事出有因，已经六年没有发放度牒了，各地拥到京城来希望得到度牒的僧人，怕有上万人。不少当路政要帮着说话，原定度牒数额实在不够，下官便就近请示次辅吕阁老，由他具名上奏皇上，皇上也就开恩，准了吕阁老所请，多给了一千个名额。"

张居正冷笑一声，言道："你不是说吕阁老不肯担责任吗，这一回怎么如此积极？"

"吕阁老大概想着这是件小事。"

"你呢，你也认为是小事吗？"

"是的。"张四维声音很低。

张居正虽然对这件事不高兴，但在他急需要处理的事情中，这的确是一件拈不上筷子的小事。他之所以要在今晚上特别提出来，目的是给张四维一个训示。此刻他瞅着一脸紧张的张四维，语重心长地说道："入阁之前，你也当过礼部尚书，应该知道发放度牒究竟是不是小事。自古以来，僧道两教，既不可绝情剿灭，也不可怂恿提倡。我大明开国的洪武皇帝，虽然当过三年和尚，但柄国之后，对和尚道人梵缁之辈采取的国策是限制。唐宋元三朝，基本上都有大和尚或大道士被皇帝聘为国师。唯我明朝，绝没有这类怪事发生。龙虎山道教，在前朝被奉为张天师，这名号被洪武皇帝革掉，改为真人。他说，'天至高至贵，安得有师？'这一问真是振聋发聩洞彻肺腑。自洪武之后，和尚道士各有一个得到了一品人臣的崇隆之位。和尚是姚广孝，他位极人臣并不因为他是和尚，而是因为他是永乐皇帝的军师，是第一号靖难功臣。第二个是道士陶仲文。世宗皇帝晚年好斋醮，不但灭佛，还把道教捧到天上。陶仲文以丹符方术取得世宗信任，竟然当到了礼部尚书，并袭一品少师勋衔。这陶仲文是湖广黄州府人，说起来，还是仆的同乡。他得宠时，仆正在国子监任司业，曾同他见过几次面。他那时极得世宗信任，就连首辅严嵩都畏他三分，多少无耻官员都纷纷巴结讨好他，想他在世宗面前帮忙说好话，以图升官。仆则对这个人没有任何好感，心想此等妖孽列于公卿之上，实乃是朝廷的不幸。世宗去世前两年，这陶仲文病死在任上。世宗皇帝居然给了他赐祭九坛的殊荣，并继续宠信他的党羽王金、陶仿、陶世恩、刘文彬、高守中之流。直到世宗驾崩，时任首辅的徐阶才把这五个人缉拿归案问成死罪，一时间士林莫不拍手称快。穆宗皇帝即位，便降敕收了前朝皇帝赐给龙虎山张真人的二品银印，改为六品提点。去年，张真人跑来北京活动，希望恢复二品待遇，连李太后都被他说动，仆则向太后陈述厉害，不同意更改穆宗旨意，此事遂罢。"

说到这里，游七在门口探了一下头，张居正便停下话头问他："你有何事？"

游七答："湖北学台金学曾有急信送来。"

"信呢？"

"在这里。"游七说着走进来递上一封信札。

"知道了，你去吧。"张居正随手把信放到书案上，看到游七蹑手蹑脚离去，他瞄了瞄一直在凝神静听的张四维，又接了方才的话头继续言道："仆举了前朝的两个例子。其意是说明释道两教，若能善自引导，则有补于国事。若任其泛滥，势必成为大患。姚广孝虽享有国师之名，但他外释内儒，从没有以一己之权而为缁衣羽流之辈谋取任何私利。因此，后世当道者仍对他尊崇有加。陶仲文则不一样，此人以邪术进谗，惑乱圣主，把一个垂治天下的朝廷搞得乱七八糟。古言道，'楚王好细腰，后宫多饿死'，就因为陶仲文撺掇着世宗皇帝烧灶炼丹，导致整个一座京城乌烟瘴气。不单钟鸣鼎食的王侯将相之家，就是一些升斗小民，为了向皇上看齐，也都争相仿效。一时间，不单酒楼茶肆，就是部院衙门庙堂之上，人们津津有味谈论的，都是荒诞不经的斋醮之术。一心为民勤于政事者得不到拔擢重用，而那些迎合世宗皇帝呈献祥瑞探研青鸟之术者，反而都能服蟒腰玉。那些年，大明王朝真是露出了衰败之象。

"好在穆宗警醒，在徐阶高拱等干练大臣的主持下，一扫妖氛。释道两教才恢复正常。仆汲取前代教训，认为这世道既不可无和尚道士，又不可太多和尚道士；既不可作践和尚道士，又不可追捧和尚道士。总之得有一个度。所以，我们既不学世宗灭佛，亦不学唐肃宗佞佛。做到这一点，首先要控制的，便是和尚道士的人数。仆出掌内阁之后，改度牒发放三年一次为六年，每次只发度牒两千份，这本来已成定规，你们照办就是。谁知道这第一次的度牒发放，就让你们破了规矩，一下子增加了一千名！"

张居正大处着眼一番宏论，张四维觉得有些小题大做，但也只能呆着脸痴呵呵地听，待张居正住了口，他连忙屈一屈身子说道："下官督办度牒的事，原只想人情太多，各省都有人帮着说情，故向吕阁老请示，能否上本奏明皇上多要一千个名额，却没有想到这里头牵扯到朝廷的大政方针。首辅方才高屋建瓴的一席话，让下官如灌醍醐。说起来，这事也不能全怪吕阁老，下官也有责任，跟着首辅办事，下官每每感到力不从心，常有绠短汲长之虞。"

张四维明里是承担责任，暗里却是向张居正表示忠心。张居正看穿了他这点小把戏，言道："在世人眼中，你张四维也是一个能臣，绠短汲长之虞，你倒不应该有。你主要的问题是患得患失，心里头小九九太多，仆这么说，也许言重了。"

"不重不重，"张四维红着脸答道，"下官将度牒的事办砸了，愧对首辅的信任。"

"这事情若是认真追究，你倒没有主要责任，上有吕阁老，下有褚墨伦，这也是你张四维的精明之处，点子是你出的，但责任却由别人来担。"张居正谈笑之间说出了问题的要害。在张四维瘫了气性如坐针毡之时，他又话锋一转言道："不过，这件事既然生米煮成了熟饭，拿了度牒的和尚们已回到各省，若是推倒重来难度太大。如果纠错，也只能等到六年之后，下一次颁发度牒了。因此，你尽可放心，这事儿就到此为止。不过，你要转告褚墨伦，叫他好生办事，再有差错，必定新账老账一起算。"

最后这几句话，明里点的是礼部度牒司主事褚墨伦，实际上是说给他张四维听的。张居正采用软硬兼施又拉又打的办法系縻人心，让跟着他的人既有盼头又有怕处。如此一来，身边的阁臣纵然经纶满腹，却也只能唯唯诺诺。

一番谈话，张四维闷出了一身臭汗，他感到见皇上也没有这么紧张过，好在首辅终于有了个态度——度牒之事不予追究。他心里如释重负，刚说站起来告辞，张居正把他拦下，说道："仆约了万士和来，你干脆多坐一会儿，一同见见。"

万士和是新任礼部尚书，他原是南京礼部堂官，北京礼部尚书马自强入阁后，张居正便将他调来北京接任。张四维猜想张居正约见万士和是为湖广学政金学曾捕捉何心隐一事，此事在北京已是传得沸沸扬扬。但张居正既不挑明，张四维也不敢多嘴来问。这时，小书童端上两小碗莲子羹请两人品尝。张居正一边喝着，一边漫不经心言道："吕阁老看来是铁了心要致仕了，子维兄，依你之见，此事该如何处置？"

张四维正要夸赞莲子羹，却没有想到张居正谈这么紧要的话题。他顿时一愣，琢磨着该如何回答：吕调阳比他早入阁三年，因此论资排辈坐在次辅的位子上。如果吕调阳一致仕，那么这次辅就非他莫属了。再往下推理，一旦首辅有个三长两短，接替首辅的第一人选便是次辅。当年严嵩取代夏言，徐阶取代严嵩，高拱取代徐阶，张居正取代高拱，莫不都是从次辅的位置上扳倒首辅而代之……从内心深处讲，张四维巴不得吕调阳早一天离开京城，这样他就能顺理成章地登上次辅之位。但这样一种心情又怎能在张居正面前表露？他咽下一口莲子羹，摆出一脸为难的神色，言道："首辅，容下官冒昧提一个建议。"

"你说。"

"千万不要让吕阁老致仕。"

"为何？"

"吕阁老这六年来协助首辅办事，总还是尽心尽意，加上他这人生性淡泊，从不招惹是非，仅这一点就为他人所不及，实属难得。"

张居正眼神里掠过一丝不易察觉的赞许，他随便拈出这个话题，本是想试试张四维的心术。"看来，他还不是那种过河拆桥见利忘义之人。"张居正心下忖道，遂悠悠一笑说："吕阁老是书生意气，他既然患病，就让他在家多疗养一段时间，致仕的事，皇上是何态度？"

"皇上把吕阁老的奏本留中，据下官推测，皇上也是等首辅回来处理。"

"吕阁老不能致仕，至少我不能同意。"张居正回答得坚决。

"首辅宽宏大量，"张四维说着拿眼觑着张居正，见他脸色和缓已不似方才那般严峻，便斗胆说起"体己"话儿来，"首辅，有一件事情下官一直想告诉你，却又难于启齿。"

"什么事，值得你这么神神道道的？"张居正笑着问。

张四维车过脑袋看了看虚掩着的书房门，通连书房与花厅的过道上寂寂无人，他才小声言道："下官听到了一点儿关于玉娘的消息。"

"什么，玉娘？"

张居正一听玉娘这个名字，顿时浑身打了一个激灵。去年秋天，玉娘不辞而别，张居正曾令积香庐主管刘朴到处寻找，均无结果。夺情风波发生后，玉娘曾托人送来祭奠的哀诗一首，也是来无影去无踪。玉娘初初离开的那段日子，张居正真真品尝到了唐玄宗那种"迟迟钟鼓初长夜，耿耿星河欲曙天"的凄苦之情。随着时间推移，他才逐渐摆脱颓废的心绪。但一人独处时，玉娘"巧笑倩兮，美目盼兮"的娇羞身影总还是在脑海里浮现。这份时间愈久发酵愈浓的思念之情，他很难与别人道及。现在，张四维竟然主动说起他的"隐私"，怎不让他大吃一惊。

"下官也是偶尔听说玉娘的消息的，"张四维一副讨好的样子，庄重地说，"她已离开了京城。"

"去了哪里，是不是回到了江南？"张居正急切地问。

张四维点点头，答道："今年春上，有人在应天府丹阳县见到了她。"

"丹阳县，她跑到丹阳县干什么？"

"去年因棉衣事件被处死的邵大侠，就是丹阳县人氏。"张四维说着顿了顿，见张居正表情无甚变化，又接着言道，"邵大侠死后，他的家人将他的遗骸运回丹阳老家安葬，玉娘去那里，就是为了去邵大侠的坟前祭奠。"

张居正半晌默不作声，忽然长叹一声言道："玉娘虽为小女子，却不避利害知恩必报，真乃有巾帼英雄之风。"

关于玉娘和邵大侠的关系，张四维早有耳闻。此时见首辅的样子似乎有些伤心，便劝慰道："玉娘毕竟是小女子，虽知恩必报但不识大体。邵大侠将她在青楼赎身，这是恩。但首辅以一人之下、万民之上的显赫身份，对她如此珍爱，更是结草衔环也难以回报的大恩。玉娘为了报邵大侠的小恩，而辜负了首辅的大恩，这于常理上说不过去。再说，邵大侠是朝廷的钦犯，她前往祭奠，岂不是与首辅作对？"

张居正不同意张四维的议论，驳道："子维兄刚才数落了玉娘一大堆的不是，岂知这正是玉娘的可爱之处。她的脑子里面只有情，只有恩，却没有首辅、钦犯这些概念。比起官场的势利眼来，玉娘才算真正的超凡脱俗。"说到这里，张居正情绪激动起来，他起身踱到窗前，眺望深邃的夜空，仿佛要从茫茫河汉里找到玉娘的行踪，"玉娘出走，是因为我伤了她的心。她听说邵大侠被抓，曾央求我设法救他，我知道邵大侠是玉娘的恩人，但我怎么能因私情而废公理呢？因此断然拒绝了玉娘的请求。后来，她听说邵大侠已被明正典刑，于是对我彻底失望，顾自离开了积香庐。"

往常，首辅的这份"隐私"虽然有不少官员私下议论，但多半只当是绯闻。今天，张四维眼见到张居正对玉娘一往情深的表情，内心不免受到了感动，他言道："首辅，要不，下官派人去把玉娘找回来。"

张居正猛地一转身，目光灼灼盯着张四维："玉娘如今像浮萍一样，你能找得到她吗？"

“一个弱女子，能跑到哪里？”张四维笑道，“顺藤摸瓜，没有找不到的道理。”

张居正垂下眼睑，抚了抚飘然长须，不无惆怅地说道：“李商隐写过两句诗，‘此情可待成追忆，只是当时已惘然。’玉娘既然绝情而去，也许，我和她的缘分就到此结束了。从此天各一方，重逢又有什么意义！”

“玉娘可能是一时冲动，下官相信她对首辅肯定还有刻骨铭心之爱，只要能找到她，一切就可以重新开始。”

“不必了，”张居正摇摇头，“既然已经过去的事情，就让它过去吧。”

张四维仔细看时，只觉张居正的表情，已从“柔情丈夫”变成了“铁面宰相”，他越发感到张居正的高深莫测。两人一时无语，正当书房陷入难堪的沉默时，游七又匆匆进来禀告：“老爷，礼部大宗伯万士和大人到了。”

“走，子维兄，我们去客厅见万大人。”

张居正说着，从书案上拿起那封金学曾急递来京的信函。张四维瞅了瞅信封上赫然盖着的湖广学政衙门的关防，便趁机小心问道：“首辅，见了万大人，咱们议什么？”

“议一议查禁全国私立书院的事。”

张居正回答得轻描淡写，但张四维却感到惊雷贯耳。

第十四回

金学曾智布黄蜂阵
陈督抚深析宅揆心

自从抓了何心隐后，武昌城中爆发了几次大的骚乱。第一次是洪山书院的六百名学生发动，全省就近私立书院的大批学生蜂拥而至，就连城里省府两所官学的学生也都响应参加，约莫有上万人，将大成路上的学政衙门围得水泄不通。城里头的一些地痞流氓等不法分子也趁机起哄捣乱，砸抢了几家店铺，甚至焚火烧毁了一些房屋。陈瑞一看这紧张局势大有蔓延之势，便当机立断采取措施。除先前调入的二百名军士外，又将驻扎在孝感卫所的一千名兵士迅速调入省城进行弹压。城中各大衙门以及主要街道都有兵士日夜巡逻。局面虽然控制住了，但问题并没有解决。

却说数千名学生围困学政衙门的那一天，金学曾不听陈瑞劝告，硬是要火急火燎往回赶。斯时学政衙门前人山人海，平素温文尔雅的莘莘学子，这时候早把子云诗云温良谦让等书生功课一股脑儿抛诸脑后，只见他们在火辣辣的日头底下，有的捶胸顿足看似疯汉；有的龇牙咧嘴如同怒目金刚；有的呼天抢地如丧考妣；有的攒眉拧目，倒像是吃了几斗黄连水。总之是"狼奔豕突"群情激愤。这些人打听到抓捕何心隐是学台大人金学曾的主意，便互相串联邀齐了前来学台衙门找金学曾兴师问罪。他们中也不乏泼皮式人物，一来就摆开架势要往学衙的仪门里冲。省里的三台衙门都是密勿重禁严守之地，平常都有兵士站岗。这会儿见有人要以身试法，值守的兵士一个个如临大敌一起横枪护住大门，领头的哨官喊道："谁敢往前一步，老子一枪戳了他！"秀才们虽然有心闹事，但见了横肉面生的兵爷，心里头还是惧怕三分。数十人冲上了仪门前的台阶，又都吓得退了回去。衙门既不敢冲，他们也决不甘心就此散去，便吵吵嚷嚷要金学曾出来回答为何要抓何心隐——他们并不知道金学曾不在衙门里，衙门里的人更不会据实奉告。

正在双方僵持不下的时候，不知谁嚷了一句："看哪，学台大人的轿子抬过来了！"学生们回头一看，果然见一乘油绢云顶大凉轿从东面的玉马街匆匆而来。顿时，围在衙门前的学生们，又像潮水般朝轿子那厢涌去。此时坐在轿子里的金学曾面对万头攒动的场面，心里并不惊慌，他吩咐轿伕把轿子抬到广场中间停下，他抬腿下轿，立马就有人朝着他大声喊叫："你凭什么抓何心隐？"一言未了，不知谁领头喊了一句口号："还我何心隐！"广场上便响起了一阵一阵的狂吼。待口号声停了，金学曾环顾周围一张张愤怒的脸，冷笑着斥道："你们不好好念书，跑到这里来吊什么嗓子，嗯？你们问本学台为何要抓何心隐，这么乱哄哄的，本学台怎么回答？你们现在选几个代表随我进衙，我给你们竹筒倒豆子，一二三四讲个清楚明白。"说毕，金学曾抬腿就往衙门里走，胆小的学生纷纷给他让道儿，却也有几个捺横撒泼气势汹汹地站出来挡住去路，高声说道："凭什么让你回衙？要说，就在这里说清楚！"金学曾瞅着这几个人，三角眼一吊，斥道：

176

"瞧你们这样儿，都是存心要和我捣蛋。好哇，我哪儿也不去，就在这里同你们一起熬！"一言未了，便一撩官袍，双腿盘地坐了下去。他这样一来，倒叫学生们没了主张。正当他们嘀嘀咕咕商量下一步对策时，不知是谁杀猪似的号叫起来："哎哟，我被螫着了！"众人循声望去，一时都大惊失色，只见头顶上嗡嗡嗡飞起一大片黄蜂。这些可恶的小飞虫仿佛着了什么魔法，见人就螫，尖利的毒刺一扎入皮肉，立刻就会肿起大包疼痛难忍。本来还同仇敌忾众志成城要向学台大人讨个公道的学生们，顿时乱了阵脚，左躲右闪抱头逃窜，广场上一片嗷嗷乱叫，趁着这一片混乱，衙门前守值的兵士连忙跑过来把金学曾接回了衙门。尽管金学曾眼明手快，突围时仍然被黄蜂狠螫了一口。

此后几天，金学曾一直待在衙门里。在这骚乱尚未平息的非常时机，尽管身无铠甲手不执戈，他仍然有一种统兵打仗的感觉。这天上午，他收到张居正急递过来的信函，便想送给陈瑞过目，于是鸣炮三声乘轿出衙，在一队兵士的护卫下，旗牌森严地往抚台衙门威仪而来。

这一回，陈瑞破例挪步到大门口迎接，瞧着金学曾下轿，他迎上去把学台大人上下左右看了个遍，直看得金学曾不好意思，狐疑地问："陈大人，你看什么呀？"

陈瑞说："不是说你被大黄蜂螫了一口么，螫哪儿了，怎的瞧不着痕迹？"

"呶，螫的是这儿。"金学曾指了指自己的左脸颊。

陈瑞凑过去看，不相信地摇摇头，言道："大黄蜂螫一口，少说也得肿七天，你那脸上光溜溜的，哪里螫过？"

"螫是真的螫了，不过，半日就好了。"

"怎么这么快？"

"我有奇方。"金学曾挤了挤眼睛，笑道，"不知从哪本闲书上看到一则故事，说的是一个人若遭蜂螫，就赶紧找来蚯蚓粪，用井水调和敷到被螫之处，一敷就好，我就试着办理。"

"闲书上的记载大多荒诞不经，你怎的相信这个？"

"这回还真的不是骗人的。"金学曾摸了摸脸颊说，"我敷上蚯蚓泥后，大约半日就好了。"

说话间，陈瑞领着金学曾穿过前院，走进了紧连着值房的宽敞的客厅，堂役端上西瓜，两人一边吃瓜，一边仍在扯闲话，陈瑞半是责怪半是关切地说："金大人，你那日不听劝阻，执意要回衙门，实在是莽撞之举。要不是那一群大黄蜂帮了你，还不知那帮无赖要把你撕成个啥样。"

金学曾接过堂役递上的面巾胡乱擦了擦嘴角的瓜水，答话中严肃又掺着几分诙谐："陈大人，你总要记住那一句话，秀才造反，三年不成。"

"话是这么说，但年轻人脑子一热，凑在一起互相撺掇，杀人放火的事也不是做不出来。水泊梁山的好汉，不就是这样闹出来的？"说到这里，陈瑞瞅着金学曾，又道，"有一件事，我至今仍觉蹊跷，你学台衙门前的广场，空荡荡的连棵树都没有，怎么会突然飞出一群黄蜂来。"

这几天来，不断有人问及此事，金学曾总是不置可否。其实，在广场上螫人的并不是什么大黄蜂，而是一群蜜蜂。却说那天金学曾离开抚衙赶回学台衙门的路上，看到路边一户人家屋檐下挂了两只蜂桶，便灵机一动，吩咐随行仆役将其买下，取下桶内歇满蜜蜂的格扇，小心翼翼地装进一只大布袋中，并交代仆役，若是他在广场遭困，就将这些蜜蜂偷偷放出来。一到广场，仆役见金学曾果然被学生们团团围住不得脱身，便依计行事，将布袋口朝下猛地一抖，已是闷了半天的蜜蜂正在焦躁之时，突然重见天日，顿时四散而逃。学生们猝不及防，突见蜂群飞来，便挥手驱赶，蜜蜂受此挑衅，便狠命螫人，顿时间一场人蜂大战便爆发开来。现在，面对陈瑞的提问，金学曾觉得对他没什么好隐瞒的，就据实讲了事情的经过。不过，他还是隐瞒了一点，没有说自己是此事的始作俑者，而将一切"功劳"归之于仆役。

陈瑞听了，咧嘴一笑言道："你那个仆役倒是有捷才，借蜂救主，也算出了奇兵。这种人应该提拔重用，不过，即使没有蜂群救你，本抚紧急调派的两百名军士也赶到了。"

金学曾回道："对学生们，弄一群蜜蜂吓唬吓唬就足够了，完全用不着请那些兵爷来。"

"你这话本抚不同意，"陈瑞反驳道，"闹事的是学生，但闹起来了就不仅仅是学生的问题。那几天，一些歹徒趁骚乱之际青天白日抢劫商家店铺。若听其发展，这帮乌龟王八蛋，就该风高放火，月黑杀人了。"

金学曾明显感到陈瑞对待学生滋事生衅的态度同前几次谈话相比，已是有了一百八十度的大转弯。过去是优柔寡断不肯担当责任，如今却是大打出手杀气腾腾，他觉得这其中必有原因，又想着自己前来会揖的要务，便道："陈大人临危不乱处变不惊，终是封疆大吏的气度，在下钦佩。今天上午，在下收到了首辅的来信，便想着赶紧送过来请抚台一阅。"

金学曾说着打开随身带来的护书，从中取出张居正的来信，陈瑞接过来展开一读：

学曾见字如晤：

六月初三急件收悉，何心隐以圣人自居，终是狂狷一流。讲学只当平居讲明，朋友切磋，至于招延党羽，创设书院，徼名乱政，罪之尤者。今之讲学，舍正学不谈，而以禅理相高，浸成晋代之风。若任其泛滥，必成国蠹而遗祸社稷。人在旅途，车驾旋迫，匆草数语以释尔念。君为朝廷效命，不计利害，深慰鄙念，张居正又及。

读罢这封信，陈瑞把笺纸小心还给金学曾，又起身走到里间拿出一封信来递给金学曾说："下官也收到了首辅的来信，你看看。"

金学曾抽出笺纸，一看到首辅行云流水的墨迹，便觉十分亲切，他字斟句酌读了下来：

藩台陈公如晤：

顷接学台金学曾急件，知公欲除书院弊蠹，力排异议而将何心隐逮捕归案，此举怯积习以去颓靡，振纪纲以正风俗，实有利于社稷。

讲学之风，诚为可厌，夫昔之为同志者，仆亦尝周旋其间，听其议论矣。然窥其微处，则皆以聚党贾誉，行径捷举。所称道德之说，虚而无当。庄子所谓嗌言者若蛙，佛氏所谓虾蟆禅耳。而其徒侣众盛，异趋为事。大者摇撼朝廷，爽乱名实。小者匿蔽丑秽，趋利逃名。嘉隆之间，深被其祸，今尤未殄，此主持世教者所深忧也。

明兴二百余年，名卿硕辅，勋业煊赫者，大抵皆直躬劲节，寡言慎行，奉公守法之人。而讲学者每诋之曰："彼虽有所树立，然不知学，皆意气用事耳。"而近时所谓知学，为世所宗仰者，考其所树立，又远出于所诋之下。将令后生小子何所师法耶？

我朝以来，讲学之风湖广尤烈，叹我桑梓士习人情，深被其害。公以雷霆手段，先于湖广禁毁书院，功莫大焉。

仆此番回籍扶榇，公率僚属前来会葬，在此致谢。公在江陵面告，称不耐武昌苦热，欲求迁转于北地。待仆回到北京，再与吏部商量，一俟京职出缺，当为公谋之。

与写给金学曾的寥寥数语相比，张居正写给陈瑞的这封信，可谓洋洋洒洒。首辅对于讲学风气的批判，可谓有理有据。两相比较，似乎张居正对陈瑞更为推心置腹，陈瑞自己也是这样理解的。但金学曾心底清楚，这正是张居正的高明之处：若要在湖广禁毁书院，其关键人物不是他金学曾而是抚台大人陈瑞。因为在江陵，张居正曾单独召见金学曾，秉烛夜谈面授机宜，该说的话已经说得很透彻。倒是这位陈瑞，让张居正放心不下，此人能办事，但有见风使舵的毛病，因此须得仔细叮嘱。

瞧着金学曾读完了信，陈瑞开口说道："金大人，今天你就是不来找我，我也要发帖子请你。没想到，你我同时收到了首辅大人的来信。"

"首辅对于讲学的看法，已在两封信中阐释明白，"金学曾言道，"陈大人先前总还有点担心，怕做错了什么事，这回该吃了定心丸吧。"

这话如果从别人口里说出来，陈瑞肯定会生气。但金学曾又当别论，因为从首辅的来信中，可以推测得出，金学曾在给首辅的信中，替他讲了好话。因此他只是得意地一笑，回道："咱们为官之人，办任何事都讲究一个有法可依。不瞒你老兄说，抓了何心隐后，引起这么大的骚乱，咱心里头直打鼓。心想上头如果不体贴下情怪罪起来，你我便吃不了兜着走。有了这层心思，咱做事就甩不开手脚。现在好了，有了首辅这封信，咱们就去了后顾之忧，该怎么干就怎么干了。"

　　"那你说，现在该怎么干？"金学曾问。

　　陈瑞眉毛一拧，恶狠狠地说："我已下令调集了营兵，今夜里，就把洪山书院封了。"

　　"好！"金学曾情不自禁地喊了一声，接着又问，"那，何心隐怎么办？"

　　"这个嘛，本抚也有一个主意。"

　　陈瑞诡秘地一笑，在书案上拿了一张纸递给金学曾。只见纸上写了一个大大的"瘦"字。

　　"瘦？"金学曾不解地问，"这是什么意思？"

　　"臾之字义，是片刻的意思，须臾之间喻时间之短，瘦从病旁，乃很快就病死之意。"

　　"你的意思是，让何心隐……"

　　金学曾欲言又止，他已明白了陈瑞的意思，但又不敢相信，陈瑞猜着了他的心思，笑道："怎么，金大人，你不敢说出来？干脆，我来说明了，我的意思是，让何心隐瘦死狱中。"

　　金学曾急切地说："陈大人，让何心隐死掉，恐怕也非首辅的本意吧。"

"是的，首辅没有在信中交代如何处置何心隐。但我可以断定，首辅决不愿意再看到这个人逍遥于世。"

"你怎么知道？"

陈瑞突然古怪地笑了一下，问道："金大人，你知道当年严嵩是如何下台的么？"

"不是徐阶策划让人写本子弹劾吗？"

"大家都这么说，其实并不是。"陈瑞一咬嘴唇神秘言道，"据我所知，这事与何心隐有关。"

"啊，这个我倒没听说。"金学曾惊讶说道。

"官场上多的是蹊跷事，你哪能样样都能听到。"陈瑞说了句摆谱的话，接着言道，"严嵩在嘉靖皇帝面前获宠二十年而不衰，这是个奇迹。多少人想扳倒严嵩，结果如何？从夏言到杨继盛，一个个都被斩首西市。提起这些冤案，至今都让人心惊胆战。何心隐本是一介布衣，但他好谈国是，因在家乡建立'和萃堂'，纠集族人合力抗税，结果被江西巡抚派人前往捉拿归案打入监牢，偏偏这巡抚又是严嵩的亲信。那是何心隐的第一次牢狱生涯，后经友人营救，虽然出狱，但他从此就和严嵩结下冤仇。他悉心研究朝廷中那些倒严官员的经历，认为这些官员都是意气用事，是拿脑袋撞南墙，而不擅于使用四两拨千斤的智慧之方。何心隐看准嘉靖皇帝酷爱斋醮、迷信方术的弱点，花重金买通了深得嘉靖皇帝宠信的道士蓝道行。一日，嘉靖皇帝就榆林关外的房患把蓝道行请来扶乩。蓝道行预先已知道严嵩也要就此事前来觐见，便道：'待会儿会有一个身穿蟒衣的花白胡子老汉要来与陛下谈这件事，此人虽干练有才，但下巴翘起，有克君之相。重用此人，恐怕对皇祚不利。'嘉靖皇帝闻听此言，心下闷闷不乐。

183

半个时辰后，太监来报严嵩求见，嘉靖皇帝准他进来，当严嵩进来跪下磕头时，嘉靖皇帝定睛看这严嵩，果然是身着蟒衣胡子花白，下巴翘起来如危崖耸峭。严嵩在内阁待了二十多年，三天两头就会入宫觐见，嘉靖皇帝虽对他了如指掌，偏偏却忽略了他这个下巴。想起蓝道行的促膝密谈，嘉靖皇帝顿时心下骇然，一声不吭挥手让严嵩退了下去。从那一天起，嘉靖皇帝就下了诛除严嵩的决心。当时的次辅徐阶察言观色，发现严嵩已经失宠，遂密嘱手下赶紧上本弹劾严嵩的儿子严世蕃。这么做原也是投石问路，若是皇上还宠着严嵩，大不了损失一个手下。谁知这道本子一到嘉靖皇帝手中，他立刻下旨将严世蕃抓进诏狱，最后也被问成死罪弃首西市。儿子一死，老严嵩即刻就被削职，然后抄家，清剿严党。在内阁惨淡经营二十年的严嵩，就这样吹气泡一样完了。"

陈瑞讲的这个故事，特别是蓝道行一节，金学曾从来没有听说过。虽是陈年旧事，听来仍不免惊心动魄，金学曾叹道："严嵩倒台，大家都把功劳归之于徐阶，却没想到起关键作用的，竟是这个何心隐。"

"是啊，"陈瑞深有感触地评论道，"徐阶虽是当今首辅的恩师，但平心而论，耍手腕斗心机，他还不是严嵩的对手，若不是嘉靖皇帝信了蓝道行的话，纵然有十个徐阶绑在一块儿，也不可能扳倒严嵩啊！"

"这倒是，"金学曾点头承认，又问，"这么绝密的事情，你怎么知道？"

"没有不透风的墙嘛。"陈瑞不肯说出消息来源，故卖了个关子。

"首辅知道吗？"

"徐阶知道，首辅就一定知道。"

陈瑞今日一改平素说话闪烁其词的毛病，每句话都口气笃定。金学曾这才感到往日轻看了这个陈瑞。此公平常前怕狼后怕虎，做事优柔寡断患得患失，看上去像个草包。却没想到他是真人不露相，城府如此之深让外人半寸也不得窥伺，金学曾自叹弗如，遂又讨教问道："你是说，首辅想除掉何心隐，不是因为他讲学，而是因为他这段秘闻？"

陈瑞脱口答道："至少兼而有之。"

"何以见得？"

"金大人，你还记得去年冬天发生的棉衣事件吗？"

"记得。"

"处死了什么人？"

"邵大侠。"

"你知道邵大侠这个人的来历吗？"

"知道，传说高拱下野以后，又东山再起重登宰辅之位，就是邵大侠设计的奇局。"

"这就对了，"陈瑞一拍大腿，意味深长言道，"邵大侠制造棉衣以劣充优，致使戚继光部的兵士冻死十九人，仅这一条，就该杀。何况他以一介布衣混迹朝廷，竟能在宅揆任免这样的大事上纵横捭阖，就更该杀。何心隐的情况同邵大侠一样，论讲学，他可杀可不杀，论干涉朝廷政事，就一定要杀！"

"陈大人言之有理，"金学曾赞同陈瑞的分析，但又言道，"不过，这何心隐毕竟是首辅年轻时的朋友。"

"李世民为了当皇帝，连自己的兄弟都可以杀，别的就不用说了。"陈瑞越说越来劲，"这就叫政坛无朋友可言。金大人，将心比心，如果换成你我坐在首辅的位子上，你愿意让别人将你玩弄于股掌之中么？”

金学曾答道：“以首辅之才，邵大侠与何心隐都不可能对他造成威胁。”

“但这两人，的确是废掉了一个宅揆，又扶起了一个宅揆。这种人留着终是祸害。如今，有大侠之名的那一个已经命赴黄泉，有圣人之名的这一位，也该打发他上路了。”

“取他性命，首辅信中并没有暗示啊！”

“响鼓不需重槌，”陈瑞说着又从茶几上拿起张居正的信，在金学曾面前晃了晃说，“首辅的信上，有‘讲学之风，诚为可厌’这八个字，有这句话就够了。金大人，上回抓何心隐，是你火急火燎地催我，这次除掉何心隐，却轮到我催你了。怎么样，今晚上送他上路？”

金学曾揉了揉发涩的眼睛，咕哝道：“邵大侠与何心隐，正好一文一武，到了地狱联起手来，说不定可以再做一个奇局，把阎王弄下台来，自己取而代之。”

第十五回

唱荤曲李阎王献丑
禁书院何圣人毙命

傍晚时分西北角天空起了乌云，一霎儿工夫弥漫过来，又是扯雷又是打闪，接着豆人的雨点劈头盖脸满世界乱砸。半个多月响晴响晴的天，晒得树叶打蔫地皮起卷儿，这会儿雨点刚落，滚烫的鹅卵石街面如同烧铁淬火，都嗞嗞嗞地冒着青烟。不过半个时辰，路上已是积水成河。一场豪雨解了暑气，武昌城里的居民，终于获得了一个盼望已久的凉爽之夜。

酉时的骤雨只下了大半个时辰，街坊人家吃过夜饭，天上的密云就已散开，一交戌时，又现出疏星淡月。若在平时，这样清风如拂的夏夜，城里头早该是青楼酒馆人影幢幢，灯火楼台处处笙歌了。眼下因刚刚爆发过骚乱，街上实行宵禁，到处都是巡逻的兵士，商铺关门小贩歇业，街面上不单比平日显得萧条，更还透出一股子风声鹤唳的气氛。此时，在藩司衙门直接管辖的大牢里，尤为让人觉得阴森恐怖。券门巷道上挂着的防水的油绢灯笼，光芒摇曳不定，远远看去，倒像是旷野上飘浮的鬼火。从高墙外头到拘禁犯人的牢房，里三层外三层布的都是岗哨。平常，这里就是盘查极严的禁区，自从何心隐被抓羁押于此，这里更是重兵把守，闲杂人等一概都远远回避。

大凡进了这座牢门的人犯，先甭管犯了啥法，一进门就得赶紧用钱物孝敬锁头禁子。若是一副肩膀抬张嘴两手空空进来，禁子们落不下便宜，他们就会随便找出个什么理由，搬出大刑来好好儿把你"侍候"一番。待一身血污进了牢房，牢头狱霸照样伸手要见面礼。你若敢说一声没有，"窝心馒头""倒挂金钩""猴子上树"等花样翻新的自创土刑，又会把你尽情款待。甭管你身子骨儿多么健朗，经过这两道"鬼门关"，任谁都得瘫软在地。

不过，何心隐进来倒没有吃过这样的苦头。一来他是抚台亲自签发拘票抓来的人犯，人还没进来，就有抚衙的刑名师爷前来打招呼："谁敢沾何心隐一个指头，抚台大人就剁他一只手！"这话说得太绝，锁头禁子们虽然贪财，却也不敢造次。二来何心隐在武昌城中名气大，无论是看牢的差人还是坐牢的犯人，几乎个个都知道他是当今的"圣人"。他一来，差人犯人都忘记了"侍候"这一道手续，个个点头哈腰忙东忙西，那情景，倒像是迎接什么贵宾似的。

因此，何心隐坐牢一个多月，不但没有受到皮肉之苦，反倒每日肥酒大肉地享受。何心隐一贯认为，农工商贾并不比读书人低贱。越是贩夫走卒市井屠儿，他见了越是亲切，在一起称兄道弟唠叨家常，讥笑官府里的人是猫头公事狗脸亲家。正是这种叛逆性格，导致大耳朵百姓都敬慕他喜欢他——这也是他坐牢不受虐待的原因之一。

却说今儿个晚上下雨之后，何心隐正在单间牢房里踱着方步，忽然听得门上锁链一响，接着板门吱扭一声，只见两个人推门进来，头前一个人提着灯笼，看那一身皂衣就知是一个普通禁子，跟在他后头的人虽然穿的也是皂衣，但圆领上多了一道白边——这就是等级，穿这种衣服的人是看牢的小头目，名曰锁头。这锁头大名李黑子，生得一脸横肉，黑油黑油的，仿佛在酱缸里泡过。因为凶狠，犯人们背地里喊他李阎王。这会儿，李阎王见了何心隐，忙把腰一哈，恭恭敬敬笑着问："何先生，用过晚膳了吗？"

何心隐眼一横，开口骂道："吃什么？一碗糙米饭倒有半碗沙子，像是喂猪的。老汉牙口不好，哪吃得下去。"

李阎王咧嘴一笑："咱就知道你吃不惯这牢食儿，走。"

"上哪儿去？"

"老规矩，上咱值房，咱请你喝酒。"

李阎王虽然凶残，但他却敬仰何心隐的大名，隔三岔五，他就会把何心隐请到自己值房撮一顿，何心隐也从不嫌他猥琐，采取的策略是逢请必吃。李阎王的值房紧挨着牢房，里面的酒席已经摆好，何心隐一进去，也不谦逊径自坐了首席。也许是饿急了，他拿起筷子夹起一颗黄焖丸子就往嘴里送。瞧他这副馋样儿，李阎王笑道："何先生，今儿个下了雨，难得有了个凉爽，所以你的胃口好。"

"下不下雨，跟我有何关系？"何心隐没好气地说，"这牢房的墙都是用大石头垒起来的，住在里面像待在山洞里，再热的天，也是凉飕飕的。"

谈话间，李阎王已给何心隐斟上了酒。两人推杯把盏，酒过三巡，何心隐问："李锁爷，今晚上，你怎么这么晚才请我吃饭？"

"临时有公事，总得虚应。"李阎王答话时好像有点心神不定，他挪了挪座儿，又道，"何先生，你答应咱的事儿，今晚上总该兑现了吧。"

"什么事儿？"

"看相呀，你答应给我看一次相，却一直没看。"

除了举偏发微阐释阳明心学自成一家外，何心隐还懂得不少诸如风水堪舆推命看相等杂学。在庶民百姓中，他这方面的名气甚至盖过了他的正学。因此他一入牢房，就有不少禁子求他推命看相，这李阎王也是其中的一个。他求过几次，何心隐总是搪塞，现在他又提出来，何心隐嗞儿一声一盅酒下肚，言道："日不嫖妓，夜不探宝，这叫帮有帮道，行有行规，李锁爷你说到看相，也还是有它的禁忌。"

"有何禁忌？"

"喝酒不看相。"

"这是为何？"

"看相者醉眼蒙眬看不真切，被看者红脸红痴气色全变，这相还看得准吗？"

"那……"李阎王有些懊丧，咕哝道，"早知如此，先不该让你喝酒。"

何心隐嘿嘿一笑，说："年轻时，我喝酒从不知醉，如今虽年过花甲，兴趣来时，喝上个半斤八两也还不成问题。眼下才喝了不到两三盅，这一点酒，还不至于雾里看花，只不知你李锁爷酒量如何？"

陪坐在旁的禁子代为回答："咱们李爷，喝半斤烧酒只当是喝了一盅茶。"

"好酒量！"何心隐赞道，"这么说，今晚上给李锁爷看相不成问题。"

"那就有劳何先生了。"

李阎王说着挺了挺身子，又把脸搓了一把，何心隐瞅了瞅李阎王，说道："听说李锁爷好讲个荤故事，可是真的？"

"这个嘛，"李阎王不好意思地笑了笑，答道，"不是我爱讲，都是别人喜欢听。"

"这个也可以理解，古圣贤都讲过'食色，性也'的话，何况凡夫之辈。"何心隐借题发挥言道，"世上千般苦，人都不爱吃。唯独一种苦，个个都乐此不疲。"

"什么苦？"

"被窝里打勤劳。"

"何先生这话说到了根本，"扯上这个话题，李阎王舌头便灵便多了，"昨天，咱这里又来了一个犯人，是个劫色的花案。那厮跑去逛窑子，狂嫖一宿竟赖账不肯给钱，被鸨母差人扭送到了官府。关到咱这牢里，那厮还嘴硬，说什么那东西恁怎么用也不会磨损，凭什么收那么多的钱？即使真的用坏了，把皮匠找来缝几针就是，也不至于漫天要价讹人呀。他还感叹道，世人都道摇钱树好，却不知道摇钱树全长在尻里头。何先生你听听，这厮说的是何等的浑话。"

李阎王讲得绘声绘色，何心隐笑得抹了把眼泪，接话道："大约这大牢里，关过不少花案，我住的那间牢房里，墙上刻了四句顺口溜，'人在人上，肉在肉中，上下齐动，快乐无穷'，想必就是这类人的杰作。"

李阎王顿了顿，突然问了个溜尖的问题："何先生，听说你年轻时也喜欢逛窑子嫖妓女，此事可是真的？"

"当然是真的。"何心隐爽快地回答，见李阎王表情异样，又道，"这有什么值得奇怪的，你即使学富五车，还不是一个人？我年轻时不但逛窑子，还喜欢弄双飞燕，两妓相拥，左如瑶草右如琪花，那是何等的欢乐！"

何心隐一副陶醉的样子，李阎王看了觉得开心，趁何心隐在兴头上，又说道："何先生，该给咱看相了吧？"

何心隐摇摇头，说："你还得给我再讲几个荤段子，让我老汉彻底放松了，看起相来方见效果。"

李阎王抓耳挠腮，正想着说个什么，旁边的禁子又开了腔："何先生，咱们锁爷不但会讲荤故事，更会唱荤曲儿。"

"唱荤曲儿，那岂不更好？李锁爷，你现在唱上一曲，既要荤，又要文辞儿好，我老汉听得过瘾了，立马给你看相。"

何心隐吵吵嚷嚷显出了疯态，李阎王支吾不开，只得说道："前些时，咱在戏园子里学了一支曲儿，要不，现在就给何先生学学。"说着就唱了起来：

雨初霁、海棠娇，
赛过胭脂鲜俊。
俏佳人摘一枝试问郎君：
你看这花容胜，
还是奴的容颜胜？
郎君故意道：花容好。
佳人听说怒生嗔。
将花揉碎洒郎身。
夫君啊，今夜你就同花去寝。

我再不与你相交颈。

这支曲子本应是二八佳人扭扭捏捏唱将出来，娇声一放，便是那种令人骨软筋麻的调情味儿。如今听这铁塔似的李阎王一开腔，不但粗声大嗓侉声侉气，且还荒腔走板，听了让人起一身的鸡皮疙瘩。一曲终了，何心隐用手按了按耳门子，讥笑道："多谢李锁爷，听你这一吼，我这耳朵里堵了多时的耳屎，竟被震了出来，一下子舒坦多了。"

李阎王却认真回答："这曲子咱刚学，所以唱得不圆润。要不，咱再换一支唱唱。"

"别，别，"何心隐连忙摆手阻拦，"你的唱功，老汉我已经领教，现在，我给你看相。"

何心隐刚说完这句话，忽见一个禁子推门进来，手上拎着一包东西。

"这是什么？"李阎王问那禁子。

"是宝通禅寺的方丈无可老和尚送给何先生的。"禁子说着就地打开包袱，一面翻检一面说道，"几本禅宗语录，一本无可老和尚自编的禅诗。"

李阎王勾头去看，不屑地说："什么劳什子，几本破书既当不得吃，又当不得喝，还不如送一块卤牛肉来。"

"蠢物！"何心隐一拍桌子，拉下脸来骂道，"看你这副臭皮囊，除了装酒装肉，还能装什么？无可老和尚送来的这几本书，都是宝物！"

"宝物？"李阎王一个愣怔，旋即恍然大悟，赔笑道，"咱虽然不读书，但记得一句古训。'书中自有颜如玉，书中自有黄金屋'，大概老和尚送来的书中，藏有这两件宝物。"

正在生气的何心隐，听到这两句话竟破颜一笑，叹道："蠢人令人生厌，但蠢到极致反而可爱。"接着又问，"李锁爷，你肚脐眼上一寸的地方，是否长了一颗痣？"

"这个？"李阎王忙解开皂衣低头看自己的肚皮，回道，"是有一颗，咦，何先生你怎么知道？"

"你人中那儿长了一颗痣，对应到肚脐眼相应部位，肯定也有一颗。"

"原来是这样，"李阎王急切地问，"这颗痣是好痣还是坏痣？有无妨碍？"

"这是你的福痣，"何心隐言道，"不然，像你这样斗大的字识不了一箩筐的人，怎的能当锁爷。"

李阎王啐了一口痰，不服气地说："咱姑父是抚台衙门里的师爷，不是有他这个后台，咱肚脐眼上长颗金痣都不管用。"

"没有这颗痣，光有姑父顶屁用。"何心隐没好气地说，他正准备伸筷子夹一块肉吃，一听这话，当即把筷子朝桌上一放，瞪了李阎王一眼，斥道："你把我当成江湖卖膏药的，一张嘴朝天夸，专门哄人是不是？"

李阎王见何心隐有起身走人的意思，忙满脸堆下笑来，说道："不不不，何先生你别生气，咱只是说锁爷的来历，哪敢不信你，请你继续指点。"

何心隐鼻子哼了一声，这才又拿起筷子吃了一口菜，言道："你的父亲已经死了。"

"是的，死了四年了，你怎么知道？"李阎王一脸惊诧。

"不要问我怎么知道，说了你也不懂。"何心隐有些盛气凌人，那样子，好像他是锁爷而李阎王是囚犯似的。他摸了一把山羊胡子，继续说："你兄弟两人，还有一个妹妹。"

　　"是的。"

　　"兄弟两人你是弟弟，在你三岁的时候，你哥哥摔了一跤，跌断了腿，从此成了跛子。"

　　"这个也千真万确。"

　　"你老娘有痛风的毛病。"

　　"这……"

　　"怎么了？"

　　"咱娘痛风都好几年了，何先生，你真是神仙！"

　　"这些事儿都在你脸上摆着，一看便知，原也不足为奇。你还有一个毛病。"

　　何心隐说着就打住了，他这是故意卖关子，李阎王已是诚惶诚恐，连忙追问："是什么毛病？"

　　"你命中克妻。"

　　"克妻？"

　　"对，克妻！"何心隐盯着李阎王发青的鼻翼，决断地说，"你第一个老婆只跟你过了一年，就蹬腿儿走了。"

　　"是的，生孩子生不出来，在床上叫了三天三夜，娘儿俩一起走了。"

　　李阎王说着眼圈儿红了，背过脸去，偷偷抹了一把眼泪。何心隐也不瞧他，只拿起酒壶来自斟一杯，接着问："你的第二个老婆呢，怎么死的？"

　　"咱喝醉酒把她揍了个鼻青脸肿，她一时想不开，一根绳子吊死了。"

"你现在还是光棍吧。"

"唉！"

"叹什么气呀，"何心隐见李阎王一副沮丧的样子，忽然产生了快感，言道，"常言道，吃什么补什么，缺什么想什么，你李锁爷一天到晚讲荤段子，扯着鸭公嗓子唱荤曲儿，为的什么，不就是想女人吗？"

李阎王不好意思地笑一笑，问："何先生，你看咱什么时候能讨到老婆？"

"等着吧，你要多做善事。"

"善事做了一堆，总不见效果。"

"你做了什么善事？"

"逢初一十五，咱老娘就买乌龟到宝通寺放生，逢年过节，总是给乞丐赏几个饼子。"

"嘻，这叫什么善事。"何心隐嘴一瘪，反唇相讥言道，"我看你作孽太多。"

"咱作了什么孽？"

"你每天都在折磨犯人，以此为乐，这不是作孽？"

"这……"李阎王眉头一皱，回道，"这不算作孽，锁头的差事就是管理犯人。对羁押的人犯，你不狠一点给他颜色，他还不翻了天？"

"你总不能不分青红皂白，见人就用刑哪！"

"好人能进咱这大牢吗？"李阎王振振有词地反问，"既然能进这里来，就不会是好东西。"

"混账！"何心隐起身就要掀桌子，一旁的禁子眼明手快，赶紧把他抱住。

李阎王这才醒悟到自己失言，立刻作揖打拱忙不迭声地道歉："何先生，咱说的坏人不包括你……"

又劝又哄，何心隐总算又平静了下来，重新坐在凳子上。

李阎王觑着他，摇头叹道："何先生，你看相一口一个准，真是得了大神通，就凭这个吃饭，你也挣得下金山银山。你何必非要搞什么讲学，把官府上的人都得罪完了呢？"

何心隐傲慢答道："这是大道理，你一个锁头哪里懂得？"

"咱不懂讲学，但咱懂得不能拿鸡蛋碰石磺。"李阎王生怕说错了话惹恼了何心隐，故小心地问，"何先生，你在这大牢里待了一个多月，可知道外头的局势么？"

何心隐听了默不作声。他虽然坐在牢里，但还是有不少耳报神向他传递外面的消息。学生们为营救他而闹事遭到弹压，大致情况他都知道。他将这件事的前因后果仔细分析一番，认为与张居正这次回家葬父有关。张居正一贯反对讲学，这是国内人所共知的事情。今年年初，张居正把他最为信任的干臣金学曾从荆州税关巡税御史的任上升调为湖广学台，似乎就是一个信号。有人猜测，张居正这是要弄一个"屠夫"来，对讲学的先生们开刀了。何心隐不是没有警惕，而是认为不值得警惕。他一贯我行我素，从不把官府衙门放在眼里，就连无可禅师这样的好朋友的劝告都听不进去。现在，既然已经身陷囹圄，他对自己的前景就不抱乐观，甚至做了最坏的准备。

"何先生！"见何心隐半晌不吭声，李阎王又喊了一声。

"唔？"何心隐抬起头来，又让禁子给他斟了一盅酒。

"咱问你，知不知道外头的局势？"

"有什么不知道的，"何心隐故意显得漫不经心，"我何老汉桃李满天下，一旦蒙冤坐牢，便会有成千上万的人奔走呼号，甚至围攻衙门，这有什么值得奇怪的。"

"何先生认为自己会是个什么下场？"

"大不了一死。"

"嗬，何先生倒是个明白人。"李阎王说着叹了一口气，又道，"千不该万不该，你何先生不该得罪了咱抚台大人。"

"小小一个抚台，得罪了他又怎样？"

"他有生杀大权哪！"

"他有生杀大权又怎么样，你以为他能杀我？"何心隐不屑地说，"多年前我就讲过，徐阶、高拱、张居正一连三位宅揆，对讲学的态度是一人一个样。徐阶提倡讲学，但他没有能力让讲学之风大行天下。高拱反对讲学，但他也没有能力将讲学之风尽行剿灭。唯独张居正，这两方面的能力他都有。他若提倡讲学，我辈当会位列公卿；他若反对讲学，我辈也就死无葬身之地了。你以为你们抚台大人是什么？他只不过是张居正门下的一条狗，他安敢杀我？杀我者，张居正也。"

"咱听说，你与张居正曾是年轻时的朋友，既有这层关系，他为何不保你？"

"他保我？"何心隐勉强一笑，深有感触言道，"高处不胜寒，甭管什么人，坐到这个位子上，要想坐稳，都得六亲不认，更不用谈什么友情了。"

"是吗？"李阎王虽然颟顸，但知道在这种话题上不能附和，于是换言道，"待会儿，这牢里就不清静了。"

"为何？"

"傍晚下大雨的时候，从孝感调来的那一营兵士，已是冒雨出了大东门。"

"干啥？"

"查封洪山书院。"李阎王顿了一顿，又道，"咱们这里也接到宪令，要腾出几间牢房来，预备学生们反抗，就统统抓起来关到这里。"

"果然动手了？"何心隐脸色一下子阴暗下来，长叹一声痛苦言道，"书院的大限之日到了。"

"何先生，今朝有酒今朝醉，那些事儿暂不去管它，来，喝酒！"李阎王说着，命禁子撤掉何心隐面前的小盅，而换成了大茶杯，筛得满满的请何心隐喝。

此时的何心隐已是五神迷乱，竟也不推辞，拿起来就往嘴里倒，酒喝得急，加之心情不好，一连干了数杯，何心隐已是烂醉如泥，眼看就要溜下凳子，李阎王赶紧上前架着他，问禁子："都安排妥帖了？"

禁子点点头，李阎王便命禁子把何心隐扶回牢房。此时大牢里漆黑一片，禁子刚把羁押何心隐的牢房门打开，里头忽然就出来一个人，把何心隐拽进去朝地上一扔，旋即骑到何心隐身上，双手紧紧扼住何心隐的咽喉。黑暗中，只见何心隐双腿先是不停地乱蹬，接着就又开腿伸得直直的一动也不动。这前后也不过半炷香的工夫，可怜名闻天下心雄万夫的何心隐，就这样被人活活地掐死了。禁子一直守在门口看完这一幕，此时一声不吭，便把那人带回到李阎王的值房。

却说下大雨那段时间，抚台衙门里的刑名师爷急匆匆来到大牢，向李阎王传达了处死何心隐的宪命。李阎王心中对何心隐颇有好感，但又不敢违抗宪命，思来想去，便想出一个办法，让当值的禁子找一个命案在身的重刑犯来，如此这般交代一番，条件是事成之后就免他死罪。杀人犯也不知道要掐死的是谁，就稀里糊涂答应了下来。趁李阎王请何心隐喝酒的当儿，禁子便把那死囚犯偷偷带进了何心隐的牢房。

正在值房里焦急等待消息的李阎王，看到禁子领了死囚犯进来，便迫不及待地问："事情办了？"

"回锁爷，办了。"禁子答。

"是不是真的死了？"

"肯定死了，"这回是死囚犯回答，"我见他翻了白眼珠子，嘴上也吐出了泡沫。"

"胡扯，黑乎乎的你哪看得见。"李阎王白了死囚犯一眼，道，"掐死一个醉汉也不是什么难事，不过，本锁爷还是给你记功，来，这杯酒你喝下。"

李阎王说着，指了指桌上已摆好的一杯酒，死囚犯受宠若惊，端起来一扬脖子喝了。顿时间，他感到喉咙里火辣辣的如烈焰焚烧。他一面伸手去抓挠，一边大张着嘴想叫嚷，除了"啊啊啊"外，却是吐不出一个字儿。

瞧着死囚犯痛苦的样子，李阎王狞笑着说："日你娘，叫你喝酒你就喝，这是生漆酒，喝了就变哑巴！你狗日的有命案在身，如今又掐死了何先生，十颗脑袋也留不住了。小张子，将这苶货押进死牢，镣铐侍候。"

"是。"那禁子回了一喏，朝门外唤了一声，立刻进来三位狱差，将那嗷嗷乱叫的死囚犯架了出去。

听着杂杂沓沓的脚步声走远，李阎王一屁股瘫坐在椅子上怅然若失。他双手抱着脑袋痛苦了半天，才对禁子说："小张子，天一亮，你去给我买一筐乌龟来。"

"怎么，锁爷要打牙祭了？"禁子乐呵呵地问。

"屁，你一张毛嘴就知道吃，"李阎王恶狠狠瞪了禁子一眼，"明天，爷要到宝通寺去放生！"

第十六回

给事中密访杀降事
大宅揆情动老天官

转眼之间已经立秋，树上的蝉鸣不再没完没了地聒噪着惹人心烦了。这天上午，张居正乘轿穿过棋盘街，来到了富贵街上的吏部衙门。因事先已经知会，吏部尚书王国光早在门口候着了，轿子一到，王国光就迎上去接着，几句寒暄话后，双双联袂进了一尘不染秩序井然的衙门朝房。

张居正回京一个多月，接连发生了两件大事。一是湖广武昌城学生闹事，天天都有急报传来。最后一份由陈瑞签发的藩台移文到阁，禀报已查封洪山书院，并言关在大牢里的何心隐，被一个突发狂症的死囚活活掐死。因何心隐是名闻天下的学者，他的行踪格外引人关注，先前被抓的消息传到京城，就有不少人为他鸣不平，一些热衷讲学的官员甚至给皇上写本子，要求湖广巡抚衙门放人。正当这些人铆足了劲儿四下活动，突然又听说何心隐暴毙狱中，便都觉得其中有诈，要求调查事情真相。张居正将这件事强行压下，并说服万历皇帝颁下诏旨，一下子查禁了全国七十五座私立书院，并讲明这还只是第一批，剩下的书院，一律限期解散。此后有谁敢私创书院擅自讲学者，坚决严惩不贷。此令一出，全国舆论哗然。但议论归议论，却是没有谁有胆量敢公然违抗，蔓延了几十年屡禁不止的讲学之风，终以何心隐之死而画上了一个悲惨的句号。这件事的首功虽然是金学曾，但真正得到好处的却是陈瑞。皇上查禁书院的诏旨颁布不久，吏部的移文就到了武昌城抚台衙门，调陈瑞到京任礼部右侍郎。同时被升任的还有真定府知府钱普，他奉调进京，升任工部右侍郎之职。对这两人的升迁，一些官员颇有腹诽，但慑于张居正的权势，却是没有人敢公开议论。

第二件大事是高拱的去世。自那次张居正回籍葬父路过新郑县特意到高家庄拜访之后，高拱的身体就迅速垮了下来。张居正走后不过半个月，高拱就卧床不起。尽管地方官员在张居正的嘱托下，为高拱请了高明郎中精心救治，终因风烛残年郁火攻心，导致气血两虚而病入膏肓，最后药石不进，喝一口水都吐了出来。六月底，这位倔强的褫职宰辅，终于带着无尽的愤怒与伤心撒手尘寰，永远地闭上了那一双不肯认输的眼睛。六天后，张居正得到了噩耗，他不禁潸然泪下。他想起高拱临分手时的嘱托，便立即入宫觐见皇上，希望皇上看在高拱是隆庆皇帝藩邸旧臣的面上，能够给他恢复生前职位并赐谥号。万历皇上还记得六年前高拱说出的"十岁孩子如何能当皇帝"这句话，他是一个记仇的人，他对高拱的愤怒并没有因时间的推移而消亡。现在高拱死了，他仍然拒绝宽宥这位老臣。虽然在张居正的一再恳求下他做了让步，却也只肯给予半葬的优恤，至于恢复职位并赐谥号，则坚决不允。所谓半葬，即是由朝廷负担一半的丧葬费用。一个有功于社稷忠诚于皇室的柄国大臣，死后如此凄凉，张居正心下恻然。在那一刹那间，他的脑子里闪现出"君王寡恩"这个词儿。

但面前的这位少年天子，毕竟是他呕心沥血调教出来的，他不愿意把自己的"学生"想得太坏。

处理过这两件大事，张居正忽然有了心力交瘁的感觉。他上任宰辅以来所作所为，几乎没有一件事是不得罪人的。回想这一路风风雨雨，他真是深有感触，在一个贪墨成风积弊太深的官场，想做成一件事情，哪怕是一桩小小的改革，都充满了巨大的阻力。廓清政治开创太平盛世，唱几句高调可以，若要身体力行义无反顾地推进，让大明江山固若金汤，让天下苍生尽被恩泽，则实在是太难太难。他今天来吏部衙门，就是因为有另外一件更为棘手的事，要与王国光单独面谈。

却说王国光把张居正领到朝房，两人是老朋友，见面便省去不少客套。刚坐定，张居正一眼瞥见王国光座椅前的茶几上搁了一把极品的紫砂壶，他不想一上来就谈溜尖的问题，于是指着紫砂壶笑问："汝观，你也学着喝茶了？"

在张居正的记忆中，王国光从不喝茶。这大约是山陕人的习惯，张居正记得他的老友，同为山陕人的原任吏部尚书杨博，虽然著有《粥谱》一书，家中却很少见到茶具。此时，王国光一手拿起紫砂壶，另一只手提了提壶盖，朝张居正挤了挤眼睛，回道："我这茶壶里装的不是茶，你猜猜装的什么？"

"酒？"

"哪能在朝房里喝酒。"王国光说着端起紫砂壶对着壶嘴咕了一口，故意咂咂嘴津津有味言道，"叔大兄，实话对你说吧，咱喝的是醋。"

"醋？"张居正嘴里立刻涌起一股子酸味儿，"汝观，你把醋当水喝？"

"是呀，"王国光接着就说，"去年秋上，咱脾胃突然不好，不但每日噫气腹胀，夜里一觉醒来，嘴里每每发苦。舌苔也老厚老厚的，吃啥都没有味道。找几个郎中看过，甚至太医院的院正也为咱开过汤头，吃了均不见效。正苦恼着，有一次，张四维来敝府看望，言谈中知道了咱的病情，便告诉我一个土方子，要我用紫砂壶盛老陈醋，有事无事呷几口，只当是喝水的。第二天，他还让人给咱送来了这把紫砂壶。咱想喝醋也不是什么难事，一日三餐，咱山西人顿顿都离不开醋，于是咱就按他说的办理，喝了一个多月，脾胃真的就好了许多，夜里睡觉嘴也不苦了，嘴里也想吃东西了。从此，这把紫砂壶每天就跟着咱，早上离家上衙门值事，咱带它上轿，晚上散班又带回去。"

张居正听了，回道："老陈醋多酸哪，拌菜多放一点都难吃，当水喝，也只能是你山西人。"

王国光笑一笑，又道："用这紫砂壶喝陈醋，还有一种功效，却是事先没想到的。"

"什么功效？"

"壮阳。"

"啊，还有这回事儿？"张居正眼睛一亮。

"是呀，"王国光摸了摸油亮亮的胡须，兴奋地说，"一连喝了三个月的老陈醋，明显感到肾囊充溢。"

"紫砂壶里装陈醋，原来还是一味春药。"张居正说着大笑起来，又指着紫砂壶问，"你说这紫砂壶是张四维送给你的？"

"是呀，子维兄家里是山西省最大的盐商，可谓富甲全省，有的是钱，送个把极品的紫砂壶算得了什么。"

"没想到你汝观兄的心里，也有这种吃大户的思想，"张居正虽是讥笑，却并无恶意，"不过，你要记住那句话，吃人的嘴短，拿人的手软。"

王国光是细心人，听出话中有话，便道："张四维是阁臣，用不着来巴结我，他送这把紫砂壶来，纯粹出于乡谊。"

"汝观兄曲解了我的意思，朋友之间互赠礼品，不应列在行贿受贿之列。"张居正说着话锋一转，"不过，最近有件事情，确实牵扯到张四维，还有老兄你，也有份儿。"

"什么事？"王国光警觉地问。

张居正瞟了王国光一眼，敛了笑容问道："汝观兄还记得年初辽东大捷的事情么？"

"辽东大捷怎么了？"

"这里头可能有诈。"

张居正就把那一次回乡途中去新郑县高家庄，高拱就辽东大捷提出疑问的事说了一遍。王国光听了哧地一笑，言道："高拱的怀疑不无道理，但终无实据。"

"实据已经有了。"

"啊？"

张居正迎着王国光惊讶的目光，又讲述了事情的原委：却说那次在高家庄与高拱谈话之后，张居正感到事情重大，决定立即派人前往辽东秘密调查。但究竟派谁去担此重任呢，经过反复斟酌，他想到了兵科给事中光懋。此人在隆庆朝就是言官，由于行使弹劾纠察之权不避权贵，曾深得高拱赏识。张居正出掌内阁之后，曾将六科言官撤换了一大批，只留下了几个人，光懋便是其中之一。此人特立独行，从不参与官场的党派纷争，但碰到不法之事，却能恪尽职守慷慨建言。这便是张居正将他留任的理由。

于是张居正在新郑县城连夜给光懋写了一封密信，要他即刻前往辽东。光懋接信后，便以调查辽东屯田的名义出了山海关，在辽东待了一个多月，从李成梁、张学颜这样的藩臬镇守到偏裨校佐，甚至行商土著口外流民，他都旁敲侧击拨草寻蛇做了详尽调查。兹后得出的结论与高拱的怀疑完全一致：团山堡一役，根本不是虏寇来犯。其真相是：鞑靼一支小的部落，因与大首领俺答的儿子黄台吉发生冲突，这支小部落的首领惧怕嗜血成性的黄台吉前来剿灭，便带着全部落老老少少一千余人冒雪冲寒前来团山堡乞降，以寻求明军的保护。守堡的将领是辽东总兵李成梁的儿子李如松。他见那么多人赶骡子骑马地冲关而来，误以为是虏酋率众来犯，便趁敌骑未稳，大开关门掩杀过去。前来乞降的人群猝不及防，纷纷四下里逃窜。双方刚一接阵，李如松就感到不对劲，但手下兵士立功心切，一个个如猛虎扑羊见人便杀，制止已是来不及了，不到半个时辰，可怜八百余名男女老少就这样死于非命。事情既到这个地步，与其因滥杀无辜受到惩处，倒不如将错就错向朝廷报功。由于李如松的胆大妄为，北京城里，便有了那个令龙颜大悦百官欢欣的辽东大捷。

听完这段故事，王国光这才感到问题严重，便担心地问："光懋的本子，是否已递给圣上？"

"还没有，"张居正回答，"昨日，光懋将本子的副本送到我的手中，何时呈奏皇上，他等我的指示。"

"你打算怎么办？"

"我今天来，就是想听听你的意见。"

"这事情很难办，"王国光蹙着眉头言道，"这一次辽东大捷，发生在皇上大婚之前，无论是皇上，还是两宫太后，都把这次大捷视为难得的吉兆。不但开坛祭告祖庙，而且还大量赏赐群臣。如果现在要从头追究，第一个面子上过不去的，不是别人，而是新婚宴尔的皇上。"

"这个我也知道，"张居正微微颔首，沉吟着说，"皇上只是面子上过不去，真正反对的，恐怕还是那些得了赏赐的大臣。"

张居正一语中的，王国光浑身一震，朝房里陷入难堪的沉默。今年正月间，皇上就辽东大捷赏赐群臣，除从太仓划拨十万两纹银给辽东总督行辕用于参战将士的论功行赏外，还给辽东总兵李成梁和戎政总督张学颜各进秩两级，直接指挥战役的李如松由正五品的偏将晋升为正四品的卫指挥佥事。辽东方面，加官晋级的文武官员有三十多人。京城里，内阁、吏、兵、户、工等与军事有关的衙门，当事官员也有数十人获得赏赐。如内阁三位辅臣，皇上给予的赏赐是各进秩一级，荫一子。除张居正坚决辞掉外，吕调阳与张四维都已上表谢恩实际领受。这次进秩，吕调阳由从一品晋升为正一品，张四维由正二品晋升为从一品，两人各有一个儿子获得恩荫。按朝廷规矩，正一品官员的恩荫，其子可授正六品的尚宝司卿，从一品和二品官员，则只能授予正八品的内阁中书舍人之职。除此之外，吏、兵、户、工四衙门的堂官获得的赏赐与内阁辅臣一模一样。四部之中，王国光早就是从一品，现晋秩一级变成了正一品，余下三位堂官都由正二品变成了从一品。万历皇帝登基六年，如此大规模的加官晋秩，这还是第一次，可谓是吉庆连来皆大欢喜。现在，如果将辽东大捷定为杀降冒功，则所有的加官晋秩都必须取消，这可是大明开国以来都没有发生过的惊天动地的丑闻。

王国光顿觉心口堵得慌，他也忘了喝醋，强咽一口唾沫，问道："叔大，你的意思是要将辽东大捷重新作出结论？"

张居正点点头，脸上的表情显得痛苦。

王国光端起那把镶金的紫砂壶，送到嘴边又忽然放下，抬眼看了看张居正。张居正也正在看他，四目相对灼然如电。王国光苦笑一下，言道："叔大，我在想，高拱一个风烛残年之人，临死前，为何要同你谈辽东大捷的事。"

"这个不难理解，"张居正答道，"高拱虽然去职离京，可是他人在江湖心存魏阙，没有一天不关注朝廷大事。"

"这个我不否认，"王国光终于想起来咕了一口老陈醋，抹了抹嘴言道，"但我认为，高拱在此事上用了心计。"

"用何心计？"张居正一愣。

王国光问道："你想想，因辽东大捷而加官晋秩的，都是些什么人？"

"什么人？不都是当事官员么？"

"当事官员不假，"王国光提高嗓门加重语气，提醒说，"更重要的，这些人都是你的政友！"

"啊？"

"你与高拱共事多年，他太了解你了。他知道你要廓清政治整饬吏治。你的眼里容不得沙子，碰到有悖于朝廷的事，你一定会追查到底。"

"对呀，这难道有错吗？"

"就因为没有错，才看出高拱的高明。"

"汝观，你的话，我怎么越听越糊涂。"

"糊涂糊涂，这叫当局者迷。"王国光长叹一声，索性捅穿了说，"叔大，想你上任之初，接下一个百孔千疮的烂摊子，再加上满朝都是高拱的党羽，你做任何一件事情都有人出来掣肘。从胡椒苏木折俸到京察，到后来的驿递改革子粒田征税等等，所有这些举措，虽然主意是你拿的，但将它们付诸实施的是谁呢？不都是在辽东大捷中得了一点儿好处的这些官员吗？"

王国光说着说着竟霍地站起身，手捻着银腰带在朝房里急速地踱起步来。

张居正从来没有见到王国光如此激动过，对这位风雨同舟生死与共的政友，他不愿有一丝半点儿的伤害。而且他内心也承认，王国光说的都是事实。为了这次谈话，他做了充分的考虑，但事到头来，他仍不免感到为难。他想替自己辩解，刚开口喊了一句："汝观……"

不容他往下说，王国光伸手拦住了他，气咻咻地说道："正是这些得了一点儿好处的官员，六年来不避利害不计险阻，掖着脑袋跟着你披荆斩棘共创新政。吕调阳虽然生性懦弱，但在大政方略上，从来都与你保持一致，还有张四维，你叫他往东他决不往西。六部堂官，个个都与你同心同德。再说辽东总兵李成梁，同蓟州总兵戚继光成掎角之势拱卫京师。六年来边境绥靖虏患绝迹，两位大帅功不可没。外人都道这两位大帅是你深为器重的军事奇才，你如今要拿李大帅开刀，要让所有追随你的干臣良吏脸上无光，这岂不是自毁长城，做下令亲者痛仇者快的蠢事么！"

"骂得好！"王国光话音一落，张居正立忙拊掌言道，"汝观，听了半天我才明白，你是说高拱使了反间计？"

"是啊，生姜还是老的辣！"王国光耷拉着脸，恳切地劝道，"叔大，你千万不要上了他的圈套。"

"高拱如今已在九泉之下，骂他何益？"张居正面对老朋友劈头盖脸砸来的牢骚话，尽量和缓地回答，"不管高拱出于何种动机说出他的疑惑，但事有可疑之处，就一定要查，查出问题来，就一定要纠正。"

"叔大……"

"你先别说，你说了这么多，我已明白了你的心思，你现在听听我的想法。"张居正一收脸上尴尬的笑容，盯着王国光，两道眉棱耸得高高的，侃侃言道，"你点的这些人，的确都连着万历新政，都是整饬吏治开创新局的功臣，他们与我是骨头连皮的关系，于皇上，都是股肱之臣，这一点假不了，也没有人否认。"

"你记住这一点就好。"王国光悻悻插话。

"我岂但记住，我是中心藏之，何日忘之。"张居正不愠不火，总是一个眼波深沉，"但是，汝观啊，我也提醒你，不要忘记了你我年轻时立下的理想。那时候，你在户部当主事，我在翰林院里当编修，都还只是个下等官吏。当时的宰辅是严嵩，他利欲熏心，挟威权以自重，大肆卖官鬻爵。各衙门当道大臣，为了保全自己的官位禄秩，几乎有一多半趋炎附势，与之同流合污。以致黑白颠倒，政事窳败。有一次，记得是个大雪天，你我凑在一块儿喝闷酒，议论政事心情败坏，然后是你提议，我俩一道顶着蝴蝶般的大雪片子跑到香山脚下，寻找那一座早已破烂不堪的钟馗庙。对着泥胎剥落的钟馗塑像，我俩焚香祷告，期望这位打鬼英雄再次君临人间，以扫除政坛妖氛，还我清明吏治。汝观，你还记得这件事么？"

"……记得，"王国光脸上肌肉痉挛了一下，若有所思地回道，"听说那座钟馗庙年久失修，早就垮掉了。"

"人间的鬼太多，钟馗受此冷落，也是理所当然。"张居正一番感叹，又语重心长地讲下去，"汝观兄，现在你我两人，一为宅揆，一为冢宰，按常理已是天下文官之首。身居要位，尤当谨慎。天底下有多少官员，有多少百姓，就有多少双眼睛盯着我们。如果我们又做师公又做鬼，遇到这种天大的丑闻，想的不是去揭露、去纠正，而是千方百计遮掩起来，岂不堕落到跟严嵩一模一样？你难道保证没有年轻官吏像你我当年一样，也跑去钟馗庙长歌当哭，骂我们昏庸无道，采用卑劣手法，窃取朝廷的禄秩？"

"这……"王国光仿佛被人踹了一个窝心脚，脸上红一阵白一阵，讷讷言道，"咱是想屎不臭，何必挑起来臭。"

"老兄此言差矣，你听我跟你讲一个故事。"张居正说着稍一敛神，接着言道，"北宋庆历年间，主管进奏院的集贤校理苏舜钦与本衙属官中秋聚会，还请了欧阳修、梅尧臣等一帮名士参加。聚会的费用来自两部分，一部分是将衙门过时的文纸卖掉，不足部分由苏舜钦贴补。当时京城汴梁，存在着革新与守旧两股势力，苏舜钦的岳父杜衍担任枢密使，也就是宰相。两个枢密副使，一个是范仲淹，一个是富弼，三人共理朝政，都是改革派的领袖。守旧的反对派一直想把这帮改革官员赶下政坛逐出京城，可是总也找不到机会。这一下他们从苏舜钦身上找到了缺口。须知北宋吏治极严，私卖作废文纸得来的钱只能充公，若用来私人打牙祭，便是触犯国法。反对派的骨干人物御史大夫王拱辰、刘元瑜等立刻给宋仁宗上本弹奏此事，请求严惩。仁宗皇帝架不住反对派的轮番劾奏，加之对苏舜钦狂放的文人习气一直心怀不满。于是下令将苏舜钦撤职投入诏狱，枷掠严讯。过了两个月结案，判苏舜钦监守自盗，减死一等科刑，被贬到苏州为民，永不许再回京城。参加那次宴会的十几位名士几乎全都是改革派，也全部被贬出京，就连杜衍、范仲淹和富弼三人也受到株连，降职外调。一时间，守旧派卷土重来弹冠相庆，用他们的话说，改革派被'一网打尽，京城中名士一时俱空'！就这么一件小事，使杜衍、范仲淹、富弼三人倡导的改革毁于一旦。前事不忘后事之师，汝观啊，历史的教训我们不可不汲取。"

张居正讲的这一则历史故事，在王国光心中引起了震撼。他问道："范仲淹的《岳阳楼记》，是不是这时候写下的？"

"是的，《岳阳楼记》开篇第一句话'庆历四年春，滕子京谪守巴陵郡'，记述的就是这件事。一场改革失败，倒是留下了两篇好文章，一篇是方才讲到的《岳阳楼记》，另一篇是客死苏州的苏舜钦写的《沧浪亭记》，本都是柄国大臣，最后沦落为一介文士，岂不悲哉！"

"因小失大，可见官场残酷。"

"这就是我决心揭露辽东大捷一事真相的缘由，"张居正到此时才亮出底牌，"一连六年的改革，我们得罪了多少势豪大户？这些人无时不在虎视眈眈伺机反扑。辽东大捷这样大的事，终究要露馅，你想想纸怎么能包住火呢？与其让他们揪住这件事把我们一窝端，倒不如我们自己纠正，不给反对者以任何可乘之机。"

听了这一番剖析，王国光终于明白了张居正的良苦用心。他不禁为自己刚才的冒失顶撞而懊悔，讪讪一笑言道："叔大兄，听你这一说，我倒是想通了。但是，处理这件事牵涉的人太多。我还要提醒你，千万不要治好一只眼睛，又戳瞎一只眼睛。"

张居正点点头，他为王国光的态度转变而高兴。处理辽东大捷一案，是要处分人的，如果吏部尚书不配合，则简直无法进行。他为老朋友的深明大义而感动，于是开玩笑说："我今天来已是做了准备，要让你这只山西骡子踢几脚。"

"你放心，该踢的时候，我决不留情。"

"你踢不着我！"

"你甭吹！"

"不是吹，你没听到京城里传了两句顺口溜，'天上九头鸟，地下湖北佬'，这是骂我的话。既是九头鸟，不等你山西骡子尥蹄儿，我早就拍翅儿飞走了。"

两人你一言我一语说起玩笑话，朝房里传出爽朗的笑声。

第十七回

细论丑闻君臣晤对
拘拿纨绔冯保诛心

与王国光见面后的第三天，在张居正的授意下，兵科给事中光懋给皇上递了奏本，详述了辽东大捷的真相，揭露辽东总兵李成梁和戎政总督张学颜串通李如松杀降冒功的黑幕。南边武昌城的学潮风波刚刚平息，山海关外的北地边城又爆出了这样惊天动地的丑闻。北京城中的大小臣工，有机会知晓这一消息的，顿时都产生了"多事之秋"的感觉。凡与此事有牵连的官员，心里头都是十五只吊桶打水——七上八下的。

收到光懋奏本的当天下午，朱翊钧就在云台紧急召见了张居正。

当张居正行过觐见之礼刚刚落座，朱翊钧就迫不及待地问道："张先生，光懋奏本中所言之事，究竟是真是假？"

"应该是真的。"

"光懋怎么得知真相？"

"是下官差他前往辽东秘密查访。"

"啊，这么说来，首先是你张先生对辽东大捷一事，起了疑惑之心？"

"是的。"张居正坦诚以答。

朱翊钧默然良久，方又蹙眉问道："张先生是什么时候觉得这里头有诈？"

朱翊钧这个问题问得刁钻。张居正心下忖道："若直言相告说是高拱提醒，皇上肯定因人废言，不但不会下旨纠处，甚至还会反其意而行之，将调查者光懋给予严惩。若隐去高拱一节，皇上又会在心里头责怪我严重渎职，因为辽东大捷传来之初，正值皇上大婚在即，这位新郎官一高兴，决定重赏当事臣工，我当时并没有提出反对意见。如今该赏的赏了，该升的升了，却平地一声雷冒出个'杀降冒功'的说法，岂不令皇上难堪？"思来想去，为了既照顾皇上颜面，又使问题能得到解决，张居正便主动承担责任，他清咳一声，答道："皇上，下官是在离京回乡葬父之前，才听到一些关于李如松杀降冒功的传闻。此时冷静一想，才感到这里头疑窦甚多，遂决定派光懋前往调查。"

朱翊钧叹一口气，有些埋怨地说："张先生，朕的意思不是说调查不对，而是当时……唉，不说了。"

张居正回答："臣猜测皇上的意思，是说当时的奖赏决定太过匆忙。"

"是啊！"朱翊钧叹道。

"这件事情不怪皇上，错在臣。"

"唔？"

"当初，辽东戎政总督张学颜六百里加急传来团山堡一役的捷报时，本身就有疑窦。其一，每年正月，都是三九天最冷的时候，北京尚且鹅毛大雪寒气逼人，何况山海关外的辽东？那里更是冰天雪地。这季节鞑靼部落全都缩在毡篷里煮茶过冬，按常理绝不可能出外寻衅犯边。鞑靼人都是骑马作战，正月里路上都结了冰，光溜溜地马蹄打滑。行路尚且困难，更莫说打仗。所谓三冬无战事，几乎成了铁例。其二，退一万步讲，鞑靼人真的要破例袭侵团山堡，一定经过精心谋划有备而来。李如松所部只有三千人，为何能一仗割取八百余颗首级？这是最不可思议之处。须知鞑靼武士是以勇猛善战著称于世。常言道，杀敌三千，自损八百，而李如松部竟无一人战死。你说奇怪不奇怪？这样的两点疑窦，本不难看出，但臣当时一是因为父丧而心志颓唐思路不清，二来一心想着皇上大婚，一读捷报，脑子里闪出的第一个念头是天降吉兆为皇上贺喜，根本就没往他处想。因此，当皇上提出要犒劳参战将士奖赏当事臣工时，臣不但没有制止，反而一味怂恿，这样才铸成大错。"

张居正一番表白，朱翊钧听了心里略微好受一点，但这种事究竟该如何处理，他心中没有底，于是问道："张先生，如果光懋所言凿实，朕该怎么办？"

"依臣之见，皇上应收回成命。"

"你是说？"

"皇上颁赠给当事官员的所有奖赏，一律收回。"

"这……"朱翊钧面有难色，说道，"这样一来，该有多少官员是竹篮打水，一场欢喜一场空。远的不说，就说内阁里的吕调阳、张四维两位辅臣，进秩一级要作废，已经荫了功名的儿子又要退回去，他们该作何想？"

"他们一时肯定想不通，但维护朝廷纲常，本来就讲不得半点情面。"张居正说到这里，见朱翊钧仍在犹豫，又补充道，"皇上九五之尊，赏罚之事，尤当谨慎。赏当其功，则赏一人而天下知所劝；罚当其罪，则罚一人而天下知所惩。若赏罚不当而不及时纠正，则会给好大喜功、虚报邀赏者，留下一个可乘之机。"

朱翊钧频频点头，他听进了这番道理，稍一思忖，又问："李成梁、李如松父子呢，该如何惩处？"

朱翊钧这下子问到了关键之处。好在张居正早就想过这个问题，立刻答道："启禀皇上，对这父子二人，既要惩罚，又不能太重，终要网开一面。"

"这是为何？"

"蓟镇戚继光，辽东李成梁，是当今两位最有军事才能的大帅。皇上登基六年，正是有这两人率部拱卫京师，三千里边境才平安无事。各路虏酋，一听到这两人的名字都闻风丧胆。古人言，千军易得，一将难求。如果细数李成梁十几年来镇守辽东的功绩，则这次杀降冒功只是小过，臣猜想，李成梁大概也想有一次大捷来庆贺皇上的大婚，他事虽做错了，但却是一番好心。"

朱翊钧从这番话中，明显听出了张居正对李成梁父子的偏袒之意。这一点，朱翊钧并不感到奇怪，因为在君臣平常交谈中，张居正不止一次向他灌输这样的用人之道：对于能臣干吏和胸富韬略的专才，不但要大胆使用，而且要善加保护。特别像军事将领，不可轻易撤换。一旦立功立刻行赏，若有小错则善意训谕。金无足赤人无完人，若因噎废食求全责备，势必会导致贤人在野庸官满朝的可怕局面。张居正方才所言正好体现了这种思想。朱翊钧同意他的观点，于是问道："那究竟该如何惩处李成梁父子呢？"

"同所有官员一样，收回奖赏即可。"

"这样，其余的官员岂不有意见？"

"意见终会有的，但有李成梁一人在，就能保辽东一方平安，满朝文武，有几个人能做到这样？"

"这倒是。"朱翊钧觉得张居正处事缜密，把什么都想好了，自己的担心纯属多余，便道，"张先生，就按你方才所言，替朕拟旨。"

"臣遵命，"张居正说罢，稍稍犹豫，又道，"皇上，臣还有一个请求。"

"讲！"

"下臣说过，辽东大捷一事，臣也犯了考虑不周的过错，因此要自请处分。"

"自请处分？"朱翊钧摇摇头，说道，"这个就不必了。"

"不自请处分难以服众。"张居正坚持道，"请皇上降旨，给臣罚俸三月。"

"张先生？"朱翊钧欲言又止，看着张居正诚恳的表情，他也不好再说什么，便微微点了点头。正说要张居正退下，他忽然又记起一件事，便从御座旁的几案上，拿了一张折叠的御品宣纸，让小内侍递给张居正，言道："光懋的折子，就依先生说的办。这张纸上，抄的是《劝学箴》，你看看这格式如何？"

张居正打开四尺宣，只见上面亦楷亦行，墨气淋漓地写了一篇四言诗：

> 爰有寒泉，唯其深矣。
>
> 于彼行潦，叹其乾矣。
>
> 皇父孔圣，示我周行。
>
> 黾勉求之，日就月将。

敷时绎思，每怀靡及。

灼灼其华，其实之食。

不稂不莠，如琢如磨。

程门立雪，莫知其他。

每有良朋，俾汝多益。

被其之子，是用不集。

我有旨蓄，何用不臧？

如珪如璋，邦家之光。

百尔君子，迨其今兮。

日月其迈，静言思之。

  这篇《劝学箴》，是准备作为圣谕勒石刻碑，安置在全国各地的官学中。却说武昌城因何心隐事件而引起学生骚乱后，张居正趁势让皇上下旨禁毁天下私立书院。但这仅仅只是行政措施。要想清除积弊端正学风，让全国数万廪膳生员戒除玄谈，重研经邦济世学问，还得有所提倡。此时，适有南海教谕肖梅东上本提议皇上写一篇《劝学箴》，以激励引导天下学人。朱翊钧觉得这主意不错，便让张居正替他草拟出这一篇四言偈颂。经过反复推敲字斟句酌订正之后，他再工工整整地抄录下来。

  张居正仔细看过之后，赞道："皇上写下的这篇《劝学箴》，单看笔墨，庄谐并重，可作为天下法书。以此勒石，莘莘学子看了，谁能不惕然深省！"

  "先生夸奖了，"朱翊钧对自己的书法一直就很得意，所以一听表扬就兴奋起来，"《劝学箴》为的是训谕天下学人，所以不敢马虎。"

"臣先让国子监立即将《劝学箴》刻碑，然后将拓片分赠全国所有学校，依样勒石。"

"如此甚好。"

话已谈完。张居正告辞出了云台，刚要跨院门而去，朱翊钧又走出来喊住他，言道："张先生，朕忽然想到，光懋也是一家之言，做出决策之前，是否还是再派人前往辽东调查核实？"

"皇上所言极是，"张居正答道，"臣即刻派吏兵两部会同都察院衙门一起派员前往辽东。"

张居正回到内阁，第一件事就是派员通知吏兵两部和都察院三衙门的堂官前来会揖，商量选派前往辽东的调查人员。办完这件事，正说把几位阁臣找来传达一下皇上关于查处辽东大捷一事的旨意，忽听得院子里闹哄哄的。正要询问，却见书办姚旷飞快来报，说是冯公公坐轿到了，跟着来了几个人，其中一个被五花大绑。张居正闻言大惊，立忙提了官袍跑出门去看个究竟。

他刚走到大门口，便见冯保神色严峻负手而来，背后跟了一个身着五品熊罴武官命服的中年汉子，身上被一根麻绳捆得结结实实。张居正瞟了这位武官一眼，只见他大脑袋短脖子，两道眉毛浓黑杂乱，紧压在一双鼓突突的眼珠子上。此刻只见他噘着两片厚嘴唇，神情沮丧且还夹杂着怒气。张居正不认识这个人，正不知发生了什么事，冯保已是瞧见他了。只见他快走几步，在台阶下面朝站在门口的张居正抱拳一揖，勉强笑着言道："张先生，咱带着这孽畜前来负荆请罪。"

"这位是？"张居正一边还礼一边问道。

"这是咱侄子冯邦宁。"

一听这名字，张居正立马想起来冯保是有这么一个侄儿，原住在涿州乡下老家，仗着叔叔的权势，在地方上胡作非为。冯保当上司礼监掌印太监后，皇上为笼络他特恩荫其家族后人一个，冯保没有儿子，便荐了冯邦宁来京，在锦衣卫担任了一个六品的指挥佥事，三年后迁升一级，当上了五品的镇抚司副使。听说这个人虽然入了公门，但旧习不改，依仗冯保狐假虎威，在京城里颐指气使飞扬跋扈，没有几个人敢招惹他。张居正虽知道他的"大名"，但从未见过。这会儿见他这副模样，不知什么地方竟长得与冯公公有几分相像，便吃惊地问："啊，原来是冯将军，这是怎么了？"

"你不知道？"冯保稍感吃惊。

"到底发生了什么事？"

见张居正一副丈二和尚摸不着头脑的样子，冯保愣了愣，说道："走，到你的值房去，听咱细说缘由。"

说着便来到张居正的值房，冯保也不寒暄，一坐下就讲了事情经过：

却说今天中午，冯邦宁受人宴请，前往珠市口的一家酒楼吃饭，喝了半醉出来，乘了八人抬大轿回衙。这时，对面路上正好也有一顶八人大轿抬了过来。早在大明开国初期，就传下了避轿制度。凡官秩低的官员乘轿出行，在路上碰到官秩高的官员，一律得停下轿来避到路边，待官秩高的官员轿马过去，方可重新上道。比方说，六部衙门的堂官，在路上碰到内阁辅臣的轿马，除吏部尚书外，余下五部堂官一律回避。吏部尚书与阁臣可以互相掀开轿帘，伸出头来揖礼而过。下层官员若见了六部堂官，不但要避轿，还得走下轿来，跪在路边恭送。总之是，什么级别的官员如何避轿，有一整套完整的规定。

正德嘉靖两朝之后，避轿制度虽没有宣德年间之前那么严格，但大致规矩官员们还不敢不遵守。像冯邦宁这样的五品武官，见了王国光这位秩位隆重的正一品吏部尚书，老远就得把轿子抬到大街旁的小巷中回避，他自己还得来到大街边上迎着天官的大轿挺身长跪。但今天中午，一是因为冯邦宁多灌了几盅毛狗尿，脑子晕乎乎的；二是因为他自恃有伯父冯保这个大后台，任什么官员，他都不放在眼里。当轿役看到对面而来的瓜伞仪仗，认出是王国光的轿子，便连忙磨过轿杠，要把轿子抬进就近的小巷。冯邦宁一看轿子变了方向，连忙一跺轿板，吼道："你们要干什么？"

班役回答："老爷，咱们避轿。"

"避谁的？"

"吏部天官王国光大人。"

冯邦宁掀开轿帘儿引颈一望，果见对面有一乘大轿子排衙而来。放在平常，在路上遇到三品侍郎以下的轿子，冯邦宁从来都是当街呼啸而过，根本不把人家放在眼里，但若是遇到大九卿的轿子，冯邦宁却还不敢造次，每次都是悄没声儿地蹩到一边。但今天却又不同，盖因他昨晚上到伯父家，听徐爵叽叽咕咕向他传说新闻，言辽东大捷原是杀降冒功，皇上赐给当事官员的奖赏都得收回来，这里头就有吏部尚书王国光。所以，当他一听说对面来的是王国光的轿子，心想这家伙恩荫的儿子还得退回去当平头百姓，还神气个啥，于是干脆把脑袋伸出轿窗嚷道：

"你们这些屎攮的，把爷的轿抬回街上去。"

班役只当冯邦宁发酒疯，小声提醒道："老爷，对面来的是正一品的大天官。"

"屎，天官又么样？"冯邦宁眼睛瞪得像个兔卵儿，骂道，"老子今天偏要当街走一趟，正轿！"

班役不敢违抗，忙又招呼着把大轿正了回来。这时候，王国光的大轿与冯邦宁的大轿相距不过二十来丈远了。王国光此番出行是应张居正之托，前往都御史衙门拜揖左都御史陈瓒。在现任的大九卿中，就陈瓒的年纪最大，辽东大捷受赏，他也是有份儿的人。张居正担心一旦撤销封荫，陈瓒想不通会闹出事来，故委托王国光先去找他透个信儿做做安抚工作。现正走在半路上，却见对面抬过来一乘轿与他冲撞。除了张居正，偌大一座京城，还没有谁的轿子敢与他争顶。

"对面是什么人的轿子？"王国光问随轿的护卫小校。

小校早看了对方的仪仗，回道："启禀大人，是锦衣卫北镇抚司副使冯邦宁。"

王国光一听，顿时拉下了脸。对于冯邦宁狗仗人势横行不法的事，王国光早有耳闻。他只是没想到，这家伙肆无忌惮，现在连他的轿都敢冲撞。思虑间，两乘大轿已是近在咫尺，都当街停了下来，王国光吩咐小校："叫他滚开！"

小校跑到冯邦宁的大轿跟前交涉，也不知说了些什么，只见冯邦宁也不下轿，只把头伸出来大声嚷道："王大人，咱们井水不犯河水，各走一边。"

"放肆！"王国光一声怒喝，这时候街边上已站了不少围观的人。

冯邦宁一喝酒便是人来疯，听王国光骂开了，他也不甘示弱，噬噬朝地上飙了一口痰，盛气凌人地回道："王大人，你凭什么骂人？"

"骂？本官还要惩罚你，来人！"

"到！"小校率二十名护轿武士一刷儿站上前来，个个都握着腰间的开鞘大刀。

一看这架势，冯邦宁的十几名护卫也都拔出刀来，按理冯邦宁一个五品官员，拨到他名下听差的衙役只有六名。但他所在的镇抚司衙门是"诏狱"所在地，衙门里要紧官员的护卫自然不能按等级来定。因此冯邦宁每次出行，前呼后拥威严直逼大九卿，这会儿见双方剑拔弩张，冯邦宁乐得把事情闹大，嚷道："你不要以为你是天官，就可以仗势欺人。咱早就知道，皇上马上就要降旨惩罚你。"

"惩罚我什么？"王国光稍稍一愣。

"辽东大捷是杀降冒功，你贪领封赏，皇上要尽数追夺，你以为咱不知道？"

一听这话，在场的人——不管是两家护卫班役还是街边上的老百姓，无不大惊失色。正月间的辽东大捷是件大事，京城里的老百姓没有谁不知道。这么一件举国欢庆的胜战，竟然是杀降冒功，而且连大名鼎鼎的老天官也被牵扯进去，谁听了这消息都会像猛听闷雷的婆娘，不打一阵寒噤那才叫怪。王国光此时也深感意外，这事儿尚属机密，这个二杆子怎么会知道？转而一想他是冯保的侄儿，一时间什么都明白了。他决心杀一杀这位"太岁"的气焰，便命小校："护轿前行，阻挡者，格杀勿论！"

小校得令，手一挥，八名健壮的轿伕吆喝一声迅速起轿，二十名护卫更是如猛虎出林。顿时，冯邦宁的轿队被打得七零八落，他的那些护卫平常虽然也都是五阎王不要六阎王不收的恶汉，但眼下毕竟是与天官的护卫对阵，心里头有些发怵，因此都不敢真的玩命。当然，也有几个憨头挡道胡闹，厮打中，双方都有人皮破血流负了轻伤。

看着王国光的轿队走远，冯邦宁再看看自己属下的残兵败将，蓝呢大轿也被戳了几个洞，自觉丢了颜面，顿时泼妇似的骂起大街来。骂了天官骂班头，骂了班头又骂轿伕，秽语满嘴脏话乱喷。折腾了一阵子，他的酒也醒了。思量一番觉得不妥，便赶紧跑到紫禁城来找他的伯父讨主意。

冯保听了，感到冯邦宁闯了大祸，一个五品的武官和一品天官争道儿，放到哪儿说都是败理儿的事。这官司如果打到皇上那里，弄不好，这愣头青的一身官皮还得扒掉。满朝文武谁不知道王国光是何等人物？他不单是张居正最好的知己，还是皇上与太后深为依赖的股肱之臣。冯保将冯邦宁好一顿臭骂，直到骂酸了嘴，才让人找了一根绳子来，着两个太监帮忙把冯邦宁捆了，亲自押送到内阁来找张居正。

听清了事情原委，张居正很是生气：一气冯邦宁无法无天，竟敢冲撞吏部尚书的轿马仪仗；二气这浑小子居然口无遮拦，当街乱嚷，捅出了尚还没有公布的朝廷机密——这事儿冯公公也脱不了干系，不是他露了口风，冯邦宁又怎能知晓"杀降冒功"的事？如今，冯公公摆出一副大义灭亲的架势，把冯邦宁五花大绑押进内阁。他这样做的目的是堵外廷官员们的口，不让他们借此攻击他骄纵家人横行无道。但如此一来反倒叫张居正为难：若是秉公执法，给冯邦宁严厉惩处，则有拂冯公公的面子，他虽然做了一个高姿态，你可不能当真，谁不知道这位大内主管是有名的笑面虎？若不处理把冯邦宁放了，各衙门官员就会骂他"硬处驳枪过，软处杀一枪"。

蹒躇了好一会儿，张居正起了一个念头，想让书办去把张四维喊来，把这难题儿交由他去处理。转而一想又不妥，人家冯公公是冲自己来的，若交给张四维去办，冯公公肯定知道他这是推诿之举，心里头便不高兴。既搪塞不开，张居正便睃了一眼冯保，说道："冯公公，令侄今日之举，的确太过孟浪。"

"是啊，这畜生只要喝了酒，佛脸上刮金，青楼上摆阔，什么样的浑事都做得出来。"冯保说着便连连叹气。

张居正从冯保的话中听出了"消息儿"，跟着就问："怎么，冯将军喝了酒？"

"是呀！"

答话的是冯保而不是冯邦宁。打从一走进张居正的值房，冯邦宁就站在外头过厅里没有进到里屋，这会儿，冯保伸头朝过厅喊道："畜生，还不进来给首辅大人下跪，说个清楚。"

冯邦宁闻言慌忙走了进来，因双手被绑没有支撑，故下跪时差点摔倒，书办赶紧过去扶了他一把。

"冯将军，中午在哪儿喝的酒？"

"在珠市口。"

"冲撞吏部堂官王大人的轿子，你可知罪？"

"知罪……"此时的冯邦宁早收了嚣张气焰，他偷觑一眼，见首辅脸色铁青，身子竟吓得筛糠一般抖动。

"你这畜生，死狗扶不上墙！"

冯保还在喋喋不休地骂着，张居正劝道："冯公公，事情既然已经出了，光骂也解决不了问题。"

"那你说怎么办？"冯公公问。

"我正要请教冯公公，这类事儿按朝廷规矩，应该如何惩处？"张居正的问话看似不经意，实际上是把这难题儿又还了回去。

冯保知道张居正这是和他斗心眼儿，此时却又不得不觍着脸回答："这种事惩罚起来也没个定规。永乐皇帝时，一个六品主事也是喝醉了酒不肯给礼部尚书让道，礼部尚书告到皇上那里，皇上一生气，竟下令将主事廷杖八十，活活给打死了，这是最重的。也有轻的，被罚俸三月了事。"

"既不太轻也不太重的呢？"

"也有，"冯保眯着眼，数落着说，"嘉靖四十年就发生过一回，五品御史冲了内阁辅臣的轿马，被嘉靖皇帝弄到午门前罚跪，整跪了三天。"

"这个好，"张居正紧接着冯保的话说道，"冯公公，令侄今日所做之事，想完全不加处罚恐怕行不通。处罚太轻，人家会说你冯公公袒护，处罚太重，人家又会嚼舌头骂我张居正落井下石。干脆，让令侄现在就到午门前罚跪去。"

"现在就去罚跪？"冯保有些惊诧。

"对，现在！"张居正的回答一点也不含糊，"我已约了吏部、兵部、都察院三衙门堂官前来议事，过不了一会儿都会到。王国光肯定憋了一肚子怒火要来告状，若是他见令侄跪在午门，心里头就要好想多了。"

尽管张居正是一番"好意"，冯保仍不免感到失望，但一想也只有如此，便道："张先生这就算开恩了。畜生，还不谢恩？"

冯邦宁一听说要去午门罚跪，顿时脸色涨得像猪肝，小声嘟哝道："还望首辅大人再轻饶一次，跪在午门，那多丢人呀！"

冯保见冯邦宁这时候还二三得五地对不上数儿，气得起身上前踢了他一脚，骂道："好你个不识好歹的东西，朝廷大法还容得你讨价还价么，给我滚，到午门跪着去。"

说话间，张居正早朝书办使了眼色。书办会意，出门去把内阁门口值勤的兵士喊了两个进来，从地上扯起冯邦宁，踉踉跄跄地向午门去了。

冯保没有跟着去，听着走廊上的脚步声慢慢消失，他回过头来对张居正悻悻说道："越是不顺心，这畜生越是给咱惹祸。"

张居正听出冯保话中充满怨气，便安慰道："冯公公主动把令侄绑了送来内阁，众官员知道了，都会夸赞你深明大义，法不容私。"

"你以为咱是怕官员们胡吣？"冯保凄然一笑，摇着头说，"咱才不怕他们呢！"

"那，你……"

"咱是怕皇上，"冯保说着，忽然把声音低下来，"张先生，自从皇上大婚，太后搬出乾清宫后，皇上少了管束，好像变了一个人。"

"啊？"

"过去有个什么事儿，他吃不准，总会问问咱。现在，凡事他都想自己拿主意，唉！"冯保重重地叹了一口气。

张居正突然想到皇上执意要从太仓里划拨二十万两银锭到内廷供用的事儿，也不免忧心忡忡地说："皇上长大了！"

第十八回

建造法坛吕府祈福
接闻圣旨次辅殒命

吕调阳的府邸位于东单牌楼西侧的井儿胡同。格局虽不宏大，却也是一进三重的院子，照壁藤牖风檐日暑，一看便是大户人家。这一日大清早，吕府大门上挂出一通告示：

　　设坛祈福，巳时前恕不见客

这告示引起过路人的好奇。不少人想驻足观望，隔着门缝儿瞧个究竟，但吕府门口四名手持水火棍的当值皂役却不容人停留。他们见人就赶，这更是增加了人们的种种猜测。

吕调阳患病在家疗养，已经两个多月了，这在京城已经不是什么新闻。但最近几天他不但水米不进，且每天多半时间都处在昏迷状态。不要说一般的人，就是他要好的朋友，也大都不知道内情。他这次病情加剧，为的是"辽东大捷"一事。按理说吕调阳并不是"辽东大捷"主要当事人，但为何偏是他气得瘫倒在床？欲知个中缘由，还得从头说起。

却说吕调阳一共有三个儿子，大儿子和小儿子均考中了进士，如今都放官外任。唯有第二个儿子吕元祐，的确不是读书的料。连考三场，连乡试都考不过，如今二十多岁还在晃荡，虽已成家娶了媳妇，却是一个没有功名的白衣秀才。吕调阳每次从内阁回家，一见到吕元祐混在仆人堆里云山雾罩地瞎扯淡，就禁不住长一声短一声地叹气。年初辽东大捷，皇上论功行赏，吕调阳进秩一级并荫一子。吕调阳对进秩一级倒不觉得兴奋，令他欣慰的是恩荫。不成器的儿子吕元祐因此成了太仆寺的亚卿，多少也是一个六品官了。这一下了却了吕调阳多年的心病，因此内心着实高兴了一段日子。谁知天有不测风云，前几天皇上突然颁旨，言辽东大捷实乃杀降冒功，已经颁发给所有当事官员的奖赏一律撤销。吕元祐六品鹭鸶补服穿了还不到四个月，就又生生地脱下来退了回去。那天下午，吕元祐从太仆寺衙门回来，怒气冲冲跑到书房里找吕调阳，一把抓下头上的乌纱帽朝地上一掼，吼道："都是你做的好事！"

上午王国光到吕府来拜望，向吕调阳讲述了"辽东大捷"的内幕以及被查处的前因后果，因此他已知道儿子的恩荫将被撤销的事。这会儿见儿子发脾气，他也只好忍气吞声，指着一只凳儿说道："祐儿，你且坐下，听我对你说。"

吕元祐哪里肯坐？他窝了一肚子火跑回来，就是要把老爷子当出气筒。只见他跺着脚吼道："听你说什么，你虽然挂着个次辅的头衔，其实是一个窝囊废，人家想怎么捏咕你，就怎么捏咕你。"

儿子这无情无义的几句话，像刀子直扎吕调阳的心窝，眼看着他的脸色就变了——打从五月份起，吕调阳就很少去内阁当值，其间他给皇上写了好几道手本请求致仕，明里的理由是因为哮喘病的折磨，其实还有一个说不出口的原因，就是那种奉行故事虚应客套的次辅他实在当腻了。偏偏儿子哪壶不开提哪壶，竟当面指斥他是窝囊废。你说他气也不气？他一生气就犯结巴的毛病，他抬起枯瘦的手指，指着儿子斥道："你、你、怎、怎么能这、这样说、说话？"

"该如何说话？"吕元祐突然歇斯底里狂笑起来，这笑声让人听了不寒而栗。笑过之后，吕元祐又咬牙切齿说道，"父亲大人，你被张居正耍了。"

"我怎、怎的被、被他、他耍了？"

"当初辽东大捷，唯独一个辞掉奖赏的人，就是他张居正。现在，又是他站出来禀告皇上，说辽东大捷是杀降冒功的大丑闻。把前因后果连起来一想，这不就是和尚头上的虱子——明摆着的事儿吗？张居正下了一个恶毒的大套儿，把你们这些书呆子，全都套了进去。"

吕元祐虽然读书懵懂，但捕风捉影乱判阴阳却是一把好手。京城里，管这种人叫"侃爷"。吕调阳清楚儿子的德性，平常对他说的话存有戒心，但方才这番分析，他却觉得有几分道理。联想入阁六年来张居正对他的态度，尽管表面上客客气气礼敬有加，内里却颐指气使，不把他放在眼里。逢有大事秉断，他只能顺着首辅的意思条陈建白，若稍有分歧，则会频遭白眼。常言道蓄之既久其发必烈。此时的吕调阳，心里头产生了一种强烈的遭人愚弄的羞辱感。他只觉得喉头一涌一涌的似有烈火喷出，他想喊叫，大张着嘴，却吐不出一个字来。眼看着他一张脸憋得青紫，两片嘴唇发乌，吕元祐这才慌了神，连忙跑过去扶住眼看就要跌倒的父亲，大声嚷着救人。一时间跑进来几名仆人，捶背的捶背捏腰的捏腰，有的掐人中有的揪热毛巾敷额头，折腾了半天，吕调阳总算咳出一口痰来——人虽然没被憋死，但从此却倒了床。第二天太医闻讯前来救治，把了脉后，把吕元祐叫到一边偷偷吩咐道："准备后事吧！"吕元祐感到父亲这次病重是自己惹的祸，心有愧疚。想着既然郎中救不了父亲的命，便只有请和尚来做法会祈福了。

此刻，在吕府的前院，大约有十几名身穿袈裟的僧人在紧张地忙碌。他们都是昭宁寺一如和尚的弟子，应吕元祐所请，前来吕府做祈福法会。当谯楼上的更鼓报了寅时，他们便在一如师父的带领下，踏着熹微的曙色来到了吕府，并立即在前院布置法会。

自万历元年，李太后前往昭宁寺进香并赠送大内收藏的藤胎海潮观音塑像后，这昭宁寺便一下子声名鹊起，每日前来焚香礼佛印心还愿的人，闹嚷嚷挤破了门槛儿。本来就是高僧大德的一如老和尚，更成了达官贵人争相攀援的人物。但因一如老和尚年事已高，平日深居简出不肯见客，凡应酬的事情一概谢绝，因此能见到他的人极少。由于一如老和尚谙熟佛法并精心训练弟子，昭宁寺的法会已是远近闻名。京城里想做法会的大户人家很多，一做法会首先想到的便是昭宁寺。因此昭宁寺的和尚们一年到头忙得不可开交。能请到昭宁寺的和尚做法会已属不易，能请到一如老和尚亲自主持更是难上加难。今天，俗诞八十有二僧腊七十又二的一如老和尚亲自前来，这多半是因为他素来钦慕吕调阳的人品学问，又顾及他内阁次辅显赫地位的缘故。

法会的布置分像法与坛法，都极为讲究，一丝半毫都不能弄错。

首先是像法：

祈福法会所用法像为观世音菩萨，其要求是以白檀香木刻做其像，身高五寸，或二寸半。必须是雍容端庄面如满月的天女形。面有三眼，头戴天冠，身着色衣，璎珞庄严，以两手捧如意珠。造好此像后，安置在黄梨木制成的匣子里，再将匣子盛于锦囊之中。待法坛建成，再将锦囊安放其中。

其次是坛法：

法坛务求方正，以三尺为限，内城方一尺，外城方二尺。造坛之前，先须得将所造之处的秽土铲除干净，所谓掘地三尺指的就是这件事。秽土搬走后，再找来净土铺填。这净土的条件是没受粪便污水所染，一般都去郊外荒地掘取。净土运来后，再用罗筛筛过，以细腻无渣为宜。然后找来各色花瓣，捣成浆汁，掺以染成五色的米粒儿，和以净土层层垒起，以高三尺为限。坛上内城正中，要铺三寸厚的雪白莲花瓣，将盛有观世音菩萨像的锦囊面朝东搁置，内城四角，还要安置四个天王座。外城东西南北四方，各点一盏香油长明灯。对应内城四角的天王座，外城四角插有四面杨枝幡，书四大天王的名号。西北角写的是"毗沙门天座"，东北角写的是"提头愿吒座"，东南角写的是"毗楼勒叉座"，西南角写的是"毗楼博叉座"。

今天一大早，和尚们一到吕府，便忙忙碌碌按规矩造坛。至于观世音菩萨像倒不用操心，昭宁寺平常备下不少。昨日，吕府已派人前去拣最贵的请了一个回来。卯时过半，吕府前院的法坛已是造好，一个小沙弥走进客堂，请坐在那里与吕元祐叙话的一如和尚出来检验是否合格。

一如师父绕着院子中间的法坛仔细察看了一遍，检查无误，便对弟子们道："可以开坛了。"

这时，一步不离左右的吕元祐问一如师父："老和尚承教，这祈福法会能救咱老父一命么？"

"心诚则灵，阿弥陀佛。"一如合掌答道。

这回答模棱两可，吕元祐心里头不踏实，又问道："听说老和尚为人祈福，经常显神通，不知今日，能否产生灵异？"

"所谓灵异，就是天上出现五彩祥云，满院花瓣飘香，这种事是可遇而不可求。"一如不打妄语如实道来。见吕元祐有些失望，他又补充道："祈祷乃人避祸之本，既尽其本，兼修其德，则无不应验。古有祷尼丘山而生孔子，近有祷泰山而生倪岳者，其事至悉，班班可考。不知施主还有何生疑之处。"

吕元祐听出一如老和尚话风有些不高兴，忙赔笑道："没有什么生疑的，老和尚开坛就是。"

一如道："开坛祈祷，还得令尊大人配合。"

"如何配合？"吕元祐痛苦地摇摇头，说道，"从昨天下半夜起，他已昏迷得人事不知。"

一如闻听此言，道一声"阿弥陀佛"，便双手合十口中念念有词念了一段咒，对吕元祐说："令尊大人虽仍在昏迷，但双手可以动了！"

"真的？"

吕元祐将信将疑，要跑回内院去看，一如喊住他，说道："你不用去看，老衲不会诳你。"说着举起双手，一边比画一边言道，"老衲教你一个摄身印，待会儿开坛，不但你要做，令尊大人也要做。你看清楚，以你两只手的中指、无名指和小指，各向外相叉，然后合掌右压，用右手的大拇指挎着右掌的掌背，对，就是这样。"

一如将摄身印的指法教给吕元祐，又让他进到内院病床前，将这指法教给吕调阳。片刻时间，吕元祐喜颠颠从内院奔出来，兴奋地说："真神了，家父虽然昏迷不醒，但拿起他的手来让他做摄身印，他竟自如得很。"

"这是佛力所佑。"一如淡淡地说，接着吩咐吕元祐在法坛前的蒲团上跪下，阖府闲杂人等一概回避。诸事妥帖，一如一摇手中法铃，顿时间钟鼓齐鸣，法螺吹响。

一如师父隔着法坛，与吕元祐对面而坐，只见他手结大三昧印，以金刚正坐之姿，澄定身心，高声唱道：

稽首大悲婆卢羯帝，从闻思修入三摩地，振海潮音，应人间世，随有希求，必获如意。

别看一如耆老之年，干瘦如一块片儿柴，他一开口便声如洪钟，大有摄人心魄振聋发聩的威力。他刚一住口，众沙弥便一起振声诵唱：

南无本师释迦牟尼佛
南无本师阿弥陀佛
南无宝月智严光音自在王佛
南无大悲观世音菩萨

颂过佛菩萨的庄严宝号，一如师父眼皮稍稍一动，他瞥了一眼法坛上供奉的盛着观世音菩萨的锦囊，领头放起了焰口：

南无白衣观世音菩萨。前印后印降魔印心印身印陀罗尼，我今诵持神咒。惟愿慈悲，降临护念。

道了这二句三颂，众沙弥一齐收口，院子里骤然安静下来。一如老和尚金刚正坐一动不动稳如泰山。转瞬之间，他将手结大三昧印换成了左手结金刚拳印，右手轻捻佛珠，口上念起了梵文真言：

南无喝啰怛那哆啰夜耶南无阿唎耶卢羯帝铄钵啰耶菩提萨埵婆耶摩诃萨埵婆耶摩诃迦嚧尼迦耶怛你也他唵多唎多唎咄哆唎咄出多唎咄唎娑婆诃

听一如老和尚一人颂咒，实乃一大享受。他那声音仿佛不是从口中而是从胸腔里直接吐出来的，深沉圆润字如贯珠，如清风拂面而又极有穿透力。不单是局外人，就连他的弟子们平常也极难听到，此时个个都听得痴了。跪在蒲团上的吕元祐，更是佩服得五体投地。听着一如口吐莲花，他产生了那种如沐春风如临天国的登仙之感。正遐想间，又听得一如举起法铃一摇，口中悠悠唱出三个字：

唵——啮——呗

吕元祐只觉得好听，但不懂是什么意思。其实这是净法界三字真言。念此真言能除人内外一切障碍。此番祈福法会，由于是一如亲自主持，所以一点也不"偷工减料"。念了观世音神咒后，接着就念这净法界真言，众沙弥一见师父音调悠长起了新咒，个个都慌忙伸手结了准提印，和着磬钵法鼓，将"唵嗤呗"三个字震天价地唱了七七四十九遍。

净法界真言后，接着唱诵"唵麼呢嘛呐哄"六字大明咒一百零八遍。一时间，沙弥们的梵唱之声，悠扬时如霜天过雁，凑泊处似大浪推沙。吕府中百十口人无论贵贱主仆，一听这充满神秘感的颂偈，莫不心枷顿失，性门洞开。六字大明咒在昂扬的钟吕声中结束。唱罢最后一遍，众沙弥跟着师父将手举过头顶散其准提手印。散印时，一如又用梵语将准提真言念了三遍：

南无飒哆喃三藐三菩提俱胝

喃怛你也他唵

至此，祈福法会的第一轮宣告结束，如样进行一共有三轮方告圆满。法会从辰时开始，不知不觉已耗去大半个时辰。一如师父收了金刚坐，起身在院子里走动几步活动活动腿脚。趁这空儿，吕元祐一骨碌从蒲团上爬起来，跑到后院去看父亲，旋即又跑回来对一如说："老和尚，家父醒了。"

"哦，阿弥陀佛。"一如双手合十。

"丫鬟给他喂了几口参汤，他长了一点点精神，这是托您的福。"

"是托观世音菩萨的福。"

一如老和尚说着，示意吕元祐重新跪到蒲团上，他要开始进行祈福法会的第二轮。正在这时候，忽听得紧闭的大门被人擂得山响。吕元祐还来不及张口询问，只见门役急匆匆跑到他跟前，禀道："少东家，有人来访，轿子已到了巷子口。"

"不见，门上不是贴了告示吗？"吕元祐斥道。

"这人不见怕是不行。"

"谁呀？"

"内阁首辅张居正大人。"

"他，真是他来了？"吕元祐惊问。

"真的是他。"门役答道，"内阁值事官头前赶来报信儿，就在门廊下站着。"

"既是首辅来了，这法会只好暂时停止。"吕元祐不好意思地对一如老和尚咕哝道。

尽管吕元祐将自己恩荫被撤丢了六品太仆寺亚卿这一官职的怨恨尽数儿发泄在张居正身上，但听说他主动登门看望父亲，吕元祐仍不敢怠慢。毕竟人家是天字第一号枢臣，手握重权，是得罪不起的人物。他命人安排一如师徒一行去花厅里休息吃茶，自己则跑到大门口去迎接。

吕调阳病重的消息，在京城里不胫而走。一连几天，来吕府看望的人络绎不绝。早几天张居正就得知这一消息，他当时还没有想到要来看望，昨天，新入阁的辅臣申时行告诉他，吕调阳已是水米不进，随时都可能断气儿。他这才感到事态严重，早上没有去内阁点卯，邀了张四维直接到了井儿胡同。

吕元祐一出门，便见两乘大轿正在门前落下，胡同里也是三步一岗五步一哨，显然是戒严了。张居正从第一乘大轿里走下来，吕元祐迎上去磕头迎接。张居正不认识他，正猜疑间，随他一起来的内阁值事官一旁介绍说："这是吕阁老的二公子吕元祐。"

"啊，原来是元祐贤侄，起来起来。"张居正说着，便上前把吕元祐拉起来，一起走进吕府客堂。坐定之后，张居正关切地问，"令尊大人的病体，今日是否好些？"

一听到张居正喊一声贤侄，吕元祐心中顿时生出了无尽的委屈，他一边抹眼泪一边回答："早晨还昏迷不醒，不过，他的两只手，居然还能抬起来做摄身印。"

"做什么？"张居正听蒙了。

"摄身印。"吕元祐接着解释道，"今儿早上，咱接来昭宁寺一如老和尚，为家父做了一场祈福法会，才做一半，首辅大人就来了。"

"冲了祈福法会，这是罪过，"张居正看了一眼坐在角落里的内阁值事官，"吕阁老家今日要做法会，你事先知道么？"

"知道。"值事官员欠身回答。

"知道为何不告诉我，早知道，我就和张阁老晚来两个时辰嘛。"

值事官没来由地挨了一顿训斥，站在那里木桩子似的一声也不敢吭。

一旁坐着的张四维知道这是首辅作姿态骂给吕元祐听的，便岔开话题说道："一如老和尚已是很少主持法会了，他亲自念经为吕阁老祈福，应该有神通出现。"

"神通已出现了。"吕元祐兴奋地回答。

"啊，有何表现？"张居正问。

"未做法会之前，家父人事不知，念了观世音经咒之后，家父居然睁开了眼睛，还喝了几小口参汤。"

"有这等奇事！"张居正感到不可思议，说道，"吕阁老平常敬奉神明，一心向佛。所以在这危难时刻，能够亲见菩提，得菩萨妙谛。"

"吕阁老能说话么？"张四维问。

"能，只是声音微弱。"吕元祐答。

"元祐贤侄，你看我们能否到病床前一看？"

"这个……"吕元祐面有难色。

因吕调阳倒床之后已是十分憔悴，脸上五官都变了形，且病房里气味难闻，他担心张居正与张四维见后，会心生厌恶。正踌躇间，忽听得通连后院的走廊里传来窸窸窣窣的脚步声，抬头一看，只见两名仆役正架着父亲一步一挨地走了过来。

却说一直躺在后院病床上昏迷不醒的吕调阳，自听了祈福法会悠扬悦耳的经咒声，他仿佛听到了天国的召唤，人一下子清醒了许多。接着他就闻到了一股异香，正闭目养神之际，听人说张居正与张四维前来探望，他顿时不顾夫人的劝告，执意要撑起身子下床，颤抖着让人替他披上久已不穿的官服，歪歪倒倒地朝前院客堂而来。

"呀，父亲出来了。"吕元祐一声惊呼，立马赶过去搀扶。

张居正与张四维也起身相迎。此时吕调阳已被搀到客堂后门口，半尺高的门槛他硬是没有力气抬脚跨过。还是吕元祐伸手抱起他的双脚，抬到太师椅上半躺着坐下。怕他坐不稳，仆人还弄了一床被子将他偎着。

"和卿兄，你病得这么厉害，何必非得挣扎着下床。"张居正埋怨道。

"难得叔大兄还惦记着我这风烛残年之人，"吕调阳接过丫鬟递过的参茶抿了一小口，喘着气儿说道，"还有子维兄，我还担心再也见不着你们了。"

吕调阳说着，眼角滚下了几大颗浑浊的泪珠。张居正看了心里头很难过，不免双眼也噙起了泪花，言道："和卿兄，你不要胡思乱想，你的病虽然沉重，但还不是不治之症，只要假以时日安心调养，就会慢慢地好转。"

吕调阳轻轻地摇了摇头，黯淡无光的眼珠子艰难地转动了几下，回道："叔大兄不用宽慰我了，以你首辅之身，出行必有规矩，若我不是病入膏肓，你怎么可能跑来看我！"

吕调阳虽然阳神已散，顶门中走了七魄，但此时他的神志却很清楚。他这一说，倒叫张居正不好回答了。因为朝廷有一个不成文的规定：凡是当了内阁首辅的人，轻易不入他人私宅，见客访友，都只能在衙门朝房里进行。这其中的意思是瓜田李下各避嫌疑。如果首辅去了哪个大臣之家，必定是该官员出了大事。要么封侯拜相，首辅代表皇上前往祝贺；要么是吹灯拔蜡垂死之人，首辅代表朝廷前来抚慰。所以说，首辅到了哪一个官员之家，并非有什么私情，而是因他的职责权位而履行的一种公务。就像他现在到了吕府，就是要当面向吕调阳询问他家中有何困难需要朝廷解决，他个人对朝局有何意见需要向皇上转达。吕调阳久居内阁，当然明白首辅的来意，这既是自己的"待遇"，也说明朝廷已知晓他的病情，在着手为他安排后事了。

张居正自看到吕调阳一身憔悴满脸病容之后，便知他存世的时间只能按天来计算了，因此只想拿好话来安慰他。谁知吕调阳自己把话捅穿了，张居正无奈，只好直截了当地问道："和卿兄，你有何想法，现在尽可和盘托出。"

吕调阳在仆役的帮助下调整了一下坐姿，痛苦地说道："垂死之人，还有什么好说的，我知道自己的病好不了，故在五月端午节后，就给皇上写了本子请求致仕，一连写了三道，皇上就是不肯批准，唉……"

"吕阁老，不是皇上不予批准，是首辅执意要留你。"张四维一旁插话。

"叔大兄，你要留我这个老朽干什么？"吕调阳望着近在咫尺的张居正，像盯着一堵墙，伤感地说，"我昏聩无能，在内阁六年，办不成一件大事，有负于皇上的厚爱。"

"和卿兄，你这样自责，等于是拿一把刀子剜我张居正的心。你是士林楷模，既不争权也不逐利，处理朝政大事，我俩从未发生过龃龉。"

不发生龃龉乃是因为我是一个窝囊废。吕调阳脑海里想起这句话，却不敢说出口。他瞟了一眼坐在旁边的儿子，答道："叔大是伊尹式的人物，你柄持朝政，我这个书呆子，安敢乱置一喙？"

一听这话中的骨头，张居正心中已生愠意，但他却不表现出来，只恳切问道："和卿兄，对朝局你还有何建议？"

吕调阳默不作声，半晌才回道："叔大兄，有句话我一直闷在心里，今天再不讲，恐没有机会了。"

"请讲。"张居正催道。

"这次处置辽东大捷一事，皇上下旨撤销所有奖赏，是否操之过急？"

张居正知道吕调阳会提这件事，便道："关于贤侄元祐的恩荫，皇上另有打算。"

吕调阳摇摇头，答道："首辅如此一说，好像我吕调阳说这件事是出于私心。其实不然，我是为你担心，当事官员嘴里不说，心里头恐怕会责怪你。"

"我想过，在公理与私情两者之间，我只能选择公理。"张居正回答。

张四维觉得这时候自己必须有一个态度，便道："首辅处理辽东杀降冒功一事，我是支持的。掌控政府燮理朝局，就得言必信，行必果。"

吕调阳对张四维的表态大不以为然，他提了提气，苦笑着反驳："孔夫子以言必信，行必果为小人，孟子以言不必信，行不必果为大人，可见至圣亚圣二公，其言相近。一人之言行固然应有信果，但一味追求信果，则于道反有所害。朝廷所有政纲，当以适道为上策。"

张居正本不想刺激吕调阳，但这时实在忍不住了，便正色言道："国家尊名节，奖恬退，虽一时未见成效，然当患难仓促之际，终赖其用。如唐朝安禄山之乱，河北二十四郡皆望风溃逃，只有一个颜真卿独挡匪焰，这便是尊名节的功效。我辈效命皇上，匡扶社稷，终不能以粱肉养痈而任其败溃，你说呢，吕阁老？"

讲道理雄辩，吕调阳从来就不是张居正的对手。但他心里不服，想了想，又道："辽东大捷一事，我只是随便提提，今天我要郑重讲的，是另外一件事。"

"什么事？"张居正追问。

吕调阳示意仆役把参汤拿过来，他呷了一小口，又艰难地说道："我认为，你查禁书院一事过于草率，尤其是杀何心隐，恐为后世留下话柄。"

吕调阳一直是讲学的热心提倡者，一帮清谈心性玄学的官员都把他奉为老祖宗，许多私立书院的山长也与他过从甚密。这一点张居正早就知道。在处理武昌城学案的时候，吕调阳正好在家养病，张居正也就有了理由不征求他的意见，而独断专行向皇上请旨。此事处置完毕，倒也没听到吕调阳私下发表过什么异议。张居正还以为他一心归隐山林，对朝政已失去了兴趣，没想到他却一直把怨恨深埋在心。放在平时，他会拍案而起，但此时他却不得不强自忍抑，只辩解道："何心隐是被死囚发狂扼死，与我何干？"

　　"叔大兄，这个弥天大谎，撒得并不高明，"吕调阳心想自己反正是要死的人，心里头已无顾忌，故放胆言道，"何心隐大名鼎鼎，而且还没有定罪，怎么可能和死囚关在一起？常言道'王道如砥，本乎人情'，何心隐一代鸿儒，却不明不白被人弄死，这哪里还有国法人情可言！"

　　"你！"张居正霍地站起。自当首辅六年来，还从来没有人敢这样当面指责他。

　　看到他脸色铁青怒形于色，张四维生怕弄僵了局面双方都下不了台，忙插嘴调停道："吕阁老，你不要错怪了人，首辅对你一直有情有义。昨日为了解决你二公子的前程，还专门给皇上写了条陈。"

　　正在给父亲捶背紧张听着谈话的吕元祐，一听此言，忙住了手，急切地问："条陈写了什么？"

　　"祐儿！"吕调阳大叫一声，他是觉得儿子太没骨气，本想阻止他问下去，由于一时性急突然发力，他顿时两眼一翻，头一仰，又昏迷在太师椅上了。

"和卿兄！"张居正急忙大喊。

"吕阁老！"张四维急得额头上冒汗。

"父亲，你醒醒。父亲，你醒醒。"吕元祐一边摇着父亲一边哭喊。

仆役们一齐拥上来慌手慌脚给吕调阳灌参汤施救，正当屋子里乱成一锅粥时，门外又传来一声高喊："圣——旨——到！"

话音未了，便见司礼监秉笔太监张宏匆匆走进了客堂。他见张居正与张四维都在屋里头站着，以及客堂里凌乱的场面，不觉一愣，忙打了个拱向两位辅臣问安。

"张公公，你是来传旨的？"张四维问。

"是的。"张宏躬身回答。

说来也怪，一听到"圣旨"二字，昏厥过去的吕调阳竟突然醒了过来。"父亲，张公公来给你传皇上的圣旨！"吕元祐附在吕调阳的耳边高喊。吕调阳点点头，挣扎着身子要下地。

"躺着不要动！"张居正说着跨前两步，想把吕调阳按住。

吕调阳喉咙里一片痰响，却使出吃奶的力气掰开张居正的手，执意要往地上跪。他是循规蹈矩的大臣，哪怕一息尚存，碰到接旨的事，也绝不敢马虎从事。众人违拗不过，只得在地上铺下被子，让他跪上去。到这时候儿，他哪还跪得下去？人整个儿就趴在地上了。张宏见此情景，只得赶紧展旨宣读：

> 说与内阁辅臣、文华殿大学士吕调阳知道：朕念你秉忠报主，有功于社稷，特颁旨荫你一子，仍复吕元祐太仆寺亚卿之位。着吏部办理。钦此。

张宏一念完，吕元祐也忘了照顾父亲，竟扑通一声跪下，高声喊道："谢皇上大恩！"

"快扶你父亲起来。"张居正一旁催促。

吕元祐这才侧过身子，同仆役一道来搀扶趴在地上的父亲，匆忙中竟抓了一手水渍，低头一看，父亲的裤裆里已是热乎乎湿了一大片。

"哎呀，父亲撒尿了。"吕元祐急得大叫。待把父亲翻过来一看，只见他口吐白沫双眼瞳仁已散，鼻孔里还有一丝儿出气，进气已是全无了。

"父亲！"紧接着吕元祐一声撕肝裂胆的哭叫，便听得近处什么地方传来如同空灵出穴的颂咒声：

南无飓哆喃三藐三菩提俱胝
喃怛你也他唵

"这是谁？"张居正问。

"大概是一如老和尚，"张四维惊魂未定地回答，"他在这里做祈福法会，我们来，他便回避了。"

"我们走吧，让一如和尚替吕阁老做完法会。"张居正说着，弯下身子摸了摸吕调阳开始变冷的面颊，噙着两泡热泪掩面而去。

第十九回

朱翊钧寻欢曲流馆
李太后夜闯御花园

　　天一煞黑，朱翊钧在乾清宫里胡乱用了一顿晚膳，放下筷子就对王皇后说："咱吃饱了闷得慌，且出去随便走走。"说罢便命孙海客用两个贴身内侍随驾，出了乾清宫后门，穿过坤宁宫进了御花园。这御花园本是皇上与后宫佳丽们休闲散心的场所，建有万春亭、千秋亭、对弈轩、清望阁、金香亭、玉翠亭、乐艺斋、曲流馆、四神祠等建筑。此时天已尽黑，御花园里到处都点亮了灯笼。朱翊钧站在御花园进口的天一门下，问孙海："现在去哪儿？"

　　孙海挤了挤眼睛，小声回道："曲流馆。"

　　曲流馆建在御花园最大的假山——堆绣山的西侧。山馆之间有一个大水池。池上架了一座石拱桥，叫澄瑞桥。朱翊钧走上桥头，便见曲流馆门口跪了两名宫女，她们是听说皇上驾到，特意跑出来恭迎的。

　　朱翊钧快走几步到了她们跟前，两位宫女一起娇声说道："奴婢恭迎万岁爷驾到。"

　　她们都低着头，朱翊钧借着曲流馆门口挂着的四盏宫灯，瞧着她们云鬓上插着的银件闹蛾儿和白腻腻的粉颈，心里头顿时升起一种异样的感觉，说道："你们平身吧。"

两位宫女谢恩站起，五个人一起进了曲流馆。这曲流馆三面环水，当初建它时为的是观水景看游鱼，格局并不甚大，但极有韵致。饮酒休憩的供张设备一应俱全。朱翊钧为何要在天黑之后偷偷摸摸跑到这曲流馆来，事情还得从六月间那一次紫禁城中的集市说起。

却说那次集市，朱翊钧"下旨"让孙海买下那两只宋代铜镜之后，僻静无人时，便命孙海偷偷拿出来把玩。那一双男女交媾的动作，引起了他极大的兴趣。有一天夜里，躺在乾清宫的婚床上，他实在按捺不住，便拉起王皇后，要依铜镜上的"播雨"之法进行试验。王皇后生性腼腆，平素过分矜持，本是"非礼勿视，非礼勿听"的名门闺秀出身，一听朱翊钧的要求，顿时羞得满面通红，说死说活也不肯配合。朱翊钧天大的兴头儿遭此一盆冷水，对王皇后的呆板大为恼火，却又隐忍不便发作。孙海在朱翊钧跟前侍候多年，主子的心性他已是摸得一清二楚。有一次，朱翊钧看过铜镜后忽然长叹一声，似有难言之隐。孙海连忙小心试探道："万岁爷，要不要让奴才找两位宫女，陪万岁爷喝喝酒解个闷儿？"朱翊钧眼睛一亮，问："能找着吗？"孙海答："这有何难，紫禁城中的宫女，有谁不想得到万岁爷的眷顾？"朱翊钧想了想，吩咐道："你得找个僻静地儿。"孙海依旨行事，于是便有了今夜的这次幽会。

一进曲流馆，朱翊钧便在绣榻上落座，孙海、客用与两名宫女都站在两侧，朱翊钧让他们坐到凳子上。他这时才有机会仔细打量这两位宫女，她们大约都只有十五六岁年纪。一个长着瓜子脸，五官生得玲珑匀称，低眉抬眼之间尽是媚态；另一个长着鸭蛋脸，不但端庄秀丽，且胸脯挺得高高的，往外散发着一股不可抗拒的魅力。朱翊钧心里头夸赞孙海会办事，找来这么两位可人儿，他问道："你们叫什么名字？在哪里供差？"

坐在头里的瓜子脸起身蹲了个万福，回道："奴婢叫巧莲，在尚服局供差。"

鸭蛋脸跟着自我介绍："奴婢叫月珍，在尚仪局供差。"说着脸一红。

"在尚仪局供何差事？"朱翊钧问他。

"操习典乐。"

"这么说，你是通文墨的。"朱翊钧转头又问巧莲，"你呢，可识得几个字儿？"

"回万岁爷，奴婢读得懂《女诫》。"

"写得下来么？"

巧莲点点头。朱翊钧左瞧瞧右看看，觉得两个宫女都可爱。当了六年皇帝，今天还是第一次避开太后单独同宫女说话，他觉得很惬意，又问："你们都入宫几年了？"

月珍回答："咱俩都是万历三年入宫的。"

"三年了，宫里的规矩应该都学会了。"朱翊钧想轻松些，说些调侃的话儿，但多少又有一些紧张，问出的话便显得枯燥，"你们都是哪里人？"

"奴婢的老家在大同，"月珍胆大一些，故总是抢先回答，又指着巧莲说，"她是南京应天府人。"

"一个来自大同，一个来自南京。一南一北，相距有数千里之遥。"朱翊钧注视着月珍的明眸皓齿，开始有些意马心猿心旌摇荡了。

"万岁爷，您可看出这两个姑娘的差别么？"孙海趁机插话问道。

朱翊钧又把两位宫女仔细瞧了一遍，瞧得二人都脸色绯红，勾着头坐在那里紧张地捏弄着衣裳角儿。朱翊钧嘿嘿嘿地笑起来，说道："月珍有点大同婆姨的泼辣劲儿，巧莲低眉落眼的样子，倒像是南方的小家碧玉。"

"万岁爷说得对，这就叫一方水土养一方人。"孙海一脸谄媚的样子，接着又问，"万岁爷，酒食儿已备下了，要不要现在拿上来？"

"好吧。"

朱翊钧一点头，只见客用闪身出门，一会儿便领了两名抬着食盒儿的小火者进来，将十几样精致的菜肴摆上桌，同时还摆了一大壶酒。

孙海挥手让两名小火者退了下去，然后恭请朱翊钧入席。朱翊钧面南坐在首位，要月珍巧莲两位宫女也一同入席陪他喝酒。两人受宠若惊，便一边一个打横坐了。孙海与客用两个站在旁边侍候。客用把酒壶提起来，将三只酒盅斟满了。

朱翊钧端起酒盅闻了闻，对两位宫女介绍说："这酒叫雁来香，是御酒坊酿制的，朕曾经品用过，并不太烈，你们尽可放心品饮几杯。"

"为什么叫雁来香？"月珍问。

"大概是秋天喝的酒，大雁横天是为秋也。"朱翊钧文绉绉说了一句。

"启禀万岁爷，奴婢不会饮酒。"巧莲觍颜奏道。

"大胆，"孙海一旁斥道，"万岁爷赏脸赐酒你喝，你竟敢说不会！"

巧莲吓得浑身一哆嗦，赶忙站起来嗫嚅道："奴婢冒犯万岁爷，奴婢该死。"

巧莲这副惊魂失魄的样子，倒让朱翊钧觉得妙不可言，他示意巧莲坐下，并斥责孙海："你给朕闭嘴。"

孙海偷偷地伸了伸舌头，退到一边。朱翊钧这时候忘了自己是九五之尊万乘之主，竟举着酒杯，用讨好的口吻对两位宫女说道："来，你们陪朕喝下这杯酒。"

月珍爽快，一仰脖儿喝了。巧莲煞是痛苦，闭着眼睛像吞毒药似的，一点一点往下抿。朱翊钧看了哈哈大笑，戏谑道："巧莲，南方姑娘都像你这般扭捏么？"

巧莲涨红着脸，答道："奴婢不知道。"

三人刚喝完，客用又把酒依次斟满。朱翊钧事先听了孙海的建议，要和宫女们一起饮酒，一来营造气氛，二来把胆量喝开。但一杯酒落肚，他就感到寡酒难喝，于是又扭头喊站在身后的孙海，问他："孙海，你不是说喝酒有酒戏么，你怎么哑巴了？快说，咱们现在弄个什么样的酒戏，让巧莲、月珍两位兴奋起来，快乐起来？"

孙海平日里到处乱窜，搜求一些奇闻异事，回到乾清宫便讲与朱翊钧听。长此以往，朱翊钧便养成一个习惯，大凡找乐子的事情便想到孙海。这会儿又要孙海出主意。孙海抓耳挠腮想了一阵子，言道："万岁爷，您不是喜欢对对子么？平日里拉着奴才对，青山对白云，大黄狗对小白羊，这些奴才还凑合着对得上来，再难一点儿，奴才就抓瞎了。听说月珍巧莲二位是女中才子。你出对子让她们对，对上了就放过，对不上就罚一杯酒。这样喝起酒来，谁也不感到吃亏。"

"这倒是个好办法。"朱翊钧便问两位宫女，"你们觉得如何？"

巧莲心想对对子总不会每次吃罚酒，仗着自家有几分诗文底子，答道："请万岁爷出对子，奴婢对着试试看。"

"好。"朱翊钧略一思忖，口中便念出了五个字——

二人土上坐

"月珍，快对！"朱翊钧话音一落，孙海就在一旁催叫道，月珍憨厚泼辣的性格很对他的胃口，因此心里向着她，想让她中个头彩。

月珍也觉得这上联出得容易，便随口答道：

一鸟天上飞

她话音刚落，朱翊钧兴奋得一敲筷子，嚷道："瞎对，罚酒一杯！"

"奴婢对上了，为何要罚酒？"月珍不解地问。

"你这是乱对。"朱翊钧说，"二人土上坐是什么？你用心想想，两个人字加一个土字，连起来就是'坐'字，这叫合字对，你对一鸟天上飞，岂不是瞎对？！"

月珍一听，咕哝一句："万岁爷这是故意不说清楚。"说着拿起酒盅一口喝尽了。

"万岁爷，奴婢想了个下联。"巧莲说着便念了一句：

一月日边明

朱翊钧蘸着酒水在桌子上一边画着一边说道："日边之月，正好是'明'字，唔，这下联对得好，巧莲不会喝酒，倒会对对子，好，看朕再给你出一个上联。"

朱翊钧又念出了两句十个字：

半夜生孩　子亥二时难定

巧莲并没有多想，就随口念了出来：

两家择配　巳酉两命相当

朱翊钧一想，这个下联也对得十分工整，便一心想把巧莲比下去，故想了一个刁钻的上联，念道：

禾女委鬼　魏

这是文字游戏，却有一定难度。禾女委鬼组成一个魏字，下联也必须是四字组成一字。巧莲咬着嘴唇想了一会儿，说道：

束文敕正　整

"咦，朕还难不着你了。"朱翊钧也不等人劝，自己喝了一杯，问巧莲道，"你还有什么好对子，说给朕听听。"

巧莲咯咯咯地笑起来，回道："万岁爷，您不出上联，奴婢如何对呀？"

"这倒是，朕再给你出一个难的。"朱翊钧蹙着眉头苦想，一时竟没了词儿。

打从进门就成了闷嘴葫芦的客用，这时插进来言道："万岁爷，奴才想了一句，想让巧莲对。"

"很好，"朱翊钧只当是解了围，忙吩咐客用，"你且道来。"

客用拖腔拖调念了一句：

　　和尚进洞　吐痰即出

这是形容男女性事的大荤话，朱翊钧早已新婚宴尔，所以心领神会，一听就乐不可支地大笑起来，指着巧莲催道："客用的这个上联好，你快对。"

巧莲豆蔻年华尚未谈婚论嫁，哪里懂得这话中的实际含义，便道："这上联太俗，又无甚意义。"

孙海插话道："你怎么知道没意义，你不肯对，就罚酒一杯。"

巧莲怕喝酒，只得勉强对道：

　　毒蛇入穴　食气而眠

朱翊钧一听，立忙拍手叫好，笑嘻嘻言道："对得好对得好，朕还以为你什么都不懂，原来你什么都明白。"

"奴婢明白什么呀？"巧莲一脸茫然。

"你对得很好嘛！和尚进洞对毒蛇入穴，既工整又贴切。"朱翊钧不住口地夸赞。

这时只听得谯楼上报时的钟声响起，已是交了亥时。偌大一座紫禁城一片静谧。御花园内也是灯火朦胧夜色沉沉。唯独这曲流馆内的游宴气氛，已是达到高潮。巧莲文思敏捷，深得朱翊钧赏识，倒是月珍受到了冷落，呆在一边插不上嘴，孙海有意让她表现才艺，便道："万岁爷，对了这大半个时辰的对子，巧莲的文辞儿也差不多诌完了。现在，让月珍唱几支曲子如何？"

"好哇。"今晚的这场娱乐，原是孙海一手安排的。朱翊钧便顺着他的话问月珍："你会唱什么曲儿？"

"奴婢来宫中学了不少典乐……"

不待月珍说完，孙海便打断她的话言道："典乐虽好，万岁爷早听腻了，今夜里，你得唱个能让万岁爷开心的。"

"奴婢不知道万岁爷喜欢听什么曲子？"

"这还用问？"孙海点拨道，"良辰美景，万岁爷召你们来，为的是什么？"

月珍隐约预感到会发生什么，但女孩儿的矜持让她有所顾忌，她正思忖着该唱什么，听得朱翊钧又对孙海说："孙海，你上次溜出大内，学了一支曲儿，何不在这里唱唱，让月珍领悟领悟。"

"万岁爷的意思，是让奴才抛砖引玉。好，那奴才现在就献丑了。"

孙海说罢，一提嗓子就尖声尖气唱起来：

　　　你今番出来迟，

必有些缘故，

脸儿红，气儿吁，

竟为的什么？

看看你罗衫不整露出花花裤，

布扣儿都松了云鬓似老鸦窝。

你做了何等的丑事儿，

不用遮，不用掩，

且让咱伸手，

去你的裆下摸一摸。

　　孙海才只唱到一半，两位宫女便有些坐不住了。巧莲双手掩面不敢抬头看人。月珍虽然大方一些，却也做出了粉面含羞的样子。这也难怪，打从隆庆皇帝死后，这大内紫禁城里就没一个真正的男人。加之李太后管束极严，原来隆庆皇帝在世时的宫女，凡被她认为有失检点的，都尽行撤换。此后选征进宫的女孩儿，对于男女间打情骂俏的风流韵事，不要说是见识，连听一听都是莫大的罪过。所以，眼下她们的表现也是理所当然。

　　孙海一唱完，朱翊钧已被撩拨得脸色燥赤欲火难挨，他对两位宫女说："你们就选孙海这种词曲儿，一人给朕唱一首，唱得好的，朕有赏。"

　　月珍知道躲不过，便唱了一首：

明知道那人儿，

做下亏心的勾当，

到晚来故意不进奴家的房，

恼得我吹灭了灯把门儿闩上。

毕竟我妇人家心肠儿软，

又怕他衣衫单薄身上凉，

且放他进了房来也，

睡了和他讲。

因是勉强唱的，月珍的十分唱功大约只使出了六分，即便这样，朱翊钧也听得骨软筋麻，正所谓是曲不醉人人自醉。他将月珍赞扬了几句，又点名要巧莲也唱一曲。巧莲红着脸先赔了不是，然后说自己不会唱。

"你咋不会唱？"朱翊钧有些不高兴地问。

"奴婢没学过这种曲子。"巧莲嗫嚅着。

"月珍唱了，偏你说没学，"朱翊钧觉得巧莲扫了他的兴头，便恼下脸来，"你到底唱不唱？"

巧莲急得泪水在眼眶里打转，左思右想，才干巴巴地唱了一支曲子：

姐儿上穿青下穿青，

脚底下三寸弓鞋也是青。

小阿奴上青下青青到底，

见了郎君俏丽一时浑。

巧莲是用家乡方言唱的，朱翊钧听不懂吴侬软语，便认为巧莲这是故意应付他，心下甚不愉快。只见他嗞儿又干了一盅酒，垮着脸问："你唱的是啥？什么清呀浑的，听了倒是让人起

258

了瞌睡。"

巧莲小心答道："这支曲子原是小时候奶娘教奴婢唱的。万岁爷一定要听那种曲子，奴婢实在没有。"

方才对对子时，孙海觉得巧莲风头太过，出言吐气对他又不甚尊重，心下早就生了嫉恨，这时趁机插话："说来说去，你还是在糊弄万岁爷。"

"不是……"

"什么不是，万岁爷要听荤曲儿，你却咿咿呀呀唱儿歌，谁让你唱儿歌来着？"

孙海阴风一煽，朱翊钧这才记起自己是一言九鼎的皇上，脸上立刻就起了威颜，他指着巧莲斥道："你一个小小的宫女，竟敢抗旨？"

巧莲连忙离席跪到地上，颤声回道："万岁爷，奴婢不敢，奴婢……"

"休得多言，"朱翊钧此时已有了几分醉意，一跺脚问孙海，"你说，有人抗旨怎么办？"

"回万岁爷，抗旨就得惩处。"孙海回答。

"是得惩处。客用，将这小贱人拉出去斩了。"

一听到"斩"字儿，月珍连忙跪到地上哀求："万岁爷，请饶巧莲一命。"

孙海也怕闹出人命来不好收拾，扑通跪下奏道："万岁爷，这巧莲罪该万死，但念她还有几分才情，望万岁爷准了月珍所求，饶巧莲不死。"

"那……"朱翊钧还在犹豫，咕哝道，"圣旨既下，哪有收回的道理。"

孙海揣摩朱翊钧的心思，便帮着他找台阶："万岁爷，您既下旨斩了巧莲，这圣旨不能收回，奴才倒有一个主意。"

"讲。"

"让客用寻把剪刀，把巧莲的一头长发铰了，这也就算是斩首了。"

"好，客用，照此办理。"

客用也不吭声，只把哭哭啼啼的巧莲带了出去。

屋子里，只剩下了三个人。孙海觑了觑万岁爷的脸色，一骨碌从地上爬起来，对仍跪在地上的月珍说："你快起来，继续陪万岁爷喝酒。"

经过这场变故，月珍再也不敢怠慢，连忙起身向朱翊钧蹲了万福，重新入座。

朱翊钧又让月珍陪他喝了一盅酒，然后问孙海："那东西带来了吗？"

"带来了。"孙海说着从怀里掏出了那方铸有男女交媾的宋代铜镜。

朱翊钧接过来，尽管看过多次，他仍觉得新鲜，此时用手仔细摩挲了一遍，然后递给月珍，淫邪地笑道："你看看。"

月珍接过去，一看那幅画面，顿时就闭了眼睛，拿铜镜的手也不由自主地抖动起来。

"怎么闭眼睛？"朱翊钧问。

月珍缓缓睁开眼睛，但偏过头去不对着铜镜，小声言道："万岁爷，奴婢怕。"

"怕什么？"

"怕这铜镜。"

朱翊钧哈哈大笑，揶揄道："铜镜又没长嘴巴咬你，你怕它什么？"

"奴婢怕上面的画儿。"

"朕今晚上召你来，就是为了让你看这个图画。"朱翊钧说着，竟起身走到月珍的背后，伸手托着她的下巴颏儿，让她面对铜镜，说道，"朕要你好好儿看着这幅画。"

月珍哪敢违拗，只得把一双扑闪闪的杏眼移到铜镜上，她感到皇上托着她下巴颏儿的手，像火炭一样发烫。

"好看吗？"朱翊钧喷着酒气问。

"好……看。"月珍浑身在颤抖。

"你在说假话。"

"万岁爷，奴婢不敢说假话。"

"你方才说的就是假话，"朱翊钧的手开始抚摸起月珍的脸蛋，"这铜镜上的女人，哪有什么好看的。月珍，你若是脱光了，比她好看得多。"

"万岁爷……"

"月珍，把衣服脱了。"

月珍身子一震，抬眼一看，孙海不知啥时候溜走了，屋子里只有她和皇上。

"万岁爷？"

"嗯？"

"奴婢……遵旨。"

"这才是好奴婢。"朱翊钧说着，便拉着月珍的手，走到窗前的一只春凳旁边。

月珍到了这个地步，尽管仍在害羞，但更多的是激动和忐忑不安，她一边脱衣服，一边娇声问道："万岁爷，就这只凳儿？"

"你还要什么？"朱翊钧也在脱衣服。

"它躺不下呀。"

"干吗要躺着？"

"不躺怎么能……"

"你不是看了铜镜吗？"

"奴婢不明白。"

"学铜镜上的那两个男女。"

"那多丢人呀！"

"朕不怕丢人，你一个奴婢还怕什么？"

说话间，两人已是脱得一丝不挂。朱翊钧看到月珍美丽的胴体，犹如饥饿的狮子看到瑟缩的羊羔。他正要抖擞精神，仿效铜镜上描绘的交媾大法行云雨之乐，忽听得大门口传来一阵杂乱的脚步声，还来不及询问，却见两个人已急匆匆跨进门来，打头的是他的母亲李太后，紧跟着李太后的，是他的大伴冯保。

第二十回

李太后欲废万历帝
内外相密谋恭默室

　　一大清早，李太后就乘轿子离开慈宁宫来到了奉先殿。昨天夜里曲流馆中那淫秽不堪的一幕，让她深受刺激。自二月份皇上大婚她搬出乾清宫，这几个月来，她心里头一直不踏实。她虽然为皇上长大成人感到高兴，但更多的却是担心。皇上自出生到成婚之前，就一直在她的监护之中，未曾有一天离开过。她知道儿子的缺点：任性、贪玩，所以一直看管甚紧。儿子登基之后，内有冯保，外有张居正两相诱导，儿子倒也成器，风雨无阻出席经筵，批览奏疏勤研政事，渐渐露出那盛世明君的气象。儿子的每一个微小的进步，都使她得到莫大的欣慰。她衷心希望儿子的千秋帝业不但能驰骛今古，更能垂范后世；不但要超过他的爷爷嘉靖老皇帝，更应该比他的父亲隆庆皇帝大有作为，享祚长久。因此，她搬出乾清宫后，便将对儿子的管教之权，尽数委托给了冯保与张居正，要他们一如既往劝导皇上宵衣旰食勤于国事，万不可荒恬嬉闹，生出玩愒之心。昨天晚上，当冯保急匆匆来到慈宁宫，向她禀报皇上偷偷溜到曲流馆寻欢作乐时，她当下心一沉，立忙起身跟着冯保来到御花园。

可想而知，母子在曲流馆相遇时的那种尴尬。李太后气得浑身打战，朱翊钧也是惊恐到了极点。李太后背过脸去，让儿子穿好衣服。她很想当场把儿子骂一个狗血淋头，但顾及儿子一国之主九五之尊的体面，她命两名太监把儿子送回乾清宫。他的两名贴身内侍孙海与客用、两名宫女月珍与巧莲则被留下。她对这四名下人进行了严厉的拷问。她首先看到了巧莲满头秀发被铰得乱七八糟，只剩下短毛茬子，便问她是何原因？巧莲据实以答。四个人依次问过之后，差不多已过了子时，她下令将巧莲放回，其余三人都收监关押，听候发落。

回到慈宁宫，李太后一宿都不曾合眼。在她看来，儿子朱翊钧这一次的孟浪之举，是他登基以来最为严重的事件。商纣王、隋炀帝、陈后主等历史上那些亡国之君的种种骄奢淫侈之事，走马灯一样在她脑子里旋来旋去……她越想越后怕，越想越痛苦。儿子当皇帝六年来，她心中积存的幸福感如陈窖的美酒，哪怕只品饮一小口，也会留下无尽的欢欣。如今——在这个伸手不见五指的漫漫长夜里，她所有的幸福骤然间都被掏空了。悲痛攫住她的心，她禁不住啜泣起来，滚烫的泪水滴湿了衾枕。天一亮，她就命慈宁宫管事牌子万和备轿，一脸戚容来到奉先殿。

这大内紫禁城中的奉先殿，供奉的是大明王朝开国以来历代皇帝的神位，亦可称为皇家祖庙。举凡国家发生征讨奏捷灾咎祥瑞等大事，或者新皇帝登基更改年号，封后生子等吉庆，皇上都得先到奉先殿祈祷告祭，然后才能陛见大臣诏告天下。李太后一大清早就跑到奉先殿来，不免引起一帮老太监的种种猜疑——因为这不是寻常举动，如果不是突然发生了什么大事，除了一年三节的例祭之外，皇上与太后都不会轻易来到这里。隆庆皇帝在世时的乾清宫主管，如今是奉先殿的管事牌子张贵，刚刚得到消息，也来不及做多少准备，李太后的轿子就到了。他连忙带着几个值事的火者跪下相迎。李太后下轿后也不同他搭话，就径自走进了奉先殿。

天刚刚亮，奉先殿里的一切都还是模模糊糊的看不真切。好在李太后对这里的一切都非常熟悉。她从洪武皇帝的牌位开始，一直拜跪到嘉靖皇帝的牌位。然后又来到供列于此的最后一位皇帝——她的死去的丈夫隆庆皇帝的牌位跟前，她长跪在地，捂着脸，爆发出揪心的痛哭。

李太后刚一下轿的时候，张贵就感到大事不妙。因为他不但看到李太后愁容满面，而且还看到李太后并没有穿太后的命服，头上也没有戴凤冠。她只是穿着一袭黑色长裙，头发几乎是半散着，没有一件头面首饰。张贵在大内待了二十多年，从没有见到李太后这般形象，心里头一着急，便派人迅速去司礼监报信。这会儿听到太后的哭声，他不知道发生了什么事，站在奉先殿的门口，张皇失措地搓着双手，想进去却又不敢。

正在这当儿，一前一后两乘轿子抬到了奉先殿门口。打头一乘轿子里走下来的是陈太后，后头轿子里坐的是冯保。却说昨夜曲流馆的事情发生后，冯保担心有什么意外发生，故没有回家，而是在司礼监值房里凑合了一晚上。张贵派小火者来司礼监报信，他深感事情重大，便先去慈庆宫禀报陈太后，两人一起乘轿赶来。陈太后下轿时，李太后还在奉先殿中哭泣。冯保趁去慈庆宫找她的当儿，已三言两语禀报了昨夜发生的事情，此时她也顾不得细想，回头看了看冯保，示意他一起走进奉先殿。

李太后此时仍跪在隆庆皇帝的灵位前，双手掩面而泣。陈太后轻轻地走到她身后，也在绫丝拜褥上跪下了。李太后察觉有人进来，回头一看是陈太后，顿时更觉伤心，又一次失声痛哭。

陈太后本来就心下慌乱，李太后这悲声一放，更让她紧张得不知所措，顿时间眼泪像断了线的珍珠似的滚了下来。也不知过了多久，她才强自抑制住，哽咽着喊了一声："妹子！"

李太后的肩膀微微动了一下，她撩了撩粘在脸上被泪水打湿的发丝，恓惶地说："姐姐，昨晚上的事，你知道了？"

"知道了，冯公公对咱讲了。"陈太后回答。

"姐姐，咱养下这样的不肖之子，真是没有脸面来见列祖列宗啊！"李太后说罢，又嘤嘤地哭泣起来。

陈太后一边抹着眼泪，一边劝道："妹子，事情没有这么严重，你这样自责，依我看，是太过分了。"

"姐姐，钧儿发生那样的事，咱的心里头像有一把刀子在剜……"

"钧儿还是孩子。"

"他已当了六年皇帝，怎么能还是孩子？"李太后说着昂起头来，对着隆庆皇帝的灵位高声哭诉道，"先帝啊先帝，你为何要走得这么早，不把你的儿子教养成人啊！"

一提到朱载垕，陈太后马上想到他生前沉湎酒色的种种行状，心里头便很不是滋味。她长叹一声，言道："妹子，咱相信钧儿比他的父亲要好，他登基六年的所作所为已经证明，他是一个称职的皇帝。"

"六年皇帝做得好，不等于往后就好，"李太后回答说，"那六年，咱住在乾清宫，一步不离左右。所以他能够循规蹈矩，以求进取。咱一离开乾清宫，他就胡作非为，这怎么能叫人放心。"

"钧儿这是初犯，咱们做母亲的人，还得原谅孩子。"

"初犯就如此大胆，若不严加惩罚，往后翅膀硬了，谁还管得了他！"

"那，妹子打算怎么办？"

"咱一清早就跑来祷告列祖列宗，请求他们原谅我，并支持我的主张。"

"什么主张？"

"废掉万历皇帝。"

"啊！"陈太后闻言大惊失色，身子一阵摇晃差一点摔倒，跪在她身后的冯保见状伸手扶了她一把。

这时，只听得李太后继续说道："钧儿的弟弟潞王，今年已经八岁了，让他接替皇位。"

"妹子，你不要太草率……"

"当断不断，反受其乱。姐姐，古人的教训，咱们不能不听啊！"李太后说这话的时候，已是从纻丝拜褥上站了起来。

陈太后瞧着她冷冰冰的脸色，不禁心里头打起了寒战，刚刚站直的两条腿又发起酥来。

"妹子……"陈太后还想劝阻。

"姐姐，咱们回去议事吧。"

李太后说着，掏出手巾拭了拭泪痕。她谦逊一如平常，要陈太后走在头里，自己则厮跟着一前一后走出了奉先殿。此时天色早已大亮，霞光照耀下的紫禁城，正流金炫紫，开始它新的庄严肃穆的一天。那些忙忙碌碌的内侍和正在上衙当值的官员们却不知道，一件惊天动地的大事，正在他们的身边发生。

却说两位太后刚走出奉先殿，几乎同时发现奉先殿前空荡荡的广场上，正有一个人孤零零地跪在那里，她们一怔，还来不及做出反应，只听得跪着的人发出一声撕肝裂胆的喊叫："母后！"

原来跪在那里的是她们的儿子——当今的统驭万方的万历皇帝。

昨天晚上，朱翊钧被两名太监护送到乾清宫安歇。闯出这样的大祸，他哪里还有心思睡觉？一晚上也不脱衣服，更不用说上床了。王皇后不知发生了什么事，想解劝却找不到言语，只得陪着他枯坐。朱翊钧几次想去慈宁宫主动请罪，却又缺乏这个勇气。这样痴痴傻傻坐到天亮，正感到束手无策的时候，听得冯保着人来报母后去了奉先殿，他不敢再犹豫，遂失魂落魄地跑来这里跪下。看到两位母后出来，他便狂喊了一声。

这喊声是如此凄厉如此悲凉，以至两位太后听了，顿时都心如刀绞。陈太后此时也顾不得许多，跟跟跄跄跑上前，使尽了力气想把朱翊钧扯起来。

朱翊钧看到自己的生母站在原地一动不动，扫过来的眼光依然像火一般烫人，他哪里还敢起来，只是用乞求的眼光看着威严的母亲。

陈太后没有办法，只得跪下去把朱翊钧紧紧地搂在怀中，满含凄楚地哭道："钧儿！"

这场面，局外人看了无不动容。瞧着儿子可怜巴巴的眼神，李太后心里头也在滴血。但她尽量克制自己的感情，决不让儿子看到她的哪怕是一丝半毫的怜爱之心。她走过去，摇了摇痛哭的陈太后，轻声说道："姐姐，你请起来。"

"妹子，你得答应我。"陈太后把朱翊钧搂得更紧了，好像一松手他就会飞掉似的。她央求道，语气中似乎还含了一点愠怒，

"你若不答应我，我今天就跪在这里不起来。"

"我答应你什么？"李太后睁大了眼睛。

"不要废掉钧儿。"

一听这句话，朱翊钧如遭雷击，他连忙对着母亲哭诉："母后，孩儿知罪了。"

"迟了，钧儿，"李太后说着泪下如雨，"为娘的已祷告了祖庙，咱不能为朱家立下一代昏君，而遭千古骂名！"

"母后——"

"妹子！"看到怀里头几乎昏厥的朱翊钧，本来就体弱多病的陈太后此时已是撑持不住。眼看两人搂在一起就要倒下，冯保正要上前救助，却见李太后已经俯下身去搀扶。陈太后趁机抓住她的手臂，喘了一阵粗气儿后，再次央求道："妹子，我只求你这一次。"

李太后沉默了半晌，才松口说道："姐姐，这事儿毕竟关系到国祚，关系到天下苍生。废不废钧儿，你说了不算，咱说了也不算。咱们还是听听张先生的主意吧。"

离辰时大约还差那么一刻工夫，张居正的大轿刚抬到内阁大院，便见冯保已堵着了轿门。

"冯公公，怎么会是你？"张居正吃惊地问。

"张先生，这里不是说话的地方，你快随我来。"冯保说着，便领着张居正匆匆走出皇极门，来到文华殿的恭默室。

两人刚坐下，张居正又问："到底发生了什么事？"

"发生了大事，天大的事！"冯保忙不迭声地言道，"李太后要废掉皇上，另立潞王！"

"什么？"张居正大惊失色，一挺身站了起来，他感到匪夷所思，怔了半晌，才问，"李太后怎么突然冒出这个想法来？"

冯保说一句"当然事出有因"，接着就把昨夜发生在御花园曲流馆中的事以及今天早晨奉先殿前发生的事一一讲述了一遍。

张居正听罢，第一个感觉是李太后对此事的反应是否过激。朱翊钧实打实满了十七岁，这年龄拈花惹草寻欢作乐也是常事。但转而一想，李太后如此处置也自有她的道理，偷鸡蛋试手，小事不管，将来酿成痼疾就势难根治了，心里头不禁对李太后的深明大义至为敬佩。

正在他默然沉思之时，冯保又道："张先生，朱翊钧能不能继续坐在皇帝位子上，就全在你的一句话了。"

"冯公公这话从何说起？"出于官场自我保护的本能，张居正立即反驳说，"李太后说的是一句气话，我们怎么能当真！"

"依咱看，李太后说的不是气话。"

"何以见得？"

冯保斟酌言道："李太后自搬出乾清宫后，就一直对皇上放心不下，三天两头就要把咱找过去问长问短，嘱咐咱一定要多长一双眼睛，把皇上盯紧点。"

"李太后为何不放心呢？"张居正问。

冯保意味深长地一笑，答道："李太后不放心，乃是因为有前车之鉴啊。"

"前车之鉴？"

"是啊，"冯保眨巴着眼睛，继续言道，"张先生，你难道忘了，隆庆皇帝是怎么死的？死前两天，他还让孟冲给他找娈童。他死的那一天，东宫娘娘陈太后、西宫娘娘李太后，两个人不是邀齐了去找他扯皮吗？"

一席话勾起了张居正对往事的回忆，他感叹着说道："李太后是怕儿子承继父亲的恶习。"

"对呀！"冯保一拍椅子扶手，加重语气说道："常言道有其父必有其子，李太后担心的就是这个！"

"你是说，李太后真的想废掉皇上？"

"依咱来看，李太后这次真的是伤透了心。你想想，若不是下了决心，她能去奉先殿吗？"

从冯保的言谈表情中，张居正发现他有几分幸灾乐祸，便试探着问："冯公公，皇上在曲流馆的事情，是你发现的？"

"是。"冯保说着脸上就出现了愠色，"咱早就看出，孙海、客用两个人不是什么好东西，偏皇上喜欢他们。这可不，皇上最终还是栽在他们手上。"

冯保身为大内主管，绝不允许底下有什么人与他唱反调，或者绕过他直接向皇上邀功固宠。孙海、客用两人得到皇上器重，他早就看不过眼，一直在暗中打主意除掉他们，曲流馆事件的发生正好给了他剪除异己的口实。张居正看出这一点，心中也佩服冯保"伺机而动，动必封喉"的治人之术。他不想过问冯保管辖范围内的事，只是随便应了一句："孙海、客用二人，一定要严加惩处。"

"这两只小蚂蚱，何足挂齿。"冯保不屑地说，接着言道："张先生，现在咱俩要拿主意的是，万历皇帝，咱们是保他呢，还是不保。"

张居正一听话中有话，假装不解地问："冯公公何出此言？"

冯保盯着张居正，忽然压低了声音，肃容说道："张先生，这里没有外人，你我又是多年的老朋友，今儿个，咱们俩得掏心窝子说话。"

"你想说什么？"冯保的表情让张居正略感惊诧。

"你还记得上次咱将侄儿冯邦宁绑来内阁负荆请罪时，说过的那句话么？"

"什么话？"

"咱说，皇上长大了，也变了。"

"长大了肯定就要变嘛。"

"但皇上的变，却是让人不放心。他如果仅仅只是贪玩，沉湎酒色倒也没什么，但他已学会了刚愎自用。凡事好自己拿个主意，已不把咱这个大伴放在眼里了。对你张先生，也只是应付而已。"

尽管张居正觉得冯保的话言过其实，但出现在朱翊钧身上的一些苗头也确实引起了他的担心。最明显的例子莫过于在他回江陵葬父期间，朱翊钧强令要从太仓划拨二十万两银子到内廷供用库，作为他赏赐内侍宫女的私房钱。对这件事他一直耿耿于怀，总想找一个适当的机会与李太后谈谈，但自李太后搬出乾清宫后，名义上她已经"还政"于皇上。因此张居正想见她再没有过去那么容易。现在，听冯保的口气，他似乎倾向于撤换皇帝。但这是牵涉国本的大事，稍一不慎就会引发动荡导致政局不稳。在没有探明冯保的真实态度之前，他不想马上表明自己的想法，于是问道："李太后的意思，是让潞王接替万历皇帝？"

万历皇帝有一个同胞弟弟，今年才八岁，去年被封为潞王。如今同李太后一起住在慈宁宫中。

"是的，"冯保答，"张先生，如果换成潞王当皇帝，对你我来讲，兴许是一件好事。"

"唔？"

"他比万历皇帝小了九岁，小小年纪坐在皇位上，你这顾命大臣的角色，最低还可以当十年。"

冯保的话说到这个地步，已是非常露骨。张居正再次感到这只"笑面虎"的心狠手辣。他不但希望手下服服帖帖，同时也巴不得将皇上玩于股掌之中。多年来，张居正一直对这位赫赫内相存有戒心，只是他处事高明，冯保从未有所察觉。眼下，冯保说出这番话来，他知道不能硬顶着唱反调，那样势必会引起冯保的猜忌——得罪了这个人，就等于失去了内廷的奥援。此情之下如何应对？这是个棘手的问题。好在张居正处变不惊，再复杂困难的局面，也总能够应付裕如。接了冯保的话，他回道："多谢冯公公，凡事都为仆着想，这份情谊，我是没齿难忘，但依仆陋见，废掉万历皇帝，似有不妥。"

"不妥在哪里？"

"在于咱们没有摸清楚李太后的真正心思。"

"啊？"

张居正接着问："冯公公，你认为李太后是真心实意要废掉万历皇帝？"

"她不真心实意，干吗天不亮就跑到奉先殿？"

"说得简单一点，她这是在气头上做的事情，等气一消，想法就变了。若再往深处想，这说不定是李太后在变个法儿试探咱们两个呢。"

"她试探咱们什么？"

"冯公公你不要忘了，六年前隆庆皇帝咽气儿的时候，命高拱、高仪、你和我四人为万历皇帝的顾命大臣。如今，高拱与高仪都已先后去世，顾命大臣就只剩下你我两个。先帝把当今圣上托付给咱们，咱们却联手将他废掉，千秋后世，将会怎样看待咱们两个？"

"这……"

"万历皇帝寻欢作乐，李太后痛心是真，想教训他也是真，但废除他却是假。她想借此试探一下咱俩对皇上的忠心，恐怕是其真正的动机。"

冯保仔细思忖，觉得张居正的话有几分道理，不免叹道："如果真是这样，李太后的心机也就太深了。"

张居正笑道："你侍候太后这么多年，还不知道她做事的风格吗？"

冯保一怔，心有不甘地说："你我现在就去云台见李太后，咱们先别作什么结论，一切都见机行事。"

张居正不再说什么，跟着冯保出了恭默室。

第二十一回

下罪己诏权臣代笔
读废帝诗圣上伤怀

冯保与张居正一前一后走进云台的时候，刚刚翻了巳牌，李太后早在里头坐定了。此次会见约定的时间是辰时三刻，因冯保与张居正在文华殿恭默室谈话多耽误了一会儿，故来得迟了。

张居正一见李太后先到，心里头颇为不安，忙施了觐见之礼，坐下言道："臣晚到，失礼了，请太后恕罪。"

李太后因要会见外臣，重新戴起了双凤翔龙冠，穿起了金丝绣织九龙四凤十二树大花的朱罗命服。一见张居正，她的内心升起一股异样的感情。打从搬离乾清宫半年多来，她就再也没见过张居正了。此番相见，除了"君臣"之义，还有某种难以言喻的男女私情在作怪。听到张居正说话，李太后保养得极好的白皙脸庞没来由地泛起浅浅的红潮，她答道："先生国事繁忙，迟到一会儿不算什么。"

"谢太后宽宏。"

"昨天夜里，皇上在曲流馆发生的事，想必冯公公都对你说了。"

李太后说着瞟了冯保一眼。冯保赶紧欠身回答："启禀太后，该对张先生讲的，老奴都讲了。"

李太后转向张居正，开门见山问道："张先生，你看这件事情，应该如何处置？"

张居正恭谨回答："臣想听听太后的旨意。"

李太后眼圈儿一红，伤心言道："皇上如此胡闹，有伤君王体面，咱想将他废了，另立潞王。"

张居正立即接话："恕臣下冒昧，太后此意不妥。"

"为何？"李太后眼波一闪。

张居正答："皇上登基六年，虚心好学，勤勉政事，早已成了四海咸服、万民拥戴的少年天子。曲流馆一事只是偶犯，而且主要责任也不在他。"

"你是说，是因为孙海、客用两个内侍引诱皇上？"李太后主动猜问。

"是。"

"这是个理由，但往深处究实，却也算不得理由。"李太后说着情绪激动起来，"咱在乾清宫陪了皇上六年，每时每刻都在教导他端正操守，做一个正人君子，他好像都听进去了，也的确认真履行。为啥咱一离开乾清宫，他就变了？人叫不走，鬼叫飞跑！咱还健在，他就敢这样，若长此下去无人管教，他岂不越发骄奢？"说到此处，李太后的眼泪就像断了线的珍珠往下掉。

张居正心里头产生了极大的震撼，他对为天下苍生的福祉而灭私情的李太后肃然起敬。但是，他也从李太后火辣辣的言语中听出一些难以察觉的矛盾心理：她责骂皇上，是恨铁不成钢；但一说到"废"字儿，口气便明显地犹豫……心下一揣摩，他越发相信自己先前的判断，于是言道："太后，仅仅曲流馆一件小事，断断不能成为废谪皇上的理由。"

"嗯？"

"皇上是先帝生前定下来的嗣位正君，记得先帝那天在乾清宫临危遗命，指派臣等和冯公公一起作为皇上的顾命大臣。六年来，臣和冯公公秉承先帝遗训，忠心辅佐皇上，不敢有一丝儿疏忽。皇上一时犯错，太后如此自责，倒叫臣无地自容。"

"皇上孟浪，与张先生何干？"

"臣是顾命大臣，作为皇上的老师，臣教导无方，岂躲得掉干系？"

张居正的这个态度，让李太后大大松了一口气。

张居正猜测得不差：李太后眼下的确处在两难之中。皇上犯事之初，正在气头上的她，真的想到过要把皇上废掉。但用过早膳后冷静一想，她又觉得这个想法太过草率。毕竟朱翊钧已当了六年皇帝，突然被废，将如何向满朝的大臣、天下的百姓交代？那时冯公公已带着她的旨意去了内阁，想阻拦已经来不及了。她怀着忐忑不安的心情来到云台，担心张居正真的同意她的主张把皇上废掉。然而，她担心的事情终于没有发生。探明了张居正的心底，她索性假戏真做，板着脸说道："我的主意已定，这个皇上一定要废掉！"

"太后！"张居正喊了一声，霍然站起，突然又双膝跪地，侃侃言道，"您若真的要废掉皇上，首先，您就把我这个内阁首辅废掉。"

一直在旁边冷静观察的冯保，这时候也看出了端倪，连忙也跟着张居正跪了下去，奏道："启禀太后，老奴不单是皇上的顾命大臣，还是皇上的大伴，要废掉皇上，您先给老奴赐死。"

"赐死？"李太后一愣。

"对，赐死！"冯保嘴一瘪，眼泪说来就来，呜咽着说道，"皇上被废了，咱活着还有什么意思！"

李太后此时是悲喜交集，悲的是皇上不成器，喜的是两位老臣对皇上都如此忠心耿耿。她亲自起身上前扶起内外两位相臣，吩咐身边内侍："去乾清宫，请皇上到这里来。"

少顷，听得一阵急匆匆的脚步声传来，但见满脸愧色的朱翊钧诚惶诚恐地走了进来。打从奉先殿前李太后怒气冲冲乘轿而去，朱翊钧的一颗心就一直如同油煎。母后扬言要废他，无论陈太后怎样替他求情，终是一个不松口。想到自己刚刚知晓事体，尝到一点当皇帝的快乐，就要被废掉，不但要搬出乾清宫而且要永远离开京城。这一惊吓，着实让他顶门走了七魄，脊上溜了三魂。在陈皇后的一再抚慰下，他恍恍惚惚回到乾清宫，一心等着母后召见张先生商讨的结果。如今母后命他来到云台，他也不知等待他的究竟是祸是福，所以一进门就低着头，不敢看母后的脸色。

看到皇上站在门口迟疑不决的样子，张居正首先站起来肃容言道："皇上，请到御榻就座。"

朱翊钧一听师相的口气一如平日，对他充满恭敬，心里头忽地一热，不免抬起头来看了看母后。李太后此时也正凝定眼神儿看着他。

四目相对又倏然分开，李太后冷冷言道："钧儿，张先生让你到御榻就座，你还愣在那里干什么？"

"谢母后。"朱翊钧顿时如释重负，他坐上御榻后，张居正立即对他跪下，行君臣觐见之礼。

278

"张先生请起。"朱翊钧泪花闪闪，恨不能亲下御榻把张居正扶起。

待张居正回到绣椅上坐好，李太后又道："钧儿，张先生保你，这皇上的位子，还是由你来坐。"

"谢……"朱翊钧本想说"谢谢张先生"，想想又不妥，以君谀臣的事情小时候做起来，浑然不觉羞耻，但现在既已长大，再这样做，岂不令他汗颜，想了想，改口道，"谢母后宽宥。"

"宽宥宽宥，"李太后冷笑一声，"若不是张先生和冯公公保你，为娘的决不宽宥。"

朱翊钧浑身一颤，讷讷言道："儿再不敢胡来。"

"再胡来，就谁也保不了你，"李太后秀眉一竖，火辣辣斥道，"做下这等荒唐事，也不能太便宜了你，不惩罚一下，你哪里会吸取教训！"

冯保这时又想做好人，便道："启禀太后，念皇上是初犯，如今他已痛心疾首，依老奴愚见，惩罚就不必了。要惩罚，就惩罚孙海、客用他们两个。"

"这两个如何惩罚？"李太后问。

"将他们各杖二十，降为净军，发往南京孝陵种菜。"

"这处理也不算太重，"李太后颔首同意，又道，"那两名宫女，都叫什么？"

冯保答："被客用削了头发的那一位，叫巧莲，另一名叫月珍。"

"这两个，咱看巧莲还有闺秀之风，就将她调来慈宁宫，在咱的左右侍候。那个月珍，不能再让她待在尚仪局，干脆把她发落到浣衣局。"

"太后明断，老奴遵旨执行。"

听说要把孙海、客用二人贬谪到南京去，朱翊钧心里头十二分的不情愿，但此时哪有他说话的份？纵有再大的愤懑，也只能隐忍。偏在这时，李太后又道："奴才都惩罚了，当皇上的，不说曲流馆发生的那种龌龊事，单姑息养奸这一条，就该重罚！张先生，前朝的皇帝，如果做错了事，该是如何处置？"

张居正虽然保了皇上，但觉得给予薄惩，对纠正皇上的玩愒之心有利无弊，因此答道："前朝不少皇帝，做错事后都下过罪己诏。"

"罪……"李太后没听明白。

"罪、己、诏，"张居正一字一顿回道，"就是皇帝将自己所犯的错处，写成诏示以告天下，以此来警醒自己，表示悔过之心，决不重犯。"

"如此甚好。"李太后答应一句，又问朱翊钧："钧儿，你意下如何？"

朱翊钧哪肯将自己做出的丑事儿抖搂出来告示天下？但迫于太后的压力，他只得硬着头皮回答："张先生建议甚好。"

李太后看得出儿子的态度勉强，但她深谙"矫枉必须过正"的道理，对张居正说："张先生，你今儿个回去，就替皇上拟出罪己诏来，明日送通政司，在邸报上登载。"

一连数日，乾清宫内一改往日祥和融洽的气氛。上到皇上皇后，下到宫娥彩女小火者，一个个脸上都像是挂了霜。个中原因不言自明——仍是曲流馆事件的余波。朱翊钧虽然没有被废黜，但冯保却仰恃李太后的支持，在紫禁城内宫中搞了一次大清洗。凡是平日他看不顺眼的内侍，不降即谪。由牙牌太监降为乌木牌火者的有七十多人。被调出内廷前往南京、凤阳、南海子等处充当净军做苦役的，又有五十多人。一百多位在皇上跟前服侍的貂珰，转眼间都成了臭水沟中的虾子任人撮捏。这是万历改元以来内宫最大的一次人事更易，弄得鸡犬不宁人人自危。这次撤换最多的是乾清宫内侍，大大小小的管事牌子被撤换了二十多个，讨皇上喜欢的奴才几乎撤得精精光光。孙海、客用两个，被打得遍体鳞伤，押解到南京充当净军去了。冯保作为司礼监掌印，名义上统辖内廷二十四监局，但对乾清宫的内侍，哪怕是一名小小的火者，他也不敢擅自变动。这皆因乾清宫是皇上机枢之地，所有内侍都由他钦点。冯保这次之所以敢老虎嘴上捋须，皆因皇上犯错在前。如今安插进乾清宫来的管事牌子，清一色都是冯保精心挑选的亲信。皇上虽然还是威加四海的九五之尊，但在乾清宫中，却成了地地道道的"孤家寡人"，这种处境，怎不令他黯然神伤。

还有更令朱翊钧揪心的事，便是张居正替他草拟的《罪己诏》，诏文用词尖刻，用自唾其面来形容犹嫌太轻。朱翊钧读过一次，顿觉胸闷气短，他再没有勇气来读第二遍。他恨不能把那份《罪己诏》撕个粉碎，但撕了又有何用？它早就登载在通政司邸报上，通过邮传发往全国各府州县。想想自己身为皇帝，却不得不将这一点点"秽行"公之于众，让全国的蕞尔小官都将它作为茶余饭后的谈资，朱翊钧就恨得咬牙切齿。但所有的怨恨，都只能深埋于心。自孙海、客用离开之后，对调入乾清宫来服侍他的这些个陌生面孔，他是一个都不敢相信。

却说这一日用过早膳，他踱步到东暖阁，刚坐下啜了两口茶，听得门口有人禀道："奴才张鲸求见皇上。"

张鲸是司礼监八个秉笔太监之一。年纪虽然只有三十五六岁，在内廷却差不多待了将近二十年。他五岁被阉送入宫中，在内书堂读了六年书，在太监里头，是个难得的秀才。他与时任杭州织造局督造的钦差太监孙隆是好朋友，经孙隆的推荐，他投到冯保门下。冯保赏识他为人谨慎，写得一笔好字，前年便将他从御马监管事牌子的位子提拔为秉笔太监。在司礼监，除了张诚，他算是第三号人物了。此人平常言语甚少，口上从不言是非之事。因此，在这次内廷人事变动中，他被冯保挑来每日往东暖阁当值，给皇上送本读本。

听到张鲸的声音，朱翊钧皱了一下眉头，懒洋洋地说道："进来吧。"

张鲸蹑手蹑脚走进来，在御榻前跪下了。

朱翊钧瞟了一眼他捧进来的奏匣，问："今日有何重要的奏本？"

"有内阁首辅张先生的一道疏。"

"什么疏？"

"《皇上宜戒游宴以重起居疏》。"

"又是这件事，简直没完没了。"朱翊钧心里头嘀咕了一句，他已是十分厌烦，稍稍愣了一会儿，他吩咐张鲸道："起来，坐到杌儿上去，念疏文。"

张鲸赶紧爬起来，打开奏匣，取出张居正的那道疏，小心翼翼念将起来：

自圣上临御以来，讲学勤政，圣德日新。乃数月之间，仰窥圣意所向，稍不如前……

读到这里，张鲸稍作停顿，偷偷觑了朱翊钧一眼，见他仰着下巴瞧着窗外的树影出神，脸上毫无表情，便吞了一口口水，继续念道：

> 微闻宫中起居，颇失常度；但臣等身隔外廷，未敢轻信，而朝廷庶政未见有缺，故不敢妄有所言。然前者恭侍日讲，亦曾举"益者有三乐而损者亦有三乐"，"益者有三友而损者亦有三友"两章，以劝导圣上。语云："树德务滋，除恶务尽。"曲流馆之事发生，内廷务必整顿，其各监局管事官，俱令自陈，老成廉慎者存之，谄佞放恣者汰之。且近日皇穹垂象，彗芒扫宦者四星，宜大行扫除以应天变……

"停！"朱翊钧忽然叫了一声。

张鲸收了口，朱翊钧盯着问他："张先生说天象有变，可有根据？"

张鲸答："钦天监几天前上了一道条陈，言过此事。"

"怎么讲的？"

"说是天上出现了彗星，尾巴扫着了紫微星座，这种星象是有内侍欺蒙万岁爷。"

"胡说八道！"朱翊钧愤愤地骂了一句，忽然感到失言，又改道，"张先生说的是，咱们这个内廷是要进行一次大扫除。冯公公不是已经大扫除了么！"

"大概张先生还嫌扫得不干净。"

张鲸随话搭话，朱翊钧眼皮子一动，他听出张鲸话中有话，但他虑着张鲸是冯保的亲信，不敢贸然探问，只是朝他挥了挥手，言道："继续念吧。"

张鲸清了清喉咙，又一板一眼念将下去：

> 臣又闻汉臣诸葛亮云："宫中府中，俱为一体，陟罚臧否，不宜异同。"臣等待罪辅弼，宫中之事，皆宜与闻。此后不敢以外臣自限，凡皇上起居与宫壶内事，但有所闻，即竭忠敷奏；若左右近习有奸佞不忠者，亦不避嫌怨，必举祖宗之法，奏请处治。

> 皇上宜戒游宴以重起居，专精神以广圣嗣，节赏赉以省浮费，却珍玩以端好尚，亲万几以明庶政，勤讲学以资治理。

张鲸念完，却不见朱翊钧有任何反响。原来这位皇上的思想早就开了岔，他在想着"宫中府中，俱为一体"这句话。按洪武皇帝定下的规矩，内廷的太监与外廷的官员是不能互相交接的。此举是为了保持朝廷的政体清肃，既不让太监干政，亦不让外廷官员干预皇室私事。有违例者，轻者贬黜，重者剥皮。如今，张居正在这份奏疏中，居然提出宫府一体的话，而且申明"此后不敢以外臣自限"。若准了这奏疏，就等于是往自己身上多加了一道制箍，想想后果，朱翊钧不寒而栗。他抬起头来，才发现张鲸早就收了本子，便心不在焉地问道："念完了？"

"念完了。"张鲸答。

"待会儿，把张先生这道奏疏送往慈宁慈庆两宫，让两位圣母过目。"

"奴才遵旨。"张鲸停了一下，又试探着问，"万岁爷，如果太后娘娘问奴才，万岁爷是个啥态度，奴才该如何回答？"

"还是那四个字，依奏允行。"朱翊钧烦躁地回答。

"奴才明白了。"张鲸收拾好奏匣，正要告辞前往慈宁宫。

朱翊钧仿佛记起了什么，又把他喊住，问道："朕让你查的东西，查到了吗？"

"可是建文帝的那首诗？"张鲸问。

"是的。"

"奴才查到了。见万岁爷没问，奴才不敢主动拿出来。"

张鲸说着从怀里摸出一张折叠起来的洒金笺纸，恭恭敬敬递到朱翊钧的手上。

朱翊钧抖开一看，一笔圆润的蝇头小楷，工工整整抄了两首七律：

> 风尘一夕忽南侵，
> 天命潜移四海心。
> 凤返丹山红日远，
> 龙归沧海碧云深。
> 紫微有象星还拱，
> 山漏无声水自沉。
> 遥想禁城今夜月，
> 六宫尤望翠华临。
>
> 阅罢楞严馨懒敲，

笑看黄屋寄团瓢。
南来瘴岭千层迥，
北望天门万里遥。
款段久忘飞凤辈，
裂裟新换衮龙袍。
百官此日知何处，
惟有群鸟早晚朝。

朱翊钧默看一遍，又吟诵一遍，看得出他神有所伤。沉思有时，他忽然从案几的镇纸下拿出一张笺纸递给张鲸，言道："你看看，朕这里也有一首。"

张鲸慌忙接过，一看是朱翊钧的手迹：

牢落西南四十秋，
归来花发已盈头。
乾坤有梦家何在？
江汉无情水自流。
长乐宫前云气暗，
朝元阁上雨声愁。
新蒲细柳年年绿，
野老吞声哭未休。

张鲸读着读着，一半被诗中的忧郁之情所感动，一半出自对朱翊钧心情的揣摩，竟然两眼一挤落下泪来，几滴泪珠打湿了笺纸，他吓得浑身一哆嗦，连忙跪下乞告："奴才该死，污了万岁爷圣迹。"

张鲸的这番表演让朱翊钧大受感动，但他并不表露，只抬抬手让张鲸起来，问他："你为何落泪？"

"奴才看到万岁爷这么认真地抄录建文帝的诗，心里头十分感动。"

"啊，是这样，"朱翊钧沉吟着说，"只是还不能断定，这首诗是不是建文帝所作。"

"诗写得过于凄凉，但依奴才看，应该是建文帝原作。"

"你怎么知道？"朱翊钧说，"这首诗出自《徐襄阳西园杂记》，只录了这首诗却没提出任何佐证。"

"关于这首诗的佐证，在《碧里杂存》一书中有记载，"张鲸接着介绍说，"这书是正德年间一个叫董毂的人写的。此人是正德年间的进士，当过安义、汉阳两个县的知县。后因事罢官，归隐林下，遂写了这本书。"

朱翊钧问："关于建文帝，书上有何记述？"

张鲸答："对建文帝旧事，书中记载颇详。说建文帝尚在髫年之时，太祖皇帝夜里做梦，看到内廷左右楹柱，有黑白二龙缠绕相斗。左边楹柱上的黑龙战胜。天亮后，太祖发现燕邸——也就是后来的永乐皇帝爷，与皇太孙——也就是后来的建文帝，各抱一根楹柱嬉戏，而燕邸恰恰在左边那根楹柱，太祖便起了疑心。后太祖带着燕邸与皇太孙阅御马，出了一个上联让两人对，太祖出的上联是'风吹马尾千条线'，太孙对曰'雨湿羊毛一片毡'，燕邸对'日照龙鳞万点金'。太祖一听，不免心下喟叹天命不可违。他传位太孙后，曾封锁一箧，密召已成为建文帝的太孙说，'你若他日遇到大难，垂死之际，方许开视。遇到小灾，则万不可打开，切记切记。'到了壬午那一年，燕邸从北京发兵，靖难之师围了南京紫禁城。建文帝危急之中，便打开太祖给他的箧笥。只见里面唯有僧衣帽一副，度牒一纸，剃刀一具而已。建文帝遂连夜削发，纵火焚宫，从暗沟中逃出。有司便以自焚而奏达于永乐皇帝爷。建文帝这是顺天知命，见机保身。至正统年间，距靖难之变不觉已有四十年，有一天，云南布政司衙门忽然来了一个老僧，杖锡从甬道入正堂，南面而立，曰：'吾即建文帝也，今吾年八十，彼已传四朝，事即定矣，吾有首丘之怀，故欲归耳，汝等可为奏闻。'说着就从袖里掏出诗笺来。藩臣难辨真假，便着人将老和尚礼送来京。其时建文帝时的宫中旧人大都物故，有一个老宦者还活着，他说，'老和尚前身是否就是建文帝，吾能验之。'说着让老和尚脱去左脚鞋袜。他一见老和尚的脚板心，便抱脚痛哭。原来这老宦者当年曾在宫中为建文帝侍浴，知道建文帝左脚板心上有一颗黑痣。今老和尚脚上恰恰就有一颗，老宦者断是建文帝无疑。有了这个鉴定，朝廷也就善待老和尚，留在宫中奉养。不二年，老和尚圆寂，朝廷亦在天寿山旁，为他立了一座坟墓。"

张鲸仔细讲了朱翊钧所抄这首诗的来龙去脉。朱翊钧觉得这张鲸博览史籍，还是个有心人，便问他："你抄的两首诗，又是个什么来历？"

"这两首诗出自《蜀都杂抄》，说是贵州金竺有一座小庙，叫罗永庵，有一天来了个老和尚，在庵内的墙壁间题了这两首诗，后人有人读到，认定这是建文帝的手书。"

"那老和尚呢？"

"题完诗就走了，不知所终。"

"这又是一种说法。"朱翊钧仿佛充满了伤感，"关于建文帝的下落，朝廷一直没有明确记载。"

"野史上倒有不少。"

"野史不足为信啊。"

"万岁爷说得太对了，就说奴才方才提到的《碧里杂存》，不少人就讥它是齐东野语。"

"朕让你找建文帝的诗，你可曾对人讲过？"

"没有，"张鲸哈着腰答道，"奴才怕下头人乱猜万岁爷的心思，连冯公公那里，都不敢透个口风。"

"你做得对，"朱翊钧紧绷着的脸忽然露了一点霁色，他又问张鲸，"你说，朕为何要找建文帝的诗？"

"这……"张鲸倒吸了一口冷气，嗫嚅着说，"这个，奴才不敢乱猜。"

"你说，说错了，朕恕你无罪。"

有了这句话，张鲸胆子略壮了些，但他仍不敢看朱翊钧的脸色，只低头言道："奴才猜想，万岁爷大概因曲流馆的事，已是伤透了心。"

"唔，接着说。"

"因此就想到被永乐皇帝逐出皇宫的建文帝，想到他隐姓埋名，流落民间……"张鲸说到此处，再也不敢往下讲了。因为他看到朱翊钧的双眼噙满了泪水。

过了一会儿，他见朱翊钧双手将那诗笺揉皱又抚平，抚平又揉皱，便又轻声喊了一句："万岁爷！"

"嗯？"朱翊钧叹息一声，情绪激动地说，"我要是建文帝，既当了和尚，就决不再回这紫禁城。"

张鲸猛地跪下，哽咽着劝道："万岁爷，您千万不要这样想，你是威加四海的太平天子！"

"你？"朱翊钧如梦惊醒，他决断地把两张诗笺揉成一团摔到地上，对张鲸说："张鲸，你好好服侍朕，朕不会亏待你。"

"谢万岁爷！"张鲸重重地磕了一个响头。

第二十二回

李同知京城访故友
金侍郎寒夜听民瘼

　　一过冬至，天道日短。刚交酉时，街面上就黑乎乎的啥也看不清。金学曾坐了一乘两人抬的小轿，忽忽悠悠从户部衙门回到家来，突然看见门洞里瑟瑟缩缩蹲了一个人。这是谁呀？他正纳闷，那人见他走下轿来，立忙站起身蹙了过来，双手抱拳一揖，笑着问道："你可是金大人？"

　　"在下正是。"金学曾听出这声音很熟悉，但一时想不起是谁，便快走两步，走近前来脸对脸辨认。一看来者瘦削的脸庞和下巴上干枯稀疏的山羊胡子，不免大吃一惊，嚷道："啊，是李大人，你怎么突然来了？"

　　这位李大人不是别个，正是金学曾在荆州税关任职时结识的远安县知县李顺。在揭露荆州知府赵谦贪赃枉法的事情上，李顺帮过他的大忙，从此两人成了莫逆之交。万历六年，金学曾升任湖广学政，两人就极少见面。万历八年，金学曾奉调进京再次升官，任户部右侍郎，两人就再也没有见过面。只听说李顺六年考满迁升一级，调到河南当上了南阳府同知。只不知为何在这岁暮年关之时，他竟突然在北京城中出现。

"金大人，你这家还真不大好找啊。"李顺搓着双手，嘴里哈出了白气。

"亏你还找得到，有的人不相信我会住在这样的陋巷，硬是不肯到这穷人堆里找我。"金学曾苦笑着说，又问，"李大人，你既找上门来，为啥不进屋？"

"咱进得去么，你看看，铁将军把门。"

金学曾一看，大门上果然落了锁。他便从墙缝儿里掏了一把钥匙出来，一边开门，一边说道："我家那个苍头，大概上街买东西去了。"说着把李顺让进屋里。

待金学曾掌了灯，李顺四下一瞧，这里虽然也是一座小小的四合院，大大小小有七八间房屋，倒有一多半是空的，里里外外瞧不着一些生气，不免狐疑地问："金大人，你的家眷呢？"

"都在老家。"

"你如今已是三品大员，怎么还像过去那样，屋梁上挂棒槌，独打独一个？"

"当官在外，带着家眷多累呀。"

金学曾虽然说的是玩笑话，在李顺听来，倒有一多半是实情。金学曾打从万历三年出掌荆州税关，一直处在风波之中，每次调任新职，虽然都是升官，但等着他的差事却没有一件是轻松的。待他绞尽脑汁使出浑身解数把一大堆麻烦处理完毕，还没有轻松几天，又有新的苦差等着他。官场上的人都知道，金学曾是张居正最为赏识的干臣，却也最苦最累，一天到晚忙得脚打腔子。所有得罪人的事，张居正都巴不得他挂红胡子扛大刀在前头冲冲杀杀。在这种情形下，金学曾哪里有心思想到家眷的事。眼下看到金学曾的"官邸"这般穷酸，李顺简直怀疑走错了地儿，这儿怎么可能是户部右侍郎这种有权有势的高官的住宅？李顺还注意到，金学曾身上穿的是一领青色的棉布袍子，而不是让人眼馋的三品孔雀官服，当下心一沉，急切地问："金大人，你怎么穿这身衣服？"

"我已不是朝廷的命官了。"

"什么？"李顺这一惊非同小可，他看着金学曾不像是开玩笑，便问，"到底发生了什么事？"

"家母半个月前去世，我接到噩耗，就立刻向皇上呈了手本，恳请丁忧守制。"

"皇上批准了？"

"丁忧是常例，皇上有何不批准的，"金学曾脸上充满忧戚，"昨日我已到吏部办妥回籍手续，今日到户部办了交接，明天一早就离京，回家奔丧。"

李顺听此消息，一方面为金学曾大孝在身而悲痛，另一方面又为他的前程因此而受阻感到难过，想了想，问道："首辅张大人准你离开？"

金学曾凄然一笑："他不让我回家守制，未必让我夺情？"

"那……"李顺一时无话可说。

金学曾喟然一叹，言道："从万历元年开始，这几年来，该做的事我都做了。这一年多来，我感到特别累，现在，也该歇息歇息了。"

李顺默然不语，他听出金学曾的话中似乎有几分颓唐，正猜疑问，金学曾问他："李大人，你还在南阳府供职？"

"是的。"

"这次为何来京？"

"吏部咨文召咱进京，说是让咱觐见皇上。"

"哦，我知道了，"金学曾一拍脑袋，仿佛突然记起了什么，言道，"南阳府的土地清丈，是由你这个同知负责。十月间，首辅把吏、户两部当事官员叫到内阁交代，说是要在全国范围内找出十个在清丈田地中功劳最大的官员，把他们请来北京，由皇上亲自接见并给予褒奖。我在户部分管此事，因此在议定名单时，就特意把你列上。"

李顺一听，连忙摇了摇头，自嘲地说："咱就寻思着，这样的好事儿，怎么会轮到我这个穷措大身上，原来是你开了个后门。"

"这哪是开后门，你李大人的确做得不差嘛。听说南阳府田地清丈之后，新增了一万多顷。"

"增是增加了这么多，"李顺眼光一闪，瞅着金学曾叹气言道，"但我李某，真的不想得这个褒奖。"

"这是为何？"金学曾颇为诧异。

李顺低眉落眼半晌不说话，看他那样子，倒像是装了满满一肚子牢骚。

却说万历六年首先在山东开始，继而推及全国的土地清丈，历时三年终告竣工。经过勘察核实，总计天下田亩为七百零一万三千九百七十六顷，比上一次弘治年间的清丈竟多出了三百万顷。这多出的部分，势豪大户之诡寄、隐匿的庄田差不多占了大半。勋戚豪强以权谋私大肆鲸吞土地，数量如此之大，连已经有了心理准备的张居正也深感意外。为了防止这些权贵伺机反扑日久生变，他让户部立即制定配套的法令，加以限制，并说服万历皇帝颁旨允行。这道法令是由担任户部右侍郎的金学曾起草，张居正最后改定，其中有这样一段：

万历九年议准，勋戚庄田，五服递减。勋臣止于二百顷，已无容议。惟戚臣，如始封本身为一世，子为二世，孙为三世，曾孙为四世，曾孙之子为五世。以今见在官品为始，以今见留地数为准。系二世者，分为三次递减；系三世者，分为二次递减，至五世，止留一百顷为世业。如正派已绝，爵级已革，不论地亩多寡，止留五顷，给旁支看守坟茔之人。

又题准，勋戚庄田，有司照例每亩征银三分，解部验讫。如有纵容家人下乡占种民地，及私自征收田赋，多勒租银者，听屯田御史参究严办。

这道法令一经颁布，立刻在勋戚豪强间引起一片喧嚣。大明开国两百多年来，勋臣贵族一直是土地的最大拥有者。这些人自恃有朝廷庇护，在地方上扰民害民横行霸道，老百姓多是敢怒而不敢言。如今，张居正亲自主持制定的法令，对这些天潢贵胄不仅限田，而且还要逐代减田。如若有谁胆敢以身试法再行横征暴敛，一定严惩不贷。如此严厉地对待权贵，可以说是前所未有。正因为张居正义无反顾地坚持推行"不辨亲疏，不异贵贱，一致于法"的治国主张，万历王朝终于大幅扭转了嘉、隆以来的颓败之势，濒于崩溃的国家财政获得根本好转。仅清丈新增田亩带来的收益，每年都可为国库增加九百多万两银子的进项，真可谓物阜民丰，国力强盛！

在此基础上，张居正认为推行赋税改革的时机已经成熟，于是再次请得万历皇帝的诏旨，在全国统一推行"一条鞭"法。所谓"一条鞭"法，就是将一州一县的所有田赋、徭役以及各种杂差和贡纳，统统并为一条，折成银两交纳，并官收官解。此前，农民交缴田赋，均是谷麦实物，按田亩所摊的徭役，也必须由种田人亲自出差。以致缴赋之日，粮船粮车不绝于道途，各地官仓满溢为患。由乡及县，由县及府，由府解运各地廒仓，其间不知要耗去多少运力差役，又不知因沿途损耗，层层盘剥，粮户平白增加多少负担！实行"一条鞭"法之后，一改历朝历代实物纳赋为银钱交税，既便于民众又利于朝廷，这实乃是划时代的改革之举。

最早提出"一条鞭"改革设想的，是嘉靖九年的内阁大学士桂萼。他构想"以一切差银，不分有无役占，随田征收"。第二年，屯田御史傅汉臣正式疏陈："顷行'一条鞭'法，十甲丁粮总于一里，各里丁粮总于一县，各州县总于府，各府总于布政司，通将一省丁粮，均派一省徭役。"嘉靖皇帝当时准旨先行在南直隶的宁国、应天、苏州等府，湖广长沙府、山西平阳、太原二府以及广东琼州府的感恩县等地先行试点。兹后经半个世纪，"一条鞭"法的推行时断时续。赞同者称为善政，反对者称为"农蠹"。不遗余力的推行者，在嘉靖及隆庆两朝有苏州知府海瑞、应天府尹宋仪望、浙江巡抚庞尚鹏以及江西巡抚潘季驯等封疆大吏，最后这些人几乎全都因为坚持"一条鞭"法而被参究革职。反对者多半都是当道政要，远的不说，就说万历改元后的首任左都御史葛守礼，就是一个坚持不懈的反对者。他认为施行"一条鞭"法是"工匠及富商大贾，皆以无田免役，而农夫独受其困"。隆庆二年，葛守礼在担任户部尚书期间，曾给皇上写了一道奏章，要求在全国停止施行"一条鞭"法，竟得到了隆庆皇帝的批准。此后，"一条鞭"法不行于天下州县达数年之久。早在嘉靖年间，张居正就是"一条鞭"法的热心提倡者，宋仪望、庞尚鹏、潘季驯等人，也都是他的政友。海瑞于隆庆二年任南直隶巡抚都御史，因行使"一条鞭"法引起了官绅的惶恐和刻骨仇恨，以致被言官戴凤翔等人攻击为"沽名乱政"而被迫致仕。当时张居正已是内阁次揆。即使在这样显赫的位子上，他也无法为海瑞辩诬，只是在海瑞免官回到老家之后，他去信表示歉意，言道："三尺法不行于吴久矣，公骤而矫以绳墨，宜其不能堪也。讹言沸腾，听者惶惑。仆谬忝钧轴，得与参庙堂之末议，而不能为朝廷奖奉法之臣，摧浮淫之议，有深愧焉。"从这封信中可以看出张居正当时的愤懑和无奈。他出掌内阁之后，便有心重新推行"一条鞭"法。但他总结前朝教训，深知若不先行丈量土地清查田亩，"一条鞭"法的推行的确存在葛守礼所指出的增加小户农家负担的问题。所以，在万历四年，当朝中的当道大臣再也没有掣肘人物，他决定重新起用宋仪望与庞尚鹏两人，在反对"一条鞭"最为剧烈的应天府与福建省两地再行推广，积累经验。到了万历九年初，一俟清丈田亩宣告结束，他便立即请旨在全国推行"一条鞭"法。从此，这一争论了半个世纪的赋税改革，因张居正的铁腕手段终成为万历王朝的正式制度。在中国已经实行了两三千年的实物田赋，也从此永久地退出了历史舞台。在经历了裁汰冗官、整饬吏治、整顿驿递、子粒田征税等一系列改革之后，再加上清丈田亩和"一条鞭"法的实施，万历新政已大见成效，而张居正的声望亦因此达到了巅峰。从朝廷到民间，从江南到漠北。只要一提到张居正的名字，人们莫不肃然起敬。纵然是村夫野老，也都知道当今圣上万历皇帝对他的师相张居正是言听计从，百依百顺。自大明开国以来，没有哪一位首辅，能够像张居正这样真正握有重整社稷扭转乾坤的摄政大权。皇上给予他的荣誉和地位，使他达到了人臣之极。比如说，他的二儿子嗣修与三儿子懋修，参加万历九年的春闱大典，两人均中进士，廷试中，皇上亲自拿笔圈点，将懋修擢拔为状元，嗣修为探花。一家两魁，这是千百年来科举中未曾发生过的事，士林舆论一时哗然，然皇上钦定，谁也改变不了这个事实。紧接着春闱大典之后，便是例行的京察。张居正以九年考满功绩卓著，又被皇上晋为太师、上柱国。两个勋职均是一个人臣所能得到的最高褒奖。特别是上柱国，在张居正之前的明朝首辅中，有三个人获得过这种荣誉，但都是在死后得到，唯独张居正生前受封。因此有位阿谀奉承的官员写了一副对联，做成金字送到他的府上，联曰："上相太师，一德辅三朝，功光日月；状元榜眼，二难登两第，学冠天人。"张居正得到这副对联很是高兴，将它挂在客厅里，以便前来拜谒的人观看。

作为张居正最为信任的循吏，金学曾从万历元年的户部九品观政，在九年时间里，竟平步青云，跃升为三品的户部右侍郎。许多人都羡慕他攀上了一个最好的靠山，手握灵蛇之珠前途未可限量。只有他自己心里清楚，就是不发生家母去世这样的大事，他的官也做到了尽头。他今日从户部衙门办完工作交接，与同僚们作别之后，轿子抬出户部所在的富贵街，他忽然有了一种走出樊笼的感觉。他想找个僻静地儿痛哭一场，或者找个朋友一诉衷肠，想想又都觉得不妥。正怏怏地走回陋巷家门，冷不丁碰到李顺来访，他既是惊喜又含悲伤。从谈话中，他感到李顺闪烁其词，便断定他有难言之隐，因此起了念头要和他秉烛夜谈。

天色黑尽寒气逼人，两人坐在堂屋里冻得皮猴儿似的。这时听得大门一响，只见苍头肩背手拎大一袋小一袋的杂货回来，原来他奉主人之命，出门置办明日离京路途所用的物品去了。回家一看来了客人，连忙放下东西，先在客堂里生火取暖，然后到厨房置办饭菜。这苍头手脚麻利，不一会儿就弄出了几样菜肴，恭请主客二人用膳。

因为大孝在身，金学曾不能饮酒，两人胡乱扒了几口饭，饱了饱肚，复又回到堂屋坐下。金学曾用火钳拨了拨盆中的炭火，复接了先前的话头，问李顺道："召你来京觐见皇上，这是多少人想都想不到的好事儿，你为何不高兴？"

李顺并不急着回答，而是将随身带来的一张弓递给金学曾，略含一点诡谲地问："你在户部负责土地清丈，应该认得这个吧？"

早在门口见面时，金学曾就见李顺背上斜挎着的这张弓，当时他就产生了好奇，只是一时还来不及问，现在见李顺主动提起，便疑惑着问："怎的不认得，这不是丈量田地专用的量弓吗？大老远的，你背张弓来干什么？"

李顺皱了皱眉头，说道："你不是问我为啥不高兴么？为的就是这张弓！"

"为它？"金学曾又把量弓仔细看了一遍，看不出什么破绽来，于是问道，"怎么为了它？"

"你没看出这张弓有什么不同？"

"没有。"

"咱且问你，户部颁下的弓样，是个啥尺寸？"

"三尺五寸。"

"可是这张弓呢，你量一量。"

金学曾用手抟了抟弓弦，说："好像短了点儿。"

"短了三寸，"李顺接过弓，弹了一下弓弦，说道，"这张弓的长度，只有三尺二寸。"

"啊？"金学曾一下子瞪大了眼睛，"你是说，你们南阳府用这种小弓丈量田亩？"

"是的，"李顺晃着他干瘦的指头说，"一弓克扣三寸，你想想，这是多大的一笔虚假。"

丈量土地之初，户部曾制定出合理的度量制，即以三尺五寸为一步，二百四十步为一亩。改用小弓，即三尺二寸为一步，如此丈量下来，一亩田竟变成了近一亩一分田，金学曾暗自盘算这笔账，气愤地问："这是谁的主意？"

"咱们知府大人呀。"

"他怎么能这样？"

"他怎么不能这样？"李顺冷笑一声质问道，"楚王好细腰，后宫多饿死。首辅张大人要清理天下土地，目的肯定是要增加田亩而不是减少，各地官员也就投其所好。这样一来，既有政绩，又能得到首辅青睐，何乐而不为？"

"如此说来，你们南阳府多量出的一万多顷土地，里头有虚假成分？"

李顺点点头，答道："咱南阳府，势豪大户本来就不多，最大的就是一个唐王，多查出七百多顷。"

"也是用小弓？"

"对他哪敢用小弓，"李顺连连摇头说，"唐王名下诡寄隐瞒庄田，本来就多。就是正常丈量，人家也不满意，这些小弓，专门用来对付那些丁门小户人家。"

"真是岂有此理！"金学曾愤愤不平地骂了一句。

李顺苦笑道："咱若是想发财，通过这回丈量土地，咱好歹也赚得回一大把黑心银子。"

"是吗？"

"就因为咱手里有两张弓，清丈田地是千家万户的事儿，谁家不想自家的田地少报一点儿，因此人上托人保上托保，纷纷使银子让咱高抬贵手用大弓丈量，因此只要你肯用大弓，就会财源滚滚。"

"没想到，这么简简单单的一件事，里头也藏了这么多猫腻。"

金学曾的感叹，被李顺看作是少见多怪，他说道："你这个户部右侍郎，管的是全国的土地丈量，只是动口督办，却并不做具体事，你哪里知道这里头各种各样的鬼把戏。"

"这也就是你们南阳。"

"用小弓可不是咱南阳的发明，"李顺提了提嗓子，加重语气说，"咱南阳知府大人，是从别处取经学来的。"

"他从哪里学来的？"

"浙江湖州府。"李顺接着介绍道，"湖州府的知府是咱南阳知府的同年，清丈土地一律用三尺二寸的小弓。"

"湖州府清田，亩数溢出一万六千多顷，想必这小弓帮了不少忙。"

"若再追查下去，湖州也不是始作俑者。金大人，全国土地，哪些地方溢额最多？"

"南北直隶、湖广、浙江、山东、山西大同、宜府等地，当然，还有你们河南。"

"不信你查一查，这些地方用的全是小弓。"李顺说着又叹了一口气，"朝廷推行'一条鞭'法，新征的赋税根据新的田亩而定，你方才说的这些省份，不知要平白增加多少负担。"

李顺所言之事，也算是一个惊天黑幕。金学曾此时心里头倒海翻江。他问李顺："你把这张弓背到北京来，打算怎么办？"

"觐见皇上，咱把这只弓背上。"

"你想干什么？"

"向皇上说明真相。"李顺摆出一副"舍得一身剐，敢把皇帝拉下马"的架势。

"李顺，你不能这样做。"金学曾心里头一急，竟直呼其名，"你不要聪明一世，糊涂一时。"

"此话怎讲？"

"你这不是让首辅难堪么？"

"怎么让他难堪，他又不知道大弓小弓的事。"

"他是不知道。连我都不知道，他更不可能知道。但你不要忘了，清丈田亩是他的决策，也是他给万历王朝立下的最大功绩。"

"啊？"

"而且，你所要揭露的事，与清丈田亩的实际意义相比，毕竟只是枝节问题。"

"金大人，你这句话，愚职不敢赞同。"

金学曾眼看李顺脸色涨红要同他抬杠，便伸手制止他，心平气和地问："李大人，你说，这次全国清查田亩，受到打击最大的是哪些人？"

"当然还是那些豪强大户。"

"这不就对了！"金学曾一边给李顺续茶，一面说道，"全国新增土地三百万顷，据户部统计，其中属于势豪大户的土地，占了两百四十多万顷。依你的说法，地方州县衙门，不敢对这些人的庄田使用小弓丈量，那也就是说，此次新增土地的五分之四，还是过得硬的。"

"这个咱李某也不反对，"李顺仍在犟嘴，数落道，"但你金大人不要忘了，势豪大户的大宗田地，是用来收取租课积累财富的，而丁门小户的农家，几亩薄田却是用来养命的。穷人的田地本来就少，如此增重负担，影响的不是少数，而是千千万万户人家。"

"这的确是一大隐患，但也不是所有丁门小户的百姓吃亏，也有的穷人，在这次土地丈量中得到好处。"说到这里，金学曾顿了顿，又问，"江陵县的那个李狗儿，你还记得吗？"

"记得。不就是万历四年在玄妙观前，与巡拦段升打起来的那个人么？"

"就说他家，就得了清丈田亩的好处。他家原有十亩水田，被水打沙压五亩，只剩下五亩水田，但因户部的鱼鳞册上载着他家的水田仍是十亩。因此，他家仍得按十亩交税。这回清丈田地，便给他家减了五亩。从此就可以少交五亩水田的赋银，像李狗儿家这种情况，在全国也不在少数。"

金学曾举出的两个例子都很有说服力，李顺驳不倒他，只咕哝道："咱不是说清丈田亩不好，通过清丈田亩惩抑豪强，咱李某举双手赞成。但难就难在底下一帮小和尚，把首辅的一本正经念歪了。"

"林子大了，什么样的鸟都有。"金学曾感慨系之，劝道，"李大人，无论如何，这大小弓的事情，这次你千万不要捅到皇上那里去。"

"不捅上去，谁还能替小老百姓申诉冤屈？"

"你就是捅上去，小老百姓的冤屈一样解决不了。相反，你还给首辅帮了倒忙。"

"首辅对贪官滑吏，不是一贯深恶痛绝么？"

看着李顺一副理直气壮的样子，金学曾是又好气又好笑，对这样一位迂夫子，他只有耐心开导："首辅痛恨贪官滑吏不假，但对于那些给他使绊子打横炮的人，他整起来也绝不留情。"

金学曾这句话已是说得非常露骨，李顺不免心里头一震，讷讷地问："你是说？"

"你只要把小弓带上金銮殿，最高兴的恐怕是那些势豪大户，他们早就一个个虎视眈眈盯着首辅，只愁找不到机会把他扳倒。"

"这……"

"李大人，你千万不要做那种令亲者痛、仇者快的蠢事。何况你这样做，也是把自己推进了万丈深渊。"

"咱说实话，何罪之有？"

"李大人，官场上的事情，你难道还没有看透么？"金学曾拿着火钳使劲戳了戳地，"说真话的人，有几个能升官？倒是那些满嘴假话的人，一个个平步青云。"

李顺怎不懂得这个道理？他只是不愿接受这个现实罢了，他故意扯横筋说："你金大人始终说真话，不也升了大官么？"

"我，只是碰运气。首辅改革之初，希望有人冲锋陷阵，当冤大头，所以选中了我。"

李顺觉得金学曾今日的情绪有些不对劲，心想他可能是因为丧母乱了心志。既然话不投机，他便赌着一口气，要起身告辞。金学曾刚刚打开话匣子，哪肯放李顺走，他一把将李顺拽住重新坐下，言道："我的话才说到一半，你怎么能走呢。"

第二十三回

议时政热茶酬旧雨
进陋巷首辅慰功臣

两人在堂屋里说话时，苍头忙进忙出收拾行李。他抽空儿不断烧了热茶送来，又往火盆里加了一些炭。金学曾将李顺杯中的残茶倒掉，重斟了一杯热茶，自嘲道："寒夜客来茶当酒，今夜正好是这情境。李大人，你不要嫌我寒碜。"

"你一身名士气，纵是寒碜也风流。哪里像我，一个十足的乡巴佬。"

李顺本想说句奉承话调和气氛。但因心里气不顺，话一出口仍觉生硬。好在金学曾并不介意，故意扯起闲话儿来。只见他又揶揄问道："李大人，嫂夫人的阃政，还像当年一样严厉么？"

"一如既往。"李顺干笑道。

"你负责丈量土地，那么多礼盒儿被你却拒，大概天天都得回家顶灯台吧？"

"是呀，"李顺老老实实回答，"顶灯台下跪，也强似收受贿赂，咱心里安哪！"

"就冲老哥这句话，我敬你一杯！"

两杯热茶一碰，两人还真的咕噜咕噜喝干了。李顺抹了抹嘴角的余滴，说道："金大人，你的话尚未说完。说来也不怕你笑话，咱打从娘胎里出来，这还是第一次到北京。真的让咱去见皇上，咱连起码的礼节都不懂，还望你给老哥指点指点。"

金学曾沉吟着说："不懂礼节不要紧，届时鸿胪寺的传奉官会向你仔细交代。依我看，你当下最要紧的，是把你那牛脾气改一改。"

李顺瞟了一眼放在木桌上的那张弓，问道："你还是说这张弓的事？"

"对。我现在不跟你唱高调，要你为首辅的改革忍辱负重。我掏心窝子跟你说句话，你不要好事做了，又一帚子扫了。"

"此话怎讲？"

"老哥，你从一名钱粮师爷混到今天一个六品同知，容易么？你要珍惜呀！"

金学曾这拐弯抹角的提醒，让李顺觉着不对劲，他索性挑明言道："金老弟，有什么话你就直讲吧。"

金学曾惨淡一笑，旋即呆下脸来说道："这次，你们一共有十名在清丈田亩中有功的官员，要受到皇上接见并给予褒奖。这名单，最后是由首辅亲自圈定的。"

"咱不该得到这荣誉……"

"该不该得由不得你，"金学曾拦住李顺的话头，"你说，若要论功行赏，对于清丈田亩最有功的官员，应该是哪些人？"

"这……"李顺陷入了沉思。

"十个人的名单，想必你都知道。"金学曾又补了一句。

"知道。"李顺答。

"那上面缺了谁？"金学曾见李顺仍一脸茫然，便提醒道，

"宋仪望和杨本庵两人，名单上都没有吧？"

"对呀，"李顺忽然醒悟过来，眯盹盹的眼睛一下子睁得老大，急匆匆言道，"宋仪望大人任应天府尹期间，无论是清丈田亩，还是推行'一条鞭'，都是铁面无私，极得百姓拥戴。还有杨本庵巡抚，率先在山东清丈田亩，啃下衍圣公孔尚贤和阳武侯薛汴这两块硬骨头，也不是一件容易的事。听说山东地方上的百姓，议论着要给杨大人立生祠。真是奇怪，这样两个人，为何不受褒奖呢？"

金学曾长吁一口气，悠悠说道："这两人受到冷落，其因就是他们得罪了首辅。"

"怎么得罪的？"李顺惊愕地问。

金学曾回答："宋仪望与首辅大人同年，都是嘉靖二十六年的进士。他自从被嘉靖皇帝撤官后，一直赋闲在家。万历四年，当宋仪望的死对头，左都御史葛守礼致仕后，首辅大人立即起用宋仪望，并让他担任责权重大的应天府尹。这宋仪望与葛守礼并无私仇，两人之所以势同水火，其因还在'一条鞭'。葛守礼反对'一条鞭'，撞到南墙不回头。所以对推行'一条鞭'法不遗余力的宋仪望盯得很紧。他在位一天，宋仪望就不可能复职。张居正起用宋仪望，其目的也是为了推行'一条鞭'法。宋仪望起复履任之后，果然不负众望，立刻就在南京各府州县推行'一条鞭'法，并着手清丈田亩。应天府乃洪武皇帝建都之地，勋臣贵戚比比皆是。这些龙袖骄民，谁见了都绕着弯儿走，不敢硬碰。偏宋仪望不信这个邪，清丈田亩首先就从这些人家开始。谁跟他捣蛋对抗，该抓的抓，该弹劾的弹劾，好在上头有张居正支持。因此，他仅仅用了两年时间，就完成了应天府的土地清丈，并立即推行了'一条鞭'法。两样关系国计民生的改革举措，都在应天府获得巨大成功。首辅对宋仪望也备加赏识，他不止一次讲过，在他的诸多同年中，最能干的有三个人，一是王国光，二是殷正茂，第三个就是宋仪望。王国光如今仍在吏部尚书位上；殷正茂接替年老致仕的王崇古，当了两年户部尚书，正好是我的顶头上司，今年夏天，也因父死丁忧离任回籍。唯独这个宋仪望，直到去年致仕，还在应天府尹任上不见升迁。"

"这是为何？"李顺急切地问。

"起因还是为那一年首辅夺情的事，"说到这里，金学曾禁不住叹了一口气，接着说道，"夺情之始，两京各大衙门官员舆论汹汹。特别是艾穆、吴中行一伙人上本反对夺情，京城里闹得沸反盈天。首辅处此危难时刻，极想得到老友的奥援。王国光、殷正茂、李幼滋等，都赞同皇上要首辅夺情的谕旨，并到处为首辅奔走呼号。南京方面，有那么一帮政要高官纷纷上本要首辅回家守制，首辅希望宋仪望出面做一做说服工作。谁知这个宋仪望，在夺情事件的整个过程中，始终不发一语。首辅对他便产生了不满。半年之后，宋大人治上的太平府，有一个名叫吴仕期的监生，不但邀了几十名府学生跑了数百里路，赶到镇江会见遭廷杖遣戍贵州都匀卫的邹元标，还假托海瑞的大名，写了一份攻击首辅夺情的揭帖，在江南到处散发。此事惊动了朝廷，首辅知道后非常气愤。太平府知府龙宗武揣摩首辅心思，便把吴仕期抓进大牢，对他使用各种刑罚，折磨致死。宋仪望知道这件事后，认为龙宗武矫法罔上，行为不端，便暗中指使言官对其进行弹劾。宋仪望的这一举动，被首辅看作是以怨报德，从此对他怀恨在心。升官荫赏之类的好事，也就再没有他的份。去年，有一个叫刘应求的言官窥伺到首辅的这种心理变化，便找了宋仪望几件上斥不上两的小事进行弹劾。首辅趁机给皇上拟票，将宋仪望开缺回籍，如今，宋大人在家闲住。"

李顺听罢事情经过，叹道："去年，咱从邸报上看到宋大人致仕的消息，心里头还在纳闷，宋大人在应天府政绩斐然，为何突遭解职，听你这一说，才知道另有隐情。那么，山东巡抚杨本庵大人呢，他又是如何丢官的？"

"他的情况，与宋仪望大同小异。"金学曾回答说，"去年，朝廷让各省抚台推荐人才。杨大人郑重上书，推荐了一名教谕和一名通判。那名教谕是讲学的热心提倡者，当年为何心隐瘐死在武昌府牢一事，还曾上本请求皇上彻查。另一名通判倒没有什么过错，但有人给张居正写了密帖，说杨本庵收了此人的贿银，才具本向朝廷推荐。"

"就这两件小事就撤了一个封疆大吏，是不是太过草率？"李顺小声嘀咕。

"这也只是撤掉杨本庵的由头，"金学曾说，"真正的原因，是杨本庵不同意首辅撤销私立书院。"

"啊？"

"首辅借何心隐事件，让皇上下旨限期查禁全国七十五座书院，其中就有山东的两座。一个月后，全国大多数省份纷纷上奏处理完毕，唯独杨本庵上本希望皇上格外开恩，保留山东的这两座书院。"

"在清丈田地上，杨大人是首辅最为得力的股肱，在学政的整肃中，他又不能与首辅保持一致。"

"是啊，因此杨大人也被免职。"

"如此说来，首辅的用人之策，有了一些变化？"

李顺向金学曾投以试探的眼光。金学曾神经质地瞧了瞧紧闭的院门，搔了搔脑袋，答非所问地说："老哥，该说的我都说了。"

"不，你还没有说完，"李顺揪了揪下巴上稀疏的山羊胡子，忽有所悟地说，"咱今日一见到你，就觉得有些别扭。当初在荆州，你是何等的意气风发，做起事来风风火火，不避利害不计艰险。今日却感到你神情抑郁，说话吞吞吐吐，咱还以为你是大孝在身的缘故，现在看起来并不尽然。老弟，咱看你是有了心病啊！"

金学曾立即辩解："李大人，你不要曲解了我的意思。对首辅的远见卓识，以及勇于任事的非凡气度，我金学曾是永远敬佩。"

"除了敬佩之外，是否也加了一点提防？"

李顺的问话比锥子还要锋利，金学曾被"刺"得浑身一颤，愣了愣，方又说道："自夺情之后，首辅是有一些变化，主要是用人上。过去，凡被他罢黜的官员，不是庸劣无能，就是贪墨怀私，没有一个是处理错了的。现在却不同，除了赃官庸官照撤不误外，一些与他政见稍有不合的正直官员，也被他寻隙开除，这是被撤的官。再说被他荐升的官员，过去凡经他手提拔的，都是敢作敢为，一心为苍生社稷着想的干臣循吏。现在却不尽然，干臣循吏固然仍能得到提升，但一些溜须拍马看菜下饭的官油子，也能得到重用。最典型的例子，莫过于真定府知府钱普和湖北巡抚陈瑞。"

"首辅毕竟也是人哪，"李顺苦笑道，"一家之主做父亲的，也希望自己的儿子依头顺脑，何况偌大一个朝廷。"

"依头顺脑倒不要紧，怕就怕那些扯白吊谎的小花嘴，见人说人话，见鬼说鬼话。"

"问题是，这种人在官场大行其道。"

"首辅对这种人一贯深恶痛绝，不知为何，他如今有些分辨不清了。"

金学曾嘴上虽然这么问，但他心底清楚首辅的变化之因：经过长达九年的惨淡经营，首辅实际上已经控制了朝局，满朝文武中再没有任何一个人可以对他构成威胁。威权到了极致，往往放松警惕。行事做人就不会像当初那样缜密，《易经·乾卦》中爻辞所言"亢龙有悔"，阐述的就是这个道理。

李顺并不回答金学曾的问话，而是庆幸言道："金老弟，令慈大人去世，正好让你有机会全身而退。"

"是啊，"金学曾忽然又瞧了瞧桌上的那张弓，感慨言道，"如今，首辅所要推行的万历新政，基本上已成气象。改革中各种艰难险阻都已平安跨过，像我等这样披荆斩棘的莽夫，就可以归隐田园，吟咏林下了。"

李顺脑子中忽然冒出"狡兔死，走狗烹"这六个字，他还没有说出口，忽听得紧闭的院门被人敲响。

"谁呀？"苍头连忙放下手中活计跑了出去。

门外的人高声嚷道："首辅张大人驾到，快开门！"

一听到这句话，金学曾与李顺两人不约而同站了起来，正自怔忡，却见张居正带着一身寒气，笑模笑样地走进了堂屋。

"首辅！"金学曾扑通一声跪了下去，李顺来不及回避，也立马跟着跪下了。

却说金学曾昨日曾到内阁向张居正辞行，因张居正正在会见官员，金学曾等了一会儿，见没有机会便抽身而去，只给书办留了个口信。张居正头几天就得知金学曾要回家守制的消息，就想着单独会见他一次，以示抚慰。今日散班之后，听说金学曾明日就要离京，吃罢晚饭便乘轿寻到金学曾家里，此时见金学曾下跪，连忙说道："又不是在衙门，何必这么拘礼，都快起来。"

张居正说着，摘了身上披着的灰鼠皮锦缎衬里的斗篷，交给护卫班头李可拿着，他自己拖了一把椅子在火盆边落座，看了看瑟缩站在一旁的李顺，问金学曾："这位是谁？"

金学曾答："他叫李顺，是南阳府同知。"

"哦，我知道了，"张居正拍了拍身边的杌子，示意李顺坐下，亲切说道，"你在远安当县令时，曾给皇上上了一道本子，言一个县衙每年要征召多少民伕供役，每位民伕差值几何，这笔银子从哪儿开销，账算得清楚明白。更难得的是，你指出供役太过靡费。这些供役费用都由本县百姓均摊，多用一名伕役，就给老百姓多增加一份负担，因此希望能减少县衙伕役数额。记得我替皇上拟票准了你的奏本，额定了全国各地县衙的差役数量。减轻百姓负担，你做了一件实事。"

见首辅说起往事如数家珍，对他这一点芝麻豆大的事记得如此清楚，李顺心下感动，言道："那还是万历四年的事，多谢首辅还记在心里。"

"怎不记得，你是万历三年从全国七万掾吏中挑选晋升的十名县令之一。"张居正言道，"这十名知县，都在任上做出了政绩，除一名县令回家丁忧守制，一位病死，余下八名都已升迁，你现任南阳府同知，是不是？"

"是的。"

"这次来京，是因你在南阳清丈田亩有功，皇上要陛见，还要褒奖赐宴。你何时到京的？"

"今日下午。"

"你一来就跑来看望金学曾，你知道他要回原籍守制了？"

"不知道，咱是碰上的。"李顺觉得自己不便待在这里，便知趣地说，"首辅大人，卑职不知您大驾光临，留在金侍郎家中已是唐突，现在请容卑职告辞。"

"走什么，我来看金学曾，也只是想在他离京之前谈谈心，你何不留下来一起聊聊。"

张居正一改平日威严，而是自降身份纡尊屈贵来与下官接谈。对这非常的礼遇，金学曾既惊诧又感激，他向李顺使了一个眼色，言道："李大人，你方才不是夸赞首辅功在社稷，是伊尹再世么。怎么见了首辅，反倒扭捏不安呢？"

李顺揣摩金学曾说这话是暗示他不要胡言乱语，连忙欠了欠身子，佯笑道："卑职说过，卑职是乡巴佬，不懂礼仪。"

"我听金学曾说过你为了拒纳贿赂，不得不回家下跪顶灯台。觐见皇上的时候，可不要忘了讲讲这件事情。"张居正说着大笑起来，又道，"官员里头，像你这样廉洁奉公严于自律的人，真是少之又少。"

"其实也不少，"李顺答道，"这位金大人就是一个。"

"是啊。"张居正抬眼看了看四壁萧然空空荡荡的堂屋，疑惑地问，"学曾，你一直住在这里？"

"是的。"

"家眷呢？"

"在老家没有带来。"

张居正虽然欣赏金学曾，但仅限于衙门公事，私下从未过从。今天第一次到金学曾家，亲眼所见感触良多，叹道："京城里头的三品侍郎，若论门庭冷落，你恐怕是独一无二了。"

"人各有志，卑职喜欢过这种生活。"别看金学曾心气儿高，平常人不放在眼里，但在张居正面前却显得局促。这会儿他搓着双手说："首辅大人冒着寒冷光临寒舍，卑职不能好好接待，还望首辅海涵。"

"你把我当成什么人了？"张居正一笑，旋即扭过头去对侍立一旁的李可说道："把给金大人的礼物拿出来。"

李可遵命，朝外头喊了一声，只见两名张府家丁抬了一个礼盒进来，李可将一张礼单递给金学曾，上面写道：

纹银五十两

纻丝两表里

豹皮囊藏御墨一匣

赋赠故人诗立轴一幅

金学曾捧着礼单，心里头顿时倒海翻江。他久居京城，从未听说张居正给人送过礼物，今日的举动真是破天荒。金学曾受宠若惊，仓促间不知道是该致谢呢还是该拒却。张居正大约看出了金学曾的矛盾心情，说道："纹银五十两，是我敬献给令慈大人的吊唁之资。纻丝两表里是宫中御制，往日皇上赐给我的，现转赠给你，是要你睹物思君，不忘皇上恩德。豹皮囊中的藏墨，也是宫中御藏。传说用豹皮囊藏墨，久之可使墨色鲜亮润厚。我知道你一向有吟诗作赋的爱好，三年守制，时间也不短，正好磨墨赋诗。还有这幅立轴，抄了一首我昔日送故友回浙江老家的诗，现转送给你。诗中惜别之情，与今夜之境遇，庶几近之。"

张居正说罢，命李可从礼盒中取出立轴展开，他小声吟哦起来：

> 幽人结屋东华头，
> 郁郁松阴四壁秋。
> 一点浮云向天外，
> 片帆风影挂江流。
> 广陵新调惊玄鹤，
> 渭水长竿钓白鸥。
> 归去不堪千里道，
> 山阴夜雪满孤舟。

张居正刚刚吟完，金学曾已是热泪盈眶，他听出诗中充满一股凄恻之情。以首辅目下指点江山运筹帷幄的博大胸襟，他断不会如此伤感，难道他已悟到了"高处不胜寒"的危险，抑或在颐指气使一言九鼎的威权下面，还隐藏着那种四顾茫茫无人可托的孤臣心境？金学曾不敢往下细想。不管怎么说，他与张居正毕竟存在着共生共荣的关系。这首诗让他敏感地察觉到，首辅对他此次离京，不仅仅是"惜别"，甚至已流露出"永别"的情绪。诗中所言"广陵新调"，显然指的是魏晋名士嵇康临死前弹奏的《广陵散》，而"渭水长竿"则是借用姜太公遇到周文王之前，在渭水旁钓鱼自乐的故事。两个典故，一个是不见容于俗世，一个是怀才不遇。常言道，伤心的耳朵怕闻哀事，这样难以言喻的不祥之音，怎不令他黯然神伤！

"首辅大人，你对卑职的知遇之恩，卑职没齿难忘，"金学曾哽咽着说，"只是卑职明日离京之后，从此关山远隔，再没有机会在首辅的麾下效命了。"

"学曾，你怎能如此悲哀。三年时间一晃即过，届时你还要回来担当重任。"

"是啊，金大人，"李顺这时插进来说话，两人惜别的场面，也让他激动不已，"首辅推行的万历新政，怎么能没有你这一位逢山开路、遇水架桥的干臣！"

"首辅大人执政九年来，呕心沥血旰食宵衣，如今全国田亩清丈完毕，'一条鞭'法也已实施，新政上了轨道，像卑职这个马前卒，多一个少一个已无所谓了。"

金学曾的话虽然诚恳，却不中听。张居正盯了金学曾一眼，也不反驳，只是宕开话头言道："唐太宗与侍臣谈治国方略时，曾有极为精辟的见解。他说治国与养病无异，病人似觉痊愈，其实还得调治养护。此时若有触犯，必致殒命。治国的道理也是这样，天下稍安，尤须兢慎，倘若一见太平之象就骄逸起来，必致丧败无疑。今天下安危，虽然系之于皇上，但我辈大臣却是皇上的耳目股肱，富国强兵，还有赖于我辈同心协力。不要以为天下无事，四海安宁，做臣子的就可以不尽肝膈。这等于是居安忘危，处治忘乱。学曾，此中道理，你可要三思啊！"

一席话看似平常，内中却藏了霹雳电闪，金学曾仿佛被人抽了几个耳光，他脸一红，讪讪言道："首辅，卑职说错话了。"

"知道说错了，我也不怪你。"张居正说着突然猛地呛咳起来。看到金学曾急得手足无措，他又示意金学曾坐下，喘息方定，又言道："我感到身体已是大不如从前，但每日处置国事，仍不敢稍有懈怠。为国家长治久安计，我这些时一直在思虑，要给皇上推荐一些年富力强勇于任事的循吏。可惜啊，恰在这时候，你金学曾却要丁忧回家。"

"首辅……"金学曾心里头暖烘烘的。

"若要按朝局的需要，我恨不能也让你夺情，但这是可想而不可为的事。当年皇上让我夺情，引起那么大一场风波。因此，我若是建议皇上让你夺情，等于是加害于你。"

"首辅，打从万历元年，卑职因丧父而守制三年从浙江老家回到京城，这九年来我没有回过一次家。这次丧母丁忧，卑职五内俱焚，已下定决心回去守墓三年，以略尽人子孝道。"金学曾说着，不禁掩面而泣。

张居正看着他，瘦削的双颊痉挛了一下，沉重言道："尽人子之孝，我并不阻拦你。但是，你这一走，朝廷则少了一名能办大事、办难事的能臣，我心里难受啊！"

张居正说得情真意切，令金学曾大受感动。想到先前与李顺私下谈论的那些对首辅不甚恭敬的话题，心中不免大生愧意。情绪一张皇，说话就语无伦次："首辅大人，我金学曾守制三年，再回来报答你，届时您就是要卑职肝脑涂地，卑职也在所不辞。"

"肝脑涂地？"张居正淡淡一笑，"学曾你言重了。朝局早已稳定，如今六部九卿大臣中，都可称是栋梁之材，刺儿头倒是一个都没有了。"

"这是首辅掌控有方。"

一直在旁边肃耳恭听的李顺，暗中对张居正察言观色，他觉得金学曾对首辅的判断或许有误，这时忍不住开口说道："首辅，卑职来自下头，天天同老百姓打交道，最知道老百姓爱什么，恨什么。"

"你说，他们爱什么，恨什么？"张居正饶有兴趣地问。

"'一条鞭'法的施行，老百姓都拍手叫好，但也有一点……"李顺说着，就起身去桌上拿那张弓。

金学曾眼明手快，抢前一步把那张弓拿到手上，咔嚓一声折了个对断。

"你？"李顺愣了。

"这是什么？"张居正指着断弓问。

"清丈田亩用的弓。"李顺答。

"是你带来的？"

"是的。"

张居正转头问金学曾："你为何要把它折断？"

金学曾答道："李顺是个迂夫子，听说要觐见皇上，便想着要给皇上带个礼物。想来想去不知带什么好，就把这张弓带了来。说是想让皇上知道，太仓一年增加九百万两田赋银，天大的功劳，就在这一张小小的竹弓上头。"

"啊，这想法很好嘛，"张居正兴奋地说，"你为何要将它折了？"

"这张弓是户部颁发下去的，现库房里还堆了不少。李大人此举，岂不让人笑他村究。"金学曾一边说着，一边不停地给李顺使眼色。李顺知窍，只好把想说的话咽了回去。

第二十四回

朱翊钧索银说歪理
戚大帅春节送胡姬

腊月二十八这一天傍晚，张居正乘坐八人抬大暖轿出了东华门后，不多时就出了崇文门，往泡子河边的积香庐匆匆而来。

从万历九年秋天开始，自玉娘走后就一直闲置的积香庐，忽然又闹热起来。隔三岔五，张居正又来这里小住，松弛一下精神会见一些私交，品茗听雨调筝赏月，积香庐的萧旷毕竟还有可人流连之处。却说隆庆六年夏，张居正接任首辅的时候，身子骨儿还硬硬朗朗的，属于那种精力充沛生气四射的壮汉。待度过数年独揽朝纲的生涯，宵衣旰食事必躬亲，当时累一点苦一点浑然不觉，但天长日久积累下来，如今才感到心力交瘁周身乏软。十年之间，社稷苍生虽然出现了天翻地覆的变化，他自己的身体却也大大透支，才五十七岁的人，看上去已是垂垂老者。偏偏他又是一个闲不住的人，每日一到值房，所有军政大事都须得他一件一件研究决策。这样一天下来，两条腿像是灌了铅，一回到家来只想闭目休息。秋上，他的老朋友，同年加同乡方逢时从兵部尚书任上申请致仕。这方逢时历任边关总督，万历五年，王崇古从兵部尚书任上转为户部尚书时，张居正推荐时任南京大司马的方逢时接任兵部尚书一职。方逢时比他大三岁，但身体比他好得多。因此。张居正对他主动提出致仕颇为不解，便将他找到内阁询问原因。方逢时便讲了一通理由，他说："人之一辈子，有生必有死。为生而筹计者，是为生计。若按年龄区分，则一岁至十岁，为生计；二十至三十岁，为家计；三十至四十岁，为子孙计；五十至六十岁，为老计；六十至七十岁以上，则为死计。从二十至六十这四十年间，营营扰扰，或为功名，或为事业。外则苦其身以事劳攘，内则苦其心以密思虑，既要想目下的周身之防，又要想将来的善后之策，总而言之是劳碌一生。现在既年届花甲，就该终老林下，为死而计了。"放在前几年，这样一番话是打动不了张居正的，但这一回他却听了进去，不但准予方逢时解甲归田，自己也经常忙里偷闲，跑来积香庐调养将护。

从紫禁城到积香庐这段路不算太近，一路上，无论是流光溢彩锦绣错综的闹市，还是野旷无人杨柳萧条的泡子河边，张居正都懒得打起轿帘看看景致。他倒不是畏冷，而是心情不好。半个时辰前，他还在云台接受皇上的召见。他眼下这副疲倦的样子，就是因为这次谈话引起。

皇上此次召见他的目的，还是为了要钱。皇上说快过年了，宫里头有许多人情要做，内廷供用库的存银早已用完，要他指示户部从太仓里临时调拨二十万两银子进宫以应急需。张居正一听，连忙解释说："皇上，太仓银的使用，朝廷有非常严格的规定，何事能调何事不能调，都有章可循。"

"朕也不能随便调吗？"朱翊钧问。

"是的。"张居正回答得很干脆，"朝廷的制度，皇上应带头遵守才是，皇上用于后宫赏赐，这笔开销只能在内廷供用库支取，太仓银则是用于国家。"

"可是，供用库存银不足啊！"

"据臣所知，供用库一年，也有五六十万两银子的进项，怎么这么快花光了呢。"

张居正这么一问，朱翊钧脸红红的没有作答。却说内廷供用库的银两，本由皇上支配，换句话说，就是皇上的私房钱。其来源一是京城宝和店的收入，二是乾清宫名下的子粒田课税，三是分布于全国各地的金银铜铁等矿山的开采征税。万历元年，为了解决李太后捐资建庙的功德钱，张居正建议把宝和店拨到李太后名下。那时皇上还小，不懂得花钱。宝和店划走之后，供用库每年收进来的银子，尽管只剩下一二十万两，却是每有结余。自皇上大婚之后，这笔钱马上就显得不够用了。在他跟前服侍的那些宫娥彩女和大小太监，变着法儿讨他高兴，一高兴他就给赏钱，天天行赏日日给彩头，有多少银子也不够他花的。再加上他还好买个古董什么的，太监们投其所好，今天抱一只李后主用过的画缸，明日抱回一只宋代的哥窑瓶子，每件东西都能诌出一个令人心荡神驰的来历，皇上一看收来了这等稀世之宝，焉有拒买之理……就这样今日一道旨，明日一道谕，供用库一年的银子，不够他半年的开销。万历六年，趁张居正葬父离京，刚当新郎官的朱翊钧就下旨户部调二十万两银子到供用库。这是他第一次伸手向户部要钱。虽然因张居正作梗，他只拿到了十万两银子，但从此以后，只要一逮着机会，他就向户部要钱。张居正每次都是苦心劝阻不肯给付。就是给付了，也必定要大打折扣。如此经过几次，朱翊钧感到憋气，心想连莽莽乾坤整个儿天下都是咱这个当皇帝的，却为何用户部的银子还得看你臣子的眼色？还是秉笔太监张鲸给他出了个主意，在全国各地多开矿山收取税银，这笔收入可直接进入供用库。皇上依计行事，仅万历七年，就一下子在全国增开了三十多处矿山，每处矿山都派钦差太监携了关防前往督办。这些太监一到地方颐指气使凌虐官吏，对百姓更是百计勒索，有几处差一点激起民变。内廷供用库的收入虽然增加了四十多万两银子，但各地控告钦差太监的状本也多了起来。去年底，张居正为地方百姓计，劝皇上减少矿山数量，皇上虽不乐意，却也怕激起民变，故还是勉强答应了，一下撤销关停了十七处矿山。这样一来，一年就少了近二十万两银子的收入。皇上心里想，这些矿山是你张先生建议撤掉的，那么，短少的这笔收入就该让户部补足。于是便把张居正召到云台，理直气壮地伸手要钱。

张居正当然知道皇上的这层心思。说实话，每次与皇上见面商量国事，他的心情都很矛盾。作为君臣关系，他不应该过多地忤逆皇上，伴君如伴虎，前朝皇上流徙诛杀大臣的例子不胜枚举，为自身安危计，多顺着皇上些儿才是正途。但他在朱翊钧面前，不仅是大臣，还是老师。正是这一层师生关系，使他有责任教导皇上做一个心怀天下不藏私利的正人君子。再加上李太后每每嘱托他要把皇上管紧，事无巨细一律不可阿纵放任。这样一来，他对皇上的管束就非常严厉。九年来，皇上对他是言听计从。新婚之后，皇上曾一度沉湎酒色，经过曲流馆事件，受到刺激的皇上又收敛了不少。出席经筵批览奏折研讨国事，仿佛比先前更加认真，张居正看在眼里喜在心头。说实话，如果不是皇上的支持，清丈田地推行"一条鞭"法这些关系国计民生的重大举措，就不可能得以顺利实现。但近两三年来，皇上忽然表现出贪财爱钱的毛病，虽经他反复劝导，却收效甚微。皇上在军政大事上垂询甚恭，虚心纳谏，唯独在要钱的时候，表现相当固执。这会儿，见张居正又要搬出大道理来谏止他调拨户部太仓银，他的心里头十分窝火，便没好气地说："张先生，去年底朕听从你的建议，撤销关停了十七处矿山。内廷供用库减少了二十万两银子的收入，这笔钱总得有地方填补呀。"

张居正知道皇上正生着气，但他仍不避利害，耐心地说："皇上，宫中用度，务以节俭为主。当初隆庆皇帝在位时，就十分崇尚俭朴之风。每年秋天，他都要在南海子举行内廷侍卫射猎比武大赛，拔得头筹者，仅只得到三小块酥饼的奖赏。臣听说，皇上经常在宫中玩掷房子的游戏，谁赢了，就能得到金角银豆儿。苏州的镶金乌木扇，一把值五两银子，您一高兴，就八把十把地赏人。这种侈靡之风，万万不可滋长。"

朱翊钧听了不以为然，问道："张先生，你常说朕是万民拥戴的太平天子，朕且问你，这太平天子是个啥含义儿？"

张居正答道："边境清宁，国富民丰，四海升平，九夷来朝，当是太平盛世。"

"现在是不是太平盛世？"

"是的。"

"既然国富民丰，咱这个当皇帝的，焉能鸡肠狗肚，做些小里小气的事情。"

"皇上，臣已经不止一次讲过，居安思危，居富不侈，才是太平天子的真正品格。"

"居富不侈，朕也没有侈呀，"朱翊钧用手指了指身上穿着的龙袍，言道，"你看朕身上的袍服，还是去年做的，袖口都有些发白了。"

"皇上凡事如果都能这样自律。则是天下苍生的福气。"

朱翊钧默然良久，又道："张先生方才说到朕的父亲隆庆皇帝，一生节俭，奖赏身边内侍只用酥饼，朕的母后也常拿这个例子来教导。但有一点，慈圣太后与张先生都忽略了。"

"啊？"

"朕的父亲不是太平天子。他在世时，灾害频仍国库空虚，所以只能把酥饼作为赏赐之物。朕现在不一样，经过这些年的整治，朝廷赋税大为增加，仅田亩清丈多出的三百万顷土地，一年就增收了九百万两课银。节俭固然是美德，但若守着金山银山，却仍像父皇一样，把小酥饼作为赏赐，底下人岂不讥笑我这个当皇帝的太抠门儿。"

朱翊钧这番话虽是歪理，一时却还难以反驳。而且，张居正从话中还听出弦外之音——国库增加那么多银子，我这当皇帝的为何就不能用一点？其中夹杂着怨气，也含了一些威胁。张居正颇感为难，便斟酌答道："国库充实，存有一千多万两银子，这一点不假。但钱多了，用钱的地方也多了。譬如说维修长城，还在五年前，戚继光就提议在长城上修暗堡，一里路一堡，每堡可容三十名兵士。长城是拱卫京师的屏障，每次鞑靼来犯，长城就吃紧。戚继光这个建堡的建议很好，士兵们守长城可以互相策应。蓟镇东起山海关，西至大水谷，抵昌平镇慕田峪地界，全长一千余里，需得修筑暗堡一千余座，初步估算，这笔工程款得一百多万两银子。再说治河，潘季驯出任漕运总督以来，悉心考察黄、淮两河水势，为从根本上治绝水患疏浚漕河，提议修建高家堰护堤六十余里，归仁集护堤四十余里，柳浦湾东、西夹堤七十余里，堵塞崔镇等决口一百三十个，然后修筑徐州、睢宁、邳州、宿迁、桃源、清河两岸的长堤五万六千余丈，砀山、丰县大坝各一道，徐州、沛县、丰县、砀山缕堤一百四十余里，新建崔镇等处减水石坝四座，迁通济闸于甘罗城南，还有淮安、扬州间的堤坝，也都得重新加固，这项工程预定明年开工，三年完成，耗银约计五百余万两。皇上，这笔账再明白不过，如果这两项工程一上马。国库存贮的税银，岂不要耗去大半？"

张居正不假书册，单凭记忆就能把该讲的事阐述得清清楚楚，这一点，朱翊钧深为钦佩，他不解地问："防寇治水，历朝历代都是大事，为何前朝都不做，单等我朝才来实施？"

"因为前朝皇帝手上没有钱！"张居正斩钉截铁地回答，"皇上方才言及太平天子，依臣之见，太平天子一是手上要有钱；二是拿了这些钱不是去花天酒地，而是应该用来巩固国防，为百姓办好事，办实事。总而言之，取天下之财用于天下，才是万民拥戴的圣君。"

几句话硬邦邦的，朱翊钧被戗得半天说不出话来。但他也深知师相的话句句都在理，便以商量的口吻说道："既如此说，朕只要十万两银子，张先生你看如何？"

依张居正的想法，是一两银子也不愿给，但他也不好太驳皇上的面子，只得点头应允。离开云台之后，在去积香庐的路上，他脑海里反反复复想着这件事。最后，还是冯保说过的那句话让他心悸：皇上长大了。

轿子抬到积香庐的门口，天色已经黑尽。挂在大门檐下的四盏皮绢大红灯笼，在寒气中摇曳着柔和的光芒。

张居正刚下轿，积香庐主管刘朴就走上前来禀道："首辅大人，戚大帅已经到了。"

"啊，他在哪里？"

"在这里。"随着一声洪亮的应答，只见一个身着三品虎绣武官补服的将军大步绕过照壁，拱手前来相迎，这便是蓟镇总兵戚继光。今天中午，戚继光指派自己的心腹参将金钰赶到内阁传话，说是晚间进京，要找个地方与张居正私下唠唠嗑儿，张居正便选了积香庐，这也是他一散班就急急忙忙赶来积香庐的原因。

乍一见到风风火火的戚大帅，张居正便忘却了所有的烦恼，笑道："元敬兄，你到了多久？"

"一盅茶工夫。"戚继光抬眼看了看四周，言道，"早就听说积香庐，今天第一次来，倒真是个宴乐游赏的好地儿。"

"何时你有空闲，也来这里住几天，散散心。"张居正说着，又问，"薰风阁的猪头收到了吗？"

"收到了。"戚继光答。

这位戚大帅同张居正的前任高拱一样，有吃猪头肉的嗜好。每年春节，张居正都会从薰风阁买最好的熏猪头，派专人用骡车送往蓟镇戚大帅行辕。前几天过罢小年，他又命管家游七办理此事。

说话间，两人已走进了山翁听雨楼，地龙烧得很暖，两人都脱了斗篷和棉袍。接了先前的话，戚继光又道："首辅大人，今年的薰风阁猪头，你怎么送这么多，整整一百只。"

张居正答道："我听说往年送给你的猪头，你都分送给部将，甚至长城哨所的兵士，自己往往一只都剩不下，所以就吩咐游七，今年多给你送一点。"

"多谢首辅关爱。"戚继光看着张居正憔悴的脸色和凹陷的眼窝，动情地说，"首辅大人，几个月没见，你可又瘦多了。"

"岂止是瘦，精神也差得多，"张居正一下子又记起下午云台召见的事，不由得抚髯长叹，说道，"也许，我现在应该归政了，退隐林下颐养天年。"

"首辅何出此言？"戚继光惊问。

张居正不能将下午在云台的君臣对话告诉戚继光，只是委婉言道："早在去年，仆见圣上已经长大，可以独自亲政，心里头就松了弦儿，萌生退隐之意。"

"咱听说，李太后不允。"

"是啊，"张居正撩起窗幔，看了看窗外的夜色，答道，"慈圣太后一直信任仆。她看出皇上有亲政的意思，竟然教训皇上说'三十岁之前，你想都不要想亲政的事儿，一切还得请教张先生'，太后这么一说，倒叫仆左右为难。"

"李太后这句话，在底下传得很广。"

"是吗？"

"官员们都知道，如今皇上发下的所有圣旨，其实都是首辅的拟票。大家心照不宣，认为要想办什么事，与其找皇上，不如找首辅。"

张居正对官员们的这种心态早有预料，只不过没有人当面给他捅穿而已。这种局面对他究竟是祸还是福，他心底也是清楚的。他之所以还不能痛下决心离开宅揆之位，一来担心万历新政的夭折，二来也不好拒却慈圣太后的信任。此时，他对戚继光说："元敬兄，官员们的种种议论，我也略有耳闻。有些官员甚至认为皇上成了傀儡，这与事实不符。我张居正虽然受太后之托，行使摄政之权，但任何时候，我都是皇上的臣仆。"

"首辅可以这样说，但官员们心里头不这样想，你拿他有何办法？"

戚继光与张居正关系非同一般，故说话直来直去，张居正知道这种话题纵然谈论三天三夜也不会有什么结果，便收摄心神，勉强一笑言道："算了，不说这些烦心的事儿了。元敬兄，你说要同我唠唠嗑儿，你想说什么？"

"没什么打紧的事儿，咱这次来，专为你的身体。"戚继光诡谲地一笑。

"身体，我的身体怎么啦？"张居正问。

"咱住在蓟镇，虽不常来北京，但也听人说过，你的身体比过去差多了。方才，你自己也这样讲。"

"连我的身体，底下都有议论？"张居正约略有些吃惊，同时掺杂着一些不高兴。

"你的身体关系到社稷苍生，更连着千万名官员的前途，他们焉能不关心！"

"是不是有人咒我，巴不得我早死？"

"这个，咱还没有听说过，"戚继光看了看张居正敏感的眼神，言道，"但被你得罪的那些势豪大户，肯定会背地里咒你。不过，更多的官员，还是希望你健康长寿。"

"这个我也相信。"张居正的神色略有放松，和缓言道，"特别是你戚大帅，巴不得我张居正成为彭祖第二。"

"是啊。"戚继光爽朗地一笑，说道，"上个月，咱在蓟镇拜会了一个老中医，他说了一番养生的道理，讲得头头是道，咱受益匪浅。"

"他说了些什么？"

"他说，养生的道理千条万条，最要紧处，其实就只有一个字。"

"哪一个字？"

"逆，顺逆的逆！"

"逆？此字怎讲？"

戚继光略一沉思，侃侃言道："鸟之溯风，鱼之溯流，皆是逆行。唯其逆行，可得生气。人处逆境，必能自强不息。所谓置于死地而后生，说的就是逆处取顺的道理。阴阳家看风水，用沙水取逆，为的是迎生气。《易经》六十四卦中最吉利的卦是'泰卦'，这'泰卦'的卦象是乾在下而坤在上，阳下阴上，这是大逆，但大逆就是大顺。养生家取坎填离，坎为水，离为火，外坎内离是'济卦'。济就是调养，取坎填离就是返老还童。《易经》有一句话，叫'生生之为易'，这生生之道，就是采逆之道。首辅，你觉得老郎中讲的这番道理，有无可取之处？"

"有，这是得道人之言。"张居正赞道。

"按老郎中所讲的养生道理，咱比着葫芦画瓢，悟到道家的方术，实有妙处。"

"道家什么方术？"

"采阴补阳啊！"

"采阴补阳？"张居正忍俊不禁笑了起来，谑道，"你这位戚大帅，莫不是想当花帅了。"

"古人讲酒色财气四字，把色摆在第二，说色是刮骨的钢刀，这话只对了一半儿，"戚继光也不管张居正取笑，径自讲下去，"若是一味沉湎酒色，女人就是害命的毒药。但如果深谙采阴补阳的大法，控驭有方，女人又可成为男人最好的养品。不然，乾下坤上凤骑龙，为何成了大吉大利的'泰卦'呢？"

"戚大帅雄辩滔滔，看来你的采战之理，比起你的军事韬略来，毫不逊色啊！"张居正说着哈哈大笑起来。

"首辅先甭夸奖，你听我把话说完。"戚继光挤了挤眼，接着又神秘地问，"前几年，你的身边是否有一位名叫玉娘的女孩儿？"

"有。"张居正心下一动。

"那几年，咱瞧着您首辅大人，精气神三样都比现在好得多。你那时身体调养得好，玉娘功不可没。"

"玉娘离我而去，已经四年了。"张居正说着有些伤感，"她就是从这积香庐走的。"

"咱知道，"戚继光说，"听说玉娘善解人意，她走后，首辅也曾伤心过一段日子。"

"人去楼空，说这些陈年旧事，只能令人徒自伤悲。"张居正说着站起身来，对戚继光做了一个请的姿势，说，"走，说了这半日的闲话，咱们也该填填肚子了。"

"就咱两人吃饭？"戚继光起身问道。

"不就咱两人还有谁？"

"两个大老爷们儿扎堆儿喝闷酒，有啥意思。咱这次来，给首辅大人带来了两个佐酒的。"

"佐酒的，人在哪儿？"

"在隔壁花厅里，请首辅大人挪步过去一瞧。"戚继光说着头前带路，将张居正领进一墙之隔的花厅。厅里头早坐了两位美女，一见戚继光进来，都连忙起身并排站着敛衽行礼。

这两位娇娃，都是深眼碧瞳，睫毛修长，鼻梁高耸，猩红的嘴唇散发着迷人的魅力。更有奇者，二人长得一模一样。嘴唇的弧线，微笑的眼神都毫无分别。一看到她们，张居正马上想起那一位曾叫隆庆皇帝神魂颠倒的奴儿花花，禁不住精神一振，脱口问道："这两位可是波斯美女？"

"首辅好眼力！"戚继光介绍说，"这两个美人儿是一对孪生姐妹，都来自波斯。"

"难怪她们长得这么像。"张居正的眼神一直不曾离开波斯美女令人勾魂的脸庞，又好奇地问道，"元敬兄，你是在何处得到她们的？"

"托人出关，直接从波斯物色到的。"

"你为何要将她们弄到中土？"

"为了给首辅调养身体。"戚继光说着凑近张居正耳边，小声嘀咕道，"首辅，采阴补阳滋润身体，这两位胡姬，都胜过长白山上的千年老人参哪！"

"她们都叫什么名字？"

戚继光走近两位波斯美女，指着张居正对她们说道："这位美髯男子汉，就是咱对你们讲过的首辅张大人。他是你们的主子，你们自己告诉主子，你们叫什么名字？"

左边的一个跨前一步，蹲了一个万福，然后说道："奴婢叫阿古丽，是姐姐。"

右边的一个仿效姐姐，施礼说道："奴婢叫布丽雅，是妹妹。"

姐妹两人的汉语不甚流利，但看上去已是懂得大汉闺门的礼节。张居正赞道："这姐妹两个，倒是让仆想起了奴儿花花，天生尤物，风情万种。"

"她们两个进入中土已经半年，咱先让她们待在蓟镇，委派专人调教。"

　　"难得你戚大帅如此有心。"

　　"过春节了，你送我猪头，咱总得有所回赠哪！"戚继光开了一句玩笑，张居正拍拍他的肩膀，两人会心地大笑起来。

第二十五回

猜灯谜说龙马精神
献颂诗免百姓欠赋

转眼间就到了万历十年的元宵节。为了庆祝朱翊钧登基十年，李太后颁下懿旨，要在紫禁城内举办声势浩大的鳌山灯会。

却说皇城里的鳌山灯会，本是一年一度的常例。其规模的大小并无定制，全凭皇上的嗜好和年成收入的好坏来决定。嘉靖年代晚期，因世宗皇帝笃信斋醮，为了开炉炼丹的方便，他竟搬出乾清宫另觅地方住下，不要说大臣，就是皇后嫔妃也不肯见面。因此，本是后宫同乐君臣同赏的鳌山灯会，就被他生生地免掉了。到了隆庆年代，因国库空虚财力不济，穆宗皇帝虽有心操办赏灯乐事，终因银根吃紧而不能大肆铺张。规制一小，看起来也就没啥意思，于是忽办忽停，终不能提起兴趣。朱翊钧登基后的第一年，喜欢热闹的李太后便有意恢复鳌山灯会，但张居正认为财政拮据，皇上应带头节俭，力谏不可，李太后只得依他。一直到万历六年，朝廷入不敷出的状况得以扭转，太仓积银渐多，皇城里才举办了万历纪年以来的第一次灯会。自那之后又停了几年。到了今年，这个凸现太平盛世检阅朝廷实力的鳌山灯会，才得以梅开二度。

民间的灯会，往往在正月初八就开始，历时十天结束。但皇城的灯会，总会是正月十五元宵节翻了酉时牌后准点开始，歇会的日子同民间灯节一样，都是正月十八。

却说元宵节这天晚上，大约申末时分，天色尚未完全黑尽，但高大巍峨的端门城楼以及午门上的五凤楼，早已是华灯初上一片璀璨。远远看去，但见星球莲炬火喷梨花、飞丹流紫锦簇花围。灯楹灯柱、灯檐灯梁、灯其帘灯其壁、灯其帘灯其饰，两座城楼耸在半空，恍若天上宫阙水晶世界。在京的公侯世家皇亲国戚以及内阁辅臣六部九卿，还有翰林院六科廊等品秩虽低却清荣高贵的词臣言官，都获准登上午门城楼陪侍皇上观灯。他们的夫人女眷也都穿了诰服，被邀至五凤楼，陪两宫太后及王皇后欣赏鳌山灯火。另外，挨着午门城墙，还搭建了一长溜临时看台，专门安置所有六品以上前来赏灯的京官。这是多年都没有的盛事，因此，一过未时，受到邀请的官员便络绎不绝赶来这里。一时间，东西长安街上宝马香车，鞍笼喝道，除了大九卿以上官员可以乘轿进入午门广场这重门深禁之地，余下官员一律落轿于金水桥外，步行进入端门。

一入酉时，大家瞧见一长列锦衣绣鞯、张金戟玉的仪仗簇拥三乘大轿抬过金水桥。所有人都认识，打头的正是张居正的大轿，另两乘大轿，一乘里坐着他的母亲赵太夫人，另一乘坐着他的夫人王氏。三乘大轿一抵达，本来熙熙攘攘人声鼎沸的午门广场，刹那间静得像是一个人都没有。张居正在午门前下轿，所有官员都避之甚远，只有鸿胪寺传奉官跪下迎接。与此同时，他的母亲与夫人在五凤楼前下轿，早有一帮太监在那里候着，将她们搀上楼去。

张居正一上得午门城楼，先到的王公大臣们一个个脸上都露出巴结的笑容，纷纷挤上前来和他行揖见之礼，楼上的秩序顿时有点混乱。正在张居正一一答礼寒暄之际，猛听得广场上九声炮响，旋即听到一名太监高声喊道："太后，皇上驾到——"

声音才落，便听得楼梯上杂沓的脚步声，众人循声望去，只见朱翊钧身穿簇新的衮龙袍，在冯保、张宏、张鲸等一大帮太监的簇拥下，已是满面春风上得楼来。楼面上所有的人，包括朱翊钧的外公武清侯李伟，都一起跪了下去。

在黑压压一大片跪着的王公大臣中，朱翊钧首先看到了张居正，他慌忙快走几步到了张居正面前，亲手将他搀起，然后才说了一声："众卿平身！"

朱翊钧在冯保的引领下坐到了特为他准备的御榻之上，各位跪着的王公大臣也纷纷谢恩爬起来坐上事先安排好了的位置。皇上左边的锦缎太师椅，是张居正的座位，右边坐的是英国公张溶，紧挨着张溶的才是武清侯李伟。张居正身边一溜儿坐着的是内阁辅臣张四维和申时行以及六部九卿。内阁辅臣本来还有一位马自强，他在万历六年秋天吕调阳死后不到一个月也因病去世，自此再没有增加新的阁臣。众位臣工坐定，五楹的楼面挤得满登登的，朱翊钧把身子侧向张居正，恭敬地问："先生何时到的？"

"只比皇上先到了一小会儿。"张居正答。

"听冯公公讲，今年的鳌山灯会布置得好，花样翻新，超过了往年。"

朱翊钧显得很兴奋。张居正看了看垂在大门两旁楹柱上的两串制作精巧的宝莲灯，也很高兴地答道："听说东华门外灯市口的灯会也热闹非凡，皇上与百官万民同乐，天下无不欢欣。"

说话间，又听得一名太监跑到楼前倚着栏杆，朝广场上锐声高喊："开灯——"

刹那间，鞭炮齐鸣鼓乐大作。本来黑咕隆咚的广场，须臾间火树嶙峋星开万井。朱翊钧与王公大臣们一起拥到栏杆前观看，首先映入眼帘的，是广场中间那一座气势磅礴的鳌山灯。灯山高七层，最上一层直与两座城楼比肩。这灯山珠光宝气，闪闪熠熠，吐翠旋玑，镂金镯玉，五彩灯焰炫迷了所有人的眼睛。这灯山大得让人咋舌，且自下而上有路可通，身入其中，在层层叠叠千影万影灯光下，自有登临天市畅沐霞光的感觉。

在鳌山灯的两旁，是两条香风如梦银花如幻的灯街，它们曲折逶迤，犹如两条光芒四射的银河。河中的浪花，便是数不清的花灯、鸟灯、兽灯、虫灯、游鱼灯、走马灯；料丝夹画灯、绉纱堆墨灯、明角皮纸灯、金线麦秸灯；含珠腾龙灯、吐火麒麟灯、八仙过海灯、十二生肖灯；杭州皮绢灯、滇南彩漆灯、闽中珠灯、白下角灯……数百种形态迥异各展风采的花灯，直叫人心旷神怡目不暇接。

这两条灯街，入口处都有招牌。左边灯街口子上，五盏八角玲珑宫灯上各写了一个大字，合起来是"九曲黄河灯"。顾名思义，这条灯街很长，犹如九曲黄河。一入街中，便设有多处藩篱，彩灯巧布，人入其中，往往转晕了找不到出口。右边灯街入口处，吊了七盏走马宫灯，上面书写的字儿是"二十四番花信灯"。在万历六年的鳌山灯会中，就扎饰了"九曲黄河灯"，朱翊钧还曾兴致勃勃地走了进去，若不是管灯的火者领路，他恐怕在里面转悠一晚上也出不来。今夜里，朱翊钧还想进去一试，他就不信自己没有本事走出来。但是，右边的这个"二十四番花信灯"却是万历六年那次灯会中没有的，朱翊钧喊来冯保，好奇地说："二十四番花信灯，是个啥含义儿？"

冯保笑着答："这是老奴的一个主意。古人道春天是二十四番花信至，三千世界露华浓。咱就想，何不把这些美丽的春景儿搬到鳌山灯会上。"

"这的确是个好主意。"朱翊钧赞赏道，"二十四番花信，究竟是怎样一个说法？"

"这个嘛，"冯保指着张居正身边站着的申时行，笑道，"老奴是讨教申先生才知道的，让申先生直接告诉万岁爷。"

申时行是嘉靖四十二年的状元，在翰林院待了很多年，是有名的才子，张居正一直器重他，把他定为朱翊钧的六名讲臣之一。但他深沉练达，为人做事从不张扬，在这种众目睽睽的大场面中，他从来都是甘在人后三缄其口。这会儿冯保点了他的名，情知躲不过，只得挤上前来言道："启禀皇上，这二十四番花信风，乃与节令对应。我们常言气候二字，气指的是一年二十四节气；候，便是气中的日程。一气是十五天，一候是五天，每一气中含有三候。二十四番花信，指的是从小寒到谷雨这四个月。这四个月，共有八气二十四候。每一候中，都有一种花作为风信对应，昭示节令的推移与变化。"

"原来是这样。"朱翊钧觉得很新鲜，便饶有兴趣地对申时行说，"二十四番花信，你现在一样一样给朕仔细道来。"

申时行习惯地看了看张居正，见张居正也正满脸微笑地看着他，便略自沉吟了一下，答道："十一月下旬到十二月上旬之间，为小寒降临之日。小寒三候，一候梅花、二候山茶、三候水仙；古人言梅花报春，就因为它是二十四番花信中的第一名。小寒之后是大寒，大寒第一候是瑞香、第二候是兰花、第三候是山矾；接下来是立春一令中的三候，第一候是迎春、第二候樱桃、第三候望春；立春之后是雨水，第一候是菜花、第二候是杏花、第三候是李花；而后是惊蛰三候，第一候是桃花、第二候是棠棣、第三候是蔷薇；惊蛰过了是春分，第一候是海棠、第二候梨花、第三候是木兰；再说清明，一候桐花、二候麦花、三候柳花；最后一个节气是谷雨，第一候是牡丹、第二候是酴醾、第三候是楝花，过了楝花风信，节令就到了立夏。"

朱翊钧神情专注听完申时行的讲述，猛然看到簇拥在他周围的王公大臣一个个支着耳朵听他们谈话，这才霍然醒悟到今晚上不是开经筵而是看花灯，忙招呼冯保安排大家各处赏灯去。看到大臣们衮地散去，冯保又道："万岁爷，二十四番花信灯，每一种花都扎了十盏样式不同的灯，那条街上一共有花灯二百四十盏，每一盏灯上都贴了一首灯谜。"

"灯谜？好哇，大伴，你陪朕猜灯谜去！"朱翊钧一下子兴奋起来，接着又对身边的张居正言道："张先生，咱们一块儿去猜一猜灯谜，好吗？"

"好！"张居正难得这么开心。

三人遂一起下楼，才走了两步，朱翊钧似乎记起了什么，又停下脚步四下里睃巡，看到武清侯李伟正在楼堂角落里坐着，一边吃着果点，一边与辅臣张四维说着悄悄话儿，遂又吩咐贴身内侍："周通，你去把武清侯喊来，让他老人家随咱们一起下楼，去看二十四番花信灯。"

朱翊钧一行下楼来到二十四番花信灯的入口处，只见两宫太后和王皇后几个也正袅袅婷婷朝这里走来，朱翊钧迎前一步喊道：“母后，朕邀了张先生来猜灯谜。”

“好呀，看有什么灯谜，能把张先生难住。”李太后抿嘴儿一笑言道。她一眼瞥见夹在人缝儿中的父亲，便朝他微微一揖，问道：“家中春节过得可好？”

“好。”武清侯李伟忽然显得拘谨，憨笑道，“好闺女，今年的鳌山灯，让你爹开了眼界。”

“钧儿登基十年，咱想该庆祝一番，亏得张先生和冯公公尽心尽意，这灯会才如此辉煌。”

“这要花多少钱哪！”李伟摸了摸身旁一根包了金箔的灯柱大发感慨。

“瞧你说这话，还是乡下的李老倌。”李太后说着咯咯咯地笑起来。

冯保凑趣儿言道：“武清侯，您是担心万岁爷花不起钱是不是？如今的万岁爷，可不是你女婿隆庆皇帝爷那时的景象。现在，万岁爷大钱不动，就是扫扫箱子角儿，这样的鳌山灯会，一个月办一次，也还绰绰有余。”

一说到钱，朱翊钧就敏感地看了看张居正，见这位师相望着头顶上的宫灯出神，似乎别有所思，便打断众人的谈话，带头走进了二十四番花信灯的灯街。

一入口，便是璀璨夺目的梅花灯阵，打头的第一盏灯，高约八尺，绉纱扎就的五瓣蜡梅，通体透明。花蕊间插着一个精致的黄绫绢轴，冯保命守灯的小火者取下，恭恭敬敬送到朱翊钧手中，朱翊钧抖开一看，上面是一首诗：

闯关踏险气吞吴，

驰向中原拜洛书。

尽载英雄朝帝阙，

忠心岂肯玉龙孤。

诗下面还有三个工整小字：打一字。

"啊，原来这是个字谜。"朱翊钧立马来了兴趣，将诗轴反复看了几遍，问道，"这是字谜吗？"

"肯定是。"冯保答。

"这个字谜毫无踪迹可寻，这是谁出的？"

"是翰林院里的词臣，这里头的二百四十个灯谜，都是他们编出来的。"

朱翊钧拿着诗轴左看右看，怎么看不出头绪，便把诗轴朝灯下值勤的太监手中一塞，说道："这个难猜，走，咱们往前看去。"

李太后就站在儿子身边，见他要走，连忙喊住他，说道："钧儿，这是第一个灯谜，你非猜出来不可。"

"为何？"朱翊钧瞪大了眼睛。

"既然摆在第一，肯定是个吉兆，你这一走，好兆头不就没有了？"李太后笑着说。

朱翊钧不敢违抗母命，只得重新拿起诗轴，但仍看不出奥妙，遂指着冯保说："大伴，你说，这是个啥字儿？"

冯保笑着答："这二百四十个灯谜的谜底儿，老奴都已知晓，咱若说出来，岂不是作弊？"

"张先生呢，你知道谜底吗？"

"臣不知道。"张居正回答。

"那你猜猜。"

打一看到诗轴，张居正就开始琢磨，这会儿从容答道："这个字谜，若从字划构架上去寻思，肯定如堕五里雾中，这是一个会意的字谜。"

"会意？那它是什么字？"

"马字，骏马的马。"张居正指着朱翊钧手里的诗轴解释说，"闯关踏隘，驰向中原，都是说宝马的故事，三四两句语意更明了，烈马载天下英雄尽朝帝阙，辅佐皇上开创千秋盛世。"

"玉龙孤怎讲？"朱翊钧追着问。

"玉龙指的是皇上。"张居正说着看了李太后一眼，又道，"皇上上应天命，降临人间是嘉靖四十一年，这一年是壬戌年，壬戌五行属水、玉与金配，属金，金生水，玉龙乃皇上天命之象。如今骏马来朝，皇上就不会孤单。"

"朕本来就不孤单呀。"朱翊钧仍觉纳闷。

"皇上忘了今年的年属吗？"

"年属？"朱翊钧一拍脑袋恍然大悟，笑道，"今年是壬午年，属马，难怪第一个灯谜出了个马字儿。"

"马与龙配，即龙马精神，皇上得此吉兆，乘风御气穷极八荒，更当亲政爱民励精图治。"

"好兆头，好兆头！"李太后连连称赞，与陈太后两人，都喜得合不拢嘴。

"这字谜出得好，张先生解释得更好。"朱翊钧说着就喊自己的贴身内侍，"周通！"

"奴才在。"周通上前一步。

"给张先生赏……"朱翊钧本想说"赏五两银子"，一想张先生又不是宫内的奴才，便改口道，"张先生的高堂老母坐在五凤楼上赏灯，你传旨下去，给她老人家赏五匹杭绸。"

张居正本想推却，但想到受赏者是母亲大人，他只好诚惶诚恐地谢恩。

朱翊钧陪着两宫太后逛灯街猜灯谜，差不多花去了一个多时辰，此时广场上的鳌山灯会，恣意游戏笑语欢声已是达到顶峰。两座城楼上，也是管弦嘈嘈娇声应板，绣筵绮席金盏重开；御茶御酒芬芳满腹，珍馐赏赐人尽开颜。

朱翊钧重上午门城楼，高高兴兴同王公大臣们吃了几杯酒，然后问张居正："张先生，如此良宵美景，按规矩，翰林院的词臣们应该献诗上来，以记其盛。"

"皇上所言极是，词臣们想必早就准备好了。"

张居正说着让申时行去邻座请翰林院掌院学士于慎行过来，张居正对他说："皇上请你们作鳌山灯会的承制颂诗，你们想必都打好了腹稿，快快都把佳作献上。"

"限半炷香工夫，谁慢了罚酒。"张四维一旁凑趣补了一句。

于慎行知道今夜场面难得应付，故滴酒未沾，这时欠了欠身子，含笑说道："承制颂诗本鳌山灯会题中应有之义，臣等已略作考虑准备献丑。但按规矩，首辅才高八斗，应该首开韵府敲金戛玉以启祥瑞。接下来是张阁老、申阁老一吐锦绣，你们鸿篇未制，臣等焉敢塞足而先？"

朱翊钧一听这话在理，便对张居正说："张先生，您不动笔，他们于心不安。"

张四维与申时行还有英国公张溶等一帮王公大臣一起撺掇，

张居正情知推不过，便起身走到早就铺好纸墨的书案前，提起饱蘸浓墨的长锋羊毫，一边构思一边写了下来：

今夕何夕春灯明，
太平天子踏月行。
灯摇珠彩张华屋，
月散瑶光满禁城。
禁城迢迢通戚里，
九衢万户灯光里。
花怯春寒带火开，
马冲香雾连云起。
弦管纷纷夹道旁，
游人何处不相将。
花边露洗雕鞍湿，
陌上风回珠翠香。
花边陌上烟云满，
月落城头人未返。
共道金吾此夜宽，
便愁玉漏春宵短。
御沟杨柳拂铜驼，
柳外楼台杂笑歌。
五陵豪贵应难拟，
一夜欢娱奈乐何。
年光宛转不相待，
过眼繁华空自爱。

君不见，神州父老欣相告，
新灯万盏向春开！

张居正写下这首《奉御承制元夕行》，一搁笔就引来满堂喝彩。他开了这一个好头，张四维、申时行两个大学士以及翰林院待诏的十位词臣，一时间纷纷献艺。诸位都是才华横溢风流倜傥的国士，个个笔下滚珠泻玉。诗成张挂起来，便有许多人驻足欣赏。其中，翰林院编修冯琦写出的《观灯篇》尤为引人注意：

帝握千秋历，
天开万国欢。
莺花稠正月，
灯火汉长安。
长安正月璇玑正，
万户阳春布天令。
新岁风光属上元，
中原物力方全盛。
五都万宝集燕台，
航海梯山入贡回。
白环银瓮殊方至，
翡翠明珠万里来。
薄暮千门凝瑞霭，
当天片月流光彩。
十二楼台天不夜，
三千世界春如海。

万岁山前望翠华，

九光灯里簇明霞。

六宫尽罢鱼龙戏，

千炬争开菡萏花。

六宫千炬纷相似，

星桥直接银河起。

赤帝真乘火德符，

玉皇端拱红云里。

灯烟散入五侯家，

炊金馔玉斗骄奢。

桂烬兰膏九微火，

珠帘绣幌七香车。

长安少年喜宾客，

驰骛东城复南陌。

百万纵博输不辞，

十千沽酒贫何惜。

夜深纵酒复征歌，

归路曾无醉尉诃。

六街明月吹笙管，

十里香风散绮罗。

绮罗笙管春加绣，

穷檐漏屋寒如旧。

谁家朝突静无烟，

谁家夜色明如昼。

夜夜都城望月新，

年年州县告灾频。

愿将圣主光明烛，

并照冰天桂海人。

这首功力深厚想象飞腾的诗，用了四张大内专用的四尺洒金暗花宣纸，才把它抄下。小内侍把这首诗挂在楼堂入口的显眼处，很多人都挤上去看，传出一片赞扬之声。在张居正的推荐下，朱翊钧挪步过去细读，读到大半，他连连叫好，待到读完，却默不作声了。

"皇上为何不说话？"张居正一旁问道。

"朕看这位冯琦，是晚节不保。"朱翊钧蹙起眉头。

张居正一惊："皇上何出此言？"

"冯琦这首《观灯篇》，大半都写得不错，像'薄暮千门凝瑞霭，当天片月流光彩，十二楼台天不夜，三千世界春如海'这些句子，都写出了鳌山灯的气势。可是，读到'灯烟散入五侯家，炊金馔玉斗骄奢'，朕就起了疑心，这个冯琦是不是指桑骂槐？说王侯大臣们借着灯会之机大肆奢华，明里是骂王侯，暗中指的是朕不该举办鳌山灯会。最后几句，冯琦算是露出了尾巴，什么'年年州县告灾频'，什么'愿将圣主光明烛，并照冰天桂海人'，你听听，这不是在骂朕只顾自家欢乐，却全然不顾民间疾苦么？"朱翊钧说着，气得一跺脚。

张居正赶紧言道："请皇上息怒，据臣来看，冯琦并非有意讥刺皇上。"

朱翊钧用手指着洒金宣纸，没好气地回道："白纸黑字，难道朕还诬他？"

"冯琦想让圣主的光明灯照彻天下，这应是做臣子的最大心愿。皇上，你应该高兴才是。"

张居正这样委婉劝说，朱翊钧仍觉得气不顺，对冯保说："冯公公，你去把这个冯琦找来。"

"不用找，卑臣在这里。"随着这一声回答，只见从对面楹柱下跑过来一名六品官员，朝着朱翊钧跪下了。这人便是冯琦，他的诗写好挂出之后，他就一直站在近旁观察动静。皇上与首辅两人的对话，一字一句他都听得清清楚楚。

这时候，城楼上三个一堆五个一伙凑在一块儿谈天说地品月赏灯的王公大臣们，听到这边的响动，都纷纷停止说笑，一齐把目光投射过来。

朱翊钧并不看周围人的脸色，而是目光炯炯盯着冯琦，厉声问道："你在诗中说'年年州县告灾频'可有实据？"

"有。"

"说给朕听！"

"卑臣遵旨。"冯琦仰起脸来奏道，"臣是南直隶苏州府人，咱们苏州府虽是天下膏腴之地，但赋税较之他府，却不知重过几倍，故种田人家历年积欠难以清还。如今，一个府还欠有四十多万石田租无法清缴。苏州府官员年年都向户部报告请求减免，均未获批准。"

"真有这事？"朱翊钧问。

"实有其事，"回答的不是冯琦，而是张居正，他言道，"江南苏州、松江两府，自隆庆元年至万历七年这十三年间积下的田赋欠额，高达七十多万石。现据户部统计，这期间全国的积欠是一百五十多万石。苏松两府几乎占了一半。不是苏松两府官员不

348

力，更不是地方的百姓刁滑，而是这两个府历来承担的税粮较他处为重，小民无力交付，故越积越多。年前，应天巡按孙光祐曾呈上奏疏请求蠲免两府积欠，不知皇上是否看到？"

"何时的奏疏？"

"腊月二十九日才到，想必已放年假，皇上尚未见到。"

"唔。"朱翊钧听张居正这么一说，心中已有了底。他猜想冯琦是在张居正的授意下，选定在这鳌山灯会上以诗进谏，便问张居正："苏松两府的税粮该不该减，张先生心里头肯定已有了主意。"

"想法是有，"张居正毫不隐讳，坦言说道，"天下百姓，特别是那样小户人家，财力十分有限。他们基本上是靠天吃饭，若该年风调雨顺，一年的收入，也仅仅只能供交当年的税粮。若遇上荒年，田地歉收，当年的税粮都交不起，哪里还有能力偿还上年的积欠呢？臣曾让户部派员到下面州县做过调查。一些征收赋税的官员欺蒙朝廷，逃避责任，常常将当年征收的税粮挪作附带的征收，名义上完成了以前的欠税，实际却减少当年的征收。今年减少的税粮，又成为明年的积欠。官府索取逼求无休无止，百姓怎么能忍受！丁门小户被逼得家破人亡，执事的胥吏却填饱私囊。天下庶民百姓是国家稳固的基石，百姓的疾苦就该是皇上的疾苦。现在，国库贮藏充盈，因此，臣建议皇上，下旨蠲免全国万历七年以前的所有积欠。这样的善举，就等于皇上给全国的每一位老百姓，都送去了一盏大光明灯！"

赏灯本在兴头儿上的朱翊钧，猛然听到张居正这一番涉及民间疾苦的宏论，感到很在理，但又觉得这番讨论不是时候儿，为了不误欣赏这多少年才有一回的鳌山灯，他赶紧对跪着的冯琦说:"冯琦,你这《观灯篇》写得好,朕明日给赏。关于免除万历七年以前积欠的田税,就按张先生说的办。明日上朝,第一道旨就下这个。"

"谢皇上。"

冯琦从地上爬起来,双眼噙满激动的泪水,但朱翊钧这时已没有心思听他的唠叨。楼下广场鳌山灯前,已经响起了如春雷震耳的嘭嘭鼓声。众人又都挤到栏杆前朝下观看,只见九九八十一个叉角童子,奔跑跳跃击起了腰鼓。在他们中间,还有七七四十九个小姑娘提着篮子,在叉角童子间翩翩起舞。她们篮子里盛满了鲜艳的花瓣,踩着鼓点挥动玉臂尽情抛洒——广场上顿时下起了花瓣雨。冯保好不容易挤到朱翊钧跟前,扯着嗓子介绍说:"皇上,这个节目叫《仙女散花太平鼓》。"

鳌山灯会,再一次进入高潮。

第二十六回

冯保探病窥猜圣意
钱普求见又启新忧

　　大约是元宵节晚上观看鳌山灯会偶感风寒的缘故，第二天张居正就头痛脑闷四肢盗汗，周身酸痛起不来床。皇上闻此消息，派了太监来家慰问，并下旨给张四维与申时行两位辅臣，要他们多分担内阁日常政事，重大事项仍须前往纱帽胡同请示首辅裁夺议决。

　　如今的张大学士府，用人丁杂乱四个字来形容一点也不过分。张居正的六个儿子已有四个成家。他的大儿子敬修，万历四年就考中了进士，如今在礼部任六品主事。二儿子嗣修与三儿子懋修，去年双双折桂，一为探花一为状元，都得选庶吉士在翰林院供职，再加上因张居正九年考满进太师衔而恩荫一子，四儿子简修授封正六品兵马司指挥，一门荣贵煞是了得！儿子们虽然官袍加身，却都没有自己的"官邸"，大大小小都还窝在张大学士府中。这皆因张居正怕他们学坏，不肯放他们出去另立门户。如此一来，大家里头套小家，满堂儿孙再加上张居正的母亲赵太夫人，老少四代几十口人。除此之外，还有一百多名各类男女佣仆。二百多号人一天到晚喧喧闹闹，张居正纵然在家养病，也很难清静下来。因此，就借了这个理由，他堂而皇之搬进积香庐住了下来。表面上的理由是这里环境清幽宜于调养，其实真正的理由是因为积香庐金屋藏娇——阿古丽与布丽雅两位孪生姐妹住在这里。

不知不觉，张居正在积香庐住了一个多月，这期间，虽然他的夫人以及儿子们隔三岔五来这里探望，但一直陪侍左右的，却只有他的管家游七。不是他的亲人们不肯来侍奉汤药，而是张居正嫌他们碍眼，不准他们常来。看看已到了二月下旬，泡子河边的柳树都爆出了豆粒大的绿芽儿，太阳底下拂面吹来的风暖融融的令人惬意。可是，疗治了一个多月的张居正，病情不但没有减轻反而加剧，近几日卧床不起，连说话都觉得没有力气。

这天半上午，吃过汤药的张居正正迷迷瞪瞪地睡在山翁听雨楼二楼的寝房里，忽然房门外的起居厅里传来轻微的说话声将他惊醒，仄耳听去，是冯保与游七在说话，只听得冯保问："张先生这一晌吃的什么药？"

"太医院的院正开的，他说咱老爷内火太重，脾干肾燥，便开了降火祛邪的汤头。"

"吃后有效果么？"

"倒不见有什么奇效。"

"听说张先生……"说到这里，厅里的声音低了下去。

张居正顿时一个激灵清醒了许多，他想起来却周身绵软，只得轻轻咳嗽一声，游七听见响动就匆匆掀帘儿进来。

"冯公公来了？"张居正声音微弱地问。

"是。"游七吩咐守值的丫鬟替张居正掖好被子。

"请他进来。"张居正说着，又一次强撑着身子要坐起来迎客。

冯保正好这时跨进了门，见状忙快步上前阻拦，言道："张先生就这么躺着，千万不要动。"

张居正也不再坚持下床，丫鬟找来大迎枕把他的头部垫高，就这么半躺着。游七搬来一把太师椅挨着床边放下，请冯保落座。

却说张居正此次发病后不几天，冯保就来看过，那时只觉得张居正气色虽差，但两眼仍炯然有神，心想无大碍，回到宫里头，还专门向两宫太后和皇上做了禀报，说张先生得的是时症，调养一些日子就会好起来。后来听说病情越来越重，心里头便放心不下，今日一大早到宫里头请示了皇上，便起轿来积香庐探望。这会儿见张居正眼窝深陷印堂发黑，不单面色干枯，就连平日修长黑润的一部长须也失去了光泽，一瞧这副模样，冯保嘴一瘪，竟簌簌落下泪来。

张居正勉强挤出笑容，说道："冯公公，多谢您来探望。"

冯保拭了拭眼泪，难过地说："是两宫太后和皇上，差咱前来慰问。"

"仆身体不争气，连累太后与皇上。"张居正说着，枯涩的眼窝里也有泪花打转。

冯保握了握张居正伸出被窝的手，滚烫滚烫火炭一般，便问道："听游七说，您吃的都是太医院的汤头？"

"是的。"

游七插话说："太医院每天有两名郎中在这里当值，须臾不得离开。"

"这个咱知道，这是皇上亲自安排的。"冯保皱着眉头说，"但太医院的郎中，十个倒有九个是药呆子。开出的汤头吃不死人，也救不活人。京师向来有谚语，道的是'翰林院文章、武库司刀枪、光禄寺茶汤、太医院药方'，这四句话专讽刺名实不符。所以，这太医院的药方，咱心里头始终存着疑，听说您久治不愈，咱便从大同给您请了个郎中来，这郎中专治疑难杂症，素有'王神仙'之称。"

"人呢？"张居正问。

"已在楼下坐着。"

冯保说话时，游七早下楼把王神仙请了上来。

只见这王神仙已七十多岁，但鹤发童颜神清气爽，一看就让人相信是有道行的人。王神仙进屋后行了进见大礼，略事寒暄后，便走到床前替张居正把了把脉，然后又看了看脸色，说道："大人名为阳燥，实则阴虚。"

"何以见得？"冯保问。

王神仙答："如果小老儿没有说错的话，首辅大人的右眼已看不清东西。"

"是的，"张居正微微点了一下头，答道，"元宵节后，仆的右眼突然变坏，看东西模模糊糊的，如今读奏章、拟票，全凭一只左眼。"

"小老儿还说一点，大人一直解不出大便来。且大便口常常带血。"

张居正眼珠子一转，微微颔首道："这也是真的。"

"咦，王神仙你果然有一手，"冯保啧啧称奇，问道，"你是怎么看出来的？"

王神仙答："这其实很简单，只需懂得八卦就可以解透。一般人只把八卦对应于山川万物，其实人身就是一个八卦。人的头圆圆的，象征乾天，双足方方的，象征坤地。古人言天圆地方，人又何尝不是这样！头足之间，人的身体像艮山，津液像兑泽，声音像震雷，呼吸像巽风，血荣像坎水，气力像离火。一身八卦皆全。还有，人的耳、目、鼻，皆是两个孔，口、小便与大便口，皆是单窍。双为阴，单为阳，一阴一阳谓之道。故若要看一个人的身体病情，则首看鼻下、口上之人中。对应六十四卦，这人中穴是泰卦。首辅大人为木命之人，人中穴应是亮青之色，但眼下为赤红之色，这就是病象。赤红属火。木生火，说明首辅身上元气丧失太多。《素问》中讲到，'天不足西北，故西北阴也，人右耳目不如左明。地不满东南，以东方阳也，人左手足不如右强。'气属阳，形属阴。阳左阴右，阳清阴浊，阳虚阴实也。首辅大人现在恰恰相反，不是阳虚阴实，而是阳实阴虚。所以，根据人中穴的颜色以及脉息，小老儿推断首辅大人右眼已看不清东西，这是肾气不足、阴虚严重的表现。阴上阳下，水既不能克火，火便燥热下行，至大便处瘀结发虐，故皮干渗血。大便中的水分也被邪火烤干，板结成块难以排泄。"

王神仙一番宏论，冯保听得痴了。因将病情说得如此准确，张居正也深为折服，他仿佛看到了希望，不无焦灼地问："王先生，我的身体应如何调养？"

王神仙并不直接回答，而是问道："首辅大人前两年，是不是吃了不少补药？"

这一问叫张居正不好回答。打从和玉娘相识之后，他就经常吃一些诸如海狗肾之类的壮阳药。春节前戚继光将阿古丽和布丽雅两位波斯美女送给他的时候，还顺便给他带了一箱产自日本的极品海狗肾。现在听王神仙这么一说，他才感到可能是海狗肾对身体造成了危害。

王神仙见张居正沉默不语，内心已明白了八九分，他委婉劝道："首辅大人再不要吃任何补药了。当年，大人辅佐皇上开创万历新政，第一步是振衰起螫，整饬吏治惩抑豪强，整顿驰驿清查庄田，这几样对于朝廷来讲，无一不是泻药。因此，几年下来大见功效。现在，大人的身体同国事一样，唯一能做的不是补，而是泻，这也算是振衰起螫。"

张居正觉得王神仙的话很是中听，便道："王先生说得极好，仆一定按你说的去做。"

王神仙看罢病，便在游七的带领下，下楼去开汤头药方去了。寝房里只剩下张居正与冯保两人。冯保瞧着张居正憔悴的样子，知道他体力很难坚持，便想着要告辞。但两人见上一面也不太容易，心中该有多少话要说，故又舍不得马上离开。张居正看出冯保的矛盾心情，加上他也有许多心里话要说，便主动言道："冯公公，请你留下，陪仆多坐会儿。"

"咱是舍不得走，"冯保说着叹了一口气，怔怔地盯着张居正，满腹心事言道："张先生，你的身子千万不能垮掉。"

"我又何尝想躺在床上，"张居正苦笑着，忧伤回道，"从当首辅到现在，我像一只永不卸磨的驴，再好的身子骨儿，也顶不住啊！"

"大明江山如果重千斤，你张先生一人肩上扛了八百斤，焉有不累之理。"冯保感叹着。

"这些时，仆一直在想，万历新政已初见端倪，或许，我应该卸下首辅之职了。"

"什么，你想致仕？"冯保身子一颤。

"是啊，力不从心了。"

“张先生，你千万不能这样想！”

“为何？”

冯保愣了愣，言道：“张先生，你总该懂得人一走，茶就凉的道理。”

“我怎么不懂！”张居正虽在病中，但一言政事便双目生光，他警觉地问，“你是否听到了什么？”

“皇上对你的病情问得很详细。”

“他是关心。”

“他非常关心，”冯保眼神里露出一丝忧虑，小心说道，“皇上让咱前来探视先生的病情，一定要弄清楚是重还是轻，如果是重，重到什么地步，他要确切知道。”

“哦？”

“还有李太后，她也把老夫叫过去问了好几次，她亲自到乾清宫指示皇上，要他从内库拨金币给你治病。她还对老夫说，她每天多抄一个时辰的《金刚经》，为你祈福。”

张居正心里涌起一股暖流，他忽然想到万历三年在大隆福寺的那次会见，对李太后的感激之情中更增添了几分温馨。想了想，他说：“请冯公公代仆转呈太后与皇上，臣仰荷圣恩，屡蒙悯念。一旦好转，臣立刻上表谢恩。”

“病呢？咱该如何回复皇上？”冯保叮了一句。

“你据实而言。”

“这万万不可，”冯保立刻摇着头，决断地说，“不能让人觉得你病得严重，沉疴难愈，这样，就会有人心生妄想。”

“唔……”

“依咱观察，皇上与太后两个对您患病虽然都很关切，但心里头的想法却并不一样。"冯保的话点到为止，但张居正已听懂了未尽之言。

近两年来，朱翊钧对他的礼遇超过以往任何时候，但真心求教的态度却大不如从前，就说元宵节那天夜里在午门城楼，朱翊钧虽然听从他的建议减免天下积欠赋税，但明显心不在焉。冯保本是眼观六路耳听八方的厉害人物，他早就看出皇上与张居正亲密无间的君臣关系只是表面，内里早已出现了裂痕。他与张居正两个可谓皇上的左膀右臂，任谁失掉对另一方都是不幸。单从利益上讲，冯保就不肯让张居正垮掉。所以，他方才的话意在提醒。

张居正思忖了一会儿，便试探着问："冯公公，你认为圣意有不可揣摩之处？"

"皇上长大了，天威莫测啊！"冯保的答话蕴含了几分畏惧，接着又忧心忡忡言道，"如今，京城各大衙门，似乎像一盘散沙，官员们都在猜测你究竟患的什么病，能否痊愈。"

"这个你就是不说，仆也猜想得到，"张居正一副不屑的样子，"朝廷一有风吹草动，官员们就会为自身前途着想，竖起耳朵到处打听小道消息。"

"你说得不错，"冯保愤懑地回答，"张先生你大概还不知道，有人出大价钱，要买太医给你看病的药方。"

"有这等事？"张居正一惊，"买药方干啥？"

"从你的药方，就可以推测出你究竟得了什么病，是不是无药可治的绝症。"

"这个人是谁？"

"驸马都尉许从成。"

"他？"张居正眼光霍然一跳，"自从万历四年子粒田征税，到万历九年清丈田亩，这许从成处处与我作对，他想我死，理属必然。"

"张先生，恨你的何止一个许从成。"

"这个仆知道。孟子说'为政不难，不得罪于巨室'，仆任首辅十年，得罪的几乎全都是王公大臣。上任之初，仆就想到过与巨室作对的种种结局，就曾说过'虽万箭攒体亦不足畏'的话。也许，此言或成谶语。"说到这里，张居正顿了一会儿，又问，"许从成拿到药方了？"

"没有。"冯保回答说，"你一患病，老夫就请得皇上圣谕，告知太医院的郎中，你的病情是朝廷最高机密。凡给你治病者，不得以任何理由向外人透露病情。谁敢违旨，严惩不贷。"

"还是冯公公想得周到。"张居正向冯保投以感激的一瞥。

冯保叹道："还有一句话，不知咱当不当讲。"

"冯公公有什么话尽管直言。"

冯保眯着眼儿，似乎下了好大的决心才把话说出口来："张先生，咱建议你还是搬回家疗养。"

张居正一愣，问："冯公公何出此言？"

冯保问："听说积香庐里，有一对波斯美女？"

"是有。"张居正在被窝里挪了挪身子，脸色稍稍有些不自然，问道，"你是怎么知道的？"

冯保并不回答这个问话，只绕题儿答道："这事儿，外头已有了一些传闻。"

"都说些什么？"

"说你的病，同当年隆庆皇帝爷一样，都是因色伤身，是女人惹的祸。"

"岂有此理！"

张居正脸上有些挂不住了，冯保觑着他，继续言道："张先生你别激动，咱与你相交这么多年，还不知道你的秉性？你是那种沉湎酒色荒淫无度的人么？弄两个波斯美女来，尝个鲜儿逗个乐儿，作为一个正常的男人，原也无可厚非。何况你日理万机身心俱疲，一到晚上，更需要有年轻貌美的女孩儿来给你温枕解乏。咱冯某虽然是个公公，但能够理解你张先生。可是，在朝廷中，毕竟人多口杂，有的向灯有的向火，倘若有人使坏，把这话儿传到李太后耳朵中，那会是一种什么结果？"

"会怎么样呢？"张居正警觉地问了一句。

"李太后肯定不高兴，"冯保慢吞吞言道，"张先生大概还记得奴儿花花的事，隆庆皇帝宠着她时，李太后恨之入骨。从此，只要一提波斯美女，李太后那张脸立马就拉下了。"冯保一脸峻肃，把问题说得很严重。

张居正心上不悦，正思着替自己做些解释，忽见游七推门进来，禀道："老爷，工部右侍郎钱普急着要见你。"

"他人在哪儿？"

"就在大门口，"游七回答，"老爷不发话，守门军士不肯放他进来。"

"他有什么事？"

"瞧他那副神态，猴儿巴急的，好像有什么重大事情要禀报。"

"就是天塌下来，也不能见他。"冯保一旁插话。

"为何不能见？"张居正问。

"你这副样子见人，不是走漏消息么？"冯保说着提醒道，

“张先生，现在不能让任何人看见你的病容。”

“可是，钱普有急事。”张居正答。

“反正该说的话咱都说了，该怎么做，还是张先生你自己决断。”冯保说罢拱手告辞而去。

张居正听着冯保下楼的脚步声，想一想，觉得他言之有理，自己断不能躺在病床上见人，遂让游七扶他起来，两位侍女忙碌着给他穿戴梳洗，将他扶到楼下的客厅。张居正因大便口掉了一小截肠子出来，且时时在渗血，坐下来生痛生痛，侍女便在他坐着的绣榻上垫了又厚又软的褥子，即使这样，张居正坐上去仍然如同针扎。

钱普在游七的引领下，急匆匆走进了山翁听雨楼的客厅，在进门前这段路上，游七一再叮嘱他，禀告事情要言简意赅，说完就走，万不可耽误首辅休息。听到这话钱普心下一咯噔，猜想首辅一定病得不轻。却说张居正病重卧床不起的消息，在京城已是广为传布，但究竟病得如何，却谁也说不清楚。自万历六年钱普从真定府知府任上升调进京任工部右侍郎后，他就一直得到张居正的赏识，并成为张大学士府的常客。即便这样，这次首辅患病，他依然打探不出真实情况，几次登门都被婉拒。此情之下，钱普就禁不住瞎猜疑，这回总算让他逮着机会，能够当面一探虚实了。

一走进山翁听雨楼的客厅，见首辅袍服加身衣冠整洁坐在绣榻上，完全不像是重病在身的人，钱普顿时心下一宽，忙迎面磕下头去，唱喏道：“工部右侍郎钱普进见首辅大人。”

“坐起来说话，”张居正刚啜过参汤，说话有了中气，“你有何急事？”

钱普听这声音，越发相信首辅没有得什么大病。他坐到首辅对面的椅子上，双手按着膝盖头，本想奏事，话一出口却又变了题目："卑职听说首辅大人尊体欠安，心下一直不踏实，曾到府上探视数次，都进不了门。"

　　"不单是你，多少公卿大员想来看望，都被我挡了。"张居正扯着力气说话感到吃亏，又催促道，"你有何要紧事，赶快说。"

　　"是这样，"钱普感到张居正的眼光犀利一如往日，故不敢看，只勾着头言道，"今天早上，卑职刚到衙门点卯，皇上就差内廷供用库的管事牌子赵福跑来找我。"

　　"找你干什么？"

　　"传达皇上旨意，要急速去云南购黄铜两万斤，以作大内铸钱之用。"

　　"什么？"张居正突然一个挺身，由于使劲，屁股下大便口便如撕裂一般疼痛，他咬着牙忍住，盯着钱普目光如电，厉声问道，"内廷要铸钱？"

　　"是的，"钱普抬起脸来回答，"皇上说内廷供用库供费不足，太仓银又不可征用，就想着自己铸钱。"

　　"你怎么说？"

　　"卑职一想，这事儿关系到朝廷钱法。即便是皇上，私自铸钱也不合法制，便对赵福说，铸钱事大，卑职做不了主。"

　　张居正点点头，吁了一口气，又问："后来呢？"

　　钱普捻了捻胡须，哭丧着脸回答："赵福当即就把卑职斥了一通，他说，'这事儿皇上亲自定下，要你做什么主？你的任务是一个月内，把两万斤黄铜购回来。'说完就扬长而去。他一走，卑职越想越不对劲，就赶紧跑来请示您，这事儿到底该怎么办？"

"唉！"张居正身子朝后一仰，长长叹了一口气，说道，"皇上怎么这么糊涂呢？"

"是啊，赵福的意思，要卑职今天就办下移文，六百里加急传到云南抚台衙门。"

"先不能办！"

"卑职遵令，"钱普觑着张居正，又犹豫着问，"皇上那一头，如果追问起来怎么办？"

"你先给皇上写一道奏本，劝告皇上要奉守朝廷钱法，并要把私自铸钱的危害阐述清楚。"

"是。"

钱普答应一声，却不理会游七频频向他使眼色要他快走，他仍磨蹭着，似乎还有话要说。

"你还有事吗？"张居正不耐烦地问。

"有是有一件事，卑职又不敢开口。"

"你说。"

"卑职想讨首辅大人身边一件信物，扇子、毛笔、巾帽、腰带，任什么都可以。"

"你要这些东西干什么？"张居正颇为惊诧。

"事情是这样的，"钱普解释道，"卑职一心挂牵首辅大人的病情。这病若是能替换，卑职愿以身代之。前两天，卑职突然想起一如和尚设坛祈福很有一些功效，便付了二百两银子，请他在昭宁寺为首辅大人做七天的大坛会。约定后天开坛，卑职知道首辅行事一贯不肯张扬，所以这次坛会，卑职也就没有说明是特为首辅而做。但佛力所佑，首辅是接福之人，如果不到场，这福报就没办法接了。卑职思来想去，便想了一个主意，如果能乞得首辅一件信物，供到法坛上，这样就福有所托了。"

张居正觉得钱普的想法怪诞，本想拒辞。转而一想，人家是一片好心——祈福的事虽不能作指望有什么效用，但也不算是坏事，遂随手将茶几上的一把扇子递给钱普，说道："我看你的心思，还是要放在奏本上头。"

第二十七回

失龙袍万岁爷震怒
弹锦瑟老公公神伤

　　天色黑尽，两乘小轿落在冯保府邸大门前，从前头一乘轿子里走下来的是徐爵。由于得到冯保的提携，他早已官拜正四品的锦衣卫指挥佥事，坐镇南镇抚司衙门。如今，他在京城里不但有势，而且还有权。多少缙绅戚畹臣工官佐，莫不以认识他为荣，若是有谁敢拍着胸脯说上一句"人家南镇抚司的徐爷，咱哥们儿"，此人必定成为众人争着巴结的对象。按下徐爵不表，再说后一乘轿子里下来的人，大约三十来岁年龄，长相富态衣着光鲜。看上去虽然没有功名，却也是一个混官面儿的人。此人叫潘一鹤，是去年致仕的南京礼部尚书潘晟的管家。这样两个人为何凑到一块儿来到冯府，说来有一段故事：

　　潘一鹤的主人潘晟，是嘉靖三十二年的进士，金榜题名后，他又被选为庶吉士。其时在翰林院任编修官的张居正，正好分责管理庶吉士，因此就成了潘晟的顶头上司。尽管潘晟比张居正的年龄还要大两岁，但在张居正这个少年得志的座主面前，他只能以晚辈自居。潘晟步入官场之后，开头十几年运气不佳，隆庆皇帝去世时，他还只混到五品巡抚的衔头。张居正当上首辅之后，利用京察之机，将潘晟从地方官任上提拔进京，担任正四品的吏部员外郎，三年后再迁升为三品礼部右侍郎。又三年——也即是万历六年，正好礼部尚书马自强荣升为内阁辅臣，他空下的大宗伯一职，便由南京礼部堂上官万士和来北京接任，而万士和腾出来的位子，张居正便推荐了潘晟。就这样短短六年时间，潘晟由五品巡抚升至二品大宗伯，他的飞黄腾达，全凭座主张居正的赏识。若论他的政绩与操守，却并没有给张居正长脸。这人生性猥琐，平素的心思，十之八九都用在钻营上。谁有权有势，他就像膏药一样贴上去。当了六年京官，虽然乏善可陈，没有一件政绩拈得上筷子，但宫内宫外的权势要人，却没有一个人说他坏话，凭这一点，你就不得不佩服他贪缘攀附的本领。到了南京之后，他盘算自己的仕途已是到了顶点，便滋生了"多年媳妇熬成婆"的念头，在南京公卿同僚面前，渐渐露出那种"朝中有靠山"的优越感。南京同北京不一样，北京各大衙门的堂上官都手握重权，而南京毕竟是留都，六部九卿的级别虽与北京一样，却多半是闲官。因此，北京多循吏，南京多清流。潘晟搞惯了的那一套，在北京吃得开，在南京却遭人反感。他到南京两年，便弄得四面楚歌一筹莫展，更有人写本子告到皇上那里，说他贪鄙收受贿赂。虽有张居正袒护，他没受到惩处，但他在南京势难再待下去。想调到北京，六部九卿没有一个空缺，降职使用又有伤体面，万般无奈，他只好上本请求致仕。张居正为了替他保存颜面，借皇上之口准了他的请求。

卸职之后，潘晟在浙江老家过了几个月闲云野鹤的生活，心里头却一刻也没有松闲，老想着如何寻找机会重返北京政坛。今年正月间，他得知张居正患病，皇上有可能增补内阁大学士，心想这是个好机会，便急速派他的管家潘一鹤进京活动。

潘晟在北京任职期间，就与冯保牵上了线，徐爵与潘一鹤也彼此成了朋友，这次潘一鹤来到北京，要找的第一个人便是徐爵。对这位如今不仅是冯保的大管家，同时自己也成了锦衣卫四品大员的京城新贵，潘一鹤焉敢怠慢，他一见面就奉上一张五千两的银票——即便在贿赂成风的官场，对徐爵这等人物来说，这也算是一份重礼。徐爵收钱就肯办事儿，当即就递信儿给冯保，约下了今晚上的这次会见。为了不事张扬，徐爵特意要了两乘小轿。

冯保所住的府邸，在巷子最里头，门口禁绝行人。徐爵一下轿，门役立刻上前，恭恭敬敬喊了一声"大管家"，徐爵问："老爷回来了吗？"

"没有。"

"没有？"一只脚已跨进门槛的徐爵，又把腿收回来，问门役，"老爷不是说一散班就回家吗？"

"小的也不知道。"

徐爵自从当了锦衣卫指挥佥事后，就从冯府搬了出去。除了大事他还帮冯保照应，一应家政他早就不管了。冯府管家另由一个叫张大受的人接任。但冯府一应仆役，还是把徐爵当管家对待。这会儿见门役的表情，似乎还不知道他是有约而来，便问："张总管呢？"

"他半下午就去了宫里头，到现在也没回。"

"啊，莫非宫里出了什么事儿？"徐爵心下猜疑，对跟在身后的潘一鹤说："咱们先进去坐会儿，等咱老爷回来。"

冯保不在，徐爵俨然就成了冯府的"二老板"。他一来，仆役们都争着上前与他打招呼套近乎。尽管他官袍加身，大家仍只用家礼同他相见，徐爵也习以为常。他领着潘一鹤刚在客堂坐定，便见张大受气喘吁吁跑了进来。这张大受也是冯保的心腹，他比徐爵言辞短一些，所以出头露面的机会也少，在外头的名气比徐爵小得多。他还有一点与徐爵不同，他是被阉过的人，属于在籍的太监，腰上悬有大内牙牌，出入禁廷要比徐爵容易得多。大凡要在宫里头办的事，冯保便都交给张大受。此时，张大受一眼瞥见徐爵，便嚷道："老哥子，咱就知道你先来了。"

"咱不是按老爷约定的时间来的么。"徐爵疑惑着问，"怎么，咱们不该来？"

"不是不该来，是宫里头发生了大事儿，老爷一时脱不开身。他让咱先赶回来，说是若你们没到，就改时间约见，若是来了，就多等会儿。"

张大受说着，一屁股坐下来，撩起袖口就擦额头上的汗。徐爵看他紧张兮兮的样子，禁不住好奇地问："宫里出了什么事儿？"

"你说今天是什么日子？"张大受反问。

"三月初六。"

"对呀，三月初六晒龙衣。"

"晒龙衣怎么了？"

"晒龙衣晒出麻烦来了。"张大受紧一句慢一句数落起来，"皇上的龙衣，都由内官监甲字库保管，一溜二十个大铜柜，里头满登登儿装的都是皇上的各种袍服。今儿早上，甲字库几个管事牌子一起开库启柜，验单清衣。一件一件拿出去晒太阳，在清理过程中，发觉少了一件。若是平平常常的一件也就罢了，偏是那最最不能少的一件。"

"哪一件？"

"万历六年，皇上大婚时特制的那一件礼服。这件衣服是由孙隆的杭州织造局监造的，造这件衣服花去十八万两银子，是万岁爷最贵的龙袍。"

"这么贵重的龙袍，怎么会丢呢？"

"是呀，甲字库的内侍们翻箱倒柜，恨不能掘地三尺，但就是找不到。"

"后来呢？"

"那会儿，咱老爷还没到司礼监值房哪。内官监觉得事情重大，跑到司礼监禀报，当值的是秉笔太监张鲸。这张鲸一听，也不等咱老爷，就径直跑到万岁爷那里奏本儿去了。万岁爷一听，顿时雷霆大怒，当即下旨，把内官监甲字库有关人员全部抓起来一并拷问，非要查出结果不可。"

"查出来了吗？"

"哪有这么快查得出来的。"张大受哭丧着脸说道，"老爷捎信儿让咱去，是让咱回来把全府仆役都召聚起来通个气儿，这些日子不要在外头惹是生非。"

徐爵听到这里，心里头便打鼓。他知道冯保的行事风格，若非遇上大麻烦，断不会让张大受回来约束家仆。想了想，便又气愤地说："按照规矩，这个张鲸得知失窃事件之后，应首先向咱老爷禀报。该不该奏明皇上，由咱老爷决定。他张鲸凭什么越权上奏？不知他调唆了什么，惹得皇上如此震怒。"

"这都是未解之谜，咱老爷心里有数。"张大受说着，像是才发现潘一鹤一样，指着他问道："你就是潘晟大宗伯的管家？"

"是的。"潘一鹤赶紧满脸堆下笑来，朝张大受一拱手说，"我叫潘一鹤。"

张大受两只眼迷瞪瞪地盯着他，提醒道："潘老弟，方才咱和徐爵哥儿俩的谈话，你知道就行了，万不可外传。"

"张大哥放心，小弟不会乱说一句。"

"不乱说就好。"张大受说着就起身，对徐爵说道："你陪潘老弟宽坐，咱去召集仆役开会。"

看着张大受匆匆而去的背影，徐爵呆着脸怔忡有时，方讷讷言道："咱老爷是万岁爷的大伴，万岁爷从没有对他发过脾气，难道这一回……"

徐爵看了潘一鹤一眼，把剩下的半句话吞了回去，潘一鹤知窍，故意引开话题，问道："徐管家，冯老公公忙着处理急事，咱们是不是改个日子再来？"

"老爷既然吩咐让咱们等，咱们就等。"

徐爵一句话未了，便听得大门口有落轿的声音，他忙起身伸头去看，只见冯保背着手，正缓缓地朝客堂走来。

今儿宫里头的暴风骤雨，冯保是始而吃惊，继而恐惧，接着是愤怒，最终复归平静。他吃惊有两点缘由，一是锁钥甚严看守紧密的甲字库，为何还能失窃？除了作奸自盗外，怎作何解释都不可信。偏甲字库的一帮管事牌子一个个都不承认有盗窃行为，拷问了大半日竟没有头绪。第二点令冯保吃惊的是，就这么一件寻常失窃案，皇上居然气得像个红脸关公，当他闻讯赶到西暖阁时，皇上竟朝他吼了起来："大伴，宫里头出了这样大的盗贼，你平日怎么管的？"一句话噎得他半天透不过气来。皇上对他发火，这还是第一次，他因此感到恐惧。回到司礼监值房后，他静下心来一琢磨，觉得皇上发火绝非偶然。自从张居正病倒以后，皇上的心情就时好时坏，近些时更传出他和王皇后感情不睦的消息。王皇后住在坤宁宫中，皇上多少日子都不去一回。王皇后行为端庄，见不得任何一点轻佻的举动，朱翊钧有时想变着法儿和她亲热亲热，她推推搡搡就是不依。长久下去，朱翊钧就失去了对她的兴趣。这次甲字库失窃之所以引起皇上的震怒，据冯保推测，皇上倒不是特别在乎那一件价值十八万两银子的新婚礼服，而是因此想起了当年与王皇后新婚宴尔两情相悦的蜜月。往事不可追，当下正无奈，这也许就是皇上大为光火的真正理由。揣摩到皇上借题发挥的心理，冯保心下稍安。但他立刻又想到绕过他直接把这件事捅到皇上那里去的张鲸，刚松弛下来的一颗心又揪得紧紧的。他当即找来张鲸询问究竟，张鲸回答说是因为这事儿发生在他守值期间，若等冯保这个"当家的"来到后再奏报皇上，恐冯保嗔怪他推卸责任，故先行上奏，是祸是咎由他来承担。这回答无破绽可挑，但冯保因此对张鲸产生了疑心。这事儿要是张鲸先向他请示，他根本就不会上奏皇上，而是先让内官监自己寻找，万一找不着，再找个替罪羊送到东厂拘禁，到那时再向皇上禀报也不迟。尽管张鲸在他面前表现出一副诚惶诚恐的样子，他凭直觉感到张鲸此举是别有所图。但他只把强烈的不满与愤怒深藏于心，表面上仍对张鲸信任如初，委托他全权处理此事。张鲸受命之后，也想借机表现自己的才能，但他除了拷问别无他法，折腾了一天，仍一无所获。一直守候在值房里等候结果的冯保，这时只得吩咐张鲸，先将一应涉案人员带往东厂羁押，明日再接着审理，他自己也就乘轿回到府邸。

却说冯保慢悠悠走进客堂，看到徐爵与另外一个人已毕恭毕敬站在那里，猜想那个人就是潘晟派来的管家了，也不等徐爵介绍，就问潘一鹤："你从浙江来？"

"是。"潘一鹤一看冯保不言而威的样子，不免有些张皇失措。

徐爵上前扶冯保坐下，小心地问："老爷，您还没用晚膳。要不，您先去膳堂吃点儿。"

"不用了。"冯保摆摆手说，"你让厨子把奶子热一热，咱先啜一壶。"冯保指的是奶子府每日送来的人奶，徐爵当即吩咐下去。

一会儿，便有一位丫鬟送了一壶温过的奶水上来，冯保一边啜饮，一边问道："你叫什么？"

"潘一鹤。"

"你家老爷致仕后，在家干些什么？"

"吟诗作赋，还新增了一个嗜好，钓鱼。"

"钓鱼？"冯保一笑，"潘大宗伯还有这等雅兴。"

"我家老爷说，钓鱼至少可以培养人三大功夫：第一是风雨不惊；第二是宠辱皆忘；第三是去留随意。"

冯保忖道："这三样倒还贴切。"遂放下啜空的奶壶，不无嘲讽地言道："你家主人这哪里是钓鱼，分明是钓龙啊！"

潘一鹤不知冯保说话的意思，因此不敢接腔。

徐爵这时插进来言道："老爷，潘大人虽然致仕在家，但心里头一直惦念着您。他听说您老人家在沧州预制寿藏，特派潘一鹤赶来北京，为您送来一点儿心意钱。"

"啊，咱预制寿藏的事儿，潘大人知道了？"冯保脸上浮出一点笑意。

"是京里的友人写信告诉我家老爷的。"潘一鹤说着又加油添醋巴结道，"听说老公公选中的那块吉壤已经显灵，动工破土那天，一只野鸡在吉地上的草丛中飞起，一锹下去，又挖出一条地龙，盘在那里，怎么着也不肯走，还是老公公亲自焚香祷告，那地龙才蜿蜒而去。如此龙凤呈祥，人人都恭贺老公公上符天意点了正穴。咱家老爷听说后，十分为老公公高兴，就让小的进京，当面向老公公表示贺忱。"

潘一鹤说到这里，将一张早已准备好的银票从袖笼里扯出来，双手递给冯保。

冯保一看，银票的数目是三万两，心中甚喜。但表面上他却沉下脸来，斥道："潘大人与咱是老朋友，怎么也不能免俗？"

"咱家老爷说，老公公平常清廉，手上并没有几个闲钱。这次顶制寿藏是人一生中的大事，怎么着也不能敷衍。认起真来又得花一大笔钱，作为老公公的至交，咱家老爷说什么也要帮衬帮衬。"

潘一鹤嘴巴顺溜，故意把事情扯到"情"字头上。冯保听了心下舒坦，便道："难得你家老爷有这一番心意，这么一说，老夫也不好再推辞了。"

"多谢老公公赏给我家老爷面子。"潘一鹤趁热打铁接着说道，"老爷还让小人带了几样东西，也是要送给老公公的。"

"又是什么？"

"是三张古琴。"

"古琴？"冯保眼睛一亮。

"我家老爷常夸老公公的瑟艺，堪称当今第一国手。回到老家后，便有心搜求古琴，钱塘乃南宋旧都，风流蕴藉，数百年锦绣不绝。半年下来，我家老爷就搜求到古琴三张，这次小人进京，也一并带了过来。"

潘一鹤言毕便出去了一会儿。原来在他乘轿前来冯府的同时，他还命随他进京的仆役雇了一辆驴车随后跟着，车上载着的便是那三张古琴。这会儿他让仆役把三张琴搬进客堂——架起，冯保在一旁欣赏。

琴架好后，潘一鹤介绍说："左边的那张瑟，二十三弦，叫雅瑟。中间的这张瑟，二十五弦，名颂瑟。右边的这张瑟，也是二十五弦，瑟身饰满宝玉，漆绘如锦，这张琴名叫锦瑟。雅瑟、颂瑟，都是南宋宫中旧物，这张锦瑟，却是唐宰相令狐楚家中传下的宝贝。"

说到瑟，冯保是行家里手。他家中收藏的古琴有一百多张，自汉至元每一朝代的都有。雅瑟、颂瑟两种式样的瑟，他家中都有。而且年代一在汉代，一在初唐，都比南宋要早得多，只是两琴的样子不如南宋宫中御制的精致。冯保最感兴趣的，还是这一张唐朝的锦瑟。此时他在锦瑟前坐了下来，用手轻轻一拨，羔羊皮制成的丝弦，立刻发出润厚的回声，他顿时赞了一句："唔，真是一张好瑟！"

"买这一张瑟，我家老爷花了三千两银子。"

"值。"冯保仔细端详这张锦瑟，小心翼翼地抚摸着琴身两端用宝石镶出的回形花纹，问潘一鹤，"你读过李商隐写的那一首脍炙人口的《无题》么？"

"是不是写锦瑟的？"潘一鹤问。

"是的。"

"读过，"潘一鹤说着就念了起来，"锦瑟无端五十弦，一弦一柱……"

"别念了，老夫且问你，李商隐说锦瑟是五十根弦，为何你这张锦瑟，只有二十五根弦？"

"这……"潘一鹤知道若在冯保面前不懂装懂只会坏事，便老实回答，"小的不知，还望老公公指教。"

"李商隐这首诗，是写男女私情。老夫一直怀疑他所言的五十弦，是两张锦瑟，一男一女对向而弹。"

冯保刚一说完，徐爵就赞叹起来："老爷学问高，这种解释合乎情理。"

冯保接着说："方才潘一鹤说，这张锦瑟是唐令狐楚家中的旧物。这令狐楚一身仕德宗、宪宗、敬宗三朝，也是中兴名臣。他通晓音律，家中养了一班歌伎，其中最好的一位青衣，也最得令狐楚喜爱，干脆给她赐名锦瑟。令狐楚在家宴客，常自己弹奏锦瑟，再让锦瑟姑娘按板而歌。这歌词儿，也全都由令狐楚撰写。所以，现在的人，只要一说起锦瑟，首先想到的是李商隐的那首诗，其次就是令狐楚。这个令狐楚，为锦瑟姑娘谱写的乐曲中，最有名的是《宫中乐》。十二年前，老夫曾觅得《唐宫乐谱》一本，上面就有《宫中乐》。"

徐爵久跟主人，最会挠痒儿，这会儿赶紧接嘴道："老爷，您现在既有《宫中乐》谱，又有这张锦瑟，都是令狐楚的旧物，可谓珠联璧合了。恳求您老人家弹奏一曲《宫中乐》，让小的们一饱耳福。"

冯保一笑，也不答话，左手抚着琴，右手按弦，果真弹奏起来。刹那间，从他灵巧的指间，流出一阵优雅的乐声，这数百年前的古琴，在人间经历了太多的风雨沧桑之后，早已是燥气全无，发出的声音是那样的深沉、圆润；而这唐代的《宫中乐》，比之当下大内御乐，也显得雍容大度激情四溢。冯保一边弹奏，一边还把令狐楚填写的五首《宫中乐》吟唱出来：

楚塞金陵靖，巴山玉垒空。
万方无一事，端拱大明宫。

雪霁长杨苑，冰开太液池。
宫中行乐日，天下盛明时。

柳色烟相似，梨花雪不如。
春风真有意，一一丽皇居。

月上宫花静，烟含苑树深。
银台门已闭，仙漏夜沉沉。

九重青琐闼，百尺碧云楼，
明月秋风起，珠帘上玉钩。

一曲弹罢，冯保还沉浸在唐代宫廷音乐的氛围中，良久才叹息一声，言道："天下盛明，宫中方可行乐。令狐楚献诗巧谏，这与今年元宵节在午门城楼上，张居正让冯琦奉御献诗的路数一模一样。历朝历代，孤忠之臣辅佐皇上，哪一个都是用心良苦啊！"

"老公公说的是，"潘一鹤趁机说道，"我家老爷常常念及，说老公公与首辅张大人，都是大明开国以来最好的顾命大臣。他老人家也无时无刻不在想着，该如何仿效你们两位相臣。"

"是吗？"

"倘若还有机会为朝廷效命，我家老爷一定会以老公公为楷模。"潘一鹤趁机说出此行的目的。

"这么说，你家老爷有重出江湖之意？"

"是，还望老公公便中推荐。"

冯保点点头，沉思了一会儿，正欲说什么，忽见东厂掌作陈应凤风风火火闯了进来。

"你怎么突然来了？"徐爵问。

"启禀老公公，"陈应凤对冯保深深一揖，匆匆言道，"德胜门内，守城兵士与叫花子发生了斗殴，出了三条人命。"

"怎么打起来的？"

"叫花子饿疯了，哄抢店铺，守城兵士赶去制止，双方便交上手了。如今叫花子越聚越多，若不赶紧制止，恐怕要闹出大事儿来。"

见陈应凤巴巴急急的样子，冯保又想起上午在大内发生的龙袍失窃事件，嘀咕了一句："真是祸不单行。"说着便大声喊道："备轿，去巡城御史衙门！"

第二十八回

赈灾情急抱病面圣
盼孙心切懿旨册妃

翌日上午，朱翊钧刚用罢早膳，冯保就跑到乾清宫求见。在西暖阁，他把昨夜城里头叫花子闹事的情况简明扼要向皇上做了禀报。

一听说闹出了人命，朱翊钧就急着问："死的是兵士还是叫花子？"

冯保答："兵士死了一个，是个哨长。叫花子死了两个，一个中年汉子是打架打死的，另一个老头儿，在慌乱中让人踩死。"

"叫花子哄抢店铺，那就不是叫花子了，应该是强盗。大伴，你说是不是？"

"皇上所言极是，"冯保答道，"小鬼造反乌龟翻潭，虽成不了事，终究叫人腻味。"

"这事儿，着刑部处置。"朱翊钧说着，又想起昨天甲字库丢失龙袍的事，便接着问，"大伴，甲字库的那帮牌子，是否审出了眉目？"

"皇上是说龙袍的事？"

"是呀。"

"还没审出来。老奴按皇上的旨意，让张鲸审理此案。他拘拿了五个牌子，拷问了一天，也没问出个子午卯酉来。"

"张鲸办过案么？"

"往常没办过。"

"没办过，他就不知道如何应付。常言道贼精贼精，既然能当贼，就是大精明人。像张鲸那样抽一鞭子问一句，人家哪里肯随便招认。"

"这五个牌子，如今在东厂羁押。"冯保本想借机将张鲸寒碜几句，想想又不妥，又道，"依老奴之见，查此类失窃案，一味的拷问终不是法，还得顺藤摸瓜，找到真正的窃贼。"

"大伴说的是，朕看这案子，还得你亲自处理。"朱翊钧说到这里，停了一下，又道，"大伴，昨日朕一时性急，对你吼了几句，你莫往心里去。"

一听皇上为昨日的发怒表示歉意，冯保心头一热，答道："皇上这是说哪里话，宫里头出了这大的失窃案，不要说骂老奴几句，就是动一下家法，也是应该的。"

两人正说着话，忽见乾清宫一名内侍进来禀报，说是张居正紧急求见。朱翊钧一下子挺直了身子，问道："什么，张先生，他在哪里？"

"他在皇极门口等着。"

"他病好了吗？"

"没有，听说他半躺在轿子里，下轿都困难。"

"快请，到云台，不，云台太远，恐张先生走不动，就到文华殿的恭默室吧。"朱翊钧说罢，就让冯保跟着他，急匆匆朝恭默室而来。

朱翊钧刚坐定，便见一乘两人抬的肩舆在恭默室门口停下来。两名文华殿的值殿太监上前，从肩舆上扶下张居正。因皇宫内不准乘轿，在冯保的安排下，张居正换乘了内廷专用的两人抬肩舆前来。看到他步履艰难，朱翊钧赶紧起身，到门口把张居正扶了进来。

张居正自那次听了冯保的劝告，搬回家去疗养，差不多又过去了半个多月，病情一直不见好转。加之一应重要章奏，都还得他亲自票拟，十年首辅生涯养成的事必躬亲的习惯，如今一时间改不了。虽在重病之中，朝廷中大小事儿他仍放心不下，即便躺在病床上，每天还得处理公务，少则几件，多则十几件。往常在内阁当值，遇有犯难事，他可以随时给皇上写揭帖求见，当面沟通。自患病后，君臣二人见面不容易，对一些事情的处置，纵有不同意见，也只能靠信札和让人带话儿表达。似这般信札商榷，朱翊钧与张居正两方面，都深感不便。就说昨天晚上发生的叫花子哄抢店铺事件，五城兵马司堂官贺维帧连夜跑到纱帽胡同张大学士府向他告禀。他一听就感到这绝非一般的斗殴事件，便命贺维帧去带了两个叫花子到他家来，他强撑病体，差不多询问了一个多时辰，不觉已交了未时。这时候再上床休息，躺了两个多时辰，又哪里睡得着。天快亮时好不容易眯了一会儿，却又做了一个噩梦，梦见京城大街小巷满世界都是舞枪弄棒的叫花子，惊出他一身冷汗。尽管周身酸软两条腿像灌了铅，他还是挣扎着起床如常洗漱，穿戴整齐，让家人备轿前往紫禁城。在他看来，叫花子闹事是一场非常严重的突发事件，若处置不当就会留下祸机。他担心皇上考虑不周而淡然处之，上一个条陈难尽其述，所以这才决定亲自来一趟。

却说自元宵节午门城楼上分手之后，快两个多月了，张居正这还是第一次看到朱翊钧。他一入恭默室，就挣扎着跪下，给朱翊钧行人臣觐见之礼。朱翊钧拗不过，只得受礼，然后亲自把张居正搀到椅子上坐下。乍一看到张居正形神憔悴满脸病容，朱翊钧大受刺激，两眼禁不住滚下了热泪，言道："元辅，你病得这么沉重，何必进宫。"

张居正所坐的椅子虽然垫了锦褥，他仍觉得屁股上大便口硌得生痛，但他强忍住，努力挺直腰身答道："快两个月没见到皇上，臣十分思念。正好又有重要事体要向皇上当面禀奏，所以，今天没有预约就进了宫。唐突之处，乞皇上原谅。"

朱翊钧本还想多寒暄几句表达慰问之意，但看到张居正难受的样子，只得赶紧问道："元辅有何事要奏？"

张居正说道："昨儿夜里，发生在德胜门内的事，想必皇上已知道了。"

朱翊钧点点头，瞧了一眼打横坐着的冯保，言道："冯公公一大早就已奏禀过了。"

"巡城御史贺维帧的紧急条陈还未读到？"

"没有。"朱翊钧解释说，"通政司的本子先送至司礼监，再由司礼监送进西暖阁，就算是急本，路途上也还得要一会儿工夫，这会儿想必到了。贺维帧的本子，是否也是说的叫花子闹事？"

"是的。"

"要不，朕命人去西暖阁把本子拿过来。"

"不用了，"张居正略一沉思，回答说，"贺维帧的本子，讲的是叫花子闹事的经过，这个，想必冯公公的述说也很详细。臣在这里要说的，是应该如何处置此事。"

"朕正准备下旨，将带头滋事的叫花子统统抓起来严加惩处，再申谕五城兵马司，限三日之内，把所有叫花子逐出京城，一个也不得漏网。"

朱翊钧一番话干净利落，本以为会博得张居正的赞扬，却不料张居正摇头言道："皇上，臣抱病求见，怕的就是您如此处置！"

朱翊钧脸色一沉，问道："元辅，难道这样处理，还会有不妥之处吗？"

"不是不妥，是错！"张居正一言政务，便恢复刚愎本性，此时他眉棱骨一耸，简捷言道，"若按皇上旨意，对叫花子严加弹压，必然激起民变。"

"有这么严重吗？"朱翊钧愕然问道。

"有，"张居正虽在病中，却依然神态严峻足以慑人，他沉缓言道，"昨夜事起之后，贺维帧跑来臣家禀报，臣让他找了两个叫花子当面询问，才得知一些实情，因此，臣一晚上都睡不着。"

"叫花子说了些什么？"冯保插嘴问。

张居正答："那两个叫花子，一个是大名府人氏，一个是真定府人氏。大名府的那一个是位老人。他讲自万历八年起，晴雨季节不按时序，春夏宜雨却一直旱，秋天宜阳又淫雨不止，导致年景荒歉收成微薄，有些田地甚至颗粒无收。但是，官府全然不念及百姓受灾实情，催缴田赋一如往日。农户家中几无隔夜之粮，哪里还能上缴赋税？偏官府毫不通融，不交田赋就拘拿锁人。农户抗不过官府，只得变卖家产，交清赋税赎出人质。如此一连两年，大名府的农户几乎破产，在家乡无法活命，只得全家人一起离乡背井，靠乞讨活命。那老人刚说完，来自于真定府的那一位中年汉子，已是痛哭失声。询其原因，他说老人所言句句属实，他本人的家产已变卖殆尽，家有八旬老母奄奄待毙，万般无奈，只有忍痛卖掉年仅十三岁的闺女，换回一点粮食赡养老母。合境饥荒，米贵人贱。卖闺女用秤称，一斤人只能换一斤麦子。这中年汉子的闺女重五十四斤，因此只换回五十四斤麦子。中年汉子将麦子留给老母度日，自己带着妻儿出外乞讨。听了这两位叫花子的哭诉，臣心如刀绞。皇上，唐杜甫曾有诗'朱门酒肉臭，路有冻死骨'，这说的是兵戈相见的乱世，如今是轿马挤塞于途、丝竹不绝于耳的太平盛世，在京畿之内辇毂之下，竟然还有这等饿殍遍野的惨事发生。皇上，您听了作何感想？"

朱翊钧默然良久，方沉重言道："朕万万没想到一个简简单单的叫花子闹事，后头还有这么悲惨的故事。元辅，听那两个叫花子的口气，好像是官府逼得他们离乡背井，这话是否属实？"

张居正听出朱翊钧的弦外之音，似乎叫花子事件与朝廷推行的税政有关，立刻辩解道："皇上，臣执意在全国清丈田亩，推行'一条鞭'法，其意一是为朝廷理财；二是惩抑豪强保护小民。我张居正务求国家富强，但决不横征暴敛，为朝廷揽取额外之财。地方官吏为朝廷征收赋税，是依法行事，谁也没有让他们鱼肉百姓盘剥小民！"

"张先生说的是。"冯保眼见张居正咄咄逼人的架势，让朱翊钧有些难堪，便插话说，"不过，官府收税，只要没有额外征收，也没错到哪里。"

"老公公此言差矣。"张居正得理不饶人，又驳斥冯保道，"农户颗粒无收，官吏凭什么还要征收赋税？"

"不征收怎么办？朝廷额有所定呀。"

"额有所定不假，但逢天灾人祸，地方官吏应及时向朝廷奏实，请求蠲免租赋。"

"元辅所言极是。"朱翊钧霍然醒悟，言道，"两年来，从不见真定、大名等府的官员有本子上来，奏明灾事。"

"这就是症结所在。"张居正义正词严，"底下的百姓，见不着皇上。官吏催收赋税，对他们如狼似虎，他们还以为这是朝廷的主张，许多怨气无法排泄，就会自然而然迁怒于皇上。古人讲'官逼民反'，就是这么个理儿。载舟之水可以覆舟，此中蕴含的道理，还望皇上三思。"

"元辅不用再说，朕明白了利害。"朱翊钧终于悟出了张居正抱病进宫的良苦用心，感动地说，"地方官隐瞒灾情不报，是怕误了政绩。考成法有明文规定，地方官若催收赋税不力，有司必纠察弹劾。因此，这些官员为了应付考成法，保自家前程，便全然置老百姓的死活而不顾。这里头的情由，于法可商，于理难容。元辅，你说，眼下该如何处置这件事？"

张居正听出皇上既同意他的剖析，又有所顾忌，但他今天已没有精力来谈论这一问题，只就事论事答道："昨夜由于调了京营的一千兵士前往镇压，局势才控制住，但如今聚留京城的乞丐流民，少说也有好几万人。这些人并不是成心闹事，只是想有口饭吃，对他们施加武力，终是失道之举。臣建议不要强行驱赶他们，先在城里头多开几处粥厂赈济，使他们的情绪安定下来，然后立即张榜告示，减免京畿受灾数府两年的赋税钱粮，已经强行征收的，一律退回。另外，紧急敕谕户部，调运通州仓存贮的漕粮，解往以上州府赈济抚恤。"

张居正说出早已想好的主意，朱翊钧点头称是，回道："朕立即下旨各有司衙门，按元辅说的办。另外，为了体现朕爱民之意，朕也从内廷供用库中拨出十万两银子，作为赈济之用。"

朱翊钧如此大方，竟要拿出私房钱来救抚灾民，这一点令张居正大为感动。他枯涩的眼窝里不禁溢出热泪，哽咽言道："皇上，灾民们一旦知道您的慷慨之举，他们一定会奔走相告、山呼万岁了。"

"元辅，你曾多次传授牧民之术给朕，让朕明白'民不畏死，奈何以死惧之'的道理，还让朕知晓君轻民重的驭国之方，如今正好用得着。只要老百姓安居乐业渡过灾难，朕少花十万两银子又算什么！"

在冯保听来，朱翊钧这一番表白好像是为了讨好张居正。他知道朱翊钧始终对张居正存有几分忌惮，两人一起议论朝政决断大事，朱翊钧尽管有时候心里不服，表面上却言听计从。但今天的话，倒叫冯保真假难分。说是真，他昨儿个还为供用库用银不足大发牢骚，如何今儿个脑子一热，又拿出十万两银子赈济灾民？说是假，皇上这副认真的神态又让你瞧不出一点破绽。揣摩再三，冯保也不知朱翊钧葫芦里卖的什么药。但有一点他可以断定，一旦这十万两银子从内廷供用库划出，皇上肯定又会磨缠着要他想办法补回这笔开销。想着与其日后自己独吞一斗黄连水，倒不如现在就在这里把话挑明，拖着张居正一起设法填补亏空，于是言道："皇上体恤灾民，要拿私房钱来赈济，这是天大的恩德。咱们当奴才的，做臣子的，真是为天下苍生感到高兴。但是，皇上自去年下旨关闭了十七座矿山之后，供用库的银子进项就少了差不多一半，许多开支都应付不了。现在又一下拿出来十万两，这个大窟窿怎么填呀。"

朱翊钧一听这话，心下高兴，嘴里却说："大伴，今儿个不说这些。"

"是是，老奴不该多嘴。"冯保将手上拿着的茶杯往茶几上轻轻一搁，朝张居正歉意一笑，说道，"张先生，咱们还得想办法，让供用库多少增加一点儿收入。"

张居正等于被冯保将了一军，只得顺题儿答道："这个是应该的。"

冯保接着说："听说皇上想从云南买铜铸钱，工部右侍郎钱普上本奏说不可。"

"实有其事。"张居正答道，"钱普曾就此事前来征询我的意见，我说此事关系朝廷钱法，万不可轻启炉火。"

"钱普是这么说的。"朱翊钧对铸钱一事一直耿耿于怀，此时趁机发牢骚，"朕虽然准钱普所奏，停止购铜，但仍觉得，钱普是小题大做。"

张居正说了这半日的话，早已坐不住了，他很想就着椅背躺一躺，但又怕失了人臣之礼，故撑着挺直腰板，忍着愈来愈烈的疼痛问道："不知皇上为何有这种想法？"

朱翊钧嘴一噘，咕哝道："朕只是想铸些铜钱，以作宫里赏赐之用，怎的就坏了钱法？"

张居正用两手撑着身子，以便能让屁股透气，减少大便口的疼痛，他艰难回答道："天下钱数流通者，分金、银、铜钱三种。银少，金更少，市面交易，多以铜钱为主。但铜钱究竟铸多少为宜，由户部宝钱局专职其事。铜钱与银锭的比价，视铜钱多寡而论。若铜钱铸得太多，则鄙薄不值。国朝以来，凡朝廷严循钱法时，则物价便宜，反之则腾贵。如永乐皇帝享祚时，五吊铜钱值一两银子，一吊钱可买五只鸡，或一担谷米。到了英宗朝代，由于铸钱太多，铜钞贬值，一吊钱只能买一只鸡。银子价值不变，依然是一两银子买五担谷米，但买一担谷米的铜钞却由一吊涨到五吊。如此一比较，等于是二十五吊铜钱才值一两银子，无形之中，铜钞贬值了五倍。这样一来，最吃亏的是市民百姓和靠俸禄吃饭的文武官员。老百姓手中，很少有银两，日常买进卖出，使用的都是铜钱。官员们的俸禄，素来分本色俸与折色俸两种。本色俸是谷米，折色俸分银与铜两种，比例是三分银、七分铜。铜钞一贬值，官员们一个个苦不堪言，往常能买一只鸡的钱，如今只买得回一把小葱。如此一来，俸禄低薄的中下层官员，还有更多的无品秩可言的掾吏，不要说过有酒有肉的好日子，就是只求菜饭一饱，也得精打细算。所以说，钱法实乃关系国计民生的根本大法，皇上作为一国之君，务必带头遵守。"

"元辅讲的这番道理，朕也懂得。但朕虑着两万斤铜铸不了几个钱，还不至于引起铜钞贬值。"朱翊钧显然是不当家不知柴米贵，故说出的话含有几分赌气。

张居正本想耐心讲一番"千里之堤溃于蚁穴"的防微杜渐的道理，怎奈身子再也坚持不住，两手一松，竟一摊泥似的瘫倒在椅子上。朱翊钧与冯保两人，顿时都大惊失色。看到师相瘦削的前额上虚汗涔涔而下，朱翊钧惊恐地喊了一声："元辅！"

张居正意识清醒，他还想顽强地撑持起来，怎奈周身疲软如棉花，他动了动眼皮，连说话的力气都没有了。

冯保忙伸头朝门外大喊一声："太医！"

随张居正一同入宫的太医在隔壁房子里候着，听得叫喊，慌忙跑进恭默室，也不及向皇上行礼，就手忙脚乱地对脸色煞白的张居正进行施救。

这当儿，冯保把六神无主的朱翊钧请出恭默室，护送回了乾清宫。

当天下午，午膳过后稍事休息，朱翊钧刚到西暖阁坐定，正说派人前往张居正家中探视，忽见慈宁宫随堂太监进来传话，说是太后娘娘请皇上过去叙叙话儿，朱翊钧不敢怠慢，忙撇下手头事情，乘了肩舆来到慈宁宫。

自搬出乾清宫后，李太后的日子越过越清闲，每天就靠抄经念佛听曲看戏打发时光。表面上看，她是悠悠度日万事不关心，其实，皇上的一举一动都还在她的监控之中，在冯保的安排下，满大内到处都有她的耳报神。经过万历六年的曲流馆事件，差一点被废掉的朱翊钧虽然始终记着恨，却是再也不敢胡来，至少在李太后面前保持谨慎不做越格的事，即便这般谨慎，只要李太后一说见他，他仍然会忐忑不安，习惯地将自己近日来的所作所为检视一遍，生怕有什么犯头。

却说朱翊钧走进慈宁宫，李太后已在花厅里候着他了。阳春三月阳光融和，李太后早脱了冬装，穿了一件薄薄的玉白色夹丝长裙，外头披着一袭兜罗绒的宽幅霞帔，头上也没有戴繁杂的金件玉饰，只是在高挽着的苏样发髻上，斜斜地插了一支翡翠闹蛾儿。这副打扮让人感到亲切，朱翊钧见了心下一宽，知道母后今儿个心情甚好，当不会有什么"兴师问罪"的事发生。

果然，当他向母后请安后刚一坐下，李太后就笑着说："钧儿，看你这身衣服怎么穿的？龙袍下摆都打皱了，你身边的那些牌子，是怎么料理的？"

朱翊钧勾头一看身上的龙袍果然有几道乱绉，便道："午膳后，咱打了个眯盹，许是压皱了。"

"这种事儿要注意，当皇上的，最要讲体面。"李太后说着，又问，"听说上午你在恭默室会见了张先生？"

"是的，是张先生紧急求见。"

"他的病有好转吗？"

"哪里有好转，上午又闹了一次险。"

朱翊钧说着，就把上午会见的情况大致做了禀告，李太后听罢喟然一叹，言道："当年诸葛亮辅佐蜀国幼主，说他'鞠躬尽瘁，死而后已'，从此成为宰相中的千古楷模，咱看张先生这份忧患之心，当是诸葛亮再世。"

"母后说的是。离开恭默室后，儿当即卜旨，彻查京畿各府灾情，凡隐匿不报的官员，一律严惩。"

"你这样做，京畿的老百姓就会说你是一个好皇帝，张先生也会为你感到高兴。"李太后说着眉头一蹙，又忧虑地说，"张先生的病总不见好转，这不是好事儿。"

看到母后对张居正的病情表现得过于关切，朱翊钧心里感到别扭。对张居正，他的感情一直很矛盾，治国政务他离不开这位师相，没有张居正替他排忧解难，多少揪心事还不把他压得趴下？但他又嫌张居正对他钳制太多，头上总有一道紧箍咒儿，让他轻松不了。因此，对张居正患病，他是既怕他死了，又怕他活过来，这份心情，他一丝儿也不敢在母后面前表露。此时，他只得顺着母后的意思说道："张先生积劳成疾，依儿来看，一时难得痊愈。"

"他究竟是什么病？"

"据冯公公说，太医告诉他，说张先生是痔疮，小肠子从大便口掉出一截，缩不回去。"

"这种病，当不致有生命之虞吧。"

"难说，"朱翊钧故意装得沉重，"张先生为病情折磨，吃不能吃，睡不能睡，每日还得为国事操劳，纵是铜铸铁打的人，也经不住这样折磨。"

"是啊，你要经常派人前往问候。"

"儿天天都派人去。"朱翊钧一副唯命是从的样子，忽然又漫不经心补了一句，"听说张先生有卸职之意。"

"是吗?"李太后一下子瞪大了眼睛，问道，"他已经递本子了?"

"没有，他向冯公公表示过。"

"不能让他卸职，朝廷少不得他。"

"可是，他病得这么重，像昨夜叫花子闹事，他抱病处理，彻夜不眠，今天在恭默室，他疼得差一点昏死，儿见了，的确于心不忍。"

"唉，为何好人都不……"李太后本想说"好人都不长寿"，想想这话不吉利，又咽下了，改口说，"只要张先生活着一天，这宰辅就不能换人。"

"儿记住母后的话。"朱翊钧经此试探，探清了母后的心思，便道，"想想也是，张先生这一病，多少人又生了妄想，觊觎首辅的位子。"

"眼下大臣中，谁有这个能力? "李太后嘴一瘪，不屑地说，"麻雀儿生鹅蛋，能成吗? "

一句俏皮话逗得朱翊钧一乐，也凑趣儿言道："大臣中，多数人都是小气相。"

说到这里，母子二人都会心地笑起来。

这时李太后吩咐侍女送来一些茶点。吃过后，李太后命在花厅里服务的内侍都尽行退下，然后对朱翊钧说："钧儿，方才说张先生的事，只是顺便提及。其实，今天找你来，为娘的另有一件事要问你。"

朱翊钧本以为正事已经谈毕，正准备闲聊几句告辞，听母后这么一说，他一颗心顿时又提到嗓子眼上，深吸了一口气，紧张地问："不知母后要问何事？"

"皇后住在坤宁宫，你多久没去了？"

"大概有……三天吧。"朱翊钧脸红红地支吾道。

"三天，三个三天都不止吧。"李太后盯着儿子，嗔道，"小两口成婚都三年多了，为娘的想抱个孙子都抱不成。你那正宫皇后有啥不好的，你偏要闹别扭，不肯和她亲热。"

朱翊钧不喜欢王皇后，这在宫里头早已不是秘密。李太后始终袒护着王皇后，也曾将小两口叫到慈庆宫调解多回，朱翊钧明里唯唯诺诺谨遵母命，回到乾清宫还是我行我素，不肯与王皇后同房，李太后也拿他没有办法。这会儿李太后又提起这档子事，朱翊钧硬着头皮回答："皇后性情太冷。"

"你那副样子，叫她想热也热不起来。"李太后驳了儿子一句，又问，"今儿个你对娘说实话，是不是另外有相好的？"

这一问突兀，朱翊钧浑身一颤，忙回道："没有，真……的，没有。"

瞧着儿子的窘态，李太后扑哧一笑，挖苦道："没有没有，看看你那张脸，都红得像灯笼，快告诉我，你瞧中谁了？"

"瞧……"朱翊钧舌头发僵。

"在娘面前，你还想瞒什么？"李太后知道儿子的心结，便把口气缓和下来，言道，"钧儿，为娘的没有难为你的意思，只是抱孙心切。"

"母后，儿实在没有相好的。"朱翊钧仍一口否认。

"既然你不肯招认，娘只好替你把人找来。"李太后说着朝窗外一喊，"容儿。"

"唉！"门外有人答应。

"将她带来。"

不一会儿，便见尚仪局女官容儿领了一个侍女进来。

朱翊钧一见这侍女，便是那一年在曲流馆被他割了头发的巧莲，顿时恨不能找一条地缝儿钻进去。

李太后示意让巧莲挨着她坐下，然后问朱翊钧："你不会说你不认识她吧。"

"认识。"朱翊钧勾着头不敢看人。

却说巧莲自那次曲流馆受辱后，却因祸得福，被李太后看中调入慈宁宫当了她的贴身女侍。李太后替她改名叫迎儿，这名字念起来喜气，也间接反映出李太后的某一种心态。迎儿心灵手巧，有几分大家闺秀的气韵，加之做得一手好女红，李太后便很喜欢她。朱翊钧每次到慈宁宫，只要一见到迎儿，他就想到曲流馆，因此极不自然。迎儿乖巧，反倒像什么事情都没有发生过，每次见到万岁爷，总是眯眯笑蹲个万福，若是躲开李太后的眼睛，她还会没话找话和朱翊钧聊上几句。当年在曲流馆中，朱翊钧同时见到巧莲和月珍两位宫女。巧莲不单有才情，且那一张标致的瓜子脸也讨人喜欢。朱翊钧本有心于她，怎奈她一时放不开，朱翊钧才移情于月珍。如今见巧莲"尽弃前嫌"，越发嫣然可爱，朱翊钧不免旧情复萌，对迎儿竟又产生了几分爱意，只是苦于李太后照看甚紧，朱翊钧这一只馋猫，找不着机会偷食儿。去年冬上有一天，朱翊钧遛到慈宁宫，适逢李太后到慈庆宫串门，与陈太后拉闲话儿去了，迎儿独自一人坐在窗前绣花。朱翊钧问清了情况，估摸着母后一时半会儿回不来，多时就在潜烧的欲火一下子蹿起来，也顾不得君王体面，竟就在迎儿陈设简单的睡房里宽衣解带云雨一番。事毕，朱翊钧像做贼似的偷偷溜出慈宁宫，一连几天心神不定，生怕事情败露李太后又要追究。后来见李太后浑然不觉，才断定此番偷情成功，一身的惶恐顿换成了满脸的得意，见了迎儿免不了眉来眼去，只要躲过李太后的眼睛，他还会在迎儿的脸上掐一把，胸脯上揪一把。勾引归勾引，却逮不着机会上床。近一个多月来，他多次到慈宁宫，不知为何却很少见到迎儿，偶尔见到，迎儿也像是一头受惊的小鹿远远地躲开。他心中正猜疑不知发生了什么事，李太后却把迎儿领到他的面前。

朱翊钧与迎儿偷情，李太后并不知晓。前天，她偶然发觉迎儿一个人躲在角落里呕吐，她让迎儿站起身来，发觉她的体形有些不大对劲，凭着女人的敏感，她判断迎儿是妊娠反应，便严厉追问是怎么回事。迎儿情知瞒不过，便如实招了。李太后闻讯即秘密展开调查，确信迎儿所说属实，便传信把儿子找来。如今看到儿子局促不安，李太后盈盈一笑，讥道："看你这副样子，和你那死去的父皇一模一样，烂在锅里的肉不肯吃，偏满世界捞野食儿。"

朱翊钧听出母后的话有些刻毒，顿时有了大祸临头的感觉，慌忙朝母后跟前一跪，言道："母后，儿只是一时糊涂，求您不要惩罚我。"

李太后一怔，旋即明白儿子把她的意思理解错了，便对迎儿说道："去，把皇上扶起来。"

迎儿遵命，姗姗上前将朱翊钧扶回到原先的位子上坐下。

李太后用爱怜的眼光看着儿子，问道："钧儿，你看迎儿有甚变化？"

朱翊钧哪里敢抬眼睛，只支吾着说："朕……儿没看出迎儿的变化来。"

"真的看不出来？"

"啊，迎儿胖了些，比过去……更好看了。"

"小糊涂，你究竟是看还是猜？"李太后笑眯眯骂了一句，又加重语气说道，"你既然跟娘打马虎眼，娘就挑明了告诉你，迎儿怀孕了。"

"啊？"朱翊钧身子猛地一抖，惊得嘴巴张开合不拢。

"迎儿，你说，你怀了谁的孩子？"

迎儿满脸红晕，那样子是既羞涩又兴奋，扭捏了半天，才喃喃说道："是……是皇上的。"

朱翊钧一听急了，又霍地站起来，仓促中嚷道："这怎么可能，我才一次……"

"一次就有消息儿，这说明你们两个有缘。"

朱翊钧感到不可思议，却又无法辩解，站在那里像一根木头。李太后示意容儿将迎儿扶了出去。花厅里，又只剩下母子二人。李太后看着儿子六神无主的样子，便劝慰道："钧儿，别那么失魂落魄的，这件事，为娘的并不责怪你。"

"那……"朱翊钧脑子里仍是一片空白。

"娘早就想抱孙子了，"李太后动情地说，"迎儿既怀上了你的孩子，你就得给她一个名分。"

"给什么？"

"迎儿的孩子生下来，如果是男的，就是太子，你说该给迎儿什么名分？"

"母后的意思，册封迎儿为妃子？"

"你说呢？"

"可迎儿是宫女出身。"

"宫女怎么啦？"李太后脸色突变，怒气冲冲说道，"你不要忘了，娘怀你的时候，也是一名宫女！"

"娘……儿说错话了。"朱翊钧意识到伤害了母后的自尊，两眼噙着泪水。

李太后待情绪稳定后，方对儿子吩咐道："明日，你就传旨礼部，迅速办理迎儿册妃的事。"

"儿遵命。"朱翊钧刚说完，便见容儿又叩门求见。

李太后问她何事，她答道："冯公公来了多半会儿，一直在廊下坐等，说是有急事要禀报。"

"请他进来。"

转眼工夫，便见冯保急匆匆跑了进来。不等他禀事，李太后先向他通报了迎儿册妃的事，冯保其实早就知道迎儿怀孕的事，只是李太后不提，他就不敢造次乱讲，这会儿听了，便满脸堆下笑来向皇上道喜。朱翊钧觉得事情太突然，越是道喜他越是难堪，于是拦了冯保的话头，问道："你有何急事要禀？"

冯保忙收了笑脸，说道："老奴派人到纱帽胡同张先生家去探视病情。太医院的院正守在那儿，偷偷对咱手下的牌子说，张先生的病，恐怕是没有救了。"

李太后听罢脸色大变，说道："从没听说痔疮是绝症，怎么就没有救了？"

冯保道："太医院的话，的确不能当真。但他这一讲，若传出去，岂不动摇人心？"

"这个倒是。"李太后想了想，也不征询朱翊钧的意见，顾自言道，"从今天起，太医院的郎中们全部在衙门守值，一个都不准回家。"

"母后，这样是不是过分了？"朱翊钧小心问道。

"有什么过分的，要想不走漏风声，只能这样做！"李太后说得斩钉截铁。

冯保赶紧告辞，他要派人到太医院传旨。

第二十九回

乞生还宫中传急本
弥留际首辅诉深忧

四月中旬，久病不愈的张居正自感肌体羸疲，已无法履行首辅职责，遂向皇上递了《乞骸归里疏》，言及"伏望圣慈垂悯，谅臣素无矫饰，知臣情非获已，早赐骸骨，生还乡里。倘不即填沟壑，犹可效用于将来，臣不胜哀鸣恳切，战栗陨越之至"。语极悲凉哀切。万历皇帝看过之后，亲颁手敕，命司礼监太监张鲸送到张府。敕曰：

> 谕太师张太岳：朕自冲龄登基，赖先生启沃佐理，心无所不尽，迄今十载，四海升平。朕垂拱受成，先生真足以光先帝顾命。朕方切倚赖，先生乃屡以疾辞，忍离朕耶？朕知先生竭力国事，致此劳瘁，然不妨在京调理，阁务且总大纲，着次辅等办理。先生专养精神，省思虑，自然康复，庶慰朕朝夕惓惓之意。钦赐元辅银元宝四十两、甜食二盒、干点心二盒、烧割一分。钦此。

本来，对于张居正的病情，李太后已下过懿旨，要严格保密，但朱翊钧听信张鲸的建议，谕旨通政司，将张居正的《乞骸归里疏》和以上这道圣敕一同在邸报上刊登。这样一来，天下官员都知道张居正病情严重，似乎患的是不治之症，而皇上对这位师相的宠信，也是一如既往注念有加。官场上的人最会见风使舵，早在一个多月前，京城里就有官员设道场为首辅祈福。像那个工部右侍郎钱普，硬是在昭宁寺设下观音坛，悬幢扬幡敲钟击磬地折腾了三天。那时候，虽有同道中人夸赞钱普心眼儿通透，对首辅一往情深，但更多的官员却认为他这是马屁精的虚套，有讥他纸糊灯笼当菩萨的，有笑他螺蛳壳里做道场的，总之是三人嘴阔一尺，说什么的都有。如今看到皇上的这道敕谕，大家又都觉得还是钱普有先见之明。于是，当初说风凉话的，现在又都想争着插一手沾得利市。一时间，京城大大小小数百座寺庙宫观，尽数儿都被各衙门官员包下来替首辅祈福，有起坛会的，有做道场的，长天白日不去衙门点卯，却脱了官袍换上青衣角带戴着瓦楞帽儿赶往庙观里唱经颂偈。这里头既有二品堂官，也有拈不上筷子的典吏，一个个忙得唵嘘嘘的，都在发昏章里翻筋斗。常言道‘福至心灵，祸来神昧’。京城里混官面儿的人，到此时已不探究祸福灾咎，他们要的是这种足以表现忠心的形式。很快，这股子祈福风吹到了南京，留都的官员虽然清流多一些，但忌惮鸡蛋里寻骨头的言官，更怕一心要往上爬的小人打小报告。因此，也都一窝蜂地照搬北京的模式，或独自出资或凑份子为首辅祈福禳灾，本来清静无为的街市，突然间躁动非常。点缀在钟山后湖白下山川的那些个清凉寺、鸡鸣寺、永庆寺、金陵寺、卢龙观、报恩寺、天界寺、祖堂殿等等，到处都起了法帐鼓吹，香灯咒语；朝朝暮暮之间，满街上跑的，都是祈求首辅病去福来的辐车轿马。

两京如此,各个地方上的高官岂肯落后?先是通邑大都,后来蔓延到边鄙小县,无不都建立道场。那些时,秦、晋、楚、豫、浙、赣、滇、黔等全国各地的奏表驰传进京,十之八九都是向首辅问安。但佛龛上的酒果之献、楮柏之焚,虽然堆得满满的,却一丁点也不能缓解张居正的病情。看看到了六月中旬,大约是六月十九日,万历皇帝朱翊钧又收到了张居正火速传进宫来的《再恳生还疏》:

> 昨该臣具疏乞休,奉圣旨:"朕久不见卿,朝夕殊念,方计日待出,如何遽有此奏?朕览之,惕然不宁,仍准给假调理。卿宜安心静摄,痊可即出辅理,用慰朕怀。吏部知道。钦此。"缕缕之衷,未回天听,忧愁抑郁,病势转增。窃谓人之欲有为于世,全赖精神鼓舞,今日精力已竭,强留于此,不过行尸走肉耳,将焉用之?有如一日溘先朝露,将使臣有客死之痛,而皇上亦亏保终之仁。此臣之所以踽踽哀鸣,而不能已于言也。伏望皇上怜臣十年尽瘁之苦,早赐骸骨,生还乡里。如不即死,将来效用,尚有日也。

这道急本是冯保亲自送到乾清宫西暖阁的,他念给朱翊钧听后,朱翊钧又接过去再认真看了一遍,良久才放下问道:"大伴,这是张先生第几道乞休的本子?"

"第八道。"

朱翊钧若有所思,沉吟言道:"两个月来,写了八道本子,而且一道比一道哀切。张先生在这道本子里,说他害怕客死京城,叫朕听了，心里委实难过。"

冯保琢磨皇上的心情，难过是难过，但更多的是惶恐，便言道："听人说，张先生现在已是瘦脱了人形，脾胃太弱吃不进东西，常常一昏迷就是大半天。"

"天底下文武官员，多少人都在为他祈祷，怎的就不起半点作用？"

"唉，这就叫人生一世，命由天定……"

"张先生今年贵庚多少？"

"他是乙酉年生人，今年五十八岁。"

"大伴，你今年七十岁了吧。"

"是。"

"张先生比你还小哩，按理说，他不该这样一病不起啊！"

"唉，他当十年宰辅，操劳国事，已是心力交瘁。"冯保说着眼圈儿红了。

"大伴，你没有为张先生建个道场？"朱翊钧冷不丁又问了一句。

"奴……"冯保一抬眼，发觉朱翊钧投向他的眼光有些异样，忙身子一哈，谨慎言道，"老奴毕竟是万岁爷跟前的人，哪敢随便造次？"

"建道场怎么是造次？"

"老奴一建道场，就等于是向世人说明，张先生得的是不治之症，这不悖了您万岁爷的旨意么？"

"这倒是，还是大伴想得周全。"朱翊钧点点头，又道，"朕看张先生的这道本子，倒有了诀别的意味，你现在去张先生府上看一看，若张先生真的不行了，朝廷还得为他预办后事。对于朝廷政务，内阁辅臣人选，他有什么交代的，也一并要问一问。"

朱翊钧的态度出奇地冷静，完全不像是悲痛中人。冯保察觉到这一点，也就不寒而栗。当下告辞出来，噙了两泡热泪，登轿前往纱帽胡同。

进入六月份之后，张大学士府的气氛就显得特别紧张，进进出出的人，脸上都显出哀戚之容。张居正的六个儿子，最小的静修也已二十岁了。他们都轮番守值，日日夜夜侍候在父亲病榻之前，须臾不敢离开。尽管他们在外人面前对父亲的病情秘而不宣，但已在暗暗地准备后事。冯保一到张府，张居正的六个儿子闻讯，一起赶到轿厅迎接。

冯保一下轿，就急匆匆地问张居正的大儿子敬修："令尊大人现在如何？"

张敬修话未出口先自哽咽："家父已三天水米不进，上午还挣扎着给皇上写了一道《再乞生还疏》，这会儿又在昏睡。"

"守值的太医呢？"

"在。"太医从人群后头挤上前来。

冯保瞅了他一眼，问道："你说说，首辅的病情……"

太医禀道："卑职方才还给首辅把过脉，已经非常微弱。使劲儿按下去，才感到寸脉似有似无，关脉浮滑，尺脉如檐前滴水，这已是残灯之象。"

冯保听罢，连忙在张敬修的导引下来到后院张居正的病榻前。此时张居正眼窝深陷，面色焦黑，往日那般伟岸的身躯，竟萎缩成一块片儿柴似的，躺在宽大的病床上，像是漂在池沼中的一根芦苇。一看这副样子，冯保抑忍了多时的热泪禁不住夺眶而出。算起来也才一个多月没有见面，却没想到张居正五形全改。

六月已是溽暑，张居正却还盖着一床大被子，可见身上的元气已是丧失殆尽。冯保伸出双手紧紧握住张居正露在被窝外的右手，竟像攥着一块冰。大约是受到了扰动，昏睡中的张居正眼皮子动了一下，敬修见状，忙俯下身去轻轻喊道："父亲大人，冯公公看你来了。"

张居正的眼皮子又动了一下，但仍然睁不开。两片失血的嘴唇在艰难地翕动着，嘴角滚下了一滴涎水，冯保接过敬修递上的手绢，亲自替他揩了脸上的水渍。瞧他这副样子，冯保实在不忍心打扰，但一来"圣命"在身，二来自己也装了一肚子话要说，今日若不交言，恐日后再无机会。因此，他只得狠下心来，伸手摇了摇张居正的肩头，轻轻喊了一声：

"张先生。"

也许是这声音太熟悉的缘故，张居正身子一震，竟一下子睁开了眼睛，只是满眼的眵目糊，遮得他什么都看不清。敬修让丫鬟揪了一条热面巾，小心给父亲擦了一把脸。张居正两只枯涩的眼珠子艰难地转动了几下，最后，他游移不定的目光终于落在冯保身上，只见他的嘴角浮出一丝笑意，嘴巴张了几下，好不容易吐出一个字来："汤。"

敬修以为是要药汤，忙命丫鬟提过药罐子滗了一碗端上，张居正摇摇头。冯保毕竟有经验，猜想张居正是想提蓄精神同他谈话，便问："张先生是不是要喝参汤？"

张居正点点头。敬修又张罗着煎了一碗酽酽的参汤奉上，扶起张居正喂了几口。温热的参汤引起张居正一阵呛咳，不一会儿，他终于挣扎着开口说话了，只是声音微弱："冯公公，多谢您来看我。"

冯保抑泪回答："是皇上命老夫来的，皇上收到了您的《再恳生还疏》。"

一说到皇上，张居正失神的眼眶里顿时显露出一些生气，他木然问道："皇上准奏了吗？"

冯保答："皇上要您安心养病。"

"养病？"张居正露出一丝苦笑，断断续续言道，"仆养了半年，终不见好转。我现在是来日无多了，只要一闭上眼睛，就看见家父，唉，仆生前不能尽孝，只望死后能侍奉他老人家于九泉之下。"

冯保听着这些游魂之语，心下悲伤，背过脸去偷偷拭了一把眼泪，赶紧切入正题言道："张先生，皇上知道您病情严重，所以特派老夫前来慰问，皇上有心准您辞去首辅之职，让您回归故里。只是您这副样儿，哪里还受得了旅途颠簸？看来您只能在府中静养，等病情有了好转，再作归计不迟。"

"仆自己知道，这病是好不了的。看来，仆真是要客死京城了。"张居正拼了好大的力气，才说出这几句话。

冯保担心他撑不住，又让敬修拿了参汤喂他几口，接着说："张先生，瞧您这样儿，一时半会儿还不能主持阁务，您看要不要增加阁臣？"

张居正没有答话，他又开始晕眩起来，敬修又要来一块热毛巾敷在他的额上，附着他的耳朵大声喊道："父亲，冯公公问你，要不要增加阁臣？"

张居正又暂时清醒过来，他努力思索着，死死地盯着冯保，怔怔地问："增加阁臣，是你的意思，还是皇上的意思？"

"当然是皇上的意思。"冯保立即回答。

张居正在敬修的帮助下，欠起身子咳了一口痰出来，再躺下时，头脑忽然变得清晰。他揣摩着皇上已经开始为他安排后事了，心里头感到凄凉。经过这么长时间病痛的折磨，他对自己的生死已经漠然，但最让他放心不下的，正是阁臣的遴选。如果接替首辅的人没有选好，自己花了十年心血推行的万历新政，就有可能毁于一旦。病重期间，他一再思考这个问题，也想趁自己尚能控制局势的时候，完成阁臣的选拔与首辅的交接，但他三番五次向皇上提出要求，皇上就是不予批准。直至今日，他连吞咽的力气都没有的时候皇上才主动问起，但他明白，此时自己能够起到的作用已经微乎其微了。他看中的那些改革派官员，大都因资历太浅而不能入阁，即使有几个资历够了，也因为平常得罪人多而频遭攻讦，加之自己的生命很快就走到了尽头，想力排众议按自己的要求选拔阁臣，恐怕已不可能。尽管这样，仍有几个大臣的名字像走马灯一样在他脑子里旋转，他舔了舔干燥的嘴唇，尽量振作精神言道："现在内阁张四维与申时行两位辅臣，论沉稳练达，申时行强过张四维，但张四维资格老，已在次辅位置上，仆一旦撒手尘寰，肯定由他来接替宅揆之职……"

趁张居正喘气的当儿，冯保插话说："咱看这位张凤磐，在张先生面前颇为谦恭。"

"那是仆在柄政之时，往后他怎么样，仆不敢保证。"说到这里，张居正又补了一句，"此人过于圆滑。"

张四维担任阁臣期间，常常背着张居正偷偷给冯保行贿，两人私下里已打得火热。冯保一直以为张四维是张居正的心腹股肱，却没想到张居正对他存有戒心，不免惊诧地问："你怕张凤磐更改你的改革主张？"

"是啊，这是仆最担心的事，"张居正说着喘起了粗气，半晌，才又痛苦地说，"倘若万历新政不能继续，仆在九泉之下，也誓难瞑目啊！"

听着这洞穿七札的肺腑之言，冯保大受感动。大限临头心里还想着国事，满朝大臣，除了眼前的张居正，还有谁能够这样？但冯保此时一脑门心思想的不是万历新政能否继续，而是担心张居正一旦撒手而去，他从此一个人在朝中孤掌难鸣。往常，每当皇上在他面前耍脾气的时候，他隐隐约约就感到了危机感。此刻，这种危机感突然放大，他觉得嗓子眼干得冒烟，拼命咽了一口，迫不及待地说："张先生，依咱看，你得加塞儿！"

"不是加塞儿，"张居正嫌这个词龌龊，有阴谋之嫌，纠正道，"是要挑几个正直可靠的大臣，充实内阁。"

冯保连连点头，回道："咱就是这个意思，张先生，你选好了人么？"

张居正的身体本已虚弱到极点，一席对话虽费时不多，但仍让他坚持不住。这时候，他又主动要了参汤啜吸几口，一边喘息一边艰难言道："当年，仆曾为皇上挑了六位经筵讲臣，他们中张四维、申时行已经入阁，另有许国、于慎行、余有丁等都是阁臣人选。仆曾不止一次向皇上推荐他们，现在看来，能立即入阁担任重任的，当是吏部左侍郎余有丁。"

冯保一听这个名字，立刻就想到了吏部尚书王国光。却说张居正于隆庆六年出掌内阁，任命的第一批六部尚书，如今只剩下一个王国光了。十年时间里，六部九卿十八大衙门的堂官，换了一茬又一茬，像杨博、葛守礼、谭纶、王之诰、殷正茂、李幼滋、王崇古这样一些素有名望的大臣，有的作古有的致仕。唯独这个王国光，自始至终陪伴着张居正走过一程又一程风雨。若论张居正的私心，他巴不得王国光能接替他的首辅之职，但这事儿决计办不成：一是王国光已年过六旬；第二，大明开国以来，从没有让吏部尚书担任首辅的先例。首辅上任后可以兼任吏部尚书，但当了吏部尚书之后却再也不能当首辅。皆因吏部尚书是六部之首，名为天官，事权重大。洪武皇帝当初制定这项用人措施，意在让天官与宰辅互相牵制。发展到后来，天官也在宰辅领导之下，其牵制作用已化为乌有。但不从吏部尚书中选用首辅的制度却保留了下来。冯保猜想拔擢余有丁进内阁是王国光的主意，自万历五年，王国光接替张瀚执掌吏部后，就荐了他的门生余有丁出任吏部左侍郎。此前，余有丁已被张居正荐拔为皇上的讲臣，同时得到两位权重大臣的赏识，余有丁可谓春风得意。自入部之后，王国光对余有丁的倚重，犹如当年高拱之于魏学曾。余有丁办事干练，几年来在官场博得一致好评，连皇上对他都有几分青睐。此时张居正将余有丁列为增补阁臣的首选，显然是王国光推荐的结果。冯保揣度王国光推荐余有丁入阁是为了自保，但他也承认余有丁的确是理想的人选。不过，冯保也想在阁臣中培植自己的势力，于是绕弯儿说道："余有丁近年来政声鹊起，当是合格人选，但入选阁臣，应不止他一个吧？"

张居正听出话风，迟疑了一下，说道："当然不止一个，老公公若有人选，也可推荐。"

冯保要的就是这句话，他略顿了顿，回道："外臣选拔，咱本无权过问，但为先生着想，倒想起一个人，还比较合适。"

"谁？"

"潘晟。"

"你推荐他？"张居正双眸浮光一闪。别看他命若游丝神情恍惚，其实心里头一点也不糊涂，他闭目凝神了一会儿，才幽幽言道："这个潘晟是我的门生，我也曾对他寄予厚望。但他到南京后，为人做事颇遭非议，且又有贪墨之嫌，南京方面曾对他多次弹劾，他不得已才申请乞仕。这次再推荐他，是否妥当？"

冯保静静听完，这些事他也早有耳闻，但他仍一心要替潘晟说情，这不仅因为他收了潘晟的三万两银子，更让他看中的是潘晟这个人他完全可以左右，只听他言道："张先生，潘晟虽然有毛病，但他是自己人啊。让他入阁，怎么着他也不会过河拆桥。"

"唔……"

张居正实在没有气力争辩，但脸上的表情却是犹豫不决。

冯保也不管张居正爱听不爱听，只顾自劝道："张先生，到了这时候，你总得想一想身后的事。老夫今年七十岁的人了，也是墙头上跑马，路径不长，如今能撑一天就撑一天，有咱在司礼监坐着，你的万历新政，就是有人想改，也得先过咱这道关，但内阁里头，你总得有放心的人在那里把持。倘若弄一些不三不四的人在那里，一天到晚在皇上的耳朵边聒噪，把黑说成白，把白说成黑，皇上毕竟才二十岁，你能保他耳朵根子不软？"

"冯公公所说的道理，我都懂，只是推荐潘晟，恐难孚众望……"张居正说话的声音已是含糊不清，敬修不停地换热毛巾替他敷额头刺激着他，这多少起了一点作用，张居正停了一会儿，复又不情愿地喃喃言道，"既然找不着更好的人，恐怕只有推荐他了，但我担心，皇上不会同意。"

"这个你放心，"冯保把脑袋凑过去，对着张居正的耳边小声说，"你现在提任何要求，皇上都会答应。"

张居正没说什么，只瞪大惊诧的眼睛。

冯保继续言道："你既是皇上的顾命大臣，又是师相，对你最后的建言，皇上就算不真心接受，哪怕做个样子给天下人看，他也得如数采纳。"

"皇上！"张居正终于颤抖着喊出了一声，冯保的话刺痛了他的心，许多往事一齐涌到心头。此时他表面上平平静静，但内心深处已倒海翻江。只见他凸起的喉结滑动了几下，他想说，"我这个顾命大臣，已是当到头了。执政十年，我为朝廷社稷，天下苍生，不知得罪了多少簪缨世胄、势豪大户。如今我已是油干灯尽，也许要不了几天，我就入土为安了，那些仇视我的人，便会伺机反扑，但我已是毁誉不计……"

这席话虽没有说出，但冯保已从张居正愈来愈黯淡的眼神中"读"懂了意思，他止不住哽咽起来，安慰道："张先生，你不要胡思乱想，有皇上在，那些泥沟里的虾子，怎么翻得起浪来。"

谁知这平平常常几句抚慰的话，竟引得张居正的身子剧烈抖动起来，他大张着嘴，想说"唯愿如此"四个字，却吐不出一个字来。屋子里的人，只听得见他喉咙里一片痰响。眼看他双目凸起，嘴唇发乌，双手十指弯曲抖动——一根弦就要断了。冯保忙唤太医进来，又是敷心口又是掐人中，手忙脚乱施救了半晌，张居正终于安静下来，但睁着眼睛再也不能说话。冯保虑着再待下去对张居正刺激太大，便起身告辞。张居正却用乞求的眼神看着他，那意思是要他留下来多坐一会儿。冯保想着这是诀别，鼻子一酸，眼泪簌簌往下掉。张居正嘴唇颤抖，冯保看出他似乎还有话要说，便命再给他灌参汤，太医看着张居正痛苦不堪的样子，小声提醒道："现在灌参汤已没有用了。"

"那还有什么方法，能让他开口说话？"冯保急切地问。

"只能给他的命门、涌泉、合谷等穴位扎针，刺激他兴奋，但这样一来，等于抽尽了他身上尚存的一息元气。"

冯保听懂太医的意思，恐怕几针下去，会加速张居正的死亡，但此时已顾不得那么多，他想听的是张居正在生命的最后关头，还想说什么，便命太医赶快扎针。

银针入穴，果然有奇效，张居正身子挺了挺，终于又能开口说话了，只是声音小得几乎听不清："冯公公，还有一件事，烦你转告皇上。"

"请张先生讲。"冯保耳朵几乎贴在张居正的嘴巴上。

"三月间叫花子闹事，户部赈济京畿各府州县，灾民是否都安置妥当？"

"早就妥当了。"

太医不停地转动着银针，生怕张居正断气儿。许是回光返照，张居正吐字竟清晰起来，也能成篇讲话，他道："告诉皇上，不能只听各府衙门的奏本，如今的官员弄虚头说假话的太多，应该让吏部与户部，会同通政司三个衙门，委派官员下去查访。"

"张先生放心，咱一回去就禀告皇上。"

"还有，大名、真定等府的官员隐匿灾情不报，皇上曾有旨意，要都察院派员严查。半个月前我曾见过督查御史的奏章，弹劾这两个府的知府欺瞒朝廷压榨百姓，建议将他们拘逮问罪。我因病重不能拟票，只口头表达同意，责令有司立即将这两名知府押解来京专案审理，不知此事是否已办理妥当。"

"好像皇上准奏了。"

"不能说好像，我希望知道确切的消息。"

张居正这时候还如此较真儿，冯保心下骇异，他原本想支吾，现在却不得不据实相告："大名、真定两个知府，人是弄到北京来了，但没有进刑部大牢，而是软禁在沧州会馆。"

"这是为何？"

"有人替他们说情呗，"冯保顿了一顿，揶揄道，"据前几日东厂的访单报告，这两位府台大人还凑份子，为你张先生做道场祈福呢。"

"真是岂有此理，这等谀官更要严惩。"张居正一激动，呼吸再一次迫促起来，"冯公公，你……转告皇上，要把这两名谀官……迅速收、收监……"

再下面的话，冯保就听不清了。看着他瞳孔慢慢地扩散，半握着的拳头缓缓地松开，敬修再也压抑不住，一下子跪倒在床前，握着父亲的手，发出了撕肝裂胆的号哭。

第三十回

万岁爷秉灯谈鬼事
大太监深夜访权臣

出了张居正府邸，天色已黑。冯保并没有回家，而是直接回到紫禁城，连杯茶都来不及喝，就径直跑到乾清宫向皇上禀报。此时皇上刚用过晚膳，正在东暖阁中同三个内侍一起玩斗叶子的游戏，叶子是一种纸牌，又叫马吊牌，共四十张，每张牌都以《水浒》故事中的人物命名。玩时四人入局，每人八张，以大管小，变化甚多。大约是年前，乾清宫一名管事牌子在外头学会了这种牌戏，回宫来教给皇上，皇上很快就上了瘾，每天只要一落空，就要让贴身内侍陪他玩几局。冯保进来的时候，皇上正玩到第三局，乾清宫管事牌子周佑与他是对家，这时候打出一张百万贯的阮小五。皇上磨蹭了一会儿，突然甩出一张牌来，嚷道："千万贯行者武松！"

周佑一看这张牌，立刻叫起来："万岁爷，你这张牌是偷的！"

朱翊钧硬着脖梗儿，大声争辩："朕啥时候偷牌了？朕有这张牌嘛！"

"你是有这张牌，但奴才打出九十万贯活阎罗阮小七时，你就用过一次，怎的现在又有这一张？"

"有就有，你输了，却反赖朕。"

一个万乘之尊，一个下贱奴才，竟为一张牌争得面红耳赤，那架势好像还会打起来。冯保实在看不过眼，站在门口也不挪步，只重重咳了一声，朱翊钧转脸看见他，犹自喊道："大伴，你评评理，周佑这混蛋竟然说朕偷了他的牌，这怎么可能！"

周佑得理不让人，咕哝道："万岁爷，你不是偷奴才的，你是偷你自己的。"

"你听听，越发胡说了，"朱翊钧咯咯咯地大笑起来，言道，"朕自己的牌，还用得着偷么？"

周佑还想争辩，冯保朝他一跺脚，眉毛一拧吼道："你这蠢物，敢说皇上偷东西，再胡闹，小心咱割了你的舌头！"

这一骂，三个内侍都吓得筛糠一般，没有一个人敢张嘴说个不字儿，都灰头灰脑溜了出去。眼看着好端端一场牌局被搅黄，朱翊钧脸上有些挂不住，埋怨道："大伴，朕方才争着好玩，你却当了真。"

"皇上，在奴才面前，你总得注意体面，"冯保敛了火气规劝，旋即又道，"周佑这帮家伙，哼，屎壳郎爬草秸，终究不是一条蚕。"

冯保的骂语很损人，朱翊钧也不同他理论，只漫不经心用手拨弄着桌上的马吊牌，过了一会儿才问："你啥时儿从张先生府上回来的？"

"老奴刚回来，就赶着进乾清宫来见皇上。"

"张先生究竟怎样了？"

"唉，恐不久于人世。"冯保瞅着桌上散乱的纸牌，心酸地说，"看张先生那样子，随时都有可能咽气儿。"

"啊，真有这么严重吗？"

"这种事，老奴怎敢打诳语。"冯保说着，便将见张居正的前前后后细枝末节详述一遍。

朱翊钧听罢，顿时忘了方才的不快，伤心地说："在恭默室最后一次见元辅，才三个月工夫，他就病成这个样子。原先朕总以为他患的不是绝症，只要天道一暖和，他就会慢慢好起来，谁知他今日里竟走到黄泉路口上……他若真的撒手一走，这一团乱麻似的国事，朕托付给谁呀？"

最后这一问，透露出朱翊钧心中的惶恐，冯保抬眼一看，只见朱翊钧眼角已是滚出了泪珠，不由抚膝一叹，禀道："皇上，当下之急，恐怕还得赶紧增加阁臣才是，以备张先生不虞……"

"大伴说的是，"朱翊钧停了啜泣，答道，"就按张先生的推荐，你赶快替朕拟旨，补余有丁为文渊阁大学士，潘晟当过南京礼部尚书，资历深一些，这次就补武英殿大学士，列名在余有丁之前。着二人迅速到阁履任，这道旨，今夜就发出去。"

朱翊钧如此干脆，冯保心下甚喜，当即拟了旨，钤了御印，连夜派人送往吏部。

冯保一走，差不多戌时过半，朱翊钧独自坐在东暖阁中，对着荧荧烛光，不知为何，他突然觉得鬼气森森。心里一阵惊悸，便朝门外大声喊道："来人！"

"奴才在。"

随着这声答应，只见周佑领了七八个内侍走了进来，原来他们都一直守候在门外廊下，只是皇上没吩咐，他们不敢擅自进来。

"这房灯光太暗，多点几盏灯笼。"

其实东暖阁中已点了四盏灯笼，外加桌上的两支大光明烛，已是亮如白昼，但皇上既嫌灯暗，周佑忙带着手下七手八脚又弄了四盏灯笼进来挂上。

"万岁爷，您看这光亮够吗？"周佑问。

"够了。"

周佑瞧着皇上神色不对头，咂摸着是为玩马吊牌的事冯保让他不高兴，遂小心问道："万岁爷，要不要奴才们还陪您玩牌？"

"不玩了，你派人去把张鲸喊来。"

周佑命一个小内侍去喊张鲸，余下的人都留在阁房里。这帮朱衣太监想着为皇上逗乐，却又不知如何开口，一时间竟冷了场。

半晌，朱翊钧方双眸一闪，幽幽问道："周佑，你说，人死了会不会变鬼？"

"这个嘛……"周佑没想到皇上突然会问这样一个古怪问题，他搔着脑壳，讪笑道，"人家都说，鬼是死人变的。"

"人死了变鬼，鬼还死不死呢？"

"鬼死不死，这可是个溜尖的问题，奴才真还不知道，"周佑想了想，又补了一句，"鬼又不是命，怎么会死呢？"

一个小内侍抬杠："人老了病了就会死，鬼老了病了，肯定也会死的。"

"鬼不吃五谷，哪里会死。"另一名太监反驳。

朱翊钧哧地一笑，驳道："自从盘古开天地，到如今有多少年头了？少说也有一万年。年年都死人，死的人都变成了鬼，如果鬼都不死，那现今这大千世界，岂不是角角落落里全都挤满了鬼？"

"哟，万岁爷这理儿高妙。"周佑伸着舌头舔了舔嘴唇，谄媚说道，"就说这乾清宫，已经有七个皇帝在这儿驾崩，如果先前的皇帝爷变鬼以后，都不再死，岂不……"

周佑正说在兴头上，忽被人在腰眼上捅了一指头，掉头一看，只见张鲸不知何时走了进来站在他的身后。这位当红的秉笔太监责备他道："你一张臭嘴胡呲什么，先朝皇帝都登龙升天，吃王母娘娘的蟠桃去了，什么鬼不鬼的。"

周佑经此一骂，顿觉失言，背上已是冷汗涔涔，幸好朱翊钧并不追究，只是挥手让周佑一行退下，命道："今夜里，乾清宫各处房子，都多点灯笼。"

周佑一行唯唯诺诺躬身而退，待他们一走，张鲸这才跪下行礼，禀道："奴才张鲸恭请万岁爷晚安。"

自从张居正病重之后，张鲸遵朱翊钧之命，每天夜里在司礼监值房歇宿，以备不时之唤。小内侍过去一喊，他立刻就跑了过来。此时，朱翊钧让他平身，赐了座后，才道："张鲸，元辅最新的病情，你知道了吗？"

"方才冯公公到司礼监，简略向奴才说了几句，听说已在弥留之际。"

"是啊，"朱翊钧长吁一口气，叹道，"张先生铁面宰相，何等了得，然也难逃一死。"

张鲸听出皇上的话中含有几分幸灾乐祸，他揣摩皇上对张居正的感情非常微妙：既敬重又憎恨，既依赖又忌惮。敬重的是张居正作为顾命大臣，十年来把个混乱溃败的朝政治理得井井有条，憎恨的是张居正对他要求太严，特别是万历六年的那道《罪己诏》，让他脸面丢尽；依赖的是张居正作为他的师相，十年来不仅事无巨细一一施教于他，而且替他排除所有的艰难险阻，具有化腐朽为神奇的移山心力；忌惮的是张居正独揽朝纲功高盖主，如今天下官员，都议论他这位太平天子之所以能够端居廊庙四海威服，就因为靠着张居正这位铁面宰相……尽管张居正严守臣道，对他礼敬有加，但他在张居正面前，总是小心谨慎，像一个生怕做错事情的小媳妇。处理朝政，他对张居正言听计从，但每签发一道圣旨，他又怅然若失——皆因张居正的票拟，他不敢擅改一字……如今，这位宵衣旰食不苟言笑的宅揆，眼看就要油干灯灭撒手而去，皇上在悲痛之余，有几分幸灾乐祸也是情理中事。有了这个判断，张鲸冷冷一笑，露骨地说："万岁爷，奴才恭喜您了。"

"恭喜什么？"朱翊钧一愣。

"张先生一死，压在你头上的一座大山就给搬掉了，这不是喜事儿又是什么？"

"放肆！"朱翊钧一拍桌子，唬得张鲸双腿一软，屁股离了凳儿跪到地上。

朱翊钧的确如张鲸揣摩的那样，对张居正是又敬又恨。但他绝不允许底下的奴才对他有这种印象。他之所以今夜里喊来张鲸，本意也是想找个人说说心里的惆怅，偏张鲸自作聪明，硬是要将一些只可意会的东西用语言点破，因此引起了朱翊钧的恼怒。

"万岁爷，奴才该死！"张鲸惊悚地自责。

朱翊钧本还想臭骂几句，一见张鲸惶恐的样子，又抬手示意他坐回到凳儿上，斥道："朕还以为你是个伶俐人，原来却也是一个草包，什么三荤五素的话，都从你的嘴中吐出来。"

"奴才知罪。"张鲸被骂蔫了。

"冯公公还对你说了些什么？"

"除了张先生病情，余下什么都没说。"

朱翊钧睨着他，又道："大名、真定两名知府，一直未曾收监，这次张先生又特意追问。"

皇上提起这件事，张鲸止不住心惊肉跳。本来，朱翊钧已有旨，着都察院将两名知府押解来京谳审，张鲸是大名府人，大名府知府便托人给他送了三千两银子，请他在皇上面前说情。张鲸纳贿之后，便瞅了个上西暖阁读本的机会，对皇上说大名知府逼迫灾民缴纳赋税，实出无奈。他曾向上峰禀告过府治内受灾情况，但府中移文报上去后就被有司压下。即使这样，他还尽量挪借银两赈济灾民。因此，解官押赴来京之日，境内许多百姓自发拥到路口摆香案送他。皇上一听，生怕弄出冤案来，忙又下旨吏部，将两名知府由收监改为软禁。现在，皇上说张居正追查，张鲸自知理亏不敢争辩，只讷讷问道："张先生病入沉疴，还惦记着这件小事？"

"元辅早就说过，朝政无小事。冯公公方才禀奏时，朕未下旨，因为这事儿，朕是听了你的禀报后才修改了旨意，如今再改回去，也还得让你去办理。"

一番话让张鲸听出两层意思：一是皇上顾及他的面子，没有将此事的底儿露给冯保；二是此事的处理还得恢复原旨。张鲸感激之余又忐忑不安，说道："奴才当日所言，也只是拣耳朵听来的……"

朱翊钧浅浅一笑："你也不必掩饰，朕并没有说要追究你的责任，你也像冯公公那样，即刻就去吏部与都察院传旨，将那两名知府连夜收监。"

张鲸再不敢吱声，只好告辞回去办理，刚走到门口，朱翊钧又把他喊住，言道："张先生还提议，补潘晟与余有丁两人入阁，朕都准了，这会儿，恐怕旨意已到吏部。"

"潘晟？"张鲸早就风闻潘晟曾派管家潘一鹤来京活动谋求起复，还走过冯保的门路，但他此时多了个心眼儿，不讲这件捕风捉影的事，只恭维道，"张先生向皇上推荐的人，想必没有错。"

"什么对呀错的，张先生柄国十年所有的建议，朕都虚心采纳，如今他这最后一回建议，朕焉有不准之理！"

"是是，万岁爷虚心纳谏从善如流，真乃有古天子之风。"

张鲸嘴巴涂蜜净说好听的，朱翊钧乜了他一眼，斥道："别说这些奉承话，你管住自己的臭嘴就好，去吧！"

张鲸乘轿出了紫禁城，去吏部和都察院办完传旨的事，想着收了大名府知府的银子，不但没有替人家逢凶化吉，反而收监拘讞，不免心下怏怏。斯时夜已深了，立秋刚过几天，正是北京城最热的时候。往常逢到这节令，北京就变成了不夜城，多少戚畹人家膏粱子弟，正好去那些酒馆青楼或倚翠偎红或揎臂痛饮，极尽声色犬马之能事。今夜里气氛却有些不同，街面上到处都是巡逻的军士，那些风月场所馔饮之地，也都冷冷清清少人光顾。张鲸心下清楚，这都因张居正的病情引起。万千朝局一身所系，必然导致所有的官员都密切关注首辅的病情变化。于是，一股子风声鹤唳人心惶惶的紧张气氛便在京城里蔓延。皇上虽然没有下令宵禁，可是见这大街小巷，竟寂静得如同木叶落尽的空山。张鲸本来就一肚皮不自在，又目睹这份冷清，三伏天里居然打起了寒战。这时候，他乘坐的四人抬凉轿刚抬出吏部、都察院所在的富贵街。眼看就来到了棋盘街口，从这里向右趑过去，大约半里多路，就是夜间进出紫禁城的唯一通道东华门，轿伕们咔咔咔地在磨轿杠，张鲸从凉轿里伸出头来喊道："不去东华门，到槐树胡同。"

轿伕听令，又把轿杠磨回来，从棋盘街口向左拐，奔槐树胡同而去。大约半个时辰，凉轿抬进了槐树胡同口，在一所气势轩昂的大宅子前停下，这里是内阁次辅张四维的家。四年前，张鲸被擢升为司礼监秉笔太监不久，就与张四维建立了交情。起初，张四维对张鲸并没有什么特别的感情，他只是仗着自家盐商出身，有的是白花花的银子，故对内廷大珰，特别是司礼监的几个太监，一个个都用心巴结，但他仍然把主要心思用在冯保身上。后来，张鲸主动前来贴他，间或吐露几次皇上的私下谈话，如某件事应该如何处置，某人可用不可用等等，让张四维按皇上的意思写本，结果是写一个准一个，他这才对张鲸刮目相看。从此，窥伺皇上的心思与动态，除了冯保这条"明线"，又增加了张鲸这条"暗线"。冯保虽然对他抱有好感，但人家毕竟是首辅的肝胆之交，这张鲸却不同，两人有着共同的利益——一个想当首辅，一个觊觎司礼监掌印，虽然未曾点破，但两人心照不宣。张居正患病期间，按皇上的旨意，平常阁务由张四维与申时行两人处理，只是重大事情才由张居正秉断，但张四维为了表示谦恭，事无巨细都派人到张大学士府请示，他自己倒落得清闲，每日去内阁点卯，表面上也忙得团团转，内里却没拟过一道阁票。三天两头，他还要跑到纱帽胡同去向张居正请安问病，极尽关心。近些时，每每看到首辅貌萎神枯的样子，他强烈地感到历史上的那些失败者，更多的不是败于政见而是败于身体，于是，便请了一个武当山的道人到他家中住下，日夕向他请教养生吐纳之法。

却说张鲸在张四维府邸门口落轿的时候，张四维正在武当山道人的指导下练习扣腹静坐之法，听得门人禀报，他立忙收了功，与张鲸在客堂相见。

两人略事寒暄，张四维让茶之后，就开门见山说道："张公公黄夜造访，定有急事。"

张鲸呵呵一笑，却宕开问道："听说凤磬公家中住了一个武当山道士？"

张四维一惊，问："是有一个，来了大约半个月，这点小事，你也知道？"

张鲸说："前几天，咱去西暖阁读本，偷瞄了一眼东厂呈给皇上的访单，内里有一条，说您请了一位武当山道士教授养生之法。"

"东厂真是无孔不入，"张四维脸色一沉，又担心地问，"皇上是何态度？"

"咱说过，这访单是偷看的，皇上并没有和咱议论这事。"张鲸据实而答。

张四维虽然贵为内阁次辅，满朝文臣，仅屈居于张居正之下，却是没有资格看到那份本只供皇上一人览阅的访单。张居正担任首辅之后，兼管东厂的冯保卖面子，将访单制成两份，一份给皇上，另一份给了张居正，凡东厂侦伺的文武大臣的秘事，实际上只有皇上，张居正和冯保三人知道，除此之外任何人不得与闻。张四维对东厂的访单一直心存畏惧，这时问道："那份访单上还说了些啥？"

"什么都有，上斤不上两的事情都会载上一笔。咱记得还有一条，说是西北榆林卫出现了天狗吃日头的事，当地有小儿唱歌谣，'文星落，紫微黑；马变龙，凤凰死。'您看看，这是不是谶语？"

张四维沉思了一会儿，问道："马变龙，凤凰死，这六个字藏了什么玄机？"

张鲸解释道："今年是马年，神马变龙，预示着皇上要当家做主了，凤凰死更明白，首辅张先生是乙酉年生人，属鸡的，今年是他的大限。"

"咱看，这歌谣是人编的。"

"管它呢，"张鲸嘴角掠过一丝狡黠的微笑，兴奋地问，"凤磐公，元辅的病情您知道吗？"

"知道，"张四维点点头，答道，"现在已在弥留之际，仆已安排京城各大衙门，日夜都留人值事，以备不虞。"

"皇上也在安排首辅的后事。"

"啊？"张四维眼光霍然一跳，问，"皇上是如何安排的？"

"他已下旨吏部，增补潘晟与余有丁两人为阁臣，这两人都是张居正推荐的。"

"这么快？"

"是啊，明天，余有丁就会到内阁值事，潘晟在浙江老家，想必他的任职圣旨如今已在路上，要不了二十天，这位潘晟也就到了北京。"

闻此消息，张四维心下甚为不快：一来是张居正推荐阁臣不与他商量，可见对他存有戒心；二来是皇上选拔阁臣的谕旨下得如此之快，也不让内阁与闻，可见他堂堂一个次辅，在朝政即将巨变之时，竟成了一个无足轻重的人物。想到这一层，他立刻就感到两位新增阁臣必将对他构成巨大威胁，特别是潘晟——当初他任礼部尚书时，潘晟是礼部左侍郎，此人擅于钻营，又是张居正的门生，如今风闻已攀上冯保作为靠山，若让他顺利入阁，等于是对自己晋升首辅的柄政之路设置了一道难以逾越的铁门槛。思来想去，他本来已经滋生出的稳操胜券的感觉，突然间又化为乌有。

张鲸注视着张四维表情的变化，小声说："凤磐公，咱知道您的心思，好端端的眼睛里，怎么能搁一粒沙子进去。"

"是啊。"张四维一改平日故作高深的做派，焦灼地说，"堂堂内阁，怎么放了一只磕头虫进来。"

"您是指潘晟？"

"不是他又是谁？"

"依咱看，这事儿并没有板上钉钉。"

"皇上不是下旨了吗？"

"皇上这是做给天下人看的，元辅是他的师相，临终前推荐两个人，他怎能泼元辅的面子？如果有人提出反对，皇上肯定会改变主意。"

张四维眼睛一亮，问："这么说，皇上擢用潘晟，只是做样子的？"

张鲸饶有深意地一笑，言道："据在下猜测，在两可之间。"

张四维心下略微一松，正欲细论，忽见派往张居正府上当值的内阁中书急匆匆跑进客堂，神色慌张禀道："大人，首辅他、他老人家走……走了！"

第三十一回

老公公抽签问灾咎
新宰辅装傻掩机心

转眼到了八月，这一天冯保早早儿起来，喝了一杯奶子，便起轿往白云观而来。

一出西便门，冯保打起轿帘，但见淡蓝色天空显得非常高远，已经收割过的庄稼地似乎还在安谧的梦境之中，薄薄的烟氲弥漫在一眼望不到边的茶褐色的麦茬上。偶尔看见三两只乌鸦伸着嘴巴，在土垄间小心谨慎地跳动着。它们并不是在觅食，而是在干巴巴的硬泥块上磨着嘴巴。忽然，它们扑动翅膀飞起来，原来是一只松了缰绳的驴儿惊扰了它们，只见这头驴儿穿过一片果园，踩着被凉风吹落的红叶与黄叶，激情奔放地跑向空荡荡的田野，被它的蹄子掀起的尘埃，在霞光的照射下蔚为金雾。而洁洁净净的天空上，忽然浮起大朵大朵的白云，看上去倒像是大堆大堆的积雪，在这辽远的恬适与宁静中，又见一个瞎眼的老乞丐一只手拿着一个豁口的破碗，另一只手拿着一支木棍探路，正步履蹒跚地向城里走去。听到冯保的大轿抬了过来，这老乞丐慌忙避到路边，冯保从轿窗里看到他衣衫褴褛，神态却很安详，顿时动了恻隐之心，吩咐同来的张大受给老乞丐施舍一点碎银，张大受从怀中掏出一只二两的小银锭放在老乞丐的碗里。待到老乞丐弄清楚是怎么一回事，轿队已经走远，老乞丐干涩的眼窝里噙着两泡热泪，扬起枯枝般的双手对着轿队留下的尘雾，大声嚷道："好人哪，菩萨保佑你们！"

听到这苍老的祝福声，冯保心里一酸一酸的，他揉了揉略微有些浮肿的眼泡，不免想起两个月来扑朔迷离的朝局，心情再次陷入烦乱。

却说六月二十日二更时分，被病痛折磨近半年之久的张居正，终于带着无尽的忧患和未竟的事业，怆然离开了人世。当夜，在乾清宫辗转难眠的万历皇帝朱翊钧就接到了噩耗，他当即亲自赶往慈宁宫报信，李太后披衣起床，母子二人相对而泣。李太后一再叮嘱儿子，要为张居正隆重治理丧事，并厚恤家属。皇上表示一定遵守母命。从慈宁宫归来，朱翊钧立即接见冯保，命他传下谕旨，宣布文武百官停止上朝一月，谕示礼部设九坛制祭——这是国葬的规格。张居正生前受封上柱国、太师，大明开国以来，唯独他一人受到此等荣耀，即使李善长、姚广孝这样家喻户晓功勋卓著的国师宰辅，也从未获得过。张居正辞世后的第二天，朱翊钧又敕命给他赠官上柱国，赐谥"文忠"，如此锦上添花之举，更是将张居正的声望推到了顶峰。一时间，北京城中无论是高官大爵还是丁门小户，都如丧考妣，纷纷在家门口设下香案致祭。青烟氤氲祭器琳琅，千般奠仪百种哀思——这其中固然有人是应景儿做给别人看的，但绝大多数官员，特别是那些平头百姓，却是真心实意地表达哀思。祭诗祭文如潮汹涌，素幛挽幛充斥街衢，这种声势也使皇上大受感染。为了顺应民心，就张居正的丧事安排，他好几次找来内阁辅臣和司礼监太监一起会商征询意见。斯时正值溽暑，天气闷热不堪，应张居正六个儿子的请求，皇上准予将张居正的遗体三日内盛殓入棺，然后由钦天监选了吉日，于七月初的某一天移梓南归。并差遣吏部、礼部各出一名四品员外郎，锦衣卫堂上官以及司礼监秉笔太监一名，四人共同护灵前往荆州。灵车出发那一天，从纱帽胡同到正阳门这段城区路上，沿途不但摆满了各大衙门特意设置的香案，更有数以万计的京城百姓赶来送行，十几里长街的两旁，挤满了跪地痛哭的人们，这场面令人十分感动。

送走了张居正的灵柩，冯保一下子病倒了。一来因为在张居正治丧期间，他要处置许多杂事，乏累得很；二来老友去世，他深为悲痛之余，更感到失去了主心骨。所以丧事一毕他就倒了床，开头几天额头烧得如同火炭，吃了大同那位王神仙的汤药后，虽然退了烧，但周身酸软，打个喷嚏都会眼冒金花。这一病就是二十多天，其间两宫太后与皇上都派身边太监前来探望过他。前日稍好下床，他想着新增加的阁臣潘晟应该到职了，便让管家张大受打听一下，却不承想张大受带给他一个惊人的消息，皇上原定增补潘晟、余有丁两人为阁臣，现到任的只有余有丁一人，潘晟并未到职。其因是张居正灵柩出城之日，皇上就接连收到监察御史雷士祯、礼科给事中王继光两道奏本，弹劾潘晟居官贪鄙收受贿赂的六大罪状，建议皇上收回成命，不让潘晟出任武英殿大学士入选辅臣。朱翊钧将这两份奏本交由张四维拟票。也不知张四维做了什么手脚，皇上竟收回成命。结果是走到半路上风风光光赴京上任的潘晟，只得又拨转马头打道回府。

乍听这个消息，冯保差点儿没从椅子上跳起来。当天夜里他失眠了，第二天也顾不得身子尚未痊愈，早膳用过之后就匆匆赶到司礼监，打开盛放奏本的铜柜，查阅上述那道圣旨的阁票，果然是张四维亲笔所拟，写道："潘晟行为不端，难为人臣师表。今准雷士祯、王继光二人所奏，收回前命，仍令潘晟回籍闲住。"冯保当下大怒，本想立即跑去内阁兴师问罪，想了想又暂且忍住。闷坐在值房里，将这件事的发生缘由仔细思量了半天。平日，这个张四维在他眼中，属于那种顺竿儿爬的乖巧角色，你口渴他给你送茶壶，你走累了他给你屁股底下塞一只板凳，挠痒儿总是恰到好处。入阁五年，他处事谨慎，在外人的眼中，他简直不是次辅，而是张居正的大书办，以致一些官员私下里讥他是"伴食中书"。对冯保，张四维也极尽谦卑，每次相见，张四维都执晚生礼，偶尔托付他办件什么事，绝没有失塌的时候。仗着家里有钱，一年三节，也不忘给冯保送来"孝敬"。因此，冯保对他印象颇佳，在皇上面前替他说过不少好话，张居正临终之前，曾特别提醒冯保说这位次辅过于圆滑，难当大任，冯保还不以为然。所以在张居正死后，张四维例升首辅的时候，冯保没有作梗。现在看来，还是张居正察人的眼光独到。冯保在大内待了大半辈子，身历三朝，看多了争斗杀伐的悲剧，因此在政权转折之时，对身边发生的事就特别敏感。从潘晟被废一事，他预感到某种潜藏的祸机。昨日傍晚从司礼监回到私邸，又在床上翻了一夜烧饼，今儿个一大早就吩咐备轿去白云观。

　　冯保自当司礼太监之后，这白云观几乎成了他的"家庙"，每年的燕九节，他必定亲来主祭丘处机，日常碰到什么疑难事，他也总要跑到白云观求签问卜。白云观的东路建筑斗姥阁与西路建筑吕祖殿两处，都备有签筒供游人抽签之用，但冯保从不到这两处抽签。白云观住持闻天鹤在中路老君堂后的丘祖堂备有签筒——这是专为冯保备下的，除了他，断没有第二个人能够来这里卜问玄机。

冯保虽然起得早，到了白云观山门前却也过了辰时，早已闻讯在棂星门下站着等候的闻天鹤不等冯保大轿停稳，便连忙迎了上去打了一个稽首，满脸堆笑言道："贫道昨儿夜里打坐，忽见桌上的灯台灯花儿连爆，心下便惊疑，明儿个会有什么样的大贵人来，却是没想到要迎老公公的大驾。"

冯保虽然心情不好，一下轿但见楼殿巍峨仙家气象，吸一口气儿也是甜丝丝的，顿时精神一振，笑啐一口道："什么贵人，前几年说杭州生产的八团锦贵，如今满街都是，也都贱了。"

"老公公真会说笑话。"闻天鹤头前领路，进棂星门过窝风桥，一边走一边说，"七月十五，徐爵镇抚爷过来知会贫道，说老公公尊体欠安，要贫道做法会为老公公祈福，贫道率合观道众在丘祖殿开了三天道场，在大铜缸里点长明灯，光香油就费了三百斤。第三天晚上，贫道收锣刚散了坛米，天上忽然就起了一阵西风，还落了立秋后的第一场雨，贫道就知道，这是丘祖显灵，保佑您冯公公。今儿见您冯公公，面色红润，倒不像是病过的。"

方才下轿还两腿绵软，如今在铺着林荫的砖道走了一截子路，冯保忽觉腿肚子长了劲儿，也就真的相信自己"面色红润"了，他伸手在脸上搓了一把，答道："多谢你们为老夫祈福。听大受讲，你们这里前不久来了一个白胡子老道人，自称是丘祖，在昆仑山住了三百年下来的，这人哪儿去了？"

"假的，"闻天鹤一撇嘴答道，"贫道问他几个丘祖故事，本是耳熟能详的事，他却答得牛头不对马嘴。如今这世道儿，真是人心大坏——老公公，咱们去哪里？"

"丘祖殿。"

"老公公要抽签？"

"是的。"

闻天鹤心想，老公公一大清早就跑来抽签，一定是遇到什么疑难事儿委决不下，便道："京城老百姓都讲老公公与张居正，是当今圣上的左丞右相，您两位辅佐幼主，开辟了万历一朝的新气象。如今张先生过世，朝廷再有什么大事，老公公该与谁商量呢？"

一席话触到痛处，冯保心里很不是滋味儿。此时已走到丘祖殿跟前，冯保抬脚进去，看着丘处机丰神伟姿金碧辉煌的塑像，叹道："张先生一走，这丘祖殿，老夫只怕是经常要来了。"

冯保到哪儿动静都大，此时随他进白云观的少说也有二三十人，但都不敢走进丘祖殿——皆因冯保规矩严，抽签时不准有闲杂人等在侧。眼下在丘祖殿里只有三个人，除了冯保本人，还有闻天鹤和张大受。冯保亲自燃香，对丘神仙的法像行跪拜大礼，闻天鹤一旁替他击磬颂祝。拜仪一毕，张大受趋前一步，从法像前的雕花红木条案上取下擦拭得一尘不染的羊脂玉签筒，恭恭敬敬递给跪在蒲团上的冯保。冯保把签筒掂了掂，又伸手将插在签筒里的竹签拨了拨，问闻天鹤："老夫记得共有九十支签，这里头怎么少了许多？"

闻天鹤干笑着没有作答，原来是在冯保没有进殿之前，张大受抽了个空儿同他耳语，要他把签筒中的下下签都择出来。谁知冯保眼尖，一下子看出了破绽，只见他随便抓起几支签看了看，笑道："都是好签，闻道长，谁让你弄这些小把戏？"

闻天鹤遮掩着说："大概昨日个小道士打扫这里，随便捡走了几根。"边说边"找"，终于从法案的屉子里头搜出一把来补到签筒里。

冯保这才跪在蒲团上摇动签筒，筒口向前半倾着，摇了好大一会儿，终于摇出一支签掉到地上，张大受上前替他捡起，小心禀道："第二十九签。"

"看签文。"冯保从蒲团上爬起来。

张大受把那支签文给闻天鹤，闻天鹤对照着从墙上的布褡中抽出一支签票，一看大惊失色，觑着冯保不敢说话。

"怎么啦？"

冯保从闻天鹤手中拿过签票，只见洒金笺上，有几行清秀的柳体小楷：

> 第二十九签　虎落平阳　下下
> 平生不信野狐禅，
> 无尽风云一啸间。
> 霜雪骤来谁解得，
> 流沙千里是雄关。
>
> 解曰：占家宅恐防回禄；占身有厄，小人当道官司难赢，占财有破，田蚕不熟；占婚姻难成，灾星正照，诸事小心。

冯保天分极高，不用人解释，他也能把这首签诗的不祥之兆悟出个七八分。更何况后头的解文已自阐述透彻。冯保心里头十分沮丧，但他脸上却挂着笑，掸了掸笺纸问闻天鹤："这首签诗

429

颇有些嚼头，是谁编的？"

闻天鹤紧张答道："这里所有的签诗，都是丘祖登仙之前亲自撰写，首首都有玄机。"

冯保又问："那这首签诗有何玄机？请道长开示。"

闻天鹤不知冯保为何事抽签，但这么一大早跑来，肯定事头儿不小，为了不让这位大施主扫兴，闻天鹤脑瓜子一转，竟打起稽首贺道："恭喜老公公抽了一支好签。"

"明明是下下签，你为何说是好签？"冯保怫然作色，斥道，"闻道长，你不要拿老夫开涮。"

"贫道吃了豹子胆，敢开涮老公公？"闻天鹤佯笑着说道，"咱道家讲阳极生阴，阴极生阳，阴阳互变，是人间至理。套到灵签上头，下下签就是上上签。"

"你这多少有点诡辩。"冯保嘴上虽这么说，心里头却想听闻天鹤说下去，便又问道，"虎落平阳被犬欺，当作何解？"

闻天鹤道："这是提醒老公公，从今以后一段时间内，要提防小人。"

冯保微微颔首，问："小人能得势么？"

"签诗中言霜雪骤来，喻有小人得势之义，流沙千里，似乎也是说小人道长。但老公公是正人君子，从来就不会被野狐禅一类的异端所炫迷。狐可以假虎之威，终究不能夺虎之猛。跨过千里流沙之后，野狐道消，虎归山林。祸机既失，老公公仍可啸傲风云，稳居庙堂之上。"

"解得好！"冯保眉梢一颤，皮笑肉不笑地说，"只是不知你解透的玄机，究竟是天意呢，还是你闻道长信口胡诌的。"

其实，闻天鹤说这番话也是用心想过的，虽然都是好听的话，却没有一句靠实。现在听到冯保的恶谑，知道他仍心存疑惑，这本是鬼哄鬼的事，真要说出个子午卯酉来，闻天鹤也没这本事，只得赔着小心敷衍："老公公，丘祖是五百年才出一个的神仙，贫道毕竟不是他肚子里的蛔虫，哪能将他的玄机全都悟透。"

"唔，这句话倒还实在。"冯保说着，将那张笺文揉成一团儿，信手扔在地上。

冯保回到城里头，差不多到了午时。他先自回到府邸用了午膳，然后再起轿进宫。

不知不觉，大轿抬进了紫禁城中的皇极门。轿役踏上西边砖道，欲往武英殿后的司礼监而去。眯盹中的冯保忽然听得一个熟悉的声音说话，挑开轿帘儿一看，见是御膳房的管事牌子马三卫，正和一名身穿六品鹭鸶补服的官员站在砖道旁高一声低一声地唠嗑子。冯保便命停轿，沉着脸走下来，冲着马三卫没好气地说："瞧你这厮，越发地没头脑了，长天白日不去做事，却跑来这里扯淡。"

马三卫好像老鼠见了猫，吓得一哆嗦，嗫嚅道："小的不是在扯淡，是在请教苏州醪糟蛋的做法。"

"什么苏州醪糟蛋？"

马三卫咕咕哝哝地解释道："恭妃娘娘这几日胃口不好，昨儿个想着要吃醪糟蛋，小的做了一碗送过去，她尝一口就放下了筷子，说不是那个味儿，要小的再做。小的也不敢多问一句，她想吃的醪糟蛋究竟是个啥味儿？正急得团团转，忽然有人提醒咱，说恭妃娘娘是苏州人，要咱去找苏州人打听苏州醪糟蛋的做法。小的一想这还真是个办法。只是小的生在北地，自入宫来每日围着灶台转，哪里认得什么苏州人德州人的，亏早上碰到秉笔太监爷张鲸，他告诉小的，六科廊的这位王大人是苏州人，小的便寻到这里来了。"

马三卫所说的恭妃娘娘，正是慈宁宫李太后名下的宫女王迎儿。她因怀上了朱翊钧的孩子，在李太后的主持下，被册封为恭妃，安排在慈宁宫不远的启祥宫居住。这恭妃娘娘临产期已近，这些时李太后对她呵护有加，因此，冯保相信马三卫说的是真话。眼下马三卫站的地方，也正在六科廊的外头，冯保瞧了一眼站在马三卫旁边的年轻官员，问道："你是六科廊的？"

年轻官员点点头，答道："卑职名叫王继光，在礼科供职。"

"你是苏州人？"

"是，马公公向卑职讨教苏州醪糟蛋的做法，卑职已向他传授了。"

"噢，原来真的是拜师。"冯保眯眼儿一笑，转向马三卫说："你快回去做一碗送给恭妃娘娘，如果合了她的口味，本监有赏给你。"

"小的遵命。"

马三卫答罢一溜烟跑走了，王继光也拱手一揖告辞回了礼科值房。看着王继光离去的背影，冯保猛然记起弹劾潘晟的两道本子，其中有一道就是这个王继光写的。马三卫说是张鲸介绍他来认识，冯保顿时心下生疑，张鲸是如何认识王继光的？他已听说王继光是张四维的门生，将这些蛛丝马迹联系起来，冯保似乎察觉到一些什么，莫非张四维与张鲸已勾搭到一起了？想到这里，正准备登轿回司礼监的冯保，突然改变了主意，他让轿役们抬着空轿回去，自己则反剪着双手，慢悠悠走向皇极门另一侧的内阁。

自张居正去世后，冯保这还是第一次来到内阁。他走进阁门，只见门内小坊上，镌刻了一道圣谕：

> 机密重地，一应官员闲杂人等，不许擅入，违者治罪不饶。

这道圣谕为永乐皇帝所立，冯保不知看过多少回了。往日可说是熟视无睹，但今番他发现这块金字圣谕牌被髹漆一新，心下顿时起了疑惑，忖道："张四维一当上首辅就装潢这牌子，他到底安的什么心？"越想越气，脚下的步子也快了起来，从阁门到辅臣值房不过百十步路，冯保很快就走了进去，路上碰到两三个熟识的官员避到路边向他行揖套近乎，他也只是虚应。张四维的值房原是隆庆年间的辅臣高仪用过的，与张居正斜对面。冯保走到跟前，也不劳别人通报，径自推门走了进去。

张四维此时正坐在值房里与一名官员议事，猛见冯保闯进来，不免大吃一惊，连忙起身让座，笑道："冯公公，什么风儿把你吹来了？"

冯保窝了一肚子气，但不好当着不相干的官员面前发作，只得扯了一个谎："老夫到文华殿那边有点事儿，顺便过来瞧瞧。"说罢大大咧咧地坐到了官帽椅上。

却说张四维循例迁登首辅之位已经两个月了，他空下的次辅一职由申时行接替，再加上新补的文渊阁大学士余有丁，三位阁臣凑合着撑起了内阁一台戏。说是凑合，是因为张四维与申时行两位当初入阁时，皇上的批谕都是"随元辅入阁办事"七个字。

既然是办事，总还得看主事者的眼色行事，因此铁锅顶头当家做主的事，两人从来没有做过。如今虽然椽子出头，但"一枝动，百枝摇"的威风一时还培植不起来。就说拟票一事，过去都是张居正一人说了算，现在却是三人共同议决。虽然有主次之分，但张四维觉得自己根基未稳，还不敢擅权自用。如此一来，一些习惯于在首辅更换之际观察动静窥测风向的官员，无不感到奇怪，各衙门里私下便有了一些议论，有说张四维毕竟是张居正刻意栽培的人，对他一手创立的万历新政，必定奉为轨则不致刊削；有说他胸有城府大智若愚，目下表现，在于掩人耳目；也有人讥他斗筲下才，虽登龙有术，终非济世之雄……这些浮谤訾言，间或传到张四维的耳朵里，他只是一笑了之，每日仍准时来到内阁恭谨办事。今儿个午膳之后，他并未休息，而是约来礼部员外郎褚墨伦到值房相见。这个褚墨伦是万历六年春给天下和尚颁发度牒的礼部度牒司主事。那一次，他不但为张四维大大挣了一把银子，还为他挪用名额做了不少人情。事后三年考满，张四维投桃报李为他说话，褚墨伦居然跳了两级，晋升为四品员外郎，主管仪制司。这次他召见褚墨伦，为的是恭妃即将临盆诞生龙子的事。如果恭妃真的替万历皇帝生下一个儿子，这就是太子。历朝历代，太子降世都是举国欢庆的大事。循国朝故事，凡太子出生，一般都会大赦天下，晋封皇亲国戚及主要大臣，以及减免各省赋税。张四维今天找褚墨伦来，便是商讨由礼部仪制司负责的晋封之事。张四维认为，此次应该晋封的有十几个人，其中最主要的，应该是两宫太后以及王皇后的父亲王伟。两宫太后在隆庆六年朱翊钧登基时就已晋封，一为仁圣，一为慈圣，此后欣逢皇上大婚，又都加封两字，一为仁圣懿安，一为慈圣昭文。这次若太子真的降生，两宫太后必然还得加封两字。张四维虽当了四年次辅，却一直未曾引起李太后的特别关注，这次他想通过晋封一事来讨好李太后。还有王皇后的父亲王伟，虽贵为皇上岳父，头两年却一直是个锦衣卫指挥。皇上大婚时，就提出要给王伟晋封，张居正却以前朝赏赠太滥遗患无穷为理由，不肯办理。只给王伟从锦衣卫千户升职为锦衣卫指挥，后经皇上一再催促，才于万历八年给王伟晋升一个永年伯，却言明只是流职，不能世袭。为这件事，皇上一直耿耿于怀。张四维决定利用这次封赠，将王伟的永年伯爵位由流职改为世袭，其意也是为了取悦皇上。张四维向褚墨伦交代这件事，刚说到一半，就被冯保冲断。张四维只得对褚墨伦说道："你且回去，按本辅的交代办理就是。"

褚墨伦躬身退下。

冯保见没有了外人，便呷了一口书办送上的热茶，悻悻然说道："凤磐先生，恭喜你呀，多年的媳妇熬成婆了。"

张四维早从冯保的脸上看出来他今儿个好像是专门找岔子来的。他寻思究竟什么事儿冒犯了这位惹不起的大内主管，便试探着说道："老公公，元辅太岳先生突然不虞，说走就走了。好长一段时间，咱都不敢相信这是事实。如今，蒙皇上错爱，让咱在内阁牵头。咱也清楚自己不是这块料，正说等忙过这段时间，就专门到您府上拜望，向您讨教。"

"你讨教什么？"冯保乜着眼，一副盛气凌人的架势。

张四维很不受用，但他强忍着，想着来者不善善者不来，今儿个好歹做个"哀兵"，先把这丧门星对付过去。于是双手按膝长叹一声，苦笑着说："该讨教的地方多着呢。譬如说，咱每天总要替皇上拟几道票，有的票好拟，有的票就让咱颇费踌躇。往常咱见着张先生，遇有疑难处就写揭帖求见皇上。皇上也总是及时在云台召见。咱如今碰到同类事情，也给皇上写过求见帖子，但皇上总是批一句'先拟票来'，不肯给机会听咱奏对。皇上究竟心下如何想的，咱心里头吃不准。这样的事情，咱不请教老公公，还能请教谁呢？"

冯保不知道张四维说这席话的目的，是表明皇上不信任他呢，还是皇上还不习惯把他张四维当首辅看待。冯保觉得其中必有蹊跷，问道："你是说，你当了两个月的首辅，皇上还一次都没有召见过你？"

"见过两次，都是在元辅叔大先生的治丧期间，且都是内阁三位辅臣一同见的，所谈也仅只限于叔大先生的丧事，以后就没有召见过了。"

"云台单独召见首辅，这是朝廷的议事制度。皇上不肯见你，一定别有所因。"冯保说着把身子往椅背上一靠，用那种幸灾乐祸的口气问道，"凤磐先生，你想想，有什么地方得罪了皇上？"

张四维见冯保着了他的道儿，心里头暗暗高兴，表面上却哭丧着脸答道："咱一天到晚小心谨慎，怎么可能得罪皇上？"

冯保哧的一声冷笑，讥道："你的小心谨慎，老夫是领教了的。"

"冯公公，您这话……"

冯保的怒气终于爆发，只听他斥道："往常，老夫打个咳嗽，你就跑过去嘘寒问暖。这一回元辅张先生过世，老夫为他治丧，累垮了身子，大病一场，在家躺了一个多月，多少人都知道上门安慰几句，唯独就见不着你的影儿。老夫知道你当了首辅，身价儿高了！"

冯保夹枪夹棒不留情面，张四维听了好不尴尬。其实，乍一听说冯保害病，他就有心去探望，是张鲸拦住了他，张鲸说："皇上如果知道你与冯保拉扯得紧，立刻就会对你起了戒心。"他一想有道理，便只派管家提了礼盒儿到冯府探视，但这等内情又怎能捅出来，他只得支吾着说："仆实在是忙不过来，所以让管家代仆过去给老公公请安。"

　　"你那管家来了不假，还送了一盒长白山的老人参，一床日本国产的鹅绒褥子，这都是贵重物品，老夫还得感谢你。但感谢归感谢，老夫心里头却还是惆惆怅怅的。这年头儿，人情比黄金更宝贵，老夫哪稀罕你的财宝？要的，还是你过去的那份情意。凤磐先生，你总不能一阔脸就变吧！"冯保提起葫芦根也动，不给张四维一点面子。

　　张四维虽然一腔闷火煮得熟牛头，但还惮着冯保的威势，只得一味地赔小心："老公公，您这是多心了，仆这些时候的确是忙……"

　　"忙什么，忙着走马换将是不是？"冯保饯道。

　　张四维脸上有些挂不住，微讽道："老公公越说越离谱了，什么走马换将，咱走谁的马，换谁的将啊？"

　　"换叔大先生的将嘛！"

　　"叔大先生对咱多年栽培、提携，咱感他的恩还来不及，怎么可能过河拆桥？"

　　"如果你真是这样做，皇上对你就不会如此冷淡了。"

　　冯保这是说的一句气话，谁知者无心，听者有意。张四维便猜测冯保今日这般有恃无恐，是不是得了皇上什么旨意，顿时心里发怵，也顾不得尊严，竟觍着脸问："老公公是说，皇上对仆产生了误会？"

"不能说是误会，应该说是事实。"冯保索性一唬到底。

"什么事实？"张四维眨巴着眼睛。

冯保问道："你出掌内阁，拟的第一道票是什么？"

"第一道票，"张四维蹙着眉头思索了一会儿，忽然心有所悟，明白冯保今番前来兴师问罪的原因，便答道，"是关于潘晟入阁的事吧？"

"潘晟为何不能入阁？"冯保单刀直入问道。

"咱对潘晟素无成见，当年咱任礼部尚书，潘晟任礼部左侍郎，两人还相处得极好，"张四维生怕引火烧身，此时竭力推卸责任，"但是，监察御史雷士祯、礼科给事中王继光两人的弹劾本子呈到皇上那里，皇上责臣拟票，臣揣摩皇上的意思，好像是不大喜欢潘晟，故拟了那道票。"

"你怎的知道皇上不喜欢潘晟？"

"皇上让咱拟票，事先不做任何交代，这种态度，本身就说明问题。"

"你方才说要请教老夫，看来你对帝王心术的揣摩，已是炉火纯青嘛。"冯保讥刺一句，复又问道，"你知道，潘晟是叔大先生推荐的吗？"

"知道。"

"知道了还如此拟票，叔大先生如果九泉有知，当作何感想？"

"这……雷士祯、王继光那两份本子，列举潘晟贪墨罪状，并非捕风捉影。"

"常在河边走，哪能不湿鞋。这年头，要想在哪个人身上找几个毛病出来，还不容易吗？关键是有没有人成心和他作对。如

438

果有人想揪你凤磬先生，你能保证自己干干净净？"

这几句话很有威慑力，张四维不寒而栗，却仍辩解说："问题主要出在雷士祯、王继光的本子上。"

"凤磬先生，你这是此地无银三百两，谁不知道雷士祯是你同乡，王继光是你门生！"

"这……"张四维一时语塞。

冯保瞧着张四维的脸色红一阵白一阵，忽地又想起在白云观抽的那一支下下签，又愤愤然言道："十年前张居正从高拱手上接过宰辅台印，才不过两个月时间，就让人看到了万历新政的种种气象。何为万历新政？简略言之就是一句话：君子道长，小人道消。凤磬先生，你如今从张居正手中接过宰辅之印，差不多也两个月了，你让人看到了什么呢？如今恰与张居正执政时情况相反，是君子道消，小人道长，这岂不令人痛心？"

冯保说完，就倏然起身拂袖而去，留下张四维独自坐在那里，像一尊泥塑的菩萨，半晌说不出一句话来。

第三十二回

见门生苦心猜圣意
入云台造膝沐惊风

张四维窝了一肚子火，从内阁回到家来，更过衣后，管家张顺请他用晚膳，可他胃口全无，只让张顺吩咐厨下调了一碗蜜汁兰花膏给他服用，自己闷坐在书房里，还在想着下午冯保大闹内阁的事。

自万历五年入阁担任辅臣以来，张四维一直在提心吊胆中过日子，一来是惧于张居正"顺我者昌，逆我者亡"的严峻政风，二来更惮于李太后与皇上对张居正的言听计从。入阁之前，他本来也是一个敢作敢为说一不二的干臣，但是，他那几刷子比起张居正的铁腕来，却是小巫见大巫。加之皇上准他入阁的旨意是"随元辅入阁办事"，已判了他的身份就是随班，张四维审时度势，便将自己的政见主张尽行收起，一切唯张居正马首是瞻。几年下来，他在士林中的形象竟完全改变，官场中无论是清流还是循吏，两样人都视他为庸碌之辈。除了在张居正面前唯唯诺诺，对冯保，他也是十二分的巴结。他知道得罪了这位老公公就是得罪了李太后。但自担任首辅以后，他的心态渐渐有了一些变化。就像阻止潘晟入阁这件事，他从自身利益着想，决不想潘晟

440

入阁对他构成威胁。因此，他明明知道潘晟走通了冯保的路子，却依然以迅雷不及掩耳的速度组织自己的门人进行弹劾。他这是听信张鲸的话走了一步险棋。他想着如果皇上驳回，再去冯保府上请罪，甚至不惜把张鲸抛出来以讨冯保的欢心。谁知皇上竟如此爽快地同意了他的拟票，这样一来便给他造成如下印象：皇上对冯保已存有芥蒂，而张鲸已越过冯保取得皇上的宠信。如果说过去，处理冯保与张鲸的关系，他是脚踏两只船，通过这件事，他决心弃冯亲张。他甚至暗自忖度：皇上会不会是通过张鲸来试探他的心思。张鲸不止一次对他说起，皇上一直想亲自柄政，只是李太后坚持不允，他才不得不在张居正与冯保的双重挟持下，继续当那种诚惶诚恐的"影子皇帝"。如今，张居正既死，皇上要想当事必躬亲的社稷之君，还得搬掉冯保这块绊脚石。皇上要这么做，首先必须取得外廷特别是内阁大臣的支持。如果真是这样，他这个新任首辅便是关键。但长期以来，在外人眼中，他张四维与张居正的关系是如影随形。他要想取得皇上的信任，就必须有所表现。也就是说，要让皇上看到他与张居正的不同之处。

基于以上分析，张四维决心投石问路向皇上表示忠心，弹劾潘晟只是他做出了一个小小的试探，此事成功之后，他自以为摸准了皇上的心思，暗自高兴之余，又开始琢磨更大的行动。简单地说，他是想利用皇上即将得子这样一件大喜事作为契机，通过施行晋封、大赦、蠲免田赋三件大事来顺理成章地推行他的"德政"。晋封可讨好皇室，自不待言。给全国纳税农户蠲免当年三分之一田赋，也是老百姓欢呼雀跃的善举。再说大赦——这是张四维最想做成又最没有把握的事。由于张居正奉行"治乱须用重典"的政策。几年来，各地大牢关押的人犯大为增加，每年秋决，全国被判斩决的罪犯由几百人升至数千人，张居正犹嫌刑法松弛。更有甚者，十年来，被张居正的"考成法"罢黜或被拘谳判刑流徙的官员，也有数百名之多，若能恢复这部分人的官职，则等于从根本上否定了张居正的吏治举措。皇上愿不愿意这样做，目前还不得而知。但张四维心底清楚，唯其如此，他才有可能在短期内获得人数众多的中下层官员的支持，从而巩固自己的地位。晋封为了取悦"君心"；蠲免田赋为的是得到"民心"；大赦则是为了博取"官心"。若三样实现，万历王朝必然在他张四维的辅佐下，掀开崭新的一页。可是，令他迷惑不解的是，他将如何实施这三件事的密折呈进大内后，皇上既不召见他，也不将本子发回内阁拟票，正自焦灼，冯保恰在这时候登上门来兴师问罪……

正在张四维独自待在书房里如坐针毡之时，忽见管家张顺推门进来，禀道："老爷，李植御史大人到了。"

"啊！"张四维迷瞪瞪地揉揉眼睛，刚起身准备到客堂相见，想了想忽又改变主意，对张顺说，"你将他领到书房来。"

转眼间，张顺领了一个身穿五品白鹇官服的中年官员进来。只见他瘦得一根葱似的，淡眉鼠眼，高颧骨尖下巴——这副长相，倒像是京城大店里那些见人说人话、见鬼说鬼话的朝奉。他便是在都察院供职的监察御史李植。

李植一进门，立忙把官袍下摆一撩双膝一弯跪了下去，口中大声禀道："门生李植叩见座主大人。"

张四维亲热言道："起来，张顺，给李植看座。"

李植半边屁股坐在椅子上，一副奉事唯谨的样子。他是万历二年的进士，那一年会试的主考官是吕调阳，副主考是张四维。

吕调阳万历六年病逝，这一年的进士便都奉张四维为座主。如今朝廷三品以上的官员，十之八九是张居正生前亲自诠选。张四维虽然当了首辅，这些当道大臣却是没有一个肯听他调遣。倒是他的门生中，有不少人聚集在他的麾下，这李植便是其中之一。李植属于那种一按浑身都有消息儿的人，一肚子鬼点子多似天上繁星。因此，他就格外得到张四维的青睐，逢有难以决断的事，张四维便会将他找来商量。此时，待张顺退出把书房门掩上，张四维便一改座主的尊严，迫不及待地说："李植，知道老夫为何召你来吗？"

李植眨了眨两只小眼睛，问："听说冯公公下午跑到座主的值房里大闹一通。"

"你听谁说的？"

"黄际。"

黄际是张四维的书办。张四维郁了一肚子的闷气，终于找到一个人一吐为快，于是将下午在值房里发生的事备细说了。李植一听，缩脖儿一笑，说道："座主大人，唐代宗将'不痴不聋，不做阿家翁'两句金言，做了护身符。这两句话，如今正好用在您的身上。"

"怎的合用于老夫？"张四维不解地问。

"大人当五年次辅，一直装聋作哑，现在，是您惊雷劈空利剑出鞘之时。"

张四维眉毛一蹙，回道："瞧你兴抖抖的样子，说话高一句低一句不着边际。什么利剑出鞘？"

李植挪正了座儿，再不敢吊儿郎当打野岔，而是敛了笑容一本正经言道："依卑职猜测，眼下皇上心里头最嫉恨的还不是冯保，而是张居正。"

"你怎么会这样想？"张四维问。

"大人还记得万历六年皇上因醉酒而调戏宫女的事情吗？"李植舔了舔嘴唇问道，"按理说，皇上的宫闱秘事，外臣既不能打听，更不能干涉！张居正不但干涉，而且还替皇上起草《罪己诏》，刊载在邸报上。对于一个九五之尊的皇上，如此听任大臣摆布，岂不是奇耻大辱？"

张四维觉得李植这番话无甚新意，说道："《罪己诏》一事是有些过分，但这并不能责怪张居正。李太后当时在盛怒之下，有心要废黜当今皇上，另立潞王，是张居正劝说李太后打消了这个念头。"

"这就是症结所在。"李植两道稀疏的眉毛一阵颤动，身子朝前一俯，觑着张四维，神秘兮兮地说，"据说皇上当时跪在奉先殿门口，苦苦哀求李太后不要废黜他，李太后硬是板下脸来不松口。为何张居正一劝说，李太后就能回心转意？这里头的奥妙，叫皇上不得不深思啊！"

"你是说……"

"皇上肯定会这样想：咱是太后的亲生儿子，又贵为九五之尊，为什么咱在圣母心中的地位，反倒不如一个张居正？"

"你瞎猜疑什么？"

"大人，卑职并不是瞎猜疑。其实，宫廷内外，早有一些议论不胫而走，说李太后与张居正之间的关系暧昧，已超越了君臣界限……"

"闭嘴！"

张四维断喝一声，李植吓得一缩舌头把底下的话吞了回去。

其实，关于李太后与张居正的传闻他也听到一些，但他根本就不相信。张居正虽然喜欢女色，但绝没有胆量去打李太后的主意。李太后钦慕张居正是真，有时也难免有一些私情，但她更没有勇气越过皇家道德藩篱。退一万步讲，纵然李太后行为有失检点，也必定是天下第一等机密，有谁胆敢将它捅出来？皇家秘事讳莫如深，不要说胡猜乱讲，就是有心打听者，也必将招来杀身之祸。张四维恼恨李植不知天高地厚信口雌黄，便把脸沉下来，厉声斥道："从此以后，不许你再提这件事。"

李植点点头半晌不吭声，见张四维瞅着屋顶出神，复又鼓起勇气，小心言道："座主大人，卑职并不是要捕风捉影谈张居正的隐私。而是想提醒您，可以从这件事上，揣摩皇上的心思。"

"皇上的心思？"张四维揉了揉发涩的眼袋，疑惑着问，"你能揣摩出什么呢？"

李植答道："皇上大婚之后，懂得男女私情。他不愿意让任何一个男人取代他的父亲隆庆皇帝，在李太后的心中占有地位。一旦这个男人出现，他必定将他置于死地而后快。"

"皇上的这种心态，仆也有所体会。"张四维脑子里念头一转，又道，"可是张居正已经去世，皇上的万千嫉恨，岂不化为乌有？"

李植诡谲地一笑，回道："咱家乡流传一句粗话，叫'狗赶出去了，屁还在屋里头'。如今朝廷上，虽然走了张居正这只狗，但满衙门都还留着他的屁。"

张四维皱了皱眉，斥道："什么乱七八糟的话，嘴里放干净一点。"

李植半尴不尬地一笑，又道："卑职私下猜度，皇上嫉恨张居正，决不会因为张居正一死了之。早晚有一天，他会对张居正进行清算。"

张四维这时想起张鲸偷偷透露给他的一些关于皇上的信息，便觉李植的分析有几分道理，喟然叹道："皇上毕竟年轻，如今满朝文武都是张居正的亲信，势大难欺啊！想清算他，谈何容易！"

"大人此言差矣。"话一出口，李植便觉不恭，他朝张四维歉意一笑，又绕弯子说道，"京城一到冬日，滴水成冰雪厚三尺，可是一到夏天，骄阳之下，你上哪儿看得见一片雪花？自然节令与政坛规律，有异曲同工之妙。"

张四维拿起桌上的一柄碧玉如意，一边捻着一边答道："理儿是这么个理儿，关键在于皇上。"

李植又是一笑，冒了个响炮："依卑职看，关键不是在皇上，而是在您这位新任的首辅大人。"

"为何在我？"张四维一愣。

"皇上欲改弦更张号令天下，必欲通过内阁控制五府六部各大衙门来实现。内阁首辅如果不深谙皇上心术，行政调度南辕北辙，则灾祸必起肘腋之间。遍查历代故实，皇上开掉一个首辅，犹如脱掉脚上一双臭袜子，是太容易的事。张居正是大明开国以来唯独一个例外，这是因为皇上登基才十岁髫龄。所以，张居正能将他玩弄于股掌之中。如今，皇上已长大成人，经过十年历练，早已深沉练达洞察幽微。老座主接替张居正，成为万历王朝的第二任首辅，也是万历皇上亲自执政后的第一任首辅。数月之间，沧桑已变，大人若想稳踞宰辅之位，就必须彻底与张居正决裂。"

李植一番宏论，在张四维听来虽有不敬之辞，但细心一想却也在理，于是悠悠问道："如何一个决裂法？"

李植答："张居正执政十年，无论是吏治还是财政都过于苛严，多少势豪大户，都将他恨之入骨。"

"可是，天下老百姓还是欢迎他的改革。"

"哼，在庙堂之上，帝禁之中，老百姓又值几何？"李植鄙夷地啐了一口，"成天围着皇上转的，全都是公卿巨贵，有哪个老百姓能见到皇上？"

"这些道理不用你多讲，"张四维既想听李植的见解，又怕他高谈阔论，遂言道，"我且问你，如果皇上真的有心清算张居正，他会怎么做？"

"拿掉冯保！"李植脱口而出，看到张四维盯着他的眼光有几分惊愕，又接着解释，"皇上目下最忌惮的，还是他的生母李太后。过去十年，李太后通过张居正与冯保这两个人来辅佐小皇上，名为教诲，实则控制。如今张居正已死，若再去掉冯保，李太后等于被人剜了一双眼睛，她就是还有心控制皇上，也无能为力了。"

张四维凝神想了想，说道："现在马上弹劾冯保，各种条件尚不成熟。据说，皇上现在还很怕他。"

"那是因为皇上还没有把握把他扳倒。卑职认为，现在最要紧的，是让皇上懂得使用威权。要让皇上真正地明白，冯保是他的奴才，而绝不是他的主子。"

"言之有理。我现在要做的事，就是还威福于皇上。"张四维兴奋地扬起手中的碧玉如意。忽然，他似乎又想起了什么，扬起的手又无力地垂下来，沮丧地说："只是不知何故，皇上一直不肯单独召见我。"

李植一双小眼睛转得飞快，突然又龇牙一笑，说道："卑职倒有一个主意，大人不妨试试。"

"请讲。"

"卑职听说，皇上颇好银钱，也曾多次打主意从太仓划拨银子，但都遭到张居正抵制。眼下恭妃娘娘快要临盆生育，内廷正是用钱的时候，大人何不指示户部，主动拨一笔银子到内廷供用库？"

"唔？"

张四维一听，觉得这个主意不错。想了想，又道："户部尚书梁梦龙，与冯保关系非同一般，到太仓拨银，首先得过他这一关。"

"依卑职看，梁梦龙在这件事上不会阻拦。皇上得子举国欢庆的喜事，他犯不着冒犯皇上。"

"这个倒是。"张四维点点头，决定明日亲自到户部走一趟。

八月十一日凌晨，启祥宫里传出一声嘹亮的婴儿的啼哭。恭妃娘娘王迎儿胎气发动顺利产下一子，这便是后来加封皇太子的朱常洛。朱翊钧于万历六年春月间大婚，至此已有四年半时间，与他结缡的正宫娘娘王皇后始终没有怀孕，而宫女王迎儿偷沾雨露，竟奏承祧之功，这真是有意栽花花不发，无心插柳柳成荫。在恭妃临盆之前，宫内宫外着实忙碌了一阵子，宫内的太监宫女在李太后的亲自督促下，做好了一应接生准备。从产婆奶娘到摇篮尿片，事无巨细，或人或物，一样样都置办妥当。龙虎山道士还专门开坛请下九九八十一张"龙种降生诸神回避"的符咒，遣人日夜驰驱送达京城，如今都贴在启祥宫内外窗门路口。

太子于丑时三刻诞生，一直守在启祥宫门外一宿不曾合眼的冯保，竖着耳朵听清了婴儿的啼哭并问明这小家伙的胯下长了一只小鸡鸡时，顿时满心欢喜，立刻亲往乾清宫向皇上报喜。皇上与皇后也未曾合眼，与太监们凑在一起玩马吊牌等候消息。一闻这喜讯，都笑得合不拢嘴，又一起赶往慈庆慈宁两宫向两位皇太后报喜。此时的紫禁城内，早已是一片沸腾，东西两条长街上，到处灯火通明。数十座大殿宫院的门口，都挂起了喜气洋洋的大红灯笼，各处值殿太监彩女，都穿上簇新的礼服四处道贺。首先是启祥宫门口，接着是整个大内到处都燃起了鞭炮。后花园中的谯楼和端门前的五凤楼上，都同时奏响了悠扬激越的大钟……

很快，紫禁城中这股子闹热的气氛惊醒了京都的百姓，已经沉入梦乡的人们纷纷披衣起床走上街头。他们引颈眺望紫禁城上空的炫目霞彩，眼看螭唇龙吻上挂着的瑶光紫雾，耳听爆豆子般的鞭炮声和错落有致的钟声，莫不感到惊奇。就在他们交头接耳议论纷纷的时候，听得驰马奔出大内前往各处皇亲宅邸报信的太监们漏出的口风，才知道当今圣上新添了龙子，小老百姓们于是奔走相告："太子诞生了！""下一代的皇帝爷降世了！"一时间，偌大一座北京城狂欢起来。街上楼帘尽卷灯火高悬；路上音影浩浩人如蚁聚。花炮轰轰筋弦急急；瑞气腾腾钟磬吉祥。六月间，京城人们经历了张居正逝世的大悲痛，仅仅两个月，他们又迎来了太子降生的大欢乐。从一个极端走到另一个极端，人们真切地感受到了太平岁月里的多事之秋。

却说皇太子诞生三日之后，也就是中秋节的前一天，张四维早上刚到内阁，就有乾清宫管事牌子周佑前来传旨，说皇上要在云台单独召见，要他即刻动身前往。张四维顿觉喜从天降，忙命书办给周佑封了十两银子。张四维出手如此阔绰，让周佑喜出望外，不由得嘱咐了一句："张先生，万岁爷正在兴头儿上，你有话尽管说。"说完就走了。张四维琢磨这句话的含义，笑了笑，也不敢耽搁，径直往云台而去。

算算日子，皇上这次召见与冯保那次大闹内阁，也不过五六天时间。早在三天前，张四维指示户部给内廷供用库划拨的二十万两银子就已办妥。张四维认为皇上这次终于答应见他，其功劳应归于李植划银的主意。

从内阁到云台的这段路上，张四维走得极快。太子刚出生，加之明儿又是中秋节，宫里头到处都洋溢着节日气氛。太和殿后头连接东西长街的横行甬道上，几树桂花金灿灿开得正旺，微风吹来馥香阵阵沁人心脾。张四维穿过这里时，见几个太监自东向西匆匆走来。他眯眼儿瞧去，但见走在头里的是大内糕点房的管事牌子胡有儿。这胡有儿间或奉皇上之命，给内阁辅臣送去点心品尝，故张四维认得他。胡有儿身后，跟了四五个挂着乌木牌的小火者，都挑着盖了明黄锦缎的食盒儿。胡有儿大老远看见张四维，忙赶了几步跑过来深深作了一揖，满脸堆笑言道："张相爷，难得在这儿见到您。您老人家拜了相，咱们这些奴才，早就该向您道喜了。"

"有啥值得道喜的。"张四维开心笑道，"一见到你胡有儿，咱就想起你制作的桃酥。那次你送了两盒来，咱带回去分给家人品尝，个个都说好吃。"

"这点贱手艺，也值得相爷夸。只要相爷爱吃，早晚我给您老多送点。"

说话间，几个挑着食盒儿的小火者已走到跟前，张四维瞧着担子上的明黄锦缎，在灿烂的阳光下闪着柔和的光芒，便问："又是啥好吃的？"

"月饼呀，"胡有儿答道，"李老娘娘自抱了孙子，一天到晚喜得合不拢嘴，吩咐咱糕点房多做上好的月饼，各个宫院都要送上几盒儿。咱们这就是往后宫各处送月饼的。相爷，您放心，外廷的官员也少不了。皇上有旨，凡二品以上官员，每人三盒；四品以上，每人两盒；余下所有京官，每人一盒。就为赶制这批月饼，咱糕点房的二三十号人，忙得几宿没睡觉。"

胡有儿说着，又打了一拱，方告辞而去。张四维一边走着，一边心里头忖道："皇上果真是大方起来了。他登基十年，此前过了九个中秋节，外廷臣工没有一次得到过他赏赐的月饼。施赠点心虽是芥末小事，亦可从中看到皇上心境的变化。"不觉已走到云台门口。这儿的值殿太监名叫孙理，见他来了，便趋上一步施礼迎接，说道："老先生且进殿稍坐片刻，万岁爷马上就来了。"

胡有儿方才见面喊"相爷"，意在表示亲热。现在孙理改称"老先生"，却是正常称谓。百人百口，张四维顿觉内廷一凼浑水不可随便蹚得，遂收了心思正襟危坐。

少顷，听得孙理在门外恭恭敬敬喊了一声"万岁爷"，旋即听得软底靴踏在砖地上的声音。张四维顺势看去，正好朱翊钧穿着簇新的衮龙袍，在周佑的引领下跨进了门槛。张四维连忙跪了下去，高声禀道："臣张四维觐见皇上。"

"平身吧。"

朱翊钧说着已在御榻上落座。张四维回到原来的椅子上坐下。尽管他已是文臣至尊的地位，但因是第一次单独面圣，仍不免有些紧张，讪讪言道："皇上准旨召见下臣，臣不胜感激。"

"张阁老不必拘谨，"朱翊钧一开口先自笑了起来，"朕一直未曾单独见你，你着急了是不是？"

"是……"张四维拭了拭脑门子上渗出的细碎汗珠，言道，"臣知道，皇上这些时很忙。"

"不是忙，是心绪有些烦乱。"朱翊钧将搁在镶金红木脚踏上的靴子趿了一下，缓缓言道，"自从张先生，唔，不是你这位张先生，朕说的是元辅张居正。自他去世之后，朕一时不敢见外臣，无论见了谁，都会叫朕想起元辅，忍不住伤心落泪。"

朱翊钧说着脸上便露出戚容，凭直觉，张四维觉得皇上的悲伤并不是发自内心。他当下就怀疑皇上这样做是不是试探他的态度，略一思索，他答道："皇上对元辅的感情至笃至深，以至哀恸过度。叔大先生获此殊恩，令臣羡慕不已。"

这回答多少有点令朱翊钧感到意外，他问："朕心下悲痛，这算什么殊恩？"

"首辅虽为人臣之极，但毕竟是皇上的臣仆。皇上以万乘之尊，如此锥心揪肺痛悼一个仆人，这是千古少有的事。臣看在眼里，记在心里。遇上明君圣主，实乃臣子之福。因此，臣决心誓死报效皇上。"

张四维不显山不显水表了一个忠心，朱翊钧听了心下舒坦，便开了一个玩笑道："报效则可，拍马屁则不行。"

张四维没来由地遭此一讪，心下顿时慌乱，干笑道："皇上，臣还没学会拍马屁呢。"

朱翊钧笑道："你主动让户部拨二十万两银子到内廷供用库，这不是拍马屁又是什么？"

"这……"张四维的脸腾地红了。

朱翊钧看着张四维坐立不安的样子，越发忍俊不禁哈哈大笑起来，谑道："朕只是说句玩笑话，瞧你张阁老这副窘样儿，倒当了真！"

闹了半天虚惊一场。张四维没想到皇上也会捉弄人，吓出一身臭汗，半晌没有说话。

这时，只见朱翊钧已敛了笑容，言道："往常，元辅张先生屡屡告诫朕，太仓银只可用于国家，不能成为皇室的私房钱。你这样做，是否有章可循？"

张四维已自慌乱中镇定下来。皇上的这个问话是他早已料到的，此时从容禀道："叔大先生为国家理财，任劳任怨不避利害，堪称明臣。但他把内廷外廷两本账分开，看似有理，实则差矣。《诗经》所言'普天之下，莫非王土，率土之滨，莫非王臣'。连天下九州万里都是皇上的，何况太仓里的几两银子？皇上厉行节约尽除侈靡，为社稷苍生计，始终撙节财用不肯乱花银两，这是圣君之道，是天下人的福祉。但这并不等于说，太仓里的银两，皇上不能调用于内廷。"

"唔，张阁老如此一说，极有道理，"张四维几句话解开了朱翊钧多年的心结，只见他脸上笑容灿烂，接着又道，"这些时，为皇长子出生，张阁老操劳甚多。前些时收到内阁公本，你等辅臣述奏皇长子出生，朝廷应该做的晋封、大赦、蠲免租赋等三件大事，朕看大致尚可。只是几处细节，朕尚有疑问。"

张四维赶紧奏道："皇上有何训示，臣恭听在此。"

朱翊钧说："晋封之事，两宫太后，皇后之父王伟，加封皆为允当。大赦一事，你们辅臣提出要赦的是两部分人，一是今冬斩决犯人，二是前些年被拘谳定罪的官员。冬决囚犯赦放一批，料无人反对；但若恩赦犯罪官员，恐怕会招来许多非议。"

张四维一听，有心辩解又没有勇气，只得支吾道："咱们做臣子的，只是尽自己的见识建言，一切还听皇上旨意。"

多少年来，朱翊钧每次与张居正议事，总是诚惶诚恐。现在见到张四维大气不敢出二气不敢伸的样子，他感到特别开心，便陡然间觉得长了不少九五之尊的威严。于是端起架子清咳一声，说道："朕知道你张阁老的心思，是想起复这些犯罪官员，借此收揽人心。这想法不错，但眼下还不是时机，这一条暂且搁置。"

皇上一言中的，张四维骇得背上冷汗涔涔，忙奏道："臣谨遵皇上旨意。"

"还有一件事，"朱翊钧顿一顿才说，"现有一人，也想加爵封伯，两宫太后亦有此意，只是不知能否办理？"

"请问皇上，这个人是谁？"张四维抬头问道。

"冯保。"

"他？"张四维失口叫了起来。

"怎么，张阁老感到奇怪？"朱翊钧追问了一句，又道，"冯保是朕的大伴，隆庆六年，又与内阁高拱、张居正、高仪三位辅臣同受先帝顾命。四个人，如今只有他一个人健在。皇长子诞生，论功行赏，合该有他一份儿。一般的赏赐，对冯保已无甚意义，晋封爵位，又牵涉朝廷纲本，朕一时委决不下。"

张四维细心听来，觉得皇上的话中藏有玄机：虽然表面上他保持了对冯保的一贯礼敬，但并不想给冯保封爵。只是李太后发了话，他不敢硬顶着不办，故在此提出来商量。张四维一时也感到不好办，只得敷衍道："叔大先生在世时，对这类封赏，是一概不允。理由是赏爵太滥，坏了朝廷纲常。"

"问题是叔大先生已经不在了呀。如果他在，这类事根本用不着朕来操心。内阁现在是你张阁老掌制，你是何态度？"

张四维一下子被顶到墙上，想耍滑头已不可能。想了想，决定趁此机会试探皇上有无诛除冯保的意思。遂把心一横，冒险言道："臣觉得，给冯保加封爵位不妥。"

"不妥在哪里？"

"历朝封爵者，不外乎两种，一种是建功立业的大臣，一种是皇亲。冯保以一个太监出身，既无伟功建树，又非在国难时有救驾之功。如果给他封爵，势必会引起士林非议。"

"朕怕的不是士林非议，"朱翊钧眉梢一扬，露出不屑的神气，言道，"你要说清楚，前朝太监中，有无封爵的人。"

"有一个。"

"谁？"

"刘瑾。"

"刘瑾，"朱翊钧一愣，说道，"这不是武宗皇帝爷手下的司礼监掌印么？此人极坏。"

"皇上所言极是。此人生封爵位，死有余辜。"

"既如此说，冯保封爵之事，也该搁置起来。"朱翊钧仿佛了下一桩大心事，舒了舒腰，漫不经心地说，"张阁老回去后，就按你方才所言，给朕写一个条陈。"

"说什么？"

"就说冯保为何不能封爵的理由。这个条陈一定要写好，朕要给太后看的。"

张四维一听，不免心下暗暗叫苦，想不到绕了半日，他竟被皇上绕进了套子。皇上要他当恶人整治冯保。如此一来，他不但与冯保彻底撕破脸，捎带着还把李太后得罪。事既至此，想当缩头乌龟已不可能。张四维本想趁机给皇上多多进言，却见皇上已是起身离座返驾回宫，临走时留下一句话饶有深意："张阁老，凡事都要多多琢磨。"

第三十三回

玉蟾楼密议掏墙法
夫人庙乞讨护身符

中秋佳节各衙门照例放假一天。张四维整整一个白天闭门谢客，猫在书房里起草条陈，阐述为何不能给冯保封爵的理由。这一辈子他给皇上写过的奏本，大大小小拢共有上百道，却没有哪一道奏本像今天这样叫他费尽心思，前后不过数百个字，竟折磨得他茶饭不思。写完之后，心下一松，不觉天色已暮，但见幽邃高远的穹窿之上，却早推出了那轮明月。此时京城里多少官商士民人家，无不肴果满席庆贺佳节，或诗文觞咏或丝管竞奏，或酒垆茶灶仙侣嘉会，或倚红偎翠泛舟清沧。张四维因新任首辅，家中自是更加热闹。傍晚他自书房出来，正说高高兴兴与家人一起吃顿晚宴，经张顺提醒，他才猛然记起数日前李植等一帮门生就来说过，中秋节晚上要请他到玉蟾楼赏月，他当时是应允了的。此时忙到后院挑了一件夹料绉丝酱色雷公袍，换下家居方便起坐的开襟大褂，并选了一顶金丝起箍的坡公巾戴在头上，命即速起轿，望玉蟾楼匆匆而来。

玉蟾楼在珠市口附近，是京城里上好的地望。张四维现在是首辅，出入警戒森严。他人还没到，玉蟾楼周围，早添了不少的巡兵游哨。这玉蟾楼共有五层，李植他们数日前就付了定金，包下最高一层。按理说，首辅驾到，玉蟾楼就该戒严，一应闲杂人等不得入内。但张四维虑着现在还不是摆谱的时候，一切尚需低调，便特别关照不要清场。因此，一至四楼如常营业，灯火通明人影幢幢，喝五吆六喧声一片。张四维在一干护卫的簇拥下登上五楼，李植、王继光、雷士祯、褚墨伦等五六个门生都早早儿到了，一起趋到楼梯口迎接。虽然那地儿狭隘，李植带头，都要跪下去拜迎。张四维吩咐不必拘礼，众人便改作大揖，将张四维迎至楼中。

这玉蟾楼的五楼是一间通楹大厅，四壁吉祥如意木格明窗，如今都珠帘卷起。从窗前放眼望去，但见参参差差十万楼台，都罩在清辉朗月之中。闹嚷嚷的街面上巾车辐辏，黑黝黝的瓦脊上铺着如水的月华，浓淡异色锦绣多姿。这如诗如画的京俗良宵，看了怎不令人心旷神怡！张四维站在窗前，听得李植对上楼问菜的店家说："菜肴就是先头预订的，不做改动，另外，醋壶、茶壶都要，酒壶就免了。"他连忙插话："酒壶不能免。"

李植一怔，笑问："大人，您不是戒酒了么？"

张四维一笑。他年轻时本是豪饮之客，山西蒲州家乡的老白烧，虽然辣得呛人，他来了兴致，仰脖儿就能咕下一海碗。后来当了京官，地位渐隆，再不做那牛饮之事，但每日晚上用膳，总还免不了自得其乐地抿几口。自张居正病重之后，他突然觉得天底下第一等的重要事就是保养身体，于是在武当山道人的劝诫下戒了刘伶之好，几个月下来滴酒未沾。此时他踱到楼面正中的大圆桌边坐下，笑道："如此良辰佳节，可人的满月莲花世界，岂能无酒？店家，你店里有何佳酿？"

店家是个约莫三十岁左右的汉子，长得猴脸猴腮，一双眼睛贼精。听得首辅问他，便习惯性地把两手朝库灰梭子布长衫上蹭了蹭，答道："有玉壶春的十年陈窖，还有四川的太白液、山西的老白烧。"

李植知道张四维的嗜好，便抢着说："将上好的老白烧先抬上一缸来。"

张四维说："老白烧是要，其他好酒，也拿两三样上来。菜呢，点的什么菜？"

李植回答："咱点了三汤四羹五大菜，都是这里的招牌菜。店家，你再给首辅大人报一次。"

"好嘞，"店家吱了一声，扳起指头字正腔圆地报起了菜单，"燕窝鸡丝汤、海参烩猪筋、鲜蛏萝卜丝羹、海带猪肚丝羹、鲍鱼烩珍珠菜、淡菜虾子汤、鱼翅螃蟹羹、蘑菇煨鸡、辘轳锤、鱼肚煨火腿、鲨鱼皮鸡汁羹、血粉汤。咱是按上菜的顺序报的。"

张四维是盐商后代，吃着山珍海味长大。一听这菜名儿，便知这顿筵席不但价格不菲，而且制作费时，单鲍鱼烩珍珠菜一道，就有十五道工序，要耗费七天时间，便笑着说："今晚上是谁请客，这么破费？"

"大家凑份子，孝敬老座主。"这次说话的是礼部给事中王继光。

张四维看了王继光一眼，言道："你这六品官一年的俸禄，还不够吃这一顿饭。今夜里，你们也不用踮起脚来做人，这顿席面钱老夫掏了。店家！"

"小的在。"一直候在门口的店伙计又走进几步。

"你再加两道菜。"

"请大人吩咐。"

"店中可有石斑鱼？"

"有。"

"炒一盘石斑鱼肝。记住，剖石斑鱼之前，不要见生水，将肝剜下，用滚水氽一氽，然后用鸡油炒。"

"去了肝，鱼肉呢？"

"活剖鱼取肝，这鱼肉就没法儿吃了。你扔掉即可，实在舍不得扔，就赏给下人煮汤，反正银子我出了。"

"小的遵命。"

"还要补一道菜。有一次老夫在你们店里吃过的，叫梨片蒸果子狸。这道菜温补治秋燥，这时候吃正当令。"

"启禀相爷，这道菜恐怕有些难处。"

"怎么啦？"

"咱店里这几日生意太好，活的果子狸都用光了。您老看看能不能换一道菜。"

"除了果子狸，你店里还有啥野味？"

"有小猩猩，有梅花鹿。"

"鹿肉鹿血，均是冬令补品，这时候吃，会呛得鼻孔流血。小猩猩肉酸，周身只有上唇一块肉肥嫩。这样吧，你就换成梨片蒸猩唇。"

"好嘞，小的这就去办理。"

店伙计返身咚咚咚一溜小跑下楼去，李植等五六位门生也都序齿坐了，这里头，就褚墨伦与雷士祯两人的品秩最高，他们一左一右挨着张四维坐下。少顷，店家派了四五个伙计上来侍奉，他们抬酒的抬酒，掇菜的掇菜，先前那位店伙计上蹿下跳地指挥支应。李植见这人十分伶俐，便问他叫什么，答曰"杨二牛"。李植从袖笼里摸出二两碎银赏给他，说道："这里没你的事了，有事再叫你。"杨二牛知趣，闪身跨出门槛儿并帮着掩好了门。

一帮门生，数王继光年纪最小，他便担起执壶斟酒的角色，各人面前的酒杯满了，李植便举着杯站起来言道："老座主在上，咱们几个门生一直有心要摆一桌筵席，庆贺老座主荣膺宅揆。今日老座主赏脸，咱们的愿望才得以实现。来，诸位，咱们先敬老座主一杯。"

六个人一起站起来，对着张四维双手托杯一起饮了。既是敬酒，张四维本可倚老卖老不喝，但他一是高兴，二来戒酒多日乍闻酒香忍耐不住，竟也一仰脖子喝得点滴不剩。这一口酒，让他有了久旱逢甘霖的感觉，在学生们的怂恿下，竟一连饮了五六杯。俗话说兔子是狗赶出来的，话是酒赶出来的。张四维不知不觉半斤酒下了肚，嘴上的话顿时多了起来。此时只听得他言道："今天过中秋节，你们畅畅快快喝一顿酒。从明天起，你们各人都有要事去做。"

一听老座主话中有话，众门生都兴奋起来。李植嘴巴长，先自问道："大人，听说昨日皇上在云台单独见您。如此造膝密谈，定有非凡旨意？"

"你小子长的是狗耳朵，什么都想听。"张四维亲昵地骂了一句。忽见门外白纱窗下人影儿一闪，忙警觉地问了一句："门外是谁？"

"相爷，是咱。"一声未了，便见那位名叫杨二牛的伙计掇了一个托盘推门进来，高声唱喏道，"来嘞——热腾腾香喷喷的鲍鱼烩珍珠菜。"唱毕搬菜上桌，又对张四维大献殷勤说道，"相爷，这是咱玉蟾楼的第一号招牌菜，制作它……"

众门生竖着耳朵急着要想听座主讲与皇上相见的事，却不想这厮跑来啰唆。他们中数雷士祯性子最急，这会儿只见他拉下来脸斥道："行了行了，咱们是品酒赏月，还是听你嚓牙花子？还不快快下去。"

杨二牛遭此抢白，只得快快下楼。张四维伸着筷子让大家品尝鲍鱼，众人都赞味道好。张四维慢慢嚼了一块，言道："做工倒是没有偷懒，只是料酱稍差。"说着，嗞儿一口又干了一杯，趁着酒劲儿把昨日云台召见的事向门生们做了通报。他一说完，李植就兴奋得一击巴掌，嚷道："听到这消息儿，今晚上醉死也值得。"

众人又喳喳呼呼闹了一通酒，席面上已是热闹非常，年轻气盛的王继光说道："老座主既然给皇上拜章明奏，不给冯保封爵，这道冤仇就算结下了。利剑既然出鞘，断没有收回的道理。下一步咱们该如何动作，还望老座主明示。"

褚墨伦插话："冯保这只老狐狸，要么不动他，既然动了他，就得一棍子将他打死，否则，让他喘口气儿反扑过来，咱们断没有活命的道理。隆庆六年，高拱与他斗，吃的就是这个亏。"

张四维频频点头。李植却不服气，两片薄嘴唇一撇，与褚墨伦抬杠道："应泽兄，你不要忘了，现在是万历十年，与隆庆六年相比，情形完全不同。那时，冯保内靠两宫太后，外与张居正结为死党。现在呢？张太岳已睡在黄土堆内成了文忠公，皇上也已长大亲政，不再受人愚弄。他昨日与咱们老座主造膝密谈，这就是吉兆。"

褚墨伦不喜欢李植咄咄逼人的做派，咕哝道："咱也不是故

462

意说丧气话，常言道小心不亏人。"

"墨伦说得对，小心不亏人。"张四维一边喝酒一边说道，"李植，你那分析也不是全无道理，但要记住，冯保现在并不是一只死老虎。"

"是呀，"褚墨伦高声附和一句，"冯保是一只母大虫，吼一声地动山摇。"

"咱就不信这个邪！"李植悻悻然说道，"座主大人，学生按您的吩咐，暗地里查出了冯保不少贪墨秽行。只待您一发话，咱就给皇上递本子弹劾。"

"先不忙弹劾他。"张四维白日里在书房里革拟条陈的时候，已想好了与冯保周旋的策略，此时正好向门生们布置。他喝酒喝得舌头发黏，让王继光下楼要了一壶热茶上来。他喝了一口漱漱嘴，言道："墙倒众人推，这是常理，但冯保这堵'墙'眼下还稳固得很，连皇上都不敢得罪他。皇上不想给他封爵，却转个弯让老夫来当恶人——可见冯保的威势。目下有一件事，须得你们去做。"

"但请座主吩咐。"雷士祯代表众人言道。

"墙既推不倒，你们就掏墙脚。"

"如何一个掏法？"李植性急地问。

张四维正欲面授机宜，忽见张顺从门外探了个脑袋进来，对他说："老爷，小的有件急事，想单独请示。"

"啊，你有啥事？"

张四维说着起身离席，走出大门。只见四楼以上的楼梯口两侧，站满了随他而来的护卫。张顺随手把门掩上，张四维狐疑地问："把护卫都调来这里干吗？"

张顺道："小的发觉这玉蟾楼鱼龙混杂，有不少形迹可疑的人。"

"你发现了什么？"

"那个叫杨二牛的店伙计，老爷记得么？"

"记得，他怎么啦？"

"小的在四楼靠近楼梯的位置要了一个台面儿，一面品茶吃点心一面观察形势，发现这小子有事没事就往楼上跑，有几次蹑手蹑脚地把耳朵贴在门扇上偷听。小的心下生疑，趁他下楼不注意，脚下使了个绊子，他跟踉跄跄跌了一跤，小的装着去扶他，趁机在他腰间摸了一把，发现他长衫里头扎了一个腰牌，小的立马撩起长衫一看，发现是一面鱼形铜牌，上半部阴刻了一只狴犴，下半部刻了一个甲字。"

张四维一听大吃一惊。他久居内阁，知道这种狴犴铜牌为东厂专用，凡刻有甲字号的，每天不拘任何时辰，都可以自由进出大内。他早就知道，东厂有许多奸细散在各处，不单青楼酒馆客栈店肆里有，甚至各大衙门里也有暗线，只是这些人隐藏得很深，你即使与他相知多年，却并不知晓他的真实身份。看来，这个杨二牛便属于这类人，名义上是玉蟾楼的跑堂，实际上却是东厂的特务。张四维本已有了七八分醉意，此时醒了一大半，低声问管家："你没有看错？"

"小的看得十分真切，绝不会错。"

"此人现在何处？"

"他见小的识破了他，便觍着脸下楼去了。"

"好，你多盯着些个。"

张四维说着返身回到房里。他的那些门生以为管家找他说家事，所以并不在意，都还在那里等着他回来传授"掏墙法"。谁知他一回来，看了满座的佳肴，忽然摇了摇头，笑道：

"今儿个中秋节，谈什么正事儿，乏累得很。老夫记得这楼上有卖唱的，李植，你去叫两个来，咱们一边听曲儿，一边饮酒赏月，岂不快哉！"

众门生一听，都心知有异，却也不敢追问。只见李植已是一溜烟地跑下了楼。

就在张四维与其门生在玉蟾楼上宴集之时，另有一拨人也先后乘小轿来到东四牌楼南边的勾栏胡同。他们是冯保、梁梦龙和王篆。这个梁梦龙是万历开朝以来的第四任户部尚书，不但与张居正有同年之谊，且与冯保交情很深。王篆在操江御史任上干了六年后，于万历七年从扬州回到北京，升任为都察院右都御史。都察院的一把手为左都御史，右都御史为副，但两个都御史的职级一样，都是正二品。张居正任次辅的时候，这个王篆就是他夹袋中人物。由于张居正的关系，王篆与冯保也相处得不错，特别是张居正死后，王篆为了寻求新的靠山，与冯保靠得更近了。这样三个显赫人物之所以选择在中秋节的夜晚来到勾栏胡同，为的是寻访一位异人。

却说这勾栏胡同，本属元朝大内御沟栏旧址，故名。当时，紧挨着御沟栏，曾建有一处达官贵人的巨宅。元朝灭亡，这巨室成为废第。大明开国后，元旧宫的一些宫女傤居于此，将废第的后花园版筑翻新，改建为一座庙宇。庙内供奉了一尊铜铸坐式女像，它通高四尺八寸，方面含笑，姿容秀美，头向左偏，顶盘一髻，插花两枝，身着短袄，盘右股，露莲钩，右臂直舒作点手式，曲左股，左手握莲钩，情态妖冶，楚楚动人。传说这样子是根据元大内所藏花蕊夫人绘像浇铸而成。因此，人们将这座庙直呼为花蕊夫人庙。久而久之，为了称呼方便，便简略成夫人庙。不知从何时起，这座夫人庙竟成了妓女的祖庭。京城锦绣之地，天下尤物，于斯为盛。因此，这夫人庙的香火，一年到头出奇地兴旺。俗传八月十五拜太阴——妓女们视太阴为本家吉神，夫人庙铜像更被看成是太阴化身。每年的中秋节，京城中的风尘女子便相邀着到这座庙里拜神。届时这条胡同内，熙熙攘攘走的都是妖艳女子，引得许多浮浪子弟，都兴抖抖赶到这里来一饱眼福。

冯保一行相邀来此，倒不是学登徒子作猎艳之行。他们是闻听夫人庙的住持妙尼的大名，特地前来拜访。

传说这位妙尼年轻时颇有姿色，也是当红名妓，后年长色衰屡遭变故，便削发遁入空门，在山西真空寺闭关修行多年。一日烧开水，不小心烫伤了手臂，痛得一声惨叫——就是这一声叫，让她顿悟破了禅关，竟得了天眼通的异禀。通过辨音辨影，言人吉凶祸福往往十分灵验。今年夏天，夫人庙的尼姑们听说她的大名，便把她从山西请来北京当住持。自她入住夫人庙，京城多少缙绅人家的贵妇人，都跑来找她测灾问命，打听流年。回回都能被她说得八九不离十。如此一传十，十传百，妙尼的名字便响彻了京城，不单是女士，就是找她的贵人大老也渐渐多了起来。徐爵听说之后，便向冯保推荐。自张居正去世后，冯保脑子中的危机感一直挥之不去，去白云观抽了一支下下签，心下更是怏怏不乐。正有心重新问命，听徐爵一吹嘘，就动了心思要来拜访，于是决定趁中秋节放假往夫人庙走一遭。他本没有邀梁梦龙与王篆，怎奈这二人都提前给他府上投了大红拜帖，要请他中秋夜里一起赏月。冯保不便推辞，只得一打两就，请他二人一同前来。

为了掩人耳目，三人都换了青衣角带的居常便服，乘了两人抬的小轿前来。妙尼住在夫人庙的后院，属于"香客莫入"的清静之地，冯保到来之前，徐爵早就给妙尼送了一百两银子，嘱她今晚再不要接待别的客人。因此，当冯保一行从莺声呖呖笑语频频的俏佳人丛中好不容易挤进后院时，眼前不觉一爽。只见这小院约半亩见方，靠近前院挡住山墙的是两棵团团蒙蒙的桂花树，此刻暗香阵阵直是沁人肺腑。靠里院右角，用石条砌得整整齐齐的八角形围栏里，生长着一棵盘龙虬枝的古藤，藤叶葳蕤差不多遮蔽了半个院子。藤架下，摆了一只八仙桌、几把四出头的官帽椅。一位头戴观音帽，身穿对襟绲边青素衣的尼姑面对前院正身而坐。她身边一左一右站了两个小尼姑，一个执拂，一个执剑，这排场亦佛亦道，叫人捉摸不透。看见客人进来，那尼姑便挪了挪椅子站起来，领头的徐爵趋前一步，对冯保介绍说："这位就是妙尼师父。"

"阿弥陀佛！"妙尼向客人打了个稽首。

徐爵又指着冯保对妙尼介绍道："这位是咱家老爷，这二位是咱家老爷的朋友，一个姓梁，一个姓王。"

因为保密，徐爵不肯暴露三人的真实身份，妙尼也不追问，只点点头，招呼客人坐下，让小尼姑给他们沏茶。桌上没有燃烛，借着满庭月色，冯保打量与他隔桌对面而坐的妙尼，只见她身材微胖，鸭蛋样的下巴颏儿微微有点翘，因为光线暗，倒看不出她有多大年纪，只觉得她双眸晶亮，想她年轻时必是一个美人坯子，冯保呷了一口小尼姑新沏的茉莉花茶，言道："久闻妙尼师父大名，今日，老夫得便与两位朋友一道前来造访。"

妙尼浅浅一笑，答道："老身离开京城四十年，如今再回来，发觉这红尘之地越发风俗浇薄了。"

"师父离开京师四十年了？"王篆插话问。

"是呀，老身二十八岁离开，如今都六十八岁了。"

"这倒真看不出。"王篆备感惊奇，叹道，"咱还以为师父只有四十来岁呢，您保养得真好。"

"什么保养，"妙尼摇头一笑说，"日食三餐，夜眠一觉，无量寿佛。"

冯保把话题儿扯回来，对妙尼说："师父方才说京师风俗浇薄，老夫深有同感。"

"是啊，你看外院这些人，说是来拜太阴，有几个诚心的？在花蕊夫人铜像前，还叽叽喳喳笑闹不停，转身离庙，就越发没有规矩了。"

妙尼是听到前院传来的打情骂俏声有感而发。徐爵接过话茬儿说："老师父说的是。外院那些俏佳人，平常都娇滴滴的，线疙瘩挨着都喊痛。其实，她们又有几个生了好命？话又说回来，她们命好也不吃这碗饭了。"

"你这位府君的话也有偏，不能一竹篙打一船人，风月场中也有好人。"

妙尼这一驳，徐爵马上想起她也是妓女出身，顿时后悔失言，忙遮掩说道："师父所言极是，咱家老爷听说师父通过辨音辨影，能察人祸福，百无一失，想见识见识。"

"老身近些日子乏累得很，眼神儿不济了。不过，几位施主大老远地跑来，也不好扫你们的兴，老身权且试试。"妙尼说罢，便对身边拿着拂尘的小尼姑说："你去禀告前头行院，让她布置布置。"

小尼姑领命去了，妙尼便请客人吃茶点。这当儿，只见几位女尼在两棵桂花树间支起了白纱屏风，屏风里头的外院后廊下的八角宫灯也都点亮了，人在后廊中走，白纱屏风上便影影绰绰，徐爵指着屏风问："妙尼师父，您从那影儿可以看出人的祸福来？"

"试试吧。"妙尼说着把四位客人睃视一遍，又选中徐爵说，"还是有劳你，到前院找个女孩儿，让她从后廊走一遍。"

"是。"徐爵答应一声，起身就去了前院。不一会儿，只见他又绕过屏风问道："现在能走了吗？"见妙尼点点头，便又缩了回去。旋即就见白纱屏风上出现了一个袅袅娜娜的身影，从左至右缓缓移去，妙尼凝目而视。

"师父看出了什么？"王篆问。

妙尼说道："这女孩儿十三岁破瓜，今年大约十六岁，余下的，待老身当面问她。"

说话间，徐爵已将那女孩儿领了过来，只见她齿白唇红目如点膝，脸白得像豆腐脑儿。穿着一领月白色采莲裙，外套葱绿色水田披风，她向在座的主宾蹲了个万福，然后忸怩地站在一边。

妙尼瞅着她，问道："这小妮儿，你叫什么？"

"秋菱。"

"你今年十六岁？"王篆问。

"是的。"

冯保与梁梦龙对视一眼，都有些诧异。只听妙尼继续问道："你左手臂上一块青紫，是谁揪的？"

秋菱眼圈儿一红，低头不语，妙尼叹口气，又道："秋菱，你老家可在德州？"

"大概是。"

"怎么大概是。"徐爵问，"难道你连家乡也记不清了？"

"她是记不清，"妙尼说，"她五岁时在街上走失被人拐卖，进了青楼，十三岁就被迫接客。"

"秋菱，老师父说的可是真的？"王篆问。

秋菱点点头，掩面抽泣起来。妙尼叹了一口气说："这小妮儿不肯当风尘女子，千方百计躲着不肯接客，故昨儿晚上被鸨母揪打。老身看她日后还有一段富贵，你们几位施主谁肯做好事替她赎身，必定功德无量。"

王篆已是对妙尼佩服得五体投地，这时抢着回答："秋菱的赎身银子，我出了。"

秋菱一听，睁大了泪眼，朝王篆喊了一声："老爷！"

"给你赎身，大约多少银子？"

"二百两。"

"好。"王篆转头对徐爵说，"麻烦你替在下安排个人，随秋菱回去办妥这件事。"

"好嘞，保证不误。"

秋菱喜从天降，当即跪下对王篆磕头，徐爵催她起来，将她带出了后院。

经过这段插曲，冯保、梁梦龙等对妙尼的特异功能已是深信不疑。冯保抬头看了看中天的明月，脑海中又浮出张四维、张鲸等人阴阳怪气的脸色，不免忧心忡忡，便指着梁梦龙问妙尼："老师父，你看这位施主，该有什么地方指点迷津的？"

早在品茶闲聊时，妙尼就把三个人的相都看过了，遂答道：

"老身看你们三人，都是大富大贵的人，你们来找老身，为的是同一件事。"

"啊？"三人面面相觑，关于张四维这些时的言行举止，三个人的确私下议论过，都觉得这人靠不住，迟早要反水。因此王篆一直撺掇冯保及早想办法将他除掉。妙尼点出一句，叫他们惊骇不已。冯保也不敢追问妙尼所说的究竟是哪一件事，只笼统地问："请教老师父，咱们想的那件事，能办成否？"

妙尼拿着茶杯，刚说要喝忽地又放下，瞄着冯保说："你是大施主，从今日往前说，你的命贵不可言，龙翔九天，你骑在龙背上。"

"往后呢？"冯保紧张地问。

"尧有八眉，夔唯一足，人之吉凶，皆在身上体现，安能隐瞒，"妙尼发了一通感慨，又对冯保说，"你有将相的权势，却无将相的名分，今年冬天大寒之前，你得好好过，千万不要犯煞。"

"犯什么煞？"

"与人打官司，你在劣势。"

"咱呢？"梁梦龙按捺不住，插话问道。

"十月份，你还有喜事。"

"真的？"

"但此喜是回马禄，喜中有忧。"

"此话怎讲？"

"有名无实，得而复失。"

梁梦龙空喜一场，嚼在嘴里的一块莲蓉月饼，竟半天吞咽不下。王篆一听冯保与梁梦龙两人都有灾厄，心想自己与他们是骨头连皮的关系，因此不敢再问，谁知妙尼却主动对他说道："你这位施主，方才为秋菱赎身，这是积了阴德。本来，明年开春之后，你有牢狱之灾，现在看来有所化解。"

"老师父，您知道我是干什么的？"王篆沉不住气问。

妙尼仍是浅浅一笑，高深莫测地回道："你有官身，今晚不穿官服，却穿这领道袍，这兆头不好。"

王篆怅然若失，半晌才问："听人说，老师父曾赐人护身符，可以趋吉避凶，不知能否赐给在下一个。"

"你用不着了，"妙尼不紧不慢回答，"其实，最好的护身符，就是积德从善。"

听着妙尼的告诫，冯保尽管内心不以为然，表面上却装得若无其事，笑着问："老师父，听您一席高见，好像咱们是一根绳儿上拴的三只蚂蚱。"

"不止三只，三个三只都不止。"

"啊？"王篆一急，身子便乱摇起来。他追着问，"究竟是什么事儿，这么严重？"

"老身说不清。你们三个，好像有一个共同的仇人？"

妙尼所说的话，没有一句实际所指，但句句都让冯保他们听得心惊肉跳。经过短暂沉默，梁梦龙还欲问什么，却见徐爵滚葫芦似的跑进来。

"秋菱的事办了吗？"妙尼问他。

"咱派手下人前往办理去了，老师父放心，误不了事的。"徐爵说着，又问王篆："王老爷，妙尼师父露了一手儿吧？"

"真是高人，在下服了。"王篆赞叹。

冯保看看夜色已深，便提出告辞。妙尼也不挽留，送出后院门口，施礼而别。此时夫人庙的前院，犹自游人如织。徐爵将冯保一行领到僻静地儿上轿。冯保看到徐爵似乎有话要说，便让梁梦龙与王篆起轿先行。看他们一溜烟儿地走得远了，徐爵才低声奏道："方才陈应凤派人来禀报，张四维同他的门生雷士祯、褚墨伦、李植、王继光等人，在玉蟾楼宴聚。"

"他们说了些什么？"

"咱们东厂暗线拣耳朵，零零星星听了几句，张四维说老爷你是一堵墙，墙基稳固，想推是推不倒的，只能用掏墙法。"

"怎么掏墙？"

"暗线正想往下听，却被张四维的管家发现了，暴露了身份。"

冯保顿时心绪烦乱，皱起眉头想了一会儿，有些心悸地说："看来，昨日个皇上在云台单独召见张四维，一定给他讲了一点儿什么。"

"老爷，你不能让这猢狲得势。"徐爵也急得抓耳挠腮。

冯保点点头，略一沉思，又问徐爵："上次你说，有人讲张四维能当首辅，是家里祖坟葬得好？"

"是的。"

"你迅速派人去山西蒲州。"

"干啥？"

冯保一跺脚，咬牙切齿地说："挖他张四维的祖坟。"

第三十四回

慈宁宫冯保告刁状
西暖阁张鲸说奇毫

中秋节后第三天，紫禁城里仍旧保留了节日的气氛，京城里有名的诸如唱弋阳腔的李家班、唱昆曲的贺家班等，被轮流召进宫中演剧。两宫皇太后白天看孙子，晚上看戏，多少年来都没有这么开心过。自张居正死后正式开始亲政的朱翊钧，心情也从来没有现在这么开朗，他似乎找到了那么一点点君临天下的感觉，宸纲独断而不担心有人掣肘。这天上午，当他读到张四维呈上的阐述冯保为何不能封爵的条陈后，便命人将冯保召来，把这份条陈拿给他看。

冯保一心想借皇长子出生的吉庆晋封一个爵位，为此他找过李太后与皇上，均都表示同意。他还以为这事儿铁板钉钉，却没想到半路上杀出个程咬金，张四维跳出来反对。冯保一字一句看过那份条陈，不禁联想到中秋节晚上妙尼所讲的话，越发相信昔日在他面前唯唯诺诺的张四维，如今已变成了他的克星。不怕对头事，就怕对头人。张四维搬出祖宗法典，说前朝十二个皇帝，除了武宗皇帝手下的巨奸刘瑾因为擅权自用封了伯爵外，断没有一个太监晋封爵号。他摆出这个道理，冯保纵有一肚子怒火也无从争辩，只得讪讪言道："启禀皇上，老奴能否封爵，全凭皇上恩典，他张阁老怎么能干涉？"

冯保哪里知道不肯给他封爵正是朱翊钧的意思。但朱翊钧此时却装出一副同情冯保的样子，在阁中一边踱着方步一边说道："大伴，您多年来竭心事朕，既有功劳，更有苦劳。这次皇长子降生，朕本有心封您一个爵号，只是张四维这份条陈奏上，给朕添了麻烦。"

冯保不知就里，犹自乞求道："皇上，您九五之尊一言九鼎，赏老奴一个爵位，哪有什么大不了的事儿。"

朱翊钧摇摇头，指着条陈说："大伴，您看看张阁老的本子，说得多难听。他说前朝太监只有一个刘瑾是封过伯爵的，这刘瑾后来被武宗皇帝爷凌迟处死，那爵位自然也就革掉了。国朝既无故事可循，朕若一意孤行给您封爵，外廷那帮官员，恐怕又要大嚼舌头，不出十天，就会有一大把弹劾的奏本送到朕的案头。"

听到这里，冯保才隐隐约约感觉到皇上的态度原也暧昧，知道再说下去终不济事，只得改口道："既如此说，老奴岂敢令皇上为难，这事儿就算了吧。"

冯保黯然神伤，怏怏离开乾清宫，一连多日寝食不安。晋封颁告那天，也有人前来向他道喜，说是皇上旨意，要荫他一个弟侄做锦衣卫都督佥事。他听了哭笑不得，忖道："这算哪回事儿呀，咱也不是孩子，跟大人闹别扭，赏一颗糖哄着。"内心中对朱翊钧已是生了腹诽，对张四维更是恨之入骨。琢磨再三，他觉得皇上之所以突然间变得倨傲起来，是因为内有张鲸，外有张四维两人的挑拨唆使，便暗地里找亲信商量，设计如何将这两个人除掉。就在他这里紧锣密鼓密谋铲除二张的时候，朝局又接连发生了两件大事。

一是在八月底，兵科给事中顾允忽然给朱翊钧上了一道奏本，言各地总兵不宜久任，为了防止各边驻防军门拥兵自重，应经常给他们换防。其中特别提到蓟镇总兵戚继光，说他从浙江调来蓟镇，一晃已坐纛十四年，拱卫京师责权重大，尤其应该换任。皇上很快下旨同意此一建议。第一批换防的总兵官共有六名，赫然列于榜首的是戚继光。他卸下蓟镇总兵帅印，远调广东，虽然职务不变——都是二品总兵之衔，但实际上大相径庭。在蓟镇行辕，他麾下强兵劲旅共有二十万人之多，而广东总兵统领的兵士只有一万多人，对付的也仅只是海盗流贼。调动文书上还特别申明纪律，各总兵接旨之日即行解除本辕兵权，三日内启程赶赴新任。此道圣旨一经公布，立刻舆论大哗。谁都知道，戚继光是张居正生前的第一爱将，正是因为有他领兵固守长城，十四年来，鞑靼胡虏才一直不敢犯边，京城也因此固若金汤。如今突然将万历王朝的第一名将戚继光调出蓟镇，让一个碌碌无为的继任者面对塞外兵强马壮的虎狼之师，这一措置的确令人大惑不解。正在戚继光与麾下将士挥泪而别束装上任之时，又一个爆炸性新闻在京城传开：吏部尚书王国光被勒令致仕回籍闲住。其因也很简单，十三道监察御史杨寅秋于九月初写本呈至御前，弹劾王国光六条罪状。熟悉王国光的人一看就知道，这些所谓的罪状都似是而非，有的干脆就是捕风捉影的无稽之谈。按常规，皇上接到此等奏本，应该责成都察院派员核查落实再作处理。但是，按乾清宫奉御太监传出的消息，朱翊钧读罢此本，立刻勃然大怒，当即授意内阁拟旨将王国光免职。如此草率惩处名列天下文官之首的吏部尚书，这在朱翊钧还是第一次。如果说将戚继光调离京师，官场中人一时还看不清皇上的真实目的，那么，在王国光突遭解职之后，所有人都强烈地意识到京城里风向已变。

张居正柄政十年，几乎所有衙门中的重要职位，都被他众多的同乡同年门生亲信们所占据。与他心心相印的政友甚多，但最得他青睐的却只有戚继光与王国光二人。可是在短短半个月内，这一文一武两个声名显赫的大臣，竟都相继被逐出京城。一时间，京城各大衙门人心惶惶，几乎所有官员，都在密切注视着皇上的一举一动……

在这个非常时期，最能从种种细枝末节处感受到祸机四伏的人，当还是冯保。戚继光与王国光的废黜，让他察觉到皇上与张四维似乎达到了某种默契——张四维组织他的门生对张居正的亲信一个一个进行弹劾，而朱翊钧对这类本子是来一道准一道，断没有驳回的时候。到这时候，冯保终于明白张四维的所谓"掏墙法"，就是将张居正生前倚重的干臣一个一个拔除。一俟这些"基石"被搬走，最后就轮到生吞活剥收拾他了。这位数十年来在大内争斗中一直游刃有余的老公公，这一下算是真切地感到了大限临头，但他不甘心任人摆布束手待毙。经过一番分析，冯保认为欲除张四维，先得把藏在司礼监里头的"奸细"张鲸除掉。正是这个一口一个"冯爷"，在他面前装龟孙子的家伙，早就背着他暗地里和张四维勾勾搭搭。近些时，更是每日里鬼鬼祟祟在乾清宫与内阁之间来往穿梭跑个不停。放在三个月前，冯保若想收拾张鲸，简单得如同捏死一只蚂蚱。但现在谈何容易，张鲸外结张四维，内有皇上袒护，中山狼已是成势。冯保思之再三，决心借助李太后的力量除掉这心头之患。

自张居正去世，朱翊钧亲政之后，李太后待在慈宁宫里已经很少过问国事了。朱翊钧批览奏本，也不再向她请示。出现这种微妙的变化后，冯保想见李太后一面也不如先前容易。一来是李太后没有理由召见他，居常琐事，自有慈宁宫几十号大大小小的内侍长随照应，完全用不着他这位大内主管亲来照拂；二来是冯保怕引起皇上的猜疑，也尽量不去慈宁宫。但眼下到了火烧眉毛的关键时刻，他再也顾不得许多。

却说这天是九月九重阳节，刚过辰时，冯保在司礼监处理了几件手头要务，也不要乘舆，竟自绕过乾清宫，望慈宁宫蹒跚而来。名义上，他是就今儿夜里在游艺斋演戏的事，去向李太后禀报，看她有何指示。其实真正的目的，便是在驱逐张鲸一事上，寻求李太后的支持。

自从七月份大病一场后，冯保明显感到体力不支，这会儿走进慈宁宫的院子，跨过大门槛时，因为腿抬得不够高磕碰了一下，竟一个趔趄朝前蹿了几步，差点摔倒。碰巧李太后刚抄完《心经》，才说走出书房到院子里遛遛腿儿，一眼瞧见，就喊了起来："冯公公当心！"

冯保好不容易站稳身子，喘息方定，李太后已走到跟前来了。只见她穿着一件淡绿色的绣花长裙，脚上穿了一双青缎面子的苏样浅帮花鞋，完全是居常的住家打扮。由于不施脂粉，眼角上也爬上了几道细细的鱼尾纹。冯保看她一眼，忽然觉得她这几个月也憔悴了不少。正怔忡间，只听得李太后又问道："冯公公，今儿个怎么来了？"

冯保答："为今儿晚上演戏的事，老奴特来请示太后。"

"又有什么好班子啊？"李太后笑着问。

冯保答："大约一个月前，老奴预备庆祝太后的皇长孙出生，特地知会南京守备太监刘全,让他将留都最好的戏班子雇请几家到北京来演出。刘全接到老奴的手札后即刻办理,大约是前天,被雇请的三个戏班子乘船从运河抵达了通州,昨儿进了城,被安排在苏州会馆住下。念着他们旅途劳顿,本说让他们歇息几天再说,凑巧儿今天是重阳节,明天又是皇长孙满月的吉庆日子,老奴便想着让他们今儿夜里进宫演出,不知太后意下如何?"

"好呀,"李太后是个戏迷,一听说有戏看便有精神,饶有兴趣地问,"来的这三个戏班子,是不是南京最好的?"

"肯定是最好的。刘全办这类事情,是一把好手。"

说话间,两人已走到一溜九楹的慈宁宫正房廊下。在长廊东头,摆着一张铺着团锦靠垫的藤椅,那是备着李太后闲暇时坐在这里欣赏院中花木的。她坐上去,并示意冯保坐在她旁边的一张小矮椅上。她正说问一问戏班子的事情,忽然瞥见冯保的脸色苍白如纸,一双眼泡儿亮晃晃的,似乎有些浮肿,便关切地问:"冯公公,你是不是病了?"

眼下,冯保最忌讳的就是这个"病"字儿,因为他知道皇上现在只要找到任何一个借口都会让他在家赋闲。因此,不管筋麻骨痛多么不舒服,每天他都准时赶到司礼监当值。李太后此时的问话,正好触动了他的心思,想起进院时差点摔了一跤,回道:"启禀太后,老奴没有病,方才是被迎面的阳光眩迷了眼,才歪了一下。"

李太后听出冯保这是在要强,想起他十几年如一日任劳任怨服侍皇上,不免深为感动,动情地说:"冯公公,这三个多月来,朝廷接连发生大事,先是张先生去世,你忙得脚不沾地,终是病倒了。刚刚好一点,接着是皇长子——咱的孙儿出生,你又没日没夜地操持，这样连轴儿转，不要说你这大一把年纪，就是二十郎当岁的年轻人，身子骨儿也熬不住啊。"

"太后……"冯保眼角潮润了。

"冯公公，如果咱记得不差，你今年七十岁了吧？岁数不饶人啊！咱看从今以后，你在司礼监坐个纛儿就行，杂七杂八的事，尽让手下人做去。"

李太后一番体恤话儿，让冯保悲欣交集，他确信李太后对他的信任一如既往，止不住的泪珠子便簌簌地直往下掉，他哽咽着说道："太后如此体贴，老奴感恩不尽。也不瞒太后说，这些时老奴常常犯迷糊，想着是不是自己真的就老了，成为皇上的累赘了。"

李太后双眸一闪，吃惊地问："冯公公，你怎么能这样想？常言说得好，家有老，是个宝。如今张先生走了，皇上就得靠你。"

逮住这个话缝儿，冯保赶紧言道："太后，老奴如今是有力使不上，真正能够替皇上把舵的，还是太后您呀！"

"我？"李太后一愣，咬着嘴唇沉吟着说道，"自张先生去世后，钧儿自己操持国事，几个月下来，倒也井井有条。过去，咱老是对他放心不下，现在看来，他被张先生调教出来了。"

冯保叹了一口气，苦着脸说："依老奴看，朝中大事，还得您太后把把关。"

李太后听出话中有话，敏感地问："怎么，冯公公你听到了什么吗？"

冯保瞧着东墙角处一株正在盛开的嫣红的月季，迟疑了一会儿，才鼓足勇气问道："朝中最近发生的几件事情，太后知道吗？"

"什么事？"

"戚继光被调离蓟镇……"

"他去了哪里？"不等冯保说完，李太后抢着问。

"广东，虽然都是总兵，但蓟镇担负着拱卫京师的重任，事权之重，为各路总兵之首。还有吏部尚书王国光，前几天也被免职了。"

"啊，这是为何？"

冯保便把这两件事发生的始末缘由详细禀报一番。李太后听罢，半晌没有作声。这时，一只槐叶般大小的花蝴蝶从院墙外头飞了进来，绕着月季花翩翩而舞，正在花树下浇水的宫女看见了，忙跳跃着想把它捉住，李太后对那名宫女嚷了起来："芹儿，让它飞，不要打扰它。"看着宫女重又弯下腰来给花树浇水，李太后才扭过头来对冯保说道："咱自添了孙儿以后，这一个多月来，只想着消受做奶奶的福气，没想要过问朝廷的政事，钧儿与咱多次见面，也不言及政务。咱还以为他可以单独柄政了，没想到捅了这大的娄子。"

听到李太后的口气中明显露出不满，冯保说话的胆子就大了起来："太后，戚继光与王国光落得如此下场，老奴听了也不免心惊胆战。"

"你担心什么？"李太后睁大了眼睛问。

冯保回答："皇上登基十年，张居正忠心辅佐，终于开创出国富民安四海咸服的万历新政。戚继光与王国光，都是张居正生前最为倚重的干臣，如今张先生尸骨未寒，张四维就撺掇皇上把这两个人除掉。现在朝中所有大臣，无不人心惶惶。这情形，倒很像隆庆六年春天。"

"啊？"一提起那段难以忘怀的惨痛岁月，李太后心下猛地一紧，看着脸色就变了，她问道，"怎的像隆庆六年？"

"那时候，先帝爷病重缠身，已很难亲理国事，外头内阁一个高拱，内廷司礼监一个孟冲，两人心术不正，勾结起来架空皇上，把持朝局……"

"不用说了，"李太后已是脸色爆赤，提高声调问道，"如今内阁是张四维，内廷与他勾搭的是谁？"

"张鲸。"冯保脱口而出。

"张鲸？"李太后一怔，"他不是你的手下么？"

"是啊，"冯保一副痛心疾首的样子，说道，"这人原在御马监值事，肚子里有些墨水儿，一眼看上去老实巴交，老奴就将他提拔进了司礼监。万历八年起，又让他专门上西暖阁给皇上读折。谁知道这家伙，竟是一头中山狼。"

"你说他与张四维勾结，有何证据？"

"据东厂报告，这张鲸自张居正去世后，曾偷偷摸摸到张四维家中去过多次。近些时弹劾潘晟、王国光以及调离戚继光的本子，皆出自张四维门生之手。张鲸与张四维的这些个门生，私下里也打得火热。前天，张鲸还做了一件坏事，被老奴侦伺出来了。"

"什么事？"

"他花重金，从云南给皇上买了些缅铃。"

冯保说着，从怀里掏出一个锡纸包儿，小心翼翼打开给李太后看。只见里头有几颗绿豆般大小金灿灿的小球儿。李太后拿一颗在手上，见这小球儿外头用头发丝般的金线镶架，轻轻一捏，只觉软软的手感很好，李太后从没见过这物件儿，不解地问：

"这小球儿制作如此精细，你说叫什么？"

"缅铃，产自缅甸国，从云南那边弄进来的。小小一颗，值一百两银子。"

"这么贵，它干啥用的？"

冯保扭捏了一阵子，才道："当着太后的面，老奴实在说不出口。"

"有什么不好说的，说！"李太后弯眉一挑，眼角皱纹越发深了。

"启禀太后，这缅铃是淫器。"

"淫器？"李太后将放下的缅铃又重新拈起来，揉捏着问，"这怎么是淫器？"

冯保知道李太后问话的意思是这缅铃如何使用，遂答道："老奴打听过，听说是将这缅铃塞进男人的那个里面，缅铃受热之后，便有一种气味散发出来，令女人大生快感。"

李太后一听，顿时满脸羞赧，盛怒之下，一扬手将那颗缅铃掷了出去，骂道："张鲸这个狗奴才，竟敢引诱皇上。"

"是啊，当初孙海、客用两个，将皇上骗到曲流馆，做那见不得人的龌龊事。如今这张鲸，引诱皇上的花招更离谱，胆子越发大了。"

"唉，这宫里头的坏蛋，怎么比虱子还多！"李太后说着，霍地站起身来，拧着眉对冯保说道，"走，冯公公，咱们现在就去乾清宫。"

巳时过半，在乾清宫西暖阁中听张鲸读了一个时辰奏本的朱翊钧感到有些乏了，便坐在几案后头伸了个懒腰，问口干舌燥的张鲸："后头还有什么本子没读？"

张鲸翻开摊在面前的本子节略，禀道："要紧的还有两道，一是河南道监察御史李仕尧上折请求皇上恢复隆庆初年南京大理寺少卿邱橓的官职。"

"邱橓是什么人？"朱翊钧问。

张鲸一边翻看李仕尧的本子，一边答道："邱橓是山东诸城人，嘉靖二十九年的进士，先后担任过兵科、礼科给事中等职。在嘉靖一朝，是最有名的言官，与海瑞齐名，时人有北邱南海之称。这邱橓以弹劾不法权臣为己任，先后被他弹劾的权臣有南京兵部尚书张时彻、内阁首相严嵩、顺天府知府徐松等人。由于得罪权贵太多，屡遭贬斥。嘉靖末年，还遭到了嘉靖皇帝爷的廷杖，被黜逐为民。隆庆初，徐阶任内阁首辅时复召入朝，任南京大理寺少卿，不到两年，又因得罪高拱被免职。万历初年，万岁爷登基后，有人建议给邱橓再度复官，张居正觉得此人迂板，深为厌之，所以不予同意。"

朱翊钧听罢，问道："你说这个邱橓，与那个不贪钱的大清官海瑞齐名？"

"这是李仕尧本子上说的。"

"海瑞这个人是活着还是死了？"

"奴才不知。"

"你去内阁传朕的旨意，问海瑞是不是还活着，若是还在，就同这位邱橓一同复官，元辅嫌这两个人迂板，朕看这两个人可用。"

"奴才遵旨。"

张鲸说着又伸手从匣中拿本子，朱翊钧阻止他道："算了，下面的本子就不看了。今儿个是重阳节，听说后花园中菊花开得正好，咱们先吃点茶，然后赏菊去。"

说话间，西暖阁管事牌子已抬了茶桌儿进来，沏了一壶上好的武夷铁观音，摆了三四样茶点。朱翊钧品了一小杯茶水，又拈了一小块麋霜糕放进口中，一边嚼着一边问张鲸："朕昨天让你问甜点房，这麋霜糕是怎么制的，你问了么？"

"奴才问了，"张鲸瞧着朱翊钧嚼得津津有味，不免吞了一口唾沫，禀道，"甜点房的管事牌子胡有儿告诉奴才，这麋霜糕的原料，用的是新鲜的麋茸，调和阿胶熬炼制成。"

"麋茸？朕听说鹿茸大补，为何不用鹿茸？"

"鹿茸补阴，利于女子。这麋茸补阳，利于男子，故胡有儿给万岁爷制作麋茸糕。"

"难怪，朕昨儿个品尝几块，果然有效。"朱翊钧笑起来，孩子气地扮了个鬼脸，又道，"这胡有儿往常怎的不给朕制作这麋霜糕？"

"往常他还不会呢，"张鲸瞧瞧窗外，压低声音说，"这麋霜糕的制作方法，是张阁老传授给他的。"

"啊，你是说张四维？"

"正是。张阁老家中是山西首富，从小就知道该如何保养身子。他告诉胡有儿，秋风进补，京城人时兴吃冬虫夏草，那只能补气，一般男子，既要补气，又要补精血，就得吃这个麋霜糕。"

朱翊钧又就着茶咽了一块糕，笑道："这张阁老年轻时，肯定是风流才子。"

张鲸咧嘴一笑，回道："咱大明王朝，在万岁爷之前有十二个皇帝，若论慎独自律，却没有一个比得上万岁爷的。"

朱翊钧眼波一横，不满地说："朕说风流，你却说什么慎独。在朕面前，你装哪门子圣人？"

张鲸见朱翊钧误解了他的意思，忙哈腰解释道："万岁爷，奴才的意思是，比起前朝那些个万岁爷，您慎独太过，应该放开些个。"

"怎样放开些？"

张鲸神秘兮兮地从折匣里头抠出一把折扇来，双手递给朱翊钧，言道："奴才前些日子逛古董铺，看到这一把大折扇上，留有宣德皇帝爷的御笔，就将它买了下来，一直放在奏匣里，想将它呈给万岁爷欣赏，却一直没找到机会。"

朱翊钧"啊"了一声，接过折扇抖开一看，只见略微有些发黄的绢质扇面上，有一首亦行亦草的六言诗：

湘浦烟霞交翠，

剡溪花雨生香。

扫却人间炎暑，

招回天上清凉。

朱翊钧吟诵一遍，又仔细欣赏书法，评道："宣德皇帝的字，大有褚遂良笔意。张鲸，你买这把扇子，花了多少钱？"

"一千两银子。"

"天哪，这么贵！"

"万岁爷，一千两银子得一幅先朝皇帝的墨宝，值呀！万岁爷知道这折扇上的字是用什么笔写的？"

朱翊钧答道："朕已看过了，笔锋柔润，应是羊毫。"

张鲸摇摇头，说道："古董店的老板说，宣德皇帝爷的这幅字，是用胎毛笔写的。"

"胎毛笔？"朱翊钧又拿起折扇看了看，"唔，从濡墨的程度看，倒像是胎毛笔。"说着起身从案台的玳瑁笔架上取下一管用象牙作杆的长锋笔，递给张鲸说，"朕也有胎毛笔，你看看，这一支是大伴送给朕的。"

张鲸接过象牙胎毛笔，用手捻了捻笔锋，笑道："冯公公送给万岁爷的这支胎毛笔，是婴儿的胎毛制成的，宣德皇帝爷的胎毛笔，不是这一种。"

"还有什么胎毛笔？"

"另一种更好的胎毛笔，是用女孩儿初长的牝毛制成的。比起婴儿头上的胎毛来，这女孩儿阴部的牝毛，不但柔润，而且还有韧性。"

"啊，还有这种笔，朕闻所未闻。"朱翊钧惊讶地说，"只是牝毛弯曲，怎样让它变直呢？"

"制笔人有特殊工艺。"

"唔，用这种笔写字，当别有情趣。"

"万岁爷想用这种笔吗？"

"哪儿有哇？"

"有，奴才给万岁爷备了一支。"

"啊，你从哪儿弄到的？"

"这年头，只要有钱，什么东西买不到。"

"笔呢？"

"在奴才的值房里。"张鲸诡笑着说道，"等奴才陪万岁爷到后花园赏了菊花之后，就去拿过来。"

"去，你现在就去拿来。"朱翊钧急不可待地说，"朕现在只想用这胎毛笔写字，哪还有心思赏菊花！"

张鲸正说退下，却见周佑一脚跨了进来，禀道："万岁爷，冯公公领着太后，从慈宁宫朝这边来了。"

"啊，他们怎的来了？"已是兴奋得脸上放光的朱翊钧，突然预感到有什么祸事发生，忙对张鲸说："你先回司礼监，朕喊你来时你再来。"

张鲸躬身退下。

第三十五回

李太后怒颜询政务
司礼监倾轧起风云

　　张鲸前脚刚跨出乾清门，李太后与冯保后脚就到了，两下子刚好错开。自万历六年春上朱翊钧大婚，李太后搬出乾清宫后，她到乾清宫走动的日子，是一年比一年少了。张居正死后这几个月，她更是只到过乾清宫一次。平常有什么事儿，都是朱翊钧过慈宁宫向她禀告。朱翊钧此时已踅出西暖阁，在砖道上垂手迎接圣慈。乾清宫一帮扎着黄绫抹腰的内侍，看到李太后这样的"稀客"来到，也一个个慌忙避到路边跪下接驾。朱翊钧觑了觑太后的脸色，阴沉沉的煞是瘆人，再看她身后的冯保，脸上也挂着霜，心里顿时咯噔一下紧张起来，直到李太后劈面走到跟前，他才愣怔着挤出笑来言道："母后，儿正说听完本子，就去慈宁宫请您一道儿去御花园赏菊。"

　　"好呀，"李太后"挖"了儿子一眼，一边朝西暖阁走去，一边说道，"娘现在是一个闲人，两耳不闻窗外事，就等着你请我看看景儿、唠唠嗑儿。"

　　说话间，三人已走进了西暖阁。李太后在靠窗的绣榻上坐了，朱翊钧挨着她坐在太师椅上，冯保离得远点，也觅了一只凳儿坐下。

这时，西暖阁内侍要进来沏茶照应，李太后朝他挥挥手，说道："这里没你的事儿，出去吧。"

内侍退下，屋子里陷入短暂的沉默。朱翊钧看出母后好像是专门为寻事儿来的，但又不知她为的什么，"哑"了半天，只得主动问道："母后，您有什么事儿吗？"

"也没有什么大事，"李太后抬眼瞟了瞟冯保，又回过来盯着朱翊钧，"听说最近朝局有点变化，咱想打听打听。"

一说到朝局，朱翊钧立刻敏感起来。因为自亲政后，他处理一应政务有意不向母后禀报。李太后因为添了孙儿，一门心思忙那头去了，也无暇顾及别的。前儿个他去慈宁宫请安，李太后还笑着对他说："钧儿，看你实打实当了三个月皇帝，诸事料理井井有条，为娘的放心。"朱翊钧听了喜不自胜。谁知没过两天，她又乌头黑脸跑来过问朝局。变化如此之快，朱翊钧自然而然就会想到是冯保去她那里告了刁状，心下虽然恼火，嘴上却说："母后有何旨意，儿在此恭听。"

"听说吏部尚书换人了？"李太后劈头就问。

乍听这个突兀的提问，朱翊钧一时不知如何措辞，只得老实答道："是的。"

"王国光犯了什么事儿？"

"这个，在御史杨寅秋的本子里，已揭露得清清楚楚，他共犯有六条罪状。"

"你是否责成都察院派员勘查过？"

"没有。"

"既没有勘查，就仓促将王国光削职，这正好应了那句话，

490

原告一状，被告该死。"

朱翊钧不服气，咕哝道："杨寅秋的本子，并非捕风捉影。王国光在儿登基之初，出掌户部，为朝廷理财，的确功不可没。但自改任吏部后，他的心态就变了。除了张居正，任何人的话他都不听。甚至对我这个皇上，他也是能敷衍处且敷衍。儿总结前朝经验，治国重在治吏，治吏重在诠选天官。张居正生前也对儿说过，天官不可久任，久任则难防其结党营私。儿基于以上考虑，便准了杨寅秋的本子。"

李太后用心听着，觉得儿子毕竟长大了，已懂得驭人之方。但这点依葫芦画瓢的技巧，还过于笨拙，取不到收摄人心的作用。想了想又开口问道："蓟镇总兵戚继光远调广东，又是谁的主意？"

"兵科给事中顾允的建议。他说将官久任，不利朝廷控制。儿觉得有道理，就准了他。"

"你知道蓟镇总兵的职责吗？"

"知道，凭借长城抵抗异族入侵，拱卫京师。"

"是啊，"李太后眸子一闪，沉吟着说，"蓟镇总兵事权之重，为天下总兵之首，广东总兵事权之轻，放到全国讲，终是个垫底儿的差事。往常总听张先生讲，戚继光是我朝第一名将，与辽东总兵李成梁两个，可谓是擒龙伏虎的顶尖儿人物。如今，你安排他到广东岭南去对付几个海盗，这不是拿金扇子拍苍蝇吗？"

朱翊钧再不济也当了十年皇帝，焉能不懂李太后所说的这番浅显道理？但他有一层心思不敢向母亲袒露，调离戚继光的所有理由都只是幌子。真正的理由只有一个，就是因为他是张居正的爱将。朱翊钧暗中正在加紧准备清算张居正，若不把戚继光先行撤换，万一这个敢作敢为的大将军领兵反了京城，自己最好的出路，大概也只能学建文帝钻阴沟儿逃走。恰在这点上，张四维与他不谋而合，因此才有顾允本子的出笼。他批准这道本子时，也估摸过有朝一日母亲会追问，故想出了一条搪塞的理由，此时正好派上了用场，只听他高声嚷了一句："母后，这戚继光，儿就是信不过！"

儿子冷不丁冒出这句话，倒把李太后吓了一跳，追问道："你怎的信不过？"

朱翊钧看了看双手按着膝头坐在凳儿上的冯保，嘴唇翕动了几下，终究没有说出话来。敏感的冯保猜测到朱翊钧的心思是要他离开，好单独与母后讲话，遂不情愿地站起身来，说道："老奴坐在这儿不合适，请太后与皇上容老奴告退。"

朱翊钧正想说"大伴请便"，还未开口，李太后抢先说道："冯公公，你不要走，今儿个议事少不得你。"冯保得了懿旨，又一锚儿坐了。朱翊钧本想避嫌，见太后这个态度，也就不顾了，索性捅穿了问："母后还记得万历四年冬天的棉衣事件吗？"

"记得。"李太后的眼前立刻浮现出当年朱翊钧跑进乾清宫院子双手举起一件渔网般破棉衣的情景，狐疑地问，"你怎么突然提起这个？"

"这件事情，儿一辈子都忘不了。"朱翊钧一跺脚，眼眶里竟挤出了泪花儿，他看着李太后说，"母后，咱外公武清侯和舅舅李高，为了这棉衣事件，丢了多大的丑啊。往常，咱外公一天到晚乐呵呵的，从那以后仿佛变了一个人，见了谁都点头哈腰，仿佛欠了人家债似的。舅舅李高也常常摇头叹气，说他是'一朝遭蛇咬，三年怕井绳'。儿当时主张不徇私情，彻查棉衣事件，所以连下严旨，抓了胡自皋，杀了邵大侠。虽然过去多年，从今天看，也没有什么不妥之处，但问题是，这件事的几个当事人，王崇古一年后就得到提拔，当了户部尚书，当时的兵部尚书谭纶，也没有受任何处罚，唯独咱的外公，倒成了众矢之的。因此，儿一直怀疑，戚继光将这件事捅出来，其真正的目的，在于震慑武清侯。"

朱翊钧以"情"动人的一席话，一下子牵起了李太后对往事的回忆：自棉衣事件后，她的父亲武清侯一家，好像短了水的秧苗，整日价蔫耷耷的，终没个苗壮的时候。这两年，李伟年纪大了，犯了胸口痛的病，很少来宫中走动，李太后偶尔相见，看着老父亲木讷拘谨的样子，心里头便很过意不去，总想着欠了父亲的一份情，却又不知道欠的什么。现在听儿子这样一说，她才霍然而悟。儿子惦记着外公家的遭遇，这一点令她感动。但她凭直觉，又感到儿子将戚继光调离蓟镇并非完全是为了替武清侯出气。从他的眼神里就可以看出，他似乎隐藏了什么。退一万步讲，儿子即便是真心要替外公打抱不平，也是可想而不可做的事。因为在棉衣事件上，武清侯毕竟有贪墨之嫌。当时如此处置，的确起到了敲山震虎的作用，有效地遏止了官场上愈演愈烈的贪墨之风。倘若现在予以纠正，势必会引起朝野非议，天下人就会扪心一问：怎么张居正一死，他一手调教的英明之主就突然间变成了昏君？李太后左思右想，觉得儿子出此下策，肯定是被人灌了迷魂汤。她脑海中顿时浮起了张四维皮笑肉不笑的样子，于是问道："你方才说，建议将戚继光调离蓟镇，是兵科给事中顾允的主意？"

"是的。"

"这么说，是你授意顾允上的这道本子？"

朱翊钧意识到母后是在绕弯儿套他，连忙矢口否认："不，儿从未授意。"

"既不是你的授意，你怎么能说是替你外公出气呢？"李太后自以为找到了破绽，叮了一句，又道，"听说这个顾允，是张四维的门生。"

"这个，儿不知道。"

"你不知道，咱知道！"李太后两道泼辣的眼光扫过来，朱翊钧如同挨了火烫，赶紧低下头去。只听得李太后斥道："张先生一死，你就失了管教，在做娘的面前，都敢说假话！"

李太后情急中骂了一句狠话，骂完了又觉伤心，眼泪扑簌簌直往下掉。朱翊钧多年都没听到过这么严厉的训斥，顿时吓得脊背上一溜儿淌下冷汗，想辩解半天找不出话头，急得两手抽风似的打战，嘴里喷出一个响亮的嗝儿，接着一声一声地打噎。见这情景，冯保连忙喊来周佑，吩咐道："你快去内药房，取一小瓶胎衣粉来。"

听冯保这么一说，李太后猛然记起打噎是儿子小时候常犯的毛病，只要一受惊吓，就一抽一抽地打嗝，半日都不得停止。后来，还是冯保寻了个偏方，说是用猫儿产崽留下的胎衣，晒得收水后再用瓦片烤干研成粉末，一打噎就用它兑蜂蜜泡水喝，百治百灵。朱翊钧长大后，再没犯过这毛病，没想到现在一急又回到儿时。李太后生气归生气，此时又赶紧起身，帮儿子轻轻地捶着后背。这当儿周佑已是如飞跑来，守候在门口的冯保连忙接过胎衣粉亲自冲泡调温给朱翊钧服下。一半是药效一半是心理作用，不一会儿，朱翊钧就止住了打噎。李太后这才长吁一口气，又坐回到绣榻上。

经过这一番折腾，西暖阁里的几个人都觉得疲乏。李太后口干舌燥，命内侍送上一杯冰糖菊花水，正啜饮着，只听朱翊钧说道："本说去看菊花，却没想到这么快已过正午。母后，您能否留下来，儿陪您用一顿午膳？"

冯保一旁听出皇上并不想真心挽留，心里头暗自焦急，李太后虽然将儿子训斥了大半天，听着过瘾却又不落实，就好比肚子饿了吃西瓜，越吃越饿。他生怕李太后不肯留下来，抢先说道："太后好长时间没有和皇上一起用膳，今儿个既然来了，又正好逢着重阳节，正该在一起吃顿节饭。"

李太后本有睡午觉的习惯，正说要走，但冯保点明今天是重阳节，她就不好意思离开，便道："那好，钧儿，有什么吃的？"

朱翊钧本想支走母后，却被冯保使了绊子，心里狠狠地骂了一句"老狐狸"，明里却笑着回答母亲："儿的膳食儿，都由御膳房安排。他们做什么，儿就吃什么。"

"你一向挑食儿，吃白菜只吃叶子不吃梗儿，吃鸡蛋只吃白儿不吃黄。让御膳房自行安排，谁知道你的这些毛病？"

冯保插话说："启禀太后，皇上的口味习惯，御膳房的那帮奴才，没有一个不知晓。"

"都是你调教的？"

"老奴服侍皇上这么多年，还能不知道皇上的习性？"冯保说着又补了一句，"看着皇上吃得好睡得香，老奴心里头舒坦。"

说话间，御膳房的管事牌子已领着几位火者抬了食桌食盒儿进来，各类菜肴摆出来，大大小小有三四十样。李太后因逢三六九日吃花斋，饮食清淡，见了这多油腻的馔食儿，便觉头晕，问朱翊钧："每顿饭上这么多菜，你岂不挑花了眼？"

"还好，儿只吃眼前几道菜。"

"吃不了那么多，就该减几道。一国之君，该给老百姓做出表率，任何时候都不可养成挥霍的习惯。冯公公，你抽空儿到御膳房打个招呼。"

"奴才遵旨，"冯保品味着李太后的话，笑道，"启禀太后，这事儿也难怪御膳房。"

"为何？"

"皇上膳食儿标准，额有所定。当时太后与皇上一起住乾清宫时，最初的膳食银是每顿十两，后来加到十五两，今年八月起，又加到了二十两。国泰民丰，国库里的银子多了，皇上就该吃得更好一点儿。老奴指示御膳房的牌子们，这二十两银子，一厘一毫都得让皇上吃到口，谁敢从中克扣贪便宜，老奴扒了他的皮。"

"冯公公管理有方，咱看这席面儿，倒还像不止二十两银子。"李太后挑了一小碗面条拌了一匙炸酱慢慢咽着，忽然间记起了什么，又问，"恭妃娘娘那里，每顿多少伙食银子？"

"五两，这也是规定，妃子娘娘比皇上的膳食银要少四倍。"

"才五两，是不是太少了，规矩是死的，人是活的嘛。"李太后皱着眉头说，"昨儿个咱去启祥宫看她母子，一问才知，她奶水不够，应该多给她吃点催奶的膳食儿。噢，光顾着说话，冯公公你也吃点儿。记得你喜欢吃枣面窝头，喝燕窝汤，这儿都有，你尽管吃。"

"谢太后。"冯保小心从食桌上拿了一个枣面窝头，一边用手掰着吃一边说，"太后不用担心，奴才命奶子府增添了二十名奶娘，都是一等一的好身子。当然恭妃娘娘坐月子，膳食银早就该加，奴才今儿个下午就吩咐下去。"

就在李太后与冯保两人你一言我一语说得热闹时，朱翊钧早就狼吞虎咽吃得打起了饱嗝。这会儿接过内侍递上的漱口盅漱了漱口，插话道："恭妃没奶水，怨不得别人。"

"怎么呢？"李太后放下筷子问。

"她不肯吃，她说吃多了会发福。"

"她跟你说的？"

"是。"

"她这是讨你的欢心，"李太后抿嘴儿一笑，"怕长胖了，你不喜欢她，你应该劝她多吃一点。"

"她不肯吃，劝也没用，朕且由着她。"朱翊钧一脸的不在乎，"她没有奶水也不打紧，反正奶子府里有那么多奶水，常洛就是长了十张嘴也吃不过来！"

"你这个做父亲的，怎么能这样说话，不懂装懂！"李太后嗔怪地说，"别人的奶水再好，终究没有为娘的奶水甜。你小时候，奶子府还不是天天送奶来，结果怎样？你啜一口就吐了出来，哇哇哇乱哭，为娘的将奶头塞到你的嘴里，你立马就不哭了。"

受此一顿抢白，朱翊钧干笑着不再辩解。见母子二人扯起野棉花来，冯保心里急得像猫爪子抓。他命令小火者把食桌抬出去，趁着朱翊钧剔牙李太后拭脸的空儿，咳嗽一声引题儿说道："太后，用了午膳，您也该回慈宁宫打个眯盹了。看您走之前，还有什么话要对皇上说。”

李太后立马明白了冯保说话的用意，并由此想到那一包缅铃，斟酌了一下，说道：“钧儿，今儿个做娘的到这儿来，并不是故意要找你的岔儿，而是为了提醒你，单独秉政，一定要谨慎。你一国之君，只需转一个念头，就能让成千上万的人升官发财，也能让成千上万的人蒙冤受屈，甚至死无葬身之地。往常谋断大事，你背后有张居正把舵。张先生一死，咱看你做的几件事不伦不类，倒像是受了什么人的唆使。”

李太后一口一个张先生，朱翊钧听了心里很不舒服，噘着嘴咕哝道：“如今张先生死了，儿上哪里找他朝夕聆听教诲？”

李太后被噎了一下，心想和儿子谈论家常嬉笑无碍，怎么一言政事就不顺气儿。本说讲了这句话就走，这时却改变主意又坐下来，不轻不重回了儿子一句：“张先生死了，冯公公还在呀！”

“太祖皇帝爷立有法典，太……”朱翊钧本想说“太监不得干政”，但一见母后眼睛瞪得铜铃儿似的，底下的话便缩了回去，改口说道，“太监只能替皇帝管家，治国还得依靠外廷的文武大臣。”

冯保知道照这么顶下去，又得白赔一个下午。他眼下最切近的目标是把张鲸除掉，但李太后不发话，他又不敢先说。为了把李太后的话引出来，他又说道：“皇上，您方才说的话，都是治国的大韬略，您能这样说，老奴听了高兴。老奴亲眼看到您长大，这绝不是摆谱儿的话，太后可以作证。记得皇长子在启祥宫出生那天，老奴高兴得直掉眼泪。一看到这白白胖胖的小龙蛋儿，咱就想起了皇上小时候的样子。太后还记得吗？皇上两岁时，犯了百日咳，每天夜里不睡觉，闹着要骑马马，老奴只得哄着他，趴在地上当马。皇上您骑在老奴背上，双手搂着老奴的脖子，一骑半宿，老奴满地爬还不能停下，一停下您就哭。往往一个时辰下来，老奴两只膝盖在砖地上磨得破了皮，血流不止。但只要能哄着皇上高兴，老奴打心眼儿里都不觉得难受。日子过得真快呀，转眼间皇上也生孩子了，这叫老奴怎的不生感叹。皇上二十岁了，却已当了十年皇帝。张先生生前多次说您天纵英明，开创了大明王朝的中兴之象。老奴看在眼里，喜在心头。如今您亲自柄政三个月，斟酌轻重缓急，辨别是非瞀乱、善恶纷挐，都能恰到好处，这都是难能可贵的明主之风。但是，皇上做下的诸如开籍王国光，撤换戚继光等事，老奴一边看了，又觉得匪夷所思。但转而一想，却是有迹可寻。”

“迹在何处？”李太后问。

“皇上既然亲政，肯定是想重新谋划措置，把万历新政培植得比张先生活着的时候还要好。皇上想展现雄才大略，这是好事，是天下生民的福气。但皇上亲政后的吏治措施，容老奴斗胆说一句，是被人利用了。”

“被谁利用了？”仍是李太后问话。

“张四维。”

“这个张四维，”李太后噘着嘴，不满地说，“当初他入阁，不是张先生亲自推荐的么？”

“是张先生亲自推荐，但人心隔肚皮，哪能样样都看得清楚？古时之奸佞，有搜罗美女误其国君者，有置毒于胙肉中，诬其太子者，这些人秽行恶绩未败露之前，哪个不是极尽谦卑之能事？远的不说，就说高拱在隆庆皇帝爷面前，还不是一味地奉承？待到隆庆皇帝爷晏驾，这高胡子对皇上这位新主子，却是气势汹汹露了本来面目。如今张四维何尝不是这样？张居正在世时，他小心谨慎曲意逢迎，放屁都怕打出屑子来。但自担任阁揆以来，就迫不及待唆使门生连发劾本，对张居正生前器重的人必欲除之而后快。如此祸延干臣，毒及忠良，机枢失衡，欺诳可见，皇上岂能不谨慎思之！"

冯保的这席话，在胸中蓄之既久，一旦出口，则如银瓶泄水。朱翊钧此前从来没有听到冯保如此长篇大论议论国事，不由得对他的敬畏又增加了几分，就在他母子二人还来不及反应时，只见周佑把头探进来看了一下，李太后问他："你有何事？"

周佑站在门口说："遵皇上的旨意，游艺斋里的戏台子已经加宽了。教坊司的管事牌子来请示，今儿晚上南京戏班子来演出，要不要动用他们的乐手。"

不等朱翊钧开口，冯保抢着回答："南京来的戏班子，琴箫笛鼓一应儿配齐了，教坊司的乐队就用不着了。"

"奴才知道了，这就去复命。"

周佑说着车转身出门，刚跨过门槛儿，听得朱翊钧喊了一声"回来"，忙捉住脚，复又进门。朱翊钧对他说："传朕的旨意，立即派人通禀武清侯李伟、永年伯王伟、驸马都尉许从成、定西侯蒋佑等，今晚上都带家眷，进宫来陪两宫太后看戏。"

"奴才遵旨。"

周佑颠颠儿去了。李太后见儿子始终不忘几门至亲，心中自生了温情。又见他使唤底下奴才，显得从容威严，便觉看惯了的"小皇上"到底是长大了，叹了一口气，又接着先前的话题说："钧儿，冯公公是你的大伴，这份感情不是一般人能够取代的。

也唯有他忠心耿耿，敢批你的'龙鳞'。他说你对张四维偏听偏信，咱看你那样子，倒是不服气。"

"母后，朕对大伴的话，从来都是用心来听。方才的话，儿的确有如灌醍醐之感。不过，大伴今儿个当您的面，才说张四维的不是，此前，从来没听他扬声儿。"

朱翊钧这几句话以守为攻，倒把冯保弄得很尴尬。他知道绕过皇上去找李太后已是多有得罪，但这是情势所迫不得不做，此时只得赔小心说："皇上，您方才吞回去的那半截子话，奴才心下明白，洪武老皇帝开国时就有明示，内廷太监不得干政，老奴若主动向您道张四维的不是，岂不有干政之嫌？"

"大伴行事倒是极有分寸，朕也懂得咎取一时、怨接千载的厉害。"朱翊钧明是褒奖暗是揶揄，"昨日，张四维给朕写了一个密帖，专道你的不是，咱一看荒诞不经，随手就撕了。"

"他说的什么？"李太后问。

"他说，大伴派人到山西蒲州他的老家，鬼鬼祟祟要挖他的祖坟。"

"挖他祖坟做甚？"

"外头人哄传，张四维拜相，是因为祖上坟茔葬到吉壤上，挖了他的祖坟，就破了张四维的宅揆之命。大伴，这事儿是真的还是假的？"

"简直胡说八道，"冯保没想到这件事居然漏风，张四维借此到皇上面前告状，顿时恼羞成怒说，"这张四维身为阁揆，竟编造出这等谎言蒙骗皇上，究竟是何居心？皇上若相信这无耻谰言，老奴只得辞职。"说罢，竟自伤心落泪。

李太后一听，也觉得挖祖坟这一招儿阴损，但她不相信冯保会这么做，于是偏袒说道："张四维家的祖坟，可能被人挖过，不然，他不会无中生有写揭帖给皇上。但是，若把这罪名安在冯公公身上，则未免张冠李戴。"

朱翊钧趁机装好人："是呀，儿也不相信，所以并未追究。"

李太后抬头看看窗外，树影儿已经西斜，也不想再争论下去，干脆对朱翊钧交代说："过去做过的事，凡是不恰当的，能补救的尽量补救，不能补救，也要吸取教训。今后，遇上大事决断，吃不准的，还是问问冯公公，他毕竟在先帝宾天前，与张居正等同受顾命，对你始终没有二心，你记住了？"

"记住了。"朱翊钧小声回答。

"还有，"李太后接着说，"司礼监秉笔太监张鲸，咱看这个人心术不正，比当年引诱你的孙海、客用还要坏，你马上把这个人逐出大内。"

"这是为何？"朱翊钧大惊。

李太后碍于做母亲的身份，不好揭露张鲸为儿子买缅铃的事，只气咻咻地说："你自己差张鲸做了什么事，还用得着问别人？"

正在朱翊钧懵懂不知所措时，冯保接李太后的话又道："太后说张鲸比当年的孙海、客用更坏，是有确凿证据。放下这个不讲，单论张鲸的品性，他也不适宜再待在皇上身边。皇上，老奴观察张鲸好几年了，此人聪明伶俐，但心术不正，最近与张四维勾勾搭搭，最为可恨。内廷太监不得与外廷官员交结，这也是洪武皇帝爷的祖训！"

李太后接着说："钧儿，冯公公的话说得是。这个张鲸，我从今以后再不想见到他。"

"老奴已经想好，比照当年处理孙海、客用的旧例，将张鲸发往南京孝陵种菜。皇上，你意如何？"

　　冯保挟太后之威，已是明显地逼宫了。朱翊钧心有不甘，却又不敢抗拒，只得支吾道："好吧，这事儿，明天办理！"

第三十六回

剑影刀光仇生肘腋
风声鹤唳祸起萧墙

　　张鲸一出乾清门，吸溜着嘴儿，倒像是犯了牙痛病似的——只要一着急，他就这副模样。他不知道冯保将李太后怂恿到乾清宫来，究竟要和皇上说些什么，凭直觉，他知道没有好事。一路走一路寻思，不觉穿过了黄瓦东门。这道门在紫禁城北边的玄武门与东华门之间，过了这道门是一条横街，街南是尚衣监值房，街北是司役监，再往东头走，依次是酒醋面局、内织染局、内府供用库、番经厂、汉经厂、司苑局、钟鼓司等等。依次走过这些内府衙门，再往南，迎面耸着一座朱漆大门，便是大内司礼监的入口。从乾清门到黄瓦东门，要穿过南北向的东长街，因那里是皇上及众位皇后嫔妃的居住地，所以一向肃穆安谧。一入黄瓦东门，情形便不同了，不足一里地的街面上，挤了二十几个大大小小的内府衙门，各处供职的牌子火者监工杂役拢共上千人。这么多人夹杂一起迎来送往搬东搬西，再加上间或的扯皮拉筋争吵打架，所以一天到晚嘈嘈杂杂总没个安宁的时候。张鲸在横街上急匆匆走了一小半路程，经过内府供用库门口时，忽然门里奔出一个人来，只见他穿着一件圆领红贴里的双袖襕蟒衣，头上戴着一顶马尾丝织成的缀着绿宝石的烟墩帽儿，长得眉清目秀，光溜溜的下巴上闪着瓷光，一看就是个"招蜂惹蝶"的浪主儿。他当街拦住张鲸的去路，打了个拱喊道："张爷！"

张鲸抬头一看，认出是内廷供用库的总理太监柳如春。这总理太监是内廷供用库的二把手，他上头还有一个掌印太监。宫里有个规矩，小太监们为了寻求靠山，往往会拜在一个大太监门下。若大太监接受了拜礼，小太监便可自称是某某门下，并尊其为爷。七年前，柳如春还是一个酒醋面局的佥书，拜在张鲸门下后，正是张鲸的提携，他才混到现在这个六品内侍的位置。眼下张鲸心里有事，见柳如春拦他，便不耐烦地问："你有何事？"

柳如春左右瞧瞧，见没有人，压低声音笑道："张爷，小的答应您的事儿，今儿个办妥了。"

"什么事儿？"张鲸不解地问。

"夫妻宴呀！"柳如春挤了挤眼，"小的托付人，把挽口、挽手、龙卵三样儿弄齐了。"

如果不是大内的阉人，叫外头人听了，还真不知晓柳如春说的话是个啥意思。他说的挽口，便是牲畜的牝物；挽手，即牲畜的阳具；龙卵，则特指白牡马的肾囊，都是阉人的隐语。却说太监们被阉之后，虽然失了性事的能力，但男人的心态并没有改变，身份儿一高，也想在那"淫"字上下功夫。虽不能在床上颠鸾倒凤耕云播雨，但玩玩"对食儿"过过干瘾也是好的。更有那一般不可思议处，他们将牛驴等牲畜的牝户阳具——也就是他们说的挽口挽手等不典之物，配之"龙卵"，合起来制成菜肴待客，称之为夫妻宴。若门下人用此宴招待主子，才称得上是大孝敬。夫妻宴吃得多了，方有比较，牛挽口的味道较之他种牲畜为胜，小叫驴的挽手，在四条腿的畜类中，亦高居上游。即便牛驴，也有讲究。牛须得是淮河边上两岁口的黄牛，驴则以山西汾州的草驴为胜，龙卵最佳者，却是取自山海关外的嘶风胡马。这三样凑起来的夫妻宴，才称得上极品。大内的貂珰，虽然常常都能吃到夫妻宴，但能吃到上述那种极品的，却又少之又少。一次闲谈中，张鲸说一直未曾吃过正宗的夫妻宴，颇以为憾，在场的柳如春便拍着胸脯说他来想办法，一定让门主了这一桩心愿。张鲸当时并未当真，笑笑过去了，却没想到几个月后，柳如春真的谋回这三件宝物。

"都是正宗的？"张鲸问。

"爷，这事儿哪能假呢？"柳如春扭着腰，女人气十足地说，"山西驴子的挽手儿，看着就是不一样，放在泔水里浸泡了一天，它还硬得枪似的。"

一阵风吹来，柳如春身上散发出来的浓浓的薰衣香，呛得张鲸打了一个喷嚏，他揉了揉鼻子，问道："谁掌厨做的？"

"御膳房的马三卫。当年隆庆皇帝爷，最喜欢吃他烹制的驴肠。小的将他请到咱衙门里来做下这顿筵席。"

"马三卫的手艺没有话说，前些时他给恭妃娘娘做的醪糟蛋，还得了李老娘娘的夸奖。"

"爷赏个脸，先进咱衙门吃杯茶，然后再开宴。"

张鲸看看日头，大约已入午时，眨眼儿就到了吃午膳的时间。虽然这顿"美味"是他盼望已久的，但他此时实在没有心情。一想到李太后和冯保正坐在西暖阁与皇上谈话，他的眼皮子就跳个不停。他正犹豫着怎么办，忽听得背后咚咚咚响起脚步声，回头一看，见是另一位秉笔太监张宏手下的掌班杜光廷急匆匆跑来。一看到他，杜光廷就嚷道："张公公，可算找到你了。"

"你找我干啥？"

"咱家老爷急着要找你。"杜光廷气喘吁吁地说，"咱老爷一入值房，你已经去了乾清宫，他怕你读完本子又去忙别的，便差小的守在乾清宫门口等你。小的足足等了一个多时辰，一泡尿憋不住了，才说寻个厕所方便一下，转眼儿你就出来了，小的只好跟在屁股后头追。"

"究竟是什么事，这么急？"

"小的哪知道呀，瞧咱老爷的脸色，倒不像是好事儿。"

张鲸一下子紧张起来，再也无心吃那夫妻宴了，遂对柳如春说道："事不凑巧，饭是没法吃了。"一句话道罢，已跟着杜光廷三步并着两步朝司礼监值房跑去。

眼下，在司礼监掌印冯保下面，共有四个秉笔太监。按顺序排列，第一是张宏，第二是张诚，第三才是他张鲸。若论及资历，张鲸嘉靖二十六年入宫，选入内书堂学习时，与孙隆最为友善，而那时的内书堂管事牌子便是张宏。因此，张鲸与孙隆都算是张宏门下的人，冯保得势后，孙隆改投门庭，张鲸也跟着一起归附。两人俱从冯保那里得到好处。即便这样，老成持重的张宏也没有生半点闲气。当张鲸渐渐失宠于冯保又回来对他表示谦恭时。他连半句责怪的话都没有。只是这张宏不喜沾惹是非，是宫里头有名的"好好先生"，每每见到张鲸背着冯保搞些小伎俩，他总是好言相劝，提醒他不要引火烧身。

从内廷供用库到司礼监衙门，半里路都不到。不一刻工夫，张鲸跟着杜光廷便走进张宏的值房。张宏在司礼监的地位，仅次于冯保，属于"亚相"。从司礼监的大门进来后，先要经过一座长了十几棵虬皮老松的院庭，再进入第二道门。入门以后，大院里又套了东西两座小院，东院是冯保的值房，西院是张宏的值房。这两座小院互不相连，但后门都紧挨着碧波粼粼的护城河，河岸上榆柳成行，花畦分列，在警护森严密瓦重檐的紫禁城内，这里却能看到蝶舞蜂忙的田园风光，实为大内最好的居所。

张鲸进来时，张宏正坐在临河的文卷房里品茶。他今年快六十岁了，比张鲸大了十四岁。但他保养得极好，一头青发找不到半茎银丝。杜光廷将张鲸领进文卷房后便退了出去，一名本在文卷房中服务的小火者给张鲸沏了一杯茶后，也被张宏支开。看到张宏一脸峻肃，全不似平日随和，本来就有些紧张的张鲸，心里更像揣了个兔子，急不可耐地问道："爷，究竟发生了什么事儿？"

张宏看了看护城河上明丽的波光，悠悠地问："棋盘街滇药铺那个叫吕兴贵的老板，与你是什么关系？"

张鲸还在御马监管事的时候，因每年要购买大量的兽药，认识了不少开药铺的商人，吕兴贵是其中之一。这吕兴贵看中张鲸日后必有发达，便舍得在他身上花钱，因此两人成了莫逆之交。张鲸不知张宏为何突然问起这个，遂答道："一般的熟人。"

张宏追问："仅仅只是个熟人？不会吧。"

"爷听到什么啦？"

"前天夜里，这个人被东厂秘密抓走了。"

"他不是去了云南么？"张鲸一下子提高了调门，嚷道，"东厂凭什么抓他？"

"吵架怎么的？看你那嗓门，倒像是打铜锣。"张宏白了张鲸一眼，接着说，"你与吕兴贵只是一般的熟人，怎的知道他去了云南？"

"爷……"

"吕兴贵从云南回到北京，根本就没到家，刚一进城，就被守候在那里的东厂番役秘密逮捕。"

"难怪，咱昨日派人去他店里询问，店里朝奉说，他还没有回来。爷，你是怎么知道的？"

"咱今早儿才知道。"

"冯公公对你说的？"

张宏摇摇头，说道："他命东厂封锁消息，不让所有人知道，当然也就不会告诉我了。我怎么知道的，你也不必问。你今儿个对我说实话，你让吕兴贵买什么了？"

"缅铃。"事既至此，张鲸只好说实话。

"买来送给皇上？"

张鲸点点头，又不解地问："这事儿，咱对谁都没讲过，冯公公是怎么知道的？"

"东厂是干什么的，你这大一个聪明人，还用得着问这种蠢话？"张宏仍不紧不慢数落道，"甭说你这事还有点影子，就算是空穴来风，东厂想要收拾你，也会给你整出一个莫须有来。"

"即便咱给皇上买缅铃，这又算得了什么？"

"真有这件事儿，你就完蛋了。"

"啊？"

"还记得当年孙海、客用两人的下场么？"张宏板着脸说，"咱知道你张鲸心下所想，你以为皇上喜欢你，就可以骑着老虎不怕驴子？你想错了，孙海、客用就是例证。皇上喜欢他们不假，结果如何，李太后一发话，他们就被发落到南京去当净军。"

张鲸这才意识到问题的严重性。由此可以推断，冯保通过自己把持的东厂，对他的一言一行始终监控。一想到有许多把柄落在冯保手中，张鲸不免心惊肉跳，哭丧着脸说："咱从西暖阁离开时，冯公公已跟着李太后，进乾清宫找皇上去了。"

张宏叹了一口气，说道："咱就知道，这事儿迟早要发生。李太后一心要将儿子培养成盛世明君，她最不能容忍的事，就是底下奴才诲淫诲盗引诱皇上。"

"那，现在该怎么办？"张鲸脸色已是煞白。

张宏垂下眼睑，沉思有时，方道："事既至此，你只有两样可做，第一，如果李太后查问，你抵死不要承认，一口咬定吕兴贵所说是栽赃陷害；第二，你主动去找冯公公赔罪，告诉他'大人不记小人过'，并让他相信从今以后，你一定痛改前非，决不会和他搓反索子。一哀胜百强，兴许冯公公会原谅你。"

张鲸一听便摇头，答道："冯公公既然说动李太后去了乾清宫，咱再使哀兵绝无用处。你在那儿装蒜哭鼻子，反而更让人觉得软柿子好捏。"

"你想怎么样？"

"事情到了这种地步，咱只能顺势而为，与他冯公公决一雌雄了。"

"你呀，三月的老芥菜，起的粗粗心。"张宏瞧着张鲸犟颈驴子的模样儿，责备道，"人家冯公公拔根汗毛，都比你的大腿粗，你逞的哪门子能！"

这时，外头穿堂厅里传来摆碗筷的声音，张鲸仿佛没听见，犹像木头桩子似的兀自坐在那里闷想。张宏本是冒了天大的风险，背着冯保给张鲸递信儿，这会儿他担心冯保回到司礼监来瞧个正着，便催促张鲸道："已到用午膳的时间了，咱也不留你，你回去静下心来想一想对策，千万不要莽撞。"

张鲸这才起身，一路恍恍惚惚走回自己的值房。比起张宏的小院，张鲸的值房要促狭得多。在他房下值事的十几名文书差役，这时候还不知晓他们的主子已经大祸临头，都还聚在厅堂里过重阳节打牙祭。见他进来，掌班郑守成忙丢下手上拿着的一块干撕辣兔腿，拿起抹布擦了擦油嘴，禀道："老爷，方才柳如春来过，说等着你过去吃酒。听说你有饭局，小的们就先吃了。"

"知道了。"

张鲸随手从篾笼里拿了一个烧饼，一边啃着，一边走向值房，郑守成追在他后头喊："老爷，柳如春那头说过，你不去不开席。"

张鲸头也不回地答道："你派个人去禀告一声，就说咱有急事，吃不成酒了。"说着进了房门，顺势反手把门带上。刚说一个人安静会儿，想想如何渡过眼前这个难关。人还没坐下来，忽听得大门咣当一声又被人推开。张鲸抬头一看，是他的管家刘玉。宫里的大太监，手下都有一帮办事儿的人，最重要的是两个人，一个是掌班，帮助处理公务；另一个就是料理家务的管家。掌班必定是在籍的阉人，管家则不论。像冯保的管家徐爵，就是一个吃喝嫖赌无一不能的顽主。张鲸的这位管家刘玉，却也是阉党一个，所以进出大内无碍。此时只见他满头大汗冲进来，人还没站稳，就一竿笛似的叫道："老爷，出事了！"

"火苗子蹿上房了，嗯？"张鲸嫌刘玉冒失，斥道，"深宫大内，你狼嗥个什么！"

刘玉吓得一吐舌头，又返身把门轻轻掩上，再趋近张鲸小声禀道："老爷，吕兴贵出事了！"

"你怎么知道？"

“半上午时，东厂的番役拿着拘票到他家通知，说吕兴贵犯事被拿了。”

“没说为的什么事？”

“说了，说他交接大内贵珰，用缅铃行贿。东厂番役前脚走，吕兴贵的弟弟后脚就跑到府上来找老爷。”

“他怎么说？”

“他说那缅铃是老爷您托付他哥哥买的，他要您务必想办法，把他哥哥救出来。小的一听，这事非同小可，若让冯公公知道，问老爷一句‘你买缅铃做什么’，这可是答不出来的难题。因此小的就把吕兴贵的弟弟吼了几句，把他撵走了。”

“你吼他什么？”

“小的说‘你不要诬陷咱老爷，天知道是谁让你买缅铃的？去去去，别在这儿胡搅’。那小子还想理论……”

刘玉还没说完，却夹耳掴腮重重挨了张鲸一个巴掌。

“放肆！”张鲸跺着脚骂道。

刘玉本以为在这件事上处理得当，特地前来报功，谁知却讨了揍。他捂着火辣辣的脸，怎么也不明白自己错在哪里，正委屈着，只听得张鲸又道：“你即刻就去吕兴贵家，告诉他，咱正在想办法营救，有我张鲸在，不会让他吕兴贵受冤。”

“老爷，您……”

“刘玉，咱们做人，不能狗脸上摘毛，说翻脸就翻脸。是祸躲不脱，躲脱不是祸。吕兴贵的确是受咱之托买缅铃，如今遭人陷害，咱却一脚跳到高岸上，这还是人吗！再说，东厂抓他吕兴贵做甚，还不是想收拾咱？到时候咱这头祸没躲脱，那边朋友也得罪了，这岂不是放屁打嗝两头蚀！”

经过这一番解释，刘玉总算明白了主人的心思，忙又抽身打转，急匆匆往吕兴贵家去了。从张宏的值房里出来，张鲸就有了大限临头的感觉，现在看着刘玉离去的背影，他忽又怅然若失，忖道："难道他冯保真的就是法力无边的如来佛，咱张鲸跳不出他的巴掌心？"心中甚不服气，躺倒在太师椅上，正没个排遣处，忽又听得有人叩门。

"谁？"张鲸眼睛都懒得睁。

"张公公，咱是周佑。"

一听说是周佑，张鲸一骨碌从椅子上弹起来，亲自上前开门。周佑也不进来，只在门口说了一句："皇上差小的前来传话，要你立马儿过去。"说完掉头离去。

乍听这个消息，张鲸就好像溺水之人突然抓到一根救命稻草，顿时心情一震。他猜测，皇上在与李太后和冯保见过面后，还能够立即召见他，可见事情并不像张宏想象的那样坏。但是，有一点他心底清楚，如果他不能利用这次召见游说皇上除掉冯保，自己即使躲过这一劫，总有一天还得成为他冯保的刀下之鬼。同时他又知道，尽管皇上对冯保早有戒心，但对这位跟随多年的大伴，皇上却又始终存有几分忌惮。此时若要让皇上痛下决心"清君侧"，第一要务就是要激起他的勇气。对皇上使用"激将法"，这可不是闹着玩的，稍一不慎，就会粉身碎骨。在此进退维谷之中，张鲸想到了张四维，他很想跑去内阁向那位胸藏甲胄的新任阁揆讨教，但时间紧迫已是来不及了。仓促之间，他突然瞥见台案上的一本书，那是前几日从桂珠坊书坊购得的一本《谜谱》，他随手捡起翻了翻，忽然心生一计，忙从中择出三条，喊来掌班郑守成，让他找出一张发黄的旧笺纸如数抄上，又觅了一个寻常信封，将旧笺纸折叠起来小心翼翼装了进去藏入袖中，这才怀着一颗忐忑不安的心出门往乾清宫而去。刚出司礼监的第二道门，他又想起皇上要的那支"胎毛笔"，又折回值房，从红木书柜里找出一只镶满宝石的笔盒儿，怀揣着再度出门。

　　自李太后与冯保离开西暖阁后的这小半个时辰，朱翊钧坐也不是站也不是，心里头烦躁得要命。他才说要吃点时鲜水果压压火，内侍忙不迭儿送上一大盘红润润亮晶晶的甘甜大玛瑙葡萄，他拈下一颗放进口中，嚼了两下，又噗地吐了出来，恼着脸骂道："你们这帮混蛋怎么办事的？要酸掉朕的牙齿是不是？迟早要把你们赶走。"内侍们知道这是皇上故意挑刺儿，一个个吓得大气不敢出二气不敢伸，既不敢站远又不敢站近。站远了怕皇上瞧不见，遇事没人支应，站近了又怕抵在他眼睛头上挨骂，真是左右为难。这时，在阁外廊檐下站了八个身着圆领明黄曳衫，外套五蟒缠胸背甲的奉御——他们都是轿伕。上午巳时，皇上就传旨要到御花园赏菊，他们便抬了锦栏大轿前来待命，这一待就是两个多时辰。皇上既不说去又不说不去，他们一字儿站在那里，半步都不敢挪动。许是站得太久生了倦怠，这会儿他们自找乐趣讲起笑话，也不知说了什么，竟一起扯声儿笑了起来。朱翊钧在阁里头听见，便问："何人在外喧哗？"垂手站在门口的周佑趋前一步回答："启禀万岁爷，是侍轿的长随。""混蛋，谁让他们来的？宫里头越发没有规矩了，都拖下去，每人打二十大板。"周佑不敢解释他们是在廊下候旨，只得出来将长随们带去受刑。刚一回来，朱翊钧又让他火速去司礼监传唤张鲸。

　　却说张鲸一进西暖阁，朱翊钧一个鲤鱼打挺从绣榻上起来，拧起双眉，连珠炮似的说道："太后说你比孙海、客用还要坏，又责备朕不该差你做坏事，朕究竟差你做了什么，连朕自己都不知晓。"

张鲸双膝朝地上一跪，两手扣着砖缝儿，沉着回禀："万岁爷没差奴才做任何坏事。"

"那太后怎么会那样说？"

"奴才斗胆说一句，太后是受了冯保的唆使。"

"你有什么把柄落在冯保手里？"

张鲸伏在地上，感到朱翊钧火一样的目光在他脊背上溜来溜去，尽管心里发怵，他还是强自镇定答道："万岁爷，还记得奴才说过的缅铃的事么？"

"缅铃？"朱翊钧记得张鲸数月前提起过，说是一种上好的淫器，他有心见识见识，却一直未曾得见，便道，"你总说缅铃，朕却一直未曾见到实物儿。"

"奴才就是为了给万岁爷孝敬实物儿，才惹出一点儿麻烦。"张鲸接着就禀告了吕兴贵前天夜里被东厂秘密捉去的事，又道，"冯公公在这件事上大做文章，实想借刀杀人。"

朱翊钧皱着眉头，没好气地说："这才叫羊肉没吃着，反惹一身膻。"

张鲸故意装出诚惶诚恐的样子，伏在地上说："奴才连累皇上怄气，奴才该死。"

"就一句'奴才该死'就能了事？"朱翊钧一跺脚，哂道，"太后下了懿旨，要将你逐出大内。"

张鲸尽管已预计到这种结局，但乍一听到这句话，仍惊骇不已。他决定试探一下皇上的态度，于是突然间跪直了身子，望着皇上，泪流满面说道："奴才一条贱命，早就交给了皇上。皇上不要说让奴才走，就是支口油锅把奴才炸了，奴才也是高兴的。"

瞧着张鲸可怜巴巴的样子，朱翊钧心里头便觉难受。几年来，他在乾清宫中"形单影只"，诸事展布如同石头缝里射箭——拉不开弓。每每神情抑郁之时，只有眼前这位奴才还能稍许给他安慰，也唯独只有他能够谋决大事。如今，摆在朱翊钧面前的选择有两个：一是谨遵母命，将这个张鲸发配南京，这样，他恐怕就还得当几年"儿皇帝"；另一个是一意孤行将张鲸留下，但冯保与张鲸两个已是水火不容，他只能留下一个。从感情上说，他愿意留下张鲸。但冯保背后有太后支持，他觉得自己还没有能力搬动这位树大根深的内相，如果意气用事，必定祸起肘腋之间。权衡再三，他长叹一声言道："朕哪里舍得你走，只是母命难违。"

张鲸已看出皇上的矛盾心理，觉得机不可失时不再来，便从怀中摸出那只宝石笔盒儿，双手举起，仰着泪脸说："奴才听凭万岁爷发落。只是这一走，奴才再也见不着万岁爷。想到从今以后万岁爷受到委屈时，再没有一个人分忧解难，奴才心里头比刀子剜着还难受。这是万岁爷要的东西，奴才献上。"

"是什么？"

"胎毛笔。"

朱翊钧"噢"了一声，接过盒儿打开，用手将黑得发亮的"笔毫"捏了捏，一想到它们的产地皆在少女胯下，身上便燥热起来。但此时他没有闲心欣赏，随手把笔盒儿放到一边，对张鲸说："你且起来，朕有话说。"

张鲸谢恩爬起来，抖抖索索坐到小凳儿上。朱翊钧摸着生了浅浅黑髭的下巴，沮丧地说："这番祸事临头，倒霉的不单是你，恐怕张阁老的首辅也当不了几天。"

"啊？"张鲸瞪大了惊恐的眼睛，紧张地问，"对张阁老，太后娘娘也有懿旨？"

朱翊钧答非所问地说："太后本来已不过问国事，今儿个，她是被冯公公撺掇来的。"

张鲸蓄了多时的一句话，这时候脱口而出："万岁爷，冯保这是迷惑太后，借她老人家的力量，企图在宫廷里搞一次政变。"

"政变？"朱翊钧一惊非同小可。

张鲸一扫满脸的惊惧，咬着腮帮骨恶狠狠地说："万岁爷亲政三个月，一连处理几件大事，已是大快人心。如今若尽数推翻，这不是政变又是什么？"

朱翊钧点点头，叹道："即便是政变，有太后支持，朕又有什么办法？"

"有。"

"唔？"

"张居正死后第二天，奴才心忧朝局，曾偷偷跑到大兴县乡下的一座小庙里头，拜见了一位异人。那位邋邋遢遢的老头子，什么也没说，只封了一张纸让奴才带在身上，并一再叮嘱，半年之内，若遇大祸，当可拆封视之，化祸之法，尽在纸上。"

"那张纸呢？"

"奴才旦夕带在身上。"

张鲸说着，从袖子里抠出半个时辰前才在司礼监值房里封好的信笺递上。朱翊钧拆开一看，只见一张寻寻常常的笺纸上，潦潦草草地写了几行字：

打胎

《四书》两句

左看三十一右看一十三合拢起来是三百二十三

打一字

才名犹是杨卢骆

勃也何因要向前

《书经》一句

朱翊钧横看竖看，终是解不透其中奥秘，问瞪大了眼睛站在旁边的张鲸："这不是叫人猜谜么？"

"大概是的。"张鲸装出的样子好像也是第一次看到，惊奇地说，"既是高人指点，总会弄点玄虚的。"

"这头两个字'打胎'，谜底在《四书》里头，"朱翊钧说着在靠北里墙一排大书架上抽下一函《四书》，抖着书咕哝道，"这厚的一本，上哪儿找这两句话去？"

张鲸假装犯难，嘴上胎呀胎呀的念叨着，忽地把脑壳一拍，兴奋言道："万岁爷，奴才估摸出来了。"

"哪两句？"

"既欲其生，又欲其死。"

朱翊钧琢磨这两句话，说道："胎在腹中，生死原也在一念之间。唔，这个谜出得好。"

张鲸又看了看朱翊钧手上拿着的笺纸，说道："第二道谜，依奴才看……"

"这道谜不用你啰唣，朕早就知道了。"朱翊钧伸了一根指头从茶杯里蘸了水，在红木大案台上写了一个"非"字，说道，"你按数字儿从左向右念，是不是三百二十三？"

"正是，万岁爷高明。"张鲸狡黠地笑了笑，又道，"不知那老头子弄出一个'非'字来，是啥含义儿。"

"要等三道谜底儿都猜出来，方知玄意，"朱翊钧此时已是着了道儿，又指着笺纸说，"这第三道谜，杨、卢、骆显然指的是杨炯、卢照邻和骆宾王，加上一个王勃，凑成初唐四杰。这里点出了王勃的勃，却把王字儿隐去了，张鲸你查一查《书经》，带'王'字儿的有些什么句子。"

"不用查，奴才在内书堂里背过《书经》，有一句现成的，叫'王不敢后'。"

"王不敢后？"朱翊钧惊愕地重复了一句。

"三道谜底儿凑到一起是：既欲其生又欲其死、非、王不敢后。万岁爷，连着一起看，消息儿就出来了。"

"什么消息儿？"

"既欲其生又欲其死，指的就是今天冯公公欲借刀杀人，逼着皇上把奴才赶走。这样，皇上就会像过去一样，变成了聋子哑巴。"

"虽然牵强倒也扯得上边儿，"朱翊钧点了点头，又道，"非字当作何解？"

"依奴才分析，这个'非'字儿是个断语，就是说冯公公的所有主张都是非分之想，皇上千万不能受他摆布。一个奴才一心要控制皇上，这是犯了欺君之罪。"

"王不敢后呢？"

"这个嘛，也是提醒皇上，既然君临天下，就不可容忍小人乱政！"

"小人乱政，你指的是谁？"

张鲸情知再不能兜圈子，遂一咬牙，从齿缝间吐出两个字："冯保。"

朱翊钧嘴巴张了张，却没有说出话来。此时屋子里静得怕人，张鲸只觉耳膜发胀，不知不觉额上已滚下豆大的汗珠。半晌，朱翊钧才抬起头来，阴森森地问道："你的意思，是要朕除掉冯保？"

"奴才不敢。奴才只是觉得，冯公公眼里没有皇上。"张鲸抹了抹额上的冷汗，嗫嚅道："万岁爷，古人有句话，当断不断，反受其乱……"

"王不敢后。"朱翊钧一边反剪着双手在屋子里转圈儿，一边喃喃念着，眉宇间竟渐渐生出了杀气。他抬眼看了看窗外，院子里已是寂静无人。朱翊钧突然举起一只手，那样子好像是下定了决心。忽然他又把手放下来，担心地说："朕也想先下手为强，免掉大伴的司礼监掌印，可是又有些害怕。"

"万岁爷怕什么？"

"如果朕下旨之后，冯公公不服气，又跑进慈宁宫去找母后，朕该怎么办？"

"万岁爷，这个您不必担心。"张鲸为了打消朱翊钧的顾虑，竟双手比画着言道，"您只要给大内禁军下一道旨，不准冯保进宫，他就是长了翅膀想从天上飞进来，守军兵士也会张弓搭弩把他射落。"

朱翊钧想一想也觉有理，于是把心一横，言道："既如此说，事不宜迟，就定在今夜动手。"

第三十七回

魅影袭来魂惊午夜
琴音惆怅泪洒寒秋

在游艺斋看完戏，已是交了子时。大大小小数十乘轿子，一窝蜂抬出了东华门。这些颇获皇上恩宠的皇亲国戚，在东华门口揖让道别，各自择道儿回家。冯保的八人大轿，最后一个抬出紫禁城。此时夜凉如水，街面上已经灯火阑珊，天幕上疏星闪烁，薄薄浮云，半掩着一弯寒月。不知何处的寺庙里，间或传来一两声悠远深沉的梵钟，更是平添了京城的幽邃与神秘。冯保坐在轿子里头，忽然感到双膝生冷，便拣了一块鹅绒毡盖了膝头，又塞了一个枕垫到腰后头。

自下午将李太后送回慈宁宫后，冯保又马不停蹄赶到棋盘街苏州会馆看戏班子彩排，审查晚上演出的剧目。然后再回到游艺斋查看戏台子，给皇上请的皇亲们设座儿、备茶点，总之是事无巨细必得亲自安排。等到戏班子开锣，他已累得一摊泥似的。即便这样，他也不能找个地方躺一会儿，还得侍候着太后与皇上，人前人后安排照应。可以说是别人看戏，他在看人。冯保让戏班子准备了两本戏，可是一本刚演完，皇上就请示太后，说夜色已深，是否该让皇亲们回家了。李太后看戏本在瘾头上，但念着宫

522

里的规矩,皇亲们进入大内后宫,子时前必得退出,遂同意皇上的建议,让戏班子罢了丝竹锣鼓。看到皇亲们个个离座儿谢恩辞别,皇上特意走到冯保跟前,关切地说:"大伴,你忙乎了一天,也该早点回去歇息。"冯保心下感动,趁机说道:"皇上,按太后的懿旨,明儿个老奴就传旨张鲸,免了他的秉笔太监,发往南京,您看是否妥当?"皇上答道:"就按太后说的办,明日上值,你先来乾清宫取旨。"说罢又催着他回家安歇。冯保这才回到司礼监坐轿,既兴奋又疲倦地离开了紫禁城。

不知不觉,轿子抬过富贵街。近处的青楼上,传出了小女子略含凄凉的曲声:

> 身子瘦了为谁瘦,
> 朝也是愁来暮也是愁。
> 心儿中,厌弃的总在眼前绕,
> 想要得到的偏是不能够。
> 泪珠儿,点点湿透了罗衫袖,
> 心比那天高,命不得自由。
> 俺是一颗要强的心,
> 偏偏落在他人后。
> 熨斗儿,熨得衣衫平整整,
> 却熨不开奴的眉头皱。
> 剪刀儿,剪得开乱麻一缕缕,
> 却剪不断奴家的忧愁……

这小曲儿声在静夜里传得很远,冯保的大轿抬出去半里多路，那怨怨艾艾的嗓音儿还直往他耳朵里钻。"自古红颜薄命，"冯保在心里忖道，"座座青楼，埋葬了多少女孩儿的痴心妄想。"由此及彼，他又联想到张居正死后这段时间的朝局，忽觉自己的心情，同那个青楼里的女孩儿，倒也差不了多少。争斗杀伐之事，冯保堪称高手。但拔掉一个眼中钉，又谈何容易？单说为了除掉身边的张鲸，他费了多少心思，才做成这一个"局"。如今虽胜券在握，但谕旨下达之前，还不可掉以轻心。他看出皇上对张鲸还心存眷顾，只是迫于太后的压力，他才不得不同意驱逐张鲸。现在最要紧的，是赶紧把圣谕弄到手。此时，他真恨不得有神仙显灵，把日头拽出东山。正闭目乱想，忽听有人拍打轿窗，他一掀帘，见是护卫班头施大宇。

"怎么啦？"冯保问。

施大宇略显紧张，小声禀道："老爷，小的瞧着这街面，觉得有点不对劲。"

"怎的不对劲？"

"你看看，到处都是巡逻的军士。"

冯保将脑袋伸出轿窗眯眼儿朝街边一瞧，果见一队持枪兵士匆匆走过。锃亮的枪尖，在昏黄的灯火下闪着可怕的寒光。他没往深处想，只道："今儿个是重阳节，又有那么多皇亲前往大内看戏，为了安全，五城兵马司多派士兵巡逻，也是情理中事。"

"可是这些兵士，并不是五城兵马司管辖的铺兵。"施大宇指着又一队走近的兵士说，"小的问过，他们是驻扎在德胜门外的京营兵士，傍晚时候奉命进城的。"

"啊？"冯保心里咯噔一下，自言自语道，"京营兵士，没有皇上的旨令，任何人都不得调动。这个时候既无匪警，又无火患，调京营兵士入城干什么？"

"是啊，小的也是这样猜疑。"施大宇说。

"且不管这些，让轿伕们走快点，咱们早点到家。"

施大宇向轿头吩咐一声，大轿顿时如飞前进。大约一炷香工夫，冯保就到了府邸门口。大轿刚在轿厅里落稳，早见管家张大受抢步上前拉开轿门，看到冯保稳稳地坐在里头，这才长吁一口气，一边扶冯保下轿，一边言道："见到老爷，小的安心了。"

"你有何不安心的？"冯保问。

张大受没有立即回答，而是吩咐门子关好大门，将冯保领到客厅坐下，从一只盛着热水的木桶中取出浸在里头的奶壶，双手捧给主子。冯保这才发现宅子里到处灯火通明，虽然夜深了，却没有一个人睡觉，仆役们的脸上，都露出惊慌的神色，顿感奇怪，啜了一口奶子府送来的人奶后，问张大受："究竟发生了什么事儿？"

张大受答道："启禀老爷，徐爵不见了。"

"啊，他哪儿去了？"冯保诧异地问。

"小的若是知道，就不会这么着急了，"张大受急得猫掉爪子似的，讲述了事情原委，"今儿个重阳节，徐爵说好了，晚上要回府上来，同底下的兄弟们喝一顿菊花酒，可是从申时等到酉时，总也不见他的人影儿。兄弟们以为他在衙门里有应酬，抽不脱身，也就不等他，自顾吃了。谁知这时候南镇抚司衙门里有人找上门来，问徐抚爷在不在，说他半下午就起轿离衙，告诉手下人回这边来。他走后，镇抚司那边发了案子，等着他签票连夜拘人，久等不至，故寻到府上来了。小的一听，这就奇了，徐爵平素儿不是这种颠三倒四的人，怎的就会突然失踪呢？小的放心不下，便差人一处处寻他。他最爱去的地方有四个：一是右都御史王篆府上；二是少主人锦衣卫指挥冯邦宁府上；三是纱帽胡同的张大学士府，张先生的六个儿子都回故里守制去了，如今那里只留下一个游七看家，徐爵常去他那里闲聊；第四是去东厂，找掌爷陈应凤。结果在这四个地方均不见徐爵的人影儿。更奇的是，冯邦宁与陈应凤两个，也都失踪了。小人不知道出了什么事情，派出十几拨人，将京城里所有耍闹的场所找了个遍。老爷回来不久，出外寻找的人也都陆续回来，却是没有任何消息。"

听说这么多人一起失踪，又联想到在街上看到的京营兵士，冯保顿觉不妙，放下啜了一半的奶壶，问张大受："出了这大的事，为何不早禀报？"

张大受回道："小的发觉这些异常后，曾骑了一匹马，想去紫禁城找你。可是在门口，被守门的兵士挡住不让进，说今夜里宫里头演戏，一应闲杂人等都不让进。"

"你不是有进出大内的牙牌吗，没亮出来给他们看看？"

"亮了。他们说今夜有什么牌子都不让进。"

"你走的哪个门？"

"小的寻常都走玄武门，在那里被挡后，咱又绕到东华门，也被挡了。"

"啊，还有这等事！"冯保怔了好一会儿，又起身在厅堂囊囊走了几步，突然把脸一横，吩咐道，"备轿！"

"这深更半夜的，老爷还去哪里？"张大受小心地问。

"东厂。老夫亲自去找找，咱就不相信，三个大活人，转眼间叫阎王一笔勾了。"

张大受不敢怠慢，又去前院厢房里把刚刚歇下的轿伕和护卫尽数喊了起来。众人收拾好旗牌仪仗，刚把大门打开，轿厅里站着的人，一下子都愣住了——只见大门外头，黑压压站满了京营的兵士。站在队列前面的是三个人，中间是张鲸，左边是京营都督许云龙，右边是锦衣卫都督赵文襄。

却说半下午，张鲸从西暖阁领了撤办冯保的圣旨后，就立即赶到内阁，向张四维通报了这一重大消息。时间紧迫，两人当下议定，鉴于冯保的三大心腹徐爵、冯邦宁和陈应凤控制了东厂和部分锦衣卫，撤查冯保之前，须先得将这三个人秘密逮捕。为防不测，他们又请求皇上即速颁下特旨，调驻扎在德胜门外的三千名京营兵士进城担负巡逻及抓捕任务。商量妥当，张鲸又到西暖阁禀报，皇上尽数同意，向参与此次行动的有关文武官员秘密下达手谕。由于事发突然，事先没有任何征兆，抓捕徐爵、冯邦宁和陈应凤没费一点周折。如今，这三个人已被秘密送往北镇抚司大牢关押。当张鲸派人进宫偷偷向皇上报告进展时，同样坐在游艺斋里的冯保，却还蒙在鼓里。皇上以夜深为名停止演剧，名义上是因为皇亲们不能于子时之后留在宫中，实际上是要催促冯保回家。出了东华门后，种种迹象已让冯保感到祸事临头。他回家问明情况后当机立断决定去东厂，一来是为了找徐爵他们三人，二来也是觉得家里不安全，要去东厂避避风头。谁知一打开大门，等待他的竟是全副武装的数百名兵士。

一见这架势，张大受第一个想到的便是关门。他一努嘴，几个杂役有的推门，有的抬门杠。冯保一挥手让他们尽行退下，径自振衣出门，走到张鲸跟前，盯着他冷冰冰地问："张鲸，你要干什么？"

别看张鲸平常趾高气扬一肚子坏水儿，每每见了冯保，他就低眉落眼两腿起弯儿。这会儿拼了好大的力气，才挣起了腰杆，仿佛吵架似的嚷道："冯……爷，咱来传旨。"

"旨呢？"冯保咄咄逼人。

"在这儿哪，"张鲸从身后一个小内侍手中拿过一个黄绫卷轴，两手拉开，尖着嗓子喊道，"冯保听旨——"

冯保稍一迟疑，双腿一弯跪了下去，只听得张鲸念道：

> 冯保年事已高，心智渐昏。御前办事，屡不称旨。今免去司礼监掌印，即赴南京闲住。钦此。

张鲸念最后两个字的时候，故意拖腔拖调。这带有某种侮辱与挑衅的声音，在寂静的夜空里传得很远很远。读罢，他把圣旨一卷，重重地捣在冯保手上。刹那间，冯保全身如遭电击。这寥寥几十个字的圣旨，倒像几十道惊雷，在这位威权不可一世的老公公的心头炸响。就在那一刻，他脑子里像走马灯一样转过一个又一个念头，他想到了在白云观抽出的那根下下签，想到了夫人庙住持妙尼要他大寒前不要犯煞的提醒，想到张居正临终前对朝局表现的极度忧虑，想到今儿中午皇上在太后面前支支吾吾的神情，想到他花了两年时间精心谱写的曲子《古寺寒泉》……刹那间，他仿佛什么都明白了。只见他从地上慢吞吞爬起来，把圣旨随手扔给张大受，乜眼看着张鲸说："老夫当初提拔你进司礼监，是狗屎迷了眼儿。"

张鲸尽管心里发怵，却强自镇定，干笑道："冯爷，你年纪大了，到南京去享清福，有何不好？"

冯保哧的一声冷笑，厉声说道："你花重资托人去云南买缅铃送给皇上，如此引诱圣君败坏纲纪的奸佞，有何资格站在老夫面前说话！"

张鲸恼羞成怒，脸上红一阵白一阵，外强中干地威胁道："老公公，本监谨遵皇上之命前来传旨，你对本监不敬，就是欺侮皇上。"

"呸！"冯保重重啐了一口，咬着牙骂道，"这道圣旨还不是你骗出来的！"

张鲸情知这么争下去，自己终是处在下风，干脆以牙还牙，恶狠狠回敬道："老公公，本监没有工夫听你啰唆。你也看清了，咱身旁站的都是京营的兵士。皇上给他们的任务，就是护送你到通州张家湾码头，那里早为你备下了一只官船，送你到南京。"

骂归骂，冯保自己也清楚，眼下大势已去。他看了看那些虎视眈眈的兵士，长叹一声，吩咐身边的张大受："去，到客厅里为老夫支下琴来。"

张大受手拿着圣旨，满脸虚汗地抽身打转。冯保在原地踱了几步，撇下张鲸，径自对京营都督许云龙说："老夫要去和府内的手下人道个别，军门在此稍候片刻。"

许云龙一个三品武官，往日想巴结冯保，只愁找不到路子。这会儿冯保虽成了"阶下囚"，但颐指气使威严不减，许云龙被他气势所慑，竟一哈腰讨好说道："冯公公尽管回屋道别，只是卑……嘻，只是本都督皇命在身，还望冯公公配合些个。"

冯保也不答话，已是慢悠悠踱回府中客厅。此刻，府中一应侍役近百名都静候在院子里。这些人做梦都没想到他们的主子——皇上深为倚重的大伴，竟会遭皇上抛弃。这真是天威不测横祸飞来，因此一个个都吓得面如土色。此时，客厅里琴已架好，张大受懂得主人心思，架的正是潘晟送来的那具唐朝的锦瑟。冯保坐下来，轻轻一拨琴弦，温润的琴音如掠过柳梢的紫燕。他眯眼四下里一瞧，问："香呢？"

张大受噙着泪水答："小的忘点了。"急忙搬过宣德鹤香炉，寻了府中珍藏的乌斯藏贡香点上。

冯保吸了吸鼻子，闻着令人兴奋的异香，又问："兰芷呢，怎不见她？"

兰芷是两年前王篆从扬州带回来送给冯保的歌女。她长相姣好且歌喉清亮，因此很得冯保喜欢。此时，兰芷就站在客厅的角落里。听得主人找她，忙从人缝儿里挤出来敛衽行礼，凄然说道："奴婢在。"

冯保瞧着她眼圈儿红红的，笑道："死别尚不可悲，生离又算什么，把你那眼泪擦擦吧。"等着兰芷拭了眼角儿，冯保又道："兰芷，上次老夫教你的《四时乐》，还记得吗？"

"记得。"兰芷声音颤抖。

"好，老夫现在抚琴，你就唱这支曲子。"冯保说着又命张大受，"把所有的宫灯都灭掉，只点一支蜡烛。"

顿时间，本是灯火通明一片璀璨的冯府，突然变得漆黑一团。焦急守候在门外的张鲸心下一惊，正欲命令兵士冲进去，却听得客厅里琴声一响，一个女子不胜娇羞的嗓音，已自凄凄凉凉地唱了起来：

看穿世事，
静养潜修，

暑往寒来春复秋，

百岁光阴不我留。

寄身清流，

泛一扁舟；

安排卧榻，

天地悠游。

寻什么名山胜景，

登什么舞榭歌楼；

讲什么英雄豪杰功名富贵，

读什么《三坟》《五典》《八索》《九丘》。

到春来只需读李太白的《桃园序》，

牛衣醉月、秉烛夜游；

到夏来只需读王羲之的《兰亭序》，

茂林修竹、玉带清流；

到秋来只需读欧阳修的《秋声赋》，

星月皎洁、银河横秋；

到冬来只需读孟浩然的《兴雅志》，

踏雪寻春、诗酒相酬。

雪压山头、梅占魁首，

梅雪争春，闲持酒一瓯。

白雪诗、梅花酒，

与老头陀促膝谈心情意相投。

道什么闲愁万斛，

琴棋书画消长昼；
说什么封侯拜相，
渔樵耕读过春秋。

看江山无边落木萧萧下，
学高人南窗倨坐傲王侯。
回头看，名利场上多少痴迷客，
扰扰攘攘，可叹无止休。
直羡他，野草溪边老钓翁，
踏月归来，却道天凉好个秋。

一曲奏罢，几案上那一支茕茕独照的蜡烛已是燃去大半。冯保的双手按着琴几怔忡半天，既不抬头，也不说话。良久，他才抬了抬眼皮，透过低微的火苗，看到客厅内外影影绰绰到处跪满了家丁仆役，他缓缓站起身来对张大受说："下头的人，都跟了老夫多年，你多安排一些银两散给他们，让他们各自谋生去。"

冯保平常待手下人极好，替他们排忧解难，施舍银两从没有亏待过谁。所以，一旦他骤遭变故，府中一应仆役都惊得木头人似的，断没有任何一个人幸灾乐祸。此刻，听到他对张大受这般吩咐，都忍不住啜泣起来。不知是谁掩抑不住带头放了声儿，顿时间，冯府上上下下里里外外已是呼天抢地哭成一片。冯保心里头是酸酸的，瞧着东一堆西一伙跪着的人群，他想到"树倒猢狲散"这句话，便从袖筒里摸出手巾，替站在跟前哭成泪人儿一般的兰芷揩了揩脸，强自微笑着，说道："兰芷，老夫教你《四时乐》这支曲儿，先前你怎么唱，都觉得不对味儿，今夜里，你总算唱出情性儿来了。"

"老爷！"兰芷尖叫一声，丢了手中的云板，一下子跪到地上失声痛哭起来。

冯保再也不管她，而是猛地转身，双手操起那具锦瑟狠命朝地上一掼。琴碎了，蜡烛火苗蹿了一下，也倏然熄灭。在深不可测的黑暗中，只听得冯保轻声说道："太后，老夫此去江南，恐骸骨难归，只能在这里向您道别了。"

第三十八回

送金像君王用权术
看抄单太后悟沧桑

  第二天，冯保被免职谪往南京闲住的消息，就在京城里传得沸反盈天。官员们正自惊愕，顷刻又有中旨传至内阁，命张宏接任司礼监掌印，张鲸任东厂提督。如此安排，朱翊钧也是煞费苦心，按他内心意愿，是想让张鲸接替冯保的职务，但他知道这样做势必引起巨大非议，一是太后那里通不过，二来他也知道，张鲸资望尚浅，提拔过快很难服众，故只让他接掌东厂。历来掌厂者，在太监里头的地位，仅次于司礼监掌印，张鲸获此职位，虽然并不满足，却也差强人意。他接过"钦差东厂提督太监"之印后做的第一件事，就是按皇上的旨意抄冯保的家。冯保家的金银财宝不计其数，抄查了一个多月尚未了结。

  按下这头不表，再说朱翊钧那边，除掉了冯保之后，一个月之内，他又接连下发了十几道谕旨。第一道谕旨是重新起用张居正柄政时坚决不用的邱橓和海瑞这两个士林推重的清官；第二道谕旨是听从御史孙继光的请求，将因张居正夺情一事而遭廷杖的翰林院编修吴中行、检讨赵用贤、刑部员外郎艾穆、主事沈思孝、进士邹元标等重新起用；第三道谕旨是将因各种原因而触怒张居正被放逐解职的大臣王锡爵、余懋学、赵应元、傅应祯、朱鸿模、孟一脉、王用汲等尽数召回；第四道谕旨是解除张居正最为倚重的门生王篆的右都御史的职务，斥为编氓回归原籍；第五道谕旨是勒令刚刚改任的吏部尚书梁梦龙、工部尚书曾省吾致仕；第六道谕旨是将张居正柄政期间唯独一个不肯依附他的刑部尚书严清擢拔为吏部尚书；第七道谕旨……其实也不用细数下去，将这些谕旨通读下来，就可以摸透皇上的心思：凡是张居正生前信任的人，都一律革职罢斥；凡是张居正生前处分过的人，都尽数召回官复原职。至此，京城各大衙门官员不得不相信风向已变——打从七月间就有迹象表明，皇上要改弦更张驱除"江陵党"，如今这传闻终于变成了可怕的现实。

因此，多少个　心要跟着张居正开创万历新政的能臣干吏变得惶惶不可终日。他们怎么也想不通，曾几何时，还被天下百姓传为美谈的圣君贤相之间的鱼水深情，怎么转眼间变成了如此不可调和的深仇大恨？

晃眼过了十月中旬，再有两天就是小雪节了。往常这时候，虽然霜花愈重，早晚人们嘴里哈出的都是白气儿，但还不至于冻得伸不出手来。今年却不一样，前两天忽然从山海关那边刮过来一阵急骤猛烈的北风，在田野上嗥叫着，像是一群群饿狼，凶残地扑向了城里。被它们推起的厚厚的铅云，转眼间就把温暖的老日头遮了个严严实实。气温骤降，松软的地面变得比铁还硬。昨日还嘈嘈杂杂轿辇相接的北京城，一下子变得黯淡而无生气。这光景，同下大部分官员的心情倒也十分吻合。

北风未起之前，机敏的狗似乎就知道寒潮要来，它们在街面上烦躁地奔跑着，发出惊恐的吠声。比狗还要机敏的，是大内惜薪司的太监，他们赶在摧墙揭瓦的北风到来之前，就把大内各宫院的地龙烧热，让太后、皇上以及后宫的所有美眷，在重帘绣幕之中，丝毫感觉不到气候的变化。

这天天刚亮，如同千军万马呼啸而过的北风渐渐弱了一些，但天空还是灰沉沉地布满了阴霾。歇宿在乾清宫的朱翊钧从燥热中醒来，内侍替他穿好衣服洗漱完毕。而后他啜了一壶奶子，用了几样点心，便问身边的周佑："南京的贡船，昨日是否准时到了？"

"到了。"周佑小心回答，"今儿一大早，供用库的牌子就来禀报，说昨儿下午酉时，贡船就靠上了张家湾码头。"

朱翊钧看看窗外，天上已有簌簌的碎雪飘下，又问："运河还没封冻吗？"

周佑答："这北风再刮两天，保不准河就会冻的。"

"贡船上的物件儿呢？"

"遵万岁爷的旨意，已连夜搬进了大内，现存放在供用库的仓房内。"

"开箱查过没有，有无破损？"

"查过了，完美无缺。"

"好，"朱翊钧眼角添了笑意，吩咐道，"你命人将箱子送到慈宁宫，朕这就过去。"说着，又让周佑去西暖阁取出一个四角包金的牛皮护书，随他一起去慈宁宫。

却说冯保被革职的头几天，朱翊钧心里头一直忐忑不安。第一他怕冯保突然会在他面前冒出来——这担心纯属多余，但做了多年的"小媳妇"，心态一时还不能恢复正常；第二他怕母后知道消息又找上门来质问。为此他特别关照新任的司礼监掌印张宏，要他知会所有内侍不得在太后面前走漏风声，违旨者严惩不贷。宫内大小太监一万余人，看到连冯保这样的巨珰皇上说撤就撤，他们谁还挢虎须批龙鳞拿刀抹自家脖子？因此一个个噤若寒蝉。冯保那头一路惨兮兮地被押解到了南京，李太后这边却还一直蒙在鼓里。好在这些时她又在忙乎另外一件大事——为她的第二个儿子潞王的婚事做准备，暂时也无暇旁顾。尽管这样，朱翊钧也知道纸包不住火，这事儿迟早要捅穿，因此一直在琢磨着如何向母后禀报这件事。后来还是听信张鲸的建议，将南京紫禁城中收藏的一尊纯金制作的九莲观音大士坐像火速用贡船运来北京，作为礼物送给母后，一俟她老人家高兴，再将这件事轻描淡写地说出，反正生米已煮成了熟饭，母后除了责骂几句，还能怎么着？朱翊钧依计行事，如今九莲观音大士像已平安运抵大内，加上昨日张鲸也将冯保家中资产的抄单整理了出来，有了这两样东西，朱翊钧觉得可以和母后摊牌了，所以今早儿一起来，便想着要去慈宁宫。

一出乾清宫，便听得又白又硬的雪子儿打得屋顶沙沙作响，地上也铺了薄薄的一层。一名西暖阁值役拿着笤帚走出来正说扫雪，看到皇上，一慌张脚下没留神，竟跳出一丈多远，跌了个仰八叉。瞧他那龇牙咧嘴的样子，朱翊钧忍不住大笑起来。他本说走过慈宁宫去，见路面太滑，遂听从周佑的建议改乘暖轿。

此时的慈宁宫一片肃穆，空旷的院子里，除了细密的雪霰敲打着光秃秃的槐树枝丫，再也听不到任何声息，连平常喜欢在地上与瓦楞间觅食的檐雀儿，也不知躲到哪里去了。慈宁宫太监接到消息，早就将两扇厚重的朱漆大门打开，并挪开了一尺多高的门槛。朱翊钧直接走进了紧连着花厅的暖阁，李太后正在那里等他。

坐下刚要寒暄，周佑在暖阁外头奏道："万岁爷，供用库的奴才把箱子送到了。"

"拆开来，放在外头厅堂里。"

"什么箱子？"李太后问。

"待会儿，母后一看便知。"

说话间，听得院子里吵吵嚷嚷，李太后起身撩开窗幔一看，只见七八个太监正手忙脚乱将一只半人高的红木箱子抬进厅堂，便和朱翊钧踅步过去。箱子已在铺了锦毡的砖地上放稳，周佑掏钥匙打开箱子上的大铜锁，命人把放在里头的九莲观音大士像搬出来，小心拆去层层缠裹的丝绵，然后临时供在茶几上。乍见这尊高约二尺的菩萨像，李太后连忙合掌念了一句"阿弥陀佛"。走近仔细观赏，只见观音大士坐在九朵莲花上，含笑凝神，面如满月。前面两只手持着一只净瓶，后面左右伸出的大大小小的手多得数不清。李太后看罢顿生崇敬，问道："这尊观音铜像，是从哪里请来的？"

朱翊钧神秘地眨眨眼，笑道："母后，您再看看，这可不是铜像啊！"

"啊？"李太后刚准备伸手去摸一摸，忽又觉得不敬，便又弯下腰来仔细看了看，狐疑地问，"不是铜的，未必是金的？"

"母后说得对，这尊观音像是用纯金制成。"

"这要花多少金子呀！"李太后惊呼起来。

"多也不算多，只用了六百两黄金。"

"哪座庙，能供得起如此贵重的观音？"

"庙里哪里会有？"朱翊钧加重语气说道，"这是专从南京紫禁城中运来的，是洪武皇帝爷收藏的。"

听到这一来历，李太后越发感到惊讶，她看了看周围的太监，不解地问："我听说洪武皇帝爷至为节俭，他怎么舍得用纯金制作菩萨像呢？"

"母后，这尊金像并不是御制，"解释了这一句，朱翊钧忽然灵机一动，又补充道，"它是洪武皇帝爷抄家抄来的。"

"抄家？"李太后眉梢儿一扬，好奇地问，"抄谁的家？"

"沈万山。"朱翊钧一字一顿，道出一个名字，接着又问，"母后，您听说过沈万山这个人么？"

"听说过，"李太后微微颔首，回道，"他是江南巨富，传说洪武皇帝爷定都南京，他还捐资帮着修了几十里的城墙呢！"

"嘻，修这点城墙算什么，对于沈万山，它只是九牛一毛！"朱翊钧说起钱财，口气中便充满艳羡，"如今南京大内，还收藏了沈万山两件传家宝。一件是这九莲观音大士像，还有一件是银制水盆，说是差不多有一间房子那么大，一次可装三十担水，是沈万山同他妻妾们一起洗浴用的大澡盆子。"

"唉，饱暖思淫欲，这话一点儿也不假。"李太后叹息一句。朱翊钧听了觉得有些牛头不对马嘴，正揣摩母后的心思，只听她又接着问，"钧儿，你怎把这尊金像从南京搬到北京来？"

朱翊钧按早就想好的词儿回道："儿早就听说，母后是观音娘娘的活化身，因此便想到，应该把这世上最好的一尊观音像从南京请来，供奉在慈宁宫，与母后朝夕相伴。"

"难得你有这份孝心。"李太后把朱翊钧上下审量一番，斟酌良久方郑重言道，"只是这尊金像，万万不可摆放在慈宁宫里。"

朱翊钧一愣，问道："这是为何？"

"这金像是抄家抄来的，咱们虔心礼佛，图的是吉利。抄家之物，想起来就有晦气儿。"

　　"原来是为这个。"朱翊钧暗暗吁了一口气，连忙解释说，"母后不必担心，当年洪武皇帝爷把这尊金像请至大内，专门请了三十位江南高僧为之设坛颂祝，做了三天法事。从那以后，这尊金像就不能算是沈万山的家藏，而成了皇室拥有的吉祥菩萨。这次将九莲观音大士像请来北京，出南京大内之前，儿也特意关照做了一场法事，而且一路上也有十位高僧护送。"

　　李太后听罢莞尔一笑，说道："你既如此说，为娘的就放心了。这厅堂右边的房子，便是我每日抄经的精舍，就把这尊观音大士像请进去供养，每日里专拨一位婢女侍奉香火。钧儿，你意如何？"

　　"母后安排极为妥当。"朱翊钧说着，转头看了看窗子外边，雪花儿越筛越密，遂笑道，"这种天气，也做不了什么事儿。母后，儿陪您去暖阁里头再坐会儿。"

　　"好，"李太后正在兴头儿上，笑吟吟应道，"我正有事儿找你呢。"

　　两人重回暖阁坐下，女婢沏了热茶奉上。朱翊钧心不在焉抿了一口，问道："母后，您有什么事儿要吩咐？"

　　李太后脸上的笑意一直不曾退去，这会儿她靠在太师椅上，惬意地说："也不是什么大事，娘这些时一直为你弟弟潞王的婚事操心，脑袋都昏胀了。"

　　"母后不要过度劳累，潞王的婚期在明年二月，还有三个多月呢。要办什么事，尽让奴才们办去，您动动口就行。"

"有些事光动口不行，奴才们办不了。"

"什么事奴才们办不了？"

"譬如说珠宝的事，"李太后眼波一转，忽然气愤地说，"上个月，你从供用库里批下二十万两银子来，为潞王的婚事置办头面首饰，按说，这笔钱也不算少了。记得万历六年你成亲时，花二十万两银子置办头面首饰，不但种类齐全，且样样都是好的，光祖母绿就买了八颗。现在倒好，祖母绿都涨到一万两银子一颗了，一支翡翠闹蛾儿，也要五百两银子，一顶凤冠只用一颗祖母绿，镶上几十颗宝石，再配上该用的金饰件，竟要四万两银子。若是置办你当年一样的头面，那时花二十万两银子，现在四十万两也打不住。开头，咱还以为是办事的奴才从中做手脚、吃猫腻，便换人再办，谁知报的价儿大致差不多。前后一共换了三茬人当采办，都回来瘪着嘴叫苦。咱这才相信，如今的珠宝价格居高不下。咱实在不明白，才短短几年时间，怎么世道变得这么快，豆腐都卖成肉价了。"

李太后数数落落说了一大堆，朱翊钧知道母后的意思，就是要他批旨增加潞王大婚的头面首饰费。这并非难事，现在国库充裕，加之无人掣肘，花多少钱都没人敢干涉。但朱翊钧早学会了就锅下面的控驭之方，本是"小事一桩"，他却要借机做大文章，心里头估摸半天，他才开口说道："母后，这两年珠宝腾贵，实有原因。"

"什么原因？"李太后瞪大了眼睛问。

"是因为张居正与冯保两人，把珠宝的价格哄抬起来。"

"你说什么？"李太后身子一挺。

朱翊钧又把话重复了一遍，李太后怔怔地望着儿子，仿佛不认识似的，半晌才喃喃地问："钧儿，你怎么这样说话？"

朱翊钧反正已横了心，撕破脸今儿个也得把话说明白，便犟着脖子说："母后，你一直不曾问咱，怎么这长时间，没见着大伴冯保了。"

"是啊，我是想问，只是来不及。"

"儿免了他的司礼监掌印职务。"

朱翊钧故意说得平淡，但李太后从他眼中发现了过去从未见到过的腾腾杀气，她心里猛地一震，既有几分惊恐又有几分愠怒地问道："何时免掉的？"

"就在重阳节之后。"

"已经一个多月了？"

"是的。"

"为何现在才告诉我？"

"儿并不想隐瞒，只是想把事情弄得水落石出以后，再向母亲禀告。"

"什么事？"

"冯保贪墨的种种劣迹。"

"啊！"李太后本能地尖叫一声，旋即想到重阳节那天冯保来慈宁宫向她言及张鲸偷偷托人去云南买回缅铃的事。本说要儿子撤办张鲸，谁知到头来赶走的却是冯保，李太后锁着眉头思忖一番，恼下脸来问："你是不是听了张鲸的唆使，才做下这等糊涂事？"

朱翊钧早在一旁把母后的心事猜透，不慌不忙答道："母后，冯保那次对你所说的事，纯属子虚乌有。他故意捏造缅铃一事，目的是陷害张鲸。"

李太后一声冷笑，言道："冯公公主持司礼监，把个大内管理得井井有条，底下的珰宦火者，个个都信服他，你说他陷害张鲸，鬼都不信。"

朱翊钧回答："儿也从没有怀疑过大伴，但这次他陷害张鲸，却是铁证如山。"

"你怎么知道？"

"儿谨遵上古圣贤之训'偏听则暗，兼听则明'。就在母后重阳节那天来乾清宫要儿处分张鲸之后，儿就命人立即调查此事，这才知道了事情原委。原来是张鲸握有冯保收受巨额贿赂的证据，大伴怕他讲出来于己不利，故先下手为强。他知道母后这一辈子最痛恨的事，莫过于男女间的淫乱之事，因此投其所好，编造出张鲸暗地托人给儿买缅铃的事，其目的是激起母后的震怒，然后借母后之手把张鲸逐出大内。大伴用计之深，用心之毒，实在令儿震惊。"

李太后不敢相信儿子的话，追问道："张鲸掌握了冯公公什么证据？"

"母后还记得潘晟的事么？"朱翊钧问。

"潘晟？"李太后蹙眉思索了一会儿，说道，"这个人不是张先生临死前推荐的阁臣么？后来有人告状，说他是贪墨之人，在士林中影响很坏，你又将他免了。"

"正是这个人。"朱翊钧回道，"张居正病重期间，他就派管家来北京活动，想要入阁。他那管家叫潘一鹤，与冯保的管家徐爵勾搭上了。通过徐爵，他一次送给冯保白银三万两、古琴三张。"

"送这么多银子？"李太后倒吸一口冷气。

"是呀，"朱翊钧闪了母后一眼，接着说，"冯保得了贿银，便到处替潘晟讲好话。此事没有办成，他听说弹劾潘晟的监察御史是张四维的门生，又怒气冲冲跑到内阁把张四维痛责一番。母后，你想想，一个堂堂内阁首辅，竟然受到一个太监的羞辱，这样下去，朝廷还有什么颜面可言？"

李太后这才感到事情重大，但仍将信将疑问道："这兴许是张鲸一面之词。"

朱翊钧回道："儿初听这个消息时，也同母后一样，根本就不敢相信。但是，抄查了冯保的家产之后，面对那么多的珍珠财宝，就不由得你不相信。"

"都有些什么东西？"李太后问。

朱翊钧打开放在茶几上的镶金牛皮护书，从中拿出一份盖了东厂和大理寺两个衙门关防的秘折，双手递给母后说："这是冯保家产的抄单，请母后过目。"

李太后接过，只见抄单上写道：

仰惟吾皇陛下，臣等九月十一日奉敕抄没冯保家产，费时三十二天，已于昨日清点完毕，财产清单抄附于下：

白米二佰四十二万陆仟零四石。

黄米十二万壹仟叁佰零二石。

祖母绿宝珠盈寸者叁拾一颗，不及寸者伍拾柒颗。

翡翠两匣，计玖佰肆拾玖件。

其他各色美玉饰品十五箱，计陆仟陆佰玖拾柒件。

各色古琴壹佰叁拾陆张。

各色古董贰仟捌佰贰拾玖件。

唐宋元等朝贵重字画柒佰肆拾叁幅，其中包括宋张择端《清明上河图》、唐怀素《食鱼帖》以及南唐李后主所书《心经》等极品。

各类精瓷玖仟陆佰捌拾捌件。

京城私宅三处，铺房五处，计房屋肆佰壹拾贰间；沧州府治房产一处，保定府治房产两处，共计房屋贰佰柒拾陆间。

沧州、大名、真定、保定等府及大兴、昌平等县田契贰拾柒张，共计田产壹仟零伍顷陆亩贰分。

李太后看罢这份清单，已是瞠目结舌，手心里都渗出冷汗来。她抖着清单，不解地问：“听说通州仓大得可以跑马，一个仓也只能装三十万石粮食，冯保这二百多万石白米，该要多大的地方装载？再说，他有多大个肚子，家里要藏这么多的白米？”

朱翊钧听了扑哧一笑，回道：“前些时张鲸向我禀事，说冯保家中抄出多少多少白米，又抄出多少多少黄米，我听了，也像母后这样产生了疑问。经张鲸解释，我才知晓白米指的是白银，黄米指的是黄金，一石就是一两。别看贪官们一个个钱窟窿眼里翻跟斗，却偏要躲开金银字样，弄些隐语替代。”

“这么说，从冯保家中抄出的白银就有二百多万两，还有十几万两黄金，这都是真的？”

“一点不假。”朱翊钧满眼吐火，余恨未消地说，“这清单上物品，除了房产和地产搬不动，其余的都已尽数儿搬进了大内，我已下旨，让供用库的奴才们一样样登记入库。母后，您要不要去看看？”

“我是要去见识见识，但不是现在。”李太后此时心乱如麻。

尽管铁证如山，她仍然无法接受这一现实，想了想，又问："钧儿，你是怎么想着要抄冯保的家？"

朱翊钧略一沉思，反问道："母后，您还记得万历六年初夏，咱们在大内东长街兴办的那次集市么？"

"记得，你怎么扯上这个啦？"

"那次集市虽是张鲸提议，却是冯保一手操办。他让咱们母子三人吃了一顿神仙宴，花费了两千两银子。我当时心里头就犯嘀咕，冯保他一个司礼掌印，说到底也不过是咱这个皇帝的奴才，他花两千两银子轻轻松松，倒像是花几个铜板的。他一个月的俸禄，不过一百多两银子，外加一百多石米。一顿饭要吃去他将近两年的俸禄。咱一琢磨，就觉得这里头有鬼。"

李太后仔细琢磨儿子的话，问道："这么说，四年前你就怀疑冯保了？"

"可不是，"朱翊钧自鸣得意地说，"这回把他家一抄，可见咱的怀疑有道理。母后，您知道二百多万两银子是什么概念么？父皇当政的隆庆年间，朝廷一年的赋税收入，比这个多不了多少！"

"唉，咱不明白，冯保上哪儿弄这么多钱。"

"还不都是当官的人送的。"朱翊钧说着又愤怒起来，"最近，咱连下谕旨，撤办了十几个大臣，像梁梦龙、曾省吾、王篆等人，都革职了。"

"怎么，他们都与冯保有瓜葛？"

"岂止有瓜葛，他们之间的龌龊事儿多着呢。冯保有一个本子，凡给他送过礼的官员，送些什么，何时送的，都在这个本子上详细登记。仅这本子上记载的，给他送过礼的官员，就有七百多人，朝廷现任的二品大臣中，只有一个人没给他送礼。"

"这个人是谁？"

"刑部尚书严清。如此正直官员，实属难得。因此我当机立断，将他擢升为吏部尚书。"

"梁梦龙这几个人为何免职呢？"

"就在冯保被免职前半个月，这三个人还分别给他送礼，咱实在生气，便撤了他们的官。"

李太后默然良久，叹道："冯保只是一个太监，就有这么多官员巴结他，要是……"

"要是他任职内阁，岂不贪得更多？"李太后咽下去没说出口的半截子话，朱翊钧按自己的意思抢着说出来，并补充道，"比照冯保，咱看张居正的家产，只会比他多，绝不会比他少。"

李太后没有接腔，她的眼前浮现出张居正一丝不苟的神情。朱翊钧观察母后面部表情的细微变化，知道她对张居正仍保留着一种难以言喻的眷念之情。因此内心里燃起了妒忌之火，只见他一跺脚，躁怒言道："儿查了一下，给冯保送礼的官员，大部分都是张居正的亲信。母后您想想，这些人将大把大把的银子往冯保那儿送，给张居正送礼，岂不更是车载驴驮。"

朱翊钧这是第一次用如此咄咄逼人的口气同母亲讲话，李太后听了很不受用，便横了儿子一眼，没好气地说："钧儿，这种事情你怎么能想当然。张居正生前，你从哪里听到过他有贪名？"

"母后，你为什么总是袒护他？"朱翊钧恼怒地冒出这一句。忽觉失言，又遮掩道，"张居正生前与冯保关系太好，叫人不得不怀疑。"

放到往常，如果受到儿子这等抢白，李太后早就秀眉一竖发作起来。但眼下她听出儿子的弦外之音，忽然双颊飞红。为了掩饰，她低下头去装作喝茶，半晌才就事论事说道："张先生生前最痛恨的事情，就是官员贪墨。他临死前还不忘惩处腐败官员。这样的首辅，怎么可能自己贪墨！"

"儿不敢苟同母后的判断，"朱翊钧黑着脸，厉声反驳道，"张居正并非那种高风亮节的人。事实上，一手捉贪官，一手接贿银的人，历史上并不少见。因此，儿已下定决心，再颁一道谕旨。"

"干什么？"

"抄张居正的家！"

李太后腾地站起来，几乎忘情地嚷道："钧儿，你不要忘了，张先生是你的老师，如果没有他辅佐你开创万历新政，你哪里会有今天！"

朱翊钧一改平日在母后面前唯唯诺诺的样子，竟垮下脸来，恶狠狠地说："母后，张先生教我的许多话，我都记忆模糊，但有一句话我永远不会忘记。他说，当一代明主，切不可有妇人之仁！"

李太后怔怔地看着自己的儿子，仿佛不认识一般，她嘴角痛苦地翕动，却吐不出一个字来。也不知过了多久，她才噙着泪水坐下来，失神地念了一句："阿弥陀佛！"

第三十九回

愤写血书孝子自尽
痛饮鸩酒玉女殉情

不觉一年过去，到了万历十一年六月二十日，也就是张居正一周年忌日的这一天，薄暮时分，只见一乘两人抬的青色油绢小轿从荆州城外的江津关码头抬了出来。斯时正值二伏天，江汉平原暑气蒸人，幸好正午时分刚下过一场骤雨，拂面的南风变得凉爽。小轿上路的这一刻，但见傍晚的霞光，红过三月的灿烂桃花，映衬着路边荷田的无穷一碧，这景色本已令人心旷神怡。再加上七八只缟素的江鸥翩跹其中，两三队灵巧的紫燕舞蹈其上，更让人觉得天地悠悠生机无限。恰在这时，不知何处的莲荡里，传出了采莲女银铃般的歌声：

千声郎、万声郎，
谁让你追奴追到莲花荡？
郎唱的歌儿直比那铃铛脆，
唱得小阿奴奴兀坐在船头，
悠悠忽忽心发慌。

瓜子尖尖壳里藏，

奴家小船撑进水中央。

遥遥看到情哥来，

赶紧摘片荷叶头上戴，

只道是三伏天里遮太阳。

歌声是那么地娇甜、清脆，如荷叶上滚动的晶莹露珠，它们在暮色四合的田野上弥漫，更具有某种不可抗拒的诱惑的力量。但是，坐在小轿里的人，却没有从这歌声里分享到采莲女对爱情的渴望与憧憬，而是仿佛感到有一条毒蛇钻进了她的心，滚烫的泪水从她的双颊流下……

轿子抬到一个岔路口，一直朝前走便是荆州城，向右拐是一条满是泥泞的小道。轿伕放慢脚步，打头的轿伕问道："先生，你不想先进荆州城去看看？"

"不了。"

"这时候去张居正的墓地，天道有些晚了。那里上不巴村，下不巴店，很荒凉。"

"这不关你们的事，走吧。"

轿伕再不答话，将轿子抬上了那条曲折的便道。方才问话的轿伕一边小心地躲过脚下稀烂的泥浆，一边犹自咕哝道："这时候还去看那座荒坟做甚，也不怕犯忌。"说话人哪里知道，轿子里头坐着的，正是失踪了五年、如今已女扮男装特意赶来江陵谒墓的玉娘。

玉娘这几年究竟藏在哪里，她为何又选在今天前来江陵？事情还得从头说起。

却说去年冬天，万历皇帝去慈宁宫与母亲李太后进行了一次摊牌式的谈话之后，不到四十岁的李太后，从此就真正过上了"安度晚年"的生活。每日除了抄经念佛，享受孙儿的绕膝之欢，她再也不能就朝廷的政事发挥一丁点作用。除了慈宁宫一应侍役长随，大内其他衙门的太监，特别是司礼监的巨珰们，再也不敢轻易去拜谒这位有"观音李娘娘"之称的太后。往日为天下人称道的"眼观六路，耳听八方"的圣母，再也听不到任何来自外廷的消息。她落得清闲，却也变得非常憔悴。每天夜交子时，大内巡夜的禁卒，还能听到从慈宁宫中传出的单调的木鱼声。那是李太后还守着一盏孤灯，极为虔诚地诵读经文。迟迟更鼓，耿耿星河，太后的所有缠绵悱恻的心事，都寄托在普陀海潮的梵唱之中。就在她幽居慈宁宫的这些日子，由她的儿子朱翊钧宸纲独断的朝局，正在急遽地发生变化。继撤查冯保之后，他采取的又一个暴风骤雨式的行动就是彻底清算张居正。去年刚过小雪节，在云台召见了内阁首辅张四维之后，朱翊钧突然颁旨谕告全国，撤销赠给张居正的"文忠公"谥号。不几天，第二道谕旨又刊载在通政司的邸报上，张居正生前受封的太师、上柱国等爵号一并剥夺。春节前，第三道旨又明发出来，收回皇上对张居正的一切诰赠，连赐给他的瓷器、银章、八宝银锭以及题匾等，无分巨细一一追缴。此前，自王国光被革职到冯保的家被抄，一连串的消息已使所有领取朝廷俸禄的官员确信政坛的风向已变。但他们仍心存侥幸，认为皇上如此行事，是对他万历六年因曲流馆事件差一点被废黜一事的报复。对于张居正殚精竭虑矢志推行的万历新政，皇上还会一如既往地实施推行。但是，随着一大帮因张居正整饬吏治实行"考成法"而被罢黜的官员的起复，这些人才相信，皇上在秋后采取的所有举动，显然都经过深思熟虑。种种迹象表明，他对自己登基十年来，由他的母亲李太后、张居正与冯保三人组成的牢不可破的"铁三角"，已是深为痛恨。如今，他要尽快地摆脱这个"铁三角"对他的钳制。当务之急，除了大量撤换他们相信的官员，还必须将他们推行的种种改革予以纠正。如果不这样，人事的更换便完全没有道理。基于此，朱翊钧对张居正的清算，便由表及里、由近及远步步为营地全面展开。自冯保被发配南京"闲住"，李太后幽居慈宁宫与佛为伴，再没有任何一个人可以对朱翊钧形成制约。所以，他才能为所欲为在一个月里连下三道谕旨，将他多年来陆续颁赐给张居正的所有荣誉一概剥夺。万历十一年的春节，京师各大衙门的官员都是在风声鹤唳惶惶不安中度过。自己为了避祸而申请致仕的，遭人弹劾而被免职的官员几乎每天都有十几个，而每天前来吏部报到的起复的谪官贬官也不在少数。这种乱哄哄的场面让一些矢志国事的良臣循吏深感寒心，也让一些局外人深刻地领会到什么叫官场险恶，尺水狂澜。

过罢春节，朱翊钧又亲书一道谕旨，由司礼太监张宏送至内阁：

> 说与首辅张四维，辅臣申时行、余有丁、许国等知道，即命刑部右侍郎邱橓、东厂掌印太监张鲸率人前往湖广荆州府，查抄张居正府邸。各有司配合，不得有误。钦此。

这道圣旨由张鲸代拟，发阁之前，张鲸已将草稿送给张四维秘密改定。而且，正是由他亲自推荐刚刚到京履职的邱橓担此重任。他知道因张居正生前拒不起用邱橓这一过节，邱橓对张居正已是恨之入骨。现让他前往荆州查抄张居正的家，他一定会铁面无情不遗余力。朱翊钧对张四维这一建议深为嘉纳。但是，当中旨到阁之日，张四维却假装震惊，立即领头与三位阁臣一齐具名向御前呈进阁本，恳求皇上念及张居正生前辅政有功，不要对其抄家。朱翊钧读到阁本，立即批复回来："尔等维护欺君之人，是何用意？谁敢为虎作伥，朕决不姑息！"措辞如此之严，阁臣们一个个吓得面如土灰。在死一般的沉寂中，邱橓与张鲸率领一大队缇骑，以"天将降大任于斯人也"的英雄气概，神色庄严地离开了北京城。

十七天后，他们到达了荆州城。在他们到来的前六天，荆州知府吴熙——也就是万历六年张居正回家葬父时鞍前马后小心服侍的那个人——就得到了京城通政司邮递来的移文。他一看到抄家的圣旨，立刻就将全府捕快衙役统统集合起来，冲进东门街上的张大学士府，将府中所有人，上至张居正的八旬老母赵太夫人，下至尚在襁褓中的婴儿，以及一应仆役，总共百十口人全部赶出，押送到张家老屋——那一栋已多年不曾住人的空房子里关押，并将其大门钉死，既没有一个人能进去，也没有一个人能出来。而昔日重门深禁灯火灿烂的张大学士府，转眼间变成了一座鬼气森森的空城，大门上贴着封条，四周布满了岗哨。尽管这样，吴熙还提心吊胆，生怕有什么地方想得不周全而让即将到来的钦差怪罪。

邱橓与张鲸到达之日，已是半下午。他们先被迎进楚风馆里安歇，稍事休息，又吃过吴熙为他们摆起的接风盛宴。酉时过尽，邱橓打着酒嗝，这才命吴熙领路，要往张家老屋清点被拘禁之人。待捕快将钉死的大门打开，借着衙役手中的几十盏西瓜灯一看，眼前的景象，竟让如狼似虎的缇骑们不寒而栗。只见百十口人，分躺在十几间屋子里。因为他们被赶出张大学士府的时候，什么都不准带，老屋里除了藓苔尘吊，也是空空如也，既没有一粒米，也没有一口水。所以张居正的所有被圈禁的亲人，已是整整六天粒米未进，滴水未喝。他们中不少人已饥饿而死，没有死的人，也都奄奄一息。看到大队的官员和缇骑进来，他们除了能够艰难地转动眼珠之外，竟没有一个人能够说出话来。邱橓怕事情闹大，连忙下令抢救，没断气的人都抬出去喂米汤，断气的人——一共是十七个，其中有三个婴儿，一个是张居正的孙儿，两个是他的孙女，赶紧挖坑掩埋。第二天早上，刑部、东厂以及荆州府三方汇齐，一起打开张大学士府进行抄家。历时七天，被抄家产便登记完毕，连同此前抄没的张居正在北京纱帽故同的居所，两地共抄出现银十一万两，黄金三千余两，另还有一批名画古玩，以及张居正父亲张文明购置的七千多亩水田。张居正的整个家财，尚不及冯保的二十分之一，这一结果，令邱橓和张鲸大失所望。他们断定张居正的家产远远不止此数，便想当然地认为是张居正的儿子们趁"钦差"到来之前转移了资产。于是，他们将张居正的大儿子，正在守制的原礼部主事张敬修从拘禁地提出来严刑拷打，并将事先预备好的一份转移资产的清单拿出来要张敬修签字画押。在这份清单上，载明由张敬修将二十万两银子寄存在王篆家里，二十万两银子寄存在李幼滋家里，十五万两银子寄存在曾省吾家里。这三个人都是张居正生前信任的密友，且都是荆州府人，除李幼滋因年过六十于万历八年从工部尚书任上正常退休之外，王篆与曾省吾都是于去年冬天被朱翊钧下令革职的二品京官。邱橓与张鲸商量对他们栽赃陷害，可谓一举两得，既能将张居正的亲信们一网打尽，又可让张居正的家产大幅增加——这样就能证明皇上下令对张居正抄家的旨意无比正确。张敬修素来老实，在突然飞来的横祸中，早已吓得手足无措。加之邱橓下令对他施以酷刑，他实在坚持不住，只得战战抖抖地在那份清单上签字。邱橓如获至宝拿着这"铁证如山"的口供，下令立即前往应山、嘉鱼、夷陵等州县抄查李幼滋、曾省吾、王篆三人的家。第二天，被折磨得死去活来的张敬修听说前往上述三处进行抄家的缇骑已经从荆州出发，这才意识到自己屈打成招的口供将要给父亲生前的政友们带来灭顶之灾。独囚一室的他，于是撕下贴身穿的对襟白褂，咬破中指，以血为墨，写下控诉信一封，信中斥张四维为活阎王、邱橓为催命的判官。并将邱橓如何对他折磨羞辱，要他诬陷李幼滋、王篆、曾省吾等人的内幕加以揭露。书罢，他将道袍撕成条状结为绳子，于夜深人静时悬梁自尽。

十几天后，当这一消息传到北京，特别是读到张敬修留下的血书之后，京城的许多官员深为震惊。当年张居正亲自为朱翊钧选定的六名讲官之一，时已升任为左春坊谕德的于慎行，写了一封《致邱侍郎》的公开信，劝他不要公报私仇，落井下石。这封信一经问世，立刻广为传抄，人心向背，于此可知。更有一位工部尚书潘季驯——张居正生前最为信任的治河专家，这时也不避嫌疑挺身而出，上书内阙，要皇上念张居正柄国十年，厉行改革，厥功甚伟，若死后追逼太过，恐会引起天下谤议。朱翊钧看到这封奏本，顿时气得七窍生烟。他万万没有想到，经过八个多月的调理整治，居然还有人敢冒天下之大不韪为张居正鸣冤叫屈。张居正曾称赞潘季驯是万历朝根治水患的第一功臣，朱翊钧也承认这一点。所以，当他将张居正信任的大臣尽行撤换之时，对潘季驯，他却手下留情。但现在势所难容，朱翊钧在西暖阁暴跳如雷，冲着读本的秉笔太监张诚吼道："纵然天底下的黄河、长江、淮河一齐溃口，朕也坚决要将这潘季驯革职为民。"三天后，潘季驯怆然离开了北京，前来为他送行的官员，竟有数百人之多。法不责众，朱翊钧虽然恼怒，却又不得不有所收敛。他本来还有对张居正开棺鞭尸的打算，现在只好取消，并下令邱橓不要株连太广。这样，李幼滋、王篆、曾省吾等人终于躲过一劫，但对张居正的家人，朱翊钧却决不肯通融。到了四月份，对冯保、张居正两大案的处置，大理寺判决如下：冯邦宁、徐爵、游七、陈应凤等人斩首西市；冯保由南京闲住改为充当净军；张居正的弟弟张居谦革去锦衣卫副指挥使职位，发配云南充军；张居正的二儿子嗣修、四儿子简修均革去功名荫职，俱发蛮瘴之地；三儿子懋修——也就是万历九年的状元，被革去功名及官职原籍闲住——他之所以没有发配边塞，乃是因为他三次自杀，均被人救下，已成残废。余下老五、老六两个儿子，都尚未参加乡试，也被革去秀才功名斥为编氓。冯保所有财产全部没收，张居正北京、荆州两处房产及所有金银古玩全部充公，只留下一百亩薄田，作为张居正老母赵太夫人的赡养之用。至此，对冯保、张居正的清算才算告一段落。听说圣旨传到南京，已经圈禁在净军营中的冯保没有说一句话，当天晚上，他就悬梁自尽。而在荆州城中，人们躲避张居正像猪狗一般活着的家人如同躲避瘟疫。

从万历十年六月张居正病逝到万历十一年四月对张居正清算完毕，这惊心动魄的十个月，真可以说是搅得国无宁日，不单官场像是抽风打摆子，就是天底下老百姓的心灵也备受熬煎。那些通邑大都，甚至边鄙州县的驿舍客邸、酒楼茶馆、船坞书坊、祗园道观，凡有人群处，必将把张居正的荣辱功过生死沉浮，作为不可或缺的谈资。而作为曾经是张居正红颜知己的玉娘，便是在扬州城外一座并不显眼的尼姑庵中听到这些消息。

万历五年，玉娘因为张居正执意要捕杀邵大侠，一时五内俱焚，绝望之中竟不辞而别。此前，她常去昭宁寺拜佛，认识了一如和尚，那天离开积香庐之后，她便跑到昭宁寺拜谒一如，表示想出家。一如知道她的来历，不敢收留，但又觉得玉娘夙有慧根，斟酌一番，就命寺中可靠的弟子将玉娘秘密送往香山白玉寺，那是一座尼姑庵，住持老师太与一如同出一个高僧的门下。玉娘到了白玉寺后，老师太待她极好，也不急着替她剃度，只让她待在后院焚香诵经。一晃过了一年，张居正夺情事件再一次扰乱了玉娘的向佛生涯，她托人给张居正捎去劝诫诗一首。老师太见玉娘凡心未泯，恐她被人发现祸及佛门，便劝她离开京师，并将她托付给自己的徒弟、现住扬州净水庵的南慧尼姑。临走前，尽管玉娘一再恳求老师太给她剃度，老师太终是不允，并含笑说她有佛性而无佛缘，似此带发修行，亦能成为正果。玉娘回到阔别六年的扬州，入住净水庵后，几乎闭门不出，以至净水庵的诸多施主香客，竟都不知庙里住了一位绝色佳人。因为有老师太的嘱托，庵中住持南慧对玉娘极好，竭力为她提供方便，让她过这种半僧半俗半隐半现的娴静生活。几乎每年清明，她都会偷偷前往丹阳，祭奠明正典刑之后运往老家安葬的邵大侠。对这位将她救拔出青楼的恩人，她始终怀有一份感激之情。但更多的时候，她却是在怀念与张居正耳鬓厮磨的那段岁月。当初她一气之下离开积香庐，已下定决心一辈子再不要见到张居正。这位知恩图报的纯情少女，尽管从张居正那里获得了感情上的极大满足，明白了人间至爱，但最终她还是选择了离开。她早就知道张居正是一个"铁面宰相"，但她却认为张居正的铁面无私只是体现在官场政务中，对她，这位赫赫首辅所给予的却全部是花前月下的温柔体贴。当她心急火燎替邵大侠求情希望张居正网开一面时，没想到换回的竟是一记重重的耳光。至此她才明白，张居正的铁石心肠是不分内外的，她寄托在张居正身上的所有美好的憧憬，刹那间全部幻灭。平日小鸟依人幽怨自卑的她，便毅然决然地离开了那座曾给她带来无尽欢乐和无尽闲愁的积香庐。

在出走后最初的一段日子，玉娘万念俱灰，一心一意要皈依佛门。随着岁月推移，当她愤懑的情绪渐趋平静，她又开始怀念在积香庐的那些日子。临风把盏，对月调筝，每每想到张居正对她的似水柔情，她就心下惆怅愁绪万端。但她并不因此后悔离张居正而去，对他不肯援手拯救邵大侠，她永远也不会原谅。但是，当她听说张居正的死讯后，顿时如遭雷击。就在那一刻，她发觉自己对张居正仍然爱得很深很深。此后，她对这位已经死去的"铁面宰相"梦魂牵绕，思念之情一日浓过一日。特别是万历皇帝对张居正发动清算之后，她所爱慕的人——这位昔日跺一脚大明社稷江山也要抖三抖的赫赫首辅，竟然变成了万劫不复的罪人，这种遽变，玉娘说什么也不能接受。就在张居正家中的亲人一个个在荆州饱受折磨之时，远在扬州的玉娘，整日里也是以泪洗面。过了五月中旬，她突然打点行装，辞别南慧禅师，雇了一条船，从扬州运河进入镇江，然后溯长江而上，她要赶在张居正死去一周年的忌日抵达荆州，把积蓄了五年的生离死别的所有创痛和悲伤，全部携到张居正的坟前倾诉。

玉娘乘坐的小轿，在一处稍高的土阜前停下。这时暮色渐浓，归鸟的羽翼已经有些模糊不清了。玉娘走出轿子四下一张望，看到前面不远处隆起一个大土堆，便问轿伕："那就是张首辅的坟包吗？"

"是的，"轿伕擦了擦头上的汗珠，答道，"去年，张首辅的灵柩从北京运回来，在这里安葬的时候，是何等的荣耀。九月份为他举行下葬仪式，参加的官员有上千人。这坟是北京工部派官员来督修的，那规模势派，直让我们这些小老百姓咋舌。你脚下站的地方，是原来的神道，两旁的石人石马，摆了一里多路长，如今都毁了。神道铺着的石板，也都撬起来砸碎了，坟地周围的围墙全被推倒，守坟的几间房子也拆了。坟包原来高三丈，遵皇上的旨意，也削去了两丈。你看，如今它矮趴趴的样子，同我们乡下草民的坟头有什么两样？唉，可怜哪！"

轿伕叹息着，从轿子里拿下一只盖着青袱的竹篮和一只布囊，然后辞别而去。此时周遭一片冷寂，没膝的蒿草，摇曳着令人发怵的凄凉。玉娘前行几步，距坟前的墓碑只有一丈来远。这墓碑显然更换过。原先的墓碑高六尺，镌有万历皇帝亲自书丹"张文忠公之墓"六个大字。那墓碑被毁之后，族人为其立了一个简单的石碑。玉娘两眼盯着这块粗糙的米青石碑，借着暮霭中最后的光线，玉娘认清了碑上的五个字：

张居正之墓

顿时百感交集，她双膝一弯直挺挺地跪下，泪水潸潸，声音颤抖地说了一句："先生，玉娘看你来了。"

周遭已经完全黑暗了下来，偶尔三两只萤火虫，在杂草间明明灭灭。一声宿鸟的鸣啼，将一直掩面啜泣的玉娘惊醒。她又艰难地从地上爬起来，返身从毁坏的神道上找到轿伕放下来的那只竹篮和布囊。竹篮里放着一壶酒，一卷诗——那是当年在积香庐她与张居正的唱和之作。布囊里除了一面琵琶，别无他物。她重新回到墓碑前面，打着火镰将那卷诗烧掉，一边烧，一边梦呓般地喃喃自语："先生，你的诗，奴婢一直牢记心头，'落日千山风浩荡，金戈铁马楚狂人。虞姬伴我轻生死，一回执手一阳春。'当初读到这首和诗，奴婢心中就有不祥之兆。先生啊，你位极人臣，有能力拯救大明的江山，为何就不能拯救你自己？一如老和尚说你精于治国，疏于防身，不幸被他言中。先生啊先生，项羽兵败垓下，到死都有虞姬相伴。如今，你在这里躺了整整一年，玉娘才来看你，你将奴婢比作虞姬，奴婢不配呀！"

一边说，一边哭。那一卷记载了两人私情的清词丽句，终于在欲圆未圆的月华下，变成了一只只哀婉低回的灰蝴蝶。看着它们旋转、蹁跹、破碎、沉落，玉娘拭了拭泪，又缓缓摘下头上的东坡巾，一头乌黑的长发顿时披散了下来。抚着墓碑，只听得她又轻声说道："先生，奴婢这次来看你，就再也不会同你分开。"

玉娘说着，又从布囊里取出那面琵琶。她刚要面对墓碑席地而坐，忽听得近处什么地方传来窸窸窣窣的脚步声。

"谁？"玉娘惊问。

"我。"

只见一个人影从坟包左侧转了过来，玉娘本能地后退一步，尖着嗓子追问："你是谁？"

"金学曾。"那个人影已经踱到跟前，与玉娘面对面站着，只见他拱手一揖言道，"玉娘姑娘，久闻你的芳名，没想到在这里与你见面。"

玉娘早就听说过金学曾这个名字，并知道他是张居正生前最为欣赏的干臣，禁不住好奇地问："你是那个会斗蟋蟀的金学曾？"

"在下正是。"

金学曾苦笑一下，黑暗中，仍然可以感受到他的双眸灼灼生光。他自万历九年回浙江老家守制后，一直布衣葛服足不出户。但人在江湖心存魏阙，暗地里他仍十分关注张居正推行的万历新政。因他离开官场已有几年，加之为官时廉声卓著，没有任何把柄让人可抓。所以，在万历皇帝亲自主持的对张居正的清算中，他没有受到冲击。但他坚信张居正的改革没有错，至于张居正本人，虽然并不是没有可指摘之处，但瑕不掩瑜，他依然是大明开国以来屈指可数的中兴名臣。对张居正遭受到如此不公的待遇，他深感愤怒却又无从表达。所以，也是特选了张居正的忌日前来荆州凭吊。玉娘来的时候，他已在这里待了小半个时辰，他因在荆州税关任上得罪过不少地方士绅，所以不想被人发现。玉娘轿子抬到时，他便躲到坟地背后。当他确信在墓碑前哭诉的只有玉娘一人时，这才又慢慢蹀躞出来。玉娘定定地看了他一会儿，问道："你为何也来这里？"

"同你一样，也是特地赶来祭奠首辅。"

"你从哪里来？"

"杭州。"

"啊，你比奴家走得更远。"玉娘凄然一笑，对着坟包说道，

"先生，你睁开眼睛看看，终于有一个官员来看你了。"

金学曾摇摇头，纠正说："玉娘，在下并非官员。"

"啊？"

金学曾简单地介绍了自己这几年的经历，然后说道："官场龌龊，原也不值一提。玉娘，首辅如果地下有知，看到你千里迢迢赶来祭奠，他必定陶陶然，欣欣然，对着这中天朗月，满满地浮一大白。"

玉娘沉默了一会儿，激愤地说："奴家始终不明白，张先生生前以国为重，忠心辅佐皇上，死后不到半年，就落得家破人亡的悲惨下场，这究竟为的什么？"

金学曾捻须一叹，答道："只因他整饬吏治，清理财政，推行的一系列重大举措，虽有益于朝廷，有利于百姓，却得罪了太多太多的势豪大户。"

"皇上不是支持张先生么，他为何出尔反尔？"

玉娘口无遮拦问出此话，倒叫金学曾犯难。他虽然早已是布衣身份，却仍不敢指责皇上。稍一思索，他才绕了一个弯子委婉答道："自古忠臣，未必都有好报。"

玉娘深深地叹了一口气，又一次伸出手来，轻轻地抚摸着墓碑，动情地说："张先生若还能再活一次，不知他是否还有勇气，像先前那样不避权贵料理国事。"

"我相信，他还会那样！"金学曾肯定回答。

"是吗？"

玉娘对金学曾的回答感到惊讶。金学曾看了看玉娘，从衣袖里摸出一张纸来，递给玉娘说：

"你看看这个。"

借着火镰打出的微弱的火光，玉娘抖开那张纸，只见上面写道：

二十年前，仆曾有一宏愿，愿以其身为蓐荐，使人寝处其上，溲溺垢秽之，吾无间焉。有欲割取吾耳口鼻者，吾亦欢喜施与。

万历元年　答阅边总督吴尧山

天下事，非一手一足之力。仆不顾破家沉族以徇公家之务，而一时士大夫不肯为之分谤任怨，以图共济，将奈何哉？计独有力竭行之而死已矣！

万历五年　答总宪李渐庵论驿递

既以忘家殉国，遑恤其他！虽机阱满前，众镞攒体，不之畏也。如是，才可建立国事。

万历六年　答词道林按院

仆弃家忘躯以殉国家之事，而议者犹或非之，然仆持之愈力，略不少回。故得失毁誉关头打不破，天下事断无可为。

万历八年　答学院李公

玉娘读罢，沉吟问道："金先生，这几段话都是张先生生前写的吗？"

金学曾点点头，答道："上面这四段话，都是从张太师担任首辅之后给有关官员的信件中摘录。这些信，都刊载在当时的邸报上。张太师之所以要把这些私人信件刊载出来，其用意就是为了让天下的官员都知道他矢志改革的决心。"

几滴晶莹的泪水落在那张笺纸上，玉娘啜泣问道："金先生，你将这几段话抄录下来干什么？"

金学曾双颊疼挛了一下，痛苦答道："在下也同玉娘姑娘一样，认为张太师精于治国而疏于防身。读过这几段话，我才明白，张太师不是不懂得防身，而是根本不屑于一防。像张太师这样身居高位的人，如果做任何一件事情，都先将自己的退路想好，则这件事根本就不可能做成。这一年来，在下每思及张太师的悲剧，心下就隐隐作痛，我抄下这几段话带在身上，是想提醒自己，张太师对于自己身后的悲剧，应该说早已想到。他之所以还要这样做，乃是为了实现他担当天下事的宏愿。"

听金学曾这一席话，玉娘对张居正除了一腔挚爱之外，更是增添了无限的崇敬之情。她哀戚地咬着嘴唇，没有说话，而是默默地绕着坟包走了一圈，金学曾跟在她身后。当玉娘重新回到墓碑跟前，对着坟包静静地伫立时，金学曾满怀敬意又充满悲戚地说："首辅大人千秋功罪，自有后人评说。但他身后如此悲惨，的确让在下有锥心之痛。"

玉娘仍未答话，她希望眼前这座坟包能突然裂开，张居正仍像往常一样双目炯炯走出来，与她携手，双双踏月而去。但眼下在这深沉的夜色中，除了偶尔吹过的风，在树丛蒿草间留下令人惊怖的声响，再没有任何景色能平复她无尽的愁绪。站在一旁的金学曾，为玉娘的痴情所感动。两人都这么默默地站在张居正的坟前，月华流转，河汉无声……也许过了很久，到了子夜时分，玉娘才叹出一口气，她面对墓碑盘腿坐了下去。拿起那面琵琶，轻轻拨了一下，清脆的弦音在静夜里传得很远很远。

玉娘瞅了一眼金学曾，说道："金先生，当年奴家住在积香庐，张先生每每心情不爽时，总是要奴家给他唱曲。今番奴家从扬州赶来，便是为了将一首奴家自写的曲子，敬献在张先生的灵前。"

金学曾听罢，连忙后退一步对着坟包跪下。他明白玉娘即将唱出的曲子，肯定是对张居正最好的祭奠。幽邃的苍穹下，万籁俱寂的夜色中，玎玎琮琮的琵琶声响起了。在这金玉相撞银瓶乍裂的激越中，只听得玉娘凄切地唱道：

> 夜深深，草茫茫，
> 风雨如晦，星月无光。
> 对着孤零零一座坟头儿，
> 听奴家唱一曲《火凤凰》：

> 传说人间有神鸟，
> 歇在扶桑树，飞在山之阳。
> 火中诞生，火中涅槃，
> 疫瘴为甘露，忧患为酒浆。
> 引颈一鸣，天下阳春至，
> 翅儿一抖，阴霾变霞光。
> 此鸟常在梦中舞，
> 此鸟名叫火凤凰。

奴家今日吊先生，

泪眼儿迷离，心儿愁怅怅。

不用说生前显赫死后孤凄，

不必叹人妖不分世态炎凉，

先生既是火凤凰，又何必

在这尘嚣浊世争短长？

先生啊，梦中见你头飞雪，

梦中见你鬓如霜。

凤凰在，天空毁，

凤凰去，国有殇。

先生啊，只道人间不可住，

奴家且随你，

黄泉路上诉衷肠……

    玉娘边弹边唱，与其说是唱，倒不如说是一种肝肠寸断的倾诉。唱到最后一句，玉娘已是泣不成声。只见她扔下琵琶，将先前已在墓碑前放好的那把酒壶抓到手上，对着嘴猛力地啜吸了几口。沉浸在凄婉歌声中的金学曾，抬头见玉娘的神情有些不对劲，心中已生了不祥之兆，猛然喊了一声："玉娘！"

    玉娘将喝干的酒壶朝荒草间一扔，摇摇晃晃站起来，踉跄几步，又靠着坟包半躺了下来。

    "玉娘！"金学曾又喊了一声。

    "金先生，奴家要跟着张先生去了。"玉娘忽然变得异常的平静，但顷刻间她的身子就剧烈地抖动起来。

"怎么，你喝了鸩酒？"金学曾惊慌地嚷道。

"不，是还……还魂……汤……汤……"说话间毒性已发作。玉娘嘴中喷出鲜血，她拼着最后力气对金学曾说："求，求你，在这坟……坟包旁，挖个坑儿，将……将奴家，埋……埋下，奴家要陪……陪张……张……"

望着玉娘慢慢闭上了她那一双美丽的凤眼，金学曾欲哭无泪。他什么也没有说，只是掏出手袱儿，蹲下来小心翼翼地替玉娘揩干净嘴角的血迹。此时月在中天，不知何处的草丛中，一只纺织娘正在低声地吟唱。

图书在版编目（CIP）数据

张居正：全四册 ／ 熊召政著 ． —— 北京 ： 北京十月
文艺出版社，2022.5（2025.11重印）
ISBN 978-7-5302-2030-6

Ⅰ．①张… Ⅱ．①熊… Ⅲ．①长篇历史小说－中国－
当代 Ⅳ．① I247.5

中国版本图书馆 CIP 数据核字（2020）第 016838 号

张居正
ZHANG JUZHENG
熊召政 著

出　　版	北京出版集团	
	北京十月文艺出版社	
地　　址	北京北三环中路 6 号	
邮　　编	100120	
网　　址	www.bph.com.cn	
发　　行	新经典发行有限公司	
	电话 (010)68423599	
经　　销	新华书店	
印　　刷	河北鹏润印刷有限公司	
版　　次	2022 年 5 月第 1 版	
印　　次	2025 年 11 月第 13 次印刷	
开　　本	880 毫米 ×1230 毫米　1/32	
印　　张	65	
字　　数	1452 千字	
书　　号	ISBN 978-7-5302-2030-6	
定　　价	238.00 元（全四册）	

质量监督电话　010-58572393
如有印装质量问题，由本社负责调换。